바다의편지

바다의편지

2012년 1월 30일 초판 1쇄 발행
2012년 2월 10일 초판 2쇄 발행

펴낸곳 (주)도서출판 **삼인**
지은이 최인훈
기획 오인영
펴낸이 신길순
부사장 홍승권
편집 김종진 오주훈
미술제작 강미혜
마케팅 이춘호 한광영
관리 심석택
총무 정상희

등록 1996.9.16. 제 10-1338호
주소 121-837 서울시 마포구 서교동 339-4 가나빌딩 4층
        (서울시 마포구 와우산로 27길 23)
전화 (02) 322-1845
팩스 (02) 322-1846
전자우편 saminbooks@naver.com

표지디자인 이승욱
제판 스크린그래픽센터
인쇄 영프린팅
제책 성문제책

© 최인훈, 2012.

ISBN 978-89-6436-041-5 03810

값 25,000원

바다의편지

최인훈

삼인

차례

최인훈, 사유의 길을 따라 떠나는 여행 안내문

오인영

1부 : 문명 진화의 길 – 문명 DNA의 힘과 흠

　1부에는 인류 문명의 역사적 진화 과정에 대한 최인훈 특유의 거시적 접근법과 통찰력이 잘 드러나 있는 글들이 수록되어 있다. 수록된 대부분의 글들은 명시적으로는 문학(나아가 예술)의 성격과 역할은 무엇인가에 대해서 답하는 형태를 취하고 있지만, 궁극적으로는 우리가 삶(의 세계)에 대해 어떤 방향 감각을 갖추고 살아야 하는가라는 질문에 대한 답변의 성격을 지닌다. 그의 표현을 빌려 설명하자면, "인간에게 문학이란 행위는 무엇인가, 하는 '문학에 대한 자의식'"은 문인만의 질문이 아니라 "물질이나 간단한 생명체가 아닌 **인간이 자신에게 던지는 고유한 자기 질문**"이기 때문이다(강조는 인용자). 최인훈이 문인이기 때문에 여기에 수록된 글들은 문학이란, 예술이란, 나아가 언어란 무엇인가라는 질문에 응답하는 방식을 취하고 있지만, 그 질문의 전제이자 대상은 '최인훈에게'만이 아니라 **'인간에게'**이다. 따라서 독자 여러분은 이 글들을 통해서 자신의 실제 창작 활동 경험과 그것에 대한 성찰적 되새김이라는 탄탄한 구체성 위에서 구축한 최인훈의 '자생적인' 예술사적 문학원론의 면모를 볼 수 있을 뿐만 아니라 글의 제목에 너무 괘념치 않으면, 고유한 개체로서의 자신('나')이 문명세계의 보편적 문제들을 인간적으로('신적으로'이나 '동물적으로'와 대비적 의미에서) 해결하는 데 필요한, 매력적인 논거를 습득할 수 있다.

「길에 관한 명상」은 길지 않은 글이다. 그러나 분량이 많지 않다고 가벼이 여겨선 안 된다. 최인훈의 비유를 빌려 말하자면, 에베레스트 산의 높이를 측정하기 위해서 8848미터의 자가 있어야 하는 것은 아니며 우주에 대해 서술하기 위해서 우주만 한 분량의 표현이 필요한 것도 아니다. 이 글은 최인훈 고유의, 즉 '최인훈표' 사유와 글의 밀도와 깊이가 잘(그러면서도 간명하게) 드러나 있는 대표작이라고 할 만하다. 최인훈이 오랫동안 탐구해온 주제인 '인간과 자연', '인간-언어', '인간-문명', '인간-종교' 및 '인간-예술' 등의 문제에 대한 답변이 이 글 속에 모두 함축되어 있기 때문이다. 이 글은 '길'이라는 우리말의 용법이 확대되어온 과정을 탐사함으로써 '길'이라는 말에 "인간 의식이 세계를 파악하는 중요한 인식형식이 모두 들어" 있음을 보여준다. 특히, 언어학의 세계가 아니라 실제 역사의 세계에서의 인간(의식)의 움직임과 관련지어 '길'의 개념과 용법의 확대 과정을 탐사하는 안목은 놀랍다. '길'이 (짐승) 길들이기 → 기르기 → 기술이 되는 과정이나, 인간 외부의 사물인 '길'이 내면화되어서 '말'이 되고 이 '말'이 다시 지식(앎)이 되는 과정(길→말→진리)에 관한 유려한 설명도 경이롭다(이전 어느 글에서도 본 적이 없는지라!). 또한 인간이 지나온 역사적 발자취를 "**자연의 길**(=인간이 짐승과 공유하는 별과 강의 길, 우리 몸의 혈액과 신경이 가는 몸의 길)", "**지식의 길**(=인간이 말을 가지면서 가능해진 인간 의식이 걸어가는 길)", 그리고 "**환상의 길**(마음=자연이라는 관념의 실체화를 통해서 인간 문제의 해결을 위한 수단이나 기술이 아니라 해결 자체임을 꿈꾸는 예술과 종교의 길)"이라는 세 가지 길로 구분한 점도 새롭다. 인간의 문명화 과정과 인간의식의 진화 과정에 공통적으로 적용할 수 있는 시대 구분이라는 경이로움만이 아니라, 인간이란 '짐승 **같은** 놈'이 아니라 '**바로** 짐승'이기도 하며 도구적 지식에 사로잡혀 비참해질 수도 있는 존재이고, 모순의 환상적 해결이 마치 현실인 양 착각도 하는 환상성의 보유자라는 경고까지도 거기에 들어 있기 때문이다.

「길에 관한 명상」이 너무 압축적이라고 느끼는 독자라면, 발표 순서에 맞춰 배열한 세 편의 글, 즉 「문학과 이데올로기」, 「예술이란 무엇인가 – 진화의 완성으로서의 예술」, 「인간의 Metabolism의 3형식」을 순차적으로 읽음으로써 최인훈의 '문명사론'에 대한 이해의 폭을 한결 넓힐 수 있을 것이다. 왜냐하면, 이 세 편의 글에는 인간의 문명 의식으로서 (DNA)′(인간이 도구를 사용하여 환경을 극복하는 행동을 하도록 지시하는 의식, 생물적 DNA와 대비해서 최인훈이 창안한 표현)에 대한 설명에서부터, 인간의 정체성에 대한 정의〔생물적 (자기)동일성×문명적 동일성×예술적 동일성〕 및 의식과 행동 사이에 괴리가 생겨나는 이유, 그리고 그런 부조리를 극복하는 데 인간의 상상력이 담당하는 역할에 이르기까지 최인훈의 '문명사론'의 면면이 고스란히 담겨 있기 때문이다. 그러나 세 편의 글을 읽는 도중이라도, 자연적 존재라는 점에서 뿌리가 같은 인간과 짐승이 구체적으로 어떻게 갈리게 되었는지가 궁금하다면 「기술과 예술에 관하여」에, 행여 원시공동체가 형성된 이후에 인간이 더 복잡한 사회로 발전하여 고대국가로 나아가는 역사적 과정에 대한 더 많은 설명이 있었으면 좋겠다는 생각이 든다면 「작가와 현실」에 먼저 눈길을 주어도 무방할 듯싶다.

한편, 인간이 '개척'해온 문명세계(사회)보다도 그 세계에 대한 인간의 **의식**에 더 관심이 있는 독자라면, 의식과 상상력이 과학과 예술의 분야에서 각기 어떤 공통점과 차이점이 있는지를 설명한 「소설과 희곡」에서 큰 도움을 얻을 수 있을 것이다. 최인훈은 신화, 종교, 과학, 문학을 일종의 기호체계로 파악하고 그것들이 인간의 사유 양식의 상징 내지 기억으로 읽을 수 있음을 보여준다. 「소설을 찾아서」는 이와 관련된 개괄적 설명이 담겨 있는 글이다. 특히 종교가 비합리적 의식에 기초해 있다는 착각을 떨치려면 「문명과 종교」가, 그리고 문학이라는 사유 양식이 현실과 인식의 괴리를 극복하려는 인간의 의식적 노력과 어떻게 연관되는지를 보려면 「문학과 현실」이 좋은 '참고자료'가 될 수 있다.

1부의 끝에 수록된 「바다거북이 철갑 구성체」는 원래 독립적인 한 편의 글이 아니라 소설 『화두』의 일부이다(제목은 이 책의 맥락에 맞춰 새로 붙인 것이다. 선생은 당신 작품의 유기성과 통일성이 훼손될 위험이 있음에도 불구하고, 이 부분의 발췌 수록을 허락해주셨다. 이 지면을 통해 다시 한 번 선생에게 감사함을 전하고 싶다). 독자 여러분은 인간사회를 비유한 바다거북이 철갑 구성체라는 구체적 사례를 통해서, 앞의 글들에서 개진된 최인훈의 '문명의 진화'를 한결 선명하게 포착할 수 있을 것이다. 즉, 인간은 자연 상태에서의 생명의 낭비를 줄이기 위해서 **생물적 동물**에서 **문명적 존재**로 진화하였고[인간의 존재조건을 선명하게 드러내기 위해서 최인훈은 생물적 종으로서의 인간과 문명적(사회적) 종으로서의 인간이라는 대비를 즐겨 사용한다. 항상 짝을 이뤄 사용되는 이 개념들은, '생물적 (자기) 동일성과 문명적 동일성', '생물적 얼굴과 사회적 얼굴', '생물적 삶과 사회적 삶', '생물적 유전인자와 사회적 유전인자' 등으로 글마다 조금씩 표현에 차이가 있다.] 그 진화의 동력은 말과 앎의 습득(유전이 아니라!)이라는 점을 이해할 수 있다. 뿐만 아니라, 이 글은, 앞서의 글과는 달리, 문명 상태에 도달한 인간이 직면하게 된 또 다른 문제를 하나 더 제시하고 있다. 그것은 문명 내부에 또다시 먹이사슬이 형성된다는 문제이다. 자연 – 인간 사이에서 생겨나는 생명의 낭비를 막기 위해 인간은 문명을 건설했건 만(인간-사회), 문명 건설의 궁극적 목표에 어긋나는 또 다른 위험이 생 겨난다. 최인훈은 그 위험을 "차별의 항존 상태의 가능성"이라고 표현 한다. 문명 상태에 진입한 인간 사회 내에서 유리하고 우월한 자리를 차 지하려는 먹이사슬의 구조가 어떻게 고착되어왔으며, 그런 고착화를 막 기 위해서 인간은 또 어떤 노력을 기울였는가? 이에 대한 최인훈의 답 변은 2부, 3부에서 찾아볼 수 있다.

2부 : 근대 세계의 길 - 문명 DNA의 빛과 어둠

2부의 첫 머리에는 '완전한 개인이 되는 사회'라는 제목의, 2004 년에 이루어진 최인훈(과 문학평론가 김명인)의 대담을 실었다. 여기에는 21세기 현대 문명의 굵직한 문제들, 예컨대 현실사회주의 몰락, 역사의 종언, 미국의 세계 지배 형태, 현대 문명의 모순 등에 대한 견해가 두루 담겨 있다. 특히, 현재 우리가 지닌 역사적 역량이 결코 만만치 않다는 긍정적 판단 위에서 "과거에 언제나 그랬던 것처럼 내부의 반역자들에 게 그것을 횡령당하지 않도록" 현명하게 행동하느냐에 우리 역량의 미 래가 달려 있다는 말은 경청해야 할 대목이다. 인류 차원의 문명사나 지 구 차원의 세계사를 언급할 때, 그리고 한반도 거주민의 역사를 논할 때 나 최인훈은, 줄곧 인간이 "이런저런 불리한 여건 때문에 고전하지만 내 면적으로나 외면적으로나 항상 높은 지적·정치적 대생명의 축적을 이 뤘고 승리의 유산뿐만 아니라 패배의 유산까지도 전투 역량으로 갖고 있다"는 점을 간과하지 않는다. 문제 해결의 가능성에 대한 열린 전망이 근대인의 특징이라면, 최인훈은 근대인의 한 전형이다.

근대 서구에 관한 최인훈의 견해는 『총독의 소리』에 수록된 소설 「주석의 소리」와 소설 『서유기』에서 찾아볼 수 있다. 일반적으로는 소설의 화자가 하는 말을 곧 소설 밖의 작가의 말로 간주하는 것은 문제가 될 수 있다. 그러나 이 두 편의 소설은 인물의 제시나 성격 묘사 또는 구체적인 사건의 재현이라는 서구식의 소설적 문법을 뛰어넘어, 환상적 기법을 활용하여 역사에 대해 발언하려는 해석적 주체로서의 작가의 자의식이 강하게 드러난 소설이라는 평이 오히려 일반적이다. 따라서 「주석의 소리」에서 라디오 방송을 통해 흘러나오는 환상 속에 존재하는 주석의 소리나 『서유기』의 주인공 독고준의 귀에 들리는 '상해 임시정부의 소리'는 모두 최인훈의 역사적 자의식이 반영된 담론으로 봐도 무방하다고 생각한다. 다만 「주석의 소리」가 서구의 근대로의 이행을 현대에 이르기까지 포괄적으로 서술하고, 그 과정을 초래하거나 촉발한 변화의 요인들을 분석적으로 제시한 담론이라면, 『서유기』에 기술된 「상해임시정부의 소리」는 근대 서구가 다른 지역에 비해서 "폭발적인 힘"을 갖게 된 이유(교역 중심의 삶과, 그에 따른 잡종적 문화)를 해석적으로 논평하는 담론이라는 차이는 있다. 이런 차이점을 고려해서 독자들이 논지의 흐름을 따라가기 쉽도록 「주석의 소리」를 「상해임시정부의 소리」보다 앞에 배치했다.

　　「외설이란 무엇인가」는 제목만 쳐다보면 문학에서의 외설과 허용의 기준이란 화제를 다룬 글로 생각하기 쉽지만, 실제 내용을 들여다보면 현대 사회가 문명 없는 사회임을 드러내어 보여주는 글이다. 최인훈은 노동(물질 생산)과 생식(인간 생산)을 통해 "무리살림과 새끼 낳기"가 인간의 가장 근본적인 구조라는 의미에서 "근원적 문화"라고 규정하고, 사회적 필요노동을 이끌어내기 위해서 성을 사회적으로 규제하고 심지어 터부시한 과정을 추적함으로써 현대가 노동과 휴식과 성의 배분이 제대로 양식화되지 못한 "가장 불행한 시대"가 된 이유를 밝혀내고 있다. 독자 여러분이 그 '추적'을 지켜본다면, "한 권의, 한 줄의 외설은 너와 나—즉 우리들의 외설한 인간관계의 어김없는 그림자"라는 최인훈의 통찰에 틀림없이 고개를 끄덕이게 될 것이다.

　"넓다. 너무 넓다"로 시작하는 「아메리카」는 한반도에서 나서 자란 사람이 미국에 가서 살아보고 와서 쓴 "아메리카론(論)"이다. 최인훈은 아메리카가 '잘날 수' 있었던 조건으로, 차지하고 있는 터가 넓은 데서 비롯된 자연의 힘과 공화제(라는 사회형식의 진화)를 기준으로 보면 젊은 나라이기는커녕 이 지구상에서 "가장 늙은 나라"라는 사회의 힘을 꼽는다. 그리고 '이념과 현실'이라는 소제목으로 한미 관계에 대해 언술한다. 언술은 간략한 소묘의 형태를 취하고 있지만 그렇다고 내용도 가벼운 것은 아니다. 미국과의 관계는 한말의 '적의 우호국'→독립운동에 대한 민간 수준의 '동정자'→광복 이후의 '해방자'로서의 절대적 모습을 거쳐 현재의 '이념적 동맹 관계'로 변화해왔음을 서술한 후, "동맹"이라는 모습만 보기보다는 민주주의와 자유라는 이념을 전제로 뜻을 맞춰가는 게 필요하다고 지적한다.

　「혁명의 변질」과 「제국의 몰락」은 대작 『화두』의 몇 부분을 발췌한 것이다(제목은 이 책의 맥락에 맞춰 새로 붙인 것이다). 인류 역사상 처음으로 사회주의 이념을 내걸고 수립된 소련은, 1936년생인 최인훈의 개인사는 물론이고 한반도에 거주한 주민 모두의 운명에 지대한 영향을 주었다. 일제 강점기의 독립운동, 분단, 한국전쟁, 남북한 간의 냉전과 체제 경쟁, 민주화 투쟁 등 한국 현대사의 굵직굵직한 사건들은 모두 직간접적으로 소련과 연관되어 있었다. 따라서 소련의 성립과 몰락은 20세기를 특징짓는 최대의 사건이라고 할 만하다. 개인의 인생 역정과 결코 무관할 수 없을 뿐더러 개인으로서의 예술가조차도 사회적 대변인과 같은 역할을 해야 한다는, 특히 "역사가 비추는 조명에 따라 내 눈으로 본 것"을 글로 옮겨야 한다는 의식을 지닌 그로서는, 소련의 몰락이라는 역사를 기록하지 않을 도리가 없었을 것이다. 이런 점에서 『화두』는, 역사의 서기를 마다할 수 없다는 최인훈의 자의식의 산물이라고도 할 수 있다.

『화두』에서 발췌하여 수록한 부분 가운데 「제국의 몰락」은 모두 소련의 몰락 과정에 대한 분석과 평가에 해당되는 내용이지만 「혁명의 변질」은 스탈린 치하에서 자행된 대숙청, 특히 "모스끄바 재판"으로 알려진 혁명 1세대에 대한 공개재판을 다룬 내용이다. 최인훈은 여기서, 이데올로기적 당파를 떠나서 자신들이 믿는 역사의 대의를 위해서 기꺼이 죄인이 되기를(그것도 '제국주의의 스파이'임을) 고백한 사람들의 논리는 도착된 논리이자 굴복의 논리였음을 명백히 밝혀 보여주는 한편, 당시 그들의 고뇌는 고뇌대로 역사에 헌신하려는 인간으로서의 순정한 심리의 발로였음을, 포석 조명희의 망명자 심정에 대한 최인훈의 추이해와 포개어, 감동적으로 서술하고 있다. 요컨대 이 글은 소련 몰락의 먼 원인이라고 할 수 있는 스탈린의 대숙청이라는 '역사적 사건'만을 기술하는 것이 아니라 그나마 혁명의 대의를 지키려면 죽지 않을 수 없는 상황에 내몰렸거나 "노예 생활을 감수할 생각이나 다른 노예들을 감시할 노예"가 되지 않으려고 노예의 나라를 피해 망명한 상황에 내몰린 역사적 인물들의 내면 풍경까지도 섬세하게 보여준다.

「감정이 흐르는 하상」은 최인훈이 근대인으로서의 자각을 지닌 한국의 지성임을 유감없이 보여주는 글이다. 이 글은, 자신이 살고 있는 시대가 어떤 시대인가를 묻고 그 시대의 의미를 되새겨 이해하려는 지적 노고의 결과물이다. 이 글은 얼핏 보면, 서로 별 관련이 없어 보이는 다양한 화제를 날렵한 필치로 가볍게 소묘하는 것 같지만, 사실 근대의 핵심 문제인, '광장(사회)과 밀실(개인)의 관계', '노예와 자유민의 차이', '앎과 힘의 고리', '현실과 환상의 기능', '역사와 사관의 한계', '의지적 용기와 제도의 힘', '종교와 문학의 길' 등의 화제들을 사유의 힘으로 매끄럽게 연결해가고 있다. 물론, 사유와 사유 사이에는 넉넉한 여백(공백이 아니다!)이 있지만 그렇다고 문장과 문장 사이의 논리적 거리가 멀다고는 결코 할 수 없다. 통찰력의 뒷받침이 없이는 나올 수 없는 간결한 문장들이 근대의 핵심 주제를 놓고 벌이는 '사유의 향연'의 즐거움을 독자 여러분도 한껏 누리시기를 바라는 뜻에서 2부의 마지막에 이 글을 배치했다. (감히) '다독익선多讀益善을 보장한다!'

3부 : 한국 역사의 길 - 문명 DNA의 앎과 꿈

3부에 수록된 글들은 '한국의 어제와 오늘'에 관한 역사적 고찰이 담긴 글과 '우리의 미래와 태도'가 창조적 희망을 꿈꿀 수 있도록 제언하는 글로 구분할 수 있다. 우리의 역사와 오늘의 문제를 보는 최인훈의 기본적 관점은, 생물적 동포애나 소박한 민족감정에 기초한 것이 아니라 '나'라는 개인은 한국인이면서 근대인이고, 동시에 세계인이며 문명적 존재로서의 정체성의 복합 구성체임을 자각할 때에만 인간다운 삶과 사회를 꿈꾸고 누릴 수 있다는 의식에 근거하고 있다. 한국인이니까, 같은 민족이니까 혹은 우리 편이니까,와 같은 생각은 '우리'의 문제를 바라보는 최인훈의 시각과 거리가 멀다.

3부의 권두언 격인 「상황의 원점」도 우리가 한국인인 동시에 문명한 존재라는 의식을 갖고서 통일 문제를 조망한 글이다. 이글은 1980년 봄에 발표된 글이지만 오늘의 시점에서 읽어도 여전히 유익한 통찰을 제공한다. 이것은, 부분적으로 오늘 우리의 상황이 이 글의 발표 당시와 크게 변하지 않은 '탓'이고, 대개는 그가 분단-통일 문제를 원점에서부터 근본적이며 거시적으로 검토하는 접근법을 구사한 '덕분'이다. 즉, 통일 문제를, 같은 민족이니까 통일해야 한다거나 경제적 시너지가 크다는 식이 아니라 문제가 생겨나게 된 역사적 연원을 발생론적으로 탐사해나가면서도 "구체적인 이름을 가진 개인들의 하나하나의 목숨"을 최고의 가치로 삼는 문명사적 차원에서 조망하고 있기 때문이다. 독자들은 이 글에서 민족 분단의 상황을 극복하고 통일을 이루려면 어떤 발상과 인식, 그리고 태도가 필요한지를, (여느 역사책에서는 찾아보기 힘든) 특유의 명료한 표현과 비유의 도움을 받아 선명하게 깨달을 수 있을 것이다. '레드콤플렉스'를 자극하려는 일부의 불온한 시도가 여전히 반복되고 있는 현 상황에서, 통일 문제를 합리적으로 바라보고 온전하게 해결하기 위해서는 우리의 의식과 실천 의지를 근본적으로 성찰해야 한다는 그의 전언은 더욱 가치가 있게 들린다.

「한말의 상황과 오늘」에서, 최인훈은 한말의 우리는 모든 계층의 한국인이 지닌 역사적 역량을 가지고 싸워서 결국은 패배하여 식민지가 된 것이 아니라 사대, 독선, 내분에 사로 잡힌 지배층의 졸렬한 전투편성 때문에 그리 되었다는 역사적 관점을 제시함으로써 근현대사를 비통한 심정으로 읽지 않을 수 있는 독법을 보여준다. 독자들은 이것만으로도 큰 지적 자극과 심정적 고무를 느낄 수 있을 것이다. 「문학사에 대한 질문이 된 생애」와 소설 『서유기』의 일부인 「식민지 지식인의 자화상 _ 이광수의 독백」(이 제목도 이 책 맥락에 맞춰 새로 지은 것이다)은 조명희와 이광수를 통해서 각기 일제 강점기 조선의 외적 상황과 친일 조선인의 내적 심정을 대비적으로 보여줄 의도로 수록한 글이다. 「총독의 소리」는 동명소설의 네 번째 연작인데, 해방 후 31년이 된 시점에서도 조선총독부가 한국을 다시 식민지로 만들려고 지하공작을 하는 가상적 상황에서 '총독의 소리'라는 방송의 내용만 서술되어 있다. 이 글은 민족적 공분의 대상인 적이 하는 생각의 진술이라는 형식을 취하고 있기 때문에, 오히려 분단 상황을 초래하고 지속하려는 당대 미-소 양국과 일본의 속셈을 노골적으로 폭로하고, 2차 대전 이후의 국제 체제 및 베트남전쟁의 본질을 객관적으로 드러내는 역설적 효과(당대 독재정권의 마수를 피하는 효과도 함께)를 거두고 있다. 독자 여러분이 이런 점을 염두에 두고 읽는다면 사고의 지평이 넓어지는 기분과 '통쾌한' 독서를 했다는 기분을 함께 느낄 수 있을 것이다. 「『광장』의 이명준의 좌절과 고뇌의 회고」에서는 해방공간에서 4월 혁명까지의 현대사에 대한, 그리고 「역사와 상상력」 및 「통일의 길에 대한 소묘」에서는 분단, 냉전체제, 통일에 대한 최인훈의 역사적 해석을 만날 수 있다. 「우리를 슬프게 하는 것들」에서는 김일성의 죽음을 계기로 분단과 적대적 대결 상황이 초래한 역사의 "지체와 낭비"를 반성하면서 "민족 내부의 문제를 민족 내부 각 정파의 평화적인 경쟁으로 해결하는 생활방식"을 채택해야 할 이유가 설명되어 있다.

「우리가 바라는 삶」, 「경건한 상상력의 의식을」, 「현대인이 잃어버린 것」, 「돈과 행복」, 「사회적 유전인자」, 「세계인」, 「사고와 시간」, 「코끼리와 시간」은 수필 형식의 비교적 짧은 글들이다. 이 글들을 통해서 최인훈은 비록 우리가 현대 문명의 창조자가 되지는 못했을지라도 그 계승자, 수익자 노릇을 바로 하려면 자신의 문명적-인간적 정체성이 유전되는 것이 아니라 선택-습득하는 것임을 바르게 깨닫는 게 필요하다고 주장한다. 조국이나 민족도 만들면 있고 만들지 않으면 절대로 없는 인공적 종이기 때문이다. 따라서 최인훈은 우리의 과제는 "인간이 되는" 일이라고 한마디로 요약한다. 인간이 되려면, 다시 말해서 우리가 바라는 삶에 이르기 위해서는, 평화가 유지되고 저마다의 노동에 공정한 배분이 보장되는 정의가 구현되는 방향으로 사회체제를 합리적으로 개선하는 일이 필요하다고 역설하면서, 이렇듯 미래를 선취하여 희망을 의지적으로 만들어내려는 인간을 최인훈은 "세계인"이라고 부른다. 그러나 새 시대의 문명적 인간이 되겠다고 조급하게 굴어서는 안 된다. 왜냐하면 생각의 합리화, 합리적 사고에 기초한 행동의 합리화, 나아가 합리적 사고의 제도화를 통한 사회 전체의 합리화가 제대로 이루어지려면 당연히 그만한 시간이 필요하기 때문이다. 시간에 대한 성찰이 미흡하면 우리 내부의 인간적 갈등을 가장 합리적으로 해결하려는 노력조차도 '금 나와라 뚝딱' 하고 주문을 외는 주술로 변질될 위험이 있다는 것이다.

　　3부의 끝에 수록된 「공명」은 시평이나 시론이 아닌 소설이다. 형식만이 아니라 작품의 제재도 『삼국지』의 제갈공명이라는 점에서 3부의 다른 글들과 다소 어긋난다고 생각할 수도 있다. 그럼에도 이 글을 책의 마지막에 배치한 까닭은 두 가지다. 하나는 공감共感이야말로 정신적 완성의 한 특징임을 볼 수 있기 때문이다. 최인훈이 「코끼리와 시인」에서 언술했듯이, 손으로 만져보거나 눈으로 쳐다만 봐서는 코끼리를 다 알았다고 할 수는 없다. "코끼리가 먼 나라에 와서 못 먹고 아파서 눈물을 흘리는 것을 보고 같이 우는, 즉 관찰하거나 생각하는 것이 아니라 코끼리가 되어 코끼리를 느끼는" 경지가 있기 때문이다. 코끼리를 나라(민족), 천하(세계), 역사나 타자라고 한다면, 그것을 자기 개인의 운명으로 공감하는 정신적 완성의 경지에 도달한 인물을 「공명」은 감동적으로 그려내고 있다. "스스로의 능력으로 시가 되고 있는", "문학과 현실의 동떨어짐을 모르는 드물디드문 사람"으로 묘사된 공명은, 최인훈 소설의 주인공으로는 보기 드물게 긍정적이고 "행복한 지식인"이다. **누구나 공명이 될 수는 없겠지만 누구라도 공명처럼 되고 싶다는 꿈을 꿀 수 있다.** 「공명」은 공감의 능력을 지닌 완전한 개인을 꿈꾸라는 울림을 자아낸다.

　　다른 하나는 「공명」에는, 난세를 사는 지식인으로서 최인훈이 희구하는 문화가, 아니 우리들이 꿈꾸는 문화가 선명하게 나타나 있기 때문이다. '삼고초려'라는 말로 유명한 유비의 출사出仕 요청을 받은 공명이 "한사코 거절하기를 두 번씩 했던" 까닭을 밝혀 적으며 최인훈은 화자의 입을 빌려 말한다. "그와 같은 난세에 깊은 산속에서 책을 읽고 지내는 인간의 삶이 허락되었다는 것은 나에게는 놀라움이다." **"현실의 삶의 소용돌이를 자기 정신 속에서 진실하게 반영하면서도 그 소용돌이에서 직접 비켜선 자리나 개인을 허락하는 것, 그것이 문화다."**(강조는 인용자) 그런 문화가 가능하려면, 현실세계를 고도의 반성과 사유를 통해서 체계적으로 정리하려는 개인이 자기 바깥의 어떤 권력이나 권위에 의해서 한낱 동원의 대상으로 내몰리지 않아야 된다. 사람이 결여된 것을 더욱 강렬하게 소망하는 존재라면, 「공명」은 한반도의 현실에서(특히 한국 현대사에서) 결여된 것이 무엇인지를 잘 보여준다. 자기의 삶을 자신의 손으로 '경작'할 수 있는 자유! 자기 생활의 독립과 품위를 보장하는 문화! 한마디로, 누구라도 자기답게 살 여유! 독자 여러분은 「공명」에서 "자연의 길"·"지식의 길"·"환상의 길"을 모순 없이 성공적으로 체화한 개인이 살았던 사회와 삶을 추체험(nachleben)함으로써, 인간 진화의 길에 대한 보편적 앎을, 자기완성의 길에 대한 의지적 꿈으로 이을 수 있다. 그런 공명共鳴의 길에서 최인훈의 역사적 사유를 가장 잘 누릴 수 있다.

4부 : 바다의 편지 – 사고실험으로서의 문학

「바다의 편지」는 2003년에 발표된 소설이다. 기획 단계에서는 이 작품을 수록할 생각을 미처 못 했는데, 저자가 수록하면 좋겠다는 아이디어와 함께 원고를 건네준 덕분에 단행본으로는 최초로 독자들에게 선보이게 되었다. 「바다의 편지」는 제1회 '박경리 문학상'을 수상하는 자리에서 수강소감 대신에 낭독될 정도로, 현재 최인훈의 '사유의 지평과 좌표'를 단적으로 보여준다. 따라서 그의 거시 – 역사적 사고실험의 궤적을 차분히 따라온 독자라면, 4부에 배치된 「바다의 편지」 읽기를 통해서 그의 사고실험을 실감나게 추체험할 수 있다. 여기선 독자의 생생하고 독자적인 실감을 섣불리 훼손하지 않도록 최소한의 안내사항만을 전하려고 한다.

우리는 "지구가 몸살을 앓는다." "태양은 100억 년 전에 태어났다." "하늘도 울고 땅도 울었다." "낮말은 새가 듣고, 밤말은 쥐가 듣는다." "이기적 유전자" "저 산은 내게 돌이 되라 하네." "알맹이만 남고 껍데기는 가라" 등의 비유적 표현들을 흔히 쓴다. 일상생활에서도 의인법, 활유법, 대유법 등을 써서 손, 머리, 뼈와 같은 신체의 일부로 '나' 전체를 표현하기도 하고, 남은 알맹이(정신)만으로도 생각하고 상상하는 일이 가능하며 동물과 무생물(곰, 산, 돌, 나무)도 의식적 존재로 표현하곤 한다. 현실적으로 변형시킬 수 없는 세계를 머릿속에서 자유롭게 변형 – 조작하는 사고실험이 용인되는 소설의 경우에는, 내가 관찰자가 되어서 내 머릿속의 의식을 따라가며 서술하는 '의식의 흐름' 기법이나 서술자인 자신과 서술 대상의 동일화가 더욱 자유롭게 구사된다. 피카소의 추상화가 사실주의적 구상화가 아니기 때문에 비현실적이고 반과학적이라는 단세포적 사고에 젖은 사람이 아니라면, '사람이 광속으로 달려서 빛과 나란히 가게 되면 어떤 일이 일어날까'라는 상상을 통해서 상대성이론을 찾아낸 아인슈타인의 사고실험을 허무맹랑하다고 말하지 않듯이, '40억 년쯤의 나이를 먹은 사람이(생물적 개체로서의 시간이나 인류사적 시간이 아니라 자연사적—우주사적 시간을 쭉 살아온 생명체가) 지내온 과거나 존재의 의미를 되짚어본다면 어떻게 말할까'라고 상상하면서 「바다의 편지」를 쓴 최인훈의 사고실험도 황당무계하다고 생각하지는 않을 것이다.

「바다의 편지」는 우주와 지구의 자손들 가운데 하나인 인간(최인훈)이 생명의 시원에서부터 지금까지의 무수한 '조상들'을 자기 한 몸에 빙의憑依해서 쓴 단편소설이다. 이런 사고실험이 '상상' 속에서 이루어질 수밖에 없는 까닭은, 개체로서의 생명은 자기의 개체발생이 이루어진 **다음에는** 발생 과정 자체를 기억하지 못하기 때문이다. 그렇다고 이것을 '비과학적' 실험이라 할 수 없는 까닭은 인간의 개체발생 자체가 계통발생 과정을 축약해서 반복하는 과정을 거쳐야**만** 일어날 수 있는 만큼, 생명이라는 존재 자체는 자기의 과거(흔적들)를 무의식으로라도 마땅히 지니고 있어야 하기 때문이다. 실제로, 현재의 우리 모두는 40억 년 전의 시원의 생명 형식하고 연속되어 있다. 생명을 물이라고 한다면, 물이 물리적으로 끊어지지 않고 이어져서 흘러 바다가 되었듯이, 생명도 시원(원시생명체)에서부터 (직접적이 아니라 매개적으로) 연속되어 인간으로 진화했다. 인간은 일차적으로 지구라는 자연 속에서 원시박테리아—진핵세포—어류—포유류—유인원이라는 생명 진화의 고리에서 비교적 신생新生한 먹고, 자고 교미하는 자연적 욕구를 타고난 동물이다. 이것은, 문학적 비유나 환상이 아니라 과학적 실상實相이다. 아니, 지구 바깥으로(지구 형성 이전으로) 눈을 돌린다면, 인간은 태생적으로 우주와도 연결되어 있다. 우주가 '빅뱅'의 산고 끝에 낳은 물, 규소,

칼슘, 철분과 같은 물질의 화합물이 인간의 물리적 실체를 이루고 있기 때문이다. '물질의 성분'과 '생물의 성질'이 없(었)다면 사회적(문명적) 개인으로서의 인간은 생겨날 수조차 없다(그러니 발생학적으로는 내 할머니, 단군 할아버지, 호모사피엔스만이 내 조상이 아니라 고등어, 풀뿌리, 단백질, 철도 나를 가능케 한 '존재의 연쇄'의 일부로서 내 조상이다. 그렇다면 논리적으로 나=인간=존재=자연의 합일도 가능하다).

이런 실상의 물리物理는, '하늘이 낸' 특별한 인간에게만 적용되는 것도 아니다. 비록 자기가 하찮은 존재로 여겨져도, '별 볼일 없는 내'가 나오려면, 그에 앞서 별이 뜨고, 태양과 지구가 생겨나서 생명이 만들어지는 아주 오랜 우주사적 과정이 끊임없이 이어져야만 했다. 그러니, '별 볼일 없는 나'는, 별과 마찬가지로 하늘(우주)과 이어진 존재다. 인간을 주체로, 자연을 대상으로 보는 관점에서 벗어나 지구 쪽에서 역지사지하면, 인간은 모든 지구 생명체의 모태인 바다가 40억 년 가까이 고생고생해서 우여곡절 끝에 낳은 막내 자식쯤 된다. 애당초 문명 DNA를 심어준 것도 아니건만 스스로의 힘으로 "우주의 바다"로 나가는 "무쇠 배"를 띄울 정도로 똑똑해진 자식이고, 150억 년 가까이 지내오면서도 변변한 족보 하나 엮어낼 생각도 못한 선조들의 광막한 '세월'을, 원적지와 이주 경로, 형제자매의 이산離散, 겪어온 사건들의 기억과 흔적까지도 두루 계통을 잡아서 '역사'로 정리할 정도로 슬기로운 자식이며, 그 계통발생의 역사 자체를 다시 조상과 부모의 입장에서 양지養志하고 사고실험해서 '편지'를 쓸 정도로 착한 자식이다.

물론, 인간이 단지 조상의 얼을 기리겠다고 이렇게 하는 것은 아니다. 사실, 개체로서의 인간은 생명의 유한성에서 비롯된 불안과 공포를 극복하기 위해서 계통발생의 흔적과 기억들을 의식을 통해서 역사화하려는 것이다. 즉, 계통발생 전체를 '의식하는' 존재로서 자기는 개체인 동시에 계통이기도 하다는(개별＝보편의 상상적) 합일을 이루어서 유한성을 극복하려고 한다. 그러려면, 우선 '인간＝(지구 속의) 생물체 ＝(우주 속의) 물질'이라는 존재의 연계성을 이해해야 한다. 그러나 이해 는 고사하고 그것을 실감하기도 쉽지 않다. 존재의 연계 자체가 지구사 적－우주사적 시간 차원에서 이루어지는 것인데, 수십, 수백억 년이란 체감이 불가능한 막막한(그래서 환상적으로 느껴질 수밖에 없는) 시간이기 때문이다. 하여, 최인훈은 가시적인 역사적－인류학적 시간의 심층에 놓인 자연사적 시간의 막연함과 비가시성을 덜어내고, 존재의 연쇄와 인간의 근원적 존재조건을 구체적으로(실감나게) 가시화하려고, 「바다 의 편지」에서 "어머니", "바다"와 같은 비유적 표현이나 물아物我의 입 장을 바꿔서 보는 환위사고換位思考, 나아가서는 물아일체의 빙의憑依와 같은 다양한 '실험' 기법을 사용한다. 「바다의 편지」에 유달리 단문과 비유가 많은 것도, 자칫 막막한 느낌을 자아낼 수 있는 존재의 보편적 연쇄를 가능한 한 명확하게 드러내는 노력의 소산이다(환상적으로 보일 수밖에 없는 문제를 이해 가능하게 구상具象했다는 사실을 놓치면 이 작품을 엉뚱하게 환상소설이라고 부르게 된다). 간명하면서도 미적으로 가장 아름 답게 존재의 문제를 형상화하기 위해서, 최인훈은 언어에 비유라는 표 현의 옷을 입혀서 최대한 넓고 깊게 의미를 드러낸다〔비유적 표현으로도 소통이 안 되면, 연꽃을 드는 몸짓으로 나가야 하는 데, 종교가가 아닌 선생으 로서는 글쓰기가 곧 행위이기 때문에 '편지'를 다르게 ─ 어쩌면 시詩처럼 ─ 또 띄울 것이다. 다행(!)이다. 참, 이 작품에 나오는 기울임체의 시는 『구운몽』 (1962년)에 나오는 시(「해전」)의 15개 연을 나눠 배치한 것이고, 그 사이사이 의 언술은 『하늘의 다리』(1968년)의 13장을 분할 삽입한 것이다. 이런 '상호 텍스트성'은 최인훈의 '존재 물음'의 일관성과 성숙을 보여준다.〕

　『광장』에서 『화두』까지의 길에 관한 '명상'을 바탕으로, 최인훈은 이제 「바다의 편지」에서 '존재자들의 토대로서 존재'라는 근본적인 문제를 다룬다. 짧은 분량임에도 '사고의 스케일'은 광대무변하고, 장르 구분이 무의미할 정도로 시적이고 잠언적인 언어로 기존의 사유와 다른, 아니 전복적인 사유를 빚어내고 있다. 자신의 현존을 포함하여 인간＝생명＝자연＝물질의 존재성에 대한 사고실험에서, 그는 역사적 - 인류사적 시간 지층은 물론이고, 자연사적 - 우주사적 심층 시간까지도 고려하는 다층적 시간 지평에서 인간(주체)과 자연(대상), 개체(특수)와 계통(보편), 문학과 과학, 도리道理와 물리物理, 나와 타자 사이의 역사와 경계를 넘나든다. 「바다의 편지」는 그런 넘나듦의 기억이고 기록이다. 그런 '소통과 융합'의 사고실험은 일찍이 없었다. 아니, 적어도 매우 드물었다. 그것의 의미를 두루 짚어낼 수는 없어도 그의 사고실험 과정을 실감나게 추체험할 수는 있다. 읽기도 사고실험의 하나이기 때문이다. 편지를 '읽는 과정'에서, 실존의 상처를 입은 사람은 치유와 위안을, 인간 정신과 자연 사물의 이분법적 구도에 젖은 생각은 '존재'에 대한 새로운 인식을, 그리고 이 책의 1부~3부를 읽은 독자들은 자신의 생물적 정체성과 문명적 정체성의 환상적 합일을 느낄 수 있다. 그 순간에, **'상상한 만큼 알 수 있으리니, 그때 알게 되는 세상은 전과 같지 않으리라'**는 고색창연하나(40억 년쯤 되었으니!) 아름다운(달라질 희망이 있으니!), 바다의 전언이 당도하기를 희망한다.

문명 진화의 길

_문명 DNA의 힘과 흠

길에 관한 명상

길이라는 말처럼 그것이 뜻하는 사물의 범위가 넓은 말도 드물 것이다.

이 말이 적용되는 가장 큰 규모의 대상은 태양과 그것을 중심으로 돌고 있는 천체와의 관계일 것이다. 이 관계의 운동적인 측면을 우리는 '궤도'라고 부른다. 태양과 그의 위성들이 생긴 뒤에 이들 물체는 '궤도'라는 공간적인 형식에 나타나는 일정한 관계를 유지하고 있다. '궤도'라는 것은 '변하지 않는 범위 속에서의 변화'를 뜻한다. 변증법의 표현에 따른다면 변화와 변화 아닌 것의 통일이다. 천체의 움직임이 보여주는 이 질서는 인간들에게 깊은 인상을 주었다. 하늘에서 움직이는 위대한 물체들에게 '길'이 있다는 현상은 이 우주가 체계 있는 어떤 것이라고 인류가 받아들이게 하는 데에 결정적인 영향을 미쳤다. 인류의 체계적인 지식의 처음 형태가 천문학이라는 것은 어느 지역에서나 마찬가지이다. 천체라는 것이 가장 객관적인 모습으로 관찰할 수 있는 대상임을 생각하면 인간 쪽의 자연스러운 대응이다. 거기서 사람들은 의미를 찾으려고 했다. 왜 천체가 그런 길을 따르고 있는가 하는 점에 대해서 과학적인 접근과 초과학적인 접근이 언제나 혼합된 형식으로 이루어지는 것도 지구상 어디서나 볼 수 있는 현상이었다. 천문학은 과학이면서 마술이거나 종교의 일부였다. 천체들의 '길'은 눈에 보이는 길이면서 눈에 보이지 않는 길과 관련이 있는 것으로 생각하려고 했다. 대부분의 경우에 그 '길'은 어떤 인격적인 존재의 '뜻'이라고 생각하고 그 '뜻'이 인간에게 어떤 이야기를 전하려고 하는지를 해석하고자 하였다. 아무튼 이처럼 인류는 천체의 움직임에서 최초로 '길'이라는 사물을, 혹은 '길'이라는 개념을 형성하게 되었으리라는 짐작을 해볼 수 있다. 이 경우의 '길'의 특징은 그것이 객관적이고 규칙적인 반면에 멀리 있는 것이어서 운명적인 성격을 가진다. 우리가 그것을 바꾸는 길은 없다. '길'의 또 다른 뜻인 '방법' '기술' '수단' 같은 것과 가장 멀리 있는 것이 이 '하늘의 길'이다. 이 우주에 인간보다 먼저 태어난 천체가 이윽고 만들어낸 길인 '궤도'를 인간은 땅 위에서 우러러볼 뿐이었고 그 영향을 따를 뿐인 것으로 받아들였다.

　'길'과 인간의 다음 단계는 곧바로 지구 위에서 벌어진다. 지구가 냉각되고 지구 표면의 높낮이가 대체로 고정되면서 처음 '길'이라는 말로 표현할 만한 형상은 '물길'이었을 것이다. 지표면의 골과 골 사이를 흐르고 높은 평면에서 낮은 평면으로 이동하면서 마침내 바다로 들어가는 물이 운동하는 '길'인 강과 내라고 불리는 이 현상에 이르면 그 길은 생물로서의 태초의 인간들에게 단번에 가까운 것이 된다. 이 '물길'은 지구 위에 고등한 생물들이 모두 그 진화를 마치고 출현했을 때는 생명을 가진 그들의 운동의 큰 축이었다. 규칙적으로 찾아와서 물을 마셨기 때문에 '물길'은 '물 마시러 오는 길'과 연결된다. 뭇짐승들이 세대를 두고 사용하는 이 길은 지리적인 변화라는 것이 안정되는 만큼 그에 따라 안정되었을 것이다. 사람의 조상들도 이 길의 동참자였을 뿐만 아니라 나아가 특별한 동참자였을 것이다. 그들은 짐승들을 사냥하였기 때문에 그 사냥 장소 중에 중요한 하나는 틀림없이 짐승들이 물에 접근하는 통상적인 길의 주변이었을 것이다. 짐승들이 물길을 찾아가는 길 위에서 사냥은 이루어진다. 이것은 오늘날까지도 사냥의 가장 보편적인 기술 가운데 하나이다. 꼭 물을 마셔야 하기 때문에 짐승들은 반드시 나타난다. '길목'이라는 것은 가장 유리한 공격 지점이 된다. 이렇게 해서 '물의 길'과 '짐승과 길'과 '사람의 길'이 어우러진다. '길목'이라는 표현을 가능하게 하는 이 길들의 복합 형식은 벌써 객관적인 것만은 아니게 된다. 물의 '길'인 강과 짐승들이 그곳으로 가는 '물에의 길'은 인간의 지배 밖에 있는 객관적인 사물이지만 그것들을 '길목'으로 사용하는 사냥의 길은 인간이 선택한 길이다. 인간이 자신의 생존의 '방법' '수단' '기술'로서 지배하는 주체화된 길이다. 주체화된다는 과정은 '길'이라는 말의 용법 속에 정착되어 있다. '길들인다'는 용법이 그것이다. 길들인다는 것은 주체가 아닌 것을 주체에게 본질적인 것으로 만든다는 뜻인데, 그 현상을 우리말에서는 '길들인다'고 나타낸다. 밖에 있는 길을 안에 들여놓는다는 표현이다. '안'이란 물론 인간의 안, 인간의 의식, 인간의 감각의 '안'에 '들여놓는다'는 뜻이다. 이렇게 해서 밖에 있는 길은 비로소 인간의 안에 있는 어떤 정보, 어떤 표상이 된다. 야생의 동물을 길들이는 과정이 사냥의 다음 단계라는 점을 생각할 때, 그것을 '길'과 관련해서 파악한다는 것은 '길'이라는 사물에 대해서 인류가 깊은 인상을 아주 처음부터 가졌음을 짐작하게 한다. '길'이라는 것이 움직임과 움직이지 않음과의 교차점에 있다는 생각에서 야생의 객관적인 존재인 짐승을 인간의 손이 닿는 자리에 두고 지배하는 것을 길들인다고 파악하기에 이른 모양이다. 그것은 짐승과 사람 사이에 길을 연다는 말도 된다. '사냥'이라는 형식의 관계에서 '길들이기 – 길들여짐'이라는 관계로 바뀌는 것인데 이런 기술을 '길'에 관련해서 이름 붙인 것이다. 길들인 짐승을 인간은 '기르'게 된다. '기르'는 것은 식물에도 그대로 사용되는 기술이다. 이것은 원시 인류에게는 자연스러운 일이었을 것이다. 짐승이건 식물이건 그것들은 인간 밖에 있는 생명이다. 그것들의 원래 모습대로 유지하면서 그대로 인간의 소유로 묶어두는 것이므로 같은 성격의 행동이라고 파악한 것이다. 길 → 길들이기 → 기르기, 이렇게 '길'은 인간의 곁에 가까워지고 마침내 인간 자체의 능력, 인간이 자기 안에 갖추게 되는 '기술'이 된다. 이 과정에서 객체였던 것이 주체의 내용이 된다는 결정적인 움직임이 있다. 원시 인류의 사냥 생활이나 최초의 지배 생활에서부터 언어의 발생 사이에는 방대한 시간이 흘렀을 것이므로 '길'이라는 말이 '길들이기' '기르기'까지에 이르는 변천이 동시적으로 이루어졌다고 볼 수는 없다. 그러나 시간적으로 선행한 체험을 뒤미처 언어로서 파악하면서 '길'이라는 말에 이만한 폭을 주고, 그 폭을 지렛대 삼아 선행 체험을 규정한다는 것은 말이 없던 시대에도 사실은 '길'이라는 사물과 '기르기'라는 사실을 비슷한 것으로 파악했다는 것을 뜻한다. 말이 아닌 '현실의 길' 자체가 그런 '뜻'의 기호로 기능하였다고 말해볼 수 있다는 말이다.

하늘에도 길이 있고, 물에도 길이 있고, 땅에도 길이 있고, 짐승들에게도 길이 있으며 짐승과 식물과 사람 사이에도 길이 있게 되었다.

이처럼 '길'이라는 말에는 운동과 규칙성, 객체적인 것과 주체적인 것 그리고 '관계' 따위의 — 인간 의식이 세계를 파악하는 중요한 인식 형식이 모두 들어 있다. 그뿐만 아니라 마침내 '길'은 '길이'라는 추상적인 형식에까지 이르는데 이것은 일차적으로 공간적인 개념이면서 시간적인 개념으로도 사용된다. 이 용법은 모든 국어에서 마찬가지다.

그러니까 '길'이라는 말은 실체, 관계, 운동, 시간, 공간, 기술이라는 개념을 모두 가지고 있다. 뜻하는 범위가 이만큼 넓은 말도 드물다고 해도 지나칠 바가 없다.

짐승과 식물을 길들인 다음의 인간은 정착 생활의 시대에 들어서게 된다. 앞에서 짐작해본 것처럼 그 이전의 인류 생활에서의 길의 역할이 우리가 생각하는 것보다 훨씬 근본적이었기 때문에 정착 생활 이후의 인류에게 '길'의 의미가 갑자기 달라졌다고 말하기는 어렵다. 그들은 여전히 사냥을 했고, 야생의 식물을 채취하는 생활도 여전히 계속하였고, 그런 생산 활동은 여전히 짐승과 야생 식물에 이르는 일정한 '길'을 통해서 이루어진다.

정착 생활 이후와 이전을 가르는 제일 큰 변화는 '인간-자연' 사이의 움직임의 형식이 아니고 '인간 집단-인간 집단' 사이의 관계 형식이다. 부락과 부락 사이의 '길'이 비로소 열린다. 주거가 일정하지 않은 인간 집단 사이에서는 길이라는 관계 형식이 정착할 수 없었을 것이기 때문이다. 현존하는 여러 민족의 기록에는 '여행'의 주제가 중요한 부분을 차지한다. '길 떠나기'이다. 이것은 해나 달이 가는 길, 짐승이 다니는 길, 사냥터로 가는 길, 밭으로 가는 길처럼 잘 아는 길, 다져진 길이 아니다. 길의 개념과 모순되는 잘 모르는 길, 길이 없는 길, 길 아닌 길인 것이다. 여기에서 '길'의 새 성격인 모험, 비규칙적인 것, 위험, 혼돈 같은 국면이 전개된다. 고대의 영웅들은 '길 떠나기'로부터 그의 경력을 시작한다. 이상한 어떤 장소, 거기 사는 괴물, 거기 있는 보물, 이런 대상을 찾아 그는 길을 떠난다. 그의 앞에 있는 사물로서의 '길'도 확실치 않고, 그 길을 찾아가는 '길(방법)'을 미리 아는 것도 아니다. 그런데도 그런 '길을 떠나'는 것은 가장 가치 있는 일이다. 그런 '길을 마치'고 돌아오면 그에게는 행복과 지위가 주어진다. 이런 종류의 '길'의 가치를 집약한 것이 미궁迷宮 전설이다. 여기서는 '길을 잃지 않고' 살아 나온다는 자체에 의미가 주어져 있다. 인류 생활의 어떤 시기에 집단과 집단 사이의 통상적인 관계를 수립하기 위한 경험에 수반한 위험과 지혜를 상징적으로 반영한 표현이 미로, 미궁 전설이다. 길을 잃는다는 것은 죽음을 의미하고 길을 찾는다는 것은 삶을 의미하고 있는 것이 이런 계열 전설의 주제이다. 이러한 고통과 모험의 오랜 단계 다음에 오는 것이 '순례의 길'이다. 이 길가기에 들어오면 그곳에는 이미 한 중심을 향해 무수한 길들이 길들여져 있다. 모든 길은 그것이 향하는 방향이 있다. 인간의 집단들은 연결되어 있고 가장 영향력 있는 집단이 모든 길의 교차점이자 출발과 도착의 표준 공간이 된다. 성지와 수도가 그 장소가 된다. 사람들은 자기 평생에 그곳에 가보는 것이 삶을 완성하고 풍부하게 하는 것이라고 믿는다. 이 길은 성스러움과 행복과 권력의 길이다. '모든 길은 로마에 이른다'고 말한다. '고향을 길 떠나'는 것이 야심 있는 사람의 삶을 출발하는 형식이다. 여기까지가 '길'의 외형적 발달의 극점일 것이다.

대륙 간의 길, 바다를 건너는 바닷길, 더 나아가서 우주를 향한 길도 이 길의 반복이며 본질에서는 다르지 않다.

여기까지 오는 사이에 인간은 언어생활을 시작하게 되었고 길을 위한 지도를 가지게 되었다. 언어라는 것은 인간의 경험을 정리하기 위한 지도이다. 좀더 정확을 기해보면, 언어 체계란 인간의 경험인 머릿속의 산과 벌판, 강과 바다를 시간과 공간의 축 위에 표시하기 위한 좌표계이고 낱낱의 단어는 그 지점의 좌표 값이다. 이렇게 해서 인간은 '마음'이라는 혼돈의 공간에 가로세로 줄을 긋고 그 줄의 교차점마다 이정표를 세우는데 그 이정표의 문면이 우리가 낱말이라 부르는 사물이다. 인간의 마음은 이렇게 해서 길을 가지게 되었다. 이제 길은 마음속에도 있다. 이 마음속의 길은 비가 와도 허물어지지 않고 지진에도 영향을 받지 않는다. 그것은 변하지 않는다. 변하는 것은 그 길(언어)을 지나가는 사물이다.

'말'이라는 것은 어느 문명에서나 신성하고 신비한 힘을 가진 실체로 오랫동안 믿어왔는데, 그것은 이처럼 '말'이라는 것이 '길'이 내면화된 것으로서 인류의 경험의 요약이며, 자신의 지식이기 때문이다. '길'은 '진리' '지식' '힘'과 같은 뜻으로 쓰이게 된다. 이렇게 쓰일 때의 '길'이란 곧 '말'이다. '길' → '말' → '진리'라는 길을 밟는다. 짐승들도 길이 있고, 그들도 아마 말(곧 그들 안의 길)을 가지고 있을 테지만 그들의 길은 그들의 몸과 혈관과 신경 자체이며, 그들의 말은 그들이 타고난 유전 정보이다. 그들의 말은 지도나 언어처럼 그들의 몸에서 분리되어 있지 않다. 그들에게서는 말한다는 것은 몸이 움직인다는 것이다. 그들의 생활이 그들의 말이다. 인류는 어느 시기에 자연(이를테면 '길')이 곧 기호였던 것처럼 그들의 몸 자체가 자신들의 기호라는 형식에서 그들은 벗어나지 못한다. '자기 자신의 유전 정보' — '자신의 육체' 사이의 관계를 객관화한 것이 인간의 언어이다. 인간은 자기 손으로 만든 이 마음속의 길을 걸어 다닌다. 이것이 '생각'이라는 행동이다. 이 길은 시간과 공간의 제약에서 벗어나 있다. 마음의 '길'인 말은 언제나 새롭다. 언제나 옛 길이면서 언제나 새 길이다. 이 길(말, 그 운용인 생각)의 발명으로 인간은 짐승들처럼 언제나 몸 자체를 위험에 노출할 필요에서 해방된다. 그는 말의 길 위에서 시간을 들여 심사숙고할 수 있다. 지난 경험을 몇 번이고 되밟아볼 수 있고 새 길을 치밀하게 미리 걸어볼 수도 있다. 이렇게 해서 그의 행동의 정확성과 생산성은 엄청나게 늘어간다. 개인 수준의 경험에서만 이런 일이 일어난다는 말이 아니다. 말은 전달과 기록을 가능하게 하기 때문에 개인이 이용할 수 있는 지도의 넓이는 개인의 체험을 초월한다. 지도라는 것은 비록 개인 수준이 아닐망정 인간이 움직인 궤적 — 곧 걸어 다닌 길의 흔적이며, 우리가 지도를 볼 때는 상상 속에서 초고속의 신체 운동을 한다. 지도 위에서 에베레스트 산을 본다는 것은 '본다'는 행위를, 거기까지 '길을 간다'는 행위의 의식儀式으로서 집행한다는 뜻이 생리적으로 실천된다는 것을 말한다. 어떤 언어를 이어받는다(언어를 습득한다)는 것은, 선행하는 세대가 몸으로 재어본 실재를 축척縮尺으로 기록한 지도를 상속받는 것과 같다. 말과 더불어 우리는 그 말을 성립시킨 운동의 감각을 상속받는 것이 된다. 그런 뜻에서 '말'이야말로 가장 기본적인 기억이며 정신의 기본 신화이다. 말을 가지고 신화를 기록하기에 앞서, 말 자체가 신화인 것이다. 말이라는 경험의 기록, 경험의 길은 이와 같은 실체적인 기반을 가지고 있기 때문에 그것은 언제나 '실체'라는 착각을 주어왔다. 실체적인 기반이라는 것과 실체 자체라는 것은 다른데도 인간의 많은 세대가 이 혼동 속에서 헤어나는 데에 어려움을 겪은 것은 이유 있는 혼동이었던 셈이다.

마술에서 과학으로 이르는 장구한 과정을 거치고 비로소 인간은 '말의 길'과 '자연의 길'을 구별하고, 구별하는 데에서 오는 이득을 누릴 수 있는 새 길에 접어들게 된 것은 오래된 일이 아니다.

짐승들에게는 한 가지밖에 없는 길이 인간에게는 세 가지 길이 있다. 첫 번째 것은 짐승들과 공유하는 길이다. 우리보다 먼저 존재한 자연과 우리 자신이지만 우리가 만든 것이 아닌 우리의 몸이다. 자연과 몸에는 그들의 길이 있다. 별과 강에는 그들의 길이 있고, 우리 몸의 혈액과 신경은 그들의 길을 가지고 있다.

두 번째 길은 우리가 말을 가지면서 만들어내게 된 지식의 길이다. 이 길은 자연과 짐승으로서의 인간의 길을 인간의 마음속의 지도로 옮겨놓는 능력에 의해서 가능해진 인간 의식이 걸어가는 길이다. 이 길이 지켜야 할 규칙은 첫 번째 길과 늘 대조하고 첫 번째 길을 이해하는 도구로서의 자리를 잃지 않아야 한다는 것인데 보통 이 길을 우리는 지식, 과학, 기술 따위로 부른다. 이 길은 끝이 없을 것이다. 이 길은 첫 번째 길을 개선하는 도구이다. 생물적인 종으로서는 진화를 완결시킨 인간이 스스로 발명한 방법으로 진행하는 비유기적인, 인공의 진화의 길이 이 길이다. 이것은 짐승들이 모르는 길이다. 인간의 영광과 비참은 이 길에 들어섰다는 사실에서 비롯된다. '낙원 추방'이라고 표현되는 종교적인 장면은 짐승들의 평화와 갈라진 인간의 운명을 말하는 것인데 이 추방은 분명히 비참이기도 하고 영광이기도 하다. 그 이후에 걸어온 인간의 운명은 이 사실을 단순히 영광이라고 할 만한 과정이 아니었고, 지금 도달한 성과도 미래의 전망도 영광의 한마디로 부를 수 있는 것처럼은 결코 보이지 않는다. '자연의 길'과 '기술의 길'이 점점 더 분명해질수록 기술적인 인간의 길은 영광이라기보다는 비극, 용기, 사랑 같은 말로 얽어매어야 할 어떤 운동으로 보인다.

　　인간에게는 남아 있는 또 하나의 길이 있다. 그것은 환상의 길이다. 이 길을 전통적으로 우리는 종교, 예술 따위로 부른다. 종교와 예술은 첫 번째 길도 아니고 두 번째 길도 아니다. 첫 번째가 아닌 것은 종교나 예술은 자연이 아니기 때문이며 두 번째가 아닌 것은 그것은 인간문제의 해결을 위한 현실적인 '해결을 위한 수단'이나 기술이 아니라 '해결' 자체이기 때문이다. 다만 그 '해결'은 환상의 해결이다. 마음속의 길과 마음속의 지도를 현실의 길인 양 걸어가는 환상이다. 여기서는 마음=자연이라는, 관념의 실체화가 의도적으로 실천된다. 종교는 이 실체화를 현실이라고 주장하고 예술은 이 실체화를 비현실이라고 생각한다. 이것이 구별이다. 종교나 예술의 길을 인간이 가지고 있는 까닭은 자명한 것 같다. 지금까지의 이야기는 인간을 중심으로 한 우주의 움직임이다. 우주 쪽에서 보면 우주는 자신이 가고 있는 길을 가고 있을 것이다. 인간은 그 길 위에서 또 자기 길을 가고 있는 2차적인 존재이다. 그런데도 그가 살아간다는 것은 자기를 제1차적으로 취급할 수밖에 없다. 이 2차적 존재가 자기 자신을 1차적인 존재로 착각할 수밖에 없는 이 근원적인 모순의 길이 표현되는 방식이 예술이나 종교라는 환상이다.

문학과 이데올로기

[1] 사람의 핏속에는 어느만 한 짙기의 소금기가 있어야 한다. 이 소금기가 지나치든지 거꾸로 모자라든지 하면 몸에 탈이 생긴다. 해멀미 같은 것은 높은 온도 때문에 몸의 소금기가 땀에 섞여 날아가 핏속의 소금기가 모자라는 데서 오는 탈이다. 사람의 핏속에 이렇게 소금기가 있고, 있어야 하는 까닭은 사람이 사람이라는 종으로까지 진화되는 오랜 사이에 한 번 거친 것으로 짐작되는 어느 고비 — 다시 말하면 사람의 조상이 바다에서 살았을 때의 상태를 그대로 간직하게 된 것이다. 또 사람의 태아는 아기집 속에서 보내는 열 달 동안에 몇 고비의 탈바꿈을 하는데 그 한 고비에서는 태아는 아가미를 가지게 된다. 이 아가미는 다음 고비에서는 없어지고 말지만, 모든 제대로 자라나는 태아는 이 고비를 반드시 거친다. 이 또한 사람의 조상이 젖먹이 짐승으로까지 진화되는 사이에 겪은 바다살이 적의 퇴물을 나타내는 것이라고 생물학자들은 말하고 있다. 한 종이 새끼를 낳는 데는 이렇게 어느 만큼의 품는 시간이 있어야 하고, 그 시간은 또 그 종이 이루어지기까지에 거

친 뛰어난 몇 가지 고비를 줄여서 재연한다는 형식을 빌린다. 이런 일들을 개체발생은 계통발생을 되풀이한다고 부르고 있다. 이 일은 매우 깊은 뜻을 지니고 있다. 첫째로 이것은 고등한 생물에게만 있는 일이다. 낮은 것에서 높은 것에로 올라가는 데는 몇 억이라는 시간에 걸친 싸움과 슬기가 뭉쳐져서 비로소 이루어졌고 한 번 종이 이루어지고도 그 개체는 죽지 않고 끝없이 살지는 못하며, 자기와 같은 개체를 새끼 낳기를 통하여 남기는 길밖에는 없다는 것을 말한다. 그리고 이 새끼 낳기는 기성의 성체가 마술사가 모자 속에서 비둘기를 집어내듯이 나타나는 것이 아니라, 비록 줄여서일망정 자기 종의 계통발생을 되풀이한다는 길밖에는 없다. 이 같은 개체발생의 시간표가 DNA라고 불리는 유전정보 물질이다. 이 물질이 생명의 재료가 되는 단백질에 대하여 얼마만한 양으로 어느 방향으로 어떤 시차를 가지고 합성하라는 지시를 내린다. 그런데 이렇게 말하면 벌써 조금 풀이를 간추린 흠이 있는 것이, 지시라고는 하지만 우리 연구자들이 계산할 수 있는 것은 대강의 테두리를 짐작한다는 것뿐이고, 말 그대로 모든 순간, 모든 미세한 분화를 일으키는 지시의 분절화는 어떻게 이루어지는가는 아직도 모르는 그대로다. 그러니까 그 모르는 만큼의 움직임은 우리들 관찰자에게는 아직도 모자 속에서 나오는 비둘기처럼 분석의 길이 막혀 있는 마술과 같은 셈이다. 어쨌든 알려진 이만한 테두리의 연구를 가지고 말하더라도 생물현상의 결과적인 용의주도함과 그것이 제대로 살아 움직이는 조건의 엄격함은 감동적이고도 남는 바 있다.

사람을 뺀 다른 모든 생물의 용의주도함·엄격함은 그러나 여기까지다. 그들은 애초에 DNA에 지시된 바대로 자기를 이루어내고, '씌어진 바대로' 움직이고, 먹고, 새끼를 품고, 계통발생의 되풀이에 쓰이는 시간이 지나면 낳는다. 생물은 여기서 끝난다. 그들의 종이 이루어진 그 어느 먼 옛날 옛적부터 지금껏 그들은 이 시간표를 되풀이한다. 생물은 DNA의 노예라고 할 수 있겠다. 그는 DNA라는 감옥에 갇혀 있다.

　　사람도 이 생물적 바탕을 다른 생물과 나누어 지니고 있으며, 근본적으로 그 위에서 살고 있는 것은 사실이지만, 사람은 이 생물적 삶이라는 원 밖에 또 하나의 껍질인 문명적 삶이라는 외원을 붙이기 시작하고 그 외원의 두께는 자꾸 두꺼워질 뿐 아니라, 부피를 가진 이 원주는 어떤 주기를 가지고 불가불 그 앞뒤의 원주하고는 서로 갈라놓지 않을 수 없는 고비를 넘어오고 있다. 생물학적인 그것보다는 훨씬 덜 세련된 것이기는 하나 그 나름대로의 진화 — 즉 사회적 진화라는 이름으로 사람의 역사는 불려도 좋다. 이 진화에서 가장 중요한 것은 이 진화는 생물의 개체 안에서의 살갗으로 에워싸인 닫힌 공간 안에서의 진화가 아니라, 그 개체 단위의 생물적 조건은 불변 상수로 두고 그러한 개체 사이에서의 진화라는 점이다. 이 같은 진화에 대해서는 DNA는 아는 바가 없다. DNA는 모든 생물이 신진대사를 통하여 자기 성분의 호메오스타시스를 늘 한결같이 지킬 것을 지시할 뿐이지, 그것을 채집을 통해 하라든가, 경작을 통해 하라든가는 지시하지 않고 있다. 생물들은 단 한 가지 방법만으로 이 지시를 받는다. 즉 독수리는 닭을 먹고, 사자는 사슴을 먹고, 사슴은 풀을 먹는다. 다만 사람만이 먹는 것과 먹는 것을 얻는 방법을 자꾸 바꾸어오고 있다. 이 바꿈의 부분을 우리는 문명이라고 부르고 있다. 문명은 사람이 생물로서 타고난 — DNA에 의해 움직이는 행동 부분이 아니고, 인간의 개체들이 무리를 지어 살면서 그들 사이에서 진화시킨 제2의 호메오스타시스이기 때문에 그것의(문명의) 개체생적 유지나 개체생적 발생(즉 후대에 의한 계승)이라는 것은 순전히 후생물 단계에서의 약속과 그 약속의 교습에만 의존한다. 문명 행동의 생물·물리적 부분을 문명 '행동'이라 부른다면, 이것 — 즉 문명인의 신체의 운동, 기계의 조작, 기호의 구성은 물리적으로는 생물적 행동과 구별되지 않는다. 그러한 행동을 지시하는 의식은 문명 '의식'이라 부를 수 있을 것이다. 이 의식을 (DNA)′라고 쓰기로 하면 다음과 같이 쓸 수 있다. 즉 사람의 행동＝DNA×(DNA)′ 혹은, 행동＝(DNA)(DNA)′이다. (DNA)′는 DNA와 너무 비슷한 성질이 보인다. DNA가 자기 속에 계통 발생의 단계를 기억으로서 지니고, 그 기억의 되풀이에 의해서만 개체를 발생시킬 수 있는 것처럼, 문명 유전 정보라고 할 (DNA)′도 그 자신 속에 역사적 진화의 기억을 지니고 있다. 먼 옛날의 어느 날에 원시 인류가 돌멩이 한 개를 집던 그 순간부터, 먼 옛날 어느 날 저녁에 원시 인류가 나뭇가지를 서로 비벼서 불을 일으킨 그 첫 겪음에서부터 지금에 이르는 동안의 모든 기억의 총체 — 그것이 오늘날의 우리가 지니고 있는 (DNA)′의 내용이다. 달로켓을 쏘아 보내는 우주 기지의 요원의 (DNA)′라는 것은 바로 이런 것이어야 한다는 것이 논리적인 계산이다. 그러나 여기서 큰 위험이 지적되어야 할 것이다. 유감스럽게도 (DNA)′는 DNA와는 다르다. DNA는 정보이면서 실재이기도 하다. 그것은 자동적으로 자기를 완성시키지만 (DNA)′에는 그러한 필연성이 없다. 그것은 — (DNA)′는 배우면 있고 배우지 않으면 없다. 비행기를 타지 않고 발로 걸어서도 사람은 자기를 운반할 수 있다. DNA와 (DNA)′ 사이에는 '선택' '습득'이라는 단절이 있다. 이것은 '의지'에 의해서 연속되는 것이지 물이 아래로 흐르는 듯한 물리적 필연성에 의해 접합되어 있지는 않다. 둘째로 (DNA)′는 생물의 개체발생과는 달리, 그것(당해 문명)의 성체 형태, 즉 최종 형태만으로 이식·전달이 가능하다는 성격을 갖는다. 위에서 우리는 서술의 편의상 사람의 문명이 마치 단일종 내에서 연속적으로 진화했듯이(생물학적 의인법의 가정 아래에서) 말했지만, 사람의 문명의 진화는 알다시피 그렇게 된 것이 아니다. 그것은 숱한 서로 다른 주체에 의해서 부분적으로 이루어진 것들이 서로 이식·통합·축적·정리되어온 물건이다. 문명의 주역들은 어느 동안 혁명적인 문명 정보를 보태고는 자기들 자신은 아주 없어지기도 하고 자기들이 만들어놓은 높이에서 굴러 떨어지기도 했다. 그것이 가능한 것은 DNA와 (DNA)′가 분리 가능하다는 데 있다. 이렇게 분리 가능하기 때문에 어떤 높은 (DNA)′도 그것에 이르는 넉넉한 전前 단계를 거치지 않은 인간 집단에게 습득시킬 수 있는데 그렇게 할 수 있는 현실적 바탕은, 어떤 야만인도 인류로서의 DNA의 기본형은 같으며, 어떤 야만인도 '언어'라는 전달 수단을 가지는 단계에까지는 이르러 있다는 사정 때문이다. 그렇게 해서 자동차를 발명하지 않은 사람도 자동차를 몰 수 있다. 같은 까닭으로 자생하지 않은 어떤 (DNA)′도 그 마지막 모습, 과실로서의, 즉 계통발생의 사다리의 마지막 모습만은 사람이면 누구나 누리고, 부리고, 흉내 낼 수 있다는 일이 생긴다. 이것은 생물의 개체발생에서는 될 수 없는 일이다. 문명 개체의 발생에서는 이것이 된다. 계통발생을 되풀이함이 없이 개체가 발생하는 것이다. 그런데 제대로 된 말의 뜻을 가지고 따질 때 이런 개체를 과연 개체라 할 수 있겠으며, 한 걸음 나아가 과연 개체가 발생했다는 객관적 사실조차도 인정할 수가 있을까? 다시 한 번 생물의 경우를 살펴보기로 하자. 생물이 개체를 발생시키려고 겪는 저 까다로운 우회는 무슨 까닭일까? 그럴 필요가 있어서 그러는 것임에는 틀림없다. 그렇지 않으면, 다시 말하면 계통발생을 되풀이하지 않고서는 개체를 발생시킬 다른 길이 없고, 또 어느 단계를 빼먹으면 결과로서의 성체에서 그만한 부분이 힘을 잃게 되기 때문이다. 그와 같이 흠이 있는 개체발생을 한 개체는 엄밀한 뜻에서 그 종의 개체가 아니라는 말이며 더 심하게 말하면 그 종의 개체는 발생하지 않았다는 말이 된다. 그렇다면 눈앞에 보이는 물리적으로 그 종의 외형을 지니고 그

종에 특유한 습성을 외견상 틀림없이 내보이고 있는 그 존재는 대체 무엇일까? 우리는 다행스럽게 그러한 존재를 부를 이름을 가지고 있다. 그것은 로봇이다. 로봇이란 자기의 필연성을 자기 '밖'에다 가진 존재이다. 그에게 사람에 맞먹는 의식을 준다는 것이 불가능한 바에는 그가 아무리 정밀할망정 그는 부풀려진 기계에 지나지 않는다. 먼저 말했다시피, 사람의 문명은 역사에 생멸한 서로 다른 주역들에 의해 공동으로 이루어진 것이기 때문에 엄격하게 말하면 이 (DNA)′에 관한 한 현재 지구 위에 사는 어떤 인간군도 이상적인 문명인일 수 없는 것은 뚜렷한 일이다. 그러나 이 같은 원리적인 불가능은 상대적으로는 중요한 편차를 지니고 있고 이 편차가 중요한 것은 생물적 개체의 목숨은 10년 단위, 한 사회 체제의 목숨이 100년 단위, 한 문명의 기간이 1000년 단위라는 ─ 생물적 진화의 시간에 비하면 너무 숨 가쁜 것임을 생각한다면 그것이 지니는 뜻, 파괴적 힘은 너무도 호되다. 무슨 말인가 하면, 상대적으로 문명의 계승·창조가 연속적인, 그러한 정도위 뜻에서 자생적인 사회의 삶과 그런 사회에서의 과실이 충격적으로 옮겨 심어진 사회에서의 삶은 그 힘, 쾌적도에 있어서 굉장히 다르다는 것이다. 전자에서는 (DNA)′는 그 속에 지닌 계통발생의 제諸 사다리의 왕성한 활성화에 힘입어 그 (DNA)′는 그렇게 부를 만한 힘을 지니고 개체 사이에서의 행동이 그 (DNA)′의 힘대로 움직인다면, 후자의 사회에서는 비록 껍데기는 비슷하지만 그 효용의 총량이나 방향이 껍데기만 보고 짐작하는 바와는 생판 다른 것일 수 있다. 비유해본다면 스프링 같은 것을 들 수 있을 것이다. 테가 하나밖에 없을 때는 우리는 그것을 스프링이라고 부를 수가 없다. 어느만 한 튕길 힘을 지니자면 어느만 한 수의 테가 겹쳐서 나사 방향으로 이어져 있어야 한다는 것이 스프링의 스프링 됨이다. 개체발생이 계통발생을 되풀이하는 방식은 이와 같은 공학적 원리에서 비롯된 것임을 짐작할 만하며 문명 개체발생 또한 이 법칙을 따르는 것이라 볼 수는 없을까?

2 개항 이래 우리 사회는 충격적인 (DNA)'의 변화를 겪어오고 있다. 근자 2, 3백 년 전부터 유럽에서 일어난 가속적인 (DNA)'가 유럽 밖으로 퍼져 나온 역사의 한 부분에 우리도 휘말려 오면서 살고 있다. 그리고 이러한 변화는 주권국 사이의 문화 교류 같은 팔자 좋은 상태로 이루어진 것이 아니라 정치적 독립을 빼앗기면서 이루어졌다는 데서 혼란과 괴로움은 곱빼기가 되었다. 더구나 정치적 제도라는 것 자체가 (DNA)'의 중요한 구성 인자의 하나이고 보면 사태는 더욱 괴기한 것이 된다. 가령 개화기의 사람들 눈에 비친 영국의 모습을 예로 들어보자. 우리는 영국을 산업혁명의 나라이자 민주주의가 가장 잘 이루어진 나라라고 첫눈에 받아들인다. 그러나 그러한 나라의 산업이 밖으로 나왔을 때 다른 나라의 토착 산업 구조를 무너뜨리고, 그 나라의 무력이 그러한 붕괴를 감싸주기 위해서 동원될 때에, 그것을 당한 사람들의 머리에는 혼란이 올 수밖에 없다. 민주주의라는 것은 대체 무엇인가? 유럽적 문명의 어느 곳이 보편적이고, 어느 곳이 특수하냐 등등의 물음이 일어나게 된다. 유럽적 (DNA)'라고 하는 것을, 그것을 이루고 있는 제 인자 중의 어떤 한 군데, 가령 논리적 대변 부분만을 가지고 알아보려고 하면 다른 부분은 다 가려지고 만다. 그리고 그러한 접근은 할 수 있는 것이지만, 그것은 (DNA)'에 대한 한 가지 분석 기준일 뿐이라는 방법론적 깨달음이 없으면 곧 함정이 되고 말뿐더러 사실이라는 것에 의해서 보복당하게 된다. 유럽적 (DNA)'라는 것은 그것을 알기 위해서는 엄격히 말하면, 유럽이 되는 길밖에는 없다. 왜냐하면 유럽적 (DNA)'는 그 속에 그것이 개체로 발생하기에 이른 계통발생적 사다리를 가지고 있

고, 그 사다리의 가로막대의 숫자는 욕심대로 말하자면 바로 무한하기 때문이다. 욕심대로라는 것은, 만일 그 실체에 가깝게 가려면 계통발생의 모든 단계를 세분하면 할수록 더 좋은 결과를 얻게 되겠기 때문이다. 영국 시인 엘리엇이 영국 문명이란 영국 자체라고 한 말은 이런 뜻이다. 말 그대로 그것은 기침 소리며, 걸음걸이며, 안개며 하는 것들까지가 참여하고 있는 살아 있는 호메오스타시스를 말한다. 이런 것을 어떻게 옮겨 온다든지, 옮겨 간다든지 할 수가 있다는 말일까? 그런 착각과, 또는 그런 어느만 한 가능성의 바탕은 인류의 대부분이 언어를 가지고 있고, 그렇게 되자면 필연적인 '인류'로서의 기본적 경험을 가지고 있다는 데 있다. 언어라는 것은 그 자체가 이미 (DNA)´이다. 그러면서 그것은 더 복합적인 (DNA)´의 표기 수단도 된다. 오히려 그 자체가 (DNA)´이기 때문에 더 복합적인 (DNA)´의 표기 수단이 된다고 하는 것이 옳겠다. 마치 사슴만이 사슴을 낳고, 사람만이 사람을 낳듯이 근본적으로 동형의 존재끼리만이 서로를 대표할 수 있기 때문이다. 그러나 우리가 DNA의 모든 분절을 해독할 수 없듯이 언어라는 것도 경험의 요약이기 때문에 행간이라 부를 만한 부분, 독일 철학식으로 말하면 지양되어 포함되어 있기는 하나 형태적으로 표현되기까지는 않은 부분, DNA의 사다리에서 말한다면 숨어 있는 사다리, 혹은 아직은 그것을 볼 수 있는 현미경이 없어서 관측되지 않는 사다리들을 — 언어도 또한 가지고 있다. 우리가 '나무'라고 부를 때 이 기호가 대표하는 내용은 실지의 '나무'에 비해서 가난한 것은 접어두고라도, 그 알고 있는 내용조차도 나무라는 형태의 소리나 글자를 가지고 환기할 수 있는 힘이라는 것은 대단히 불안정하다. 시험 치는 학생은 자기가 알고 있는 것조차도 기억 속에서 다 끄집어낼 수는 없는 것이다. 그러나 우리는 '나무'라는 말을 기억하고 있다는 것만으로 나무를 다 아는 것처럼 또는 더 나아가 나무를 차지하고 부리는 힘을 가지기나 한 것처럼 여기기까지 한다. 다른 문명과 만났을 때의 가장 큰 함정은 그 문명을 배울 수 있는 가능성의 바탕인 이 '언어'라는 수단이 바로 환상의 바탕이 된다는 모순 때문에 만들어진다. 언어는 (DNA)′의 (DNA)′로서 사람의 경험을 정리하고 분류하는 방법이기는 하지만, 그것은 엄밀하게는 DNA처럼 자체가 완전한 자립적 정보라는 것과는 달리, 경험의 쌓임에서 추상되어진 보다 근원적 기억의 기호 체계이기 때문에 자기의 창고인 원물原物과의 끊임없는 맞춰보기라는 재고 조사를 게을리 할 때는 곧 빈 딱지가 되고 만다. 그렇다면, 기침 소리나 걸음걸이까지가 들어 있는 그 창고를 근본적으로 약식의 장부에 지나지 않는 언어를 통해서 어떻게 가질 수가, 즉 자기 의식 속에 지닐 수가 있겠는가? 이러한 깨달음을 많은 비유럽 사회가 여러 가지 길을 거쳐 가지게 되면서 그들은 자기 사회의 전통에 눈을 돌리고 끊어졌거나 묻혀 있는 것들을 다시 잇고 캐어내는 길을 통하여 자기들의 기억, 곧 자기들의 (DNA)′를 되찾으려고 한다. 이것이 옳은 길임은 말할 것도 없다. (DNA)′라는 것이 그토록 까다로운 것이어서 제대로 움직이자면 양화되고 가시화되고 하지 못한 사다리까지도 무슨 수를 써서든지 활성화시키지 않으면 안 된다고 할 때, 그것은 거의 종교적 직관이나, 계시나 신비 경험에 가까운 빛깔을 띠게 된다. 그러나 인류가 그렇게도 오래 애용해온 바, 경험을 종교의 형식으로 정리한다거나, 주고받는다는 능력이 차츰 더 약해지고 있는 형편에서는 아무리 그것(기억)의 본질적 뜻이 보편적일 수 있다고 하더라도 기성 종교의 표상은 (DNA)′의 기호로서의 현실적 가용성은 넉넉한 것이 못 된다. 이런 사정하에서 비유럽 사회들이 자기들의 전통에 대해서 뜯어보게 될 때 그들에게는 놀라운 세계가 나타난다. 모든 것이 있지 않은가? 우리 선대들은 이미 옛날에 우주를 풀이하고 사회를 뚫어보고 윤리의 바뀜 없을 틀을 마련하고 있었구나. 그뿐이랴, 기술과 과학도 놀라운 세련성에 이르고 있어서 그대로 두었더라면 우리 속에서 근대 유럽의 모든 과학적 발전과 기술의 혁명이 일어났을 것은 필연적이었을 듯이 보인다. 경제의 발전도 유럽 지역에만 특수하게 일어났던 것으로 알았던 농업 사회 속에서의 수공업의 점차적 증대와 독립 및 도시의 산업 지역화와 같은 사실들이 비유럽권에서도 뚜렷이 이루어져나가고 있었다. 정치 제도에서도 신분 제도에서 벗어나려는 움직임은 바야흐로 안으로부터의 개혁을 차츰 익혀가고 있었다. 이런 모든 일의 현실화에는 비록 이르지 못할망정 그런 행동들에 대한 준비로서의 의식은 사상의 모습으로 널리 퍼지고 토론되고 있었으며, 사상이 있다고 하는 것은 그 사상의 주체가 있다는 말인데 그 주체들이 그만한 의식의 높이를 공상 속에서 만들어냈을 리는 없고 보면, 현실에서도 많든 적든 그런 원칙 아래 움직였을 것이다. 그렇다면 그 공상들은 이미 현실의 시간표로서 움직이고 있었다는 등등의 사실들이 연이어 밝혀지고 보면, 이런 사실들이 모여서 이루어지는 모습은 상당한 수준의 잘 짜인 (DNA)′에 다름 아니다. 더구나 그것이 자생의 것이라는 데서 오는 사실감은 사람들에게는 깊은 느낌을 주게 된다. 이 느낌은 거의 종교적 계시에 맞먹는 것이 된다. 이런 느낌은 틀린 것이 아니다. 이 느낌 속에 본질적으로 중요한 뜻이 숨어 있기 때문이다. 자기 조국은 자기 임이요, 애인이라고 말한 민족주의자들을 모든 근대 사회는 저마다 개개 몇 사람씩은 가지고 있다. 거기서 그들은 충분히 분화되고, 게다가 근원적인(종교처럼) 깊이까지 가진 (DNA)′를 느꼈기 때문에 그들에게는 그 느낌을 나타내기에 사람의 가장 근원적 행동인 사랑이나 종교의 표상이 자연스럽게 떠올랐던 것이다. 모르고 있다가 새로 알게 된 이 (DNA)′는 그 계통발생의 모든 고비가 자기 속에서 살아 움직이는 양 느껴진다. 감추어진 고리까지도 가끔 제 힘으로 찾아지기까지 한다. 개체발생이 마땅히 그러해야 하는 그런 모양으로 어떤 민족적 (DNA)'는 그 민족의 성원에게는 느껴지고, 상당한 정도는 사실이기까지 하다. 그것이 상당한 정도이기는 하나 완전하다고 할 수는 없는 까닭은 DNA와 (DNA)'의 다름에서 자동적으로 나오는 결론이다. DNA는 생물체 속에 심어진 타고난 시간표이지만, (DNA)'는 기호와 상징체계를 통해 생물 개체의 살갗 밖에 있는 매체에 기록된다는 형태로 존재하며, 생물 개체가 그것을 자기 것으로 만들자면 먼저 해독법을 익히고, 그렇게 익힌 해독 능력을 가지고 해독한다는 ― 우리가 습득·학습이라고 부르는 길을 밟아야 한다.

그렇다면 자국이라 해서 자국 문화를 자동적으로 자기 것으로 만드는 길은 없고, 다만 접근하기 위한 조건이 유리하다, 불리하다는 상대적 다름이 있을 뿐이다. 그러나 이런 사정은 얼마 동안은 마음에 떠오르지 않는다. 자기 사람이면 자기 문화에 무조건 맞는 것이고, 그것이 으뜸 좋은 것이라고 생각하게 될 때, 온갖 위험이 따르게 된다. DNA와 (DNA)'의 혼동, ― DNA는 일단 더 이상의 계통발생상의 진화가 끝난 것임에 비해서 (DNA)'는 원칙적으로 진화에의 길이 끝없이 열려 있고, 열려 있어야 한다는 데 대한 깨달음이 없는 데서 오는 탈이 생긴다. (DNA)'를 멈추어진 것으로 알게 되면 그것은 다소간에 현재 그 사회에 살아 움직이고 있는 (DNA)'와의 사이에 편차가 난다. 현재 살아 있는 (DNA)'라고 하는 것은 많은 경우에 자생이 아닌 외생外生의 (DNA)'가 자생의 그것과 복합되어 있는 상태이기 때문에, 이럴 때에는 자기 동일성에 대한 계산 착오가 생긴다. 말하자면 사자가 자기를 양이라고 생각한다거나, 독수리가 자기를 고래라고 생각한다는 식이다. 이런 착각은 현실을 통하여 비싼 값을 치르고 고쳐지거나, 더 탈이 심해지거나 하게 마련이다. 이것은 자생·외생의 개념이 훨씬 복잡한 관찰을 거쳐서 보다 세분된 단계를 가지고 구성되어야 한다는 것을 말한다. 그것은 '자생'이라는 것이 새로운 로봇이 되지 않기 위해서 필요한 처리 방법이다. 앞서 말한 것처럼 로봇은 자기의 존재 이유를 자기 밖에 가지고 있는 물건이다. 지금 문제에서 그 '밖'이란 '과거'라는 것이 될 것이다. 현재라는 한 점은 무한한 적분과 무한한 미분을 함께 허용하는 그런 존재라고 하는 원칙이 여기서 확인되어야 한다. 그 말은 개체발생을 위해 되풀이되는 계통발생의 사다리의 단段의 숫자를 원칙적으로 무한히 불려간다는 뜻이다. DNA에 있어서도 고등 생물의 그것은 부모와 자식, 자식 서로간에 조합이 다르지만 박테리아 같은 것은 분열 전후의 것이 모두 같다고 하는데 (DNA)′에서는 이 같은 조합의 특수도가 비할 수 없이 큰 것이 당연한 일이다. 특수도라는 것은 이 경우에는 계통발생상의 숨은 사다리에 해당할 것이다. 고등한 (DNA)′일수록 그것의 자기동일성은 필요한 사다리 수의 증감에 본질적으로 의존한다. 때로는 마지막 한 개의 사다리가 질적 변화의 결정권을 쥐는 것이어서 그 한 개가 채워지지 않았기 때문에 99개가 제 힘을 내지 못하는 일이 있을 수 있다. 이러한 사정은 우리가 실례로서 우리 둘레에서 흔히 보아온 것들이다.

한 가지 예를 들면 한국의 정치사에서 1960년 후반에서 1961년 전반 사이의 반년 남짓한 짧은 동안을 빼고는 지방 자치 제도는 실현된 적이 없다. 근대 유럽적 정치 제도에 있어서 지방 자치가 빠진 것을 가리켜 과연 그것을 유럽형 정치 제도라고 부를 수 있을 것인가? 지방 자치제는 근대 민주주의의 일부가 아니라 바로 원칙이다. 이것을 아마 DNA에 대한 M-RNA의 몫에 견줄 수 있을 것이다. M-RNA란 DNA의 지시를 단백질에 매개하는 시행 물질을 말한다. DNA가 원칙이라면 RNA는 방법인 셈이다. 방법이 없는 원칙이란 것은 불완전한 존재인 인간의 사고에만 있는 형이상학적 환상일 뿐이지, 현실주의자인 자연은 그런 존재를 알지 못한다. 그렇다면 그 짧은 사이를 빼고는 한국에는 근대 유럽형 정치 제도라는 개체는 발생한 적이 없다고 보아야 할 것이다. 지방 자치라는 방법이 없는 데서 국민의 주권은 그 말의 온전한 뜻에서 '행사'될 길이 없었다고 보아야 하지 않겠는가? 이것은 엄밀한 원칙론에서 보아 틀림없는 말이다. 그런데도 해방 후 수십 년 동안 우리는 무엇인가 근대 유럽형 정치 제도 비슷한 것을 눈앞에 가져왔고 그에 의해 삶을 꾸려온 양하는 느낌을 갖는 것도 사실이다. 그만한 무엇이 있었다는 것을 부정할 수는 없다. 그러나 그것은 그저 그만한 것이었다는 점이 날카롭게 깨달아져야 할 것이다. 그뿐만 아니라 그만한 것조차도 지방 자치제의 부재 때문에 변질되었다고 봐야 하지 않을까? 흔히 말하는 대로 이것을 전체는 부분의 합이 아니라 적積이라면 더욱 그것은 당연한 결과다. 다시 이것을 이 글에서 써오는 이론 모형의 궤도에 옮겨본다면 근대 유럽형 정치 제도라는 개체발생에 필요한 계통발생의 중요한 고리가 빠져버렸거나 억제되었기 때문에, 아무튼 발생하기는 한 해방 후 한국 정치라는 이 개체는 혹시 그 개체의 종의 계통발생의 어느 진화 단계에 머문 기형아에 지나지 않는 것은 아니었을까? 이것은 적어도 (DNA)′의 성격을 이해할 수 있는 응용 문제의 뜻을 지니는 것이라 생각한다.

③ 문명 정보로서의 (DNA)′에 대한 위와 같은 이해 속에서 보아 문학이라는 제도는 무엇을 하려는 것일까? 먼저 (DNA)′와 문학의 관계를 살펴보기로 하자.

인간 현상의 분류

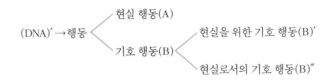

문명인의 모든 행동은 당연히 (DNA)′의 표현이다. 이와 같은 것으로 생각되는 '행동'은 두 가지로 나뉜다. 첫째는 현실 행동인데, 이것은 사람의 살갗 바깥의 물리적 외계에 물리적 변화를 일으키는 것을 본질적이며 최종적인 목적으로 하는 행동이다. 집을 짓는 것, 밭을 일구는 것, 생식을 위해 상대를 찾는 것 등이 모두 그것이다. 기호 행동은 이와 달리 (DNA)′ 자체의 전달을 본질적이며 최종적인 목적으로 삼는 행동이다. 행동 이전의 정보 자체의 전달을 위한 행위이기 때문에 그것은 그것의 물리적 형태나 운동 자체에 목적이 있는 것이 아니라 그러한 것들을 매개로 하여 재귀적으로 (DNA)′ 자신을 환기하기 위한 행동을 말한다. 이 기호 행동은 다시 두 가지로 나뉜다. 하나는 현실 행동을 지시하기 위한 (DNA)′의 전달을 목적으로 한다. 그러므로 이것은 형식으로는 기호이지만 실질에서는 현실 행동의 회로와 이어져 있다. 즉 현실을 위한 기호 행동이다. 이는 타인에게 지시한다는 처음 목적에서 점차 복잡해지기는 하지만 근본적으로는 현실 지향의 행동이다. 모든 일상 전달과 과학적 표현이 여기에 들어간다. 기호 행동의 다른 하나는 '현실로서의 기억 행동'이다.

이것은 정의 자체가 모순이기는 하다. 기호 행동이 이미 현실 행동이 아니라고 분류했다면, 그 하위 분류항이 어떻게 상위류와 다른 것일 수 있는가? 그러나 여기서 '현실로서의'라는 정의는, 말하자면 절대치는 같지만 부호가 부負일 수 있다는 수학상의 규칙을 빌려서 이해하면 되겠다. '현실로서의'라고 했지만 그 현실은 '현실 행동'의 그 공간이 아니라 (DNA)′ 안에서 현실과 꼭 같은 자리가 된 시공간을 말한다. 거꾸로 말하면, (DNA)′ 자체를 우리는 '현실을 위한 (DNA)″'와 '현실로서의 (DNA)″'로 나누어서 발전시켜왔다고 볼 수 있다. 이러한 기호 활동이 우리가 일상생활에서 늘 부리고 있는 상상력 또는 그것의 의도적 강화형인 예술이라고 부르는 기호 활동이다. 예술의 한 분야인 문학에서 '꽃'이라고 기호가 표현되었을 때는 그것은 들에 있는 꽃을 꺾어오라는 이야기가 아니다. 그것은 우리 의식 속에 있는 '꽃'이라는 정보, 꽃이라는 (DNA)′를 환기한다. 그리하여 1) 그것이 부負의 공간의 일이라는 것에 상관없이 2) 정正의 공간의 힘을 빌림이 없이 3) 정의 공간의 '꽃'의 모사로서가 아니라 4) 그것 자체가 자족한 자립한 꽃으로서 존재케 하라는 방법적 약속 — 즉 제도이다. 즉 (DNA)′는 물리적 존재가 아니라 정보임에도 불구하고 예술이라는 제도 속에서는 인간에게 갖추어진 상상력이라는 의식 작용을 의도적으로 강화하고 조립하여 그 정보를 마치 존재인 것처럼 통용시킨다는 말이다. 약속인 이상 여기에는 아무 모순이 없다. 형이상학적인 실체를 주장하는 것이 아니라 고유한 목적을 위한 가정이기 때문이다. 이 가정이 너무 장구한 세월 동안 유지되어왔기 때문에 가정이 실체 같은 환상을 주어왔다고 해서 이 가정의 정당성이 다쳐지는 것은 아니다. 사람들이 예술이라는 개체발생의 어떤 사다리를 빼먹었다는 것뿐이다. 게임을 하다가 반칙으로 이기려고 하는 것과 같다. 볼이 아니라 저쪽 선수의 정강이를 걸어차는 순간 그는 게임의 세계에서 벗어나서 정글의 주민이 되었다는 것뿐이다. 극장에서 징이 울리고 막이 올라가면 거기에 벌어지는 것은 인생의 모방이나 반영이 아니라 그것은 바로 거기서 지금 일어나고 있는 인생 그것이다. 그것이 정(+)의 인생이냐 부(-)의 인생이냐의 따짐은, 징이 울리고 막이 오른다는 절차를 경계로 하여 따지지 않기로 약속한다는 것이, 극장의 자리에 앉아 있다는 행동의 의미이다. 운동장 스탠드에 앉는다는 것은 아래에서 움직이는 선수를 다만 선수로서만 본다는 것을 말한다. 그가 집안에서 효자라고 해서 그의 반칙을 눈감아준다거나, 그가 동네의 망나니라고 해서 그의 득점을 무효로 돌리지는 못한다. 그런 일들은 선수가 거기 서기 이전과 이후에 따져질 문제이지, 흰 줄 안에 서 있는 사람에 대해 따질 일이 아니다. 예술품과 예술가 사이에도 이런 일은 일어난다. 그 예술품의 작자로서의 예술가는, 그 밖의 행동 — 즉 '현실 행동'과 '현실을 위한 기호 행동'을 하는 주체와는 다른 주체, 즉 예술가라는 주체이다. 한 몸을 쓰고 있지만, 그들은 전혀 다른 (DNA)'에 의해 움직이는 '개체'이며, 이것은 배우라는 직업에서 제일 눈에 띄게 나타난다. 그는 자기 역에 '씌인' 사람인데, 그 빙의의 재료는 그의 몸과 그의 현실적 (DNA)'이고, 그 주체는 '그의 역의 (DNA)''이다. 여기서는 그의 이른바 현실 의식까지도 그의 상상 의식의 수단이 된다. 비현실을 현실로서 통용시킨다는 약속 아래 이루어지는 인간 행동, 그것이 예술이며 따라서 예술은 유희이다. 그 유희가 얼마나 잔인할 수 있느냐는 그 안에서의 장면의 문제지, 예술이라는 장르의 자기동일성의 문제는 아니다. 이것은 정(+)의 현실에서도 마찬가지다. 현실은 잔인하기도 하고 아름답기도 한 것이며, 그 어느 한쪽을 실격 현실이라고 할 수는 없지 않은가?

사람은 왜 이런 기호 행동을 하는 것일까? 그렇다. 예술은 기호 행동이다. 그것은 상상적 (DNA)'를 불러내는 것을 본질적이고 최종적인 목적으로 삼는다. 사람은 왜 상상적 (DNA)'를 가지게 되었는가라고 고쳐 물어도 되겠다. 그럼에서 보는 것처럼 사람의, 적어도 뜻있는 모든 행동은 (DNA)'의 표현이다. 행동의 '뜻'이란 다름 아닌 '(DNA)''를 말한다. 마지막 항인 '현실로서의 기호 행동'을 일단 젖혀놓은 남은 두 항을 보면 그것들은 아주 제한된 (DNA)'밖에는 실현하지 않고 있다는 것을 알게 된다. 보통 생활에서의 '현실 행동'이나 '현실을 위한 기호 행동'은 그 당장에서의 효용을 크게 벗어나지 않는다. 그런가 하면 과학적 현실 행동 — 즉 실험이나, 실험 결과의 기호적 표현도 그 과학이 택한 기술 기준에서 논리적으로 벗어나서는 안 된다. 모든 것을 기술하지 않는다는 것이 '과학'의 약속이다. 그러니까 '이 형태의 행동'에 의해 표현되는 (DNA)'의 질량⟨어떤 문명이 지금 가지고 있는 (DNA)'라는 부등식이 얻어진다. 이 사정은 이 유형의 행동을 가지고는 원리적으로 해결할 수 없는 편차이다. 이 편차를 고유한 수단에 의해 해결하려는 것이 예술이다. 그 고유한 수단이란 기호의 고유한 사용을 말한다. 다른 기호가 어떤 특정의 (DNA)'를 전달하기 위해 쓰이는 데 비해서, 예술에서의 기호는 기호가 가리키는 (DNA)'가 정보로서가 아니라 존재가 되는 것을 승인한다는 서품 의식과 같이 사용된다. 그런데 존재라고 하는 것은 무한히 이어진 관계의 사닥다리다. 그것을 어디서 어디까지를 개체라고 판단하는 것은 일정한 기준에 의해 제한하는 것에 다름 아니다.

실지로 우리는 다른 유성과 대비할 때 우리의 현실을 그저 지구라고만 표현한다. 이런 요약은 인식과 표현의 모든 단계에서 이루어지며, 그런 요약 없이는 인식과 표현 자체가 이루어질 수 없다. 이러한 요약의 벽을 뛰어넘는 것이 예술적 기호의 운용법이다. 예술이 환기코자 하는 (DNA)'는 이러저러한 (DNA)'가 아니라 바로 (DNA)' 그 자체이며, 그보다 더 옳게 말하자면 그 전술 (DNA)'를 존재에까지 승격시키는 것이라고 하면 예술이 하고자 하는 일은 (DNA)′ 자체를 넘어서 우주 자체를 환기하는 것이라는 말이 된다. 왜 그렇게 하는가? 인간이 유로서 도달한 에누리 없는 높이에 자각적으로 서서 우주의 전량과 맞서보는 시간을 갖기 위해서, 문명인의 개체발생의 이상형을 가지기 위해서, (DNA)′의 모든 사다리를 활성화해서 (DNA)′의 전량을 직관하기 위해서이다. 이러한 목적을 위해서는 물론, 징 소리를 울린다든지, 막을 올린다든지, '옛날 옛적에'라는 말을 앞에 붙인다든지, 표지에 '예술 총서'라고 쓴다든지 하는 것만으로 되는 일이 아니지만 본질적으로는 그러한 단순한 의식 선언에서 출발한 것이며 그것들을 더 세련시키고 효과를 높인 것이지 본질적으로 다른 것은 아니다. 왜냐하면 현실로서의 기호 행위인 예술이 사용하는 기호도 현실을 위한 기호와 물리적으로는 같기 때문이다. 음악과 소음은 물리적으로는 동일한 물질이며, 다만 음악은 약속에 의한 전폭적인 믿음이라는 관습을 불러낼 수 있는 조건 반사의 회로 속에 있다는 데서 본질이 달라진다.

　문학의 경우를 예로 든다면, 문학은 언어라는 기호를 예술 일반과 같은 약속 아래 사용함으로써 우주를 불러내려는 예술의 한 가닥이다. 줄여서 말하면 언어의 고유한 사용법이 문학이다. 문학은 언어를 어떻게 사용한다는 것인가? 그것은 이렇게 말해볼 수 있지 않을까 한다. 문학에 어떤 낱말 하나를 쓸 때, 그것은 언제나 존재하는 낱말 모두를 잡아끌기 위한 고리와 같이 그렇게 사용된다는 말이다. '꽃'이라고 썼다면, 그것은 '꽃'이라는, 말의 우주의 그 부분을 튕겨서 말의 우주 모두를 공명시키기 위해서 쓴 것이지 우주 속에서 꽃을 집어내기 위해서 쓴 것이 아니다. 다시 (DNA)′의 비유로 돌아간다면, 예술은 그 형식상의 대소를 막론하고 그것이 환기하고자 하는 것은 현재까지에 쌓인 (DNA)′의 전량이다. 왜냐하면 그렇게 함으로써만 문명인이라는 개체생을 완전하게 발생시킬 수 있기 때문이다. DNA가 벌써 그런 것처럼 (DNA)′도 다른 어떤 예거적 수단을 가지고도 그 총량을 기호화하지 못한다. 예술은 이 문제를 일거에 풀려고 한다. (DNA)′의 사다리를 하나 하나 끄집어내려는 길을 버리고, 자체를 전체로써 충격하는 것이다. (DNA)′라는 정보를 존재에로 승격시킨다는 것은 마치 꽃을 나타내기 위해서 현실의 꽃을 그림틀 속에 갖다놓는 전위 화가의 의도를 떠올리게 한다. 이때 화가가 노리는 것은 그 현실의 꽃은 현실의 꽃으로서 사용된 것이 아니라 꽃의 심상을, 우리의 비유로 하면 꽃의 (DNA)′를 환기하기 위한 매체로 썼다는, 그러니까 이 '현실의 꽃'은 '꽃'이라는 '말'과 같은 의미에서 사용한다는 그러한 결의 혹은 새 약속의 강요를 뜻하는 것이다. 이 약속이 미술이라는 장르의 관습에서 너무 벗어난 것이 아닌가 어떤가를 따질 수 있는 일이지만, 거기에 절대적 기준은 없다. 모든 (DNA)′는 그런 약속 위에 서 있는 것이기 때문이다. 문학은 언어를 그렇게 사용함으로써 언어에 의해 환기되는 (DNA)′가 로봇의 머리에 심어진 입력량이 아니라, 무한한 존재를 무한성을 줄임이 없이 복제해서 공명할 수 있는 존재의 상사형이라는 것을 직관하고자 한다. 사람이 로봇이 아니며 로봇처럼 되는 것을 막는 일을 언어라고 하는 인간의 중요한 기호의 고유한 사용에 의해서 달성하려는 인간 행위가 문학이다. 그것은 완전한 언어 사용법이고자 하기 때문에 역설적으로 현실의 공간 아닌 약속에 그 현실적 바탕을 두고 있다. 그것은 현실 의식 쪽에서 보면 본말 전도의 통찰된 '꿈', 조직된 '환각'이다. 그렇기 때문에 그것은 현실을 위한 (DNA)′가 아니라 현실이 된(비록 약속의 공간에서일망정) 그런 (DNA)′이다. 그렇다면 마지막으로 이런 (DNA)′는 그림에서의 다른 인간 행동의 가닥 — '현실 행동'과 '현실을 위한 기호 행동'과 어떤 관계를 가지는가? 어떤 '관계'를 가지는가 하는 물음을 이들 항을 각기 닫힌 회로라 보고, 이 회로 사이에 어떤 변환이 가능한가라는 물음으로 받아들여 해결해보기로 하자. 첫째, 이들 사이의 무조건 교류는 논리상 불가능하다. 왜냐하면 그것들이 저마다 고유하게 움직일 수 있는 것은 일정한 배타성 자체에 바탕하기 때문이다. 그러나 사물은 일정한 조건이 주어지면 변화할 수 있다. 그 일정한 조건이란, 그 항이 가지는 고유한 힘이 잃어진다는 조건을 감수하고 그것의 살아 있는 회로가 해체된 다음 그 부분품 혹은 잔해에서 무엇인가를 건지는 일이다. 이럴 때 피아노 연주가 팔의 운동으로 변환된다거나, 시의 창작이 글씨 쓰기의 훈련이 된다거나 하는 희화화라는 수준까지 내려갈 수 있다. 이런 변환 가운데 가장 생산적인 이용이 아마 문학 작품을 여러 인문과학의 대상으로 삼아서 그들 과학의 문맥 안에 들어오는 한도 안에서 새 (DNA)'의 소재로 삼는 일이며, 이런 방법 가운데서도 예술로서의 문학에 가장 가까운 시야 속에 머물 수 있는 변환이 미학·문학비평이 되겠다. 그것들은 예술로서의 문학에 가장 긴밀히 초점을 맞춘 과학이지만 예술로서의 문학 자체는 아니다. 그래도 또 묻는 사람이 있을 것이다. 그 기호 행동의 다른 가지에로의 변환이 아니고 현실 행동으로 변환은 있을 수 없느냐고, 희화화된 변환보다 조금 더 생산적인, 다시 말하면 예술의 풍부함, 힘 같은 것이 되도록 많이 지양되면서 그것(예술)이 방법의 공간 아닌 현실의 공간의 행동에 힘이 될 수는 없겠느냐고, 이런 물음에 대해서는 다른 물음을 맞세워보기로 하자. 가령 한 곡의 현악곡을 듣고 이것을 전쟁하는 일에 어떻게 힘이 되게 변환할 수가 있을까? 히틀러는 스탈린그라드에 갇힌 독일군에게 베토벤의 교향악을 보내주었다. 그때의 독일군이 그 음악을 듣고 그들의 전투력에 어떤 본질적 변화를 일으켰는가? 일으키지 못했다. 베토벤의 음악과 당시의 독일군의 현실적 필요라는 두 항 사이는 너무나 떨어져 있었기 때문에 아마 담배 한 대쯤

한 진정 작용은 했는지도 모르겠다. 그러나 이 사태는 조금 복잡하다. 독일군을 히틀러의 군대라고만 보지 말고 인간으로서, 독일이라는 영원한 공동체의 한 부분으로서, 그런 개인들로서 본다면, 베토벤의 음악은 달리 들렸을 것이다. 스탈린그라드의 패전 후에도 독일은 있고 인생은 있다는 강력한 희망의 목소리로 들렸을 것이다. 이것은 베토벤의 음악에 훨씬 가깝다. 그러나 그 음악의 (DNA)′ 전량이 아니기로는 마찬가지다.

음악은 그렇다 치고, 문학은 훨씬 사정이 다르지 않겠느냐는 물음도 있을 수 있다. 문학은 인생의 모방이라지 않느냐고. 그러나 예술로서의 문학에 대해 말하는 이상, 원리는 예술 모두에 일관해야 한다면, 정도의 차이는 있을망정 본질적으로 사정은 마찬가지다. 문학 속에 있는 상황에서 얻은 (DNA)′를 현실의 그와 매우 닮은 상황에 옮기려고 하는 경우에도 그것이 조잡하지 않은 문학 작품이라면 그것의 현실적 변환에는 원칙적으로 무한한 회수의 변환을 거쳐야 한다. 왜냐하면 예술적 기호라는 것은 어떤 특정한, 일의적인 적용이 불가능하게 하기 위하여 만들어진 기호 회로이기 때문에, 그 역순 운동은 논리적으로 그 자체의 부정인 일의성으로 될 수밖에 없기 때문이다.

그러나 문학을 현실적인 힘으로 변환하는 길이 마지막으로 단 하나 없는 것은 아니다. 있다. 그 길이란 문학을 문학으로서 받아들이고 작동시키는 길이다. 사람이 사람을 낳고, 새가 새를 낳는 것처럼 문학이라는 장르를 개체발생시키는 길은 문학 작품이라는 계통발생 회로를 따라가는 길밖에는 없다. 여기서 현실까지는 우리가 문학과 현실을 각각 존경하면 할수록 무한한 거리가 벌어져 있다. 사람은 물론 극장의 막이 내린 다음에는 극장의 문을 나오게 마련인데, 이 극장 문 안에서 얻은 무엇인가를 극장의 문 밖으로까지 지니고 나오는 길이 없을까? 있다. 그리고 사람들은 그것을 실천하고도 있다. 우리는 막이 내린 순간에 순간적인 명상에 잠긴다. 이 거의 초시간적인 시간 동안에 겪는 의식이, 예술에서 최대의 것을 얻어가지고 현실로 돌아오는 가장 힘 있는 변환의 길이라고 생각된다. 극장의 막이 오르는 순간, 극장의 막이 내리는 순간에 일어나는 이 변환은 그 변환의 이쪽저쪽의 실질보다도 그 형식적 능력 자체가 더 주의할 만하다. 왜냐하면 약속의 회로를 그토록 짧은 시간의 의식의 노동을 가지고 열고 닫는다는 것은 그것이 비상한 단위 효용을 가진 노동 능력임을 말하기 때문이다. 그렇다면 이 능력은 (DNA)'라는 개체의 발생을 무한한 사다리를 가진 계통발생의 되풀이라는 방법으로 수행하려는 예술의 방법과 동질이며, 그런 능력이 막의 이쪽과 저쪽에 순간이나마 공존한다는 것은 무엇인가 예술 공간의 내용이 현실 공간 속에 변환되어 넘어왔음을 말한다. 아마 이 '순간의 경험'이 가장 확실하게 기술할 수 있는 예술의 효용이 아닐까?

* 이 글에서는 '이데올로기'에 대해 직접 풀이한 바 없으나, 이데올로기란 말을 글 속에서 쓰인 (DNA)'란 개념의 동의어, 또는 현실적 (DNA)' 때로는 상상적 (DNA)' 등으로 바꿔놓고 이 글을 읽어도 무방하다.

예술이란 무엇인가

__ 진화의 완성으로서의 예술

제가 오늘 여러분에게 이야기하려는 것은 예술이란 무엇이냐, 하는 것입니다. 여러분은 모두 예술을 공부하기 위해서 입학한 학생들인데 여러분들은 여러 분야의 예술을 앞으로 공부하게 될 것입니다. 그래서 여기서 말하려는 것은 그러한 예술 분야 각기에 대한 구체적인 어떤 것을 얘기하려는 것이 아니라, 그런 모든 것들이 예술이라는 이름으로 묶여 있는데, 그러면 그것들 모두에 공통되는 요소는 무엇이냐, 다시 말하면 예술이 예술이라고 불리는 성격이 무엇이냐, 우리가 고등학교 시절에 원소 기호 Fe는 철이다, Cu는 동이다 하면, 동은 무색 무미 무취의 무엇으로서 몇 도에서 어떻게 되고, 또 무엇과 결합하면 어떠한 성격이 있다, 이러한 동이 동으로서 가지는, 철이 철로서 가지는 공통의 성격을 먼저 연구한 다음에, 동화합물, 철화합물이 여러 가지가 있는데 그러한 것들 속에 동과 철의 보편적인 성격이 어떻게 일관해서 관철하고 있느냐, 그것이 여러 가지 화합물의 형태를 취하고 있지만 동이라는 성격, 철이라는 성격이 그 모든 것에 어떻게 일관해 있느냐, 이러한 것을 공부하는 것이 화학인 것처럼, 오늘 여기서는 예술 전체에 공통되는 그러한 성격, 예술이 뭐냐 이런 것을 이야기하는 시간으로 되어 있습니다. 그래서 저는 오늘 예술이란 인간의 진화의 완성된 형태다, 이렇게 예술을 보고자 하는 것입니다. 진화의 완성으로서의 예술, 이런 것입니다. 현재 이 강의실에는 영화라든지 슬라이드라든지를 준비하지 못했습니다만 대신 여러분의 상상력을 통해서 한번 상상해주기를 바랍니다.

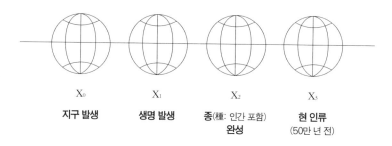

X_0	X_1	X_2	X_3
지구 발생	생명 발생	종(種: 인간 포함) 완성	현 인류 (50만 년 전)

저게 무엇같이 보입니까? 네? 원요? 네? 보름달? 좋은 얘깁니다. 또? 네? 크게. 뭐라고요? 호떡? 네, 또? 돈, 동전, 또? 네, 다 좋은 얘기 해주었는데 지구라고 상상하기로 하겠습니다. 여러분이 잘 아시다시피 지구라고 하는 것은 지금부터 오래전에, 몇 십억 년 전에 우주의 티끌이 모여서 되었다는 설이 통설이 되어 있습니다. 그때에는, 여러분이 과학 영화 같은 데서 많이 보았을 줄 아는데, 이 지구는 유동 상태의 덩어리이자 큰 불덩어리로서 아직 표면이나 그 속이나 모두 타고 있었습니다. 그래서 지구를 구성하고 있는 물질이 끊임없는 화학반응을, 화학반응이라는 것은 열을 가했을 때 가장 왕성해지는 것이므로 끊임없이 원소들이 A원소가 B원소가 되고 B원소가 C원소가 되고 해서 불안정한 상태에 있었습니다. 이런 상태가 상당한 시간을 거쳐서 현재와 비슷한 상

태 — 지구의 표면은 딱딱하게 굳고, 지구의 중심의 일부만이 원초의 상태의 용암의 상태를 가진, 그런 상태에 도달했습니다. 그렇게 된 다음에 거기에 물이 생겼다고 합니다. 그다음, 그 물에 가까운, 물과 육지가 잇닿은 부분에서 어떤 시기에 생명이 발생했습니다. X_1이라고 하는 어떤 시점에서 생명이 발생했습니다. 이때의 생명은 원초의 생명으로서, 세포 하나가 단위인 생물, 단세포 생물입니다. 그러나 이것은 생명의 원소, 생명의 원자, 생명의 기본 단위가 생긴 것이지요.

그다음에 또 장구한 세월이 지나고 세포 하나의 생물이었던 기본적인 생명이 진화에 진화를 거듭한 끝에 오늘날 우리들이 보는 바와 같은 여러 가지 종자들이 생겼습니다. X_2라고 하는 어떤 시점 — 이것은 굉장히 오래전 수십만, 수백만 년, 그런 단위의 시간이 걸려서 그러한 하늘, 물속, 땅 위에 존재하는 이 생물들이 생겼습니다. 저 X_1에서 X_2에 이르는 시간은 방대한 시간입니다. 그때 인간도 성립하였습니다. 여기서 인간이란 것은 인간의 선조를 말하는 것입니다. 그다음에는 오늘날의 연구에 의해서 시간이 밝혀져 있는데 지금부터 50만 년 전의 바로 오늘날 우리와 똑같은 신체 구조를 가진 인간이 완성되었습니다. X_2에서 X_3까지는 역시 인간의 선조임에는 틀림없지만, 지금 우리처럼 척추를 세우고 다니지 못하고 네 발로 걸어다닌다든지, 또는 두개골의 구조가 지금 인류보다는 원숭이의 그것에 가깝다든지 또는 뇌의 구성이 아직 오늘의 인류하고는 차이가 있었던 시기입니다. 그런 상태가 진화를 거듭한 끝에 지금부터 50만 년 전에 일단 진화가 완성되었습니다. 이런 얘깁니다. 그래서 50만 년 전의 인류는 벌거벗고, 돌 하나만을 들고 밀림 속을 돌아다녔습니다. 또 오늘날의 연구에 의하면 인류가 처음 발생한 지역은 지금 현재 지구의 아프리카를 중심으로 한 지역이었다고 그렇게 알려져 있습니다.

그래서 지금의 아프리카가 그런 것처럼 그때도 지구의 아프리카 근처는 지금과 같은 완전히 같은 지형은 아니겠으나 아프리카 부근은 지구 위에서는 제일 더운 곳이었다고 하므로 우리가 옛날얘기나 인류학 책에서 보는 것처럼 옷을 입지 않고 살아가는 상태였겠지요. 그러나 그들이 비록 옷을 입지 않고, 돌멩이 하나 들고, 신도 신지 않고 가진 것은 몸뚱어리밖에는 없지만, 그 사람들을 지금 불러다가 신체검사실에서 오늘날의 인류와 함께 신체검사를 만일 받게 한다면 조금도 다름없는, 어느 사람이 50만 년 전 사람이고 어느 사람이 20세기의 사람인지 적어도 신체 구조를 가지고 판별할 수 없는, 다시 말하면 오늘날의 인류와 똑같은 인류가 완성되었습니다. 그 완성이라는 것이 저 철판을 다시 회고해보면, 지구의 발생으로부터, 지금부터 50만 년 전까지에 이르는 수십억 년의 자연의 진화에 의해서, 도태와 돌연변이와 유전과 이러한 복합적인 자연의 선별 과정을 통해서 50만 년 전에 드디어 우리 조상인 인류가 완전히 성립했습니다. 보통의 의미에서 진화라고 하는 것은 지구의 탄생으로부터, 지금부터 50만 년 전 사이에 걸친 생명의 발생, 변화, 개선, 완성되는 이 과정 ─ 이것을 우리는 진화라고 부르고 있고, 그것을 취급하는 과학을 진화론이라 부르고 있습니다. 그런데 여기서 인간과 인간 이외의 생물들이 어떻게 다른가를 아주 간단하게 설명하고 넘어가려고 합니다. 동물이라 하는 것은 저 그림에서 보면 X_2의 시점에서 발생해서 현재에 이르기까지 동물은, 50만 년 전(X_3)+X_2까지 사이에 일어났던 사이에는 아무 변화도 없었습니다. X_2시점에서 완성된 신체 구조, 본능적 생태, 신경 계통의 구조와 능력, 이것이 50만 년 전에도, 그 이후 현재까지도 같은 상태가 반복되고 있습니다. 사자라고 하는 동물은 상당히 빨리 성립된 고등동물인데 X_2시점에서 완성된 사자라고 하는 종자는 그 이후, 50만 년 전, 그리고 오늘날 저 창경원의 사자나 밀림에 있는 사자나 꼭 마찬가지라는 말입니다. 조금도 변하지 않았습니다. 그러나 한편 사람은 어떤가 하면, 사람은 달라지기도 하고 달라지지 않기도 하였습니다. 두 가지로 이야기할 수 있다는 것은 오늘의 이야기의 골간입니다. 무슨 말이냐 하면, 사람은 생물학적인 수준에서는 X_2에서 50만 년 전, 현재까지 사이에 다름이 없다는 말입니다. 적어도 50만 년 전부터 현재까지 사이에는 아무 다름이 없다, 아까 말한 대로지요. 이 점에서는 동물과 똑같은 그러한 발전을 해왔습니다. 동물도 50만 년 전까지에 진화가 끝났고 앞으로는 더 진화하지 않을 것이라는 것이 현재 우리가 알고 있는 이론이고, 또 사람 역시 50만 년 전의 사람과 지금의 사람, 그리고 앞으로도 인간의 신체적 조건은 더 변화가 없다라는 것이 일반적 이야기입니다. 무슨 뇌세포가 더 증가한다든지, 혹은 사람에게 날개가 돋게 된다든지, 이런 일은 없으리라, 이것이 오늘날 생물학의 결론입니다. 그래서 이 생물학적 조건이라는 데서는 동물과 인간 사이에 아무런 차이가 없습니다. 그런데 아까 말씀대로 그럼에도 불구하고 인간은 동물과는 달리, 변화하기도 했다 하는 것은 무슨 말이냐 하면, 여러분도 짐작이 가실 줄 아는데, 저 I라고 하는 것은 Identity 동일성, 정체성이라는 말의 약자로서 표시한 것입니다. 지평선의 활자체 I는 인간의 생물적 자기동일성, 생물적 본질은 변하지 않았다, 계속 I, I, ……이렇게 나간다 이런 얘깁니다. 그래서 저렇게 표시한 것입니다. 그런데 위에 삼각형의 사변으로 올라가고 있는 작은 i_1 문명, i_2라는 것은 i_2……i_3……i_n 같은 요령으로 각 단계의 인간의 문명을 표시한 것입니다. 그러면 문명이라고 하는 것이 무어냐, 하면 여기서는 문명이라는 것은 인간이 도구를 사용해가지고 환경을 극복하는 능력, 이것을 문명이라고 정의하기로 하겠습니다. 그러니까 i_1, i_2, i_3라고 하는 것은 인간이 i_1이라고 하는 수준의 도구를 사용해서 환경을 극복하는 능

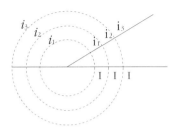

력의 단계, i₂라고 하는 것은 i_2라는 수준의 도구를 사용해서 환경을 극복하는 능력의 단계를 말합니다.

그런데, i_1, i_2 하는 누증하는 문명의 단계에서는 인간은 동물하고 완전히 갈라서게 됩니다. 우리가 저 지점을, 50만 년 전의 저 지점을 갈림길로 해서 동물은 인간하고 같은 생물학적 차원에 서 있음에도 불구하고 동물은 영원히 저 지평선에서 솟아오르지 않는 — 비유한다면 동물은 마치 뱀처럼 땅을 기어서 지평선을 향해 나아가는 이런 생활을 하고 있다면, 인간은 50만 년 전이라는 저 지점을 이륙 지점으로 해서 계속 상승선을 그리면서 지평선과의 거리를 점점 확대해나가는 과정에 있습니다. 우리는 그것을 문명이라는 이름으로 부르고 있습니다. 그리고 문명이라는 것은 저렇게 누적적으로 발전해오고 있습니다. 그래서 우리가 편의상, 원래의 진화론이라는 말과는 다른 뜻이 되지만 — 진화라는 말은 원래는 생명이 하급 생명으로부터 고등 생명으로 발전하는 것을 표시하는 과학 용어지만, 우리가 비유적인 용법으로서 인간이 도구를 사용해서 환경을 극복하는 이런 능력을 가지게 된, 인간 존재의 제2의 발전 단계를 또 하나의 진화라고 부르기로 하자는 것입니다. 그래서 인간은 제1기의 진화를 끝마친 다음에, 50만 년 전부터 지금에 이르기까지 제2기의 진화를 가속적으로 진행시키고 있는 과정에 있다는 말입니다. 그래서 인간은 50만 년 전 이래 조금도 변하지 않기도 했고, 계속 적으로 변해오기도 하고 있다, 이렇게 되겠습니다. 여기서 다시 동물과 인간을 총정리를 해서 그 구분을 한 번 더 분명히 하고서 다음 이야기 로 진행하기로 하겠습니다. 아까 말씀드린 것처럼 I라고 하는 것이 어 떤 사물의 그것이 그것인 바 고유한 성격, 자기동일성이라 했는데 이 I 라는 자기동일성이라고 하는, 자기 본질이라고 하는 이 기준을 가지고 인간하고 동물을 비교하면 이렇게 됩니다. 동물은 저런 I라고 하는 한 가지 부호로 설명될 수 있습니다. 자기가 가지고 태어난 것을 앞으로 영 원히 지구와 우주의 종말까지 계속 가질 것 — 거기에는 덜함도 없고 더 함도 없고 영원히 매 세대마다 자기의 자기동일성을 반복하는 것, 주기 의 차이는 있을망정 앞뒤 세대가 꼭 같은 것의 반복이라는 의미에서 I라 는 한 글자로 동물은 정의될 수 있습니다. 영구불변한, 고정한, 이미 닫 혀버린, 완성되어버린, 진화가 끝난 자기동일성을 이미 가졌고 앞으로 계속 가질 것입니다. 이것을 그림에서는 수평선으로 표시한 것입니다. 그러면 인간은 어떻게 표시할 수 있느냐 하면, 인간의 자기동일성, 인 간의 본질, 이것은 이렇게 표시할 수 있을 것입니다 — 그림에 의하면 즉 $I i_n$이라고 표시할 수 있을 것입니다. 인간은 생물이라고 하는 자기동일 성, 영원히 변하지 않을 것으로 일단은 우리가 결론할 수 있는 동물하 고 같이 지니는 바 지반인 생물로서의 자기,에다가 곱하기 문명의 능력 을 구사하는 존재로서의 자기, 이것을 우리는 작은 i, 그리고 n이라고 하는 표시는 특정의, 어느 시대의 — 작은 i라고 하는 것은 큰 I하고 달 라서, 매 시대가 다른 내용을 가지고 있기 때문에 그 매 시대마다의 편 차를 나타내는 그런 기호로서 n을 붙여서 i_n, Ii_n — 이렇게 하면 인간은 동물이면서 동시에 동물이 가지지 않은 능력을 가진 존재, 이렇게 볼 수 가 있습니다. 이렇게 구분하는 것이 편리할 뿐만 아니라 원칙적으로 이렇게 구분해야 하는 것이, 옳은 까닭은, 인간의 이 i_n이라고 하는 것은, I와 달라서, I라고 하는 것은 우리가, 어머니가 아기를 낳으면 아이는 어머니가 가진 신체적 조건을 완전히 다 가지고 나옵니다. 출산한 다음에 처음에는 다리 하나만 달려 나왔다가 자라면서 하나가 더 나온다든지, 이런 일은 없지요. 완전히, 나올 적에 크기는 축소된 꼴이지만, 인간의 종으로서 가지고 있을 것을 다 갖추고 있는 이런 것이 I인데, i라는 것은 그렇지 않습니다. 이것은 지금 말한 아기가 나올 때는 이 아기는 인간은 인간이라고 부르지만 그것은, 생물로서의 인간이지요. 그래서 이 생물로서의 인간이 유치원에도 다니고, 초등학교에도 다니고, 중학교에도 다니고, 마침내 대학까지 다니는 정도의 단계가 되면 그때에 비로소 우리가 이 아이가 또 하나의 인격, 또 하나의 자기를 획득해서 비로소 우리가 인류라고 하는, 현재 이 시점에 살고 있는, 동물하고 다른 의미에서의 인간이라는 자격을 획득하게 됩니다. 그래서 저렇게 갈라보는 것이 인간을 정리할 때의 정확한, 인간의 구조식이랄까요, 인간의 분자식이 될 것입니다. 그래서 동물을 우리가 I라고, 화학에서처럼 분자 기호를 붙여준다면, 인간은 I_{i_n}이라고 붙일 수 있을 것입니다.

여기서 기본적인 전제, 예술이 무엇인가를 말하기 위한 기본적인 전제는 다 얘기했습니다. 앞으로 해결할 문제는 예술이라는 것은 이와 같은 인간의 구조 속에서 어떤 것이냐, 아직 우리는 저 그림과 구조식 속에서 예술을 어디다 자리매김을 하지 않았습니다. 그러면 지금부터 하는 얘기는 그 자리매김을 하는 것으로 끝나게 됩니다. 그럼 여기서부터는 좀 쉬운 얘기가 되는데, 또 가까운 얘기가 되는데, 인간은 저와 같이 50만 년 전부터 지금까지 계속해서 지평선으로부터 고도를 상승시켜 지금은 달이라든지 금성이라든지 화성이라든지, 하는 아득한 공간으로 나가는 우주 로켓이 보여주듯이 인간의 생물적 대지에서 상승해온 것이 사실인데도 불구하고, 그렇다면 원시 시대의 인간보다 봉건 시대의 인간이 조금 더 행복하고, 봉건 시대의 인간보다 20세기의 인간이 더 행복하냐 하면, 이것 역시 답변이 그렇다고도 할 수 있고 또 그렇지 않다고도 할 수 있다,고 하는 것은 — 먼저, 아주 생활이 편해졌습니다. 옛날에 비하면요. 여러분만 하더라도 저 시외에 있는 학생들이 오늘 아침에 여기까지 오자면, 옛날 같으면 10리 20리를 강 건너 고개 넘어 다리도 없는 데를, 도중에 쉬기도 하면서 올 것을 그러나 지금은 버스를 타고 오면 금방입니다. 그런 의미에서는, 그런 정도의 편리 하나만 들더라도 50만 년 전의 원시인들에 비하면 우리는 굉장히 혜택을 누리고 있습니다. 환경을 그만큼 우리에게 유리하게 만들어놓고, 우리의 육신의 한계를 초월한 환경을 조성하고 있기 때문에 그것은 우리에게 복지로 느껴집니다. 그런데 그것은 사실이지만, 그러나 우리 인류는 아직 사람은 죽는다는 문제를 해결하지 못했습니다. 그럼에도 불구하고 우리는 백 살을 넘지 못하는 시간을 생활하고 나면 모든 기관이 노쇠해서 죽게 되고, 흙이 되고, 완전히 없어져버리는 — 50만 년 전까지의 진화를 통해서 50만 년에서 현재의 문명에 도달한 도구에 의한 진화를 머릿속에 가지고 있고, 또 자기 둘레에 벌여놓고 있는 이 대단한 존재인 인간이 불과 70년, 80년, 90년이라는 생애를 마친 다음에는 너무나 원시인과 꼭 같은, 죽는 그 순간에 완전한 물체로 변해서, 그것도 짧은 시간이 지나면 흙과 원소로 변하는 그런 것이 오늘날의 인류입니다. 그러니 인간은 역시 변화했지만, 변화하지 않았다고도 하는 것인데, 그것은 다르게 말해보면, 저기 그림을 조금 보강해야 되겠는데 — 자, 저 그림을 보면 $50-i_1-I$, $50-i_2-I$, $50-i_3-I$, $50-i_n-I$ 이런 공간을 볼 수 있습니다. 그리고 그 공간을 포함한 그때마다의 동심원을 그려보았는데, 이것을 가지고 표시하려는 것은, 제일 처음 원을 봐주세요. 그러면 점선으로 되어 있는 원이 있고 거기에 삼각형으로 부채꼴로 돼 있는 부분이 있습니다. 부채꼴로 돼 있는 부분은 i_1이라고 하는 시점까지에 도달된 극복된 환경 — 즉 그런 시점의 문명의 부분입니다. 문명을 영어로 Culture라고 부릅니다. 이것은 경작한다는 말입니다. 문화라는 것은 야생의 땅을 개간해서 밭을 만든 부분 — 밭을 곧 문화라고 비유해서 만든 말이듯이, 이 부채꼴 부분은 인간이 도구를 가지고 자기의 뜨락으로 삼은 영역, 자기가 살 수 있는 비위험 지대로 삼은 영역, 그 시대까지에 도달한 인간의 능력입니다. 다음에 $50-i_n-I$는 그다음 단계, 이런 식으로 됩니다.

그렇게 인간에 의해 경작된 우주의 부분이 확대됨에도 불구하고 인간은 문명을 가진 이후 동물하고 다른, 어떤 고유한 갈등을 가지게 되었습니다. 그 갈등이란 — 공포, 불안이 그것입니다. 이 공포와 불안은 어디서 오느냐 하면, 원의 점선으로 표시된 부분에 대한 인간의 인격적인, 정서적인 반응이 이 고유한 공포, 불안입니다. 자기가 아직 경작하지 못한 황무지에 대한, 미지의, 아직 정보도 갖지 못하고 따라서 영향을 미칠 수 없는 우주의 부분에 대한 공포 — 거기서 어떤 위험이, 어떤 나의 적이 다음 순간에 나를 습격할는지 모르는 데서 오는 정서적 반응, 그것을 우리는 불안, 공포 이렇게 부르기로 하는 것입니다. 그럼 이것이 왜 인간에게 고유한 — 불안이나, 공포라는 것이 왜 인간에게 고유한 세계에 대한 반응 태도인가를 알아봅시다. 상대적인 의미이기는 하나 동물들은 이런 공포를 가지지 않는다고 말할 수 있을 것 같습니다. 동물도 물론 자기 환경에 대해서 불안과 공포를 가집니다. 자기를 잡아먹는 천적에 대해서는 어떤 생물도 물론 공포를 가집니다. 쥐가 고양이를, 이리가 사자에 대해서, 동물들이 자기 서식 영역 밖에 대해 어떤 공포를 가지고 있어서 동물학자들에 의하면 동물들에게는 사는 구역이 있다고 합니다. 그 구역 밖으로 일생 동안 나가지 않는다고 합니다. 그러나 동물들이 가진 공포나 불안이라고 하는 것은 동물들의 피부에서 얼마 떨어지지 않은 공간 안에서 일어나는 일에 대한 염려의 한계를 넘지 않습니다. 그림의 원을 가지고 말한다면, A라는 동물이 느끼는 불안의 두께는 자기 몸으로 느낄 수 있는 반경, 아주 가까운, 동물이 감각기관을 통해서 관찰, 지각 가능한 한계, 동물의 생물적 능력의 한계가 동물이 관심을 가지는 행동의 한계입니다. 그 한계 밖에 있는 미지의 것, 점선 부분에 대해서는 동물은 반응하지 않습니다. 동물의 입장에서는 점선으로 싸인 부분은 존재하지 않는 것과 같습니다.

I	생물적 동일성
i	문명적 동일성
i	예술적 동일성
동물	I
인간	I i *i*

물론 물리적으로 객관적으로는 동물의 감각의 한계 밖으로 우주는 한없이 전개되어 있지만, 생태학적인 의미에서 동물의 생활하는 감각이 미치는 환경이라는 것은 저렇게 동물이 본능으로서 타고난 생태적인 테두리를 넘어서지 않기 때문에 그 밖의 물리적 공간은 동물들에게는 존재하지 않는 것과 마찬가지인 것입니다. 그런데 인간의 경우가 어떤가 하면, 인간은 이 경우에는 동물과 결정적으로 다릅니다. 인간은 현재 자기가 생활 속에서 감각적으로 접촉하는 범위를 훨씬 넘어서 걱정도 하고 계획도 하고 구상을 세우기도 하는 이런 존재입니다. 우리가

적어도 1년 후의 걱정을 합니다. 또 사려 깊은 사람은 10년 후, 또 자기 청년 시대에 이미 자기 노년을 생각해서 나는 무엇이 되어가지고 — 예술가가 되겠다, 정치가가 되겠다, 실업가가 되어서 — 내 노년에는 어떻게 어떻게 지내겠다, 이렇게까지 인간이란 것은, 앞을 내다봅니다. 그런데 인간도 동물이기 때문에, 인간에게 감각적으로 가장 절실한 환경이란 것은, 예를 들어 지금 우리에게는 이 자리, 조금 넓혀서 이 교사, 더 넓혀서 우리 집, 우리 도시, 한국 정도 — 이런 것이 아마 가장 가깝게 느끼는 환경이겠지요. 그러나 우리가 신문, 티브이를 통해서 세계의 뉴스를 알려고 하고, 달이 어떻게 생겼나, 화성이 어떻게 생겼나 이렇게 알려고 하고 더 나아가서 이 우주는 대체 누가 만들었느냐, 우주에는 처음은 있느냐 끝이 있느냐, 이렇게까지 갑니다. 가령 이 우주에 처음이 있느냐 끝이 있느냐를 지금 알아본들 실제적으로 우리가 어떻게 되는 것은 아닙니다. 그런데도 장구한 안목에서는 그 앎이 인간의 생활에 영향을 미친다는 의미에서 우리는 일생 한국에, 서울에서만 살 사람이 세계의, 태양계의, 은하계의, 우주의, 또는 하느님의 — 이런 무한히 확대되는 관심의 영역, 인간의 관심의 영역은 무한하다는 것을 보게 됩니다. 그래서 인간의 불안, 문명의 증대에 의해서 혜택을 받는데도 불구하고, 죽음을 극복하지 못했다는 것은 — 인간이 지금까지 정복한 부분에 비교하건대 아직도 인간의 능력으로 거느리는 우주의 부분보다 거느리지 못하는 부분이 비교가 의미 없어질 만큼 크다는 것을 뜻합니다. 인간이 목표로 삼는 것은 무한이기 때문에, 무한에 대해서는 어떤 증대된 문명의 유한한 상태라 할지라도 모두 같은 것입니다. 무한에서 (무한-1)을 빼거나 답은 마찬가집니다. 1에서부터 (무한-1)까지의 수치는 자기들 사이에서는 상대적으로 차가 있지만 무한하고 비교했을 때는 자기들 사이의 격차라고 하는 것은 무시할 수 있는 사정입니다. 그런데 인간은 문명이라는 과정을 통해서 그 욕망이 무한한 것에 이르지 않고는 쉴 수 없는 이런 존재가 되어버렸습니다. 이것은 증명할 필요 없이 우리 자신이 현재 그런 존재인 것입니다. 이 가운데는 교회에 나가는 사람도 있고, 절에 다니는 사람도 있고, 또 그 밖의 종교에 다니는 사람도 있겠지요. 그것은 우리가 현재의 생활을 하면서 무한한 것에 대한 욕망을 만족시키려는 데서 오는 행위인 것이지요. 이것은 증명할 필요 없이 우리 자신 속에 있고, 우리가 지금 실천하고 있는 본질입니다. 무한에 대한 목마름, 무한에 대한 욕망, 완전에 이르고 싶은, 그래서 이런 욕망의 끝을, 우리 이야기의 줄기에 다시 돌아가서 인간의 진화의 완성, 진화의 극한으로서 생각해봅시다. 이 상태의 가장 좋은, 전통적으로 사용하는 표현인 극락이라든지, 천당이라든지, 무릉도원이라든지 하는 모습은 인간이 하느님하고 꼭 같은 정도의 능력을 가지게 되고, 인간에게 죽음도 없고 질병도 없고 이 세상이 인간의 기쁨만을 위해서 존재하는 상태 — 이런 상태는 언제 올지, 실지로 올 수 있을지 이것은 아무도 알 수 없고 하지만, 현재의 우리의 문명의 추세로 보아서 우리의 문명이 잠재적으로 이념적으로 그와 같은 문명의 모형을 향해 나아가고 있는 것만은 사실입니다. 다만 앞으로 장구한 시간을 거쳐도 그와 같은 것이 현실로 이루어질 확률은 대단히 작고, 한껏 인간의 능력을 크게 매겨도 확신할 수가 없습니다. 왜냐하면 인간의 능력이 어떤 수준에 이르기 전에 우리가 현재로서는 관측도 계산도 못 하는 먼 데서 지금 지구를 향해 계속 접근하고 있는 지구만 한 천체가 지금부터 1만 년 후에, 그때의 인류가 굉장한 문명에 도달했음에도 불구하고 아직 지구를 떠나지 못하고 있을 때에 한 외계의 천체가 우리 지구에 부딪친다면, 그때는 인간이 무한한 잠재력을 가지고 있음에도 불구하고, 그것으로 인간의 세계는 끝날 것입니다. 그러니 앞으로 인간의 욕망의 극한이 실현될 것이냐 아니냐 하는 것은 지금 아무도 점칠 수 없습니다. 그러나 그런데도 불구하고, 실현에 대한 보장이 없음에도 불구하고 우리는 그 극한의 실현에 대한 꿈, 실현의 모형을 의식이라는 형태로, 꿈이라는 형태로, 이상이라는 형식으로 이미 가지고 있는 존재입니다. 없는 것을 가지고 있는, 가지고 있지 않는 것을 가지고 있는 존재입니다. 이것을 기독교식의 말로 하면 우리는 이미 금단의 과일을 따 먹었다는 말입니다. 에덴동산의 금단의 과실을 말하자면 그때 따 먹었을 때의 죄가 계속 원죄로서 유전되는 것으로 성경이 말하고 있지만 인간의 문명이라는 금단의 과실이란 것은 종교의 금단의 과실보다 해독이랄까 하는 것이 더 큽니다. 왜냐하면 인간이 문명이란 이름으로 따 먹은 그 욕망의 과실이란 것은 처음과 마찬가지 크기로 유전되는 것이 아니라 문명의 발전과 더불어 불어나는 암과 같은 성격을 지니고 있기 때문입니다. 문명이 증대하면서 점점 무한에 대한 욕구는 분명해집니다. 직감적으로 우리는 옛날 사람들이 지금 사람들보다는 욕망이 덜하고 괴로움을 이기고 나쁜 뜻이 아닌 체념이 슬기도 되고, 소극적인 자기 억제의 능력이 있었음을 알고 있습니다. 그러나 오늘의 사람들은 점점 고통을 참는다는 성향은 줄어들고, 고통이 있으면 그 원인을 찾아 없애려 하고 더 편리하게 되는 것이 옳다는 길로 나서고 있습니다. 이것은 옳은 일이라고 생각합니다. 옛날에는 바꿀 힘이 없었으므로, 바꾸지 못할 바에는 참는 길밖에 없었지만, 일단 우리가 문명이라는 증대시킬 수 있는 힘을 우리 손아귀에 잡은 이상은 열심히 노력해서 불편을 점점 없애는 길로 나아가자는 것은 당연한 이야깁니다. 그러나 그 없앤다고 하는 일이 언제까지 가도 영원히 아마 우리가 바라는 바 불안과 갈등, 공포가 인간의 마음에서 사라지는 날은 오지 않을 것입니다. 그럼에도 불구하고 그 무한이라고 하는 신기루, 무한이라고 하는 환상, 완성이라고 하는 극한점에 대한 환상은 우리의 머릿속에 엄존합니다. 인간은 두 가지 현실 사이에서 분열되어 갈등을 겪는 존재입니다. 모름지기 인간은 어떤 시대의 인간이든지 이런 공포를 가지고 있기 때문에 여러 가지 길로 마음을 달래왔습니다. 여러 가지 길이라고 하는 것은 여기에 i로 표시한 과학은 제외하고 — 왜냐하면 과학이란 것은 할 수 있는 것밖에는 안 하는 것이고, 그 할 수 있는 일이 유한한 데서 바로 공포나 불안이 오기 때문에 지금 말한 무한 자체에 대한 목마름을 푸는 길은 안 됩니다. 무한에 대한 목마름을 더 부채질합니다. 옛날에는 몰랐던 욕망을 새로 창출해냅니다. 그러면 인간은 어떤 발명을 — 원초적인 불안, 진화를 완성시키지 못하는 데서 비롯되는 근본적인 불안을 무엇을 가지고 껐느냐 하면 종교를 가지고 그렇게 했습니다. 종교를 가지고 — 절대적인 힘이 있는 어떤 존재를 상상함으로써 그 존재와 어떤 관계를 맺음으로써 자기는 무력한 존재이지만, 그 전지전능한 존재에게 충성을 맹세함으로써 그 존재의 호의의 베풂을 받아 그 존재가 가진 전능한 힘을 나도 입게 된다, 하는 방법으로써 인간은 저 부채꼴 이외의 원의 부분에 대한 불안 공포를 이겨냈습니다. 그것이 복을 빈다든지 이 세상이 끝나고 저세상에 가서 그 신의 나라에서 신의 가족으로서 산다든지 하는 방법입니다. 그것은 지금까지 계속되어오고 있습니다. 그리고 또 한 가지 방법은 인간은 예술이라는 방법으로 같은 목적을 추구해왔다는 것이 제 생각입니다. 이 설명만 하면 결론을 말하는 것이 됩니다. 저기 세 번째 i라고 표시한 것은 무엇인가 하면 상상력을 표시한 것입니다.

　　종교와 예술은 어떻게 구별해야 할까, 이것을 말하는 것이 순서가 되겠지요. 종교와 예술은 I와 i의 수준에서는 존재하지 않는 현상입니다. i의 수준 — 즉 상상력 안에서 일어나는 현상입니다. 상상력 속에서 인간의 의식이 자기 존재의 최종의 진화 상태, 즉 i=무한의 상태에 도달하는 현상입니다. 종교는 이 상태를 현실로 주장합니다. (i=무한)+ 라고 표시할 수 있겠습니다. 예술은 이 상태를 약속된 환상으로만 주장합니다. (i=무한)-로 표시할 수 있겠습니다. 종교와 예술은 그 형식(상상력)에서는 같고 현실과의 관계(+, -)에서는 다른 것입니다. 종교는 인간 진화의 마지막 단계가 신의 보장 아래에서 현실로 일어난다고 주장하고, 예술은 그런 보장은 주장하지 않고(i처럼), 약속에 의해 간주되는 환상(i의 기능)으로 진화의 완성을 경험하는 인간 행위입니다. 종교가 무한을 현실로 체험하는 것은 그렇다 하고라도, 예술 현상에서 비록 환상이라도 무한이 체험된다는 것은 무슨 말일까요? 그것은 첫째로, 상상력 자체의 성격입니다. 상상력은 기억의 내용을 지식으로서가 아니라 실제로(의식 속에서는) 인식하는 기능입니다. 이것은 물론 그대로는 오류입니다. 그래서 우리는 일상생활에서는 이 상상의 내용을 곧 현실적으로 극복하는 입장으로 돌아옵니다. 아무리 희한한 상상을 하고 나서도 그것에서 빠져나와서, 그것(상상)의 내용을 해석합니다. 즉 실재(상상 속에서일망정)를 부정하여 그보다 정확할망정 가난한 상식으로 돌아옵니다. 그러나 예술의 감상에서는 거꾸로 됩니다. 예술에서 얻을 만한 상식까지도 포함한 현실 자체의 환상 속에 머뭅니다. 인간의 의식은 현실을 지각할 때는 상상 기능은 닫히고, 상상 활동을 할 때는 현실에 대한 지각이 멈춘다는 구조를 가지고 있습니다. 상상할 때 인간은 의식의 내용, 즉 기억을 마치 현실을 지각하는 것처럼 인식하는 것입니다. 그런데 현실이라는 것은 자아만이 아니라 자아 밖의 우주의 부분까지 합친 것이므로 우리는 마음속에 또 하나의 세계를 가지고 있는 것이 됩니다. 그리고 마음속에 있는 자아 밖의 우주의 부분이라는 것은 그것도 실은 자아(의식)이므로 예술 감상에서는 인간은 두 개의 자아를 운용하게 됩니다. 한 개의 자아와 한 개의 우주가 대면하는 현실 지각과 이 점이 다

룹니다. 예술은 이 상태를 환상인 줄 알면서도 인간이 무한(현실)에 도달하는 유일한 경험으로서 받아들이는 것입니다. 이것은 아마 인간의 의식의 능력에 대한 기대를 나타냅니다. i의 진화가 '무한히 계속된다면' 하는 조건하에서 i의 결과를 구상해본다는 진화론적 의미를, 인간 의식의 특이한 구조인 상상의식의 환상성을 빌려서 조직한 것이 예술입니다. 이것이 예술이 무한을 성취한다는 의미입니다. 신과의 대화나 보상이라는 것을 배제하고서, 그 대신 진화가 무한히 계속된다면, 인간의 의식은 어디까지 도달할 수 있을까를 생각해보고, 그것은 마치 상상 속에서 우리가 현실의 환각을 가지는 것처럼, 즉 꿈속에서 꿈이 현실인 것처럼, 인간의 의식이 곧 우주가 되는 상태를 약속해보는 행위입니다. 여기까지 이야기를 정리해봅시다. 인간은 I의 자격에서는 우주의 부분으로서 존재만 할 뿐 자기 존재와 자기가 속한 전체와의 관계를 모릅니다. 우주는 에너지 불멸의 법칙 아래 인간을 그 속에 가지고 있으며 우주 속의 온갖 변화는 우주를 벗어나지 못합니다. i는 이런 법칙을 이해하는 의식입니다. i는 자신이 우주의 부분이며, 인식이라는 것은 우주의 에너지의 한 부분이며, 우주라는 것에 속해 있음을 압니다. 그런데 상상력의 주체인 i에서는 i 자신이 우주로 환상합니다. 우주는 i 속에서 에너지 불멸의 법칙에 따라 변화하는 존재가 됩니다. 인식이 실재로 간주됩니다. 이 같은 상상력의 환상은 i의 통제 속에 있을 때는 i를 위한 보조 노릇을 하며, 상식과 과학의 중요한 도구 노릇을 합니다. 그런데 상상력의 환상을 그대로 주장하고 의식과 우주의 동일성을 주장하는 것이 종교와 예술입니다. 종교는 신의 권위에 의해서 그렇게 하고, 예술은 인간 의식의 극한 진화의 꿈에 대한 갈망 때문에 그렇게 합니다. 예술이 인생의 진리를 표현한다고 흔히 말하는데, 이 표현은 혼란을 줄 염려가 있습니다. 예술품은 진리를 표현한다는 말은 예술품이 회심回心의 매개물이라는 점을 자칫 놓치게 할 객관적 오류에 인도할 수 있습니다. 예술품은, 그것에 접한 감상자가 그것의 도움을 받아 자기 안에서 I와 i로서의 자기를 넘어 i로 변신하는 회심의 현상을 일으키게 합니다. 예술 현상=예술품×감상→i 현상 이렇게 표기할 수 있습니다. 예술 현상이란, 예술기호(작품)를 감상하는 순간의 상태, 즉 예술품과 인간 의식이 연결되어 있는 상태입니다. 이 상태는 무당이 주문을 외운다든가, 무무巫舞를 춘다든가, 경문을 외운다든가, 미사의 빵을 먹는다든가 하는 '행위'이며, 그 행위 순간에 성립하는 접신인격接神人格에 비유되는 것이 가장 적절합니다. 예술을 감상하는 순간에 개인은 초일상급의, 초과학 수준의 개인이 되는 것입니다. 인간이 I의 상태를 면하는 것은 i의 능력인 자기 자신의 동일성을 넘어서는 (i_1, i_2, i_3……) 능력인데, i에서는 그 능력의 극한을 환상하는 것입니다. 계통발생이 무한대로 진행된 끝에 성립한 인간의 개체를 상상하면 될 것입니다. 즉 i로서의 인간은 선대先代의 능력을 의식과 기호의 힘으로 학습 승계한다는 특이한 개체발생(i)의 형식을 가진 존재가 이 위력 있는 능력의 그 극치점을 공상하는 상태입니다. 예술에서는 우리는 기호의 힘에 도움 받아서 우리 자신 속에 무한대의 인격이 곧 나 자신임을 공상합니다. i는 개체 속에 갇힌 무한 세대의 윤회입니다. 개체 속에 압축된 인류의 계통생生입니다. 예술적 자아인 i는 이른바 소아小我가 아니라 대아大我입니다. 그 대아가, 이 육신 속에 있다는 역설이 예술의 법열입니다. 그러나 물론 환상의 기쁨입니다. 예술품을 감상할 때 우리는 그 예술품을 I나 i의 입장에서 우주의 한 부분이라고 생각하지 않고 자신까지 포함된 우주 자체라고 환상하기로 한다는 말입니다. 인간이 자신 속에 머물면서 자신을 넘어서는 인간의 자기동일성의 이런 부분이 i로 표시된 부분입니다.

예술을 저렇게 부채꼴 밖에다 쓴 것은 I와 i가 생물적 자기동일성,

도구 사용자로서의 동일성을 관장하는 부분이었는데, 이 i는 그 시대마다 인간이 자기의 생물학적 능력과 기술적 능력에 의해서는 해결하지 못했던 인간적 욕망의 부분을 환상적으로 해결한 그러한 인간의 행위 능력을 예술이라고 부르고 그것을 i로 표시한 것입니다. 예술품品이라는 것은 이처럼 공상적으로 무한 진화된 어떤 종의 계통발생의 DNA인 셈이며 그런 예술품品을 만든다, 감상한다는 것은 그런 DNA의 인공 조립, 자기 속에서의 그 DNA의 개체발생 조작인 셈입니다. 그래서 저 i는 인간의 진화의 완성을 그 시대, 그 자리, 그 개인 속에서 이룩했다 — 이런 의미를 가집니다. 이것을 역시 기호로 표시하면 그림과 같이 됩니다. 저 부채꼴 사변에 있는 i_1, i_2, i_3……i_n이라는 것은 저 부등기호를 사용하면 그 앞의 것이 뒤의 것보다 작고 뒤에 오는 것이 앞의 것보다 크다는 관계에 있습니다. i_1문명보다는 i_2문명이 i_2문명보다는 i_3문명이…… 이런 식으로 사변을 올라가면서 그 양도 커지고 질도 크다는 관계에 있습니다. 양이 증대하면 질도 증대한다 이런 관계에 있는데, i_1, i_2, i_3라고 하는 단계는 서로 어떤 관계에 있느냐 하면, 등부호로 연결되는 관계에 있습니다.

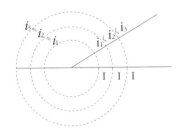

i_1, i_2, i_3……i_n 이렇게 나아가는 각 시대의 예술이라는 것은, 각 시

대마다 예술의 양적 형식 또는 양이라는 것은 좀 어려운 또는 이상한 표현이기 때문에 다른 말로 해서 모양 혹은 형식은 i_1예술이니 i_2예술이니 하는 다른 얼굴을 가지고 있음에도 불구하고 그것의 질, 그 형식을 가지고 나타내려고 하는 내용은 같다는 표시입니다. 내용이 같다는 것은 더 명확하게 표시할 수 있습니다. 어떻게 같냐 하면 예술이 나타내려고 하는 것은 유한수가 아니라 무한 그것입니다. 그런데 무한에는 작은 무한, 큰 무한이라는 것이 없습니다. 무한이라고 하는 것의 수학적 성격상 그렇습니다.

예술품品이라는 DNA의 조립 원칙은 그 구성 인자의 어느 것도 최종적인 것이 아니게, 어느 인자도 결정인이 아니게 하는 것입니다. 즉 I나 i와 같은 상대적 자기동일성을 넘어선 자기부정적 자기동일성이라는, 어떤 신학에서 신의 인격을 설명할 때에 쓰는 부정의 동일성과 일치한다 하겠습니다. 이 일치는 우연한 것이 아니고 아마 신이란, 인간의 이상의 얼굴이기 때문일 것입니다. 원시인들이 생각했던 신이라는 것은 자기 마을에서 제일 큰 나무라든지, 뒷산에 있는 가장 큰 바위라든지였습니다. 좀더 나아가면 앞바다에 사는 고래였다든지, 어떤 부족의 경우에는 독수리였다든지, 이렇게 해서 기독교에서의 신, 또 불교에서의 신, 이런 식으로 무한자의 모습은 얼굴을 달리했습니다. 그러나 오늘날 우리가 종교사원에 가서 기도하는 절대자와 50만 년 전 원시인이 떠오르는 해를 보고 — 해를 신으로 섬기는 어떤 부족인 경우에 — 느꼈던 내용은 꼭 같을 수밖에 없습니다. 무한이란 개념의 논리적 성격상 무한 사이에 차별이 있을 수 없기 때문입니다. 문법적으로 고쳐 말하면 '무한'에는 복수가 없는 것입니다. 해면 해, 십자가면 십자가, 불상이면 불상, 나타내는 모양은 다르지만 두 가지가 그런 얼굴을 가지고 나타내려고 하는 내용의 질량은 같습니다. 원시인이 섬긴 신은 지금 우리가 섬기는 신일 수밖에 없습니다. 그러면 왜 그렇게 모습이 달라졌는가? 그것은 이런 예를 한 가지 들 터이니 여러분 스스로 생각해보십시오. 옛날에 항생제가 금방 발명되었을 때에는 항생제가 만능의 약처럼 여겨지고 뿐만 아니라 대단히 낮은 단위의 항생제를 썼을 때에도 높은 효력을 보여줬습니다. 어려운 병이 쉽게 나았습니다. 그러나 이후 균들이 항생제에 대항하는 힘을 진화시켜왔기 때문에 점점 고단위의 약을 쓰지 않으면 같은 균인데도 다스리지 못하는 악순환이 지금 의약이 부딪친 모순이 되고 있습니다. 그것을 말씀드린, 왜 옛날 사람은 소박하고 간단한 방법으로, 신학도 아무것도 없이 바로 우주의 신비와 직면할 수 있었는데 요즈음의 사람들은 신앙에 들어간다고 하는 일이 왜 그렇게 어려운가? 일단 들어간 다음에도 절대자와의 정말 에누리 없는 생생한 공감을 유지하기가 그렇게 어려운가 하는 것을, 이 항생제의 예를 가지고 생각해보시기 바랍니다. 그리고 예술이 이처럼 여러 가지 형태, i_1, i_2, i_3……i_n이란 형태를 취해오는 것도 이와 꼭 마찬가지 까닭인데, 오늘날의 예술과 원시 시대의 예술은 그 본질에서도 조금도 다름이 없는데 오늘날의 우리는 이미 50만 년이라고 하는 두꺼운 문명이라고 하는 차단막이 생겼기 때문에 그 차단 막이 우주를 전부 정복하지 못했음에도 불구하고 예술과 관련해서 말한다면 그 문명이라는 옷의 두께가 원시인들의 경우에는 그것 없이도 뛰어넘을 수 있었던 인간적인 한계를 극복하는 데에 큰 방해물이 되고 있습니다. 종교의 비유를 든다면 하느님에게 가까이 갈 수 있는 사람은 많이 배운 사람이 아니라 배우지 못한 사람일수록 좋다. 그래서 저 어린아이들같이 되지 않으면 너희들이 내 나라에 들어오지 못할 것이다. 이런 이야기를 모든 종교의 시조들이 한결같이 하고 있습니다. 그리고 이미 그런 문명의 옷을 입은 사람은, 입었으면 그것은 입은 대로 그 사람의 운명이지만, 만일 그 사람이 종교의 나라에 들어오려고 원한다면 자기가 입고 있는 그 옷이 귀중한 옷임에도 불구하고 그 옷보다 더 귀한 옷이 있다는 깨달음에 도달하려면 그 옷을 과감하게 벗어야 한다,는 말을 대종교가들이 하고 있습니다. 마찬가지 이야기를 저는 예술에 대해서 말합니다. 만일 우리가 오늘날 복잡한 예술의 형태를 취한다고 해서 옛날 예술보다 더 진화되었다고 생각한다면, 이것은 예술 이론으로서는 옳지 않은 이야깁니다. 기술 문명에 대한 이야기라면 그것은 전적으로 잘못 생각하고 있는 이론입니다. 그것을 제가 흑판으로 표시한 것이 한쪽의 부등기호와 다른 쪽의 등기호로써 표시한 내용입니다. 이것도 여러분이 원하시는 분들은 노트를 했다가 나중에 잘 생각해보시기 바랍니다. 그래서 여러분에게 다 이야기할 필요가 없는 것은 여러분이 앞으로 2년 동안 스스로 생각하고 깨달을 것이기 때문에 또 오늘 이야기는 완전한 것일 수도 없고 또 여러분이 완전히 이 자리에서 이해할 필요도 없다고 생각합니다. 몇 가지 여기서 강조한 요점을 기억해두셨다가 생각날 때마다 돌이켜보는 성의만 있다면 족하다고 생각합니다. 예술이라고 하는 행위는 인간의 진화의 과정을 환상적으로, 즉, 상상 속에서 완성해보는 특별한 인간 행위다. 이것이 나의 이야기의 결론입니다.

기술과 예술에 관하여

사람은 자연 속에서 산다. 사람 스스로도 자연이다. 다만 같은 자연에도 등급이 있어서 돌과 사람은 급을 달리한다. 사람은 살아가기 위해서는 이 자연에서 의식주를 얻지 않으면 안 된다. 의식주를 얻기 위해서 사람이 자연을 주무르는 것을 '일'이라고 한다. 사람은 자연 속에서 살기 위해 '일'을 하는 자연인 것이다. 돌이나 물 같은 것은 자연 속에서도 제일 욕망이 적은 자연이다.

이들은 태어난 대로 있게 된다. 이런 모양을 '존재'한다고 부를 수 있다. 짐승이 되면 좀 힘들게 산다. 제 힘으로 식食과 주住를 풀어나가야 한다. 이들의 삶도 돌이나 물보다는 엄청나게 힘든 '일'을 하지만 그들의 삶은 사람의 '일'에 견주면 아무것도 아니다. 어디가 다른가? 짐승들은 욕망을 타고나서 죽을 때까지 이 욕망에 매여 산다. 그 욕망의 가짓수나 모양이 바뀌는 법이 없다. 같은 종이면 몇 만 년 앞이나 지금이나 그 짐승의 사는 모양은 꼭 같다. 사람은 그렇지 않다. 사람이 지금 같은 모습을 갖추기를 50만 년 된다고 친다면, 50만 년 전 사람과 지금 사람이 사는 모양은 하늘과 땅만큼한 다름이 있다. 사람이 발로 옮아가는 둘레의 넓이를 헤매면서 사냥질을 해서 겨우 하루 끼니를 얻던 것에 비하면, 오늘날 한 사람이 몇 만 명의 하루 먹을 낟알을 만들 수 있게 된 일은 꿈같은 일이다.

이런 꿈은 하루 이틀에 이루어지지 않았다. 원시인들은 한 사람이 몇 만 명의 먹이를 만들어낼 수 있다고 들려주면 아마 꿈 얘기라고 했을 것이다. 이런 꿈이 이루어지기 위해서 사람은 50만 년을 지내야 했는데 그 50만 년을 짐승들이 사는 것처럼 지낸 것이 아니다. 다시 말하면 오늘이 어제 같은 그런 50만 년이 아니라, 오늘이 어제와 다르고 내일이 오늘과 다른 50만 년이었다. 사람의 일을 짐승의 '일'과 다르게 한 것은 무엇인가? 사람은 자연을 다루는 가운데 더 쉽게 더 많은 일을 할 수 있게 일의 방법을 고쳐온 것이다. 사람이 생활하기 위하여 자연을 다루는 일의 방법을 이렇게 고쳐나가면, 끝없이 고쳐나갈 수 있다. 이것을 우리는 '기술'이라 부른다. '기술'은 짐승들이 타고난 재주와 다르다. 기술은 보탤 수 있고 바꿀 수 있고 더 힘을 세게 할 수 있다. 호랑이는 아무리 빨리 달리려고 해도 제트기처럼 날 수는 없다. 호랑이가 타고난 엔진은 더 이상 낼 수 없는 힘의 끝이 있기 때문이다. 사람의 기술은 아직도 얼마든지 갈 수 있고 끝을 알 수 없다. 이렇게 말하면 듣기에 모두 좋은 일뿐이지만 그런 것만은 아니다. 지금까지 얘기는 50만 년 세월에 인류의 넓이에서 본 이야기다. 사람은 아직도 70살을 살면 잘 살았다고 한다. 사람이 70살의 삶 동안에 이루어지는 기술의 고쳐짐이라는 것은, 50만 년 전과 지금이라는 두 끝을 견주어볼 때처럼 깜짝 놀랄 만한 것은 못 된다. 느리게 천천히 나아간다.

달에 사람이 가서 걸어 다닌다는 일은 그야말로 계수나무를 찍어오고 옥토끼를 잡아온 일이나 마찬가지이다.

계수나무는 없고, 옥토끼도 없다는 것을 알게 된 것이기는 하지만, 그러나 별의별 일이 다 일어나는 세상인데도 사람이 달에 간 일에 얼이 빠져서 미쳤다는 사람의 이야기는 없다. 이것이 원시인이라면 틀림없이 무리 미치광이를 만들어냈을 것이다. 달에 간 일이 굉장한 일이기는 하지만 그 일을 해낼 만한 기술은 난데없는 것이 아니고 그전까지 벌써 새삼스러울 것이 없이 된 기술을 더 잘 주워 맞춰서 된 일이기 때문이다. 아마 콜럼버스가 아메리카를 찾아낸 일보다 보통 사람들에게 준 놀라움은 못했을 것이다. 웬만한 사람이면 지금 우리들이 가지고 있는 기술이 어떤 일을 할 수 있는지를 짐작으로나마 어렴풋이 알고 있다. 그러니 그다지 놀랄 것도 없는 일이다. 게다가 50만 년 후의 지금 사람이라고 해서, 모두가 모두 50만 년 사이의 사람이 이루어놓은 기술의 쌓임을 몸에 지니고 있는 것은 아니다. 전문가라고 불리는 사람과 비전문가 사이에는 거의 50만 년쯤 한 다름이 있다. 오늘날에는 모든 일에 전문가인 사람은 있을 수 없다. 50만 년 사이의 일을 70년 사이에 할 수는 없기 때문이다.

그뿐 아니다. 이렇게 이루어진 기술을 오늘이라는 자리에 같이 산다고 해서 모두가 모두 누리고 있는 것은 아니다. 달나라로 가는 엔진이 있는 같은 이 지구 위에서 우리나라의 거의 모든 여자들은 시커먼 구멍투성이의 작은 달인 구공탄이라 불리는 땔감을 꼬챙이에 꿰어서 아궁이라 불리는 그 초라한 궤도에 진입시키는 기술을 날에 날마다 되풀이하고 있다. 이 작은 구멍 가진 검은 달의 궤도 진입의 기술이나, 발화의 기술, 궤도 수정 및 연착륙延着陸의 기술은 날마다 고쳐봤자 개량이나 익숙함의 끝이 뻔하다.

어느 곳을 지나가면 거기가 끝이어서 더 고쳐보고 자시고 할 건덕지가 없다. 다람쥐 밤알 까먹는 기술이 아무리 뛰어나대서 밤알이 호두

알이 되는 것도 아니요, 신선神仙 복숭아가 되는 것도 아니듯이, 구공탄이 원자 에너지가 되는 것도 아니다. 원자핵을 분열시키기 위해서는 구공탄 집게는 너무나 슬픈 연장이다. 인류라는 테두리에서의 기술의 진보와 어떤 사람 한 생애에서의 진보의 다름, 같은 때를 사는 동시대인 사이에서 기술을 누리는 힘의 다름, 이런 것 때문에 어떤 사람이든 자연은 힘들여 일해야 겨우 의식주를 내주는 인색한 물건으로 보이지, 열기만 하면 욕망의 대상이 바로 쏟아져 나오는 요술 항아리로는 보이지 않는 게 일쑤다.

아마 그래서 요술 지팡이니, 요술 방망이니, 요술말〔呪文〕이라는 물건이 나왔을 것이다. 기술은 욕망을 이루기 위해 꼭 거쳐야 하는 '돌아가는 로터리'다. 그러나 요술은 바로 욕망의 대상을 불러내는 기술, 즉 요술이다. 옛날 문학은 대개 요술 문학이다. 말 한마디에 갖가지 가지고 싶은 물건이 튀어나온다. 아랍 사람들이 만들어낸 『아라비아 야화 夜話』라는 문학은 사람의 이런 욕망 — 기술을 뛰어넘어서 말 한마디, 눈짓 한 번에 금은보배金銀寶貝, 산해진미山海珍味, 미녀가인美女佳人이 문득 눈앞에 나타나는 꿈을 그린 문학이다. 현실이 가난할수록 꿈은 푸짐하다. 근대라는 때를 지나면서 문학의 이런 모습은 차츰 바뀌어왔다.

문학의 꿈조차도 요술이 아닌 기술을 가지고 만들어보자는 방법이다. 이것이 이른바 '리얼리즘'이라 불리는 방법이다. 사람의 꿈을 이루어주는 것은 요술이 아니라 기술이며 요술의 꿈에서 깨어나 기술의 현실로 마음을 깨어나게 하자는 것이다. 이것은 옳은 일이다. 리얼리즘은 인류의 기술 수준이 그만한 자리에 이르렀다는 역사적 조건 위에서 비로소 나타난 기술예관技術藝觀(기술사관이란 말을 본떠본다면)이다.

사람의 삶에서 꿈을 이루자면 어떤 기술을 써야 하며 그것을 방해하는 사람들과 싸우자면 어떤 기술을 써야 하는가를 생각하게 하는 것이 리얼리즘 문학의 내용이다.

그러자면 삶의 모든 조건, 자연적·사회적 조건을 기술의 방법으로 해석하고 판단해야 한다. 이것이 리얼리즘의 방법이다. 이것은 옳은 방법이다. 그 탓으로 우리는 오늘날 사람의 삶의 참다운 모습, 그것을 더 참답게, 즉 꿈에 가깝게 할 수 있는 길을 가르쳐주는 리얼리즘 문학을 가지게 되었다. 그런데 모든 좋은 일이 다 그런 것처럼 이 리얼리즘 문학에도 만일 그 한계를 넘어서면 참이 거짓이 되는 조건이 있다. 그 조건이란 다름이 아니고, 예술이라는 것은 현실을 다루되 기술처럼 연속적이 아니어도 좋다는 조건이다. 작고 검은 구멍 난 달을 아궁이라 불리는 발사대이자 궤도에 진입시키는 우리들의 여자들은 그 순간, 마음속으로 달나라에 가서 마음껏 노래하면서 옥토끼처럼 깡충깡충 뛰어보는 제 모습을 그릴 수 있는 능력을 가지고 있다.

이것을 우리는 상상력이라 부르는데 이 상상은 여자의 현실, 즉 작고, 검은 구멍 난 구공탄의 현실과 연속되어 있지 않다. 바로 연속된 현실이라면 1) 아궁이(즉 발사대 겸 궤도)가 좁다든지 넓다든지 하는 지각, 그러니까 더 우아하게 진입시키자면 넓혀야겠다든지 좁혀야겠다든지 하는 판단, 2) 집게가 구부러졌다든지 짧다든지 하는 지각 그러니까 집게를 펴야겠다든지 긴 것과 바꿔야겠다든지 하는 판단, 3) 이따위 아궁이 시중이나 들게 하는 남편이란 자를 과연 평생 받들어 종노릇할 필요가 있을까 하는 추리, 4) 가만있자 우리 남편이 그렇다고 게으른 것은 아니고 바보도 아니고, 착하기로 말하면 부처님 가운데 토막 같은 사람인데 왜 나한테 이런 삶밖에는 못 주는 것일까 하는 회의, 5) 그 까닭은 구공탄과 우리 남편의 일자리를 다스리고 있는 사람들이 저희들만 편하자고 하는 데서 오는 것이 아닐까 하는 자각. 이런 식으로 끝없이 비웃두름 엮듯 이어지는 생각이라는 것을 할 수 있는데, 이 생각이 현실적이라 불리고 싶은 동안에는 그것은 한 고리에서 다음 고리로 넘어가는 수준이 연속적이 아니면 안 된다.

그렇지 않고 고리를 건너뛰게 되면 이 생각을 현실에 옮겼을 때 현실을 움직일 수 없게 된다. 기술이란 그런 것이다. 기술상의 발견이란, 다음 고리를 찾는 일, 아니면 고리와 고리 사이를 잇는 고리를 찾는 일이다. 연속이라는 것이 기술의 방법이다. 그러나 구공탄 가는 여자는 같은 순간에 자기를 선녀로 그려볼 수 있는 힘을 가지고 있다. 이것은 비연속의 방법이다. 지금 자리에서 선녀가 되는 과정의 고리를 모두 빼고 종과 선녀를 맞붙이는 것이다. 현실에서 이런 식으로 다리를 놓으면 그 다리는 곧 무너지거나 놓아지지부터 않을 것이다. 상상 속에서는 이 다리가 놓아진다. '상상 속에서는' 그녀는 '선녀가 되고 싶어' 하는 것이 아니라 '선녀인' 것이다. 이 상상의 공간에 다리를 놓는 기술을 예술이라 부른다. 여기서는 물리적 기술과는 다른 기술이 지배한다. 이 다름을 잊어버리고, 물리적 기술을 예술적 기술과 연속시키려고 할 때 리얼리즘 문학은 참에서 거짓으로 바뀐다.

그러면 예술은 무엇 때문에 필요한가? 그것에 이를 고리도 없는데 그 고리 건너의 고리, 원칙으로 무한이라고 할 만한 고리 건너의 고리라고 할 만한 꿈을 줄 필요가 어디 있는가? 방법이 없는, 길이 없는 목표, 가도가도 닿지 못할 신기루를 무엇 때문에 허구虛構하는가?

첫째로 사람이 꿈을 원하기 때문이다. 기술은 사람의 당대는커녕 인류 규모로 보더라도 사람의 꿈의 높이에 이를 수는 없다. 이 모자람은 언제까지라도 신기루로 남는, 사람의 조건을 맞기 위해서 우리는 꿈을 허구한다.

둘째로 이 꿈은 현실적 효용을 가진다. 발견·발명이란 다음 고리, 빠진 고리를 찾는 일이기 때문에 사람이 지금의 고리에 상관없이 먼 고리를 상상 속에서 만들어보는 것은 현실에서의 가까운 고리를 찾는 일에 방해는 되지 않으며, 도리어 부추겨준다. 예술의 공간에서는 연속의 방법이든 비연속의 방법이든 모두 허락된다. 다만 리얼리즘의 방법으로 만들어진 예술이라 할지라도 그것이 예술이라면, 그 연속의 끝에 방향만 있고 내용이 없는 지평선이 어리게 마련이다. 이 지평선까지도 지금 도달한 기술을 가지고 풀이하자고 들면 그 부분에서 리얼리즘은 방법상의 불일치, 즉 모르는 것을 설명한다는 그 부분까지의 '연속'의 방법과 질이 다른 얼룩을 만든다. 해가 저물었으면 지평선은 그날 밤의 꿈을 위해서 남겨두어야 한다. 밝는 날, 아침 그는 그 지평선 쪽으로 기술의 걸음을 내디딜 수 있다.

그러나 그보다 앞서 당장 그날 밤 꿈속에서 그는 지평선에 닿아 있으며 거기서 온갖 꿈을 살 수 있다.

참과 거짓은 그 스스로는 가릴 수 없다. 자기가 지킬 자리를 넘어섰을 때, 더 바르게는 자기가 어떤 자리에서 다른 자리에 넘어오고서도 그것을 깨닫지 못할 때, 그러면서도 옛날 자리에서처럼 뛰려고 하면, 사람은 발을 삐게 된다. 꿈속에는 꿈의 법칙이 있으므로 꿈속에서도 다리는 삐는 것이다.

꿈에서건 현실에서건 다리를 삐는 것은 바람직하지 못하므로 성한 다리를 가지고 그 두 삶을 살려고 생각하는 사람은, 이렇게 생각할 수밖에 없다. 기술 한번 배워보고 예술 한번 즐겨보세,라고.

인간의 Metabolism의 3형식

	환상객체	작품	B′				
	기술객체	도구	A′				
객 체 (밖)	자연객체	신체	현	언어	광	음	질
			자극·실현				
			실	기호	파	파	량
	기술객체	신체·도구	A′—A의 실현(기호)				
			행동	통신	도면	신호	동작
	환상객체	작품 (신체·물체)	B′—B의 실현(기호)				
			인기		그림	음악	무용
			희곡	문자		악보	무보

→	B′의 수용				감상	환상감상주체	5
→	A′의 수용				사용	기술사용주체	3
→	촉	청	시	언어	종합		
→	수용(감각이 수용한 인상)					생존	생물주체 DNA	1
←	반응(본능에 내장된 반응표상)						
	각	각	각	의미	감각		
	〈감각〉이 창조한 인상—A					설계 (의도·계획)	기술표현주체 (DNA)′	2
←	동작표상	신호표상	도면표상	내화 內話	행동표상		
	〈극대화된 감각〉이 창조한 인상—B					창작	환상표현주체 DNA∞	4
←	촉각상	악상	그림상	시상	연기상		
	무보	악보		문자	희곡		

주 체 (안)

이 표는 생물로서의 개인을 에너지대사계代謝系로 보고, 기술을 가지게 된 개인(문명인)을 보강된 에너지대사계로 보기로 한다. 두 대사계는 에너지 바꿈에 있어서 일정한 한계를 가진다. 이 한계의 지표 가운데서 속도를 택해본다면 일정한 한계란, 일정한 속도를 가진다고 바꿔 말할 수 있다. 인간의 내부와 외부 사이의 에너지 변환에는 일정한 속도가 필요하다 — 이것이 속도를 지표로 삼았을 때 내부와 외부를 구별하는 기준이다. 예술의 창작과 감상을 할 때의 개인은 이 속도가 무한 속도가 된 대사계라고 생각하면 되겠다. 그렇게 되면 개인의 내부와 외부(작품·자신의 신체)는 연속된다. 예술 현상에서 작품과 예술가의 신체가 외부로 느껴지는 것은 대사계 인식에서의 혼란일 뿐이다.

가령, 같은 작품을 계속 감상하여 숙지하게 되거나, 창작가가 구상의 단계를 이상적으로 오래 가지게 된다면, 마음속의 작품은 '밖'에 있는 듯이 보일 것이다. 구상이 표현이요, 실현이라는 현상이 나타나리라고 추론할 수 있겠다. 그러나 이 절대 속도 아래에서는 현실적으로 운동이라는 것을 추적(기록·표기)할 수 없으므로, 실지의 예술적 표현은 절대 속도가 지배하는 대사계의 대사운동 과정에 생물적生物的 및 기술적技術的 대사의 대사 속도를 교직交織하는 형식이 된다. 그때의 두 계통 (상대대사계 — 생물 및 기술대사계 — 와 무한대사계) 대사계의 교직 비율交織比率 혹은 배합配合이 작품의 자기동일성을 결정한다.

1) 화살 표시의 좌우를 각각 개인의 내부와 외부로 나눈다.

2) 그러나 이 구분은 어쩔 수 없이 애매한 부분을 지니고 있다.

인간 개인의 외부에는 그의 '몸'도 들어 있으며, 인간의 내부라는 것은 대체로 '의식'을 말하는 것이지만, '뇌' 자체와 '신경' 더 나아가서 신체 자체도 준準 '신경계'로 볼 수 있기 때문인데, 이러한 유보를 둔 대로 편의상 택하는 구분이다.

3) 가장 선명한 '인간의 외부'는 인간을 제외한 '자연'이다.

4) 1행行은 생물로서의 인간 개체의 생활수준이다. 도구를 갖기 전의 인간 개체는 순수한 자연이 가지는 여러 수준(현실·빛·소리·질량)을 자극으로 수용하고, 이에 대하여 유전 정보에 지시된 대로의 대응을 함으로써, 물질대사에 의한 Homeostasis를 유지한다.

5) '감각'과 '의식'은 연속된 것으로 취급한다. 분화된 감각이 의식이다.

6) 1행의 '자극'에는 동종同種의 다른 개체도 포함된다. 개체는 그것을 동종으로 식별하며, 협조(사냥 등에서), 짝짓기(이성일 때) 등으로 대응한다.

7) 유전 정보는 유한한 자극에 대해 유한한 대응 정보를 지닌다. 여기까지가 생물 생활 주체로서의 인간 개체의 범위이다.

기술 생활 주체로서의 인간 개체는 DNA에 들어 있지 않은 정보〔(DNA)'라 부르기로 함〕에 의해 생활한다. (DNA)'는 도구의 사용에 의한, 생물적 물질대사를 넘어선, 기술에 의한 자연과의 사이의 물질대사 생활이다. 도구에 의한다고는 하나, 도구의 사용은 생물적 신체 자체의 변용과 병행한다. 먼저, 기술은 그의 '뇌'의 개선과 활동에 의해서만 가능하다. '기술'을 '정보의 형태로 유지하고 가동시킨다. '기술 정보'의 실천 기관은 물론 '도구'이지만, '정보'와 '도구' 사이에는 여전한 생물로서의 '몸'이 매개하는 과정이 필수적이다. 이 단계에서는 '몸' 자체가 '도구'의 계系에 들어서게 된다.

8) '언어'도 이 '도구'계의 하나이다.

9) '통화·그림·신호'는 통신을 위한 (DNA)'에 의한 실천이며, '행동'은 그것들(통신 행동까지)을 포함하여 일체의 기술 행동(도구를 통한, 혹은 몸만에 의한)을 가리키며, 동작은 이러한 기술 단계에서의 인간 행동의

기초 단위로서 신호 행동과 그 밖의 물리적 행동 일체의 '세포'이다.

10) (DNA)′는 기록되고, 뒤 세대에 전승된다. 문화, 문명이라고 부르는 인간 현상의 부분이다.

11) DNA의 발견은 그 이전까지 '본능'이라고 불렸던 것과 '문화' '문명' '기술'이라고 불렸던 것 사이의 관계를 분명하게 만들었다. 그것들〔DNA와 (DNA)′〕은 연속적으로 취급될 수 있게 되었다. '정보'라는 실체로서.

DNA는 자연이 만든 소프트웨어이며, (DNA)′는 인간이 만든 소프트웨어이다. 다 함께 자연과, 생물로서의 '몸'이라는 하드웨어에 입력되어 있다.

12) DNA는 유한하지만 안정된 Metabolism, Homeostasis를 인간 개체에서 유지시키고, (DNA)′는 유한하지만 무한히 증가되게 열린 Metabolism과 불안정한 Homeostasis를 결과하였다. 문명사회의 인간 개체 사이의 (DNA)′의 편차는 생물의 동종 개체 사이의 개체 차差와 이질異質의 것이 된다.

12-1) 다른 모든 생물이 DNA만으로 생활하는데 인간에게만 고유한 (DNA)′와 DNA∞가 왜 존재하는가는 분명하지 않다. 다만 관찰상으로 확실히 기술할 수 있는 것은, 인간의 의식은 자신의 '내부'에 수용한 '외부'의 자극을 불필요한 강도로, 오래 '정보'의 형식으로 유지할 뿐 아니라, '외부'와 '정보' 사이의 구별에 어려움을 느끼는 의식(신경) 구조를 가졌다는 사실이다. 인간에게는 현실과 환상의 구별이 생리적으로 확실하지 않다. 흔히 생각되듯이 문명 정보 (DNA)′ 때문에 그렇게 되었다고 할 수는 없다. (DNA)′가 가능하기 위해서는 먼저 인간의 생리적 의식 자체가 그것을 가능케 하는 구조여야 하기 때문이다. 그런 구조가 아닌 타 생물은 결국 DNA에서 빠져나오지 못하여 (DNA)′와 DNA∞를

성립시키지 못하였다. 인간 의식(신경계)의 환상성이 결국 (DNA)′를 가능케 하였고, 표의 DNA∞는 의식의 본원적 환상성을 제도적으로 세련시켰을 뿐, 의도적으로 만들어낸 것이 아니다.

13) 1, 2, 3의 이러한 DNA와 (DNA)′에 의한 생활의 수준이다.

14) 이 수준에서는 내부와 외부는 비례함수의 관계에 있다. DNA와 (DNA)′만큼의 실현밖에는 없으며, 실현될 만한 크기의 DNA와 (DNA)′가 추정될 뿐이다.

15) 문명 개체(1, 2)는 자연 속에서 한정된 Metabolism과 그만한 하량荷量의 Homeostasis를 유지한다. 객체(전 자연) 〉 주체이다. 이것이 진화와 '역사'의 세계이다.

16) 4의 세계는 1, 2의 수준을 넘어서려는 인간의 활동이다. 여기서의 기술 정보(내부)의 형식을 DNA∞라 부르기로 한다.

17) 1, 2가 모두 자연의 법칙을 자기 법칙으로 하는 데 반해서 DNA∞는 순전히 자의적인 인공의 형식을 자신의 음계音階로 삼는다.

DNA와 (DNA)′는 정보(내부)이며, 실체가 아니며, 설계도이며 — 외부(자연)에서 실현된다. 그러나 DNA∞는 그 자체가 실체이며, 거기서도 외부인 것처럼 보이는 연기, 문자, 그림, 연주, 무용동작 등은 '외부(객체로서의)에서 이루어지고 있는 것이 아니라' '인간 개체의 내부로 성별聖別된 시공(그러면서도 그 성별의 시선 밖에서는 현실의 시공일 수밖에 없는)'에서 이루어지고 있는 '내부의 운동'이라고 간주(환상幻想)된다. 즉, '유희 규칙'의 세계이다. '객체' = '주체'라는 등식을 인간 개체 쪽의 주도(主導: 환상 상태에의 변속變速이라는 결단의 실천)에 의해 성립시킨다. 이것이 예술의 세계이다. 여기서 비로소 객체는 주체의 기호가 된다. 그러나 이 경우에 객체를 주체의 기호와 비유하는 것은 아직도 그 객체를 객체(자연)의 눈으로 보는 상태에서 벗어나지 못한 습관적 사고이며, 앞에서 적은 것처럼 예술의 '정보'(예를 들면, 악상)와 그 악상의 '연주(실현)'는 실은 두 개의 사물이 아니라 예술이 그것밖에 매체로 삼을 수 없는 '자연'이라는 물질에 의한 불가피한 굴절 때문에 생긴, 같은 광선의 요철 경면凹凸鏡面에서의 난반사亂反射와 같은 성격으로 설명하는 것이 옳다.*

'환상' 속에서 모든 형태의 에너지들은 그들의 환상 밖에서의 고유한 속도를 실속失速하고 무차별 동시同時 존재 — 즉, 하나가 된다. 그 속도에 따라가지 못하는 의식이 자연 상태에서의 속도를 재도입할 때, 거기에 Realism의 감속 현상에 의한 자연과 환상의 혼시混視, 중복시重複視의 현상이 일어나는 것이다. 이처럼 예술은 자연에 대한 과학적 입장의 전도轉倒로서 의도적 관념론의 세계이다. DNA∞에서 그 내부적 장치에 지나지 않는 (DNA)′와 DNA의 존재를 그 자연적 하량대로 해석하기 시작할 때 DNA∞ → (DNA)′ → DNA로 미끄러져, 예술의 자기동일성 위기가 발생한다.

18) '자기' 속에 '또 하나의 자기와 세계'를 가진다는 의식의 환상성을 부정하여, 자기 속의 또 하나의 자기와 세계가 밖의 세계 '안'에 있음을 자각하는 것이 이성(과학)의 세계이며, 예술은 이 이성과 과학의 세계를 다시 부정하여, 의식의 근원적 착오이며 출발적 원형인 '환상' 수준으로서의 의식을, 생명의 논리적 최종 목표인, 인간 주체의 객체에 대한 완전한 제압의 Simulation으로서 활용한다.

18-1) 세계와 나의 관계를 W(세계)-I(나)로 표시하자. 이 나 I는 세계 W와 나 I를 의식의 형태로 소유하고 있기도 하는데, 이 관계를 I(W′-I′)로 표시한 다음 두 식을 합치면 W-I(W′-I′)가 된다. I의 입장 (현실적인 나의 입장)에서 보면 (W′-I′)는 자신 속의 정보이다. 그런데 W와 I를 한 조組로 삼는 계系를 X라 한다면 $\underset{\lfloor X \rfloor}{W}$-I라 표시할 수 있다.

이 X가 범신론적 뜻에서의 신神이라 이해해도 될 것이다. 이 X를 I의 의식에도 표시하면 $\underset{\lfloor X \rfloor}{W} - I \left(\underset{\lfloor X' \rfloor}{W'} - I' \right)$라는 식을 얻는다. 인간의 의식 속에 성립하는 이 X'는 두 가지 성격을 가진다. $\left(\underset{\lfloor X' \rfloor}{W'} - I' \right)$를 '정보'라고 취급하는 입장에서는 이 X'는 '이성' 세계와 자아를 '방법적'으로 '밖'에서 다루는 정신적 장치가 된다. 그러나 꿈이나, 환각의 경우처럼 $\left(\underset{\lfloor X' \rfloor}{W'} - I' \right)$가 '현실'로 취급되는 경우에는, 즉 $\underset{\lfloor X \rfloor}{W} - I = \left(\underset{\lfloor X' \rfloor}{W'} - I' \right)$일 경우에는 X = X'가 된다. 즉, 현실 세계에서는 X의 부분인 I가, 의식의 한 형태인 꿈, 환각, 환상 속에서는 스스로 X', 즉 자기를 초월한 실재가 되는 경험을 가진다. 꿈이라는 의식의 형식으로 존재하는 시간 속에서의 자아는, 자기 속에 '세계와 또 하나의 자기'를 가지는, X'라는 '나'가 된다. 나와 세계의 모순을 모순대로 유지하면서도 나와 세계를 초월해 있다는 상태가 '환상'이라는 의식 형태의 구조인데, 예술은 이 형태를 자각적으로 운용하는 기술이다. 물론 이 X'는 어느 허공에 떠 있는 것이 아니라 현실의 법칙에 묶여 있는 I 속에 들어 있고 보면, 예술의 창작과 감상에 종사하는 개인은 I와 X' 사이를 순간적으로(즉, 극대의 속도로) 왕래하면서 작업하고 이해해나간다. 소꿉장난을 하는 어린이들은 무심히(인간의식에 주어진 원형적 형식이므로) 그렇게 하고, 성인으로서의 예술가나 감상자는 훈련된 대단한 긴장(tour de force)을 가지고 그렇게 한다.

19) 1과 2 사이에는 DNA − (DNA)′ − DNA∞라는 구조식으로 표현함이 적당한 중간 단계가 존재한다. 인간 개체가 자기 자신을 신의 피조물로 소외하여 자연으로서의 자기 DNA를 (DNA)′(신의 가공물)로 의식한다거나, 인간적 자기 (DNA)′를 자연으로서의 자기 DNA로 안다거나(습관, 전통에 대한 의사·자연적 인식), 환상으로서의 자기 DNA∞를 과학적 자기 (DNA)′로 혹은 자연으로서의 자기 DNA로 안다거나 하는 상태가 문명 (DNA)′의 발생과 동시에 존재하게 되고 이후, DNA라는 1차

원적 상태에서 이탈한 인간 개체에서 모든 순간에 항존하는 회로 혼선의 가능성을 만들어주고 있다.

20) 이것은 중간 단계라기보다 인간 자체의 구조이며 각각의 구조가 타당한 수준에서 운용되도록 운용하는 것이 인간 개체에게 요구되는 생활 기술이다.

21) '언어'가 이 점에서 대표적인 혼선(사용상의)의 위험 속에서 운용되고 있다. 언어는 '몸의 운동'이며, 정보의 전달 수단이며, 언어 예술에서는 '존재 자체'로 사용되는데, 이 세 경우 모두 겉보기에는 동일한 CODE를 사용하고 있기 때문에 그 '형식'에 가려서 그 형식과 대응하는 내용의 수준차를 식별하는 것이 용이하지 않으며, 17)의 *표 부분에서 지적된 바처럼 그 경우에 예술에서의 언어는 그 표기상의 동일성[DNA∞와 (DNA)'에서와의]에도 불구하고 '기호가 아닌 실체'가 되어 있음을 알아보기 어렵게 만든다. 언어 예술에서의 언어는 세계에 대한 기호가 아니라 '언어만으로 이루어진 세계' 자체이다.

21-1) 표의 4행, ← 표 우측 난은 아래와 같이 세분함이 좋겠다.

무용	←	〈극대화된 감각〉이 창조한 인상—B				
		환상				
		무풍 舞風	음계	화풍	신화적 세계	
					언어	생활
					신화	의식 儀式
		촉각상	악상	그림상	시상	연기상
무보		무보	악보		문자	희곡

22) 4에서의 의식(혹은 인간 개체)은 '환상'이라는 수준을 취하는데, 각 장르의 성격에 따라 의식의 보편적 모습으로서의 '환상'은 각 장르의 매체의 모습으로 특수화된다. 각 장르는 다른 장르의 성격을 자신의 하위 수준으로만 잠재적으로 지양止揚하고 있다. 음악은 악음樂音으로만 된 우주이지만 그 속에는 촉각과, 시각과 운동 감각과 언어의 세계를 자신의 잠재적 하위 감각으로 지니고 있다. 마찬가지로 언어 예술도 자신 속에 순수 촉각과, 시각과, 운동감각과 율동 감각을 지니고 있으나 그런 감각들이 모두 언어라는 수준에 수렴되어, '언어'라는 형식으로만 존재하는 세계에서 '언어 속에서' '그 자신이 언어이기도 한 표현 주체'가 '언어를 진동시킨다'고 표현할 수 있겠다.

23) 객체 편에서 보면 3형식 모두 물질의 운동이며, 말 그대로의 물질대사이며, 주체의 편에서 보면 1, 2, 3은 정보의 실현[DNA와 (DNA)'의 객체에서의 실현, 물질로서, 그리고 신호로서의]이며, 4 및 5는 화살표의 좌우의 연속화(무차별화)로서, '환상'이라는 같은 종류의 질량 사이의 Metabolism이다.

24) 1행에서의 '언어'란은, 생물 차원에서도 존재하는 바, 생물적 신호 활동을 비유적으로 표시한 것이다.

25) 이 표의 더 자세한 읽기를 위해서는 필자의 「문학과 이데올로기」, 「소설과 희곡」, 「예술이란 무엇인가」, 「길에 관한 명상」을 참조하기를 권한다.

작가와 현실

문학은 우주와 인생의 진리를 설화의 형식을 통하여 표현한다.

설화라는 것은 무엇인가 하면, 어떤 구체적인 사람의 생활의 전개를 말한다.

신화라고 불리는 것도 설화의 한 종류이다. 주인공이 신이라는 것뿐이다. 오늘날에는 우주와 인생의 진리를 표현하는 수단이 설화만이 아니다. 인문계와 자연계의 여러 학문이 있다.

과학이 제각기 방대한 정보량을 다루기 때문에 어떤 개인이 자기 일생에, 전공 밖의 분야에 대해서 전공 분야와 같은 수준의 정보를 가진다는 것은 사실상 불가능한 형편이다.

문학도 정보를 다룬다는 점으로 보면 이들 과학과 마찬가지 성질의 인간 활동의 하나이다. 그러나 문학을 이처럼 인식 분야의 한 가지로 파악하려고 들면 그 본질은 드러나지 않는다.

문학은 인간 생활의 먼 옛날에는 거의 단 하나의 정보 전달의 수단이었다. 그런 까닭에 우리가 문학의 본질을 알자면, 문학의 발생기로 거슬러 올라가서 그것이 지금처럼 많은 정보 수단의 하나가 아니었던 때를 그려보지 않으면 안 된다.

어느 민족이나 신화를 가지고 있다. 신화는 크게 나누어 자연 신화와 사회 신화로 되어 있다. 자연 신화라고 하는 것은 자연이 어떻게 생겼고 각각의 성질은 어떻다는 것을 말하는 내용이다. 한편 사회 신화는 자기 민족이 어떻게 시작했고, 자기 민족 생활에서는 무엇이 바람직한 일이고, 무엇이 해서는 안 될 일인가를 말하는 내용이다.

가장 초보적인 모습의 자연 인식과 사회 인식을 이야기의 형식으로 객관화한 것이 신화이다. 이것이 아마 문학의 가장 분명한 모습일 것이다.

사회의 성원은 일정한 숫자의 신화를 교육받음으로써 자연과 사회에 대한 정보를 얻게 된다. 그가 태어나서 죽기까지의 모든 행동은 이 신화에 나오는 인물들의 모범에 따르면 되는 것이다. 이런 경우에 신화가 그 사회의 구성원을 구속하는 힘은 절대적이었던 것이다. 그런데 여기서 알아두어야 할 일은, 신화가 이 같은 힘을 지녔을 때의 인간 생활이 어떤 것이었던가를 생각할 필요가 있다는 것이다.

먼저 자연환경으로 말하면, 이때의 사람들은 자연을 이용하는 범위가 아주 좁았다는 사실이다. 자연에 대해서 거의 마음대로 해석해도 결과로 봐서 달리 해석한 것이나 다름이 없었다는 사실이다. 실지 달에 가지 못하는 처지에서라면, 달 속에 선녀가 있다고 해석하건, 토끼가 있다고 해석하건, 실지 생활에 결정적인 차이가 생기지는 않는다는 말이다.

다음으로, 이즈음 사람들은 작은 집단으로 살았다는 사실이다. 구성원의 숫자가 많지 않았다는 말이다. 그들은 자기 집단의 사람들을 대개 한눈에 볼 수 있었을 것이다. 생활 범위가 좁고 구성원이 많지 못하면 어떤 결과가 오겠는가? 행동의 방식이 어느 사람이나 비슷해진다는 것이 그 결과이다. 더구나 이런 조건이 오래가면 갈수록 그러하다. 이런 상태에서 신화라고 하는 것은 거의 모든 사람에게 제2의 정신, 제2의 신경 계통이나 마찬가지였을 것이다. 모든 사람의 생활을 말로 하면 신화가 되고, 신화를 실천하면 생활이 된다. 생활과 신화는 하나가 된다. 생활의 형이 하나이기 때문에. 한 가지 신화로 족한 것이다.

여기까지는 이야기가 비교적 분명한 것 같다. 그러나 사회의 형태는 여기서 머물지 않았다.

지구상의 거의 모든 민족이 이런 사회에서 출발하여 오랜 세월에 걸쳐 더 복잡한 사회로 발전했다. 그 발전을 요약하면 생활공간의 확대, 사회 성원의 증가이다.

그 결과로, 사회 성원이 모두 비슷한 생활을 하던 상태가 끝났다.

먼저 여러 직업이 생기고, 다음에 직업마다 직위의 높낮이가 생겼다. 그뿐이 아니다. 이 직업은 그 종류가 자꾸 불어나게 된다. 이렇게 되면 한 사회의 행동 양식을 위해서 한 가지 신화로 충당한다는 방법으로는 불가능해진다.

직업에 따라서 가령 바다 이야기, 농촌 이야기, 장사하는 이야기, 싸우는 이야기, 농사짓는 이야기로 갈라진다. 또 자리의 높낮이를 따라, 민중 문학·귀족 문학 하는 식으로 갈라지기도 한다.

이렇게 되면, 바닷가에 사는 사람들이 산속에 사는 사람들을 이해하는 것이 어려운 것처럼, 그 두 가지 생활권에서 생긴 이야기도 같은 감정으로 이해되기는 어렵게 된다.

고대 국가라는 것은 오늘날 역사 이야기를 들으면, 오늘날의 국가와 착각하기 쉽지만, 사실은 저마다 직업이 다른 여러 부족을 무력으로 결합하고, 현물세를 징수하여 통치 집단이 군림한 일종의 공물국가 혹은 징발국가徵發國家라고 보는 것이 진상에 가까운 것 같다.

이렇게 생활의 모습이 다르고 보면 그들 사이의 신화가 서로 통합되기란 대단히 힘들다. 그런데 여기서 큰 사건이 일어나게 된다. 2000년 전쯤 해서 지구상의 문명권에 나타난 대종교가 그것이다. 즉 불교·기독교가 그것이다. 이들 종교는 당시까지에 있었던 신화들을 물리치고, 여러 민족을 각기 불교·기독교·힌두교 등의 큼직한 신화 속에 통합한 것이다.

이러한 신화의 블록화는 아마도 그 시기에 이들 신화가 지배하게 된 지역들이 생활권으로서 긴밀하게 통합된 사정을 정확히 반영하는 것이라고 보아도 좋을 것이다.

이러한 상태에서 한 종교와 지방마다의 전설이 공존한다. 이것은 아마도 무력에 의한 단일 세금 징발권과 폐쇄적인 지방 경제라는 사실을 반영하는 것이라 보아도 좋을 것이다.

종교와 전설이 이 시기의 문학이다. 이 시기 다음에 다른 시기가 온다. 이것이 유럽에서의 산업혁명으로 시작된 지구 사회권으로서의 발전이다. 근대 과학이 이 시기에 비롯된다. 연이어 민족 국가의 경영 원리를 위한 실용적 필요에서 사회과학이 왕성해진다. 자연은 가속도적으로 이용 범위가 넓어지고, 사회의 모든 생산업은 연결되고 따라서 다른 직종 사이의 소통이 증대한다. 다른 직종은 폐쇄된 생활권이 아니라 한 생활권 안에서의 분업으로 이해되기에 이른다.

이런 추세는 이중으로 촉진된다. 자연과학의 발전으로 종래에는 전혀 다른 것으로 생각된 현상 사이에 같은 원리가 지배하고 있음이 증명된다.

민족 국가의 중앙 집권의 필요 때문에 국가 영토 안에 모든 생활 형태가 서로 유기적으로 조직되고 같은 원리가 지배할 것이 요구된다. 이렇게 해서 인류는 전혀 새로운 경험을 하게 된다.

근대의 저술가들이 가장 빈번하게 쓰는 말이 '다양 속의 통일'이라는 것이다. 현실적으로 사람들의 생활은 다양하지만, 그것을 한 가지 원리로 설명해야 한다는 필요성이다.

근대 이전 사회의 신화였던 종교와 전설은 이 일을 해내지 못했다. 까닭은 신화나 전설이나, 모두 생활형이 단순했던 사회의 신화에서 비롯한 것이며, 종교가 되고 전설이 되었다는 다름은 그 자신의 성격보다도, 그 신화가 통용된 지역의 정치적 패권 여부에 달려서 결정된 까닭이다.

말할 것도 없이 이 사회에서 가능한 통일 원리는 과학이다. 그러나 과학은 이미 신화와 같이 단일한 모습으로 세계를 설명할 수 없다. 적어도 현재까지는 그렇다. 인간 생활의 다양성을 반영해서 과학은 더욱 세분되고 전문화된다. 종교가 권위를 잃은 세계에서, 지난날에 종교가, 더 멀리는 신화가 하던 소임을 맡아보려고 노력하고 있는 분야의 하나가 바로 문학이다.

문학이 당면한 현실이란 위에서 말한 바와 같은 것이다. 이것이 현대 작가의 현실이다. 이런 현실에서 인간에게 무엇이 바람직한 일이고, 무엇이 해서는 안 될 일인가를 설화의 방식으로 말하는 것이 작가의 임무라 하겠다.

고대에서의 신화의 조건과 다른 점은 분명하다.

신화의 경우는, 한 가지 조건에 대한 한 가지 반응이다. 조건은 늘 마찬가지고, 그리고 행동도 한 가지이다.

현대 세계에서는 조건은 수시로 바뀐다. 분야에 따라 바뀌고 시간에 따라 바뀐다. 따라서 행동도 그에 따라 바뀐다. 따라서 현대 문학의 특질을 이렇게 말해보면 어떨까 한다.

즉 현대 문학의 근본 원리는 조건법이라고 말이다. 즉 '만일 무엇

무엇이면, 그때는 무엇무엇이다.' 이런 식이다.

이런 조건 없이, 즉 조건의 제시 없이 주어와 술어를 연결해서는 안 된다는 것이다.

작가는 우주와 인생의 진리를 설화의 형식을 통하여 표현한다고 말씀드렸다.

앞에서 살펴본 바와 같이, 우주와 인생이라는 것은 바뀐다. 따라서 모든 시대의 작가의 임무는 자기 시대가 다른 시대와 다른 점이 무엇인가를 알아보고, 이렇게 파악된 자기 시대의 모습을 신화의 높이에까지 표현하는 일이다. 고쳐 말하면, 현대 작가는 현대 사회의 조건하에서, 신화를 만들어야 한다는 것이다.

낡은 신화를 되풀이해서도 안 되고, 현대적 조건을 부분적으로만 받아들여서도 안 된다.

현대 사회의 조건을 전폭적으로 받아들여서 그것을 신화의 모습으로 명확하게 만드는 것, 이것이 현대 작가가 현실에 대해 가지는 바른 관계라고 결론할 수 있겠다.

소설과 희곡

사람마다 자기 앞에 오는 삶의 과제를 처리하면서 살아가는데 이런 시간이 쌓여서 생애를 이루고 역사를 이룬다.

그런데 그것이 생애든, 역사든, 또는 하루의 삶이든 어떤 기준에서는 모두 같은 뜻을 지니고 있다. 그 기준이란 무엇인가 하면 '전체' 혹은 '무한'이란 것이 될 것이다. 다시 말하면 사람의 삶은 '무한'이나 '전체'의 입장에서 보면 '부분적'인 것이란 말이다. 이런 '부분'을 살아갈 때 우리는 그 나머지의 '부분'들을 잊어버리고 살아간다. 흔히 사람은 잊어버림으로써 기억을 정리한다고 하지만, 기억 이전의 삶의 현장부터가 그 현장 아닌 다른 것을 잊어버리는 데서만 처리할 수 있도록 되어 있다. 모든 것을 한꺼번에 한다는 것은 기술적으로 불가능한 것이다. 그래서 우리 행동은 선조성일 수밖에 없게 된다. 이것 ― 즉 부분적이란 것이 일상생활의 첫째 성격이 된다.

다음에 일상생활의 본질적 형식이 되는 것으로는 의식의 단절성을 들 수 있을 것이다. 사람은 목적을 가지고 행동하는 존재지만, 실상 모든 행동이 목적을 의식하면서 이루어지는 것은 아니다. 무의식이라든지, 습관이라든지 하는 약화된 의식의 형태를 비롯해서, 강요된 행동 같은 데서는, 의식의 개입이 배제된 상태에서 행동이 이루어지기까지 한다. 이런 경우에 행동은 자연물의 운동 비슷한 것이 되어서 의식의 주체는 잠들거나, 깨어 있어도 작용할 수 없게 된다. 행동은 있는데 의식이 비어 있는 상태가 생기게 된다. 인간의 모든 행동이 의식의 통제하에 있지는 못하는 것이 일상생활의 성격이 된다. 의식과 행동과의 분리는 또 다른 모습으로도 나타난다. 우리가 일상에서 처리하는 일들은 한 가지 종류가 아니기 때문에 종류가 바뀔 때마다 그때까지의 의식은 거기서 끊어진다. 즉 앞뒤의 의식이 서로 질서를 달리하는 것이기 때문에 연결이 없어지는 것이다. 가령 하루에 백 가지 행동을 한다면 그 백 가지 사이에 어떤 조정이든지 비교 같은 것을 철저히 한 끝에 이루어지는 것이 아니라 닥치는 데 따라 치러나간다는 것이 일상의 행동의 현실이다. 하루에 일어날 일을 미리 내다볼 수도 없는 일이고, 하루의 끝에 가서 그것들의 뜻을 종합해서 가치를 비교하고 미래에 끼칠 무게를 계산한다는 일 또한 불가능하다. 왜냐하면 미래라는 것은 예측할 수 없는데 어떻게 미래의 잣대로 현재를 재어볼 수 있겠는가? 경제 계획 같은 것에서부터 개인의 살림에 이르기까지 이 사정은 원칙적으로 마찬가지이다.

이렇게 생각한다면 인간의 생활이란 것은 부분적인 현실에 대해서 부분적인 의식의 통제만으로 대응하면서 처리되는 불규칙한 행동의 궤적이 되는 셈이다. 환경의 전모는 우리 앞에 나타나는 법이 없고, 따라서 그에 대처한 완벽한 의식이란 이루어질 수 없으며, 끝으로 완전한 행동이란 일상생활에서는 기술적으로 불가능하다. 이것은 물론 의식의 통제란 면에서 바라본 요약이기 때문에 그럼에도 불구하고 모순되는 것은 아니다. 다만 그것이 우리(즉 의식) 밖에서 이루어진다는 것만이 강조되면 족한 것이다. 이 의식의 밖에서 연결되는 무의 부분에 대해서는 우리들의 의식은 소외되어 있다고 보아도 좋을 것이다. 우리 행동이면 서 그것들의 주인은 우리의 의식이 아닌 것들 — 개인은 언제나 패배하 지만 자신은 언제나 승리하는 역사라든지, 사람들의 슬픔 속에서도 꽃 을 피우는 자연이라든지, 자기만의 계획에 따라 착한 사람도 벌하는 신 이라든지 하는 것들의 차지가 되고 마는 것이다.

의식의 지배 밖에 있는 부분들을 인간 행위가 가지게 된다는 사실 은 인간에게 큰 부담을 지운다. 그 부담이란 불안·공포·무기력·초조 등 이다. 의식의 빛이 적으면 적을수록 이 부담은 크다. 마치 밤의 한가운 데 있는 짐승 같은 것이다. 인간의 역사가 있어온 이래 사람들은 이런 밤길을 걸어왔다. 그들이 불을 발견하여 이 어둠을 조금씩 정복해온 것 이 사실이지만 불이 밝으면 밝을수록 어둠도 짙어진다. 반딧불 벌레가 보는 어둠보다 인간이 보는 어둠은 더 크다. 가진 조명과 어둠의 크기 는 비례하는 것이 이 세계의 법칙이다. 불의 밝기를 불림으로써 어둠을 이기자는 노력은 아킬레스와 거북의 경주에 대한 궤변학파의 논증처럼 언제나 어둠(거북)의 승리가 되고 만다.

사람들은 불에 대한 신앙을 세계 도처에서 실천해왔다. 밝은 세상 에 대한 갈망이다. 어둠을 모두 살라먹은 불에 대한 꿈이다. 의식에 의 해서 완전히 정복된 존재에 대한 꿈이다. 모든 종교의 뿌리는 인간의 밝 음에 대한 꿈에서 비롯된다.

종교가 힘을 잃고 신이 차지했던 자리에 오히려 검은 회의의 어둠 만이 우주의 구멍처럼 남았을 때 새 태양 — 빛이 등장한다. 우리는 그 것을 과학이라고 불러도 좋을 것이다. 그리고 현재 우리는 과학의 세계 에 살고 있다. 그러나 과학은 과학인 이상, 종교처럼 이 세계를 모두 밝 혔다고 자처하지 않는다. 밝힐 수 있는 테두리를 더 밝게 밝힌다는 것뿐이며, 그 너머에 있는 어둠에 대해서는 말하지 못하는 것이 과학의 원칙이다. 과학이 종교에 미치지 못하는 것은 빛의 양에서만이 아니다. 과학이란 것은 원리상 인간의 존재를 필요로 하지 않는다. 즉 과학은 인간이 없는 세계도 대상으로 삼을 수 있다. 종교가 세계까지를 의인화한 데 대해서 과학은 인간까지를 사물화한다는 성격을 지닌다.

여기서 우리는 여태껏 써온 '의식'이란 말을 다시 뜯어볼 필요가 생긴다. 왜냐하면 종교를 말할 때 쓰인 '의식'이란 말과 '과학'을 말할 때 쓰인 '의식'이란 말이 다르게 보이기 때문이다. 우리는 1＋1＝2라는 식을 의식하면서 특별히 환희작약하지 않으며, 1-1＝0이란 식을 의식하면서 비탄에 빠지지는 않는다. 그러나 이 세상에 1, 2, 0이란 사물이 있는 것은 아니며 그것들은 반드시 어떤 구체적 존재 — 즉 사람 하나, 사과 한 알, 남자 하나 등등으로서만 존재한다. 그래서 우리는 한 남자가 한 여자와 맺어졌을 때(1＋1＝2) 기뻐하며, 한 인간이 자기 자신을 죽였을 때(1-1＝0) 슬퍼하게 된다. 즉 과학의 세계에는 기쁨과 슬픔이 없고, 과학할 때의 '의식'은 살아 있는 의식의 부분이며 그 자체로서는 인간의 온전한 의식과 성질을 달리한다.

문명의 양이 증대되면 이 같은 성질의 의식이 일상생활 속에서 차지하는 양이 따라서 증대한다. 자동차 운전사는 말 타는 기수가 말에게 하듯 자기 자동차를 받아들일 수는 없게 되는 것이다. 결과적으로 문명이란 것은 슬퍼하고 기뻐하는 동물인 인간의 본질에 대해서 두꺼운 절연체의 역할을 하게 된다. 그리고 이 문명이 두꺼워지면 질수록 웬만한 개인의 노력으로서는 이 문명의 양을 자기의식 속에서 자기 것으로 만들고 그 벽에 감정의 그물을 통하게 한다는 것은 어렵게 된다. 이것이 문명의 공포다. 과학의 발전이 연속적으로 토착화된 곳인 서구 사회에서는 이 공포가 예술 속에 일찍부터 표현되어왔다. 인간이 만든 기계에서 인간이 부림을 당하게 된다는 공포가 그것이다.

　예술이 이러한 공포 ─ 의식의 주체인 인간이 그 의식(문명)이 축적된 의식의 노예가 되어간다는 데 대해서 예술이 날카로운 문제의식을 가지게 된 데에는 몇 가지 까닭이 있다. 첫째로 이 같은 상황을 극복하는 데 있어서 기성 종교가 무력해졌다는 것, 그 해결책으로 종교로 돌아가는 것이 생산적이 못 될 것 같다는 판단이 예술로 하여금 위기의식을 가지게 하였다. 둘째로 과학이란 이름의 의식의 성격에 대한 사람들의 인식론적 착오가 많은 예술가들에게 우려를 자아내게 하였다. 즉 과학은 그 자신의 긍정적 의미를 실천하자면 인간의 전인격적 의식의 상태에서 스스로를 분리해야 하기 때문에 과학이 만들어내는 문제를 과학 자신이 풀 수는 없다는 사실을 사람들이 잘 통찰하지 못하는 현상에 대한 불안을 예술가들은 가지게 되었다. 셋째로는 과학의 이 같은 부작용이 미치는 피해가 인간 집단 속에서 불균등하게 작용한다는 점이다. 즉 과학을 상대적으로 보다 의식적으로 통제할 수 있는 사람들과 그렇지 못한 사람들로 나누어지며 이 후자에게 문제의 비극성이 집중적으로 쏟아지게 된다는 판단에서 예술가들은 당대에서의 예술의 고유한 효용을 보았던 것이다.

　원시 사회의 각 구성원 간에서는 본질적으로 능력의 차이가 대단치 않았을 것이다. 현대 사회에서는 이 차이는 심각하다. 그사이에 축적된 의식을 계승하고 못 하고에 따라서 동시대인이라고 부르는 것이 정확히 따지자면 불가능할 정도의 격차가 사실상 존재한다. 나라와 나라 사이, 개인과 개인 사이에서 모두 이런 격차가 벌어진다.

　따라서 현대 예술의 창작 동기에는 보편적인 면과 시대적인 면이라는 두 측면이 있다. 인간이 자기 행동의 모두를 의식의 조명 밑에 둘 수 없다는 보편적인 면과, 그러한 보편적인 면이 현대인의 경우에는 개인 간에 큰 격차를 가지고 존재한다는 것이 그 시대적 측면이다. 이 시대적 측면에 의해서 나오는 현상이 예술의 분화라는 현상이다. 문명이라는 큰 짐이 불균형하게 분배되어 있기 때문에 그 짐을 벗는 데 소모되는 노력도 다를 수밖에 없기 때문이다.

이 점에서 특히 소설이라는 형식은 가장 큰 문제를 지니고 있다. 소설은 문명의 증대량에 비례하면서 자기의 관심을 넓혀온 예술 형식이다. 여기서 소설 형식의 뛰어난 당대 감각과 당대인에 대한 호소력이 생기기 때문이다. 그런 반면에 소설은 그만한 대가를 치러야 했다. 대가란 무엇이었을까? 소설 속에서 여러 종류의 인물들을 다루면서 그 인물들의 특수성에 대한 관심을 충실하게 따라간 것은 옳은 일이었으나, 모든 인간이 특수하게밖에는 살지 못한다는 이 사실에 가려서 그 인물의 특수성의 밖에 있는 것들, 즉 다른 특수성들과 비교할 수 있는 보편적 척도를 마련하지 못하게 되는 경우가 너무 많다는 것이 소설사의 현실이었다. 이런 마련이 없는 소설은 시야가 좁고 길이가 모자라는 의식밖에는 만족시키지 못한다. 예술은 인간이 잃어버린 것 — 자기의 주인으로서의 본질을 되찾는 일일진대 이 되찾기는 있는 문제를 잘라버림으로써 이루어지는 것이 아니라, 있는 문제를 모두 받아들이면서 그것을 넘어서는 데서 찾아지지 않으면 안 된다. 음악이나 미술에서는 사람들은 그것(음악 작품, 미술품)이 그 어떤 다른 것의 대리물이 아니라 표현에 의해서 처음 존재하게 되는 또 하나의 현실인 것을 인정하고 거기서 현실에 이르는 직접의 길은 비유에 의하지 않는 한 존재하지 않는 것을 인정하는 데 인색하지 않다. 그런데 문학예술에서만은 좀체 같은 원리를 인정하려 들지 않는다. 문학에서 생활로 이르는 직접적인 길이 열려 있다고 생각하는 것이다. 그 까닭은 아마도 인간 존재의 일회성에 대한 인식 부족에서 오는 것이다. 인간적 현상의 구체적 경우들을 관찰하여 얻어지는 어떤 법칙, 구조 같은 것이 있음은 사실이다. 그러나 이러한 법칙, 구조 단위는 사고에 의한 논리적 개념에 지나지 않는다. 어떤 인간도 1로서 존재하는 것이 아니라 어떤 구체적 개인으로서만 존재한다. 한 편의 소설을 읽고 거기서 어떤 교훈을 얻는 것은 물론 가능하다. 그러나 이 교훈이 문학 그것은 아니다. 문학은 감상자가 자신의 상상력 속에서 실지로 산 그 작품의 작중 현실 그 자체이다. 음악은 음악 자체이지 그 해설이 아닌 것처럼, 교훈을 운운할 때는 그는 벌써 상상력의 주체(즉 문학예술의 공간 속의 주체)로서가 아니라 거기서 빠져나온 현실의 세계의 관찰자로서 말하고 있는 것이다. 문학예술이란, 현실적 인간으로서의 온갖 경험이 소재가 되어 — 아니 그 인간의 현실적 존재로서는 죽었다가 그 죽음이 매개물이 되어 '작중 현실' 속에서 다시 살아나는 부활의 의식이다. 예술의 시민이 된다는 것은 그 순간 현실의 인간으로서는 죽는다는 것을 말한다. 이것은 논리적으로 자명하다. 왜냐하면 사람은 한꺼번에 두 가지 삶을 살 수는 없기 때문이다. 예술은 경험의 환기가 아니라 경험을 소재로 삼은 창조인 것이다. 이와 같은 창조의 능력은 우리가 모두 지니고 있는 상상력이라는 의식의 능력으로 가능해진다. 우리는 물론 일상생활에서 이 능력을 사용한다. 그러나 일상생활에서의 상상력은 형식적으로는 예술에서의 상상력과 같지만 여기에는 중요한 내용상의 다름이 있다. 일상생활에서의 상상력은 현실 의식의 통제를 받는다. 그리고 최종적으로 현실 의식에 의해서 가치가 매겨진다. 그러나 예술에서의 상상력은 자기 자신의 필요에 따라 운동한다. 일상에서의 상상력은 결국 현실 의식의 간섭 때문에 자기 자신의 정점에 이르지 못하고 단절되고 이어지고 하는 일상생활의 궤적을 따르지만, 예술의 상상력은 일상생활의 필요에 간섭받음이 없이 그 자신이 만족할 수 있는 가장 완전한 전개와 충분한 지속이 보장된다. 이렇게 되어 소설 속의 현실은 그것의 표면적 유사성과는 달리 현실의 인간 생활에서는 있을 수 없는 완전한 정합성과 순수한 지속 속에서 진행된다. 소설이 시작될 때 끝은 이미 마련되어 있고(정합성), 그러면서 매 순간마다 예측을 불허하는 자연스러운 우연과 모험의 형식으로 진행된다. 현실에서는 양립할 수 없는 모순이 허용되는 것이다. 물론 이것은 작가의 손에 의해 계획된다. 작자는 어디서 이런 초능력을 가져오는가? 영감인가? 뮤즈의 도움인가? 옛날 같으면 그렇게 말했을 것이지만 우리는 달리 설명하지 않으면 안 된다. 설명은 간단하다. 우리는 '약속'에 의해서 이러한 세계를 창조하고, 이러한 세계에 들어온다. 물론 이런 약속을 위한 계약서가 주고받아지지는 않는다. 그러나 예술을 창조하면 감상자들이 기꺼이 그것을 받아들인다는 사실이 이러한 약속이 논리적으로 성립되어 있음을 말해준다. 이러한 약속에는 조건이 있다. 문학에서 다루어지는 소재에 대한 작가의 의식적 통제는 사실로서의 책임이 물어져서는 안 되며 작가는 현실 경험을 재료로 하여 인생의 환상을 불러내는 것으로 족하다는 약속이다. 그렇게 하지 않으면 사실에 대한 실증적 고증의 무한 지옥에서 벗어날 수 없기 때문이다. 엄밀하게 말해서 작가는 어떤 말이든 예술의 울타리 안에서는 말할 수 있다. 그러나 근대 이후의 소설은 이 환상이 될수록 현실 의식의 저항을 일으키지 않도록 노력해 왔다. 그래서 우리는 소설이 마치 일상생활의 차원에 있는 착각까지를 가지기에 이르고 있다. 그러나 여기에 근대형 소설의 위기가 있다. 현실 의식의 검열을 의식한 나머지 작가가 일상생활에서의 수준에서 소설 내용에 책임을 지려고 하는 위험이다. 이것은 어처구니없는 미망이자 교만함이기까지 하다. 인간으로서 불가능한 일을 하고자 하기 때문이며 예술의 본질에서 벗어난 욕심이기 때문이다. 문학예술의 정체성 위기 (identity crisis)에 이른 것이다. 어떤 사물이 자기 아닌 것이 되려고 할 때 우리는 그 사물이 정체성 위기에 놓여 있다고 불러도 좋을 것이다.

어떤 개인도 1로서 존재하지 않고 구체적 한 사람으로서 존재한다. 구체적 개인을 완전히 인식하는 것은 그 개인이 되는 길밖에는 없다. 우리는 소설 속에서 그 개인이 되는 것이다. 우리들 자신의 존재를 잠시(감상하는 동안) 중단하고 소설 속의 인물이 되는 것이다. 상상력의 힘에 의해서. 구체적 개인이건 구체적 사물이건 구체적 존재라는 것은 그러한 조건과 꼭 같은 것은 존재하지 않기 때문에, 그 사물에 관련된 교훈을 얻어낸다는 것은 불가능하다. 즉 그러한 사물은 두 번 다시 없을 것이기 때문이다. 가령 어떤 교훈을 이끌어냈다손 치더라도, 다른 사물에 적용할 때에는 그 교훈을 조정하지 않으면 안 되고 우리가 정확성을 원한다면, 그 '조정'은 무한대한 것이 될 것이다. 그런데 본질적 사고라는 것은 엄격하다는 것을 의미한다.

그렇다면 작품의 정합성이라든지, 순수한 지속이라는 것은 대체 무엇을 말하는 것인가? 그것은 작가의 시점이 작품의 모든 부분에서 균질함을 말한다. 가능하다면 이 작가의 시점 혹은 창작 의식은 질이 높은 것이 요구된다. 질이 높다는 것은 만일 작가가 사실적인 양식을 택했을 때, 현실 의식의 관점에서 일어나는 시시한 트집을 능히 막아낼 수 있을 만한 높은 양식이 기대된다는 뜻이며 그 이상도 이하도 아니다. 그러나 이것은 여전히 문학예술의 본질적 조건은 아니다. 설령 작가의 의식이 작품 속에서 비균질적으로 실천되었다고 하더라도 그것은 그 작품의 우열의 판단 기준은 될망정 그것이 문학예술이냐 아니냐의 기준은 되지 않는다. 표현으로서의 문학예술의 본질은 그것을 다른 표현과 다르게 하는 갈림점에서 찾지 않으면 안 된다. 그것은 다름이 아닌, 살아 있는 현실 자체의 느낌을 줘야 한다는 성격이다. 살아 있는 현실 자체를 표현한다는 것은 어떤 다른 표현(일상 표현, 과학적 표현)도 하지 못한다. 일상 표현은 그 부분성 때문에, 과학 표현은 그 추상성 때문에, 모두 현실 그대로를 나타내지 못한다. 문학예술만이 상상력의 공간에서 일망정 현실을 남김없이 표현한다. 그리고 여기서 문제되고 있는 문학의 본질인 현실의 느낌이 가능해지는 열쇠는 그것이 태어나서 살다가 죽는 어떤 구체적인 개인의 입장이 배제되지 않는다는 데 있다. 모든 표현은 살아 있는 개인이 하는 표현이라는 — 표현에 대한 인식론적 반성이 본질적 성격이 되어 있는 표현이 예술적 표현이다. 예술에서의 표현은 마음의 밖에 있는 물건을 날라다가 놓음으로써 이루어지는 것이 아니라 표현만의 힘에 의해서 존재하게 되는 의식의 구축물이며, 그것은 온전히 작가의 의식의 내용에만 의존한다. 가령 현실 세계에 확실히 존재하는 것을 작가가 소재로 삼았다 할지라도, 예술로서는 그것이(외계에 확실히 존재한다는 사실) 작품으로서의 보장이 되지 못한다. 작품이 되자면, 그 소재는 의식의 힘으로 자립하지 않으면 안 된다. 자립한다는 것은 무슨 말인가? 그 소재가 '작중' 인물에게 '대해서' 어떤 사물로 존재해야지, 작품 밖의 인물에게 대해 가지는 사물의 권위나 가치를 가지고 작품 속에서 통용되어서는 안 된다는 것을 말한다. 즉 작가와 감상자가 모두 예술 표현의 나라에 들어올 때는 다른 자기로 바꾸어 태어나지 않으면 안 됨을 말한다. 몽유병자의 경우처럼 같은 몸에 두 마음이 사는 것인데 예술에서는 일부러 그러는 것이며 알면서 그러는 것이다. 일상의 상상에서는 상상력은 현실에 매여 있고, 과학 표현에서는 처음부터 인생의 전모라든지, 인생의 환상이라든지를 의도하지 않는다. 자립한다는 것은 이 단절을 의미한다. 나와 너의 삶은 논리적 비교에서만 같은 것으로(1+1, 혹은 '인간' 혹은 '개인' 등) 다루어진다. 실지의 나와 너는 서로 바꿀 수 없는 절대의 존재다. 마찬가지로 소설 속의 세계는 — '나'가 '너'와 비슷하지만 '나'가 '너'를 대신할 수 없는 것처럼 — 동형의 타인 사이다. 그런데 동형이란 상상 속의 현실이, 현실 속의 현실과 동형이라는 말임에도 불구하고, '현실에 대한 해석'(일상의 표현, 과학적 표현)과 동형인 것처럼 혼동하는 데서 사실주의 계열 예술의 정체성 위기가 생긴다. 만일에 현실의 모방이란 말을 '현실에 대한 해석'과 일치하는 것으로 생각한다면, 형식을 달리할 뿐이지 문학예술은 과학과 같은 것이 되고 만다. 문학은 아직 해석하지 못하는 부분까지를, 말하자면, 모방한다. 이것은 논리적으로 모순이다. 왜냐하면 모방하자면 대상을 알아야 하기 때문이다. 그러나 문학이 현실을 모방한다고 할 때는, 현실의 밖에서 현실을 모방하는 것이 아니라, 문학 자신이 현실이 되기 때문에 이 문제(모르는 것을 안다는)는 해결된다. 과학과 일상의 세계에서는 알지 못하는 부분은 아직도 소유하지 못한 부분, 정복해야 할 부분, 따라서 아직 자기(과학) 체계에 속하지 않은 부분이다. 그러나 문학예술 속에 있는 알지 못하는 부분은 '알지 못하고 있다'는 자격으로서 작중 현실을 이루고 있기 때문에 문학은 자기 자신의 무지(현실에 대한)의 부분까지도 소유하고, 이미 정복하고 따라서 자기(문학) 체계에 들여놓고 있는 것이 된다. 이 사정은 종교 의식의 움직임과 거의 같다. 이 세계를 논증하려는 태도에 머무는 동안에는 신과 만날 수가 없다. 신의 나라에 들어가는 회심의 순간은 어떤 비약, 어떤 결단의 순간을 거쳐야 한다. 그때 그는 자기 앎까지도 신의 은총이며, 자기의 모름까지도 부끄러움이 아니라는 가치의 뒤바꿈을 겪는다. 그는 자기 자신을 비우고 신의 그릇이 된다. 여태껏 알고 있었던 일이 그대로 수수께끼가 되고 우리는 수십만 년 전에 어느 들판에서 아침 해가 솟아오르는 것을 바라보는 원시인이 되게 하는 것이 문학예술의 본질이다. 아니, 이런 태양이 바로 우리가 매일 아침 만나는 태양임을 알게 한다. 인간은 우주에서 무한히 자기를 소외시키고 그 증대된 소외를 문명이라는 이름으로 부른다. 종교적 회심은 이 소외를 돌이키고 신의 나라에 들어가는 것을 말한다. 그가 신을 받아들이는 순간에 그 사람은 자기 자신이 원래 있어야 할 데에 있음을 깨닫는다.

일상 의식의 세계에서 상상 의식의 세계에 들어올 때에도 이와 마찬가지의 일이 생긴다. 우리는 문학 작품을 읽으면서 우리가 아닌 세계를 아무 이의 없이 받아들인다. 우리는 나무가 되고 물고기가 되고 새가 되기도 한다. 그러면서 우리는 여전히 우리로 남는다. 일상 의식의 세계에서는 미친 사람이 아니면 주장하지 않거나, 그렇게 될 수 있는 원인을 모두 검토한 끝에야 결정하는 일들을 문학의 세계에서는 무조건 받아들인다. 이렇게 되는 원인은 간단하다. 우리가 예술의 약속에 동의하기 때문이다. 사실주의적 문학은 이 동의에 너무 많은 그럴듯한 조건을 요구하고, 더 치명적인 것은 그 조건을 어느새 일상 의식의 입장에서 요구하게 된다. 이렇게 되면 문학은 그 자신의 고유한 기능인 세계와의 화해, 의식과 행동의 완전한 일치라는 성격을 잃어버리게 된다. 물론 이 화해, 이 일치는 환상의 화해, 환상의 일치이다. 우리는 예술 감상의 다음 순간에 다시 상식의 세계로 돌아와야 한다. 이것은 처음부터 약속되어 있던 사항인 것이다. '결국 거짓말이 아닌가?' 하고 말하는 사람처럼 예술과 먼 사람은 없다. 그렇다. 거짓말을 하기로 약속하고 우리는 예술과 관계하는 것이다. 밥을 먹어도 또 배고프지 않은가라든지, 술은 깨는 것인데 마시면 뭘 하느냐라든지, 하고 말한다면 우리는 그 사람은 밥과 인연 없는 사람, 술과 인연 없는 사람이라 부를 것이다. 예술도 마찬가지다. 문명의 두꺼운 보호막을 마음에 지니게 된 문명인은 이 막을 뛰어넘고 인간의 문명을 직관하게 하기 위해서 유지하고 있는 예술에 대해서 예술 자신의 고유한 법칙에 따라 접근하려 하지 않고 일상 생활을 처리하기 위한 수단인 다른 제도(과학, 또는 그 부분 형태인 일상

의식)에 따라 접근하려고 든다. 그럴 때 예술의 문은 열리지 않고 사람들은 예술이 아닌 형태로 구해야 할 욕망을 예술 속에서 만족시키려고 한다. 아마 이런 현상은 우리가 살고 있는 현실과 관계가 있을 것이다. 우리는 문명 세계의 일상생활의 차원에서 이루어져야 할 일들이 웬만한 수준에서도 이루어지지 못하고 있다. 그래서 예술가들 자신도 시민으로서의 양식을 자기 예술 안에서 매번 증명해야 할 객관적 이유와 주관적 강박을 느끼게 된다. 그러나 이유야 이렇듯 근거가 있을망정 이런 전前 예술적 군더더기가 예술의 핵심적이며 고유한 노력에 들여야 할 정력을 낭비하게 한다는 건 확실한 일이다.

필자가 보기에 소설이라는 양식에 이러한 낭비가 가장 많고, 같은 문학 속에서도 희곡에서는 이 낭비를 줄일 수 있다. 그 까닭은 희곡이 형식적 엄격성과, 공연이라는 형태의 테스트를 견뎌야 한다는 객관성 때문이다. 이러한 외적 계약이라는 것은 다른 말로 하면 전통과 집단의 압력이 연극 예술의 양식과 감상 조건에 제도적으로 내재해 있다는 말이 되겠다. 필자는 소설 창작의 처음부터 소설이라는 이 장르가 지니고 있는 인식론적 의미를 — 즉 소설은 무엇을 어떻게 나타내는 것이 옳은가를 의식적으로 관심의 중심에 두고 일해오다 보니 이 양식이 지닌 위험성이 잘 보이게 되었다. 물론 이 위험성 역시 소설 속에서 극복되는 것이 이상론이지만, 그것이 쉽지 않은 여러 가지 문학적 조건이 여럿 있다. 어떤 작가가 이러한 상황에 도달하면 그에 대처하는 예술의 자기 상실에서 벗어나기 위한 방법으로서, 보다 명확한 형식과 보다 강제적인 전통이 지배하는 장르에 자신을 구속해보는 길이 생각될 수 있다. 이것이 필자가 근래에 희곡을 써오는 까닭이다. 희곡에서는 무대 위에서 공연될 때에 배역될 배우의 존재를 의식하게 되기 때문에 쓰고 있는 희곡은 언제나 배우에 의해 연기되리라는 인식을 자동적으로 가지게 된다.

즉 희곡의 내용이란 — 일상 의식과 현실의 육체를 가진 배우가, 자기 자신을 연기자로 파악한다는 회심의 순간을 통해서, 그 속에 들어와서 창조해야 할, 상상 의식과 상상의 육체를 위한 그릇이며 악보라는 사실이 더할 수 없이 뚜렷이 의식되면서 만들어지게 된다. 이러한 자각의 유지는 소설의 경우 훨씬 어렵고, 애매하고 끊임없이 일상 의식과 상상 의식의 혼동이 저질러지며, 더욱 위험한 것은 독서라는 무대는 극장이라는 무대보다 훨씬 이 점에서는 주관적인 수용에 좌우될 바탕을 가지고 있다. 그 바탕이란 개인적으로 감상한다는 조건 때문에 일상 의식의 기록을 읽으면서 소설이거니 생각하고 넘어가는 일이 교정될 기회가 적다는 사정을 말한다. 극장의 무대에서는 이러한 결함은 훨씬 치명적이다. 집단을 이룬 관람자들의 반응은 훨씬 분명하고 관람자들은 개인 수준 이상의 정확한 판단에 도달할 수 있다. 집단 속에 있다는 것은 남의 힘을 이용하고, 남의 경험을 이용하면서 그것이 동시에 자기 자신의 소유일 수도 있기 때문이다.

소설을 찾아서

소설은 사람이 살아가는 이야기이다. 사람이 살아가는 이야기라고 하면 연극이나 서사시나 역사 같은 것도 모두 소설이라고 할 수 있다. 사실 그렇다. 소설이 무엇인가를 말로 정하려고 할 때마다 으레 생각은 갈래갈래 흩어진다. 이러저러한 것이 소설이다,라고 말할 수 없어서가 아니다. 무엇이라고 말해놓으면 곧 그 반대의 방식으로도 말할 수 있다는 생각이 떠오르고, 그뿐 아니라 그 대립하는 두 가지 사이의 수없이 많은 입장을 가지고 소설을 정의할 수 있기 때문이다.

소설 — 삶의 구조 모형

그때 우리는 문득 생각한다. 이렇게 수없이 정의할 수 있는 비슷한 것이 있다. 그것이 곧 삶이다. 소설이 사람이 살아가는 이야기라면 삶을 닮았다는 것은 당연한 일이라고 생각하게 된다. 이 동어 반복은 그러나 전혀 소용없는 말장난은 아니다. 여기서 소설은 우리 밖에 있는,

우리가 없어도 혼자 있는 어떤 것이 아니고, 우리가 있음으로써 있는 것, 그러면서 우리는 아닌 것이라는 성격을 찾을 수 있기 때문이다.

그러나 삶을 한마디로 정의할 수 없다는 느낌은 과연 무조건의 진실일까? 다시 말하면 어떤 사람이나 어떤 시대에나 사람은 삶에 대해 그런 어수선한 느낌을 가졌던 것일까? 그렇지 않은 것 같다. 삶을 무어라 말로 하기 어려운 어수선한 갈래갈래 흩어진 것이라고 하는 느낌의 방식 자체가 결코 언제나 어디서나 누구나 그렇다고 할 수가 없다. 같은 나인 경우도 때로 삶은 분명한가 하면, 때로는 석연치 않아진다. 하물며 시대를 달리하면 이런 다름은 더 심해진다.

그것을 우리는 다름 아닌 각기 시대의 소설을 오늘날 읽고 비교해 보면 알 수 있다. 『춘향전』(인쇄한 형태로 대하는 『춘향전』은 소설 이외의 아무것도 아니다), 『삼국지』, 『오이디푸스 왕』(각본으로 읽는 『오이디푸스 왕』은 역시 소설 이외의 아무것도 아니다)은 삶에 대한 각기 다른 울림을 전한다. 『삼국지』나 『오이디푸스 왕』같이 오래된 것도 삶에의 근본적 태도가 오늘날의 훌륭한 소설과 별다를 것이 없지 않은가, 할 수도 있다. 사실이다. 그러나 다르다. 삶을 전혀 밝고 아름답게 생각하는, 『삼국지』나 『오이디푸스 왕』과 맞서는 입장이 아니라 하더라도 비록 비슷한 삶의 인상에 서는 현대 작품인 경우에도 그 비극성, 어둠, 숙명에는 다른 울림과 빛깔이 있다. 그리고 그 차이는 양적으로 어떻다는 한도를 넘어서 설령 미미한 차이라 할지라도 결코 양보할 수 없는 그런 성질의 것이다. 이런 차이가 어디서 오는가에 대한 규명에 앞서서 그런 차이가 있다는 결과는 뚜렷하게 느껴진다.

우선 이런 차이를 가져오는 조건을 역사라는 말로 부르기로 하자. 또 그러한 차이를 단계적으로 배열하는 성싶은 어떤 흐름을 또 '역사'라 부르기로 하자. 그리고 그런 흐름의 처음에서부터 오늘, 우리, 나까지를 포함하는 모두를 또 역사라고 부르기로 하자. 이렇게 해서 역사라는 말로 사실상 모든 것을 부르고 있는 셈이 된다. 그것은 기록된 역사까지도 포함하는 어떤 신비한 전체 — 신비하다는 까닭은, 그것을 우리가 느끼는 부피만큼은 정밀한 인식의 방법이 없다는 데서 그렇게 부를 수밖에는 없는 것이기 때문이다.

과학이나 역사학을 우리는 가지고 있다. 그러나 그것들이 생략과 — 같은 말이지만 추상의 대가로 얻어진 대용물인 것을 우리는 알고 있다. 그러나 내가 원하는 것은 역사, 혹은 삶의 내용을 되도록 원형에 가깝게 그 생생한 느낌을 죽이지 않고 인식하는 그러한 인식의 형태이다. 그것이 소설이라고 나는 생각한다. 소설도 삶 그 자체는 아니다.

그것도 대용물이며 복사이며, 닮은꼴이다. 그러나 원형에 가장 가까운 것이다. 혹은 원형에 가장 가까워야 한다는 주관적 집념을 아직도 버리지 못하고 있는 인식의 형태라고 생각한다. 어떤 인식의 형태가 자기 태도의 가능성에 대하여 '주관적'이라는 회의적인 제스처를 해 보이는 것이 예의에 어울리는 것처럼 느껴질 만큼 우리가 살고 있는 삶은 방대하고 어수선하다.

생활공간의 확대

그런데 모든 시대의 사람들이 그렇게 느꼈을까 하는 의문이 다시 떠오른다. 그렇지 않았다. 역사를 거슬러 올라갈수록 그렇지 않다. 그런 거슬러가는 길에서 우리는 신화를 만난다. 이야기의 형태로 된 가장 오래된 것이다. 여러 연구의 결과, 신화는 오늘날 우리가 접해서 상식적으로 느끼는 그런 식으로 옛사람들에게 그것이 받아들여지고 있었던 것은 아니라는 것을 우리는 알고 있다. 어떻게 받아들여졌다는 말인가.

신화가 보다 포괄적인 기능으로 받아들여졌다는 말이다. 그것은 보다 많고 깊은 것을 뜻했다. 그것으로 사람들은 삶을 직관하고 판단하였던 것이다. 신화를 통하여 그들은 야만에서 깨어났던 것이다. 이런 사정은 물론 설명할 수 있다. 그들 고대인은 우리보다 훨씬 적은 정보량을 가지고 삶을 영위했다.

신화 — 정수적 초상

신화나 설화의 인물이나 기술의 방법은 단순하고 큼직하게 무더기가 지어져 있다. 그것들은 강력하기는 하지만 우리들의 삶의 느낌을 표현하기에는 너무 헐렁하고 거친 것도 사실이다. 우리도 거기서 감동을 느낄 수는 있다. 그러나 그러자면 그 순간에 우리는 많은 것을 버리지 않으면 안 된다. 어린애와 놀기 위해서 잠깐 어린이가 되는 것과 같다. 그러나 그 놀이는 여전히 즐겁다.

여기에 아마 문제가 있다. 우리는 옛사람과 한자리에 설 수도 있으면서, 또한 그들을 넘어서 있다는 사실이 우리의 문제를 어렵게 만든다. 문학의 기능을 지난 시간 속에 접근시키면 거기에는 현재의 상황보다도 훨씬 견디기 쉬워 보이는 안전과 향수가 기다리고 있는 듯이 보인다. 그럴 때 문학은 추억이 된다. 잃어버린 것에 대한 그리움이다. 잃어버린 것에 대한 그리움을 로맨티시즘이라 부른다면, 근대 이전의 문학의 거의 모두가 로맨티시즘이라 할 수 있다. 성경을 비롯한 많은 고대 설화가 한결같이 잃어버린 낙원, 무릉도원에 돌아가고 싶다는 소망을 근본 주제로 삼고 있다. 인간의 행복의 극치가 이미 지나간 시간 속에 있었고, 사람이 바랄 수 있는 행복이란 그 낙원으로 돌아가는 것이라는 주제가 근대 이전의 모든 문학적 발상의 원형이 되고 있다. 계급적 분화가 시작할 수 없었던 원시 사회에 대한 집단 무의식의 표현이라고 그것들을 부를 수 있으리라.

욕망의 비현실적 달성이라는 뜻에서 문학은 그야말로 꿈이었던 것이다. 신화·전설·설화에는 꿈이 중요한 역할을 하고 있다. 그들은 꿈속에서 무릉도원을, 재사가인을, 권세를, 보물을 얻으며, 또 행복에 대한 예언과 지시를 받는다. 꿈은 옛날에 이미 이루어졌던 완료한 것에로 이르는 길이며, 완전의 시간에로의 첫 단계이었던 것이다. 좋고 훌륭한 것이 과거에만 있었다는 이 발상이 지배 계급의 현상 유지의 소원을 표현한 것이라고만 하는 것은 너무 근대적인 생각이다. 원시 사회가 깨어진 이후, 역사 시대의 모든 시기는, 근대에 이르기까지 인간이 잃어버린 그 시간으로 돌아가는 길이 현실적으로 가능하다는 전망을 가질 수 없었다. 그것은 지배층이나 대중에게나 마찬가지 인간의 조건이었다.

귀족 문학의 양의성

귀족 문학의 우수한 작품의 대부분이 염세적인 현실 도피의 가락을 가지고 있는데 그것들은 퇴폐라고 하기보다는 객관적으로 유토피아의 실현 조건이 성숙되지 못했던 시대에서의 인간의 성실성과 나아가서는 에너지의 표현이었다고 나는 생각한다. 퇴폐라는 것에서는 엄밀한 의미에서 아무것도 생산되지 않는 것이다. 포식하고, 취하고 그리고 잠드는 생활에서 문학이 나올 리 없기 때문이다.

근대 이전의 우수한 문학들은 모두 엘레지라 할 수 있는데 그것은 역사의 어둠 속에 갇힌 인간들의 인간다운 발전과 소망의 표시이며, 방법이 없었던 시간에도 소망은 버리지 않았던 사람들의 부르짖음, 꿈이었다. 결과적으로 그것이 누구에 의해 즐겨졌는가 하는 문제도 부정적으로만 생각할 필요는 없다. 시심詩心이 있는 통치자가 그것이 없는 자보다는 나았을 것이기 때문이다.

종교 — 공동체의 이상 모형 — 관념적 형으로서 전승되는 원시 자화상

옛날의 우수한 문학은 그런 진보적이고 보편적 가치를 가진 것이었다고 하는 것이 옳다. 율법이 없는 곳에 죄는 없으며, 방법이 없는 곳에 실현이 있을 수 없기 때문이다. 종교 같은 것도 그러한 역할을 한 것이다. 그것이 타락한 측면 또한 할 수 없는 것이다. 이런 판단, 과거의 정신적 표현, 따라서 문학까지도 포함한 모든 정신적 표현이 가지는 효용에 대해서 살피자면, 종교에 대한 바른 평가 없이는 불가능하다. 오늘날까지 남아 있는 세계적 종교가 보여주는 관념 세계는 그 이전까지의 인간의 모든 삶의 정보가 거기에 집대성된 것이기 때문이다. 아마 동물과 같은 조건에서 생활을 출발시킨 인간이 그의 생활을 통해 얻는 삶에 대한 판단을 원시 종교에서부터 시작하여 대종교들의 수준까지 우주 정보를 세련시킨 과정은 그 시기가 사고의 분절화를 능숙하게 구사하지 못하던 시대인 만큼 기록도 없고, 있는 것도 거의 동어 반복으로 보이는 그런 형태이지만 결과로서 우리가 보고 있는 대종교의 관념 세계는 거의 정신의 완전한 발전이며 궁극의 전개라고 해도 무방하다.

우리가 아직도 정확히 추산하지 못하는 아득한 시간에서부터 대종교들의 세계에 이르러 인류는 제1기의 역사를 완성시킨 것이라고 볼 수 있다. 불교나 그리스도교가 완성한 관념 세계는 지극히 정확하고 깊은 과학이었다고 볼 수 있다. 그것, 즉 종교를 나는 관념과학이라고 부르고 싶다.

불교의 완전히 합리적인 세계 해석은 놀랄 만하다. 현상을 몇 개의 요소로 귀납하고, 그 요소마저 실체를 부인하여 완전한 기능적 함수로 보고, 그 함수 관계조차 실재하는 것으로는 보지 않기에 이른 불교의 이론은 인간 스스로의 생리적 구조가 변하지 않는 한, 그 이상의 사색이 불가능한 극한을 완성시킨 것이다.

그리스도교의 경우도 마찬가지다. 모든 잡신을 한 신 속에 종합하여 우주를 단 하나의 원리로 설명하기에 이른 과정은 가히 지구와 우주의 지점을 설정한 것에나 비길 수 있는 위대한 인간적 정신의 승리라고 부를 수밖에는 없다. 그것은 인간의 조건에 대한 가장 넓고 합리적인 해석이었던 것이며, 계급의 차이에 관계없이 받아들일 수 있는 견해였다.

태양이 만인을 고루 비추듯이, 대종교는 모두 세속적 계급을 부인하고 있다. 개개인의 이해관계에 상관없이 적용되는 원리를 과학이라고밖에 달리 부를 도리가 없다. 종교 말고는 근대 이전 사회의 어느 분야에서도 그와 같은 합리적인 원리가 적용된 곳은 없다. 이 시대의 모든 예술이 종교의 테두리 안에서 움직인 것은 당연한 일이다. 가장 과학적인 세계관에서 모든 예술가들은 창작했던 것이다. 우리가 과거의 예술에 접근할 때 가장 위험한 대목이 이 점이라고 생각된다.

우리는 예술이 종교적 기반에 섰다는 것을 곧 비합리의 기초에 선 것으로 착각하기 때문이다. 그 반대다. 그들은 자기 시대의 가장 합리적 세계관 위에 서 있었던 것이다. 대종교들의 세련된 정신적 합리성은 그밖의 여러 후진적인 사고 양식을 비판하는 척도가 되었던 것이다. 문학에서도 같은 현상이 진행되었다. 우수한 문학은 대종교의 세계와 조응되어 있으며 인간의 삶에 있는 혼돈과 미신을 대종교가 도달한 정신의 높이에서 비판하고 정리함으로써 생활하는 인간에게 그들의 삶의 뜻을 밝혔던 것이다. 과거의 뛰어난 문학은 밝음과 용기를 그 속에 지니고 있다. 밝음 — 어둠과 혼돈을 이긴 정신의 청명함이며, 용기 — 우연과 위힘에 견디고 넘어서려는 어른스러움이다. 거기는 감상과 기계주의가 없다. 합리적으로 세계를 이해한 다음에도 남는 위험부담은 아무에게도 돌릴 수 없으며, 자신이 짊어지겠다는 용기와 겸손을 볼 수 있다.

종교에 대해서 이 같은 점을 강조하는 것은 근대 이전의 문학이 가지는 위대한 힘을 설명하기 위해서다. 그들은 세계를 설명하는 원리를 가졌기 때문에, 강력한 질서의 구조인 문학을 만들 수 있었다는 점을 설명하기 위해서다. 힘찬 예술은 통일된 세계상의 상징이며, 그런 세계상에 대한 신념이 없는 곳에서는 나올 수 없다. 대종교들은 원시 사회에서의 집단 표상을 종교적 심벌로 높이고 당대를 말세라고 규정하고, 인간을 종말론적 존재, 즉 — 낙원에서 추방되었으며 회개와 자각에 의해서 스스로마다의 소외를 극복할 존재라고 파악함으로써 완전히 정확한 역사적 판단을 한 것이다. 그 판단이 실증적 언어가 아니고, 상징적 언어로 이루어졌다는 것뿐이다.

원시 사회에서 '본능'이었던 감각이 이익 사회에서는 '도덕' '양심'

이렇게 해서 우리는 고대 문학에 울리는 기조음인 잃어버린 낙원에의 그리움을 이해할 수 있다. 그것은 실증적으로는 원시 사회의 상태에 대한 집단 무의식이 표현된 집단 표상이며, 관념적으로는 우주의 구조 원리이며 방향 감각이었던 것이다. 그렇게 해서 사람들은 모든 지나간 시간을 통일하는 지점을 가지고 있었으며, 과거는 그 모두를 지닌 채 현재에 연결돼 있었던 것이다. 대종교가 성립되었을 때 인류는 그들의 모든 지난 시간을 관념적으로 요약하고 질서화해서 잊어버림 없이 지닐 수 있는 형태로 만든 것이었다. 그들은 세계를 소유한 것이다. 관념 속에서 세계는 모두 조명되었으며 설명된 것이다. 이것이 대종교들의 의미이며, 그것들이 성립한 다음의 사람의 역사는 전혀 새로운 차원에 들어섰던 것이다. 그 새로운 차원의 역사의 연장 위에, 저 근대라는 시기가 온 것이다.

근대라는 시기는 다른 우주계에서 유성의 파편처럼 날아와서 인간 역사의 어떤 지점에 충돌한 것이 아니다. 대종교에서 집대성된 인간의 역사의 성과가, 천여 년 동안이나 잘 유통되고 보급되어오는 끝에서, 마치 종기가 터지듯 역사의 안에서 역사 자신의 힘으로 곪아 터진 것이다.

이렇게 말함으로써 나는 종교가 역사의 원동력이라고 말하려는 것은 아니다. 종교가 역사의 밖에 서서 밀어주거나 하늘에 떠서 인도하는 별 같은 것이라는 말도 아니다. 종교는 근대 이전의 세계에서는 인간의 경험과 능력과 학습의 수준을 가장 공평하고 완전하게 기록하는 부기 체계였다는 말이다. 그러므로 종교가 실체적으로 역사의 원동력이었다거나, 역사가 종교의 주머니 속에 든 소유물이었다는 것이 아니고, 현재에 있어서도 우리가 타당한 표기법을 가지지 못하고 있는 이 역사라고 하는 전체에 대한 표기법이며, 기호이며 — 기압계였다는 말이며, 그 기압계의 눈금은 상징의 기호로 새겨져 있었다는 말이다. 근대까지에 인류는 이미 이 표기법을 완성하고 있었으며, 기압 측정 장치를 가지고 있었던 것이다. 그러므로 모든 시대의 종교인들은 역사의 기상을 관측하고 경보를 낼 수 있었던 것이다. 근대까지에 이루어진 인간 능력의 상징 기호로서는 다른 하나의 기호 체계, 즉 수학을 빼놓아서는 안 될 것이다. 그러나 근대를 사회 혁명과 근대 문학에 관련하여 살피려는 경우에는 종교에 대한 강조는 시인될 수 있으리라 믿는다.

종교라는 기호 체계로 역사를 설명하는 능력을 갖추고 있었다는 것은 우선 두 가지 뜻에서 강조될 필요가 있다. 첫째로 근대 계몽주의는 대종교들의 상징 언어들을 보다 실증적인 사람의 말로 바꾼 것뿐이며, 상징 구조에서 보면 대종교의 논리와 완전히 들어맞는 것이 당연하다는 점을 깨달을 수 있기 때문이다. 군소 사상가들을 언급할 필요 없이 헤겔의 체계를 지적하는 것으로 족하다. 헤겔의 체계는 기독교 신학의 인간적 번역이며, 그 뒤에 온 사람들과의 관련하에서 말한다면, 보다 인간적 실증적 기호 체계를 위한 과도기적 역할을 했던 것이다.

이렇게 해서 역사를 안에서 이해하고, 과거라는 것에서 현재가 나오는 과정을 연속적으로 이해하는 데 도움이 된다. 그런 이해가 둘째 번 결론을 이끌어낸다. 유럽의 사상이 그러하다면 비유럽권에서의 근대라는 것이 유럽에서는 '밖'에서 물체처럼 날아들어서 우리들의 역사와 어떤 지점에 충돌함으로써 근대화가 시작되는 것으로 파악하고, 그런 발상 위에서 근대화를 추진하려는 발상이 얼마나 비역사적인 태도인가 하는 반성을 우리에게 가져다주는 점이다.

이 점이 중요하다. 만일 그렇게 생각한다면, 근대화라는 것이 서양이 우리들에게 놓아주는 주사 같은 것이라면, 우리는 언제까지 가더라도 그 주사에서 해방될 수 없을 것이다. 근대화를 밖에서 들여오는 것이라고 발상하는 한, 우리 혈관 속에는 유럽적 기술의 흐름이 순환할망정 우리 자신은 그 순환 체계의 밖에 소외된 순환 계통의 껍데기, 순환 계통을 보호하는 주머니에 불과할 것이다.

유럽의 계몽사상이 그리스도교의 혁명적 부활의 형식을 취했다고 말했다. 다시 말하거니와 그 표현은 유럽의 근대라는 역사적 변화가 그리스도교라는 관념이 실체로서 계몽사상이라는 관념으로 옮아갔다는 것을 말하는 것이 아니다. 유럽 근대라는 인간의 삶의 전체적인 변화의 매듭 이쪽과 저쪽이 각기 그리스도교 및 계몽사상이라는 기호로써 표현되었다는 것이다. 역사라는 전체적 직관의 대상은 손으로 만져볼 수 없는 이상 기호로써 표현될 수밖에 없으며, 우리는 그 기호를 소유하는 것이 아니라 그 기호를 넘어서 그 건너편의 경험을 직관해야 하는 것이다.

원시공동체의 직관

유럽의 경우에 시대적 변혁의 앞뒤를 표현한 상징 기호가 내적으로 연속한 것이었다는 것은, 이 직관의 내용이 스스로를 지양하면서, 그러나 흩어짐 없이 고스란히 새 시대로 넘어왔다는 것을 의미한다.

앞서 부기 체계라고 말했거니와 그것을 사용해서 말한다면 과거라는 흘러간, 그들이 살아온 모든 시간이 새 장부에 고스란히 이월되었다는 것을 뜻한다. 이들의 집단 표상이, 민속적 기억이, 마술적 공포가 — 요컨대 역사라는 밑천을 들어서 얻은 모든 경험이 파괴됨이 없이 보다 밝은 조명과 견고한 장치 속에 넘어왔다는 것을 말한다.

외국에 다녀온 사람들이 말하기를 그들은 상상외로 보수적이라고 말할 때, 또는 우리가 신생 국가라고 불릴 때 우리는 아픔을 느낀다. 그것이 문제의 핵심이기 때문이다. 한편은 인간이면 의당 그런 조건에서 산다는 말이며, 한편은 기묘한 기억 상실의 조건에서 산다는 말이기 때문이다. 그것이 마치 창조된 순간의 아담처럼, 아담의 갈비뼈에서 나온 순간의 이브처럼 어리둥절한 상태다. 아니 에덴의 시간은 역사의 시간이 아니었기 때문에 그것하고도 사정은 같지 않다. 역사의 시간 속에 사는 시간은 그런 기억의 진공, 그런 의식의 결핍 상태 속에서는 살 수가 없다. 마치 지구의 인력이 없이는 살 수가 없는 것처럼.

개화와 국권

여기에 개화기 이래의 한국인의 정신적 비극이 있다. 사람은 빈손으로 왔다가 빈손으로 가는 것이지만 그 두 손 사이에는 잔뜩 들고, 지고 사는 것이다. 이 들고 진 것이 없는 인간이란 팔랑개비 같은 인간이다. 들고 지는 그 무게가 곧 역사이며, 인간이 동물과 갈라진 다음의 역사적 시간 속에서는 그것, 역사적 기억, 과거의 무게 없이는 인간은 살수 없으며, 그것은 인간의 안에 있는 인간 자체이다.

이 같은 의미에서의 기억은 이러저러한 각개의 기억이라는 식의 풍속적 기억을 말하는 것이 아니다. 그것은 암기하는 역사다. 그런 것이 아니라 정신에 실려 오는 시간의 무게, 생명의 전 중량, 덜 신비한 표현을 빌리면 역사의 연속 감정이다. 역사라는 것을 연속적 전체로 느끼는 이 감정이 인간 생활의 근본 감각이며, 생명력과 이성의 모태다. 그것은 인간 생활을 전체로서 질서화하고 방향을 주기 때문인데, 고전 문학은 이런 근본 감각 위에 이루어졌던 것이다. 이것은 인류의 보편적 감각이며, 집단생활을 하는 '인간의 존재 방식의 직관'이라고 할 수 있으며, 그것은 인간의 경우에는 학습과 생활을 통해 얻어지고, 문화라는 이름으로 표기되는 집단 기능이라고 할 수 있다. 그것은 사회적 변화를 겪고 지양되기는 할망정 끊어져서는 안 된다. 기억 상실한 개인을 상상하면 될 것이다.

자기 일대에 인류의 경험을 모두 얻어야 한다는 것은 사실상 폐인이라는 말이 된다. 한국의 개화가, 민족사가 안에서 곪아 터지는 방식이 아니고, 수술당한 형식이었다는 것은 이 역사의식의 연속성을 끊긴 것이 된다. 수술의 고통에서 깨어나 보니 상처는 아물었는데, 자기 자신이 누구였던가를 잊어버리고 만 것이다. 어떤 사회적 변화가 그 사회의 오랜 역사의 여러 요소가 어울려서 이루어졌을 때는 그 사회는 스스로 운동하고 조종한다. 역사라는 것은 한 개인은 물론이요, 한 세대나 한 시대의 힘만으로 움직이는 것이 아니라, 과거의 모든 시간의 힘으로 밀려나가는 것이기 때문이다. 이 과거의 시간 혹은 전체적 직관, 혹은 연속 감정과 단절되었을 때는 그 사회는 자기 행위를 유기적 연속의 형식으로 진행시키지 못하고, 기계적 가산加算, 미봉, 찰나적 반사, 모방의 연속으로써 하게 된다. 물론 이 시간, 직관, 감정, 기억이라고 하는 말들을 사회학적 용어로 표현하는 것이 더욱 시대를 명백히 할는지는 모른다. 말하자면 민족·계급·주권·가치 같은 것으로 말이다.

그러나 시간·직관·감정·기억 같은 관념어는 미학과 사회학의 양쪽에 걸린다는 점에서 보다 적절할 수도 있다. 왜냐하면 사회학적 개념도 문학비평에서는 결국, 상징 기호에 지나지 않고, 보통 사회학에서 이해되는 범위를 훨씬 넘은 이념적 기호로 사용하는 것이 옳기 때문이다.

자연수를 실체화하지 말고 미분과 적분의 함수로 파악할 것

문학에서 '로베스피에르'라고 쓸 때는, 그것은 프랑스 혁명에서의 부르주아적 극좌파를 의미하는 동시에 그것을 넘어서, 지양하면서, 보편적인 정치적 극단파, 더 나아가서 극한 희구의 감정을 상징하는 울림으로 쓴 것이며, 또 그렇게 받아들여지는 것이 옳은 것이다. 이런 뜻에서 문학은 가장 구체적이면서 추상적인 정신의 가장 넓은 진폭을 사용하는 장르이다. 그것이 비유라는 말의 뜻이다. 작가의 역사의식은 역사적 변화를 역사학과 같은 정도의 엄밀한 조건에서 정확히 받아들이면서도 그것을 넘어서 그것 — 그 변화들조차도 보다 높은, 보다 깊은, 보다 먼 것의 비유로써 포섭할 수 있어야 한다. 그런 시선의 조명을 받은 사실만이 문학이며, 그렇지 않을 때 그것은 선전문 — 감상과, 기계주의와 은폐와 거짓의 율법 조문이다.

어느 시대에나 작가는 이 모순된 극단을 한 몸으로 이겨내는 작업을 하는 것이며, 그 작업이 성실하게 이루어진 것이 문학으로 남는 것이다. 작가가 청개구리이기 때문이 아니다. 작가는 어떤 시대가 자랑하는 선보다 더 높은 선을, 어떤 시대가 발표하는 악보다 더 깊은 악을 보도록 몫을 맡은 인간의 부분이며 감각이기 때문이다. 이 같은 감각의 전수·학습 유지가 그의 무기인데, 이런 감각이 자기 사회에 보이지 않을 때 그는 그것을 알아내고 캐내서 공적인 것으로 만들어야 한다. 고전 작가들의 경우 그런 감각의 표현이 잃어버린 낙원에의 꿈, 무릉도원이었으며, 그 원리에 의해 그들이 속세라 부른 현실을 비판했던 것이다. 그러면 근대라는 시기에 이 역사의식은 어떤 변모를 받았다는 것일까?

계몽사상은 일체의 현상을 경험적으로 분석적으로 이해하려 하였다. 이런 입장에서는 종교적 세계관은 처음부터 끝까지 부정되지 않으면 안 된다. 헤겔의 철학이 분열된 것은 그의 합리적 체계 속에는 종교가 맡고 있던 인류 의식을 보장할 요소가 없었기 때문이었다. 전체와 부분을 화해시키는 기능을 인간 자체에 구할 때, 근대적 사회는 특히 그 몫을 맡기에 부적당한 사회였다. 사회적 변동을 통해서 각 계층이 날카롭게 싸운 끝에 성립한 근대 국가에서는 만인은 만인에 대하여 싸우는 것이라는 믿음을 가져왔고, 과학적 발견과 사회 환경의 변화는 오늘과 어제를 같은 연속으로 받아들이는 것을 어렵게 만든다. 이와 같은 사정을 반영하여 근대 문학은 잃어버린 공동체의 시간에 대한 감각을 잃어버린다.

현실 생활은 더욱 다양하고 변화의 차감에 따라서 문학은 그 현상을 기록하기에 바빠진다. 그러나 현상을 기록하고 정리한다는 의미에서라면 근대적 세계에서는 문학보다 훨씬 유능한 방법들이 발전돼 있다. 문학은 그것들과 경쟁할 수가 없다. 지난날에 문학이 맡고 있던 기능은 모두 분업적으로 나누어진 듯이 보이며 문학에 고유한 기능을 순수하게 찾은 결과로 우리는 상징파의 시나 앙티로망에까지 이른 문학의 모습에 이르고 있다. 문학이 성실하게 자기 상황에 충실하려 하면 할수록 이 같은 귀결은 불가피한 것으로 보인다. 그리고 자기 장르에 충실하려는 이 같은 분업의 경향은 근대적 인식의 모든 장르에 공통한 현상으로서, 모든 문학도 자기가 무엇인가 하는 인식론적 탐구에 막대한 정력을 쓰면서도 자기 자신을 보다 큰 체계에 소속시킬 길을 잃고 있다.

문학 ― '세속 사회'의 종교 ― 전체주의와 문학과의 본질적 라이벌십

현대인은 살고는 있지만, 왜 사는지는 모르는 삶을 살고 있다. 그것을 소외라고 부르고 있다. 종교적 심벌을 사용함이 없이 삶의 뜻을 묻는 것, 그것이 근대 문학의 주요한 테마가 되어왔다. 질문은 있으나 유권 해석은 없었다. 이런 질문의 반복과 좌절을 통해서, 근대 문학은 조금씩 자신을 키워온 것 같고, 어떤 새로운 울림을 정착시켜온 것 같은 생각이 든다. 그 울림이란 돌아갈 곳이 없다면 그것은 미래에서 찾아야 하며, 잃어버린 시간의 이름을 이미 도그마로써 부를 길이 없다면 그것을 우리의 책임으로 불러야 할 것이 아닌가 하는 생각이다.

이것이 결론으로는 아무 새로운 것이 없는 것은 계몽사상의 발상이 바로 그것이기 때문이다. 그러나 인간은 계몽사상에서 선언한 인간의 권리가 어떤 것을 뜻하는가를 근대 이후의 시간을 통해서 겪었고, 그 경험의 과정을 문학이 정착시켰고, 그 가락이 문학의 가장 넓은 보편 감정이 되게 한 것이다. 이렇게 해서, 고전 문학의 근본적인 태도가 바뀐 것이다. 역사 속에 구원이 없다면 인간이 그것을 만들지 않으면 안 된다는 생각이다. 그리고 이것 말고는, 역사의 의미를 생각할 수 없다는 생각이다. 이것은 단순히 고전 세계에서 과거에 설정되었던 이념의 시간, 집단 표상의 공간이 미래로 옮겨졌다는 것만을 의미하는 것은 아니다. 만일 그렇다면 미래의 시간이란 영원히 연장될 수 있는 것이니 개인적 차원에서는 구원이 될 수 없는 것이다. 새로운 공동체의 의식은 미래의 시간과 연결됨과 동시에, 현재의 공간에 이미 있는 것이다. 그렇게 해서 실존주의에서의 '남'의 문제가 제기된다. '남'에 대해서 인간답게 연결되었을 때 이미 인간은 미래를 완성한 것이라고 할 수 있다.

문학(그 밖의 모든 인간적 인식도)이 걸어온 길

① 방법의 육화(위인전)에서 → 육신 속에서의 방법의 추출(범인 평전)로 →
② 문학의 세속화 → ③ 풍속과 방법의 분리

그러므로 현대 작가의 문제는 자기 시대가, 자기 작품의 인물들이 '남'과 어떤 연대의 형식에 있는가를 점검하는 일이다. 그는 그 점검을 통해서 인간이 얼마나 인간답게 있는가를 계산하는 것이 된다. 현대 문학은 인간의 밖에, 과거에 멀리 존재하였다고 상정되었던 시간의 가치를 현재에 집약시키고 개인에 집약시킨다. 공동체의 회복은 얼핏 보매 역설적인 방법으로밖에는 가능하지 않은 것 같다. 미래에 있어서의 보장이나, 현재에서의 어떤 집단적 규범도 절대적인 보장이 되지 못한다. 그것들이 얼마나 상대적인가를 인식하고 그 인식의 차가움에 견디는 용기만이 순수하게 믿을 수 있는 보장이다. 이 용기는 강요될 수도 없고 문학은 또 그럴 힘도 없다. 문학은 자기가 설정한 관찰의 소재 속에서 이 용기가 얼마나 실현되었는가, 반대로 그 용기가 얼마나 좌절되었는가를 확인하고 기록함으로써 독자에게 현대인이 자기들이 어떤 자리에 서 있는가를, 우리 삶의 느낌을 전하는 것이다. 그렇기 때문에 현대 문학에서의 용기는 어떤 전대 문학의 그것보다 거룩해 보이고, 그 좌절은 보다 끔찍해 보인다. 왜냐하면 신이나 심판자 없는 용기와 좌절은 그것으로 끝나는 것이기 때문이다. 뉘우침이나 되풀이의 기회가 없는 행위는 그것으로 완성된 것이며, 현대 문학은 이 인간의 조건을 확인하고 구원이 밖에서는 오지 않는다는 조건을 승인함으로써, 고전 문학의 그것과 다를 바 없는 고귀함을 얻는다. 그것은 우주와 역사에 자기를 연결시키고 그것들과 화해한 것인데, 고전적 세계처럼 세계와 역사의 궁극적인 해결이 밖에 있으며 자기는 그것을 소유한다고 하는 입장을 버리고, 자기 스스로를 문제의 매듭이며 지점이라고 생각하는 태도의 변화에서 온 결론이다.

여기에는 개인적 허영이나 존대라는 비난을 할 여지가 없다. 이것은 개인적인 정신주의를 뜻하는 것이 아니라 인간이 할 수 있는 일과 할 수 없는 일을 사실대로 본 것뿐이기 때문이다. 인간이 정신적 태도만 바꾸면 어떤 일이든 할 수 있다는 말도 아니다. 그의 정신적 태도를 변화시키기 위해서는 어떻게 해야 하는가를 알고 있는 것은 인간뿐이며, 더 정확히는 자신뿐이며, 그가 일을 하는 것은 그의 용기에 달렸으며, 아무도 남이 그를 구해줄 수 없다는 말이다. 그리고 인간의 연대가 이 같은 가차 없는 인식 위에서 이루어질 수밖에 없다는 것, 여기서 속이는 것은 파멸이라는 것을 뜻한다.

근대적 정신의 모색의 과정에서 토로된 이 같은 스산한 결론들은 아직 충분히 명확한 상태로 자리 잡혔다고는 할 수 없다. 이 같은 결론은 다른 말로 하면 격심한 변화가 통상화한 세계에서 사람이 할 수 있는 일은 그 변화를 거부하는 일이 아니라, 그 변화를 견디고 보다 바람직한 변화를 위해서 스스로 키를 잡아야 한다는 것인데, 이것은 인류의 습성에는 아직도 자연스러운 리듬이 아니며, 그런 용기를 더욱 위축시키는 것은 변화를 조종하는 유효한 방법을 개발하지 못하고 있다는 실정일 것이다.

소외 ①분업 사회의 인간이 제가 사는 사회의 전체상을 보지 못하는 상태
②분업 사회가 구조적 통일성이 약해진 상태

소외라고 하는 현상은 현대 인간의 역사의식의 문제라고 생각된
다. 역사의 흐름과 개인의 삶의 흐름을 유기적으로 연결시키는 방법이
없다는 데서 오는 현상이다. 문학의 기능은 오늘날 이 소외를 인식하고
넘어서는 수단의 하나라고 말해도 좋을 것이다. 그것은 수단이지 현실
적인 소외의 해결 자체는 아니다. 문학은 그 자체가 해결이며 수단은 아
니라는 말도 있다. 문학을 감상할 때의 우리들의 정신 상태에 즉해서 우
리는 직관적으로 어떤 화해감 같은 것을 느끼는 것이 사실이다. 생활과
예술을 분석적으로 대립시켜, 현실에서는 소외의 극복이 불가능하더라
도 문학 속에서는 가능하며, 그것이 문학의 기능이라는 이론은 삶이라
는 자리에서는 분리시킬 수 없는 요소를 분리시키는 것은 방법적인 허
구이며, 문학을 실체화하자는 것이 아니라면 예술의 내적 구조의 풀이
로서는 옳다.

이론에 앞서 훌륭한 문학은 무엇인가 바람직한 기능을 수행하는
것이 사실이며, 모든 작가는 이 장르의 형식에 대한 직관적인 신뢰 위
에서 일을 해왔다. 문제는 그 직관을 어떻게 이론화하느냐는 것이다. 문
학을 현실적 해결이나 해탈이라고 보는 것에 무리가 있다면 다른 해석
을 생각하는 것이 좋다. 나는 다음과 같이 생각하고 있다. 언어에서 시
작해서 상황에 이르는 거리, 혹은 상황에서 언어에 이르는 사이가 오늘
처럼 헝클어지고 어수선하고 겉돌아가는 때가 우리 역사에도 그리 많
지 않았을 것이다.

```
      ┌── ① 말은 인간이 발명한 제2의 시공時空
말 ──┤
      └── ② 말은 의식의 마을
```

　말에서 현실로, 현실에서 말로 하는 식으로 갈라보기는 하지만 현실과 말이라는 두 개의 물건이 딱 갈라서서 시합하듯 주고받는 식으로 우리의 삶이 움직이는 것은 아니다. 말과 현실이 자연과학의 대상들처럼 객체적인 분할이 불가능하게 어울려서 움직이는 것이 보통의 삶이며 건강한 것이라 할 수 있다.

　언어의 혼란이란 것은 생활의 혼란을 다른 말로 한 것이기 때문이다. 말과 상황의 이 '보통 상태'라는 살아 있는 모습이 그대로 통하지 않는 경우가 있다. 하나는 말을 재료로 예술을 만드는 작가의 경우고, 다른 하나는 시대가 변환기에 있는 그 당대를 사는 사람들의 경우다. 두 경우가 모두 비교적으로 설정해본 이른바 '보통 상태'가 아닌 '이상 상태'에 있다고 봐야 하겠다.

　문학자의 경우는 이 '이상 상태'는 시대가 안정돼 있건 흔들리고 있건, 그 작업의 성질로 보아서 어느 시대에나 계속되고 있는 셈이다. 그 까닭은 문학이 말이라는 것을 통해서 사람의 삶의 근본 인상을 전하려 하는 것이기 때문이다. 이 근본 인상은 뭇 잡것, 잡티 때문에 일쑤 흐려지게 마련이다. 그 잡티는 말을 멋대로 쓰는 데서, 나쁘게 쓰는 데서 비롯한다. 나쁘게 쓴다는 것은 무슨 욕심이 있어서 미친 척하고 바른 입을 가지고 비뚤어진 말을 한다는 말이다. 말로써 말이 많으니 말을 말까 한다는 것은 문학자가 맡은 몫이 아니고, 그가 할 일은 어지러워진 말을 위해서 말을 닦는 일이다. 말을 닦는다는 것이 문학의 전부다. 그리고 이 닦는다는 말이 무한한 뜻을 지닌다. 헝겊이나 들고 말을 문지르고 앉아 있는 것에서 비롯해서, 말에다 먹칠을 하려는 패거리, 말을 휘둘러 살인을 하려는 작자들에게서 말을 지키는 것, 그것이 정 어려울 때는 말을 위해 죽는 것까지도 '닦는다'는 말 속에는 들어간다. 진리를 위해 죽는다는 것은 말을 위해 죽는다는 말이다. 한 사람의 목숨 그것이 말이 되게 하는 것, 그렇게 해서 사람의 동네를 혼돈이라는 홍수에서 지키는 방파제지기 같은 사람들이 역사상에는 가끔 나타난다.

　가장 훌륭한 말을 한 사람들이 그 말을 보장하기 위해서 죽거나 죽는 거나 다름없는 처지가 돼야 한다는 말은 원래 말이란 죽음에 대한 용기를 담보로 목에서 나온, 목숨의 다른 모습이지, 흰 데 검정 자국을 낸 것이 아니기 때문이다. 그것을 전문으로 맡아보는 것이 문학자다. 말이란 원래 그런 것이었으며, 옛날에는 말을 맡은 사람이 제사장이며, 학자며, 노동의 지휘자였던 것이다. 원시인들의 말에 대한 태도는 우리가 생각하듯이 미신이 아니었다. 미신이란 그들보다 앞선 미신을 믿는 우리 생각이고, 그들의 경우에는 빠듯한 실감이며, 온 힘을 다한 자연과의 싸움의 전리품이었다. 자기 승리의 표시였으며, 확보한 영토의 패말 뚝이었으며 성벽이었다.

　우리는 오늘 그들보다 앞선 미신 속에 살고 있다. 나중 태어났으니 앞선 것은 당연하고, 그렇다고 미신은 일반이니 나아진 것은 없다고 할 수는 없으니, 정도의 차만 있다면 앞섰는가 뒤섰는가밖에는 잘나고 못남을 가릴 기준은 없다. 우리가 앞선 것은 그들보다 말을 더 혹사해서, 말을 착취해서, 확대 재생산을 한 데 있다고 할 수 있다. 그런 말이란 목숨이며, 다름 아닌 사람들의 '생활'의 다른 말에 지나지 않기 때문에, 그것은 바로 쓰여야 하며 바로 나누어져야 한다. 바로 쓰고 바로 나누어주는 기술은 원시 사회에 비할 수 없이 어려운 것이 우리가 사는 이 상황이다. '밥'이란 말을 원하는 사람에게 '돌'이라는 말을 주든지 돌을 밥이라 하는 사람들의 편을 든다든지, 하는 알고 모르는 실수와 죄를 저지르지 않는 조심과 연구와 용기, 그것이 현대 작가의 의무이다.

말을 '닦는다'는 일은 이 같은 줄줄이 이어진 매듭과 매듭들의 그 모두이지 그 어느 첫, 두 매듭만을 의미하지 않는다. 줄이 헝클어지고 풀려나왔을 뿐이지, 끝이나 처음이나 줄은 줄이다. 처음만 줄이고 끝은 줄이 아니라면, 모를 얘기다. 말을 줄의 처음만이라든지, 끝만이라든지 토막 내서 저 좋게만 쓰려 하지 않고, 말을 처음에서 끝에 이르는 모두, 더 바르게는, 아직 채 풀리지 않은 말까지, 아직 손에 잡히지 않는 매듭에 대한 예방까지를 넣은 그 모두를 말이라고 생각하고, 이 모두의 모두인 말에 대한 지난날의 협잡과, 지금의 협잡과, 미래의 협잡을 막기 위한 자기의 희망과, 지혜의 무게를 말에 보탬으로써, 말을 닦는 것이 작가가 할 일이다. 그렇게 해서 우리 이웃들에게 이 세상에 대한 잡티 가신 근본 인상을 보여주는 것이다. 바르고 착하고 아름다운 삶에로 이웃을 청하고 자기 스스로에게 다짐하기 위한 '깨어남', 그것이 문학이다.

오늘날의 자리에서 문학의 본질을 발언하려는 노력이 어려운 것은 당연한 일이라고 생각된다. 왜냐하면 인류는 오랜 옛날의 게마인샤프트에서 너무 오래 벗어난 채로 살아왔고, 그것이 쉽사리 없어지리라는 징조도 없다. 문학은 목가일 수도, 엘레지일 수도 또는 선전문일 수도 없다. 이상적으로 말한다면 그것은 현실의(과거든 현재이든 미래이든) 찬가이려 할 것이 아니라, 문학 자신이 찬가가 되도록 애쓰는 것이 옳다.

① Icon으로서의 문학
② 문학자 — Icon 조각공

현실의 어떤 것에 맞춰서 자기를 높이려 할 것이 아니라 그 자신이 가장 높은 것이 되어 보임으로써 현실이 자기 자신의 아름다움을 그것 — 문학에 맞춰보고 측정할 수 있도록 하는 길이다. 이것은 어렵다. 그러나 어렵지 않다면 문학은 쓸데가 없다. 우리는 오늘날 문학의 본질에 대한 정의가 왜 갖가지인가를 알 수 있다. 그 까닭은 우리가 현실로는 이익 사회에 살고 있으면서, 이념으로는 공동 사회를 그리고 있기 때문이다. 현대 사회의 인간은 저마다의 이해관계의 눈으로 이 세계를 본다. 이해관계의 수만 한 수의 세계관이 있다고 할 수 있다. 그러면서도 우리는 아직, 이런 이해관계가 없어진 공동 사회에 대한 꿈의 감각을 지니고 있다. 이 감각의 관리자가 현대 작가이다. 근대 이전의 사회에서 작가는 물론 이념의 편에 섰다. 그러나 그들은 현실에 맞서서 현실의 건너편에 예술의 나라를 세웠다. 왜냐하면 그들의 눈에는, 현실의 인간 조건은 정해졌으며 또 불변이라고 생각했기 때문이다. 그리고 중요한 것은, 그 예술의 나라를 현실에 대립하는 것으로 의식하는 사이에, 예술이 마치 모사론적인 뜻에서 인간의 밖에 있는 듯이 생각한 곳에 그 관념성이 있다. 언어 실재론적인 이 인식론적 소박성을 바로잡는 것이 현대 문학이다. 근대라는 시간을 겪은, 그리고 그 발전상의 현재에 있는 우리는 현실의 인간 조건에는 변할 수 있는 점, 변하게 해야 할 일들이 있으며, 그런 사실을 못 보는 예술적 초월은 속임수이며, 타락이라는 것을 알고 있다. 속임수니 타락이니 하는 표현 대신에 보다 물리적이며 기능적인 말을 써도 좋다.

　어느 장르의 예술이건, 그 예술에서 약속된 저항의 극복이 곧 작품인데, 저항이 크면 극복에 쓰이는 힘도 크며 그 힘이 곧, 작품의 힘이다. 어떤 예술이 스스로 저항에 대면하지 않고 저항의 산물인 스타일(기성의)이라는 모의模擬 저항에만 의지하면 감동은 줄게 마련인데, 생활이란 모사 대상을 매개로 하는 문학의 경우에는 이 원칙은 치명적이다. 문학에서 약속된 저항이란, 어떤 밖의 사물이든 그것은 언제나, 반드시 작가의 의식 속에 의식으로서 들어온 다음에, 상징으로서 표현되어야지 물건을 들어다 옮기는 것처럼 일상의 생활에서의 전달이어서는 안 된다는 규칙이다. 인간이 할 수 있는 일에 대해서 끊임없이 찬성하면서도 어떤 역사적 시간에 대해서도 '순간이여 멈춰라' 하는 저 유혹적인 말을 하고 싶은 충동을 누르는 것 ─ 이것이 우리들의 할 일이다. 이것이 현대 작가의 책임이며 용기이다. 만일 절대가 있다면, 작품 중의 인물이나 사회에가 아니고 그것들을 다루는 작가의 이 책임감과 용기에 있다. 이것은 자기 당대까지에 도달한 인간의 전리품에 대해서 인색해서가 아니라, 인간의 미래의 가능성에 대한 겸손 때문이다. 우리는 수많은 우상들을 보아왔기 때문에 번쩍거리는 것이 모두 금이 아니요, 세상에 나쁜 사람이 따로 있는 것이 아니요, 사람은 모두 나쁠 수 있다는 이 슬픈 지식을 이제는 버릴 수 없다. 미개 사회에서 공동체가 깨어진 이래 인류가 살아온 이익 사회에서의 경험이 이 쓰디쓴 감각을 우리에게 키워주었다. 환경과의 싸움에서 얻어진 이 감각을 아끼면서 이 분열을 극복하는 것이 주어진 조건이다. 그러므로 근대적 예술은 예술 작품이 인간 밖의 자연물과 같은 의미의 실재를 가진 존재가 아니라, 그것이 향수되는 인간관계 ─ 작자와 감상자 사이에서의 묵계, 공동의 희망, 뜻의 맞음 등등의 주체적 의지의 참여로서만이 존재하는 희망과 사랑의 약속이라고 생각한다. 당나귀가 음악을 듣고 화를 내거나 염소가 한 편의 시를 먹어버리는 것은 그 때문이며, 솔거의 그림에 날아든 까마귀의 착각도 이 때문이다. 까마귀는 인간의 약속을 알 수 없었기 때문이다. 예술은 역사적 시간, 이익 사회에 묶인 인간의 분열된 분석론적 시간을 예술이라는 선의와 사랑의 시간 속에서 이겨내어 되찾아진, 또는 꿈꾸어진 공동체의 시간이다. 이익 사회에 의해서 주어진 조건 모두를 떠맡으면서 저 하늘로, 아름다운 공동체로 날아오르려는 씨름 — 그것이 문학이다. 예술은 이익 사회의 시간을 현실적으로 바꿀 수는 없으며(마술이 아니므로), 인간의 의지 속에만 있다는 의미에서는 관념적인 허구이며, 한편 그것은 인간의 의지에 호소하여 이익 사회의 시간을 바꿀 수 있으며 인간의 공동적 염원에 확고한 근거를 가지고 있다는 뜻에서만 실재적이다. 어느 경우에든 예술은 간접적이며, 마술처럼 직접적·물리적 능력을 갖고 있지 않으며, 인간의 정신이란 지점을 통해서만 힘을 지닐 수 있다. 이익 사회의 예술의 고민은 그 분화된 미로 때문에 공동의 광장으로 나오기가 힘들다는 점이다. 광장을 향한 의지의 고귀함이 부족한 경우도 있겠고, 또 넘치는 교통량과 통행금지 따위 때문일 수도 있다.

감각 예술의 원시성

그것이 소외의 조건들이다. 음악이나 미술은 이익 사회의 시간이 이념의 공동체의 실현에 대해서 부과하는 현실적 조건의 모두를 반드시 떠맡지는 않는다. 그들은 조건을 단순화시키고 상징화시켜서 보다 저항이 약한 인공의 공간을 만든다. 그래서 그들의 목소리, 그들의 몸매는 보다 가볍고 우아하다. 문학도 그렇게 할 수는 있다. 상징파나 카프카를 생각하면 된다. 그러나 문학의 음계는 카프카에서 발자크까지의 모두를 포함한다. 그것들이 모두 현실이라는 이름으로 불리는데, 문학 이론의 혼란은 그것들이 각기 현실이 아니어서가 아니라 자기만이 현실이라고 주장하는 데서 일어난다. 그것들은 각기 현실이지만, 현실 자체는 아니다. 다만 그런 음계의 창에 의해 한정된 '광장의 퍼스펙티브'일 뿐이다. 그 어느 것이 더 나은가 하는 본질적 차이는 없다. 그렇기 때문에 예술이 사회에서 맡는 기능이 무엇이냐는 문제는 본질론이 아니라 역사적 효용의 입장에서 해결할 수밖에 없다. 본질과 효용은 다르다. 같은 본질의 사물이 여러 가지 효용을 지닐 수 있다. 그 사회의 실정, 즉 감상자의 삶의 질 — 이익 사회로서의 좌표에 따라서, 그 좌표 내의 그 사람의 좌표에 따라, 예술은 오락–기도 사이의 모든 기능을 가지며, 더 정확히는 한 개인에 있어서도 오락–기도 사이의 모든 기능이 중첩된 상태로 예술은 받아들여진다고 할 수 있다. 다만 삶의 전모를 단순한 형태로 직관할 수 있던 미개한 공동 사회로부터, 인간은 이해관계가 보다 분화된 이익 사회, 더욱더 분화되는 사회로 나아가고 있다는 것이 역사의 실정인데, 예술이 만일 자기확산에서 오는 자기 상실을 두려워한다는 이름 아래, 어떤 음계 하나에 고립하려 한다면, 그 자체가 자기 상실로 이끌어질 위험성이 있다.

문학 예술의 문명성

삶의 모든 음계를 울리게 하면서 그것들을 하나로 묶는 감각을 어떻게 유지하느냐, 또는 어떤 음계 하나에 집약적으로 의지한다 치고 그것이 보다 큰 전음계와 격리되어 있지 않다는 알리바이를 어떻게 작품 속에 마련하느냐 — 이것이 작품에서의 현실 설정이라는 말의 뜻이라고 나는 생각하는데 그것은 작가마다의 방법론에 속하는 사적인 문제이리라. 그보다도 문학의 매개인 말에 의해서 필연적으로 문학에 떠맡겨지는 조건의 음역의 전폭에 대한 눈뜸 여부가 현대 문학의 기능에 대한 논의의 갈림길이 되는 공적 표적이라는 점을 강조하고 싶다. 문학이 선구禪句나 종교적 신비 체험이 아니고, 말의 전개를 통해서 종합적 직관에 이를 수밖에는 없는 이상, 그 한에서는 문학도 인식이며 인식인 이상 분석적일 수밖에는 없다.

144

상황을 단순화시키는 것은 자기기만

직관이 아니라 분석인 바에는, 삶은 그 경우 방법적으로 대상화되어 객체로서 나타나며 객체에 대해서는 관찰자는 필연적으로 한정된 관찰 위에서 접근할 수밖에 없다. 그리고 이런 위치의 수는 원칙상 무한하다. 물론 그런 위치를 모두 사용할 수도, 그럴 필요도 없으나 그것이 한두 가지에 국한될 수도 없는 일이다. 이것은 인간의 삶의 전모를 파악하는 것은 불가능하다는 이야기가 아니고 사회적인 존재, 인간은 그 사회적 존재 양식을 줄곧 넓히고 나누고 해왔기 때문에, 따라서 그들은 보다 헝클어진 미궁 속에 있기 때문에, 그들이 삶의 전모를 관측할 수 있는 지점에 닿기 위해서는 보다 많은 우로를 거쳐야 한다는 객관적 사정이 문학적 인식론에 반영되어야 한다는 실효의 문제다. 이 우로의 과정 없이는 현대인에게 문학은 구원도 될 수 없을 것이며, 좋은 경우라야 어떤 선의의 울림 정도가 남을 것이다. 바늘허리 매어 쓰지도 못하고, 고생 끝에 낙이라고 속담에도 있다. 그런 우로의 미궁 속에서 작가가 정말 길을 잃고 쓰러지거나 지쳐서 주저앉아버리는 경우도 있겠지만 그것도 할 수 없는 일이다. 왜냐하면 작가는 쉬운 쪽이 아니라, 어려운 쪽에 걸었기 때문이다. 무엇을 믿고 거는가. 모든 인간은 분석 이전에 하나이며, 공동체이며, 죄가 있는 곳에, 분열된 사회 자체에, 분열된 의식 자체에 구원과 각성의 가능성은 내재해 있다는, 구하면 얻어지리라는 저 삶의 신비한 직관을 믿고 그렇게 한다.

문명과 종교

옛날 사람들은 자연을 뚜렷이 보고 느끼면서 살 수밖에 없었다. 자연에 대한 가공加工의 힘이 대단하지 못했기 때문이다. 사람도 자연이라는 것을 몸으로 알고 있었다. 자연에 대해 가공하는 힘이 늘어나면서 사람과 자연 사이에는 인공의 자연이 막아서게 된다. 이렇게 되면 사람의 눈에는 원래의 자연이 보이지 않게 될 뿐만 아니라 자기 자신도 보이지 않게 된다. 자연의 한 부분인 자기를 소박하게 받아들이는 대신에 자연에 대해서 이러저러한 견해를 가진 자기 — 즉 인공화된 자기만이 보이게 된다. 이렇게 해서 우리는 태양의 장엄함에 대한 신선한 감격을 잃어버림과 동시에 자기 자신의 신비함에 대한 신선한 느낌도 잃어버린다. 옛날 사람들은 모두 자기를 알기를, 지금 이 세상에서의 자기의 겉보기보다는 훨씬 존엄하고 신비한 뿌리를 가진 존재로 알았다. 지금의 우리는 그렇지 못한 것이 예사가 되었다. 돈이라든지 권력이라든지를 사람의 값의 마지막 기준으로 안다. 옛날 사람들은 죽은 다음의 세상에 대해서도 큰 기대를 가지고 있었다. 지금의 우리는 그렇지 않다.

한마디로 말해서 지금의 우리는 인류의 역사에서 가장 불안하고 가난한 마음을 가지고 살고 있다. 이렇게 된 것은 우리가 뿌리와 가지에 대해 거꾸로 생각하는 데서 비롯한 현상이다. 가지가 뿌리에서 나왔다는 사실을 인정하고, 인간의 힘이라는 것은 언제나 그 뿌리를 존중할 때에만 얻어지고 가지는 뿌리가 아니라는 사실을 받아들일 때에만 마음의 근본적 평화가 얻어진다는 것을 말해온 것이 종교다.

종교가 지니게 마련인 겉보기의 비유를 진지하게 해석한다면 어떤 종교나 결국 자연으로 돌아가기를 권고하고 있는 것이다. 자연으로 돌아간다는 것은 몽매함으로 돌아간다거나, 불편한 생활로 돌아가자는 것일 수는 없다. 인간의 문명도 자연 속에서의 자연에 대한 가공이기 때문에 주어진 자연을 파괴하지 않는 가공의 길을 걸어야 한다는 것이다. 또 살아 있는 인간은 백 년도 못 사는 낱낱의 구체적 개인이기 때문에 ― 즉 수십 년을 살고는 자연으로 돌아가는 존재이기 때문에 이러한 조건에 맞지 않는 억지의 요구나 욕망 ― 즉 사람 한 사람이 몇 백 년 살면 가능하기나 할 ― 그런 요구나 욕망을 남에게 짊어지우거나 자기가 만들어서 자기를 괴롭혀서는 안 된다는 것이 모든 종교의 가르침이다.

옛날 사람들이 소박하기 때문에 쉽게 받아들였던 진리를 우리는 문명이라는 것 때문에 도리어 받아들이기 어렵게 되어 있다. 그러나 지금도 우리는 종교의 근본적 슬기를 받아들일 수밖에 없다. 왜냐하면 인류가 발생하고부터 50만 년이나 지나면서 자연에 대한 가공 기술은 엄청나게 발전했지만, 인간의 수명은 조금도 발전하지 않았기 때문이다. 달에 가는 로켓에 타고 있는 인간의 육체는 50만 년 전의 조상과 마찬가지고, 60, 70년의 수명밖에 없는 그 심장을 가졌을 뿐이다.

문학과 현실

　'문학과 현실'이라는 문제 제기의 방식 스스로가 우리들에게 함정을 마련하고 있다. 현실이라는 개념의 다양성에서 오는 혼란을 피하기 위하여는 문학은 현실에 대립하는 개념이 아니라 현실의 한 계기이며, 현실은 문학을 그 속에 계기로서 가지고 있는 다층적 개념이라는 입장을 명백히 하는 것이 먼저 필요한 일이다. 이 같은 뜻으로 사용할 때의 현실은 오히려 '삶'이라는 말이 지니는 내포와 외연에 합당한 것이다.

　그러니까 '문학과 현실'이란, 현실 속의 문학적 측면과 현실적 측면이라는 비교적 용법이라고 해석하고, 그와 같은 현실의 측면 상호간의 관련을 문제 삼는 것이라고 할 수 있다. 이같이 본다면 그것은 곧 생에 있어서의 행위와 인식의 문제라는 것을 알 수 있으며 인식의 한 장르로서의 예술과 행위의 문제이다.

　역사의 과거에서 행위와 인식은 밀접하게 관련지어져 있었으며 순수 행위, 순수 인식이라는 발상을 시작한 것은 그리 오래된 일이 아니다. 고대로 올라갈수록 양자는 유착돼 있으며 모순은 화해의 상태를 유지하고 있다. 고대·중세의 사회에서 인정되는 제 학문의 일원적 체계, 각기의 미분화적 형태와 그러한 학문 혹은 예술과 정치, 종교와의 이중삼중의 결합과 중복은, 적어도 행위와 인식의 분리가 본질적인 분석만으로는 달걀과 암탉의 문제처럼 순환을 거듭할 뿐이며, 시간적인 변화 속에서 관찰하는 것이 필요함을 말해준다.

인간과 세계가 같은 울타리 속에 들어 있는 데서 비롯하는 인간의 세계 인식의 순환성

다시 말하면 역사의 어떤 시기에서는 행위와 인식이 모순의 상태가 아니고 화해의 상태가 있었다는 사실이다. 이와 같은 시대에는 현실과 인식은 일대일의 관계에 있고 양자 사이에 차액이 없으며 서로가 서로를 위한 기호로써 투명화되며 '행위'는 곧 그러한 양자를 동적으로 종합한 존재였을 것이다. 바나나만이 자라고 있는 섬에 살고 있는 주민에게 식물은 곧 바나나이며 유개념은 종개념과 완전히 일치했었을 것이다. 그곳에는 부재란 없으며 세계는 완결돼 있다. 따라서 역사와 영원은 하나이며 더 정확히 말하면 역사도 영원도 생활공간과 인식이 완전히 대응하는 경우에는 상상력이란 나타날 수가 없는 것이다.

타인(타족)의 발견이 모험담에 그치는 시대

생활공간이 점차 넓어지고 타 부족과의 교통이 생김으로써 고대인의 정신에 생긴 변화는 충격적인 것이었으리라. 이 세계 말고도 또 다른 세계가 있다는 것, 바나나 말고도 또 다른 바나나가 있다는 것이 현대인이 종교적 이적을 목도했을 때의 놀라움에 비길 수 있다.

그러나 이 같은 타 세계에 대한 정보를 갖게 되었다는 것이 곧 현실적으로 지배할 수 있는 생활공간의 확대나 행동반경 확대를 의미할 수는 없다. 고대의 교통력이나 사회 구조로 보아서 특별한 부족원 ─ 즉 군사나 물물 교환 시의 대표 같은 자만이 타 세계를 볼 수 있었을 것이며, 그런 사람들도 귀향 후에는 자기가 본 바를 상상 속에서 소유할 수밖에는 없었을 것이다. 이렇게 해서 그는 현실(그가 지배할 수 있는 생활권)과 또 하나의 현실(상상 속에 보관된 견문)을 갖게 되고 여기서 그의 행위와 인식에 비로소 차액이 생겼으며 그 견문을 동족에게 들려주면서 (문학하면서) '현실과 문학'의 괴리에 대해서 고민하기 시작했을 것이다.

원시공동체 속에서의 이 같은 행위와 인식의 분열의 모형을 그 이후의 역사의 과정에다 적용할 수 있다는 것이 필자의 생각이다. 중세 이전까지의 사회는 전술한 스케치에서 본 생활공간의 확대 이전의 공동체의 삶에 해당하고, 근대 이후는 외부를 보아버린 다음의 공동체의 삶에 해당한다. 그런데 이렇게 재단하는 경우에 뚜렷한 오류를 범하고 있는 것을 알게 된다. 그것은, 전기前記의 스케치에서도 분명한 것처럼 근대 이전의 정신에도 이미 존재하는 현실과 인식의 차액을 무시했기 때문이다. 그러면 그 시대에 그와 같은 현실 부정의 계기는 어떻게 처리했을까? '악'으로서, '터부'로서 처리된 것이 한 방법이고 다른 하나는 '종교'로서 기능하였다.

세련된 종교의 존재는 그 사회가 이미 이익 사회 단계에 있는 증거
공동체 속에서 현실적이 아닌 이미지에 탐닉하는 자는 마귀에 들린 자, 병든 자로서 격리되었고 행동에 옮겼을 때는 처벌되었다. 정지된 사회에 있어서의 부정적 정신은, 터부로서 소외된 것이다. 공동체의 현실을 부정하면서 그로부터의 박해를 면한 것이 곧 종교라 할 수 있다. 그것은 현실의 차원에서의 부정을 단념하고 현실을 스스로 초월함으로써 부정한 것이다. 그것은 현실과 인식의 차액을 현실의 차원에서 줄일 수 없다는 세계관의 표현이며 현존하는 현실을 운명으로 인식하고 현실을 움직이지 않는다는 세계관이며 그런 의미에서 종교는 현실의 체제를 긍정하였다.

그러므로 근세 이전의 사회에서도 부정의 계기는 존재하였으나 그것은 소외되었거나 허수로 치환됨으로써 삶의 변증법적 계기로서 탈락되었으므로 중세 이전의 사회를 인식과 현실의 차액이 비합리적으로 처리된 사회라고 규정하는 것이 타당할 것이다.

'근대'란, 이 같은 세계에 대한 부정의 정신이다. 그것은 현실과 인식의 차액을 초월에 의해서가 아니라 '진보'에 의해서 줄이자는 태도이며 현실과 인식의 괴리를 현실의 부정에 의해서 줄이자는 태도이며, 현실에서 탈락되었던 '부정'이라는 계기를 실수로서 계산하려는 태도이다. 정치에 대한 정치학, 경제에 대한 경제학은 현실의 정치 경제에 대한 이념으로서 존재하는 것이며, '학學'이 어용이 아니면서 환상이 아니기 위하여는 그것은 미래를 기다려서 완결된다는 의미를 가지지 않으면 안 된다. '근대'의 사고 양식에서는 행위와 인식의 괴리는 오직 역사 속에서만 해소된다고 할 수 있으며, 근대를 논할 때의 역사주의·실증주의·합리주의는 미래의 개방된 경우에만 그 의미를 지닐 수 있다.

근대 서구에서 역사(진보)의 지평은 무한히 열린 것으로 보였으며 그러므로, '합리적인 것은 현실적이며 현실적인 것은 합리적'이라고 생각되었던 것이다. 그러나 잘 알려진 바와 같이 현실과 인식의 이 같은 행복한 관계는 오래가지 못하였다. 인식의 자기 증식 속도가 놀라운 것이었음에 반하여 현실의 발전은 그것을 따르지 못하였다. 이 사실은 근대적 서구가 자기 속에 있는 부정의 계기가 현실화하는 것을 억제하는 방향으로 경화되기 시작했다는 것을 말한다. 인식과 행위, 합리적인 것과 현실적인 것은 다시 분열하기 시작했으며, 한 번 해방된 추리력과 상상력은 행위 가능성과의 고려에 구속됨이 없이 스스로의 세계를 추구하였다. '학문을 위한 학문' '예술을 위한 예술'이라는 발상은 뛰어나게 근대적인 현상이다. 근세 이전에 학문·예술은 반드시 무엇을 위한(신을 위한, 종족을 위한) 것이었으며, 또 그 효용의 한계에서 인식도 정지하였으나, 근세 이후의 학문·예술은 효용의 한계를 넘어 무한히 나아가려는 충동을 가지고 있다.

부르주아의 보수화

그리고 현실과의 절연을 선언한다. 근세 이전 사회에서의 현실 부정의 계기가 현실에서 탈락된 것과 동일한 소외 현상이지만 다른 것은, 전자에서는 부정은 터부로 금압禁壓된 데 대하여 여기서는 현실화를 단념하는 '합리성'이 그 자체 내에서 비대해지고 증식하는 것은 학문의, 예술의 순수성이라는 이름으로 성행한다는 점이다. 다시 닫힌 역사의 지평선 안에서 정신은 전진을 단념하고 자기 증식에 골몰한다. 그것은 마치 건물들이 위로위로 뻗어 올라가는 현대 도시와 같다.

매재媒材의 차이
↓
감각 예술 ― 정서 → 자연 매재(音 · 色 · 石) → 정서화된 매재(작품)
문학 예술 ― 정서 → 인공 매재(언어)　　→ 정서화된 매재(작품)

　　예술과 현실의 문제도 이 같은 역사적 문맥에서 이해해야 할 것이다. 오늘날 직설적인 의미에서 예술이 행위에 영향을 줘야 한다고 주장하는 사람은 없다. 더욱이 음악이나 미술의 현실과의 관계라든가 음악의 현실 참여 같은 말은 아무도 하지 않는다. 그것은 아마 이들 예술의 매재(소리·색채·돌)가 사물이며 감각적인 것이므로 보다 보편적이며 현실의 변화 자체를 다의적으로 흡수할 수 있기 때문이다. 베토벤이 그의 작품을 나폴레옹에게 바치려다가 그만두었다는 유명한 이야기는 음악이라는 장르가 그 자신의 감각적 질서만으로 자립할 수 있다는 것을 쉽게 이해시켜주는 사실이다.

　　문학에서는 이 같은 퇴로는 우선 차단되어 있다. 문학의 매재인 언어는 사물이 아니라 공동체의 사고형과 정서에 의해 조직된 '관념'이다. 문학 작품을 쓴다는 것은 작가의 의식과 언어와의 싸움이라는 형식을 통하여 작가가 자기가 살고 있는 사회에 대하여 비평을 행하는 것이다. 그러므로 그것은 작가의 자유가 현실에 부딪혀서 일어나는 섬광이며, 작가에게 있어서의 현실은 언어 속에서의 싸움이다. 음악가가 무기無記의 음을 조작하는 과정을 작가는 언어의 조작을 통하여 행하는 것이며, 그 경우에 언어는 현실에의 투명한 통로가 되며 이같이 하여 작가는 대지에 결박되어 있다. 언어 자체가 공동체의 효용을 위한 도구이기 때문에 언어를 택한 예술가인 문학자는 이미 공동체의 현실에 참여하고 있는 것이며, 문제는 어떤 자세로써 참여하고 있느냐이다. 그것도 음악과는 비할 수 없이 긴밀히 참여하고 있다.

그런데 문학도 예술인 한에서는 그것이 아무리 현실의 기호로서의 성격을 가진 언어를 택했을망정 예술로서의 차원을 유지하자면 현실을 부정하는 조작을 거치지 않으면 안 된다. 음악처럼 그 매재 자체가 비현실적인 사물이라는 혜택을 가지지 못한 문학은 비유와 허구라는 조작을 통하여 현실의 기호인 언어를 현실을 부정한 사물로 승격시킨다.

여기서 우리는 문학의 비극적 이율배반의 운명을 발견하게 된다. 즉 문학은 그 매재 때문에 뛰어나게 현실적이어야 하면서 예술이 되기 위하여는 현실을 부정해야 한다는 사실이다.

여기서 이 글의 첫머리에 스케치해본 역사의 각기 시대에서의 부정의 의미로 주의를 돌려보자. 거기서 우리는 정지된 사회에서의 '부정'의 계기는 '악'으로서, '터부'로서 기능하였으며, 발전하는 사회에서의 '부정'의 동기는 '미래'로서 '진보'로서 기능함을 보았다.

그러므로, 문학예술에서 예술적 조작으로서 행해지는 부정도 이러한 두 가지의 방향을 취할 수 있다고 필자는 생각한다. 다시 말하면 문학자의 예술을 통한 참여는 터부로서의 예술이냐, 진보로서의 예술이냐로 갈라질 수 있다. 터부로서의 예술도 현실을 부정한다는 의미에서 우선 예술임에는 틀림없지만 그것이 역사의 지평을 닫힌 것으로 간주하고 환상의 초월 속에 머무를 때, 그것은 필연적으로 생의 진실과 어긋나게 되며 감동을 주는 힘을 상실한다. 그리고 그 결과로서 갇힌 사회의 종교처럼 현실 긍정의 기능으로 작용한다. 진보로서의 문학예술은 자기 매재인 언어의 현실 결박성을 십자가로서 인수하고 현실의 각각의 변동에 스스로 맡김으로써 불리한(예술로서) 조건을 역용하여 스스로 미래를 향한 기旗로서 정립한다.

생물적 종과 문명적 종의 합일체로서의 인간

참여냐 아니냐의 문제는 그러므로 각자가 인간을 미래로, 열린 지평으로 인식하느냐 닫힌 지평 속에서 환상의 초월만이 가능한 존재로 보느냐는 데에 귀착된다. 얼핏 생각에 개체로서의 인간은 한정된 역사적 시간이라는, 갇힌 지평 속에 살고 있는 것 같지만, 인간을 그렇게만 본다면 인간에게서 '부정'의 계기를 간과하는 것이며, 인간은 갇혀 있음에도 불구하고 탈출하려는 존재이며, 그렇지 않다면 물체에 지나지 않으므로 인간이 인간이기 위해서는 부단히 현실을 부정하여 나날이 새롭게 사는 길밖에 없을 것이다.

바다거북이 철갑 구성체*

*

바닷가 모랫벌에 묻혔던 알에서 방금 깨어난 바다거북이 새끼들이 바다를 향해서 기어간다. 그것은 평화스런 운동 풍경이 아니다. 바다까지의 얼마 되지 않는 거리를 이동하는 사이에 바다거북이 새끼들은 천적들의 습격을 받는다. 갈매기, 독수리 같은 새들이다. 이 공격에서 살아남아 바닷속으로 미끄러져 들어간 새끼들도 무사하지 못한다. 큰 고기들이 그들을 기다리고 있다. 이렇게 해서 제대로 살아남는 새끼들은 알에서 깬 새끼들 총수의 1퍼센트라고 한다. 알에서 깨기 전에 새들이 와서 파먹은 알의 부분을 빼고서 그렇다는 것이다.

*

---

*『화두 2』, 문학과지성사, 2008. 323~330쪽, 346~352쪽.

이 낭비.

*

　그러나 이 낭비를 위해 울어주는 하늘도 없고, 슬퍼하는 땅도 없
으며, 흐느끼는 바다도 없을뿐더러 희생자들은 기념비도 없다. 모래는
그저 뜨겁고, 바다는 예대로 푸르고, 하늘에서 해님은 저녁이 되면 밤
샘해서 조의를 표하는 일도 없이 침실로 가버린다. 자연은 그렇다. 기
회를 가지지 못한 생명에 대하여 아랑곳이 없다. 1퍼센트를 위해 존재
한 99퍼센트에 대하여 자연은 일체 감정적 앙금을 만들지 않는다. 이 점
에 대하여 인간만이 느지막하게나마 반응의 형식을 발명하였다. 그것
이 태어나보지도 못했거나, 종의 유지를 위해 대수大數의 법칙을 만족
시키기 위해서만 존재한 생명의 부분에 대한 조의弔意의 표시다. 그러
나 이 표시는 순전히 환상적인 감정 보상일 뿐이다. 의식상으로만 자신
의 형제인 부분에 대한 슬픔을 표시하는 아무 실속은 없는 처신이다.

*

　인간도 옛날에는 지금보다 유아 사망률이 높았다. 태어나서도 생
존경쟁 — 온갖 종류의, 말 그대로 생활상의 평화적, 폭력적 — 에서의
낙오, 그 극한형식인 전쟁에서의 전사 등으로 세대 중에서 도중 탈락자
와 살아남은 자가 생긴다. 인류 개체는 영생할 수 없으므로 모든 세대
는 다음 세대를 위한 99퍼센트인 셈이다. 그러므로 모든 당대는 인류라
는 종種의 규모에서 보면 그 1퍼센트이며, 모든 개인은 그 1퍼센트 중
의 한 부분이다. 이 낭비. 생존의 근본형식인 이 낭비.

*

이 낭비를 줄이는 것을 문명의 진화라고 불러도 되겠다. 아주 없애지는 못한다. 그것은 불로불사不老不死 상태이므로.

*

인류가 왜 존속되어야 하는지는 바다거북이가 왜 존속되어야 하는지를 바다거북이 자신이 (아마도) 모르는 것처럼 우리도 모른다.

*

다만 우리가 바다거북이와 다른 점은 우리가 생명의 낭비를 다소나마 줄이는 힘을 조금씩 키워오고 있다는 사실이다.

*

어떻게?

*

비유하자면 바다거북이 새끼들이 단독 각개 약진을 하는 대신에 서로 몸을 밀착시켜 하늘에서 보면 거대한 철갑동물이 이동하는 대형을 취하는 것. 이것이 첫 단계.

*

다음 단계는 이 철갑을 보강하는 단계. 여기서부터는 문자 그대로의 비유는 무리지만, 참고 이 비유를 사용한다면, 아무튼 철갑에다 모래를 더 얹는다든가, 돌멩이를 지고 간다든가 하는 단계다.

*

세 번째 단계는 이 보강 부분을 몸에서 분리시켜 그것 자체를 몸의 운반력과 관계없이 증폭시키고 운반 에너지도 체력에 상관없이 독립시켜 개발하는 단계다.

*

이 단계에 들어서면 보조철갑(구갑이래야 옳겠지만)은 생물적 존재인 거북이 자체와는 유기적인 유대가 끊어진다.

*

부자연스러운 대로 자꾸 거대화하게 된다. 그러면 바다거북이는 자기 머리 위에 공동의 철갑 우산을 두르고 자기 발밑의 공동의 이동용 장치를 달고 바다로 향하는 꼴을 이룬다.

*

바다거북이들이 집단으로 두른 이 철갑과 이동바퀴의 전 체계가 '문명'이다. 이 체계에는 모조 신경조직도 고안되어 부착되어 있다. 여러 단계를 거쳐 개선 일로에 있는 '인공두뇌'의 그물이다.

*

비유를 여기까지 밀고 오다 보면 이쯤에서 이 복합체의 두 부분 ─ 바다거북이 낱낱들과, 부착물 사이의 관계를 한번 점검해볼 필요가 있다.

*

이 두 부분은 연속돼 있으면서, 단절돼 있다는 모순 단계에 있다. 바다거북이들은 이미 종의 계통발생 과정이 끝나서 생물로서는 더 이상 진화하지 않는다. 그들은 번식을 통해서 종을 유지한다. 세대는 백 년 안팎의 시간을 살다가 죽고 새끼를 남긴다. 새끼들은 또 백 년 안팎의 ─ 이런 식이다. 그들의 몸은 예나 지금이나 외형에서는 마찬가지지만 한 부분이 특히 생후에 변형된다. 그들의 두뇌 속에 그들의 조상에게는 없었고 알에서 깨어날 때에는 없는 '정보'가 '교육'을 통해 입력된다. 이 '정보'라는 기호체계는 그가 생애를 그 속에서 살게 될 '공동 철갑'과 '공동 바퀴' 그리고 '공동 인공두뇌 및 신경그물'과 대화할 수 있는 부호체계와 그 부호체계로 정리된 자신 및 기계 그리고 외계에 대한 작동규칙 및 지형 설명, 그리고 수리지침이다. 이것은 유전 정보가 아니라 생후에 입력되는 획득형질이다. 이 후천 정보를 통해서 생물 개체는 자기가 소속한 문명 부분과 연결되어 자신이 그 복합체의 일부가 된다. 이 복합체의 자기유지인 물질대사가 개인에게는 '생애'이고 집단에게는 '역사'이다.

*

두 부분의 결합은 비유기적이다. 그것들은 분리 가능하다. 순식간에 철갑, 바퀴, 인공 신경그물이 해체될 수 있고 그러고 나면 예전 그대로의 바다거북이 몸뚱아리만 모랫벌에 아장아장 남게 된다. 거북이의 육체의 일부인 두뇌에 입력됐던 기계 부분과의 대화 회로였던 '언어'도 '망각'이라는 자연현상 때문에 인멸될 수 있다. 그렇게까지 되면 그야말로 남는 것은 하느님이 애초에 만드신 대로의 알몸뚱이뿐이 된다.

*

알몸뚱이 ↔ 문명 상태, 이 거리는 고소高所 공포증의 주제이다. 의식하지 않으니 망정이지 천재적 예민성을 가진 개체가 이 거리를 실수치대로 감각한다면 그는 미치게 된다.

*

그래서 식민지체제 아래 있던 조선서는 열세 번째 아이까지 무섭다고 했고, 중세기에는 우주의 침묵이 무섭다고 한 어른까지 있었다.

*

짐승과 문명 인류가 공존하는 인류 개체의 내면(신경조직)이 견뎌야 하는 이 비유기성과 그것이 당연히 더불어 지니고 있는 회로 혼선의 위험이 이 무서움의 뿌리다.

*

이 두 부분이 앞뒤가 맞게 뭇 부분이 있을 데 있게 아귀가 물려 있는 정합적整合的 개체란 것은 기술적으로 존재가 불가능하다. 이것도 무섭다. 이 저低정합성을 옛날 사람들은 '악마'라고 불렀다.

*

이 악마가 무서워서 달마라는 중은 그 악마 보기가 무서워 눈을 뜨지 않은 채, 오금이 저려 일어서서 도망치지도 못하고 멀쩡한 앉은뱅이에 눈 뜬 장님으로 9년이나 지냈다고 한다.

*

바다거북이들의 비유는 나머지 절반을 마저 그려보고 싶다. 두 부분 중에서 기계적 부분이 비교적 다루기 쉽다. '철갑' 부분이나 '이동수단' 부분은 말 그대로 물질적 부분이어서 자연물을 다루는 방식으로 계산하고 조종할 수 있다. 그러나 이 부분에서도 '인공 신경그물' 부분은 모양새는 물질일망정 벌써 '철갑'이나 '바퀴' 부분과는 다르다.

인공신경이란, 매듭글자에서 시작해서 소리, 문자(컴퓨터 문자 포함)에 이르는 '언어'를 말한다. 그런데 이 언어는 '밖'에 있는 물질이자 '안'에 있는, 기억된 코드이고 그 코드에 의해 조직된 정보이기도 하다. 이 코드와 정보는 '생물신경'에 새겨져 있다. 그러니까 언어를 가진 이후의 인류 개인의 생물신경에는 생물적으로 이물異物인 인공회로인 '언어'가 겹으로 첨가되어 있게 된다. '인공신경'과 '생물신경'은 서로가 서

로에 대하여 '자신'이면서 '남'인 관계에 있다. 매듭문자이든 컴퓨터 문자이든 그것들은, 살아 있는 인류 개인의 신경(뇌)에 입력된 코드를 전제하지 않는다면, 길에 떨어진 칡뿌리나, 해 저무는 바닷가 모래밭의 물새 발자국처럼 그저 물질의 상태일 뿐이다. 그림에서의 =부호는 기호로서의 언어와 그 해석 코드로서의 인간의식에 기억된 문법 및 정보의 관계를 표시한다. ≠부호는, 그럼에도 불구하고 당연하게도 부호의 왼쪽, 오른쪽은 유기적으로 연결되지 않는 두 개의 부분임을 나타낸다. 왼쪽 항項은 그것이 겉보기에 아무리 거대하고 또 어지러울 만큼 세밀해지거나 말거나, 오른쪽 항 없이는 작동하지도 않는 것은 부차적인 지적이고, 발생發生할 수부터 없다. 바닷가 거북이 알은 어미의 존재를 알리는 '기호'임과 같다. 이것이 '기계화 바다거북이 구성체'에서의 기계적 부분과 생물적 부분의 관계에 대한 좀 더 자세히 본 소묘다.

자, 이 그림에서 =에만 초점을 맞추면, 왼쪽 눈에 보다 힘을 주면 무릇 존재는 모두 물질이어서 유물론적 풍경화가 그려지고, 오른쪽 항에만 기대면 일체유심조一切唯心造, 유심론 만다라曼陀羅가 된다.

만일, ≠에만 초점을 맞추면 이원론二元論이나 절충론으로 김빠진 술이 된다. 언제든지 집구석이 풍비박산날 수 있는 뜨내기 살림이다.

↔에 초점을 맞추면 진상에 그중 가깝기는 하지만, 이 입장은 항상적인 발생부전發生不全, 자기동일성 불안의 긴장 속에 있어야 하는데, 왼쪽과 오른쪽의 결합이 유기체에서처럼 부드럽게 완전할 수 없는 데 대한 자각이 있는 데서 오는 위기의식이다. 이 입장에서 말하면 어떤 시대도 자신의 총량을 내면화한 인간 개체를 기대할 수 없거나, 어떤 인간 개체도 자기가 사는 시대의 총체에 대해서 물질적이고 기계적인 의미에서 일체화되지 못한다. 그러나 좌와 우, 어느 한쪽으로 기운 주물呪物 숭배에 빠지지 않자면 이 길밖에 없다.

*

그러나, 더 어려운 대목은 이 너머에 있다. 그 시점까지의 문명을 자기화한 개인은 없다, ─ 이것은 이 철갑 속에 있는 모든 생물로서의 모든 인간 개체의 기본모순이다. 그런데 이 편차는 다시 개체마다 차별이 있다. 이 철갑 안에 있는 개체들은, '완전히 발달된 개체' 따위가 아니라, '불완전하게 발달된 개체'들인데, 그 '불완전성' 자체가 개체의 수만큼씩 차별성을 가진 그런 모양으로 한 철갑 속에 들어 있다.

*

사실 이 '철갑 구성체'가 이상적이자면, 이 '구성체'라는 에너지 회로의 각각의 분절점(철갑 - 바퀴 - 인공신경 - 생물신경 - 몸통 - 다리)들은 오직 저속低速 작동 중의 편의상의 기호일 뿐, 회로상에 무한 속도를 지닌 에너지가 항시 흐르고 있기 때문에 이 구성체에는 전체와 부분이 따로 없으며 다만 '어떤 있음 혹은 없음 같은, 무한 번째 아이가 있다면 그

아이의 공포' 같은 그런 상태로 존재해야 할 것이다. 마치 쳇바퀴가 너무 빨리 돌기 때문에 쳇바퀴가 따로 없고 다람쥐가 따로 없는, 그런 다람쥐 쳇바퀴 '돌아가기'만 있는 것처럼.

*

그러나 현실은 그렇게 존재하지 않기 때문에, 이 철갑 속에 또다시 먹이사슬이 형성된다. 철갑 속에는 유리한 자리와 불편한 자리가 있고, 그 '우월한 지위'를 다투어 차지하려고 한다. 겉에서 보는 철갑은 앞 세대보다 비록 우수할망정 그 안의 배치 상황이 이렇게 되면, 그것은 생명의 저 '낭비'에 대한 인류의 개선책의 의미를 지닌 '문명'이라는 목표에 어긋난다. 밖에서 모랫벌 위에서 벌어지던 그 '낭비'가 덮개 밑으로 옮겨진 것뿐인 형국이 되고 만다.

*

고르바초프라는 동무가 그 밑에 앉아 있던 깃발을 고안한 사람들은 이 철갑 밑 먹이사슬의 형성을 막아보려던 사람들이었다. 그들은 얼핏 보기에 왼쪽 항을 강조하였다. 짐승 세계의 인력권에서 벗어나기 위해서는 그곳에 희망이 있기 때문이었다. 그것은 인류의 누대에 걸친 성과물이며, 그러므로 고루 나누어져야 할 유산임을 강조하였다. 그러나 이 분배는 여전히 생물로서의 개인들에 의해 상속되어야 하는데, 유산의 성격상 이 '상속'은 동시에 '획득'이어야 하고 '학습'이어야 하고 '위험'이기도 할 뿐만 아니라, 지극히 비非유기적이고, 반反생물적이기까지 한 운동 형식이다.

*

그러므로 같은 '철갑' 속에 그 철갑을 이해하는 개인이나 집단과 함께, 석기시대의 의식 상태를 가진 개인이나 집단도 함께 들어 있을 수 있다.

*

이 차별의 항존 상태의 가능성에 대해서 고르바초프라는 동무가 그 밑에 앉아 있던 깃발의 창시자들은 자각하고 있었을까? 자각하고 있었다. 그들은 자신들이 뉴턴과 다윈의 제자들임을 알고 있었는데, 다만 너무 당연한 일이었고 뉴턴이나 다윈이 이미 있었고 보면 아무리 현명한 사람이라도 또 한 번 다윈이나 뉴턴이 될 필요는 없다고 생각한 듯하다. 그들은 자신들의 역사학이나 정치학이나 경제학에는 보이지 않는 괄호 속에 '말할 것도 없는 일이지만, 뉴턴이나, 다윈이나, 헤겔이라는 하부 구조에 대한 표시는 생략함' — 이런 주의사항이 첨부되어 있는 것은 말하면 잔소리라고 여겼던 것이 아닐까 싶다. 그런데 이 부분이 눈에는 보이지 않는다고 해서(우주를 말하기 위해서 우주만 한 분량의 표현을 할 수는 없지 않은가), 그것이 정말 없는 줄 안다면 결과는 대재앙일 수 있다.

*

그들은 편의상 왼쪽 부분만을 전공했으므로 '물질'에 언급할 때도 그것은 유類의 수준의 그것이었고, '정신'에 관해 언급할 때도 역시 유類와 계급階級에 대한 그것이었고, 육체에 대해 언급할 때도 그것은 생물의 한 종種으로서 인간 전체의 보편적 성격에 대한 언급이었다.

그들은 그 이하의 단위에 대해 언급하는 예술가들은 아니었으므로, 개인에게는 차별이 있고 성격이 있고, 개인으로서의 죽음이 있다는 사실에 대해서는 언급을 생략하였다.

말하자면, 존재의 도매시장인 대수大數의 법칙이 지배하는 개념들은 취급하였고, 소매상인들의 몫인 '생애'며 '인생'은 그 자신들도 그것을 사는 이상의 형식으로는 관여하지 않았다.

그들의 예술에 대한 의견도, '도매상'의 관심에 들어온 한에서의 그것이지, '예술'이라는 상품의 전부를 말한 것이라고 그들이 주장한다면 나는 그들에게 반대한다.

*

비록 규모가 보통 사람들과 다를 뿐, 그들에게도, 그 '두 부분'은 연속되면서 단절되어 있었고, 유기적이면서도 기계적이었으리라.

*

육체는 슬프다!

제 2 부

근대 세계의 길

_문명 DNA의 빛과 어둠

완전한 개인이 되는 사회

김명인(이후 김)　　갑신년 새해가 왔다. 선생은 탈북 1세대로서 '내적 망명자'라고 하는 독특한 처지에서 50년 가까이 작품 활동을 지속해오셨다. 치열한 작가 정신으로 쉼 없이 글을 쓰고 계시고, 최근에는 단편 「바다의 편지」를 발표해 문단에 큰 반향을 일으키셨다. 근황은 어떠신지, 새해의 특별한 계획은 무엇인지 궁금하다.

최인훈(이후 최)　　특별한 계획은 없다. 읽고 쓰는 작가의 전형적인 생활을 하고 있다. 요즘 많이 생각하는 것은 평화의 문제다. 한반도의 휴전 상태가 반세기 가까이 계속되는 동안 남북이 모두 불완전하지만 평화라는 조건 속에서 각자의 길을 걸어왔다. 그런데 냉전이 끝난 다음에 우리가 살고 있는 반도에 최대의 전운이 형성되고 현재도 그런 불안에서 자유롭지 못한 상황이다. 근래에 올수록 평화라는 문제가 모든 철학, 모든 신념보다 전제되어야 할 대문맥이라는 생각이 든다.

김　　세계화가 가속되면서 세계정세 속에서 평화의 위협이 우리의 문제로 곧바로 전이된다. 과거 냉전 시대에는 군비 경쟁과 핵무장을 하면서

'전쟁 억지를 위해 무장한다'는 구호가 설득력을 가졌으나 냉전이 끝난 뒤에도 긴장은 계속 고조된다. 미국의 세계 지배가 엄연한 현실인데 이를 극복할 수 있는 방법이 있는지 말씀해달라.

최 냉전의 상대방이 소멸된 다음의 세계에 대해 미국은 자신들이 지구 공동체를 지배하는 입장에서 전개되는 평화를 구상하는 것 같은데, 다르게 생각해야 한다. 벌써 20~30년 전부터 다극화라는 이야기가 나왔다. 비록 냉전 시대의 상대방 같은 힘은 잃어버렸지만 어떤 질량을 가진 상대방이 존재한다. 과거와 다른 21세기의 변수는 대륙 중국이라는 존재가 부상한 점이다. 또 한 가지 유럽연합이 있다. 얼마 전까지도 유럽이라는 지역이 지금만 한 힘을 가지고 소생하리라고 예견한 사람은 많지 않았다. 때문에 미국은 자신을 중요한 주도적 세력 중 하나로 보아야 하며 점차 그렇게 되리라고 생각한다. 내가 가정해본 21세기의 그림과, 미국의 현재 의지나 행동 사이에는 큰 차이가 있다. 이것이 큰 불안의 요소가 아닌가 한다. 20세기 미국은 냉전의 상대방이 있기 때문인지 자신이 가진 힘을 모두 사용하지 않는 자제력도 있었다. 구체적으로 한국전쟁 때 일선 지휘관이 원폭을 사용하려는 것을 정치적으로 억제했다. 말이 쉽지, 어려운 일이다. 군국주의, 나치스와 다른 전쟁 양식, 정치 문화를 본 느낌이 있었다. 그러나 지금 미국의 행태는 그런 긍정적인 정치 양식에서 훨씬 후퇴했다고 생각한다.

김 그만큼 미국이 여유를 잃은 것 같다. 일원적인 패권 지배가 쉽지 않은 상황에서 기득권을 유지하는 게 힘겨워지니까 짧은 기간에 폭력적인 방식으로 해결하려는 게 아닐까.

최 19세기 후반에는 식민지 대국들이 지구 생활을 기본적으로 지휘하고 나머지 국가들은 거의 아무 저항력 없이 지휘 아래 움직이는 형상이었다. 20세기에도 기본적으로는 그 모양이 없어지지 않았으나 20세기는 그래도 위대한 세기였다. 약한 나라, 작은 나라, 자기 주인이 되지 못한 나라들이 전부 형식적으로 지구 사회의 동등한 성원으로 등장했다. 우리의 실질적 힘은 미국이나 유럽과 비교도 할 수 없으나 인류 역사의 어느 시기보다 자기 생활의 품위와 독립에 대해 유보 없는 정신을 가지고 살 수 있게 됐다. 때문에 미국이나 유럽처럼 과거 2, 3백 년 동안 지구를 행복하게 요리할 수 있었던 나라들이 빨리, 진지하게 자각할수록 서로에게 좋은 구도가 되고 바람직한 미래가 올 수 있다.

김 '최인훈'이라는 이름 석 자는 문단뿐 아니라 한국 문화사 전체를 통해서 이데올로기 대립, 남북한 체제 대립, 분단 시대의 모순과 배리를 구현한, 그것과 떼어놓을 수 없는, 그 고통 자체인 존재로 상정돼왔다. 그런데 최근 『화두』를 다시 읽으면서 대립 자체 때문에 고통 받는 데 그치지 않고, 그것을 역사적 맥락에 놓고 그 기원과 이후를 폭넓게 사고한다고 느꼈다. 근래 '역사의 종언' '이데올로기 대립은 끝났다'는 말을 흔히 하는데 과연 그런가.

최 역사의 종언이 아니라 굳이 말하자면 '역사의 혼미'라고 할 수 있다. 역사는 인류라는 특별한 생명체가 있는 한 계속된다. 무한에 가까운 인류의 역사 속에서 짧은 순간의 이데올로기 대립의 결과를 놓고 역사의 종언이라고 말하는 것은 수사에 불과하다. 과연 20세기의 역사가 끝났는가. 지난 1일 일본 총리가 야스쿠니 신사를 참배했다고 한다. 그걸 보면서 현재 독일이라고 하는 나라가 옛날 나치스의 국기와 국가를 그대로 쓴다고 상상해보았다. 현실로도 그렇지 않고, 그런 일은 있을 수 없다. 유럽의 정치 문화, 문명 의식, 인권의 역사적 맥락은 그런 것이다. 그런데 현재 일본의 국기는 나까지도 초등학교 조례 때 경례를 했던 국기이다. 일본 진보 세력의 끈질긴 저항 때문에 공식적인 국가가 없었으나 얼마 전에는 기미가요를 부활시켰다. 우리 생활의 평화를 빼앗기고 최저한의 인격마저 박탈당했던 시대의 깃발과 노래가 그대로 일본의 국기와 국가다. 나는 이것이 상당히 심각하고도 간단하게 많은 것을 말한다고 생각한다. 거기에 정치·경제·생명까지 포함해 동아시아 문명과 유럽 문명의 현격한 차이가 있다. 사태는 그리 낙관적이지 않다. 우리는 100년 전에 못지않게 굉장히 어려운 주변 환경을 가지고 21세기를 맞아야 한다. 우리의 주체적 역량은 그때에 비교할 수 없게 낮지만 녹록지 않다고 생각한다.

김 역사의 종언이라기보다는 역사주의의 종언이라는 게 맞겠다. 역사가 변증법적으로 발전한다는 게 20세기의 이념이었다. 그런데 현실사회주의의 몰락 이후에 역사의 진보는 더 이상 불가능한 것이 아니냐, 자본주의 질서가 공고해지는 것 아니냐는 식의 역사 허무주의가 고개를 들었고, 이것이 현재 상황에서 일종의 이데올로기라고 볼 수 있다. 우리는 현존 자본주의 이후에 대한 구상을 해야 한다. 그러나 그것이 현존 사회주의의 삶은 아니고 그렇다면 무엇일까. 선생은 '자본주의와 사회주의라는 종래의 관념에 사로잡히지 말고 참신하게 몸으로 발상하려는 순진무구한 내면의 개종이 필요하다'고 말씀하신 적이 있다.

최 우리는 설명하기 편리하도록 하기 위해 불가피하게 이론적 모델을 사용할 수밖에 없다. 여기에는 자본주의니 봉건주의니 역사니 진보니 반동이니 하는 온갖 것이 포함된다. 나 자신 무수하게 사용해온 말들이지만 점점 이론 모델이 있고 현실이 태어난 건 아니라는 생각이 든다. 현실이란 단어가 있기 때문에 현실은 현실이란 한마디로 정리해서 내 손안에 있다고 생각하기 쉬운데 진짜 현실은 무한하다. 이런 생각을 하다 보면 민주주의, 자유주의, 사회주의, 공산주의라는 것들에 대해 전보다는 훨씬 유연해졌다고 할까, 덜 사로잡히게 된다. 막연하더라도 혼돈 그 자체인 내 몸 전체로써 촉감할 수 있는, 내가 비록 아무리 충분하

174

지 못한 인간이라 할지라도 수십 년 살아온 이러저러한 경험을 더 믿는 쪽으로 앞으로의 시간을 살고 싶다. 이야기를 좁히면 현실사회주의라는 것은 정치적 이상주의의 19세기적 분파의 하나라는 정도가 아니고, 인간이 현실에 대해 더욱 많은 꿈을 가지고 접근하려고 했던 커다란 생명의 흐름 속 한 가닥 지류라고 할 수 있다. 그러나 우리가 아는 바와 같은 결론으로 끝난 상황에서 어떤 의미로든 정리가 필요한데 지금 느낌은 그리 비극적이지는 않다. 그렇게 된 데는 개인적으로 『화두』를 씀으로써 도달할 수 있었다. 20세기 말 대드라마가 막을 내렸을 때는 내가 젊었을 때 경외감을 가지고 접했던, 최대의 관전평을 쓸 수 있는 위대한 정신적 이름들이 퇴장한 다음이었다. 그러나 나도 현장에 있었고 그것을 보았기 때문에 '대드라마의 리뷰를 나 같은 시골 작가가 쓸 수 있겠나'라는 생각도 있었지만 결국 썼다. 나는 데뷔한 이후 이른 시점에 생애의 화두에 붙잡힌 것 같다. 그때는 그런 자각이 없었지만 데뷔한 지 1, 2년 후부터 단편 말고 중편·장편·연작은 지평을 넓히기보다 한군데를 파내려가는 형식이 되었다.

아무리 파내도 다른 기층이 나오고 또 다른 기층이 나온다는 인상을 가졌으나 『화두』를 쓸 때쯤에는 나 자신을 납득시킬 만한 내면의 탐구와 사유의 축적이 있었던 터에 대사변을 맞게 되었다. 일종의 사투랄까, 혈투랄까 하는 보고서를 쓴 것이 벌써 10년쯤 된 『화두』라는 작품이다. 내가 마지막을 지켜본 드라마의 무게는 무게대로 받아 안되 그것이 얼마나 위대한 것이었든지 간에 내 목숨과, 그 드라마가 끝난 뒤에도 오랜 세월 살아갈 인류의 생명이란 입장에서 본다면 그것 역시 잘 정리해서 활용해야 할 재산이지, 역사의 종언이니 하는 식으로 부풀려 처리돼서는 안 된다.

김 『화두』에서 가장 감동적이었던 대목이 사회주의자 조명희로 추정되는 이의 최후진술에 해당하는 논문이다. 그것을 통해 인간의 존엄을 지키고 더욱더 나은 세계를 이루기 위해 자신의 희생을 감내하는 불굴의 의지를 발견한 것으로 읽었다. 「바다의 편지」에서 '한 사람도 글 위에서 죽으려 하지 않는다'라고 하신 대목에서도 정수리에 얼음물을 쏟아 붓는 것 같은 통렬한 죽비 소리를 들었다. 선생은 아직까지 인간다운 존엄성을 유지하고 살 수 있는 세상은 오지 않았다고 생각하시는 것 같다. 지식인들의 역할과 사명을 이야기해달라.

최 한 가지 비유를 가지고 설명하자. 열 손가락 깨물어 안 아픈 손가락이 없다는 말이 있다. 중요한 장기가 병들었든, 손끝에 가시가 하나 박히든 인간은 똑같이 사로잡힌다. 인간의 육체는 심장이 손가락을 소외시키는 일이 없다. 육체라는 것은 상당히 이상적으로 우정과 사랑, 나와 너가 하나인 대단한 사랑의 조직체이다. 그러나 어떤 국가·사회·제국도 그렇게 순수한 육체의 조화로운 통일과 같은 유기성은 없다는 데 문명의 모순이 있다. 가령 어떤 사회에도 '천국이 따로 없다'고 생활하는 사람들이 있는가 하면 기본적인 물질적·정신적 보장조차 못 받는 사람들이 공존한다. 그 사회에서 혜택을 받는 사람들은 염려하지 않아도 된다. 문제는 나머지 부분인데 그 부분을 어떻게, 어느 정도 아파하느냐 하는 것이 인류 역사 발전의 척도라고 할 수 있다. 우리 사회의 건강지수를 수치화하기는 힘들다. 그러나 현존하는 모든 국가나 사회와 마찬가지로 이상에 비추었을 때 부족한 사회인 것은 틀림이 없다.

이야기를 간추리면 우리 사회에는 이미 무시할 수 없는 자각한 정신의 소유자들이 방대하게 존재한다. 그런데 그것은 힘을 발휘할 수 있는 가능성과 잠재력으로 존재하는 것이다. 씨앗이 있더라도 햇빛이 있고 물이 있고 공기를 유통시키지 않으면 싹이 안 나오는 것처럼 가능성이 있더라도 조건이 주어지지 않으면 안 된다. 그러나 정상적인 발아 조건이 안 되더라도 생명의 본능적 힘 때문에 폭발하게 된다. 우리 근대에 있어서 동학혁명, 갑신정변, 실학, 신분 질서를 흔드는 방대한 중간 주민의 존재가 그것이다. 상류 귀족층에 의한 갑신정변은 상류층이라고 다 썩은 인간이 아니라는 증거였고 중간층도 외압이 있지 않았다면 연속적인 비중세적 발전을 가져왔을 것이다.

그러나 결국 성공한 혁명이 되지 못했고 3·1운동, 4·19혁명, 군사 체제 아래서의 끊임없는 저항으로 단속적인 폭발을 일으킨 것이다. 쉼 없이 살려는 꿈틀거림이 있었다. 우리 사회를 병든 부분의 관점으로 보면 어두운 측면도 많겠으나 왜 우리 사회를 병을 가지고 인식해야 되겠는가. 생명의 아름다운 본질에 가깝게 살려는 몸통 부분이 이러저러한 불리한 여건 때문에 고전하지만 내면적으로나 외면적으로나 엄청나게 높은 지적·정치적 대생명의 축적을 이뤘고 승리의 유산뿐 아니라 패배의 유산까지도 전투 역량으로서 갖고 있다. 과거에 언제나 그랬던 것처럼 내부의 반역자들에게 그것을 횡령당하지 않도록 얼마나 현명하게 행동할 수 있느냐, 대한제국 말·식민지 기간·분단 기간에 우리가 바깥 세력에 대해 반응했던 것보다 얼마나 굳건하게 대응하고 필요하다면 유리하게 싸우기까지 하느냐는 데 우리 역량의 미래가 달려 있다. 전투력은 충분하다고 생각한다.

김 작가는 손가락이 아파도 아프다고 해야 하는 존재라는 뜻으로 선생의 말씀을 이해하고 싶다. 몸 전체가 건강하니까 아무 말 하지 말자고 한다면 작가의 존재 이유가 없을 것이다.

최 사회라는 느슨한 결합에 있어서도 몸의 일부가 아플 때 몸의 전부가 그것을 자기 일로 생각하는 것과 같은 태도를 취하는, 특별한 분업 상의 업무를 맡은 것이 작가라고 할 수 있다.

김 남들이 보면 아무것도 아닌 일에, 사소한 일에 목숨 거는 사람이 작가다. 2000년대 이후 우리 작가들은 그런 측면이 약하지 않은가. 신세대 작가들에게 하실 말씀이 있을지 모르겠다.

최 성경에 한 마리의 아기 양을 구하는 비유가 나온다. 아흔아홉 마리의 양에게 불편을 끼치더라도 한 마리의 양을 끝까지 생각하는 정신은 이념으로서는 마땅하지만 현실에서는 그렇게 생각할 수 없는 논리가 있다. 전쟁을 할 때 한 사람을 구출하기 위해 한 군단이 수색에 나서는 일은 어렵다. 예술가는 현실에서 실천 불가능한 이 일을 글자 위에서, 악보 위에서, 캔버스 위에서 하는 사람들이라고 할 수 있다. 나는 내가 해온 일을 계속하겠다. 예술가에게는 백인백색의 아파하는 형식이 주어져야 한다. 백화가 만발한 것이 좋은 꽃밭이지 무궁화나 장미꽃 일색인 것은 좋지 않다. 예술의 꽃밭에는 장미나 모란이나 호박꽃이나 과꽃이나 잡초조차 있어야 한다. 장미니 뭐니 한 가지에 사로잡힌 것은 속된 것이 될 수 있다. 동양 예술의 근본정신이 그런 것이다. 작은 것, 약한 것, 심지어 없는 것이 가장 있는 것이라는 정신에까지 도달한 상태다. 현실에는 존재하지 않지만 예술이라는 좁고 특별한 영역에서는 결코 무시 못할 특별한 것이 있다. 과거를 말할 때 편의상 무슨 '주의'라고 말하는 것도 그런대로 의미가 있으나 그것이 전부는 아니다. 과학의 일선에 있는 사람들에게는 현미경 속에 존재하는 것 이외의 또 다른 무엇이 있는지, 없는지는 결정된 바가 없는 이치다. 갈릴레이나 다빈치의 경우 한 가지 망원경이나 현미경으로 관찰하는 게 아니라 배율이 더욱 높은 실험 기구를 만들어 다시 관측하고 추상적인 공식을 만드는 것까지 일관 작업이었다. 불확정성의 시점이 지나간 후세에서는 주어진 실험 기구를 사용한다. 첫 등정을 한 알피니스트가 생명의 모험 끝에 작성한 등산 코스를 상품으로서 관광객이나 아마추어 등산객에게 제공해 알피니스트의 흥분에 박진하면서도 안전한 등정을 가능케 하는 것은 충분한 의미가 있다. 보통 사람들이 목숨을 걸면서 일주일의 피로를 풀 수는 없다. 근본적으로 예술은 인류에 봉사하기 위해 존재한다. 불확정한 일보를 위해 암실에서 정밀 기계를 보고 있는 사람에게 우주는 사방 몇 센티미터에 압축돼 있다. 그런 사람에게 '너, 장난하는 거야 뭐야' '세상이 이렇게 넓은데 왜 암실에 있느냐' '인간은 대지를 밟고 서야 한다'는 등의 말은 소용이 없다. 나는 좌고우면할 틈이 별로 없었다. 남들이 내놓는 지도 이념으로는 만족할 수 없는 자기의 실험 요령이 필요했다. 그것이 표현이다. 최소한의 보편적인 형식 속에 자기의 영감을 표현하지 못한다면 괴로워했다고 증명할 수 없다. 많은 예술가들이 천재 일보 직전에서 사라져갔다. 이름을 남긴 사람은 비슷한 수준까지 올랐던 다수 중 한명이다.

김　현미경을 들여다보더라도 우주의 작업이라는 생각을 가지고 하라는 말씀인 것 같다.

최　나는 작가라는 행위 지점이 어디인지, 내게 맡겨진 참호 속의 임무가 무엇인지 알기 위해 끊임없이 왔다 갔다 했다. 어느 지점에 고착돼 만족할 수 없었다. 그런대로 거기 머물러볼까 하면 반성 같은 것이 생기곤 했다. 왔다 갔다 한 것조차를 작품에 반영하려고 했다. 어떤 관측자인 경우에는 대지에 굳건히 선, 눈빛이 먼 미래를 뚜렷이 보고 있는 모습이 아니라 어떤 때는 흔들흔들하고 어떤 때는 싸울 의사가 있는지 없는지 의심스러운 모습으로도 비칠 수 있었다. 트로이 전쟁에서는 헤라클레스 같은 전사뿐 아니라 졸병들도 있었을 것이다. 졸병 한 사람의 생생한 현실감이라는 것도 많은 사람에게 도움이 될 수 있고, 그가 자신의 전투 일지를 보고하는 것도 의미가 있다. 참모총장이나 대장군이나 대제독만 의미 있는 것은 아니다. 인류는 점점 평민들이 대영웅이고 대귀족이고 대지식인이기도 한 시대로 진입한다. 사회주의가 말하는 인류 사회의 마지막 목적은 완전히 발전한 개인에 도달하는 것이다. 사회주의라는 이름하에 개인주의를 나쁜 것으로 폄하하고 개인은 전체를 위해 있다는 식으로 생각하는 것은 굉장히 엄중하고도 심각하게 첫 단추를 잘못 꿰고 있는 것이다. 모두 할 말이 있고 제 갈 길을 가는 것이다.

김 완전한 개인이 되는 사회가 인간이 도달할 수 있는 궁극의 세계라는 말씀 뜻 깊게 들었다. '화두'의 메시지도 '네가 처한 장소, 모든 곳의 주인이 되라'는 것으로 알고 있다. 이 말은 새해를 맞은 우리 사회 구성원들에게 일종의 덕담이 될 수 있을 것 같은데 그 밖에 고통과 어려움을 겪는 이웃들에게 해주실 말씀이 있을지.

최 인류의 입장에서 보든지, 사회·국가의 입장에서 보든지 우리는 이전 세계의 방대한 정보, 기술, 생산력, 가능성, 유산 전체를 상속하고 있다. 인류 역사상 DNA를 발견한 것은 굉장히 최근의 일이다. 멘델은 아이가 아버지를 닮은 데는 뭔가 인자가 있다고 생각했으나 인간의 세포 속에 정보로서 저장된다는 생각은 하지 못했다. 과거에는 우주여행을 꿈도 꾸지 못했으나 지금은 화성에 착륙해 탐사 활동을 하고 있고, 토끼가 살고 있다고 했던 달에도 다녀오는 세상이 되었다. 그러나 그런 세계의 다른 한편에서는 인간의 기본적인 존엄은 그만두더라도 굶주림의 고통을 겪는다. 100년 전 많은 사회 개혁가들은 당시의 생산력을 굉장한 것으로 보았다. '인류가 이미 이러한 지점에 도달했는데 이상적인 제도를 목적의식적으로 추구해도 환상이 아니다'라고 말했다. 그러나 지금 보면 100년 전의 유토피안들 역시 그 당시까지의 생산력을 조금은 과신한 것 같다. 나도 지금 과신하는지 모르겠으나 100년 후인 지금은 엄청난 생산력이 축적됐다. 프로메테우스가 우리에게 가져다 준 횃불이 핵폭탄이 되고 DNA가 되고 우주 로켓이 됐다. 문제는 이것을 어떻게 쓰느냐 하는 것이다. 공동체의 잘못된 관리 때문에 높은 생산력에 비교해 걸맞지 않는 고통을 당하는 선택을 할 수도 있고, 그런 대단한 생산력으로 지구 전체의 복리를 추구할 수도 있다. 한 공동체가 일시적으로 망상에 사로잡혔다 하더라도 대부분의 사람들은 적당한 시점에서 과도한 망상이라는 것을 판단할 능력이 있다. 현재 우리가 가진 가능성을 사회의 정당한 권리를 가진 구성원 대부분이 납득할 수 있는 방식으로 운용하는 생활 방식이 선택돼야 한다. 연초 여론 조사 결과를 보니까 금년 봄 총선에서 올바른 선택을 하는 것을 가장 중요한 일로 꼽았더라. 중지라는 것은 위대한 것이다. 또한 생명의 감각은 필사적으로 위대한 것이다.

주석의 소리*

    보편이라는 말이 논리학적 류개념에 그치지 않고 구체적이고 싱싱한 삶의 실감을 지니게 된 시대 — 우리가 지금 살고 있는 시대는 그런 시댑니다. 보편이라는 이 말이 지니는 실감이 뜻하는 바는 무엇입니까. 그것은 지구라는 구체적인 상像입니다. '세계'라는 말조차도 다소간에 철학적인 냄새가 느껴져서 마땅치 않다 싶을 그런 시대 — 그것이 오늘의 우리가 사는 삶의 터올시다. 우리의 문제는 민족의 터를 고립시켜 본질을 찾는다는 분석적 방법으로는 해결되지 않습니다. 우리는 지구 위에 살고 있는 인류의 여러 집단의 한 성원으로서 살고 있습니다. 그리고 그것이 사변적 요청이나 시적 환상 아닌 사실로서 그러하다는 데 거꾸로 우리 사회의 유례없는 환상성幻想性이 있습니다. 이 말은 모순이 아닌가. 실감으로 이룩된 사실이라고 하면서 그것을 환상적이라고 하는 것은 무슨 말인가. 이것을 알아보기 위해서는 이 같은 사태를 가져

*「주석의 소리」, 『총독의 소리』, 문학과지성사, 2009. 46~69쪽.

온 변화의 내력을 살펴볼 필요가 있습니다.

15세기에서 16세기 사이에 일어난 이른바 르네상스를 기점으로, 유럽 사회에는 연달아 변화가 일어났습니다. 이 같은 변화는 마침내 유럽 사회를 역사상 특별한 뜻을 가진 사회로 만들었을 뿐 아니라, 지구 위에 있는 다른 여러 사회에 대해서 결정적인 영향을 주는 원동력이 되었습니다.

르네상스에서 시작해서 종교개혁, 정치혁명, 산업혁명 따위로 불리는 이들 변화는 중세기를 통하여 차츰 규모가 넓어지고 세력이 강해진 화폐 경제의 담당자였던 도시 상공업자라는 주체에 의해서 추진되고 완성되었는데, 그 결과로 이루어진 변화는 역사상에서의 어떤 다른 변화와도 다른 성격을 가지고 있습니다. 역사는 많은 변화나 사건을 기록하고 있습니다. 서양사에서 본다면 알렉산더의 인도 전쟁이라든지, 그리스-페르시아 전쟁이라든지, 프랑크 왕국의 성립, 로마 제국에서의 기독교의 인정 같은 것이 있습니다. 이런 변화들은 각기 중요한 것들이었지만, 모두 비슷한 점에서 제약을 가지고 있습니다. 그 제약이란 ① 세계의 다른 지역에서도 있었던 유형의 사건이며, ② 그 유형성이란 단순 재생산적이며, ③ 폐쇄적인 터에서의 변화 — 라는 데 있습니다. 이런 성격은 곧 짐작할 수 있듯이 농업 사회의 여러 성격을 그대로 나타내고 있습니다. 그런데 르네상스에서 비롯된 변화는 근본적으로 다른 사회 계층인 상공업자가 그 주체라는 데서 뚜렷이 다른 성격을 가지고 있습니다. 화폐와 상업 그리고 가내 수공업이라고 번역되고 있는 매뉴팩처라는 생산 형태는, ① 세계의 다른 지역에서는 일찍이 없었던 모양의 사건인데, ② 물론 그것은 화폐가 유럽에만 있었다는 말이 아니고 화폐의 사회적 유대의 기능이 근대 유럽의 그것과 같은 강력한 자리를 가져본 때나 곳이 달리는 없었다는 말이며, ③ 상공업이 단순 재생산성과 폐쇄성을 극복했다는 말인데, 간단히 말해서 매뉴팩처에서 나타난 기술적 개량과 '외국' 무역에서 나타난 상업의 국제성입니다.

이런 변화들은 ①질적으로 가중적인 고도화와 ②양적으로 가중적인 확대화라는 성격으로 요약되는데, 이를 개방성 혹은 확대 재생산성이라 불러도 좋을 것입니다. 그것은 정교와 웅대를 더불어 원하는 욕망인데 오늘날 외계를 향해 발사되고 있는 그들의 우주 로켓에서 그 극치를 볼 수 있습니다. 아무튼 유럽은 르네상스에서 우주 로켓에 이르는 길을 정력적으로, 너무 정력적일 정도로 달려서 오늘의 지구 사회를 성립시켰습니다. 그러므로 오늘 우리가 사는 터는 근대 유럽의 필연적 완성이라고 할 수 있습니다. 우리들의 안과 밖의 모든 것 ─ 정치·경제·문화 모든 분야에서 한 국민이나 한 집단이, 한 개인이 자기 자리를 확인하고 그에 대응하는 행위를 하려 할 때, 그들은 지구 사회라는 틀과 그러한 틀의 중심이며 주류를 이루는 구조를 정당하게 알지 못하고서는, 효과 있는 결과를 바라지 못할 것입니다. 그런데 우리들의 행위와 판단의 근거인 이 지구 사회라는 현실 자체가 우리들의 판단을 그르치고 우리들의 행위를 빗나가게 하는 근거가 되기 쉬운 요소를 지니고 있습니다. 왜 그런가.

근대 유럽이 자기 자신을 성숙시키고 자기를 지구사地球史의 보편적 주체로까지 완성시키는 과정에서 유럽은 본질적으로 그 보편성이 제약되는 두 가지 조건에 얽매여 있었습니다. 그것은 '민족 국가'와 '계층성'이었습니다. 근대 유럽은 로마 제국의 해체의 뒤를 이어 성립한 프랑크 왕국의 해체기에, 그 왕국의 정치적 판도를 유지할 만한 정치력을 발견하지 못한 채 동 왕국의 각 지방에서 부르주아의 주동적 투쟁으로 민족 국가의 분립을 본 것으로서 말하자면, 프랑크 왕국의 유산이 자녀 사이에 분할 상속되었다는 형태로서 성립하였습니다. 이것은 근대 유럽의 보편적 성격, 우리가 앞서 말한 바 그 개방성에 모순하는 역학적 구조를 가지게 만들었습니다. 근대 유럽 사회의 이 같은 구조적 모순을 그들은 해외로의 진출, 더 솔직히 말하면 식민지의 취득과 확대라는 방향으로 해결하였습니다. 역사는 민족 간의 교섭의 역사이며 그 교섭이란 구체적으로는 전쟁·무역·문화의 주고받음인데 근대 유럽의 세계 정책 이전의 어떤 경우에서도 그것은 한정된 것이었습니다. 우선 공간적으로 그것들은 한정돼 있었고 질적으로도 한계가 있습니다. 알렉산더 왕의 전쟁이나 칭기즈칸 제국의 전쟁에서도 그 지역적 규모에는 스스로 한계가 있었고, 한편 그와 같은 교섭의 질만 하더라도 상대방을 완전히 동화하거나 무화할 수 있는 그런 정도에는 이르지 못했습니다. 로마 제국의 법체계에 전형적으로 나타나 있는 듯이 대체로 정복자의 법과 토착법이 이원적으로 공존한다는 정도의 것이었습니다. 그러나 근대 유럽의 이념과 제도는 근본적으로 보편적인 것이었으며 질적 차이를 양화量化의 방향에서 극복하려는 충동을 가진 데 그 특색이 있습니다. 이것을 우리는 근대 과학과 화폐에서 전형적으로 볼 수 있습니다. 그러나 여기서 강조하고자 하는 바는 질적인 것의 양화의 한계라든지 그 양화의 방법론에서의 이견異見 같은 것이 아닙니다. 근대 유럽의 이념과 제도 및 그 충동의 보편성 혹은 개방성에도 불구하고 그것이 민족 국가라는―그 이념의 인류사적인 진보성에 비교할 경우, 그에 어울릴 만한 높이에 이르지 못할 정치적 주체에 의해서 실천되었다고 하는 사실이 보다 중요하다는 것입니다. 그것은 막강한 무기가 막강할 수 없는 도덕적 자세의 주체에 의해서 소유되었다는 것을 뜻합니다. 뜻한다기보다 근대 유럽의 세계사에서의 행위 과정이 우리로 하여금 그와 같이 판단하게 합니다. 민주주의와 테크놀로지라 불리는 이 두 가지 인류적 달성이 유럽의 민주 국가에 의해서 세계에 적용된 결과가 오늘의 세계입니다.

다른 하나의 제약인 '계층성'의 문제는 이 민족 국가와 안팎을 이루고 있는 조건입니다. 역사적으로 그 민족 국가가 도시 상공업자라는 계층에 의해서 이루어졌다는 것을 말하는데, 이 계층은 원래 그 발생의 조건에서 볼 때 매우 보편적이며 진보적인 계층이었습니다. 그것은 화폐 자신이 지니는 유동성에 잘 나타나 있듯이 평등한 경쟁이라는 활동을 그 본질로 삼고 있습니다. 이 점에 대해서는 막스 베버의 고전적 연구를 비롯한 숱한 증언들을 듣고 있으며 그것들은 믿을 만하다고 생각합니다. 이 계층의 초심初心 단계에서의 그와 같은 건강함이 그러나 이후의 모든 과정에서 변함없이, 충분히 지켜진 것은 아니라는 것도 동시에 가릴 수 없는 것 같습니다. 애덤 스미스에 의해 표현된 경쟁에 의한 예정조화적인 경제 질서의 신념은 근대 유럽의 성장 과정에서 파탄에 직면하게 되었습니다. 경쟁이라고 하는 경우에 그것은 당연히 평등한 조건에서의 경쟁을 뜻한다는 것이 이념인데 그 평등은 법률 속에서는 영원히 보편적이고 청신한 것이지만 구체적인 생활 속에서는 그럴 수 없습니다. 왜냐하면 화폐는 그 유동성 때문에 어떤 개인에게 그의 자연인으로서의 활동력의 한계에 구애됨이 없이 그것을 축적할 수 있게 하여줍니다. 그런데 경쟁에서는 누군가는 이기고 누군가는 지지 않으면 안 되기 때문에 화폐의 위와 같은 성격의 혜택을 얻는 사람과 잃는 사람이 생깁니다. 평등은 깨어집니다. 다음부터의 경쟁은 불평등한 조건 아래서의 평등한 경쟁입니다. 이것이 자유라는 이름으로 법의 옹호를 받을 때 벌써 그것은 근대 유럽의 보편적인 이념에 대한 제약이 되지 않을 수 없습니다. 보편적이며, 이념적인 개방된 직업 형태였던 부르주아적 생활 형식이 이렇게 해서 불합리한 기득권에 얽매인 계층으로 굳어져버립니다. 경쟁에서 탈락한 계층과 원래 경쟁에도 끼어보지 못한 계층이 하나가 되어 승리자들과의 사이에 긴장이 생깁니다. 이 긴장의 쌍방의 명분은 모두 근대적 자유와 평등인데 기정사실로서는 벌써 중대한 해석의 차이가 생겨버립니다. 이렇게 해서 노동 문제가 발생합니다. 이 같은 평등의 불균형은 식민지라는 후진 지역의 희생으로 교정됩니다. 그러나 여기도 문제는 있습니다.

서술의 편의상 유럽의 움직임을 단원적으로 기술해왔지만 이제 그 것을 다시 나눌 단계에 온 것 같습니다.

유럽이 위에서 말한 바와 같은 불균형을 식민지라는 방법으로 시정한다는 사정은 유럽의 여러 민족 국가에 있어서 그 정도를 달리했습니다. 영국이나 프랑스 같은 선진국에 비해서 독일이나 러시아, 이탈리아 같은 후진 유럽 국가들의 사정은 매우 급박한 것이었습니다. 독일에 뒤이어 러시아가 근대적 체제를 갖추었을 때는 세계는 이미 영국과 프랑스에 의해 분할된 다음이었습니다. 독일과 오스트리아라는 민족 국가가 국제 시장에서의 시장의 확대를 무력으로 추진하려고 한 전쟁, 그 것이 제1차 세계대전입니다. 이 전쟁의 종결은 두 가지 숙제를 남겼는데 하나는 독일과 오스트리아 국가의 욕망이 무력으로 보류되었다는 것이며 또 하나는 러시아에 있어서의 공산 정권의 성립입니다.

제2차 세계대전은 욕망의 달성이 보류되었던 독일, 이탈리아와, 비유럽 세계에서 오직 하나의 경우로 민족 국가의 정치적 독립을 유지한 채 근대 유럽의 체제를 성립시킨 일본이 연합하여 선진 근대 민족 국가인 영국·미국·프랑스와의 사이에 벌인 전쟁입니다. 제2차 세계대전은 두 가지 점에서 중요한 뜻을 가집니다. ①그것은 1차전과 달리 일본까지가 본격적인 전쟁의 주체가 되었다는 점에서 당시까지 존재한 모든 유럽 체제적 국가 전부가 참가했다는 점에서 민족 국가 이념의 마지막이며 전면적인 자기주장의 기회였다는 것과, ②문자 그대로 세계의 모든 지역이 전지화함으로써 지구 시대의 시작을 위한 진통이라는 사회학적 뜻을 지녔기 때문입니다. 이 전쟁의 결과는 ①지구 규모에 있어서의 근대적 이념의 확산이 ②민족 국가 이념의 상당한 수정 아래에서 전개되는 국면을 가져왔습니다.

2차대전의 결과는 식민지의 독립과 세계의 방대한 지역이 공산화되었다는 사실로 요약할 수 있습니다. 더 정확히 말하면 과거에 식민지로 있던 지역들이 각기 자유, 공산 두 진영에 분할 편입되었습니다. 이것은 ①유럽의 식민지 소유 국가들이, 민족 국가의 이익 추구를 위한 제한 없는 타민족 국가의 수탈을 지양하는 대가로, 지난날의 피식민지 국가와의 공영 유대를 성립시키기로 작정했다는 것이며(이것이 영국의 후퇴와 미국의 계승의 정치적 의미입니다) ②근대 유럽의 다른 하나의 숙제였던 사회적 긴장의 해소를 공산주의 국가라는 형태의 정치적 강제를 통해서 이루려고 하는 시안이 역사에 대해서 제출되었다는 것을 의미합니다.

이 시안을 검토해보면 공산주의는 안팎으로 중대한 딜레마에 빠져 있다고 여겨집니다. 공산주의 자체를 안에서 관찰하건대 그들은 두 가지 점에서 근대 민족 국가의 숙제를 해결하지 못하고 있습니다. ①제2차대전 후에 동유럽과 아시아에서 새로운 공산 체제를 성립시키고 중요한 국제 정치적 주체가 되기에 이른 공산권은 그 정치권력의 단위가 여전히 민족 국가의 형태에 머물러 있습니다. 전후의 공산권 정치사는 공산주의적 보편 이념과 민족 국가의 이념 사이의 투쟁사라고 해도 무방합니다. 이미 스탈린의 생전에 유고슬라비아의 이탈을 시작으로 헝가리 폭동, 독일에서의 폭동, 폴란드의 정변, 중공의 이탈, 루마니아의 반란 그리고 최근 진행 중인 체코슬로바키아의 독자적 방향의 요구 등에 명백히 나타난 바는 공산주의가 그들이 표방한 국제주의에도 불구하고 결코 민족국가의 한계를 벗어나지 못하고 있으며 공산주의의 이

넘인 국가의 부정과 계급의 국제적 연대성이라는 막강한 관념적 무기가 러시아 국가라는 주체의 국리를 기준으로 사용될 때 그것은 소국의 희생에 의한 러시아라는 후진 유럽 강국의 세계 정책의 도구로 떨어지고 말았다는 사실을 증명하였습니다. ②뿐만 아니라 공산 체제에 있어서의 보다 중요한 문제는 정치권력을 비롯한 모든 집단 조직에 있어서의 운영에서 나타난 관료주의적 해독인 것으로 알려지고 있었습니다. 관료주의는 민주주의 내용인 자유와 평등의 분배가 불균형하고 그것이 누군가에 의해 독점돼 있고 누군가는 거기서 소외당하고 있는 데서 옵니다. 그런데, 자유와 평등의 이 불균형은 바로 이 글의 앞부분에서 우리가 지적한 바 유럽 근대 국가의 내부적 관계였던 계층성에서 말미암은 것이며, 그 계층이 기능적 개방성을 잃고 고정화하고 비대화할 때 오는 형상이었습니다. 같은 결과에 대해서는 같은 원인이 있지 않으면 안 됩니다. 그 원인이란 공산국가에는 계급이 있고 그 계급은 고정화하고 비대화하고 있었다는 것입니다. 이에 대한 증언을 우리는 가장 전형적으로 밀로반 질라스로부터 듣고 있습니다. 관료주의는 우리들이 흔히 쓰는 말로 조직과 소외의 문제인데 이 점을 자유 진영과 공범 사항으로 가진다는 것은 공산주의의 자기모순 이외에 아무것도 아닙니다.

한편 공산주의가 밖으로 직면하고 있는 딜레마란 무엇인가. 그것은 공산주의가 객체로서 투쟁의 목표로 삼고 있는 자본주의 체제에 있어서의 변질입니다. 지금까지의 얘기에서 우리는 역시 서술의 편의상 자본주의의 성장을 극히 정태적이며 원리 일관한 것으로 취급했지만, 사실은 그것은 자신 속에서 서서히 바뀌어져왔다고 하는 것이 진실입니다. 자본주의는 두 가지 점에서 바뀌었습니다. ①자본주의는 자신의 안에서 야기된 계층 간의 긴장을 완화하는 조치를 취해왔습니다. 이와 같은 과정이 이루어진 요인은 물론 단순하지 않습니다. 그것은 여러 요인들의 작용인데, 아마 기업의 현명한 자제와, 국민의 부단한 권리 투쟁의 결과였다고 요약할 수 있습니다. 또 그 과정은 주체 쌍방에 있어서의 그와 같은 바람직한 주관적 행위에 의해서만 이루어지는 것도 아닙니다. 그것을 가능케 한 객관적 요인은 아마 역설적이고 아이로니컬하고 우리들로서는 감개무량한 일이지만 i) 식민지로부터의 수탈과 ii) 그사이의 시간적 여유에서 이루어진 계속적인 생산성의 발전에 있었다고 생각됩니다. 우리는 i)의 요인을 과대하게도 과소하게도 평가하려 하지 않으며 그것이 경제 순환의 동태적 측면에서 분명히 전기한 긴장 완화에 기여했다는 견해만을 진술할 따름입니다. ii)의 요인은 보다 중요한 의미를 갖습니다. 보다 중요하다는 것은 이 점에 마르크스의 한계와 그의 후계자들의 고의적인 자기기만이 있는 것 같기 때문입니다. 마르크스는 자본의 축적 과정을 설명하는 데서 상품의 분석과 잉여 노동의 수탈, 그 수탈 부분의 재투자 및 그 이윤의 금융화라는 전개를 통하여 자본가적 생산의 구조 분석이라는 논리적 방법에 의존하고 있습니다. 그 결과 그는 자본주의 사회의 모순의 극대화를 결론하고 혁명의 필지를 예언했습니다. 그러나 그는 자기 생전에 영국의 더욱더한 번영과 독일과 프랑스에서의 사회주의의 좌절을 보아야 했으며, 러시아에 대해서는 난처한 예언을 했습니다. 이와 같은 사실을 설명하고 마르크스의 이론을 보완한 것이 레닌의 제국주의에 대한 견해인데, 그는 식민지 수탈이라는 점으로 난점을 극복하려 한 것입니다. 그러나 그의 방법도 역시 제국주의 단계에서의 자본주의라는 구조 분석이었습니다. 그러나 그들은 모두 빠뜨린 것들이 있습니다. 만일 유럽 자본주의가 그 초창기에서부터 오늘까지 줄곧 증기기관차와 넬슨의 군함, 나폴레옹의 대포밖에 갖지 못했다면 혹시 마르크스의 예언이나 레닌의 희망이 맞고 이루어졌을지 모릅니다. 생산성의 발전 — 이것이 마르크스에서는 그의 시대적 한계 때문에 고려될 수 없었고, 레닌에서는 전술적 주관성 때문에 고려할 수 없었던 요인입니다. 그들의 이론을 빌린다면, 양적 발전이 질적 발전을 가져왔다고 표현할 수도 있겠는데, 그들은 식민지라는 양적 발전은 계산했지만 생산성의 발전이라는 양을 계산하지 못했거나 않은 것입니다. 아마 이 두 가지 양의 증대가 상승하여 일으킨 질적 변화가 앞서 말한 기업의 자제와 국민의 권리 투쟁이라는 주관적 행위를 가능케 하고 성과 있게 한 객관적 조건입니다. 그 결과가 선진의 자본주의 사회에서의 부富의 균배, 기업의 공익성에 대한 조처, 복지적 제도의 발전 등으로 나타났으며, 이 사실은 영국의 오늘의 모습에 그대로 나타나 있습니다. ②자본주의 변질의 다른 모습은 국제 정책에서의 수탈에서 공영으로의 변화라고 할 수 있습니다. 공영이라고 해서 우리는 그것을 결코 과대평가할 수 없으나, 현실의 사물은 불가불 비교적으로 상대적으로 평가할 수밖에 없다면, 오늘날 자본주의 국가의 세계 정책이 옛날의 그것과 조금도 다름이 없다고 하는 것도 진실이 아닐 것입니다. 이것은 유럽의 고전적 민족 국가의 이익 추구 형태에 비하면 상당한 양보를 의미합니다. 이 양보의 단적인 표현이 피식민지 국가들의 정치적 독립의 취득이라는 현상입니다. 이것이 자본주의적 유럽의 변화이며 공산주의가 지칭하는 대상의 오늘의 모습입니다. 그 모습은 공산주의가 이론적으로 분석한 형태에서는 이동했으며, 전술적으로 선전하는 모습만큼은 음산한 것이 아닙니다. 만일 이 같은 변화를 인정하려 않는다면 다른 말은 그만두고라도 이런 변화를 가져오기 위한 광범한 국민 대중의 권리 투쟁의 역사적 노력과 그 전리품에 대한 모독이라는 평은 최소한 면할 수 없습니다.

공산주의가 안팎으로 겪고 있는 이 같은 딜레마는 그것의 근대 유럽의 숙제에 대한 해결 시안으로서의 의미를 무력화시키고 있습니다.

이것이 우리들의 판단입니다.

인제 겨우 우리들 자신의 얘기를 할 때가 왔습니다. 오늘 우리가 살고 있는 이 생활의 터를 오늘과 같은 모습으로 만든 주역들의 이야기는 끝났습니다. 그들의 그와 같은 주도적 행위의 결과로 오늘 우리는 이 자리에 이런 모습으로 있습니다. 세계는 분명히 하나가 되었고, 서로 연결되고, 이러한 상태로 존재합니다. 이것은 현실이자 결과입니다. 우리도 그 현실 그 결과 속에 있습니다. 그러나 이 현실 이 결과는 우리들의 발상, 우리들의 주도에 의해서 이렇게 된 것이 아닙니다. 더 구체적으로 말하면 우리는 근대 유럽에서 시작된 지구 시대의 길고 먼 과정에서 선진국·중진국들이 중요하고 결정적인 행위가 끝난 다음에 겨우 지구 사회의 공민권을 얻게 된 것입니다. 이 같은 사정 때문에 우리에게는 특별한 난관이 있습니다. ①먼저, 아직도 민족 국가의 단위로 생존해야 되는 이 지구에서 우리들 후진국이라 불리는 지역은 가장 불리한 조건에서 경쟁하지 않으면 안 된다는 사실입니다. ②근대 유럽의 선진국·중진국들이 길게는 4세기, 짧게는 1~2세기에 걸쳐 이룬 과정을 우리는 겨우 어제오늘에 시작했다는 사실입니다. ③그것은 사회의 유기적인 발전이 거부된 것이기 때문에 부자연한 것이며, 그런 성장이 생물의 개체에 있어서 무리하듯이, 한 사회, 한 국가에 있어서도 생리적인 인내를 넘는 고통이며 ④그 고통은 유럽 근대 국가들이 오늘까지 오는 사이에 겪은 여러 단계를 동시에 겪어야 한다는 데서 오며 ⑤더욱 이런 과제를 해결하는 일이 지구 정부 아래서 이룩되는 복지 정책으로 수행되는 것이 아니라 여러 민족 국가 사이의 여전한 생존 경쟁의 형태로 이루어져야 한다는 것이며 ⑥경쟁은 경쟁이기 때문에 선진·중진 국가들에 의한 다양한 간섭도 존재하는데 ⑦그 간섭은 국제 정치의 힘의 원리와 특히 이데올로기적 전술 때문에, 근대 국가의 두 가지 제약인 민주

국가의 속성인 내셔널리즘과 그 계층성의 속성인 자본의 냉혹한 이윤 추구의 원리가, 보편성과 자유의 위장 아래 후진 여러 나라의 정치적 자립에 중대한 제약으로 작용하는 위험을 배제하기 어렵고 ⑧이런 위험에 대해서 자본이 약한 후진국의 기업이나, 정치적으로 미숙한 국민이나, 그런 조건에서 통치하는 정부가 효과적인 행동을 취할 힘이 부족하며 ⑨이 같은 사정은 정부의 부패, 기업의 매판성, 국민의 무력감의 요소를 지니고 있으며 ⑩이 무력감, 부패, 매판성이 바로 이 방송의 맨 처음에서 우리가 지적한 바, 우리 시대의 환상성이라고 표현한 것의 조건이자 동시에 주관적 위험입니다.

환상성이란, ①엄연한 우리가 그 속에 있는 현실에서 ②자신을 인식하는 현실 감각을 잃어버리고 ③자기를 현장에서 소외시키며 그렇게 해서 주체로서의 자신을 잃어버리는 것을 말합니다. 현실에 대한 이 같은 태도는 문학에서도 이미 유행이 지난 방법이며, 하물며 장난 아닌 생활의 터에서는 바로 '죽음에 이르는 병'입니다. 이 병을 앓지 말고 ①에서 ⑩에 이르는 과제를 슬기롭게 해결하는 것이 필요합니다. 어떻게 하면 되는가. 지금까지 말한 것이 상황의 구조라면 이 상황에 대한 주체의 반응이, 다시 말하면 상황과 주체 사이의 구체적인 교섭의 과정마다 결정되는 바람직한 궤적이 우리가 취해야 하고 바라는 바인데, 그것은 정책이며 역사입니다. 정책은 전문적이며 기술적인 것이고 역사는 예언하는 것이 아닙니다. 그런데 이 자리에서는 전문적이고 기술적인 입안(幻籍에 오른 본 정부로서는 불가능하기도 하지만)이나 예언을 의도하지는 않겠습니다. ①상황의 구조와 ②정책과 ③주체 가운데서 ①은 이미 언급했고, ②를 배제한다면 남는 것은 ③주체입니다. 그러므로 여기서는 주체의 편에서의 바람직한 행위 방향이라는 점에 문제를 한정하기로 합니다. 주체는 어떻게 행동하는 것이 옳은가. 주체를 편의상 정부·

기업인·국민으로 나누어 살펴보겠습니다.

정부 — 후진국에서 가장 큰 책임을 지고 있는 것이 정부입니다. 정부에 대해서는 우리는 헌법에 씌어져 있는 것에 좇아 권한을 행사하라고 말해야 하겠습니다. 우리가 헌법에,라고 말할 때, 한국 사람이면 모두 어떤 감회를 느낄 것입니다. 왜냐하면 우리는 그 헌법에 대해서 그 힘을 번번이 의심할 수밖에 없는 괴롭고 환상적인 경험을 해왔기 때문입니다. 정부는 밖으로 국제 사회에서 민족 국가의 독립을 유지하는 것이 최대의 의무입니다. 그 독립을 유지하고 보다 나은 국제적인 지위를 얻기 위하여 국민을 조직하고 지도할 책임이 있습니다. 우리는 반세기 전에 가장 악질의 정부에 의하여 민족 국가의 발전에 있어서 치명적으로 중요했던 시절을 적 치하에서 신음해야 하는 처지에 굴러떨어졌었습니다. 자기 국민을 적에게 파는 정부, 그것이 최악의 정부입니다. 그것은 최악의 전제 정치보다도 나쁜 것이었습니다. 우리는 개화기에 있어서 정부가 취한 이 치매적痴呆的인 반민족 행위에 대하여 좀더 주의와 분석이 여러 사람에 의해서 가해지기를 바랍니다. 우리가 지적하고 싶은 한 가지 문제점은 저 반역자들의 의심할 수 없는 도덕적 저열성과 악의는 논외로 치고, 그들이 언중유골 식으로 풍기고 있는 어떤 변명에 대해서입니다. 즉, 그들은 마치 주권의 희생하에서 개화를 하는 것이 불가피했던 것 같은 태도를 가지고 있었습니다. 이것은 객관적으로 허무맹랑한 것이었습니다. 객관적이란, 일본 제국주의는 우리를 개화시키기 위하여 그토록 안달을 한 것이 아니라 우리를 수탈하기 위하여 침략했다는 것을 말합니다. 그리고 또 주관적으로는 반역자들의 변명은 근거가 없습니다. 정권의 담당자로서 주관적 의도를 정당화하는 길은 국민의 뜻을 얼마나 반영했는가 하는 척도 말고는 아무 정당성도 없습니다. 우리 국민은 그들의 반역을 한 번도 지지한 적이 없습니다. 자명한 사실에 대해서 이 같은 말을 하는 것은 사회변혁이 급격하게 진행되는 시기에 있어서는 그 사회변혁의 진보성이라는 것과 민족 국가의 주권이라는 것이 마치 서로 양보할 수 있는 성질이거나 한 듯이 착각하고, 그 착각을 이기심의 위장으로 삼는 부류가 흔히 나타난다는 경험을 상기시키기 위해섭니다. 근대 유럽의 발전을 통해서, 그들의 세계 정책을 통해서, 일본 제국주의의 야만적 통치를 통해서, 우리는 이 같은 보편주의가 최악의 아편임을 확인하였습니다. 그것은 환상의 독소와 같은 것으로서, 정부의 최대 의무는 이 독의 늪에서 국가를 안전한 지대에 있게 하는 것입니다.

정부는 그 권력을 헌법에 규정한 대로 사용하여야 합니다. 주권은 국민으로부터 나옵니다. 근대 유럽 국민들이 막강한 인습과 권력의 힘에 항거하여 정치권력을 손에 쥔 역사적 경험은 아마 우리들의 정서적 상상력을 넘는 것일지도 모릅니다. 그러나 우리도 인간인 이상, 그와 완전히 동일한 형태의 생명의 경험은 가지고 있습니다. 그것은 가장 가까운 것으로만 보더라도 3·1운동과 4·19에서 나타난 국민의 주권 의사입니다. 정부는 자신이 행사하고 있는 권력이 국민의 주권 행사의 표현인 헌법에서 나온 것임을 매일같이 명심하여야 합니다. 권력의 행사에 있어서의 국민의 주도권을 우리는 민주주의라고 부르고 있으며, 이것은 오늘의 세계에서 민족 국가가 대외적으로 힘을 발휘할 수 있는 최대의 무기입니다. 스스로를 민주주의의 공인된 원리에 구속시키고 있는 정부가 가장 강한 정부이며, 그 구속을 벗어나 있는 정부가 가장 약한 정부입니다. 공산주의에 대해 가장 강한 정부는 민주적 정부이며, 가장 저항력이 약한 정부는 반민주적 정부입니다. 우리들의 상황은 어떤 정권의 민주성의 정도가 단지 내정에서의 민주주의의 기복을 나타낸다는 태평한 세월이 아닙니다. 그것은 밖으로 공산주의에 대한 방위력의 궁극적인 기초입니다. 민주주의는 민족 국가의 국방력의 안받침입니다. 이 안받침을 흔드는 자는 국방력을 흔드는 자이며 국방력을 흔드는 자는 반역자입니다. 정부 권력의 민주적 행사 여부의 표준은 정부가 자기 권력을 그 수임자인 국민에게 항상 개방하는 것, 권력의 원천에 의한 계속적인 추인의 기회를 유지하는 것입니다. 이 점에서도 우리는 쓰라린 경험과 앞으로도 계속될 난관을 가지고 있습니다. 그럴수록 정부는 국민에 의한 비판의 온갖 기회를 스스로 개방하여야 하며, 결과적으로 그것이 그 정권 자체의 득이기도 하다는 것을 알아야 합니다. 이러한 권력 행사에 대한 국민의 참여의 최대 기회가 선거입니다. 민주주의란 선거이다,라고 해도 무방합니다. 자유로운 선거의 보장, 논리적으로는 정부의 모든 기능은 이 한마디에 그칩니다. 현재 정부가 수행하는 모든 행정 기능은 정부 외의 사회 집단에 이양할 수도 있지만 선거의 관리만은 사영화할 수 없습니다. 그것은 민주 국가의 가장 중대한 공적 행위입니다. 사회의 모든 성원이 자유로운 의사 표시를 할 수 있는 공정한 관리 기관이 정부이며, 우리는 아직도 이 점에서 찬양할 만한 도덕적 자제력을 가진 정부를 가진 적이 없기 때문에, 그리고 그 여부가 민족 국가의 독립과 직결돼 있기 때문에 이것이 우리의 버릴 수 없는 꿈이며 양보할 수 없는 요구라고 밝히고 싶습니다.

기업인 — 근대 유럽 민족 국가가 부르주아 민족 사회라고 불리듯이 민주주의의 주도적 담당자는 상공업자들이었습니다. 후진국에 있어서의 기업가 계층은 대부분 민족 국가의 주권이 박탈된 상태에서 자라났다는 점에 그 치명적 약점이 있습니다. 역사적인 이 같은 사정은 그들에게서 공익성에 대한 감각이 사실상 함양될 기회를 주지 않았습니다. 함양이라는 말을 쓴다고 해서 무슨 유별난 도덕적 심성을 표현하려는 것은 아닙니다. 오히려 반대로 건강한 이해 감각을 말하는 것입니다.

유럽 근대 국가에서의 기업의 이윤의 소장消長은 그들의 민족 국가의 국력의 소장과 걸음을 같이했습니다. 그럴 수밖에 없는 것이, 그 사회의 빵을 만들고 자유를 보장한 것이 그들이었기에 말입니다. 일본 제국주의의 통치가 우리들에게 국가와 사적 활동 사이에 있는 건전한 감각을 해체시키고 망국적인 이기주의의 심성을 배양한 것은 틀림없습니다. 그러나 지금은 다릅니다. 자기의 이익은 국가의 이익과 직결돼 있다는 것을 알아야 합니다. 기업은 자기가 처한 상황을 잘 인식할 필요가 있습니다. 그들은 자유 진영에 속해 있기 때문에 기업의 자유를 누릴 수 있으며, 유럽 국가들의 자본과 기술을 이용할 수 있다는 이점을 생각해야 합니다. 공산국가의 국민이 누리지 못하는 자유이며, 그들에게는 아직도 부족한 여건을 이용한다는 직업인으로서의 혜택 말입니다. 인간은 사회로부터 무엇인가를 받았으면 무엇인가를 내어줘야 하는 것이 도리입니다. 내어주기는 아무나 즐거워하지 않으나 그래도 내어주는 것이 바로 도리입니다. 기업은 스스로가 유능하기에 부를 이루었다고 생각하는 것도 자유지만, 그러한 형태의 유능함을 허용하는 사회이기 때문에 부의 축적이 가능했다고 생각할 줄도 알아야 합니다. 그렇다면 그러한 허용을 옹호하는 사회의 건강을 위해서 힘써야 합니다. 우리는 지금 자본주의를 창조하고 있는 것이 아니라 우여곡절을 거친 끝에 공산주의라는 무력화한 시안이 강제적인 채택을 강요하는 처지에서 수정되고 보완된 자유 기업의 원리하에 경제생활을 하고 있습니다. 여기서 지적한 바 유럽 자본주의의 자기 수정 과정을 잘 명심할 필요가 있습니다. 그들은 그럴 필요가 있어서 그렇게 한 것입니다. 어려운 사정은 있습니다. 자본주의의 초기에서의 난점들을 완화할 힘이 후진 제국에는 없기가 쉽다는 사정이 그것입니다. 그런데 문제는 그런 사정을 고려하기를 인색해한다거나 안 한다거나 하는 것이 아니고, 그럼에도 불구하고 기업의 공익성에 대해 최대의 노력과 자제를 보이지 않으면 야단날 것이라는 점입니다. 식민지와 높은 생산성, 유럽 국가들에게 있었던 이 두 가지가 우리 기업가들에게는 모두 없습니다. 우리는 그들에게 자기 자신의 근면의 창의를 그들의 식민지로 삼으라고 권하고 싶습니다. 그렇지 않고 국민 대중을 자기들의 식민지로 삼을 때 그들은 가장 어리석은 짓을 했다는 심판을 받을 것입니다. 이 같은 공익성의 감시는 물론 정부에 그 책임이 있습니다. 그러나 이 항목에서는 경제의 능동적 주체로서의 기업의 합리적인 자기 개선에 한정해서 얘기하는 것입니다.

지식인 — 오늘날 지식을 전혀 상품의 형태로 거래하지 않을 수 있는 형태의 지식인이나 권력으로부터 완전히 자유로울 수 있는 지식인을 상상하기란 사실상 불가능한 일이나, 이런 제약을 너무 강조하는 것도 진실이 아니라고 믿습니다. 권력을 남용할 위험을 간직하면서도 역시 정부가 민주주의를 창달시킬 가장 큰 힘을 지녔듯이, 반사회적 이윤 추구에의 위험한 욕망을 간직하면서도 역시 기업이 사회적 부의 증대를 이룰 가장 큰 힘을 지녔듯이, 상품화와 어용화의 위험을 간직하면서도 역시 지식인이 진리를 밝힐 가장 큰 힘을 지닌 것이 사실입니다. 위험을 강조하기보다는 가능한 힘을 강조하는 것이 생산적입니다. 죄가 있는 곳에 구원도 있습니다. 진흙 속에서 연꽃이 핍니다. 구원과 연꽃을 강조하는 것이 좋으리라 생각합니다. 진리의 옹호, 그것이 지식인에게 맡겨진 주요한 노동입니다. 우리의 경우 진리를 옹호한다 함은 민족 국가의 독립을 지키고, 사회 정의를 실천하고, 사회적 부의 증대를 가져오기 위한 과학적인 방법을 연구하고, 이것을 사회에 보고하는 일입니다. 후진 사회에서의 지식인의 바람직한 입장은 기술적인 연구가의 능력만으로는 부족하며, 상품화와 어용화의 위험에 저항하는 윤리적 힘 또한 지식인의 능력으로 간주되어야 할 것입니다. 권력이 안정되고 부가 축적된 사회에서는 진리가 반드시 권력과 부의 적이라고만은 할 수 없습니다. 그러나 우리 사회의 권력과 부에는 그런 여유가 없습니다. 그렇다고 지식인이 그의 판단을 위험을 무릅쓰고 표명하는 용기를 갖지 않는다면 우리 사회는 끝장입니다. 그렇게 해서 다분히 순교자적인 일면을 지니게 될 것입니다. 순교자라는 말에 대해서 우리는 아무런 과장이나 감상을 섞고 싶지 않습니다. 이 상황에서 인간으로서의 감각을 관철시키다 보면, 그리고 인간으로서의 감각을 보편적 방법으로 유지하는 기술을 맡고 있는 지식인이라는 직업이 그렇게 시키는 직업의식입니다. 노동자가 일을 안 하면 팔이 근질거리듯이, 원래 지식인도 진리를 말하지 못하면 속이 끓습니다. 이것은 인간에게 보편적인 충동이지만, 지식인은 그것을 방법적으로 세련된 형태로 지니고 있습니다. 그것이 직업 감각입니다. 지식인은 이 직업 감각에 충실해야 합니다. 우리가 살고 있는 사회의 현재 형태가 우리 사회 자신의 힘에 의해 창설된 것이 아니기 때문에 지식인은 이 상황의 구조와 내력을 국민에게 알릴 의무가 있습니다. 그렇게 함으로써 상황에 유효하게 대처할 수 있는 행동의 양식을 교육해야 합니다. 지식인은 기술자인 동시에 윤리적 기술자이기도 하기 때문에 정부와 기업에 대한 비판자로서의 의무가 있습니다. 관권이나 금권이 윤리적 설교에 의해서 회개할 수 있다는 말이 아닙니다. 국민에게 공정한 정보를 제공함으로써 국민이 자기 권리의 옹호를 위해 필요한 판단을 하는 것을 돕는다는 말입니다. 말이 권력과 금력을 움직이는 것이 아니라 말을 들은 국민이 권력과 금력을 움직이는 것입니다. 그러므로 지식인의 무기는 말이며, 이 말의 자유스런 사용을 규정한 것이 우리 헌법에서의 학술과 언론 예술의 자유입니다. 이 자유는 최대한으로 지켜져야 합니다. 이 또한 공산주의에 대한 막강한 무기입니다. 최근의 체코슬로바키아의 사태가 언론의 자유를 그 중요한 쟁

점으로 했던 것을 상기하기 바랍니다. 후진국 국민의 정치적 미숙성의 원인인 역사적 경험의 결여는 예술, 학술, 언론에 의한 교육으로 극복할 수밖에 없으며, 그러자면 그 교육의 자유가 선진국들과 후진국의 현실적 격차와 역비례로 더 많이 보장되어야 하는 것이 이치이나 사실은 그 반대입니다. 이것이 가장 심각한 문젭니다. 현실의 부족을 꿈으로 메우려는 충동을 인간은 가지고 있으며, 또 현실의 부족을 교육으로 메우려는 충동을 인간은 가지고 있습니다. 근대 국가 생활의 여러 요령을 경험을 통해 오랜 시간을 사용해서 얻는 것이 불가능하다면 그것은 교육에 의해서 빨리 얻어지지 않으면 안 됩니다. 학술, 예술, 언론은 교육의 기능을 수행하는데, 그 기능은 표현의 자유 없이는 이룩될 수 없습니다. 그런데 그 표현의 자유가 선진국보다 못하다고 하면 우리는 현실에서도 지고 교육에서도 진다는 결과가 됩니다. 이렇게 된다면 이 지구 사회에서의 불균형의 시정은 영원히 이룩되지 않을 것입니다. 지식인은 이 사회와 이 지구 위의 현재에서 가장 어울리는 인간상을 자유롭게 묘사하기 위해서 이 헌법적 자유를 부단히 행사해야 합니다. 이런 바람직한 인간상의 제시를 위해서는 ①국학의 개발과 발전에 의한 민족의 연속성의 유지와 특수성의 인식, ②지구인으로서의 보편적인 감각을 고려해야 하며, ③그러한 구체적인 매개 위에서 근대 유럽의 이념인 민주주의와 이성의 현실에 기여하는 인간상을 모색해야 합니다.

국민 — 위에서 정부, 기업인, 지식인 따위의 분류에 따라 우리는 상황에 대응하는 주체에게 요구되는 윤리적 기준을 묘사했습니다. 확실히 우리는 그와 같은 익명의 조직에 의해서만 사회에 참여할 수 있으나, 그 조직들을 과도하게 의인화하는 것은 매우 위험합니다. 그 조직에서 구체적으로 움직이는 것은 바로 개인입니다. 여기서 '국민'이라고 하는 것은 그러한 개인으로서의 국민입니다. 우리는 조직이 조직으로서의 생리와 그것이 흔히 그 속의 여러 개인적 의사와는 모순되게 움직인다는 것을 알고 있습니다. 그럼에도 불구하고 조직은 개인에 의해서 운영됩니다. 이것도 사실입니다. 인간은 동물과 달리 그의 사회생활에서 간접적 매개를 통해서 행동하며 그 매개의 회로를 더욱 복잡하게 만들어오고 있습니다. 여기서 조직에서의 개인의 소외라는 말을 하게 되는데, 이것은 조직의 운영에서 개인의 참여가 무력해지고 있다는 것을 말합니다. 그러나 이것을 너무 엄살스럽게 인정해서는 안 됩니다. 조직은 누군가의 조직인 바에는 소외가 있다면 누군가 소외시키고 있으며 누군가는 소외당하고 있다는 말이지, 그런 주체 쌍방의 진정한 관계를 묻지 않고 소외라는 현상이 자연 현상처럼 우리 밖에서 진행되는 것처럼 생각하는 것은 바로 소외된 자의 환상입니다. 소외는 누군가가 소외시키고, 누군가는 소외당하고 있다는 것이며, 그것은 너와 나의 인격적 관계가 대상에(조직이라는) 투영된 모습 이외에 아무것도 아닙니다. 자기를 남이 때리고 있을 때 거울에 비친 그 모습을 보고 어떤 친구가 얻어맞고 있군, 하고 해석한다면 바로 그런 사람을 우리는 소외되었다고 말해야 합니다. 소외가 조직의 자동 현상이기나 하듯이 말하는 논의는 경계되어야 합니다. 그것은 사실은 너의 횡포이며, 나의 비굴입니다. 주체와 주체 사이의 인간적 관계를 객체 사이의 자연적 현상이기나 한 듯이 절대화하여 책임을 면함으로써 해탈하려는 발상은 문학에서도 이미 끝장이 난 낡은 유행입니다. 하물며 장난이 아닌, 단 한 번밖에 살 수 없는 삶의 터에서 이 같은 태도를 가진다는 것은 '죽음에 이르는 치매痴呆의 병病'입니다. 우리를 소외시키고 있는 그 누구를 찾아내고자 노력하십시오. 그와 투쟁하고 협상하고 거래하십시오. 그렇게 해서 우리의 몫을 늘리고 일단 손에 쥔 몫은 결코 놓치지 말고 다음 투쟁과 협상과 거래를 위한 조건으로 삼으십시오. 정치와 직장에서 소외로부터 스스로를 해방시키는 책임은 궁극적으로 개인에게 있습니다. 조직에서 개인의 책임을 과소평가한다면 그는 조직을 인간의 현상이 아니라 마술적 매임[呪縛]으로 생각하는 것입니다. 소외를 극복하는 책임이 개인에게 있듯이 그에게는 그럴 능력도 있습니다. 우리는 그 최근의 증거를 체코슬로바키아에서 보았습니다. 그것은 소외시키는 자의 횡포에 대한 소외당하는 자의 비굴을 소외당하는 자가 인간적으로 수치스럽게 느끼고 그 수치가 분노로써 표현된 것이 아니고 다른 무엇입니까. 이런 의미의 개인의 책임이 민주주의의 주체적 조건입니다. 우리는 이 방송에서 우리들의 상황의 어려움에 중점을 두고 말했고 그것은 그만한 타당성이 있다고 믿지만, 그러한 모든 것을 고려한 다음에 이 방송을 맺는 대목에서 우리가 인간일 수 있게 하라고 상황에 대해 요구할 권리를 가짐과 동시에 우리 자신이 인간임을 개인으로서 증명할 의무가 있음을 명심합시다. 사랑하는 애국 동포 여러분, 자중자애하고 행복하십시오.

— 여기는 환상의 상해임시정부가 보내드리는
주석의 소리입니다.
삼천리 비단강산 만세.

상해임시정부의 소리[*]

　　"사랑하는 3천만 동포 여러분, 애국 동포 여러분의 모진 괴로움과 노력에도 불구하고 우리는 어두운 골짜기에서 신음하고 있습니다. 돌이켜보건대 불공대천의 숙적 일본은 아 3천만 동포에게 돌이킬 수 없는 환난을 끼쳤습니다. 우리 민족은 예부터 그들 일본에게 터럭만 한 해를 가함이 없었고 한토漢土의 글과 천축의 법을 전하여 그들 삶의 어둠으로부터 보다 밝은 빛의 세계로 인도하는 벗임을 증명하였습니다. 그것은 세계 역사상에서 다시 예를 찾을 수 없는 순수한 전도사업으로 정치적 야심이 전혀 없는 종교적 포교 심리의 발로였습니다. 이것은 권력 정치의 폐습이 뿌리 깊게 박힌 오늘 세계의 정치감각에서는 상상키 매우 어려울 것이나 당시 우리 민족이 이룩한 높은 문화 국가의 정신에서는 표리 없는 혼연한 행동이었습니다. 백제·고구려·신라는 학자와 기술자를 자진하여 그들의 땅에 보냈습니다. 그들은 군대를 파견하는 대신에

[*] 『서유기』, 문학과지성사, 2008. 301~312쪽.

문화 사절을 보낸 것입니다. 이것은 국가의 원조 밑에 이루어졌습니다. 그 국가로서는 문화 사절 다음에는 무엇을 보낸다는 생각은 전혀 없었습니다. 다만 변방에 글과 법이 없는 곳이 있으니 그곳에 빛을 보낸다는 것이었으며 기근이 있는 곳에 식량을 보내주는 것과 다름이 없었습니다. 상실된 가운데도 남아 있는 증거로만도 우리 선조들의 철저한 문화 원리는 명백합니다. 변방이 시끄럽고 노략질해오는 것이 그들이 깨지 못한 탓이니 글과 법을 보내 그들을 개화시켜야 한다는 이상론에 철저히 머무를 뿐 무력에 의한 대책을 생각한 흔적도 없는 것은 놀라운 일입니다. 이것은 겁유에서 온 것입니까? 아닙니다. 3국의 춘추 시절의 우리는 수많은 용맹의 이야기를 듣고 있습니다. 자기 민족의 통일전쟁에서 발휘된 용맹이 유독 일본에 대해서만은 엄두도 못 냈다는 것은 어떻게 설명하면 좋을까요. 우리는 이렇게 추측합니다. 당시의 우리 조상들은 당시의 문명과 국제정세와 지리 감각에 입각한 일종의 고전적 원리를 가지고 있었습니다. 그것은 민족의 판도는 하늘이 준 것이며 영토적 확장을 타민족에게 기도한다는 것은 일종의 패륜이라고 생각한 현상 유지의 원리입니다. 그것은 윤리적 노력인 자제심이나 극기의 결과에서 온 것이 아니라 원시적 지방주의, 지방자치의 원칙이 세련된 형태였습니다. 이러한 감각에서 선인들의 대일 정책은 전통적으로 불간섭·평화·원조·공존이었습니다. 고려 때의 원의 압력으로 일본 공격의 연합을 강요받았을 때 선인들은 매우 당혹했으리라고 짐작됩니다. 그동안에 만주의 판도를 잃고 반도에 완전히 갇혀버린 우리 선인들에게는 영토적 팽창이라는 원시 감각은 거의 완전하리만큼 없어져 있었습니다. 이것이 이조 말까지 계속된 우리 민족의 국제 정치감각이었습니다. 우리는 오늘날 많은 사람들이 우리의 이 같은 경향을 자학적으로 해석하는 것을 유감으로 생각합니다. 역사에서 일찍이 문화인이 되었다는 것은 어느 모로나 자학의 재료가 될 일은 아닌 것입니다. 그것이 옳은 것입니다. 민족의 생명력이 다른 민족의 생명력의 희생 위에서 이루어진다는 야만적인 양식을 우리는 끝내 배우지 못하였던 것입니다. 그 살벌한 지난 역사의 야만의 시간을 통해서도. 우리들의 무의식 속에는 아마 민족은 각기 선 자리에서 살게 마련이며 넘보아서는 안 되며 인간의 에네르기는 안에서 왕도王道의 세련에 있다는 것이었다고 보입니다. 이것은 정적주의라고 할 수 없습니다. 극기하고 선정하고 백성을 위해 고행하는 종교 심리 기제적 정치 관행을 실천하는 것은 게으른 정신이 할 수 있는 일이 아닙니다. 살신성인하는 것은 선인들의 정치 원리였습니다. 살타殺他성인은 그들이 모르는 원리였습니다. 이때 이 원리의 전제로 현재의 각 민족의 판도를 영구적인 것으로 본다는 입장이 있었습니다. 이점에서 우리 선인은 중국과 그 국제적 정책에서 견해를 같이했습니다. 한민족은 그 역사의 전 기간을 통하여 그들의 자연적·심리적 판도를 넘어 밖으로 쳐나간 적이 없었습니다. 그들 역시 우리 선인들과 같은 국제 감각을 가졌었던 것입니다. 그들과 우리는 판도는 크고 작았을망정 같은 심리적 게슈탈트 아래 움직인 것입니다. 우리가 접유했다고 할 것은 없습니다. 우리는 비록 작으나마 우리 판도가 침입됐을 때는 한사코 싸웠습니다. 이 점에서 우리는 매우 우직한 이상론자며 원칙론자였습니다. 한 민족이 스스로 지킬 생각 없이 그 세월을 버틸 수는 없는 것입니다. 임진왜란도 국제 정책을 같이하는 한韓·중中 두 나라의 연합으로 해결되었습니다. 몽고와 일본의 이단적 반란을 제외하면 이것이 서세동점시까지의 동양의 국제 정치감각이었으며 민족자치가 그 국제 균형의 원리였습니다. 아시다시피 두 이단자인 몽고와 일본은 동양의 정통적 문화 국가인 한·중 두 나라의 안목에서는 결코 문명한 국가가 아니었던 것입니다. 문명치 않다는 것은 하늘이 내린 인간 조건인 민족의 경계를 이해 못하고 인간이 세울 수 있는 가장 합리적 제도인 민족자치를 이해 못하는 그들이었기 때문입니다. 이렇게 해서 한국은 최근세까지 일본이라는 나라를 골치 아픈, 할 수 없는 민망한 국가라고는 늘 생각 해왔으나 두렵다거나 뛰어났다거나 굉장한 사람들이라고는 생각해볼 수 없었던 것입니다. 동양의 평화는 영원할 수 있었을 것입니다. 이 장 場에 만일 다른 장에서의 벡터가 작용하지만 않았더라면. 다른 장. 그렇 습니다. 한·중을 주축으로 한 동양 세계는 그들의 '천하' 외에 또 다른 천하와 천하가 있다는 것을 상상하지 못했다는 것보다, 현실적으로 동 양의 장에서 힘으로 작용할 수 있음을 느낄 수 없었던 것입니다. 먼 천 하들, 풍문의 다른 천하가 불쑥 동양 사회에 진출하는 날이 왔던 것입 니다. 근대 유럽은 과학과 산업과 정치 개혁을 이룬 힘으로 이른바 지 리상 발견의 시대에 들어섰습니다. 유럽은 인류 문명의 발상지는 아닙 니다. 유럽 지역은 아주 늦게 문명과 국가가 정비되었는데 현재까지 유 럽이 폭발적인 힘을 가지게 됐던 조건에 대한 만족할 만한 통설은 없습 니다만 그 첫째로 유럽 문화의 혼합성을 들 수 있습니다. 그리스와 이 스라엘과 아랍과 로마 그리고 이집트의 문화가 지중해를 매개로 하여 이 유럽 지역에 혼혈하여 독특한 잡종 문화를 형성하였습니다. 문화의 순수성이 아니라 잡종성이 그 힘의 본질을 이룬 것이 유럽 문화의 특질 입니다. 유럽 문화는 그러므로 도시형 문화이며 엑조티시즘의 유입과 잡혼을 허락하는 문화입니다. 이런 문화는 지방형 순수 문화에 비하여 매우 탄력성이 풍부하고 변화성이 좋으며 기민하고 실제적입니다. 그 것은 까다롭고 맑지는 못하지만 대신 너그럽고 청탁병탐하며 모든 사 태에 대처하는 탄력성을 가지고 있습니다. 또 그것은 상대적입니다. 왜 냐하면 원래 그 속에는 원리적으로 상반하는 잡종들이 태연히 같이 있 기 때문입니다. 유럽 문화를 간단히 도식화하려 할 때 우리가 늘 어리

등절해지는 것이 이 때문입니다. 유럽 문화는 이집트·바빌론·아테네·바그다드·로마가 그러했듯이 한 도시 속에 각기의 민족이 각기의 습관대로 섞여 사는 도시의 혼돈의 생명력을 본질로 합니다. 이 점에서 로마는 이미 유럽 문명의 논리적 형태를 모두 갖추었다고 할 수 있습니다. 근세 유럽 민족주의의 대두는 유럽 문화의 이 같은 본질에 어긋나는 것이 아닙니다. 하나의 로마로서는 감당 못하도록 넓어진 생활권을 통제하기 위하여 여러 개의 로마가 생긴 것입니다. 그것이 각국의 수도이며 그 수도들은 모두 새로운 로마였습니다. 생활권이 넓어졌다는 의미는 유럽이 지중해 연안만을 '천하'로 알지 않고 세계의 다른 지역을 알게 되었다는 것이며 각국의 수도는 그들의 식민지를 거느린 각기의 로마제국들로서 유럽은 세계의 도시가 되고 세계의 다른 지방은 유럽의 사이四夷가 된 것입니다. 유럽이 지중해 연안을 넘어 세계로 범람한 힘은 무엇일까요. 첫째로 과학의 급격한 발달입니다. 그러면 과학은 왜 유럽에서 그 무렵 급격히 발달했는가 하고 물을 수 있습니다. 이것은 추상적 논리 추측으로 해결할 일이 아니라 실증적 고찰을 풍부히 한 연후에 답해져야 할 문젭니다만 우리는 다음과 같은 가설을 취하고자 합니다. 유럽은 지중해 연안을 무대로 끊임없이 통상通商함으로써 생활한 상업형 문화를 유지해왔습니다. 이것은 그리스·이집트·로마에 걸쳐 변함없는 방식이었습니다. 상업은 땅과 피에서 사람을 해방시키는 행동으로 그것은 피나 땅 같은 자연적 유대보다 돈이라는 추상적 유대로 움직이는 상태입니다. 유럽은 장사꾼이었던 것입니다. 그들은 떠돌이입니다. 그들의 행동은 여행입니다. 자리를 옮기면 돈이 벌어지는 삶입니다. 그들은 나그넵니다. 진리나 풍류 때문에, 인생의 한恨이나 덧없음 때문에 일장마혜로 나선 나그넷길이 아니라 물건을 싣고 객주에서 객주로 물산을 교역하는 장사꾼의 상업 여행입니다. 유럽이라는 지역 전체가 역사의 기록이 있기 시작한 아득한 시절부터 이런 식으로 살아온 것입니다. 이것이 유럽을 결정했다고 우리는 봅니다. 그는 여러 종족과 여러 지방을 상대로 합니다. 여기서는 삶은 활발하며 국제적이며 개방적이어서 잡종적·혼혈적 기질과 감정을 만들어냅니다. 오늘날의 미국은 우리에게는 아주 흥미 있습니다. 낡은 유럽의 민족주의가 폐쇄화되었을 때 유럽은 그 본질적 힘을 잃었습니다. 각 민족 국가별로 순화되고 개성화된 유럽은 유럽이 아닌 것입니다. 아메리카는 유럽의 죽음에 대비하고 있었습니다. 아메리카는 독일도 프랑스도 영국도 이탈리아도 아닌 온 유럽이라는 유럽 본래의 정신으로 세워진 나랍니다. 나치스 독일의 순수주의야말로 낡은 유럽의 사망 선고였습니다. 그것이야말로 가장 비유럽적 발상이었던 것입니다. 독일의 패망과 더불어 새 유럽 아메리카는 역사의 지평 위에 그 전모를 드러냈던 것입니다. 인종의 용광로—아메리카. 바로 유럽의 꿈이 실현된 것입니다. 미국의 개방성, 그것이 미국의 힘입니다. 잡종과 혼혈을 두려워하지 않는다느니보다 관계치 않는다는 습성, 그것이 유럽입니다. 수지가 좋을세면 피가 섞인다 관계하압니까. 아메리카의 인종 차별은 그러므로 아메리카의 생명력이 약화되고 있다는 신호로서 매우 심각한 일입니다. 이야기가 너무 앞질러졌습니다. 극동의 근세사로 다시 돌아가기로 합시다. 이런 유럽이 인도·동남아시아를 석권하고 중국과 일본과 한국으로 밀려왔습니다. 이 지구상의 가장 그럴 듯한 종족이 오랫동안 희유한 균형을 유지하면서 살아온 이 지역에. 그들은 처음에 통상하자고 했습니다. 유럽으로서는 옛날부터 하던 일입니다. 우리 짐작으로는 동양 3국의 정치가들은 매우 어리둥절했던 것이 아닐까 합니다. 세상에 장사꾼 나부랭이가 산더미 같은 배를 몰고 총칼로 장사하자는 변을 언제 당해보았겠습니까. 유럽의 역사를 알고 상상력을 동원하면 지구를 한 바퀴 돌아 물건과 대포를 신고 먼 나라의 항구에 들이닥치는 것이 그들 유럽인들로서는 역사의 젖줄기에 매달렸을 때부터 배운 배내의 버릇이요, 엉뚱하지도 아무렇지도 않은 일로 뱃길이 열리고 무기가 개량되니까 지중해를 넘어섰다는 것뿐이지만 우리에게는 도시 이해할 수 없었던 것입니다. 즈그 집에서들 농사짓고 살 일이지 별놈들 다 봤다고 처음에는 쫓아보내려다 말을 들어먹지 않으니 신경질이 나고 마지막에는 화가 났을 것입니다. 나는 대원군을 이해할 수 있습니다. 천하에 별 잔망스런 놈들이 다 있다고 대노했을 것입니다. 이런 감각 — 수천 년의 생활습관이라는 역사적 습관 때문에 말이 안 통하는 상태는 그 인간의 지성과는 별문젭니다. 습관은 습관만이 해결하는 것입니다. 나는 요사이처럼 서양 사람이 먹는 것이면 다 먹고 서양 사람이 생각하는 것을 다 생각할 수 있게 된 동양 사람보다는 옛날의, 싫다는 장사를 지랄같이 자꾸 조르니까 버럭 신경질을 낸 옛날 동양 사람이 예술품으로서는 더 진짜라고 생각합니다. 아무튼, 대원군은 지구의 저쪽에서 밀려온 이 억지 장사꾼들을 이해 못 했습니다. 그런데 정통의 동아의 국제 정국에서 항상 촌놈이었던 일본은 이해했습니다. 그들은 우리보다 변화의 포착에서 천재적이었던가. 아닙니다. 그들에게는 경험이 있었습니다. 그들은 임진왜란 때 이미 개국하였던 것입니다. 그들은 남쪽의 항구를 네덜란드와 포르투갈 사람들에게 열고 비록 작은 통로였으나 유럽과 통하고 있었으며 유럽적 사고방식을 경험하고 예행연습을 해왔던 것입니다. 그 오랜 실험 기간을 통해 그들은 급격하지 않은 형태로 개국할 수 있는 심리적 준비를 가질 수 있었습니다. 또 막부 아래 강력한 자기 재량권을 가지고 독립해 있던 지방 번주들은 이 서양 무역을 직접 관리하여 그 성격을 터득했으며 현실적인 이해관계를 가지고 있었던 것입니다. 일본의 개국은 뛰어난 상황 판단이나 국학 정신의 탄력성 같은 관념적 원인에서가 아니라, 부유한 국내 세력이 현실적으로 개국을 강력히 필요로 하는 이해관계를 가지고 있었으며 그것은 또 막부의 권력을 탈취하는 기회도 제공한다는 현실적인 정치 경제적 조건에서 추진된 것입니다. 뿐만 아니라 남방의, 유신에 주동력이 된 개국 세력에는 유럽의 막대한 정치 자금이 제공되었으며 명치유신은 유럽의 정치 자금에 의한 쿠데타였다는 것이 진상입니다. 중국도 유럽과의 관계가 비교적 일찍 있었다는 것은 일본의 케이스에 대한 반론이 될 수 없습니다. 왜냐하면 같은 분량의 독약이 어린이에게는 치명상이지만 어른에게는 그렇지 않은 것입니다. 중국은 그 정도의 통상으로는 현실적인 변혁을 결심할 조건을 내부에 성숙시킬 수 없었던 것입니다. 이도 저도 아닌 한국만이 곤란했습니다. 급속히 유럽화한 일본은 한국을 침략하여 합병하였습니다. 만일 일본이 합병하지 않았더라면 어떻게 되었을까고 상상하는 것은 부질없는 일입니다. 당시의 정세로 우리는 식민지를 면할 수 없습니다. 그러므로 어느 나라든 우리를 식민지로 삼은 나라는 다 마찬가지로 되었을 것이며 우리의 원수가 되었을 것이라는 것, 이것만이 명백합니다. 이 지구상에 아주 오랜 주기로 덮쳐드는 변화의 시대, 악의 없는 개인이 객관적으로는 죄인이 되며, 특별히 타민족에 비해 못났다고 할 수 없는 민족이 악조건 때문에 노예로 전락하는 시기 — 그런 시기를 당해 비운에 빠진 한국을 일본인들은 가장 비신사적으로 대했습니다. 전기한 여러 가지 역사적 핸디캡의 덕택으로 이긴 자가 된 일본은 그런 역사의 비극을 패자에 대한 관대함으로 대하는 아량은 없었습니다. 그들은 한국의 패배를 역사의 깊고 넓은 시야 속에서 과학적으로 평가하는 문명 감각이 없어서 한국의 패배를 관념적이며, 현상을 고립해서, 실체론적으로 해석하고 그 해석을 정책적으로 추악하게 과장하여 한국인의 영혼에 오래 가시지 못할 아픈 상처를 주었습니다. 그들은 비학문적인 민족성 타령을 퍼뜨리며 한국인이 어느 외딴 섬에서 원시 문화 속에서 수천 년 살았던 종족이기나 하듯이 다루었습니다. 이 염치 없음, 이 공명정대치 못함, 옹졸함, 거짓, 이것에 우리는 노합니다. 영국이나 프랑스나 러시아도 아닌 오랜 천년을 이웃에서 살면서 살림살이 범절을 알 만한 데는 다 알게 살아왔으면서 신세도 지고 폐도 끼쳐왔으면서 하루아침 유럽의 총칼을 익히자 저만 살고 남은 죽으라던 그 야속한 개심사가 미운 것입니다. 그들은 통치 기간을 통해서 한국인을 주눅 들게 하였으며 민족의 유산을 다시 찾기 십중 어렵게 갈가리 찢고 흩어놓았으며 끝내 그들의 패망에 제하여는 국토를 두 동강으로 내어 오늘의 이 지옥을 만들게 하였습니다. 야만의 역사는 여기서 끝나지 않았습니다. 해방된 조국의 양쪽에는 결코 바람직하지 못한 정권들이 섰습니다. 북쪽에는 몽둥이로 개 잡는 식의 견식밖에 없는 점령군의 추종자들이 정권을 잡았으며 남에서는 옛 동지들을 버리고 국내에서 다소간에 적에게 부역한 세력과 손잡은 자가 집권하여 민주주의라는 이름 아래 독재와 부패의 정치를 폈습니다. 우리 상해임시정부는 정통正統의 연속과 옹호만이 민족의 살길이며 외세에 대한 자주적 용기를 가진 사람들이 이 정통을 계승하는 때가 민족의 문제가 해결되는 진정한 길이라고 믿는 것입니다. 아아 슬프다. 장개석 총통은 어찌하여 광대한 중원에서 일조에 몰락하여 외로운 섬 야자수 아래서 남십자성 우러러보는 신세가 되었는고. 민족의 비운이 어찌 이다지 물러날 줄 모른단 말인가. 우리는 3천만 민중에게 유럽의 오랜 식민 정치와 적색 러시아의 독선적 혁명 노선이 오늘 세계 민중의 화근이라는 것을 지적할 수 있는 유일한 정치 세력입니다. 오늘날 자유 진영이라는 이름 아래 유럽 세력에 편입되어 양극화된 약소국가들은 당파적 고려 때문에 유럽의 구악을 규탄하기 어려운 처지에 놓이고 말았으며, 소련 위성국에 편입된 국가들은 소련의 무한정치 원리에 대항할 이데올로기적 논리력을 갖추지 못하고 있습니다. 현실 정치를 비판할 순수한 시점視點을 허용하지 않는 어떤 체제도 거짓이며 그럴 듯한 명분 아래 속임수를 쓰고 있는 것이 명백합니다. 오늘의 상황은 옴치고 뛸 수 없이 어렵습니다. 유럽은 그들의 역사적 청산을 대방貸方은 자기들에게, 차방借方은 우리들 타민족에게 둘러씌우는 방식으로 하려 하고 있는 데서 이 고통이 계속되고 있습니다. 세계는 새 역사를 향해 변환기에 놓여 있습니다. 이 시기를 당하여 상해임시정부는 현실을 똑똑히 볼 수 있는 유일한 민족적 시점입니다. 근세사 이후 우리는 거듭되는 불행과 변화 속에서 정통의 감각에 입각한 대의명분으로 행동하는 능력을 잃고 상황을 순간마다 기정사실로 받아들여서, 반응하고 반사하는 데 그치는 버릇이 붙었습니다. 이렇게 되면 현상은 한없이 불리하게만 움직이게 마련이며 지조를 지킨 자는 손해보고 변질에 능한 자는 언제나 호강한다는 결과가 된다는 것으로 한심한 일입니다. 일제 통치하에서 정통 감각이 마비된 사람들이 크고 작은 개인적 실수와 민족에 대한 반역을 저질렀습니다. 정통 감각이란 지엽 말단과 겉치레와 공리공담公理空談의 환상을, 유혹을, 그 기만적 자기 변명성을 벗어나서 역사의 줄기와 그 속에서의 제자리를 현실의 여러 요인 — 민족과 구체적인 자기 책임의 한계를 인식하고 실천하는 '깨어 있는 힘'을 말합니다. 호랑이에게 물려가도 정신만 차리면 산다 하였습니다. 이런 견지에서 우리는 정신주의자들과 정치주의자들의 당파적 편향偏向을 모두 그들의 환상과 이해관계에서 비롯된 그릇된 생각이라 봅니다. 그들은 한국인을 범죄자냐 병자냐의 양자택일로 보고 있습니다. 이것이 다 잘못입니다. 근세사 이래 한국의 역사에서 공적公的 자리를 맡은 자들로서 과실이 있던 자는 그 동기의 선악에 관계없이 범죄자로 취급되어야 합니다. 그것이 공公의 규칙입니다. 그 밖의 백성, 대세를 좌우할 조직적 영향력이 없는 민중은 그 국가적·민족적 운명과의 관계에서 과실이 있는 경우 방향감각을 상실한 병자로 취급되어야 합니다. 이것이 상해정부의 부역자 처리 원칙입니다. 상해정부는 범죄자와 병자의 어느 쪽도 증대하는 것을 원치 않습니다. 왕도王道는 가벼운 벌을 택합니다. 그러나 그것은 흐지부지주의가 아니라 일벌백계를 뜻하는 것으로 그 '일'에 해당하는 자는 가장 엄중 가혹하게 처리될 것입니다. 송사리는 엄하게, 우두머리는 가볍게 벌하는 것은 암흑의 왕들의 뒷거래이지 청천백일하게 인륜을 밝히는 정부의 법이 아닙니다. 국가 존망지추에 3천만 민중이여, 자중자애하여 민족의 바른 길을 잃지 말기를. 적들의 간계와 부역자들의 위협에 굴치 말기를."

외설이란 무엇인가

닫힌 세계와 열린 세계

　　꿀벌이 자기 보금자리인 벌집에 다가오는 적을 향해 날아가서 침을 쏘고 죽을 때, 그에게는 망설임이라는 것이 있을까? 만일 있다면 그의 행위는 히로이즘을 필요로 한다. 그러나 그는 망설임 없이 그렇게 한다. 생명의 한 개체가 자기의 죽음과 이어진 행위를 선택에 의하지 않고, 반사적으로 실천하는 경우에 그 행위는 한 잎의 꽃 이파리가 떨어지는 것과 다를 바 없는, 자연의 행동이다. 원시 부족의 전사들의 전투에 임해서의 행위도 아마 비슷한 것이었으리라. 문학에서 그려진 전사들도 올라갈수록 꿀벌을 닮고 내려올수록 히로이즘에 물들어 있다. 그리고 오늘날에 있어서는, 전사의 죽음이란 아마 피하고 싶은 괴로운 허영이 아닐까?

문명과 모랄의 함수 관계

　　이 문제를 생각하는 데 요긴한 대목은, 나의 생각으로는 꿀벌들의 삶의 닫힌 성격과 사람 세상의 열린 성격이 아닐까 생각한다. 꿀벌들의 세계는 일과 싸움과 아이 낳기가 도식적으로 나누어지고 바뀌지 않게 되어 있다. 그들의 생명의 조건은 일단 완성되고 닫혀 있다. 인류 전사前史라고 부를 만한 오랜 사이의 인간의 삶도 비유적인 한계에서 본다면 꿀벌과 같았다고 할 수 있다. 계급적으로 나누어지기까지는 않았던 모양이지만, 군집 동물의 노동과 성생활과 별로 다를 것이 없었던 것이다.

　　노동과 성性의 조건이 닫힌 상태에서 머물러 있었기 때문에, 노동에서의 강자와 약자가 생기지 않을 수 있었고, 설령 생기더라도 무시할 수 있었을 것이다. 이런 상태에서는 평등이 존재했을 것이다. 그리고 노동 조건이 매우 어려웠기 때문에 성은 여유 없는 긴요한 공적인 뜻을 지닌 채 놀이라는 형태를 취할 수 있었을 것이다. 이런 사회에서는 역시 성은 '평등'한 생산 행위였을 것이다.

　　가령, 모든 탈 없는 부족원들은 비슷한 노동량, 비슷한 식량으로 비슷한 체격을 가졌을 테고, 가령 병이 들어 죽는 율이 높았을 테니까, 죽기 아니면 살기라는 생명의 정직한 극단의 두 극이 두드러지고, 그 사이의 여러 중간 단계는 드물었을 것이다. 동물 사회에서의 병든 동족에 대한 냉혹한 처리는, 그런 상태를 떠올리는 데 도움을 준다. 또 전혀 자연의 멋대로의 움직임에 따라 일하던 그들은 먹이를 구하는 일 이외에 쓸 수 있는 짬이 그렇게 많지 못했을 것이며, 고달픈 휴식을 취해야 했을 것이다.

이 같은 모든 조건이 그들의 시간을 엄격하게 닫힌 것으로 만들고, 유類와 개체 사이에 벌어짐이 없는 상태를 유지시켰을 것이다. 유의 유지라는 큰 목표 아래에서 모든 노동과 성이 이루어졌을 것이다.

몫의 가변성可變性·다변성多辯性

이런 상태는 인간이 도구를 만들어냈다는 사실에 아주 집약적으로 나타나고 있는바 환경 정보의 불어남과 더불어 이윽고 무너져간다. 그리고 인간 역사의 오늘에 이르는 기간은, 말하자면 그러한 가난한, 닫힌 유토피아의 거듭되는 무너짐의 과정이라는 잣대로 재어볼 수 있다.

문명의 역설

이런 무너짐의 결과는 한마디로, 노동과 성의 평등이 무너졌다는 것이라고 말할 수 있겠다. 그리고 이 불평등은 사회 전체로서는 인간의 노동 능력이 절대적으로는 커져오는 데서 이루어졌다는 데에 우리들의 괴로움이 있다.

생물학적인 유지에 빠듯했던 시대에 사회가 가졌던 힘에 비하면 놀라운 힘 ─ 환경을 이겨가는 노동의 능력을 가지게 되었는데도, 오늘날의 우리는 유와 개체의 분열, 건전한 성과 병적인 성의 분열이라는 문제를 앓고 있다. 이것은 인간의 힘의 가난함에서 온 탈이 아니라, 인간의 힘이 풍부함에서 온 결과며, 인간의 조건의 닫힘에서 온 결과가 아니라 인간의 조건이 열려가는 과정에서 온 결과이기 때문에, 사람에게만 있는 괴로움이며, 문제이다.

생물적 종과 사회적 종

　강자와 약자, 한가한 자와 바쁜 자가 생긴 곳에서 온 결과다. 그리고 이 강약, 한망閑忙은 그 자체 가만히 있지 않고 그 속에서 유동적이며, 시대라는 주기 사이에서 또 유동적이다. 우리의 불행은 그러므로 꿀벌들이 모르는 불행이다. 우리는 어느 개체이건 여왕벌·일벌·싸움벌의 몫을 모두 할 수 있다. 이 몫의 가환성과, 몫의 다변성이 인간에게만 지워진 운명이다. 만일 보다 나은 몫을 차지할 수 있는 가능성이 처음부터 막혀 있었다면 인간의 불행은 없다.

　신분제 사회의 역설적인 안정성은, 적어도 어느 기간 동안 인간이 스스로를 꿀벌의 사회와 같은 것으로 여긴 데서 온 현상이다. 그러나 이 사회가 자리 잡혀 있었다는 것은 다른 시대 ─ 우리 시대와 비교해서의 일이며, 이 기간에도 역시 같은 계급 안에서는 겨룸과 싸움이 있었다. 그것이 권력 투쟁이었다. 또 비록 그 한계가 스스로의 최저선의 삶을 달라는 것으로밖에는 나가지 못했을망정, 계층 간의 싸움이 있었던 것도 사실이다. 농민 반란, 노예 반란이 그것이다.

　이처럼 몫 ─ 사회적 역할, 사회적 지위의 가변성이라는 역사의 흐름에 들어서버린 인간의 역사는, 원시 사회와 같은 닫힌 안정한 구조를 놓쳐버리고, 길건 짧건 주기적으로 재조정이 필요한 불안정한 구조를 각각으로 타고 넘지 않으면 안 되기에 이르렀다.

회전하는 팽이

　우리 시대는 이런 흐름이 이어져온 이 도달점으로서 여기에 있게 된 것이다.

　사회 성원의 역할이 불안정한 속에서도, 어떤 최저한의 안정이 없이는 사회는 유지되지 않는다. 인간 사회는 원칙적으로 무한히 열려 있으면서 동시에 스스로 혼돈에 떨어지지 않기 위한 안정을 가져야 한다. 이 안정의 표준은 아마 어떤 시대에 있어서의 노동과 휴식 사이의 균형에 근거한다고 할 수 있겠다. 계층이란, 전체 사회의 노동과 휴식의 절대량 가운데, 어떤 집단에게 공인된 노동과 휴식의 양이라 말할 수 있다.

특권의 기원과 상속

사회의 모든 성원이 기껏 일해야 하루에 한 사람의 끼니를 넘지 못하는 양밖에는 얻어오지 못하는 관계를 벗어난 모든 시기의 인간 사회에서는, 누군가의 휴식을 위해서 누군가가 일한다는 현상을 피할 수가 없다. 역할의 불평등은 덮어놓고 불합리한 것은 아니다. 보다 나은 몫과 자리는 대체로 그 기원에 있어서는 그럴 만한 이유들을 가지고 있다. 가령 부족이나 사회의 안전에 크게 이바지한 상여로서의 형태가 있을 수 있다. 그러나 그 기원에서 합리적인 것이 그 연속의 과정에서도 합리적인 경우는 드물다.

노동과 성의 유희화

사회는 노동과 휴식의 사회적 배분 상태가 균형을 잃게 되면, 무슨 수로든 자기를 바로잡지 않으면 안 된다. 이 같은 위기에 선 사회에서는, 성의 배분도 균형을 잃고 있다. 우리가 성이라는 현상에서 눈여겨보게 되는 것은 한 개체의 성의 능력에는 한계가 있다는 점이다. 그것은 밥주머니와 같아서 어떤 차는 데가 있다. 한 인간이 온전히 스스로의 힘으로만 살려고 하는 경우, 그는 노동과 성 사이에 불가불 가진 시간을 나누지 않을 수 없다. 그러나 그가 다른 사람의 노동에 의지할 수 있다면, 그의 성의 한계는 넓어진다. 이 확대가 증대되면 그 성은 실용의 질을 넘어 다른 것 — 말하자면 놀이 같은 것이 된다.

문명의 현 수준

성은 생산이라는 인간의 자연적 행위의 한계에서 해방되어, 다른 것, 즉 유희가 된다. 그러나 이 경우에는 단순히 놀이라는 그 현상 자체에서 긍정·부정의 뜻이 나오는 것은 아니다. 어떤 인간의 성이 놀이가 될 수 있다는 것이, 다른 인간의 성이 가난하고 고통스러운 것이 되고, 다른 인간의 지나친 노동 위에서 이루어진 것이 아닌가 어떤가 하는 점에서만 그것은 문제가 된다. 그런데 현재까지의 인간의 문명의 힘으로써는 그러한 상태, 다른 인간의 희생 없이 어떤 인간이나, 인간의 집단이 성을 놀이로 만드는 것은 불가능한 것이 뚜렷하다.

극단으로 말하면 노동 시간이 0이 되고 생산량이 무한대가 될 때만 모든 인간에게 평등하게 성이 놀이가 될 수 있고 따라서 그런 꿈으로 그려보는 극단점까지의 사이에 있는 모든 역사적 시기는 불가불 노동과 유희로서의 성 사이의 규제가 필요하며, 그러므로 현실적으로는 어떤 성의 유희화도 부당하며, 사람답지 않다고 할 수 있다. 그럼에도 불구하고 어떤 사회에 성의 유희화의 '현실'이나 '사상'이 있다면, 그것은 비인간적 현실이며 꿈과 생시를 헛갈린 환상적 사상이다. 환상적이란 인간의 건강한 생명 방식 — 노동과 휴식의 균형 있고 평등한 배분에 어긋나는 생각을 말한다.

공동체 성원으로서의 정확한 권리·의무 판단 — 윤리

이런 생각은, 이런 환상은 인간의 현실적 삶을 그릇 이끌고, 신기루까지의 거리를 잘못 가르쳐주기 때문에, 그것이 신기루가 지금 거기에서 가능한 것처럼 착각을 일으킴으로써 죽음을 가져오기 때문에 나쁜 것이다. 모든 시대에 지배적 계층에 의해서 강조된 성의 터부는 사회 성원이 성에서 본래적 단계인 생산의 선을 넘어가는 것을 막음으로써 사회의 필요 노동을 잡아두려는 배려였다. 그러한 배려가 가해진 나머지의 시간을 유희에 소모하고 그 소모량을 계층별로 나누었던 것이다. 여기서 주의가 필요할 것 같다.

문명의 진화 과정에서 인간의 두 가지 생산인 노동과 생식 가운데 생식만이 유희화의 길을 걸었다는 것은 아니다. 노동 역시 유희화의 경향을 취해왔고 그것이 여러 종류의 오락 유희이다. 유희란 고통 없는 노동, 즐거운 노동이라고 할 수 있겠다. 성에 수반된 쾌감은 원시인이나 현대인이나 다를 것이 없기 때문에, 노동의 유희화가 질적 변화인 데 비해 성의 유희화는 양적인 연속인 것처럼 생각되기 쉬우나 그것은 잘못된 생각이다. 노동은 고통, 성은 즐거움이란 대립적 인식은 역사적 인식 — 불평등이 존재하기 시작한 역사 안에서의 태도이며, 원시인들에게 있어서는 노동과 성은 둘 다 어떤 절박한 것, 당연히 치러야 할 두 가지 사실이 아니었을까?

불모의 이원론적 악순환

꿀벌이 히로이즘 없이 전사하는 것처럼, 여왕벌도 엑스터시 없이 교미한다. 행동이 심리의 중복이나 대립이 없는 일원적인 사실 — 꿀벌의 노동과 교미는 그런 단원적 '사실'이다. 거기에 있는 차이는 땀과 호르몬뿐이며, 고통과 즐거움이 아닌 것이다. 땀이 고통이며, 내분비선이 기쁨이라는 인식은 이미 선택이 가해진 심리적 '태도'이지, '사실'이 아니다. 그런 점에서 현대인의 성과 원시인의 성은 다른 것으로 봐야 한다. 다른 것이란, 원시인의 성은 자연으로서의 사실이며, 문명인의 그것은 선택이라는 점에 있다. 그렇기 때문에 성의 터부라는 것도 바로 사회적 태도로서의 성의 문제이지 자연으로서의 그것이 문제된 것은 아니었다.

　　같은 이치로 성의 유희라는 것도 노동의 유희와 똑같은 의미의 사회적 사실이지, 결코 자연의 연속이나 노출 따위로 표현될 연속적 사실이 아니라고 해야 한다. 노동과 성의 관계를 이렇게 규정해가는 것은 노동과 성은 서로 분리될 수 없으며, 그것을 분리해서 생각하는 데서 **빠지게 되는** 잘못을 피하기 위해서다. 그 잘못이란 성을 사회적 태도에서 분리시킴으로써 인간을 전체적으로 파악하는 기반을 상실하고, 문화냐 생명이냐 역사냐 자연이냐, 예술이냐, 하는 저 불모의 이원론 — 원래 분리할 수 없는 것을 분리한 데서 오는 악순환이다.

가치계의 대립

　　분열과 대립은 '노동과 성' 사이에 있는 것이 아니라 '조화된 노동과 성'과 '분열된 노동과 성'이라는 두 그룹 사이에 있다. 그리고 분열된 노동과 성이란 앞에서 말했듯이 비인간적인 관계와 다를 바 없다. 이런 비인간적인 인간관계 속에서 그 비인간성을 두둔할 수 있는 것으로 생각하는 태도와 생각, 그 비인간성에서부터 벗어나는 일이 노동이나 성의 어느 한 영역에서 분리되어 독자적으로 이루어질 수 있다고 하는 환상이 그 시대의 위선·미신·통속이며 참다운 종교·학문·예술은 시대의 그러한 비뚤어짐을 바로잡는 뜻을 말한다.

외설·비인간적 성의 태도

비뚤어짐을 바로잡는다는 것은 무슨 말인가? 여기서 우리는, 원시인들이 닫힌 안정 속에서의 유토피아(가난한)를 살았다면, 역사 시대의 인간은 열린 불안정을 가능성으로 바꾸어 비뚤어짐의 부단한 바로잡음과 보다 안정된 유토피아(풍부한)에의 길을 가진다는 것을 믿어야 하며 그것이 문화의 힘이며, 구원이다. 문명사회는 무한한 죄의 가능성 위에 무한한 구원과, 질적으로 높아진 자기 사회의 회복의 길이 열려 있다는 역설적 상황에 놓여 있다.

야만한 평화와 문명의 부재

원시인들의 삶이 사사무애事事無碍의 삶이었다면 문명인의 삶은 고해苦海가 바로 자해慈海라는 역설의 삶이다. 이것은 악이 곧 선이라는 말 ─ 일원적인 동어반복이 아니다. 현재를 악하게 만든 것은 자연적으로 그러한 것이 아니라, 문화文化라는 인공으로 그렇게 되었기 때문에, 사람이 맺은 것은 사람이 풀 수 있다는 말이다. 또 노동과 성이 대립하는 것이 아니라, '원시적 노동과 성'과 '문명한 노동과 성'이 대립하는 것이기 때문에 한 시대의 노동과 성의 구조는 끊임없이 따짐을 받아야 한다는 것을 말한다.

외설의 문제는 바로 이 같은 문맥 속에서의 문제이다. 외설이란 비인간적인 성적 태도, 문명인에게만 있는, 따라서 비인간적 삶의 태도의 방식이다. 외설이란, 어떤 사회의 전반적 불균형을 성이라는 방법적 분석의 시야에서 바라본 것이지, 그 자체로서 분리되어 존재하는 어떤 실체가 아니다. 외설이란 외설한 '인간관계'며 외설한 '인간', 외설한 '사회'이다. 압정은 외설한 정치며, 외설은 압정의 성이다.

문학에서의 외설 규제

문학이 외설하다는 것은 어떤 경우를 말하는 것일까? 어떤 문학이 그 속에서 성적 이미지를 많이 다룬다는 말일까? 그렇지 않다. 사실로서의 외설과 문학으로서의 외설을 구별하는 기준은 예술가가 자기 소재인 성을 인간의 상황의 전체적 문맥 속에 바르게 놓았는가 그릇되게 놓았는가로 갈라진다. 과거의 에덴과 미래의 유토피아의 사이에 위치하는 현재의 죄와 구원이 맞물린 상황을 감상자가 알아볼 수 있게 성이 다루어졌을 때, 그 예술가는 성의 인간적 의미를 바르게 다루었다고 할 수 있다. 그 작품에서의 성의 장면이 어떤 인간관계의 함수로서 취급되고 있는가를 계산하는 데서, 얼마나 정확한가 하는 데서, 예술과 외설은 갈라진다.

정확한 윤리 판단이 문학미의 근본

① 문학에서의 '판단'이란 '묘사' '형상화'를 의미

② 혹은 정확한 형상화란 정확한 윤리 판단의 문학적 형태

문학에서 다루어진 성이 그 사회의 전반적 위선, 미신, 통속적 환상에 굴복하고 있을 때, 그러한 성의 장면은 외설한 것이다. 1) 위선이란 어떤 층은 성을 노리개 삼으면서 다른 층에게는 못하게 하는 것이며, 2) 미신이란 성 자체가 인간관계(노동과 휴식의 분배 관계)에 상관없이 선

하거나 악한 듯이 생각하는 태도이며, 3) 환상이란 사회 전체의 인간관계와 관련 없이 성적인 관계에서의 행복이 가능한 것처럼 생각하는 경우이다. 1)은 속임수이며, 2)는 몽매이며, 3)은 자기기만이다.

성이 가장 외설해지는 것이 위선 속에서이다. 속이고 있는 데서 성은 무엇인가 부끄러운 것이 된다. 미신 속에서 성은 주물화되며 인간은 성의 노예가 된다. 자기만족 속에서 성은 다른 인간을 배신하는 범행이 된다. 그는, 자기가 행하는 성이 바로 가까이에서 부르는 다른 생명이 구원을 요청하는 부르짖음을 못 들은 체하는 상황 속에서 이루어진다는 것을 알고 있다. 그럴 때 그의 성은 남모르는 도둑질의 성격을 띤다. 승려들이 첩을 두면서 금욕을 설교할 때 성은 외설해진다.

이런 '사실'을 문학이 소재로 삼는 경우에, 작가가 그 승려의 표면적인 태도, 형식적인 사기와 그의 타락을 대립시켜 그리면서 그 모순을 부각시키도록 그린다면, 그것은 진실한 문학이다. 작가는 외설한 사실을 진실한 관계 속에서, 그 외설의 인간적 의미를, 외설한 자와 타인의 관계를 잘 알 수 있게 씀으로써 외설한 성이란, 정직하지 못한 인간관계와 같은 것임을 밝힌 것이다.

소설에서의 주인공의 몫과 작가의 몫

작품 속에 그려진 사실로서의 외설에 작가의 비판이라는 진실이 작용함으로써, 작품 속의 외설은 작가의 소망, 바른 인간관계를 소망하는 의지의 표현이 된다. 반대로 같은 승려의 타락이라는 사실을 두고 당사자 간의 교섭이라는 한계 안에서, 그것도 그들과 타인들 간의 관계를 빼고 그려가는 경우에는 그것은 문학으로서도 외설이 된다. 사실로서의 외설에 문학이 먹혀버려서, 결과적으로 작품은 부정에 대한 부러움이 된다. 현대 도시에서는 타인과 내가 같은 울타리에 떨어질 수 없이 서 있다는 연대감이 희박해지는 탓으로, 우리는 부정을 부러워하면서 사실은 그 부정의 대가를 우리들 자신이 치르고 있다는 안속을 모르고 지낸다.

예술은 인간이 인간을 부르는 소리

인간의 공동생활이 간단히 한눈으로 볼 수 없기 때문에, 제 닭 치는 장님처럼 우리는 스스로의 삶을 더럽히면서 깨끗해지고 있는 것으로 착각한다. 사회생활이 복잡해졌다는 것은 질서를 위한 노력이 더욱 어려워졌음을 뜻할망정 필요 없어졌다는 말은 아니다. 이런 노력의 어려움에 위축되었을 때, 그런 정신에 의해 씌어진 작품의 성은 외설한 모습을 띤다.

판단의 기준

어떤 경우를 상상하더라도 변함이 없는 기준은 문학의 외설 여부는 소재로서의 작품 속의 성적 사실로서가 아니라 작가의 시점에 달렸다는 원칙이다. 그리고 그 시점의 정당성은 인간은 에덴에서는 이미 쫓겨났다는 상실감과, 미래에는 유토피아의 형태로서 에덴을 회복할 수 있다는 소망과, 그러나 현재로서는 인간은 에덴과 유토피아의 중간에 있으며, 에덴에서 쫓겨난 그 원인 — 문명을 가지고 타락할 수도 진보할 수도 있다는, 문명은 지옥으로 떨어지는 미끄럼판도 될 수 있고 하늘로 올라가는 사다리도 될 수 있다는 어려운 인간의 좌표를 똑똑히 알고, 생명의 온전한 회복을 위한 믿음을 가졌느냐의 여부에 있다.

믿음이 현실적으로 가능하다는 보장은 없다. 여기에 히로이즘이 등장할 여지가 있다. 그것은 가능성이 있으나 필연적이라고 단정할 수는 없는 상황에서의 인간의 생명력인데 그것이 히로이즘이다. 노동과 성이 유희가 되는 유토피아에의 권유와 고무 ─ 그것이 예술이다. 현실의 불가능을 예술 속에서 해결하는 것, 그러므로 그것은 현실과의 단절이어야 하며, '예술은 현실에서 벗어난 별유천지別有天地이다'라는 견해는 예술이라는 현상을 예술 현상이라는 작가와 작품과 감상이라는 세 모멘트 가운데서 작품에만 치우쳐서 추상으로 생각하는 데서 오는 생각이다.

예술 작품이라는 객관화된 매개물은 작가가 만들었고 남이 감상한다. 예술은 이 세 모멘트가 작용하는 회로이며 일관 작업이다. 그것은 1) 인간이 2) 인간을 3) 부르는 소리이다. '고무鼓舞'라는 말이 재미있다. 이 말을 글자대로 해석해보자. 북 치고 춤춘다는 말이다. 언뜻 풍류 같고 유희 같다.

별유천지까지는 몰라도 선거철에 니나노 하는 부녀자들의 모습을 연상하기 어렵지 않다. 그러나 이 말 '고무'의 뜻은 물론 북돋는다는 것으로서 북 치고 춤추고 논다는 말이 아니라, 격려한다, 어떤 다른 행동으로 이끈다는 뜻이다. 이 말은 오히려 싸움에 나가기에 앞선 전사의 일단의 모습을 떠오르게 한다. 그것은 북 치고 춤추면서 적을 주살하자는 환상이 아니라, 현실적으로 적을 무찌르려는 다짐이며 전의의 깃발이다.

나는 예술을 고무라고 생각하고 싶다. 고무에서 '무무巫舞'로 이르는 과정이 아마 인간 사회의 분열과 모순의 심화, 예술의 관념화를 잘 말해주는 것이 아닐까. 무무까지도 실은 우리가 생각하듯 현실과 유리된 것은 아니고 퇴락한 모습으로나마 고무의 후예이며, 유토피아에의 길이 막혔던 사람들의 구원의 소망이었다.

그렇다고 해서 거기 주저앉아서 한술 더 떠서 무무가 예술의 본질
이라고 주장한다면 본말 전도이며, 송장이 생명의 본질이라고 하는 것
이 되지 않을까. 미라를 만든 사람들은 생명의 해탈이 아니라 생명의 완
성을 원했던 것이다. 육체가 움직임을 버린 다음에도 멈출 수 없었던 생
명에의 의지가 미라다. 그것은 옛 인간들이 우리를 생명에로 부르는 목
소리다. 너희도 죽어라 하는 이야기가 아니라 천년 후의 너희들하고도
동시대인이고 싶다, 하는 시간에의 도전이다. 예술의 동시성이라 해도
좋을 것이다.

바른 성과 외설의 개념적 기준

모든 예술은 진정한 예술인 한, 모두 동시대인의 예술이다. 인류
라는 동시대인의 예술이기 때문에 우리는 고전을 이해할 수 있다. 예술
은 당대의 통념과 위선과 환상을 넘어 생명의 영원한 메시지를 호소한
다. 당대의 풍문을 이기고 생명의 광장에 나오는 힘, 그것이 예술의 힘
이며 당대의 통속의 풍문에 매인 예술의 대용품이 통속이며 외설이란
통속의 예술이다. 예술이란 문명이라는 과도기의 세대에도 맥맥히 흐
르는 1) 에덴의 기억이며 2) 에덴의 상실감이며 3) 유토피아에의 의지이
며, 인류 역사의 연속성의 증인이며 죄와 재앙 가운데서의 뉘우침이며
회복의 전의이다.

기도하는 전사의 초상

문학에서 성이 바르게 다루어졌을 때 성은 생명의 노래로서 활달
하고 스스러움 없이 '노래'되는 모습을 취하며, 혹은 현재의 성의 비인

간성에 대한 뉘우침과 고통의 모습이 되고, 혹은 아름다운 인간관계로서의 성을 향한 다짐이 된다. 이러한 밝음, 앰비벌런스(ambivalence), 성실성은 문학의 독자들이 훌륭한 작품들에서 알아볼 수 있는 것들이다.

『25시』의 주인공의 아내가 러시아 병사들에게 윤간을 당한 일을 남편에게 고백했을 때 남편이 보인 반응 ― 동정과 위로에 가득 찬 조용한 태도를 우리는 이해한다. 그리고 그들의 아픔이 우리의 아픔이고 그 죄, 그 두려움 역시 우리 자신의 것임을 느끼게 된다. 작가의 슬픔과 비판에 의해서 그 외설한 사실이 놓일 데 놓였기 때문이다 ― 이상과 같은 것이 대체로 바른 성과 외설을 가르는 개념적 기준이겠으나 개개의 문학 작품에서의 그것이 구체적으로 어떤 것인가는 그렇게 단순한 것은 아니다. 왜냐하면 이 같은 원칙은 고양이 목에 방울을 달아놓는 것이 좋겠다는 것이어서 아무도 반대할 리가 없겠지만 어떻게 다른가 하는 기술상의 문제는 또 다른 문제며, 문학 작품에서도 시와 소설의 경우가 또 다른지 확실히는 모르겠다.

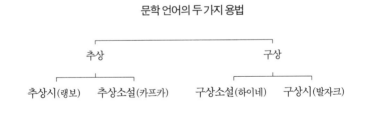

문학 언어의 두 가지 용법

추상 / 구상

추상시(랭보) 추상소설(카프카) 구상소설(하이네) 구상시(발자크)

막연하나마 필자의 생각으로는 시는 에덴과 유토피아를 다루기에 적합하고 소설은 현재를 다루기에 어울리지 않는가 생각한다. 시는 인간의 상황을 거의 언어 자체의 상황에까지 추상하려는 것이 가능하기 때문에 그런 추상화라는 기술적 노력 자체가 인간관계에 대한 비판과 투시의 의미를 가진다고 주장할 권리가 있기 때문에, 영광과 승리를 단적으로 노래해도 기술적 처리가 엄밀하기만 하면 작가의 강인함을 믿을 수 있기 때문이고, 소설은 언어의 구조와 그것이 지시하는 인간관계가 끊임없이 서로 반사하는 관계에서 이루어지기 때문에 현대의 모습인 죄와 소망의 앰비벌런스의 현기증을 보다 움직이는 현장대로 붙잡을 수 있기 때문이다. 물론 이런 기술적 차이 자체가 절대화돼서는 안 될 것이며, 시든 소설이든, 태도와 기술이 늘 작품의 전체에 불가분하게 연관되어 있을 것은 말할 필요가 없겠다.

외설의 한국적 수용

편집자가 필자에게 바라는 것은 외설의 문학적 한계와 그 한국적 수용이라는 것이었는데 그 전반은 앞에서 얘기한 것처럼 허술한 대로 메워졌다 치더라도 아직 절반이 남아 있다. 한국적 수용이라는 것을 필자는 다시 두 가지 측면으로 나누어보겠다. 1)은 한국 문학에서의 성의 문제이며, 2)는 보다 광범위하게 활자 미디어에 의해 표현된 성의 현황을 다루는 것이다. 그런데 3)은 원칙론이 아니고 문학사에 즉해서 실증적으로 다루어야만 흥미를 줄 수 있는 일인데, 바로 말해서 필자는 그만한 연구를 전혀 한 적이 없고, 이 글을 쓰기 위해서 하루 이틀에 할 수도 없는 일이다.

문학과 성이라는 문제는 문학을 다루는 데서 취할 수 있는 기본적인 시점 가운데서도 가장 중요한 몇 가지 가운데 하나라고 할 것이므로,

문학사를 이 시점 하나로도 정리하자면 못 할 것도 없을 성싶은 그런 작업이다. 이 글을 쓰다 보니 단편적인 인상을 적는 태도로 시작하지 않았기 때문에 갑자기 문학사의 에피소드를 이것저것 끄집어낼 수도 없고 불가불 할애하기로 하겠다.

남은 것은 활자 미디어 일반에서의 성의 처리 문제인데, 나는 이 점에 대해서는 별로 말할 필요를 느끼지 않는다. 왜냐하면 앞에서 말했듯이 문학에서의 외설 여부는 소재로서의 외설, 사실로서의 외설 문제가 아니고 현실에 대한 이차적 조작 현실의 비평으로서의 문학이라는 현상 속에서의 성의 문제였기 때문에, 그것은 '문학이라는 비평' 자체에 대한 비평이며 가장 나쁜 경우에도 대개 작가의 비력非力이라든가 착각 같은 까닭이 있는 것이며, 논리가 통하는 세계이다. 그러나 문학이 아닌 활자 미디어 일반에서 외설의 문제는 문학이 아니라 '사실'이다.

우리가 날마다 대하는 매스 미디어가 제공하는 성의 이미지의 범람은 이제 새삼스럽게 이것이 외설한가 아닌가를 따지는 것은 실성한 사람이 아닌 한 우스운 얘기가 될 것이다. 매춘 지대로 가서 여기가 매춘 지대냐 아니냐를 따지는 것이 훨씬 회의 정신의 표현이 될 것 같다. 보통, 일반 미디어가 보수적이고, 문학이 성의 문제에서는 항상 급진적인 문제를 일으킨 것이 외국 문학사의 고전적 통례인데 그 점에서 한국 문학은 완전히 사실에 의해서 '추월'당한 것이 현상이다. 한국 문학은 여러모로 현실에 대해 질겁한 패배의 잔을 마셔왔는데, 성에서라고 예외일 리는 없는 모양이다.

문학 자신으로서는 겸손하게 반성해야 옳을 줄 안다. 한국 문학이 겁나게 성을 파헤치면서 그러한 성의 무서움과 어둠을 한국적 삶의 전모 속에서 그려냈더라면 사실로서의 외설을 막을 수 있지 않았을까 하고 반성해야 옳으리라. 그러나 사실로서의 외설의 홍수가 과연 문학에게 책임을 지워야 할까 하는 문제는 아무래도 지나친 겸손에서 오는 회의 정신이 될 것 같다.

예술과 현실은 상보적 존재

이것 역시 고무를 너무 예술적으로 풀이하는 식이 될 것이다. 고무가 결코 북이나 치고 춤이나 춘다는 말이 아니라 행동을 요구하는 행동이듯이 지금 바로 진행되고 있는 성의 범람은 문학이라는 고무가 아닌 다른 고무, 즉 살자는, 아름답게 밝게 살자는 고무가 아니라 어두워도 좋으니 그럭저럭 살자는 무무 같은 것을 누군가가 벌이고 있는 것이 아닌지 모르겠다. 찢어진 북과 남루한 옷을 걸치고 그래도 '고무'를 지키겠다고 하는 나의 동업자 여러분을 생각하면 이 판국과의 대조가 무언가 쭈뼛한 것을 느끼게 한다.

어떤 가역 회로

예술과 현실 사이에 있는 밀접한 관계는 작가 – 작품 – 감상이라는 회로가 생생한 관계로서 존재하는 사회에서는, 예술은 현실의 구체적인 한 요소이며, 현실과 예술은 대립적인 사물이 아니라 상보적인 사물이다. 땀과 내분비는 간이라는 동일한 샘에서 흘러나온다. 이것은 주어진 사실이지 우리가 결합시킨 것이 아니다. 우리의 삶은 땀과 내분비가 모두 고르게 조절되었을 때 만족을 얻는다. 아마 땀과 내분비가 일치하는 시대가 없을지도 모른다.

유토피아에 대한 이러한 신중한 생각은 현재나 가까운 장래에 대해서는 옳은 얘기지만, 인간의 미래로서는 반드시 그럴지는 알 수 없다.

사람이 죽으면 흙이 된다는 것은 너무나 신비한 충격이며 무상하다는 감각이 우리에게 보편화돼 있지만, 그 대신 흙일 수 있는 것이 우리의 몸과 같은 신비한 기계로까지 스스로를 조직할 수 있다는 놀라움은 반대로 줄어져 있다. 죽음의 덧없음만 돋보이고, 삶의 신비한 가능성이 겸연쩍은 것으로 되어 있는 사회는 무엇인가 힘을 잃고 있는 것이다. 역사의 추진력이 인간 자신에 의해서 발견되고 유지되어온 것을 잊고 있는 것이다.

문명은 개발된 원시 — 문명과 원시는 대립 개념이 아니다

역사의 추진력 하면 우리는 곧 경제라든가 기술 같은 것을 떠올리게 되는데, 보다 근원적으로는 역사의 추진력은 생식이라고 하는 것이 옳을 것이다. 사람이 사람을 낳는다는 행위에 의해서 인간이라는 현상의 이어감이 있기 때문이다. 무리살림과 새끼낳기의 두 가지가 인간의 가장 근본적인 구조라고 하는 것이 옳으며, 그러므로 이 구조를 근원적 문화라 불러도 좋을 것이다. 이것을 문화라고 부르는 데는 현대인에게는 좀 이상스럽게 들릴지 모르지만, 인간이란 생명 현상 자체가, 이 우주와 더불어 당초부터 비롯된 것이 아니고, 오랜 시간을 통한 형성의 소산이기 때문에, 얼핏 생각에 자연이라고 하기 쉬운 인간 존재 자체가 문화라는 말이다.

기억되고 기록된 역사에 집착하기 쉬운 우리로서는 그 이전을 전사 시대라든가 하는 표현으로 처리하고 있지만, 이것은 엄밀한 파악은 아니다. 물리적 자연에 저항하면서 특정의 존재 형태를 유지하고 연속시키는 '생명'이라는 현상은 '자연 속의 자연'으로서 이중의 자연이며, 우리가 말하는 문화란 바로 이 이중성으로서의 사회이다. 이 수준에서는 사람과 짐승 사이에 다름이 없다. 근원적 문화의 수준에서는 사람과 짐승은 동계 문화에 속하는 존재이다. 아마 인류는 오랫동안 이 수준에서 살아온 것 같고, 역사의 그다음 단계는 도구의 사용으로 비롯된 것 같다.

외설은 너와 나의 그림자

　여기서 도구가 가지는 뜻은 근원적 문화에서의 '이중성의 자연'이라는 이중성의 조직에 또 한 겹의 조직이 덧붙여졌다는 것을 말하며, 이 수준에서의 인간을 '삼중의 자연'이라고 불러도 좋을 것이다. 동물과 더불어 있는 이중의 자연, 혹은 근원적 문화의 중요성은 적어도 현재까지는 인간 현상의 기본 구조라는 점과 그럼에도 불구하고 이 단계가 이미 조직된 단계이며 문화이기 때문에, 물리적 타성惰性의 세계가 아니고 1) 개체에 의한 자기 유지의 노력을 필요로 하며, 2) 개체의 '죽음'이 있는 점이다.

인류학적 상상력을 부활시킨 것

　'개체의 노동'과 '죽음'이란 근원적 문화, 생물학적 수준에서의 모멘트는 현재의 높은 문화에서도 변함없는 구조의 요인이다. 다만 인류의 전사 시대가 대단히 오랜 시간에 걸쳤다는 이유 때문에 이 단계가 비작위적인 인상을 주게 되고 문화와의 대립 개념으로 이해되는 사태가 생겼을 것이다. 이 근원 문화의 시대의 가장 중요한 문화적 행사는 생명의 유지와 생식의 행위였을 것이다. 노동이래야 기껏 채취의 단계였기 때문에, 분업에 의한 불공평도 생길 수 없는 반면, 생식 행위도 생활에서 동떨어져 이루어질 수 없었을 것이니 성의 생활은 어딘가 운명적 공적인 성질의 것이었으리라. 이것은 오늘날 우리가 동물의 성의 생활을 대할 때 코믹한 느낌으로 굴절되어 인식할 수 있는 진실이다.

　　노동과 성은 인간의 존재의 근본 요인이자, 평등한 요인이었던 것이다. 1중重의 자연인 물리적 자연의 저항에 맞서면서 자기를 유지하는 생물학적 존재 자체가, 이미 2중의 자연, 조직된 자연이며, 유사 시대 이래의 인간은 3중으로 조직된 자연이라고 할 수 있으리라. 우리 사회는 이 4중의 자연의 한 부분인 농업 사회까지는 그 단계 안에서는 합리적인 역할의 구조를 가지고 있었다. 현재의 대중 사회는 새로운 기술의 단계에서의 인간관계이다.

현재의 우리 사회는 문명 없는 사회

　　우리 사회의 오늘은 우리 사회의 역사상 노동과 휴식과 성의 배분이 어느 시대보다도 양식화되지 못한 시대이며, 그러므로 가장 불행한 시대이다. 가능성이 가장 큰 시대가 현실로서는 가장 괴로운 시대라는 이 사실은 아마 과도기가 겪는 수난이겠지만, 우리로서는 이 과도기를 겪지 않겠다든가, 겪지 않을 수 있다는 환상에 매달릴 것이 아니라 과도기 자체를 어떻게 처리하느냐 하는 방법의 문제를 생각하고, 사회의 모든 성원에게, 사람다운 이웃이 되기 위하여 손잡기를 요구하는 일일 것이다. 외설의 문제도 그것은 우리 밖에서 벌어지는 구경거리가 아니라 바로 내 문제라는 것, 내가 그렇게 허락하고 있다는 것, 한 줄의, 한 권의 외설은 너와 나 — 즉 우리들의 외설한 인간관계의 어김없는 그림자라는 것, 무무는 우리가 불러다 시키고 있다는 것, 이런 사실의 인식으로 항상 되돌아가서 생각해야 할 것이다.

아메리카

넓다.

너무 넓다.

자동차 여행을 하면, '지평선의 감각'이랄 만한 것을 맛보게 된다. 인간이 돌멩이를 들고 짐승을 쫓다가, 문득 이 초원의 한복판에 멈춰 섰던 50만 년 전 어느 여름 한낮이 되살아난다. 아메리카의 자연은 이런 환기력을 지닌다. 넓이란 어느 한계를 지나면 인류학적 상상력을 자극한다. 이 환기는 이 지구상의 삶이 여러 민족이 저마다 '영토'라는 땅 위에서 살고 있다는 처지로 볼 때 사이렌의 노랫소리처럼 유혹적이다.

사람은 때로 넓이 앞에서 잠시 자기 살갗 밑에 키워온 고향을 잊어버린다. 지중해를 헤맨 율리시즈처럼.

그리고 어느 밝은 콜로라도의 달밤에 고향의 부름 소리를 듣고 소스라쳐 일어난다.

　2백 년 전, 이 넓이의 유혹이 유럽을 끌어당겨 뭇사람으로 하여금 고향을 떠난 나그넷길에 몰아냈다. 보스턴에서 캘리포니아까지, 하와이로, 필리핀으로, 일본으로, 코리아로 ― 넓이를 넓히기 위해서 아메리카는 지구 위를 헤매왔다.
　그리고 때로는 베트남은 루이지애나가 아니라는 것을 배우기도 해야 했다.

　좁은 넓이의, 그나마 절반만이 움직여볼 수 있는 합법적 넓이였던 나그네의 눈에는 이런 넓이는 모욕적이기까지 하다.

　아메리칸 인디언이란 부족은 이 넓이 속에서 끝내 이 넓이를 이기지 못한 사람들이다. 그래서 이 넓이만 한 문명의 화살을 가진 유럽 인디언들에게 지고 말았다.

　말론 브란도는 캘리포니아에 있는 자기 땅을 인디언들의 정착지로 내놓겠다고 말했다.

　많은 한국 사람이 미국에 살고 있다. 이승만 씨가 옛날에 여기서 왔다 갔다 하면서 주스도 마시고 하던 땅이다.

　한국 사람들은 부지런하다. 왜냐하면 부지런하지 않을 수 없기 때문이다.

여름이면 여자들은 배꼽을 내놓고 길을 다니며, 남자들은 맨발로 아스팔트를 밟고 다닌다.

어떤 사람들은 끝내 다 벗고 이리저리 달려본다. 답답한 모양이다.

아메리카의 심성은 대서양적이다. 보도報道의 태반이 바닷바람을 타고 온다. 그들은 자기네가 어디서 왔는가를 잊을 수 없다.

한국은 아메리카와 인연이 얽힌 지 30년이 된다. 그러나 아메리카 사회에 대해서 아무런 문화적 이미지를 심어놓지 못했다. 돈이 없기 때문이라고 한다. 돈이 있다면 무엇을 심겠다는 말인지.

세계 뭇 곳에서 사람들이 몰려와서 무엇을 달라, 무엇을 하지 말라고 조르기도 하고 협박도 한다. 옛날 로마 시를 오락가락하는 그리스 사람들, 페니키아 사람들, 이스라엘 사람들, 프랑코 사람들, 이집트 사람들, 리비아 사람들처럼.

마흔 살 넘으면 넓이의 유혹도 오래가지 않는다. 고향에 두고 온 부모처자만큼 넓은 넓이는 없기 때문이다. 율리시즈는 밤마다 이타카의 꿈을 꾼다. 꿈속에서 페넬로페의 젖가슴은 로키산맥처럼 다가온다. 나그네에게는.

한국 사람이 미국에 20만, 일본에 60만, 중국에 50만, 소련에 40만이 산다고 한다. 이것은 또 하나의 이스라엘을 만들 만한 인구이다.

한국 사람이 바보가 아니라는 것, 끈질기다는 것, 무엇보다 자기 말을 잃지 않고 살아남은 것은 사실이다. 그러나 지금 지구 위에 살고 있는 모든 부족은 다 이런 주장을 할 수 있는 셈이다. 이것만으로는 안 된다. 남보다 앞지를 수 있는 무엇이 있어야 한다.

산다는 것은 아픈 일이다. 살아보면 아는 일이다. 힘을 모아 서로, 아픔을 되도록 덜면서 살자는 것. 자식들에게 제발 좀더 나은 세상을 물려주는 일을 위해 이 땅의 원주민인 우리는 제 나름의 노력을 할 수 있는 창조적 자유를 가진다.

일. 일하는 것. 남보다 꾀 있게 일하는 것. 모든 사람의 가능성에 길을 열어주는 것. 이것이 참다운 '넓이'다.

인디언이 안고 넘어진 땅을 샅샅이 갈아 부쳐 지금의 아메리카를 만든 것은 이 '넓이'다.
가능성의 넓이. 그것이 모든 것을 관장한다.

살자고 발버둥치는 것은 우리만이 아니다. 살자고 발버둥치는 가난한 나라가 우리만이 아니다. 이 땅의 원주민인 우리들에게 창조적 기여에의 자유를 존중하는 것은 모든 사람의 의무이다.

아메리카 교포들의 우스갯소리가 있다. 한국 사람은 모든 것을 미국 수준과 겨룬다는 것이다.

나는 씌어진 역사를 믿지 않는다. 어쩌면 우리 조상들이 기억상실증에 걸려서, 우리 민족이 한 20만 년 전에 세웠던 대제국을 삼국유사에 기록하는 것을 잊어버렸을 수도 있다.

환상 없는 삶은 인간의 삶이라 불릴 수 없다. 환상 있는 곳에 길이 있다.

현실이여 비켜서라. 환상이 지나간다. 너는 현실에 지나지 않는다.

아메리카에는 많은 율리시즈들이 살고 있다. 이타카 섬과 지중해의 넓이 사이의 균형을 잡지 못하는 때까지는 그의 방황은 끝나지 않는다.

마음이여 정착하지 마라.
아메리카는 너무 좁은 땅이다. 아이들은 벌거벗고 길을 달려가고, 행여 아프리카의 수풀 속에 넓이가 있을까 해서, 아프리카 에어라인 앞에서 황홀하게, 흑인 미녀의 포스터를 들여다본다.

2백 년이나 된 늙은 나라의 아이들은 2백 년이나 살아온 고향 도시가 싫어서 뉴욕으로, 시카고로, 로스앤젤레스로 가출한다. 그리고 그 도시들이 얼마나 좁은가를 알게 되면, 그들은 평화봉사단 지원서를 주는 데가 어딘가를 전화로 여기저기 친구들에게 물어본다.

아메리카 사회는 환상과 보수라는 두 초점을 가진 커다란 타원이다. 그 어느 극도 다른 극이 없이는 힘을 내지 못한다.

앵글로색슨 문명은 타원적이고, 아시아 문명은 (과거에 한해서는) 원적圓的이다. 원은 안정하고 반복하려는 도형이다. 타원은 모순하는 궤적의 균형이다.

영악하고 꾀 있는 사람들 틈에서 살자면 영악하고 꾀스러워야 한다. 덜레스는 목사 같은 사람이었지만, 키신저는 그저 장사꾼이다. 덜레스는 현상과 현실을 자칫 유착시킬 인상을 지니게 할 위험이 있었지만, 후자는 우리에게 우리 자신의 현상의 여지를 남겨놓는다. 그러는 쪽이 더 낫다.

아메리카는, 객지가 어디나 그런 것처럼 모든 나그네들에게 고향을 가르쳐준다. 나그네가 객지를 고향 삼을 수도 있다는 '가능성의 고향'까지를.

모든 나그넷길처럼 아메리카의 길도 마음만 있다면 마음을 살찌우는 넓은 넓이다.

늙은 나라

아메리카론의 대중적 문구 가운데 하나가 '젊은 나라'라는 파악이다. 이 인식에는 그만한 까닭이 없는 것은 아니다. 이것은 미국이 독립한 다음 처음 무렵에, 영국 사람들 눈에 비친 아메리카상이 이후로 정착해버린 것이다. 노후한 사회의 정치적 반대자, 이 농민들이 건너가서 세운 나라는 영국 사람들 눈에는 새롭다는 것보다도 뜨내기 살림이라는 울림이 섞여 있었다. 독립의 경위를 생각해보면 이 울림에는 최소한의 적의까지도 섞여 있다고 보아도 좋을 것이다.

또 이런 울림은 구대륙, 즉 유럽에 그냥 남아 있게 된 사람들에게도 영국만은 못해도 통속적으로 받아들일 수 있는 느낌이다. 뜻밖으로 들릴지 모르지만 상징파 작가인 멜빌이 그의 에세이에서 지독한 내셔널리즘의 가락을 높이고 있다. 이것은 아메리카 사회에 처음부터 퍼져 있는 열등의식의 반증이기도 한 것이다. 이것은 거의 근원적 의식이라 할 만하다. 인간이 조상들의 원주지에서 떠났다는 것만으로 느끼게 되는 두려움이고 그것만으로 단정하려는 타자의 평가가 '젊다' '어리다' '뜨내기다' 하는 표현이 되는 것이다. 요컨대 '점잖지 못하다'는 것이다.

이후로 이 자타自他에 의한 '젊음'의 문제는 아메리카의 모든 행동을 다스려왔다. 열등의식에서 자부심으로, 다시 자기 회의로 하는 식으로 아메리카적 심성의 핵이라 불릴 만큼 그것은 미국인의 현실적·정신적 동작의 어디서나 추출해낼 수 있다. 그런데 대체 무엇을 가지고 젊다고 하는 것인가? 아메리카 사람들이 생물학적인 신종이란 말은 아니다. 사회 체제가 신종이라는 말에는 틀림없다.

처음으로 세습 신분을 폐지한 나라이다. 독립 무렵에는 유럽과 그 밖의 지구 위의 모든 나라에 견주어 젊은 나라였음이 틀림없다. 그런데 모든 나라가 이후로 이 본을 따르고 보니, 공화제라는 기준으로 볼 때 미국은 가장 늙은 나라인 셈이다. 그리고 인간은 생물처럼 유전의 반복이 아니라 사회 형식의 진화라는 것을 생활의 기반으로 삼고 있음에 비추어보면 사회 체제의 나이테야말로 그 사회의 나이를 재는 마지막 가늠대라 해야 한다.

지금 벌어지고 있는 대통령 예선에서도 거의 모든 후보들이 지방 정부의 권한을 넓히고, 중앙 정부를 줄이라고 내세운다. 그동안 미국뿐 아니라 지구 규모의 바람이 되어오고 있는 행정권의 극대화에 대해서 적어도 말로는 거의 고전적인 불신을 보이는 것, 이것이 미국 직업 정치가들에게는 아직도 제일 들어맞는 득표 전술의 한 가지다. 외교상의 고립주의라는 것은 국내 정치에서는 이 지방 권력의 강화라는 말이 된다.

지방 자치는 미국 정치의 세포인 셈이다. 돈 나고 사람 났냐가 아니고, 나라 나고 동네 났냐. 커뮤니티(community)란 말이 살아 있다. 그토록 정치 감각이 고전적이다. 이런 감각은 아마도 세계 어디나 미국만 한 곳이 없을 것이다. 정치적 감성이 풍속적으로 뿌리가 깊다는 말만은 아니다. '공화제'적 공동 의식이 그렇다는 말이다.

2백 년 동안의 정치적 무사고 운전이라는 기록을 가졌다는 뜻에서 아메리카는 이 지구상에서 가장 늙은 나라다. 2백 년 전 그때부터 지금까지 줄곧 제1공화국이다. 뉴욕 시가 파산해서 연방 정부에 원조를 요청했을 때 여론은 몹시 쌀쌀했다.

『워싱턴 포스트』는 해설 기사에서 미국 사람들은 뉴욕을 진짜 미국으로 생각 않는다고 분석했다.

뉴욕은 다른 고장 사람들에게는 흑인과 유대인과 푸에르토리코 사람을 비롯한 군소 소수 민족 집단의 도시로 보인다는 것이었다. 출장 간 남편들에게 못된 짓을 배워주고, 공부하러 간 자녀들을 도무지 알 수 없는 망나니로 만들어주는 못된 도시, 소돔 시쯤으로 다른 지방 사람들은 보고 있다는 말이었다. 그래서 싸다는 것이고 도움은 무슨 도움이냐고 찌푸린다. 뉴욕의 긍정적 가치와는 떼어놓고 말한다면, 이 찌푸린 여론이 보수적 아메리카의 늙은 얼굴인 것만은 틀림없다.

뉴욕을 진짜 미국으로 생각 않는 방대한 부분, 그것이 미국의 늙은 부분이며 미국의 어쩌면 보아 넘기기 쉬운 주요 부분이다.

자연

미국에서 제일 잘난 것이 무엇일까. 내 눈에는 미국의 자연이 제일 잘나 보였다. 열대에서 한대까지 기후대가 고루 갖춰져 있다. 나라가 크다는 것은 무엇보다 땅덩이가 크다는 말에 다름없다.

이 넓은 땅의 품 안에는 갖가지 자원이 묻혀 있다. 석유라는 물질이 그토록 흠씬 묻혀 기다리고 있지 않았던들 미국의 역사는 다른 것이 되었음에 틀림없다.

잘된 사람들의 지난날의 잘난 일만으로 가득 차 보인다. 그야 사람이 먼저 잘나야 할 것이다. 그러나 역사의 어떤 시기에 때맞춰 인간을 돕는 조건이 나타난다면, 그 잘남은 실치實値보다 몇 배나 돋보인다. 뒤진 사람들이 알아둘 일은 인간과 자연의 합작인 역사에서 양자의 비율을 옳게 가리는 일이다. 패배 의식도 타자 경시도 피하기 위해서. 왜냐하면 그런 함정에 빠진 민족은 모두 실패했기 때문에.

지평선이라는 것은 귀중하다. 그것은 인간의 시야를 닫으면서 열어놓는 풍경이다. 거기까지가 보이는 데이자, 그 건너편의 초입이다. 동물들이 흔히 벌판에 우뚝 서서 지평선을 바라보는 모습을 사진에서 많이 본다. 그들이 지평선을 그 너머에 있는 넓이의 시작으로 느끼는지 어떤지 알 수는 없다. 아마 그렇지 않을 것이다. 인간만이 감각의 한계를 실재의 상징으로 받아들인 동물이다.

동물은 지평선 앞에서 멈춰 선다. 인간은 그쪽으로 끌려간다. 동물과 인간은 다른 자장磁場 속에 있다.

서부 영화에서 우리가 보는 것은 무엇인가. 잘난 남자와 고운 여자일까? 쏘아붙이는 권총 놀이일까? 아마도 아니다. 서부극의 끝판을 생각해보자. 주인공들은 늘 지평선으로 사라져간다. 황혼의 지평선에 떠오른 인마人馬의 실루엣, 그것이 서부극의 기본 선형이다.

자동차의 초기 모습은 역마차의 바구니 그대로다.

주택들은 자연을 조금 헐고 들어앉았다는 식으로 지어져 있다. 건

축업자가 편하자고 그랬는지는 몰라도 대지의 원형을 따라 설계된 집이 아주 많다. 반듯하게 밀어붙이고, 집을 짓고 다음에 나무 몇 그루를 옮겨다 짓는 게 집 짓는 법인가 알아온 눈에는 이런 것도 눈물 나도록 부럽다. 옛날에는 우리네도 아마 그렇게 했을 것이다. 미국에는 아직도 대부분의 자연이 옛날 그대로 잠자고 있다. 공해라지만 내 눈에는 완전한 엄살이다.

한국의 하늘이 유별나게 푸르다느니 하는 말로 입국 인사를 대신한 많은 푸른 눈의 방문자들의 조그만 거짓말에 대하여 나는 조그만 화를 내기로 한다.

갠 날씨에는 지구상의 어느 지점에서나 하늘은 푸르다. 미국은 지구상에 있다. 그러므로 갠 날 아메리카의 하늘은 푸르다.

침엽수가 많은 우리나라의 임상林相은 성기고 표표하다는 느낌을 준다. 미국 수풀은 활엽수가 많아서 밀생密生과 풍만의 느낌을 준다. 잡초도 우리 것보다는 가늘고 부드러운 느낌이다. 우리들의 머리카락의 다름처럼.

그러나 마지막으로 실토하기로 하자. 생김새가 우리와 다른 사람들이 이토록 많이 이토록 넓은 터를 차지하고 살고 있다. 이것이 아메리카에서 내가 만난 가장 큰 놀라움이다.

인간의 집단 사이에서 이식이 불가능한 것은 문화라고 불리는 인간의 2차 속성들이 아니다. DNA의 어느 기호의 지시로 말미암아 달라진 살갗 한 꺼풀, 몸의 몇몇 곳의 지극히 약간의 뼈의 높낮이와 각도이다. 이 자연이 아직도 로키산맥보다 험하고 미시시피 강보다 지루한 인간 사이의 장벽이다. 아메리카여, 이 자연도 빨리 정복해보시도록.

베트남

베트남에서의 싸움에서 빠져나옴으로써 미국은 2차대전이 끝난 다음의 가장 큰 군사 행동의 막을 내리게 됐다.

베트남 전쟁의 의미는 여러모로 다루어질 수 있지만, 줄여서 말한다면 국지전의 해결을 위해 미군이 직접 행동하지는 않는다는 원칙의 실천이라고 보아도 좋을 것이다.

베트남처럼 중요한 곳이라도 이 원칙을 관철했다는 것은 이후의 미국의 국제 행동에 대해 짐작을 할 수 있게 한다.

미국은 왜 이런 원칙을 세우기에 이르렀을까? 아마도 가장 상식적인 설명이 가장 진실에 가깝지 않을까 한다.

2차대전의 최대 전승국이면서, 미국은 베트남에 개입하고 있는 한, 자국민에 대해서 '평화'를 향유시키지 못하고 있는 유일한 강대국이라는 상태에 묶여 있지 않으면 안 된다. 미국이 누리고 있는 많은 복지 면에서의 이론異論 없는 우위에도 불구하고 미국민, 특히 징병 당사자인 젊은 사람들에게는 인간 복지의 최대의 것, 즉 '생명'에 대한 보장이 없는 시대를 살게 하는 것이 된다. 이렇게 큰 모순이 없다. 미국민은 지구상에서 물질적으로 가장 행복하면서, 생명의 주체로서 가장 불행한 국민이어야 했던 것이다. 모든 면에서 소련과 겨루는 처지에서 이것은 심각한 문제였을 것이다.

베트남에 미군이 있는 한, 불화에도 불구하고 소련과 중공은 그 부분에서 굳게 뭉쳐 있고 보면 미국의 곤경은 짐작할 만하다. 사이공이 떨어지기 며칠 전에 어느 신문은 베트남 문제의 해결을 위한 사안을 실은 적이 있다. 몇 가지 안 가운데 하나가 특히 중요했다. 즉, 남북 베트남 정부에 대해 원조를 주고 있는 강대국 사이에 수조량에 대한 균형을 이룩하도록 협상하고 미군이 빠져나오라는 것이다. 그런데 이 안의 실현

성은 사실 강대국 사이의 협상의 타결 여부에 있는 것은 아니었다. 설령 그러한 타협이 이루어진다손 치더라도, 남북 베트남은 장기짝이 아니다. 그 자체의 의지와 가능성을 가진 독립 변수이기도 한 것이다.

이 조건에서 볼 때 남베트남은 이미 모든 정치적 가용 자원을 탕진한 정치적 파산자였다.

사이공 함락 며칠을 두고 미국의 큰 신문이 정말 그런 방책으로 사태의 해결이 가능하다고 믿었는지 어떤지 아주 미심쩍지만 곧이곧대로 읽어서 정말이라고 생각한다면 깊이 새겨 읽어야 할 일이었다. 미국 사람들에게는, 말하자면 '강대국식 사고'라고 할 만한 경향이 있다. 이것은 무슨 사상史上에 미국만 유독 나타내는 경향은 아니고, 역사의 어떤 시기에 광역적廣域的인 안전 감시의 역을 맡게 된 국가들이 모두 보이는 성향이라 함이 옳다.

그것은 자국 외의 나라들을 어떤 특정의 관점에 단순화시켜서 파악하고 작용한다는 경향이다. 가령 군사적·경제적·종교적 — 같은 측면이다. 말할 것도 없이 어떤 집단이든 이런 측면을 가졌고 당면한 문제의 질에 따라서 그중 어느 한 가지 측면에서 접근할 수 있는 일이지만 여기는 한계가 있고 그 한계를 지나면 어떤 측면이든 다른 측면과 뗄 수 없는 한 덩어리가 되어 있으며, 부분의 해결을 위해서는 전체에 대한 고려가 불가피한 국면이 현실의 법칙 자신에 의해서 나타나게 된다. 그때 가서 이것저것 손을 쓰려고 할 때는 대개 늦다.

베트남은 여러 당사자들에게 여러 가지를 나타내 보인 현실이었다. 현실의 행동이 가능한 선택지 가운데 늘 최선의 것이기는 오히려 힘들다.

대개 차선이다. 그러나 차선을 이루기 위해서는 최선의 방향이 늘 주요 궤도로 마련돼 있지 않으면 안 된다. 우주선을 항진航進시킬 때 최량 궤도가 기준이 된다. 현실화된 궤도는 이 기준에 대한 오차의 궤적이라는 수학적 의미를 지닌다.

만일 이 기준이 없으면 경험의 축적이 불가능해진다. 사열마다가 독립한 불가피의 유일 사건이라는 것이 되고 말기 때문이다. 당해 사건當該事件에 머무를 때는 그것으로 그만이지만 반복과 연속의 패턴인 집단의 역사 행위에서는 이런 하루살이는 틀림없이 멸망에의 길이다.

현실적인 것은 말할 것도 없이 합리적이다. 그러나 남보다 앞서려면 합리적인 것을 현실화시키지 않으면 안 된다.

양간도洋間島

미국에 살고 있는 한국 사람의 입장에서 미국을 양간도, 즉 서양에 자리 잡은 간도라고 말해볼 수 있다.

북간도와 비교해서 보면 이동異同이 재미있다. 북간도는 '이민족의 강점' 때문에 어려워진 국내에서의 생활 조건 때문에 이주한 외국령이다. 양간도로서의 미국에의 이주에서 그에 상응하는 조건은 분단이라는 상황이다. 그로 말미암아 통일되어 있다면 본국에서 원주민으로서 가용可用한 생활 자원 — 자연적 및 사회적인 — 이 충분히 가동稼動되어 있지 못하기 때문에, 외국령에 가서 생활하는 사람들 — 이것이 재미 교포의 민족 분포적 의미이다.

북간도는 본국에 지리적으로 이어져 있고 양간도는 대양을 사이에 두었으니 퍽 다른 것 같지만 그렇지만은 않다. 교통수단의 발전, 정치적 개방도, 안보 면 같은 것을 기준으로 보면 현재 본국에 가장 가까운 최대 영향력을 가진 최대 인구의 재외 한인 거류지가 즉 양간도다.

　북간도도 마찬가지였지만 양간도에의 이주는 '분단'에 의한 생활
자원의 부족이라는 관점 말고도 적극적인 측면을 가지고 있다. 즉 한국
인의 생활공간의 확대라는 측면이다.
　이조 체제李朝體制는 반도라는 독 안에서 썩다가 무너져버렸다. 지
평선 없는 정치 공동체의 패전이다. 만일 분단과 동시에 양측 주민이 본
국에 갇혀버린다면 그 해는 가공할 것이 될 것이다. 아메리칸 인디언들
은 원주지에서 영원히 패전했지만, 이스라엘 사람들은 풍비박산으로 분
산되었다가 권토중래가 가능했다.

　재외 한인은 통일 한국 — 그것이 백 년 후이든, 2천 년 후이든 —
의 중요한 자산이다.
　이러한 자산이 양간도에도 왜간도倭間島에도 화간도華間島에도 아
간도俄間島에도 있다. 이 중 나중 두 간도는 본국과의 교류가 비교적 어
렵고 민족 자산으로서의 기여도도 지금 같아서는 앞의 두 간도보다 못
할 것이다. 양간도와 왜간도를 비교하면, 왜간도는 지금의 한일 관계의
밀착 때문에 상대적으로 본국에 대한 창조적 기여도는 오히려 낮다고
할 것이다. 준내국화準內國化하고 있기 때문이다.
　이런 의미에서도 양간도는 북간도에 대한 정당한 역사적 등가물
이다.

　양간도 이주민의 사회 계층적인 성격도 근년近年 이래의 대량 이
주의 결과 비교적 균형을 이룬 셈이다. 즉 웬만한 재력층·학력층에서부
터 육체노동자까지다. 이만하면 '사회'라 부를 만하다.

자원은 땅속에만 있지 않다. 또 해외 거주자를 '인력'으로만 파악해서도 안 된다. 어떤 조사 방법으로도 그 성격을 완전 파악하는 일은 불가능하다. 마치 그들의 원주지와 원주민의 '성격'을 완전 파악함이 불가능한 것처럼. 왜냐하면 그런 '성격'이라는 실체는 없기 때문이다. 무한히 바뀌고 창조하는 인간 집단이 있을 뿐이다.

단기적으로 이 집단을 파악하고 영향을 미치려고 하는 것은 원주지의 권력이나 사회 집단으로서는 사실상 불가피하고 또 필요하다. 그러나 양간도가 그 이상의 지평선을 가진 인간 집단임을 인식하고 협력하고 도와주는 것은 서로 행복한 일이다. 즉 동맹자로서.

양간도에서의 우리 사람들이 받고 있는 평가는 나쁘지 않고 현지 주민들의 태도도 그리 나쁘지 않다.

역사에 대해 징징 울어봤자 쓸데없다. 역사가 아픈 술수로 우리를 때릴 때, 맞은 바에는 아픔을 잊지 말자. 다음에는 맞지 말기 위해서. 잘하면 다음에는 때리는 쪽이 되기 위해서. 우리는 착한 내림이라니까 설마 남을 때리지는 않겠지만. 이히히.

이념과 현실

한미수호조약 때에 비롯한 미국과의 관계는 일본 점령 시대의 미국의 모습, 즉 우리들의 '적의 우호국'이면서, 우리의 독립 운동에 대한 민간 수준에서의 '동정자'란 분열된 모습이었다가 '해방자'로서의 절대적 모습을 거쳐 오늘의 관계 — '동맹자'로서의 그것으로까지 옮아왔다.

나라와 나라가 어떤 관계에 있는가는 여러 수준에서 말해질 수가 있다. 한미 관계에서도 마찬가지다. 우리 경우에 그러나 가장 중요한 것은 이념을 같이한다는 것, 이해관계가 밀접하다는 것, 당사자 사이의 힘이 같지 않다는 것이다. 즉 대국과 소국 사이의 이념적 동맹 관계다. 냉전 시대에는 이 '동맹'이라는 모습만이 눈에 띄고, '이념' '대소'라는 모습이 가려질 수 있었다. 그러나 전화가 멎은 이후의 기간에 차츰 '이념' '대소'의 측면이 드러나게 된 것이 사실이다.

이것은 누구 말마따나 오고야 말 것이 오고 만 데 지나지 않는다. '소小'의 자리에 있는 우리로서, 이 관계에서 가장 큰 이익을 끌어내도록 하는 일이 바람직한 일일 것이다. 어떤 것이 가장 큰 이익인가를 가늠하는 것은 국민이다. 국민이라고 해서는 너무 막연한 말이기는 하다. 아마 그 이익에 대한 견해를 달리하는 몇 개의 집단이라고 하면 좀더 구체적일 수 있다. 미국 사회는 그들의 좋은 조건에 힘입어서지만, 상황에 대처하기 위한 다원적인 사회적 장치를 발전시켜왔다. 말하자면 충격 흡수 장치가 여러 겹으로 되어 있는 자동차와 같다. 전술적으로도 보유한 병력을 모두 전방 배치하는 것은 좋지 않을 것이다.

미국이나 유럽 사회는 이처럼 충격의 흡수와 확산이 부드럽게, 생체에까지 이르는 사이에 약화되도록, 최소한 어느 국부적으로만 강력하게 작용하지 않는 제도를 유지하고 있다.

그리고 우리도 그들과 이념을 같이한다는 명분 아래 동맹 혹은 우호 관계를 맺고 있다. 이런 제도의 장점으로서는 사회가 어떤 측면에서 충격을 받았을 때 그것이 곧 그 사회의 치명상이 되지 않는다는 데 있다. 가령 군사적으로 패배했다고 해서 그것이 곧 그 사회의 종말을 뜻하지 않을 수 있게 된다. 2차대전의 처음에서 프랑스는 한달음에 적의 점령하에 들어갔지만, 결국 이긴 것은 프랑스였다. 남을 끌어들여서 적과 싸우게 하는 것도 '힘'인 것이다. 이 힘을 '문화'라든지 하는 말로 표현하는 것은 틀린 것은 아니겠으나, 너무 좁은 느낌이 든다. 프랑스 사회의 제도적 우수성이라 부르는 것이 좋을 것이다.

외국 사람들이 자기네 피를 흘리면서까지도 적에게 넘겨줘서는 안 되겠다고 판단할 만한 어떤 힘을 프랑스는 가지고 있었다고 보아야 할 것이다. 이 힘이, 말하자면 다원적 적응―그 사회 성원들이 다양하게 발전시키고, 그 기술을 축적하고 있고, 일이 일어났을 때 창조적으로 대처할 수 있는 사회적 힘이, 프랑스를 군사적 전면 패배에서 전면적 승리로 돌아오게 한 보장이 된 셈이다. 한미 관계에서 가장 큰 이익을 끌어내기 위해서는 프랑스와 같은 형의 사회인 미국 자체가 가지고 있는 이 힘의 회로 조직에 대응하는 회로를 우리 쪽에서도 늘 가지고 있어야 한다. 그것을 우리는 이념적으로 민주주의와 자유라고 불러왔다.

민주주의나 자유가 그 말의 정의 그대로 실현된 지역은 지구 위에 없는 것은 사실이다. 그러나 그 실현의 정도에 있어서 나라마다 다른 것 또한 사실이다. 우리나라와 미국은 태평양을 사이에 두고 있는 나라다. 멀다. 그러나 미국의 일부인 그들의 무력이 우리 국토 안에 있다. 가깝다. 그러나 이것이 정말 멀고 가까움의 표준이나 보장이 될 수 있을까. 태평양 항공로는 돈과 뜻만 있으면 멀지 않다. 우리 국토 안에 있는 미국의 무력은 그 뜻이 달라지면 우리들에게 선전 포고를 할지도 모른다. 즉 적 관계가 될 수도 있다. 멀고 가까움은 지리적 조건도, 현재의 군사적 관계도 아니다. 서로가 서로 속에 우리가 우리들의 관계의 전제로 삼고 있는 이념에 대해서 얼마나 견해의 일치를 가졌는가에 달려 있다. 뜻만 맞으면 천 리도 지척이며, 뜻이 안 맞으면 지척도 천 리다.

혁명의 변질*

이것이 그 악명 높은 숙청이라는 것이었다. 소련의 1930년대는 세계가 놀란 대숙청의 연대였다. 10월혁명과 뗄 수 없이 하나가 되어 있던 이름들이 모두 제국주의자들을 위해 일해온 스파이라는 이름으로 처형되었다. '모스끄바 재판'이라는 이름으로 세계 언론에 공개된 이 재판 과정이 바깥사람들을 더욱 놀라게 한 것은, 한때 혁명의 지도자였던 사람들이 모두 자신들의 유죄를 인정한 일이었다. 피고가 법정에서 검사의 논지를 인정하는 일은 얼마든지 있을 수 있지만, 이 경우에는 그런 일반론으로 이해하기에는 어려움이 있었다. 피고들은 그들이 어제까지 대항해서 싸운 제국주의자들의 스파이가 됨으로써 어떤 이익을 기대할 수 있었을까? 그들은 이미 혁명권력의 최고 지도자들이었다. 속된 이해관계의 기준으로 보더라도 그들 피고가 바랄 수 있는 현재의 자리보다 높은 이익이라는 것은 없었던 것이다. 피고석에 앉기 전까지의 그

*『화두 2』, 문학과지성사, 2008. 271~289쪽.

들의 명성과, 그 명성을 보증한 그 시점까지의 그들의 혁명가로서의 행적이 고발된 내용과 너무 걸맞지 않다는 것은 그만두더라도, 이 범행에서 기대되는 실질적인 이득이 없었다. 그 범행이라는 것도 구체적이었다. 스탈린을 살해하려 했다는 것이었다. 개인에 대한 암살은 그때까지 좌파 혁명행동의 방법이 아니었다. 대중을 조직해서 권력을 탈취하는 것이 피고들이 신봉해온 혁명의 방법이었다. 한 개인을 육체적으로 말살하는 것은, 그것이 적이든, 자파 내의 경쟁자이든 그들의 철학 속에는 없는 일이었다. 역사는 광범한 대중의 행동에 의해 움직이는 것이지 어느 한두 사람에 의해 좌지우지되는 것이 아니라고 그들은 말해왔었다. 만일 혁명 지도부 안에 갈등이 생긴다면 그 갈등은 동지적인 이론투쟁에 의해 해결해야 한다고 그들은 말했고 세상도 그렇게 알고 있었다. 그런데 그 혁명의 최고 지도자들이 자신들의 동지의 한 사람을 암살이라는 방법으로 제거하려고 했다는 것이며, 더 괴상한 것은 제국주의자들의 하수인의 자격으로, 스파이가 되어 그렇게 했다는 고발을 받으면서 법정에 서 있었다. 당시에 보도된 자료에 의하면 그들은 스스로를 인민의 적이며, 스파이라고 부르고 있었다. 자신들을 저주하고 자신들의 이름에 침을 뱉어 보이고 있었다. 게다가 이 괴상한 재판에 대해서 이미 세계적인 이름들인 소련의 작가들, 고리끼며, 숄로호프며, 엘렌브르그가 검사의 논고에 합창하는 소리를 전 세계를 향하여 외치고 있었고, 국외에서는 유명한 프랑스의 작가 로맹 롤랑, 앙리 발부스, 루이 아라공, 『아메리카의 비극』의 작가 드라이저 등이 스탈린을 지지하고 피고들을 규탄하고 있었다. 『장 크리스토프』를 쓴 작가가 마왕의 피잔치에 송가를 불렀다(음악은 헛되다).

1938년은 2차대전이 실질적으로 시작된 시점이었다. 히틀러의 독일군은 라인란트로 진격했고, 스페인에서는 유럽 지식인들의 희망과 직접 지원도 허사로 끝나 인민전선 정권이 패망하고 파시스트 정권이 수립되어 있었다. 유럽 지식인들은 다가오는 전쟁의 발걸음 소리에 전율하고 있었다. 히틀러를 저지하여 유럽 사회에 최소한의 자유의 제도를 유지하기 위해서는 소련은 크나큰 동맹세력이었다. 어쨌든 소련은 혁명의 나라였다 ─ 서방 지식인과 전 세계의 해방운동자들에게는 그렇게 비쳤다. 설령 재판에 미심쩍은 일이 있더라도 그들을 심판하고 있는 쪽은 여전히 혁명가 스탈린이었다. 그리고 소련을 실질적으로 지배하고 있는 것은 스탈린이었고, 소련 공산당은 그의 지휘 아래 있었다. 만일 이 재판이 정당하지 못한 것이라고 판정된다면, 그것은 소련 공산당의 정당성에 큰 상처를 주게 된다. 그리고 소련 공산당의 지도를 받는 서방 공산주의 세력과, 그들과 연합하고 있는 서방의 좌파 전체의 사기를 떨어뜨릴 것이었다. 히틀러가 보는 앞에서 집안싸움을 빨리 끝내야 했다. 설사 피고들에게 억울한 점이 있다고 가정하더라도, 그 억울함을 밝히는 일은, 더 큰 대의大義, 역사 자신의 큰 줄기의 이익에 대해 해가 될 염려가 있었다. 그들 몇 사람의 명예에 집착하는 것은 그것 자체가 적을 이롭게 하고 우군의 단결을 파괴하는 일이었다. 그들이 고발된 이상, 이제 역사를 위해서 바람직한 것은 그들이 죄인이 되는 일이었다. 아닌 말로 죄가 없더라도 이 마당에 와서는 그들은 죄인이어야 했다.

어느 이익을 택할 것인가, 몇 사람의 혁명가들의 개인적 명예인가, 역사와 인민대중의 객관적·집단적 이익인가. 그들 피고들 자신도 아마 그들이 아직도 혁명가로서 할 수 있는 마지막 봉사가 있다면, 자신들의 유죄를 승인하고, 검찰관에게 협력해야 한다. 그들은 자신들의 결백을 주장함으로써, 당을 욕보임으로써가 아니라, 자신들을 고발함으로써 당을 살려야 한다. 그것이 그들에게 남겨진 하나뿐인 혁명가의 길이다, 이렇게 생각하였고 서방의 혁명세력의 모스끄바 재판에 대한 반응에도 이런 도착된 논리가 깔려 있었다. 그리고 실은 피고석에서 한때 그렇게 날카롭던 그들의 언변을 동원하여 자신의 이름에 침을 뱉고 있는 피고 들을 주박呪縛하고 있는 것도 이 논리였다. 이것은 굴복의 논리요, 도착 의 논리였다. 독재자에게 이미 양보해서는 안 될 지점을 양보하고 난 사 람들이, 그 조건하에서 독재자를 어떻게 선용善用할 것인가, 어떻게 역 사의 진보에 봉사하게 할 것인가를 찾아 부여잡게 되는 모순의 논리였 다. 한번 이 선을 넘으면 그것은 끝도 한도 없는 양보와 굴욕을 감수해 야 하는 낭떠러지였다. 그렇게 해서 얻어지는 '선善'이며 '진보'라는 것 이 말의 옳은 뜻에서 그런 것일 수 있는지를 따져보기에는 이미 눈이 먼 사람들이, 분명한 적의 공격을 눈앞에 두고 매달리게 되는 논리였다. 사 랑했으므로 약했네라,다.

　　그렇게 해서 혁명의 역사에서 가장 명예로웠기 때문에 그만큼 '당'에 위험스런 것이 된 이름을 가진 사람들이 처형되었고 그들은 당 연히 고립된 인간들이 아니었기 때문에 엄청나게 많은 사람들이 그들 과 연관지어져서 처형되었다. 연관된 사람들은 아무래도 좋은 사람들 일 수도 없었다. 누가 보든지 '주모자'들의 이름과 나란히 놓아서 그럴 듯해 보여야 했기 때문에, 그 시점에서의 비중 있는 인물들이어야 했고, 그들은 혁명권력의 인적 자원이라기보다 '혁명 자체'의 그만한 부분이 었다. 왜냐하면 혁명은 가진 나라의 가진 계층에 의해 문명의 온갖 물 질적 유산 위에 세워진 궁전이 아니라, 그 문명에 의해 생산된 것이기 는 하지만, 현실화될 때에만 역사가 되는 강력한 이념이 문명의 주변국 의 선진적 인간 부분에 의해 채택되어 그들의 초라한 나라에서 막 현실 화되는 첫 단계였기 때문에, 혁명이자 곧 혁명이념의 보관자인 혁명가 들 자신이었으며, 그들의 육체 자체가 소멸하면, 불행하게도 지극히 유 물론적인 그 이념은 자신의 철학에 충실하게도 존재하기를 그만둘 수밖에 없었다. 희생자의 수는 수만이라고도 하고 수십만이라고도 하지만, 아직도 전모는 밝혀지지 않은 그 대숙청의 1930년대. 모스끄바 법정에서 전 세계에 얼굴을 드러낸 고위 피고들에게 들씌워진 죄목이 그처럼 앞뒤가 맞지 않는 것이었고 보면 그들에게 연관지어져서 처형된 사람들의 경우에는 사정은 더 어처구니없는 것이었으리라는 짐작을 능히 할 수 있다. 그보다 더 어처구니없는 고발을 만들어낼 수 있다면 말이지만.

이 재판은 그런대로 당시의 소련과 그 서방측 지지자들을 단결시키기도 했겠지만, 또 그만한 이탈자들을 만들어내기도 했다. 일본 공산당의 최고 수뇌들이 전향한 것이 이 재판 무렵이며, 서유럽에서도 이름 있는 사람, 무명의 사람들이 대열에서 이탈했다. 그 피 묻은 도착된 화두話頭를 따라갈 수 없었던 사람들이다. 그중에는 아서 케스틀러나 조지 오웰 같은 작가들도 있었다. 그리고 이후의 그들의 생애를 그 피 묻은 화두를 씻어보고 풀어보려는 노력에 바치게 된다. 그래도 지금은 모두 고인이 된 그들은 생전에 번듯한 자리는 주어지지 않았다. 그들 가운데 여전히 20세기의 중요한 문필가로 남은 사람도 많지만, 그런 개인적 성공과는 상관없이 그들은 마음의 깊은 곳에서 이단자가 느끼는 갈등을 완전히 지우지는 못했을 것 같은 생각이 든다. 그들은 자신들이 버린 것을 규탄하고 설명하기는 했지만 그것을 대치할 만한 힘은 그들의 붓 끝에 깃들여 보이지 않는다. 독신자瀆神者들이 가장 종교적인 것처럼, 그들은 전혀 다른 말을 하는데도 여전히 비슷한 가락을 울린다. 그들은 자기들이 버린 것을 의식에서 떨쳐버리지 못한다. 그것은 의식의 문제가 아니기도 했다. 그들이 버린 성의 꼭대기에는 그들이 한때 그 밑에서 죽어도 좋으리라던 그 깃발이 여전히 나부끼고 있었고, 그들 자신보다 지성과 의지가 모자란다고 할 수 없는 사람들이 여전히 그 성벽 안에 그 깃발 아래 있었다. '현실'이란 그런 것이었다. 그리고 그들이 믿은 이념에서 현실이란 것은 최대의 권위를 가진 말이었다. 현실로 있다면 그것은 있을 만해서 있는 것이었다. 눈앞에 이성을 벗어난 소행을 보면서도 그 깃발이 내려가기 전까지는 그것 — 혁명권력은 그것에 대하여 마지막 말을 하기가 어려운 어떤 가능성이었다.

　이탈자들은 자신의 선택을 스스로에게 납득시키기 위해서 끊임없이 써야 했다. 그들의 저술 행위는 남에게 무엇을 호소하기에 앞서 자기 자신을 납득시키기 위한 자구책이었다. 사항이 사항인 만큼 물리적인 거리를 두면 그만인 것이 아니었다. 있다면 있고 없다면 없는 것이었다. 스스로 있는 자연처럼 혼자 흘러가는 역사의 타성에 노예가 된다면 사람은 고뇌라는 것과 인연 없는 한평생을 지낼 수 있다. 이 타성을 휘어잡고, 그것의 주인이 되자고 할 때 비로소 인간은 짐승에게서 갈라선다. 노예에게는 고통은 있지만 고뇌는 없다. 고뇌苦惱 — 마음의 아픔이다. 마음이 없으면 마음의 아픔도 없다. 마음은 아직, '밖'에는 없는 것을 자기 안에서 꿈꾼다. 이 꿈과 현실을 비교한다. 꿈이 현실이 되게 하려고 행동한다. 그는 성공하기도 하고, 좌절하기도 한다. 좌절하더라도 그는 인간이었기 때문에 좌절한 것이다. 그는 인간답게 살았다.

　포석 조명희도 그래서 소련으로 갔다. 조국은 감옥이고 동포 대중은 노예였지만 다행히 그는 배울 기회를 가진 부분에 속했다. 종種의 어느 부분을 먹이사슬의 희생물로 삼음으로써 종의 다른 부분이 문명 상태를 유지한다는 것은 문명이라는 이름에 모순이 된다는 이치를 배울 기회를 가진 사람이었다. 그것을 '이치'라고 부르는 것은 적절치 않을 수도 있다. 그것은 해와 달이 있는 것 같은 이치가 아니라, 사람이 선택하는 어떤 상태이기 때문에, 궁극적으로는 자기 자신이 몸으로 보장하는 길밖에 없다 — 인간다운 문명이라는 것은. 같은 종 안에 먹이사슬이 형성돼서는 안 된다는 문명의 형식은. 짐승, 짐승, 하지만 그것은 짐승들의 동종同種 윤리에 속한다. 다만 생활 경험을 전달할 수 있다는 능력, 획득형질을 축적하고 그러니까 세대가 쌓일수록 더욱 증가하는 획득형질을 후대에게 물려준다는 능력 때문에 인류는 짐승과 갈라섰다. 다음 문제는, 이 공동의 유산을 한 세대가 고루 나누는 일이다. 뉴턴이며, 아르키메데스며, 갈릴레이며, 다윈이며 모두 유산의 계승자들이다. 생명부터 셈한다면 40억 년간의 생명활동의 경험의 계승자들이며, 인류부터 셈해도 몇 백만 년의 문명을 계승해서 중간 정리를 한 우수한 개체일 뿐이다. 그들이 있기 위해서는 그들보다 자질이 조금 못한, 그들보다 팔자가 조금 못한 무수한 세대의, 표현은 없었으나 없어서는 안 될 존재가 있어야 했다. 부모란 것은 그저 최근 선대에 지나지 않음을 이른바 천재들은 알고 있었고, 천재가 아니더라도 인류의 유산의 대강에 접할 기회를 가진 사람은 알게 된다. 그런 기회가 교육이고, 교육의 기회가 아직 사회의 일부에게만 주어진 행운일 때 그 행운의 제비를 뽑은 사람 중에는 자기 어깨에 40억 년의, 아니면 몇 백만 년의 '시간'의 무게를 느끼게 되는 경우가 있다. 그는 그 무게를 '의무'라고도, '사명'이라고도, '양심'이라고도, 멋이라고, 난봉끼라고도, 생명이라고도 이름 붙여본다. 아무튼 그런 어떤 것이다.

포석 조명희도 그런 사람이었다. 그는 무게가 이끄는 곳으로 갔다. 그 시절에 그 선택에는 흠이 없었다. 가장 투명하고 가장 정확한 선택이었다. 식민지하에서 조명희만이 애국자였다거나, 조명희 한 사람만 정확한 저항자였다는 말이 물론 아니다. 이름 있고, 이름 없는 의병의 최하급자까지도 말고, 적이 가둬놓은 울타리 안에서일망정 남에게 못할 일을 하지 않고 그저 선량하게 살다가 죽은 셀 수 없이 많은 식민지 목숨들이 있었다. 포석, 포석 하게 되는 것은 그의 '상징적' 운명 때문이다. 식민지 조선에서 나라 안에서 저항한 사람은 죽거나, 침묵당하거나, 굴복하였다. 그런 사정을 예측한 많은 사람들이 싸움의 자리를 나라 밖으로 옮겼다. 그들은 거기서 다시 싸움을 계속할 수 있었고, 외국 친구들의 도움을 받을 수도 있었다. 그들의 싸움은 여러 모양이었다. 무력투쟁으로부터 외교투쟁, 경제적 협력, 그저 망명 상태 등등이었다.

그들의 출신 계층과 직업도 여러 갈래였다. 국내에서의 신분이 바뀐 사람도 으레 있었다. 학자나 언론인이었던 사람이 군인도 되었고, 테러리스트도 되었다. 교육을 받은 사람도 있고 무학인 사람도 있었다. 앞 세대일수록 이 교육 문제, 신분 문제는 좀 지금 상식과는 잘 들어맞지 않는다. 개항 이전에는 글 하는 사람은 양반뿐인데 그들을 직업상으로 어떻게 나누는가 하는 문제를 내볼 수 있다. 그들을 문학자라고 하기는 어렵다. 그때의 교육에서 글 할 줄 안다는 것은 지금의 작가하고는 다르다. 귀족계급의 일반 교육의 형태일 뿐이다. 그들이 글을 쓸 때, 그것을 책으로 낼 때도 지금의 직업상의 전문 분야인 예술이라는 자각을 가지고 그렇게 한 것은 아니다. 예비관리로서 그렇게 했다고 봐야 할 것이다.

망명자 가운데서 지금 말하는 전문직으로서의 문학자라고 분류할 만한 사람이 누굴까. 보기로 신채호. 그는 학자요, 언론인이요, 소설도 지었으니 그를 언론인이자 작가라고 할까? 언론인, 학자임에는 틀림없지만, 그를 문학자라 하기에는 그 이외의 자격이 차지하는 비중이 너무 크다. 신채호는 그렇다 치고 그 밖의 경우는 신채호처럼 정의하기에 망설여야 할 사람은 생각나지 않는다. 국내에서 이미 신분이 뚜렷한 문학자였다가 망명한 사람은 포석 조명희, 김사량, 김태준 세 사람뿐인데, 김사량과 김태준은 해방 직전에 중국 공산군 지역으로 갔고 해방 후 귀국하여 한 사람은 남쪽에서 처형되고 다른 쪽은 북한에서 활동하다가 6

·25전쟁 때 기자로 종군 중 행방불명된 사람이다. 조명희에게는 분단 조국에서의 생활 부분이 없기 때문에 순수하게 식민지 시대의 저항자의 경력으로 역사에 남게 되었다. 그것도 소련으로 망명, 거기서 삶을 마쳤기 때문에 그의 경력은 그 이외 지역의 망명자들 사이에 벌어진 좌우 대립에서도 자유롭다. 국내에서 문인일 때, 식민지 조국에서의 문학자의 근본적 입장은 식민지체제에 대한 저항의 입장이라고 생각하고, 그런 조건에서 하는 예술의 근본적 심미審美 기준은 정치적 자각의 유무라고 판단했고, 그 기준에서 자기 예술을 전개하다가 그런 생활의 끝에 올 상태를 예감하고 적의 울타리에서 몸을 풀어낸 사람이었다. 이런 경력으로 그는 특별한 성격을 부여해서 기록될 문학자다. 망명하지 않은 작가들을 탓하거나 낮추기 위해서가 아니다. 그는 말하자면, 한국 문인 모두를 대표해서, 그들 몫까지 상징적으로 투명한 저항의 궤적을 그려준 운명을 맡은 사람이 되었다는 말이다. 포석 한 사람만에게 그 투명한 길을 걷는 운명이 주어졌다. 유럽 문인들이 국경 밖으로 이리저리 돌아다닌 것과 비교해보면 이 지역의 특수성과 그 시절의 조건의 가혹함이 새삼 무겁게 짓눌려온다. 단 한 사람 김사량이 망명 시절에 작품 『노마만리』를 남겼는데, 그 작품이 없었다고 상상해보면 그 작품의 귀중함이 실감된다. 더 많은 그런 작품이 있었더라면 그 많은 고뇌와 슬픔과 또 기쁨들은 더 잘 기록됐을 것이다. 망명지에서 쓴다는 조건은 그렇지 않고는 얻지 못할 성격을 망명 작품에게 주었을 것이다. 우리가 보낸 세월의 의미를 더 투명하게 판단해서 그만큼 헛갈림 없이 풍부해진 경험을 후손을 위해서 더 남겨줄 수 있었을 것임을 의심할 나위가 없다.

식민지하의 문학의 그 답답한 세계. 사람은 저 높은 하늘로 날아가보고, 깊은 바다 밑으로 가보는 정신의 자유와 활달함을 가지고 살다가 죽어도 아쉬움만 남을 텐데, 봉건왕조의 폐허 위에 차려놓은 어쭙잖은 침략자들의 울타리 안에서 눈치 보며 사는 생활이 조선 작가들의 현실이고 문학도 그 언저리를 맴돌았다. 그나마 인간의 정신이란 것은, 그것이 정신이라고 해서 함부로 자유스런 것이 아니고, 공상이라고 해서 무턱대고 훨훨 날아다니게는 안 된다. 답답한 살림에 답답한 문학까지는 그렇다 치고, 답답한 줄도 모르게 되면서 헛소리를 하게까지 실성하고 보면, 노예의 세월은 곱빼기로 억울한 것이 된다. 독립선언서를 썼던 사람이 식민지 이데올로기의 강사 노릇을 하고, 개화문학의 아버지로 출발한 사람이 조선글 말고 일본말로 사는 사람들이 돼야 한다고 말하게 되기까지는 잠깐이었다. 받아들여서는 안 될 조건을 마음속에서 받아들이면 그리 되는 일이었다. 이렇게 되어가는 형세가 두려웠을 것이다.

조명희가 소련을 택한 것도 당시로서는 옳은 일이었다. 소련은 식민지로 분할된 당시의 세계에서 해방세력이었다. 그런데 외부 세계에 대한 그의 그러한 의미에도 불구하고 소련은 조명희가 망명할 무렵 이미 그 안에 살고 있는 인민 자신에게는 억압의 세력이었다. 어느 쪽이 참다운 소련의 모습인가? 두 모습이 모두 참다운 소련의 모습이었다. 소련은 피압박 민족에게는 해방의 세력으로서, 그 자신의 인민에게는 억압의 구조로 존재하였다. 노예에 의해 구성된 노예해방의 요새였다. 소련은 이 두 얼굴의 어느 하나가 가상假象인 존재가 아니라, 그 두 가지가 모두 참모습인 모순 — 현실의 모순이었다. 참이 아니면 거짓인 언어의, 따라서 논리의 모순이 아니라, 현실로 존재하는 모순 — 그것이 소련이었다. 그러나 조명희를 포함하여 소련 바깥의 사람들은 소련을 논리적으로, 즉 그들의 판단에 의해 정의하려고 했기 때문에 소련은 참이 아니면 거짓이었다. 입장에 따라 어느 쪽인가가 갈라졌다. 노예 소유자들에게는 소련의 안과 밖이 모두 거짓으로 보였고, 노예들에게는 소련의 안과 밖은 모두 참으로 보였다. 노예 소유자들이 소련을 인권이 보장되지 않은 야만한 나라, 그런 제도를 밖으로도 퍼뜨리려고 하는 나라라고 보았을 때, 그들의 입장으로 보면 그것은 진실한 관찰이었다. 그래서 소련은 간섭을 받아야 하며 붕괴시켜야 할 나라라고 믿을 때, 그들의 믿음은 그들의 입장에서는 진실이었다. 노예들이 소련 인민은 자발적으로 영웅적 싸움을 하고 있고 바깥에 대해서 해방자 노릇을 하고 있다고 보았을 때, 노예들의 입장에서는 진실이었다. 소련 인민의 낮은 생활의 질조차 포위된 요새의 당연한 조건이었다. 그 질을 그렇게 만들고 있는 것이 바로 노예 소유자들이 이끌고 포위하고 있는 노예 군단 탓이었다. 그대들은 왜 주인들의 용병이 되어 형제들의 목을 죄고 있는가. 그것은 각기 다른 이해관계에 있는 두 입장이 각각의 입장에서 본 소련의 모습이었다. 갈림길은 자신이 어느 편에 서 있느냐, 설 작정이냐에 달려 있었다.

조명희는 노예 나라에 태어났고, 노예 생활을 감수할 생각도 없었고, 다른 노예들을 감시하는 노예가 될 생각도 없었기 때문에 소련은 안과 밖이 모두 좋게만 보였다. 그래서 그는 자발적으로 소련으로 갔고, 그곳의 생활의 질에 만족하고 자발적으로 규율에 복종했을 것이다. 그가 택한 나라의 부자유는 즐거움이기조차 했을 것이다. 왜냐하면 자발적인 전사에게 고난과 기율이라는 것은 의무일 터이므로, 그러길래 그는 체포되었을 때 "근심 마우. 한 사나흘 있으면 돌아올 테요. 소비에트 정권 앞에 난 아무런 죄진 것이 없소"라고 말했을 것이다.

이것은 『강철은 어떻게 단련되었는가』의 주인공의 태도다. 주인공은 공산당원이라는 신분을 특권이라고 생각지 않는다. 그는 그 자리를 가장 어려운 일을 제일 먼저, 제일 많이 해야 하는 자리로 받아들인다. 그래서 그는 혁명이 성공한 나라에서 고생만 한다. 혁명 전에 부유한 가족의 한 사람이었고 지금은 지금대로 좋은 생활을 하고 있는 한 등장인물이 "당신은 지금쯤 훨씬 좋은 자리에 있을 줄 알았는데요" 하고 빈정거릴 때, 그녀는 다만 자신이 속물임을 증명하고 있을 뿐이다. 1930년대의 당내 투쟁에서 주인공이 속한 실권파들이 반대자들의 발언을 봉쇄하고 아직 같은 당원인 그들의 의견 제시의 행동을 야비하게 방해할 때도 그는 당연한 일로 받아들이고, 반대파에 대해 고귀한 분노를 터뜨리고 있다. 아마 조명희도 그렇지 않았을까? 그에게는 당시 소련의 생활문화도 좋게만 보였는지도 모른다. 그에게는 소련은 안과 밖이 모두 참으로 보였기 쉽다. 왜냐하면 그는 노예의 나라를 피해 온 사람이기 때문이다. 그에게는 "노예 주인들을 반대하고 있다"는, 소련이 밖을 향해 내보이고 있는 모습은 자동적으로 '안'의 체제가 진실임을 보증해 보인다. '안'과 '밖'이 그에게는 하나다. 밖에 대해서는 옳지만 안사정은 옳지 않다는 모순은 보이지 않는다. 무서운 적군이 외로운 성을 에워싸고 그 속에서 내란이라도 일어나기를 바라고 있는 형편을 잊어버리고, 일부 사람들이 긴치 않은 시비를 따지고 있다. 이렇게 소련 공산당 안의 갈등을 바라보았을지도 모른다.

망명자에게는 망명지의 상태가 안정되고 통바위처럼 똘똘 뭉쳐 있어주었으면 하고 바라는 심정이 되기 쉽다. 무엇보다 적의 존재를 의식해야 하며, 성을 보존해놓고 볼 일이다. 인적 없는 심심산천에서 몇 가족이 모여 무릉도원 살림을 차리고 있는 것이 아니다. 인류문명의 노른자위를 모두 차지하고, 오랜 전쟁 경험을 가진 적의 대군이 지구전을 위해 성을 에워싸고 있지 않은가. 강 하나 건너에는 저렇게 조국을 노예로 삼은 왜군이 이쪽을 지켜보고 있다. 만일 쇠뿔을 휘려다 소를 죽이면 쇠뿔에 사로잡혔던 사람들은 역사에 죄짓는 몸이 된다. 이렇게 생각했을지도 모른다. 그리고 이 걱정이야말로 모스끄바 재판에 끌려나온 사람들의 가슴에 있던 걱정이었으리라고 연구자들은 추측한다. 성의 운명과 자신의 운명을 하나로 생각하는 사람들이 걷게 되는 길이다. 그런데 이 길이 옳은 길이자면 조건이 있다. 성 꼭대기에 걸려 있는 대의大義의 깃발을 내리지 않는다는 것이 그 첫 번째 조건이다. 그래야만 양보한 반대파의 희생이 헛된 것이 아닐 수 있다. 그들도 결국 그러자는 것이었으니까. 그 일을 꼭 그들의 손으로 해야만 하는 것은 아니니까. 두 번째 조건은 반대파를 물러서게 한(혹은 파묻어버린) 사람들, 즉 성의 사령탑을 차지한 사람들이 그 사령탑을 차지한 것은 반대파보다 일을 더 하고 싶어 그런 것이지, 옹색한 농성 중의 배급 사정이나마 배급량을 더 탄다거나, 특별 배급을 타는 위치에 있기 위해서 그런 것(반대파를 숙청한 것)은 아님을 끊임없이 증명 — 즉 남보다 덜 먹고, 덜 입고, 덜 자고(즉 남의 숙직을 대신 서주고), 남보다 더 일하고(즉 둔전밭 사래에서 더 오래 기어다니고), 남보다 더 노래하고(즉 지친 사람들이 일하다 쉴 참에, 자신도 배고프면서 배에 힘을 주면서 육자배기를 뽑아 올려 남을 격려하고) — 즉 솔선수범이라는 말을 실천한다는 조건을 만족시켜야 한다. 그렇게 말하면 뒷전에 서게 된 반대파들도 뒷전에서나마 고개를 끄덕일 것이고(만일 파묻혔다면 무덤 속에서 끄덕일 것이지만), 그렇지 못하다면, 즉 남보다 편하게 굴고, 가장 현명한 방어는 투항하는 것이라고 결정한다면, 무덤 속에서도 그들은 몸부림칠 것이다. 왜냐하면 모든 희생과 설마가 헛되었기 때문이다.

1938년이라는 시점에서는 모든 것이 어느 쪽으로도 가능했다. 반대파가 반역자라는 증명은 의심스러웠지만 실권 세력이 반역자라는 증거도 아직 확실하지 않았다. 어느 편도 대의의 깃발 밑에 있었다. 모스끄바 재판에서 자신들의 이름에 침을 뱉어 보인 사람들의 심정을 연구자들은 그렇게 분석해 보이고 있다. 즉 계급의 적으로부터 '당신 같은 사람은 지금쯤 좀더 나은 자리에 있을 줄 알았는데'라는 빈정거림을 받는 종류의 사람들의 광범위한 지지 위에서 모스끄바 재판의 부조리는 진행되었다고 역사가들은 분석한다.

『강철은 어떻게 단련되었는가』의 주인공이 그런 사람이다. 진일, 궂은일마다 앞장서서 찾아나서는 사람이다. 세상에는 그런 사람이 많다. 그것은 어느 한 사회계층에만 한정해서 발견되는 특성도 아니다. 모든 계층에 널리 있게 마련인 성향이다. 인간을 비롯해서 무릇 공동의 생활을 하는 종의 성원이 원래 그렇게 타고난 자연스런 본능이다. 온갖 위악적僞惡的 과장에도 불구하고, 생명은 파괴가 본성이 아니라 건설이 본성이며, 종種 내內 먹이사슬의 형성이 본성이 아니라, 종의 성원이면 그 사이의 평등과 공존이 본성이다. 이것이 거꾸로 보이는 것은, 먹이사슬의 구조를, 적용해서는 안 될 형제 사이에 끌어들였기 때문이며, 그렇게 끌어들여지는 것은, 사람만이 대를 이어 축적된 사회적 획득형질을 상속했기 때문이다. 그런 상속이 불가능했더라면 ─ 즉 문명이 없었더라면 ─ 분쟁도 없었을 것이다. 그런데 그런 분쟁이 있는 상태를 통나무배 대신에 무쇠배를 타게 되었다고 해서 '문명'이라고 부를 수 있을까. 형제가 얼어 죽는데 어떤 옷이 더 아름다울까, 하고 괴로워하는 것이 심미審美의 기준이 될 수 있을까. 어디까지가 '나'의 한계일까를 찾아 헤매는 화두話頭는 결국 어디까지가 형제인가, 어느 인종까지가 형제인가, 어느 지역까지가 형제인가, 혹시 인류 전체가 형제가 아닐까(!), 지구 자체가 한 지붕 밑이 아닐까 하는 데까지 인간의 의식을 볶아대게 되고, ─ 바로 그렇다, 인류가 한 형제,라고 선언했을 뿐 아니라 그것이 실천 가능하고, 실천하고 있다고 비친 ─ 노예들의 눈에 ─ 나라가 1938년 현재의 소련이었다. "개와 중국인은 들어오지 말라"고 자기 나라에 있는 공원 앞에 팻말이 붙어 있을 수 있던 시절임을 떠올릴 필요가 있다. 이 세상을 아귀가 맞게 살고 싶어 한 많은 사람들이 — 억울한 팔자 때문에 그렇게 된 사람도 있고, 배워서 알게 되다 보니 그렇게 된 사람도 있겠지만 — 마침내 도달한 결론이었고, 마침내 찾아냈다고 생각한 나라가 1938년 현재의 소련이었다.

그들은 두 가지 조건을 지킬 각오가 되어 있는 사람들로 가득 찬 나라처럼 보였다. 대의에 의한 충성과 극기克己의 윤리였다. 일찍이 현실의 국가가 이처럼 묵시록적 신화의 빛무리에 싸여 있은 적은 없었다. 그토록 지구사회는 야만한 어둠에 잠겨 있었다. 그래서 포석 조명희는 그 나라로 갔다. 동양 지식인들의 전통적 정신 형성 과정인, 자아의 탐구와 우주론적 허무주의를 거쳐, 마침내 화두의 매듭을 사회혁명에서 찾고, 그 철저한 실천을 위해 세계혁명의 요새로 찾아간 것이었다. 그곳이 아직 무릉도원이 아니며, 부조리를 지녔음을 발견하기도 했을 것이다. 그러나 그곳을 무릉도원에 가깝게 만드는 것은 어느 누구에게 바랄 일이 아니라 자기 스스로 이루어야 할 숙제라고 그는 생각했을 것이다. 차려놓은 음식상을 찾아간 것이 아니라 씨뿌리기에 동참하기 위해서 찾아갔을 것이다. 그 수확을 가지고 언젠가 반드시 굶주리는 고향 형제들을 찾아오기 위해 그는 그곳에 갔다. 로사가 구포역을 떠난 것은 그 때문이었다. 말하고 있지 않은가, "……그러나 필경에는 그도 멀지 않아서 다시 잊지 못할 이 땅으로 돌아올 날이 있겠지." 작품의 마지막 문장이다.

책장에서 포석의 「낙동강」을 꺼낸다. 책 뒤 끝에 있는 중간사重刊辭를 읽어본다.

"포석砲石 조명희趙明熙 형은 우리나라의 신문학 초기를 장식하는 낭만적 시인이요 또한 신문학이 1924~1925년대의 진통기를 거쳐 신경향파 시대로 전이되든 시기에 소설의 붓을 잡은 작가다. 최서해, 이

민촌과 더부러 포석 형의 작품은 신경향파의 소설 문학을 대표하는 중요한 재산의 하나이거니와 특히 이 창작집 가운데 수록된 「낙동강」은 소위 자연발생적 문학으로부터 이른바 목적의식 문학으로의 방향전환이 논의될 시기에 문제의 대상이 되었던 작품이다. 그리하여 당시의 비평가들은 「낙동강」이 과연 제2기 작품이냐 그렇지 않으면 종전대로의 제1기적 작품이냐 하는 논쟁을 전개했던 일이었다. 이러한 논쟁은 이미 하나의 역사적 사실로 화하여 이 작품의 가치 평가와 언제까지 부합시켜 생각할 수는 없는 것이나 그러나 어떠한 의미에서이고 「낙동강」은 우리 문학사의 한 모뉴먼트임은 변하지 않는 사실이 될 것이요, 또 모든 역사적인 특수조건을 제외한다 하더라도 이 작품이 우리 신문학 가운데 가장 아름다운 재산임은 역시 변치 아니할 것이다. 유랑하는 우리 민족의 눈물겨운 기록, 조국에 대한 비길 데 없는 애정, 자유에 대한 누를 수 없는 희망은 소설가이기보다는 더 많이 우리의 민족시인으로서 이 모든 것에 대하여 이야기하고 있다.

포석 형이 조국을 떠난 지 어언 18년, 그가 몽夢 시간에도 그리든 조국에 자유가 차저오려는 날, 아즉도 형은 이역에서 도라오지 않았다. 하로바삐 많은 수확과 건강한 몸으로 도라오기를 바라는 것은 나 한 사람에 머물지 않을 것이다.

이제 포석 형의 귀중한 업적이 도라오기에 앞서 중간됨에 당하여 몇마듸의 말로 형에 대한 그리움의 정과 바램의 마음을 적고, 아울러 그 업적에 대하여 두어 마듸의 말을 적어 중간사에 대신하는 것이다.

발행 당시 일본 제국주의의 압박으로 인하려 복자伏字를 첬든 것을 소생식히려 하였으나 역시 함부로 손을 대일 바가 아니어서 그대로 인행하고, 형이 도라올 날을 기다리기로 하였다. 모든 양해를 빈다. 1946년 3월 20일 임화.”

제국의 몰락*

한 제국의 멸망을 목격한다는 일을 겪었으므로 앞뒤 인상을 적어두기로 하자.

*

상허 이태준의 「해방전후」가 자연히 연상된다. 며칠 전 다시 읽어 봤다. 해방되기 바로 전까지의 자신의 마음 — 정세 판단, 자신이 처신할 기본자세 — 을 얼마나 속마음대로 쓴 것일까, 하는 궁금증은 처음 읽었을 때나 다름없이 남는다. 그 사람만이 알 수밖에 없는 그런 성격의 진실이라는 것은 본인이 고백하지 않는 한 영원한 수수께끼일 뿐이다. 전쟁의 장래, 일본의 장래에 대해서 그는 어느 만큼 그렇게 된 역사에 가까운 예측을 했을까, 하는 궁금증은, 어느 구체적 역사 속에 살고 있

*『화두 2』, 문학과지성사, 2008. 301~323쪽, 331~342쪽, 355~374쪽.

는 개인이 자기가 그 일부를 이루고 있는 현실에 대하여 어느 만한 인식을 할 수 있는가, 하는 모두에게 걸리는 물음에 든다.

　어찌 보면 이 문제는 어느 시대, 어느 개인에게나 적용할 수 있으므로 '모두에게 걸리는'이라는 형용을 일단 못 할 것은 없다. 정세를 알아야 사람은 움직일 수 있기 때문이다. 그러나 어느 일에나 그런 것처럼 여기도 정도의 문제가 있다. 그 사회나 시대가 그런대로 자리 잡힌 상태에 있을 때는 자기 상황에 대한 인식이라는 것은 습관, 무의식 같은 말로 나타내는 것이 알맞을 만큼 상투적인 것이기가 보통이다. 남들이 보는 대로 자기도 본다는 언저리며, 그것이 실상에도 가깝기 마련이다. 상황 인식이 개인에게 어려움이 되는 것은 그 상황이 위기 국면에 있을 때다. 위기라는 것은 상황에 늘 보기에는 없는 것 같던 변수들이 하나씩 나타나 보이기 시작하면서 한 치 앞을 내다보기가 어려운 상태를 말한다. 그때까지의 타성이 교란되고 운동은 어느 쪽으로 흘러갈지 불확실해지는 국면이다. 이것이 혁명 전야라든지, 전쟁의 중대 국면을 전후해서 전형적으로 인간 개인에게 불안으로 다가든다. 정국政局이 어떻게 되는가 하는 그 '국면' 읽기의 어려움이다. 이 어려움은 그 개인이 그 국면의 어디에 자리 잡고 있는가에 따라 다르기도 하다. 국면에 영향을 끼칠 수 있는 자리에 있다면, 국면은 순전히 객관적인 것일 수는 없고 국면과 자기는 떼어놓기 어려워진다. 심지어는 '자기 할 탓'이라고 할 수 있는 개인도 있다. 그러나 거의 모든 개인은 차별성은 가지면서도 그런 자리에는 있지 않다. 그에게는 국면은 운명처럼, 괴물처럼, 천재지변처럼 다가들고, 그에 대해 어찌해볼 수 없으며, 앉아서 기다리는 굿이나 보고 떡이나 먹는 일밖에는 몫이 없다.

　당연하게도 이태준은 이 나중 경우일 수밖에 없었다. 김구조차도 어쩌면 다를 바 없었다. 일본이 좀 늦게 패망했더라면, 하는 그의 유명한 탄식은 이 사정을 말해준다. 하물며 이태준에 있어서랴. 그러니까 해방 바로 앞의 이태준의 정세 판단은 「해방전후」라는 작품에 나와 있는 것보다 훨씬 불확실하고, 불투명하고, 비자각적이고, 소박한 것이었으리라고 생각하고 싶다.

그런데도 그의 「해방전후」에서 전달되는 현실감의 강도는 어디서 오는 것일까. 그것은 첫째로 '해방'이라는 현실의 배경 앞에서 쓴 글이기 때문이다. 「해방전후」라는 작품 안에서 주인공이 현실의 파국을 예감하는 부분이 현실적 근거가 있었다는 것이 '현실'로 증명되었다는 효과를 나타내는 환경에서 썼기 때문이다. 작가를 나타냄이 분명한 인물을 주인공을 삼았기에, 과연 그런 예측의 능력이 있었을까 하는 의문이 일어나는 것이지만, 만일 작가와 동일시할 수 없는 사람을 주인공으로 삼았다면 작중인물의 예측 능력 문제는 사라지고, 인물의 행동은 그대로 현실의 한 반영이며, 현실에 의해 증명되었음을 독자는 시인하게 된다. 소설가인 이태준 자신을 나타내는 주인공이었음에도 불구하고 해방 후의 독자들에게는 이런 차별조차도 의식되지 않았으리라. 그만큼 현실은 분명하였고, 독자의 의식에서 그 분명성은 그 분명함이 아직 분명하지 않았던 해방 직전까지 연장되어 있었던 것이다. 현재가 과거에 투사되었다는 말이다. 그러므로 「해방전후」를 반세기나 지나서 읽는 나는 그 점 — 이태준이 정말 주인공만큼 예감했을까 — 은 잠깐 잊어버려도 되겠다. 그렇게 하고 나면 남는 것은 이태준이 이런 소설을 써서 다행이다, 하는 고마움이다. 내가 알기에 해방 전후를 이만하게라도 가깝게 어느 인물의 심경에 밀착해서 묘사한 작품도 얼른 생각나지 않는다. 잘 요약되어 있고 해방 후 부분에서는 이미 정국 자체의 중심의 일부에서 움직이고 있다는 그의 위치도 무겁다.

*

　소련의 멸망에 대해서 인상을 적어보려고 하면서 이태준의 「해방
전후」를 생각하는 까닭은 두 가지가 있다. 하나는 두 경우 모두 역사적
큰 전환 사건이라는 점에서다. 나머지 이유는 소련 멸망은 이태준의 「해
방전후」의 후일담의 의미를 가지기 때문이다. 「해방전후」에는 소련이
거대한 등장인물이었고, 이태준 자신이 그 등장인물이 짜놓은 새 국면
인 북한 지역으로 자리를 옮겼고, 그 거대한 등장인물을 찾아가서 만나
본 기록인 『소련기행』을 남겼고, 그의 죽음의 순간까지 그는 소련이라
는 힘의 장場 속에 있었기 때문에 소련은 다른 많은 사람들에게처럼 ─
조명희가 그 본보기인 ─ 운명이었기 때문이다. 내가 선택한 생업의 대
선배들의 그토록 많은 부분에서 '운명'이었던 존재의 뒤끝에 대해 잡다
하게라도 '전후'를 적어두는 일은 있어야 할 것 같다.

*

　1989년 12월에 루마니아 대통령 차우세스크가 민중에 의해 총살
되었을 때 고르바초프 동무의 '개혁'은 사실상 처음에 그가 설정한 궤
도에서 벗어났다. 그가 그것까지를 의도했는지 어쩐지 그것까지도, 그
리고 그 시점에서도 여전히 불투명했었다. 그러나 베를린 장벽이 무너
진 사건이 일어난 다음이었고, 지중해의 몰타 섬에서 소련과 미국 수뇌
회담이 있었으므로 그때에 고르바초프 동무는 동유럽 포기를 약속한 것
이 분명할 듯하다. 그렇더라도 루마니아에서 폭동이 일어난 지 며칠도
못 가 차우세스크가 민중 편으로 돌아선 군대의 손으로 즉결심판만 거
치고 거리에서 총살된 일은 당시까지의 공산주의 정치 문화의 분기점

이었다. 그때까지 인민에 의해 처형된 공산정권의 수장은 없었다. 악명 높은 '숙청'은 인민의 손에 의해서가 아닌 상층 지도부 안에서의 권력 다툼이었다. 그렇게 해서 패권을 잡은 지도자에게 모든 가치가 집중되었다. 소련식 정치는 그 유형으로서는 성속聖俗이 나뉘지 않은 일종의 종단宗團정치였고 그 수장首長에게 신성한 권위가 집중되어 있었다. 그것은 유럽의 절대군주만큼도 속화俗化되지 못한 그 이전의 전제군주들 — 로마 제국이나, 동양의 군왕들, 아랍의 칼리프들, 특히 잉카 제국의 왕이며, 이집트의 파라오들처럼, 정치군주이자 이념적 교황처럼 기능하였다. 스탈린의 사망과, 그에 대한 비판 이후 결국 소련 사회가 거기서부터 헤어나지 못한 정신적 혼란은, 소비에트 혁명 이후 70여 년을 지나면서도 마련하지 못한 성속聖俗의 분리 형식을 제도화하지 못하고, 그 둘 사이의 관계를 연속되면서도 분리되어야 한다는 동적 위상으로 정립하지 못한 데 근본적인 원인이 있어 보인다. 참으로 이상한 일이었다. 양量과 질質 사이에 있는 역동적 관계가 그들의 철학 교과서에서 그렇게 강조되면서도, 현실에서는 정치권력의 작동 형식을 거의 저분화 미개사회의 제정祭政 일치 형식에서 해방시키지 못했다. 모든 지혜와 능력을 갖춘 스탈린이라는 교황이 있을 때는 국가는 그런대로 움직였는데, 그의 전능을 비판한 다음에는 소련의 정치에서의 리더십은 전능도 아니고 제한된 것도 아니면서 여전히 형식적 유일 통수권은 살아 있었다. 그것은 마치 정치면에서만 본다면 스탈린을 비판한 다음에도 그의 정치적 유산에 의지해 살아가는 정치적 연금 생활자의 생활 같은 것이었다. 스탈린도 자연사했고 그의 후계자들도 모두 평상의 죽음을 하였다. 권위는 여전히 손상되지 않았다. 그들의 죽음은 마치 옛 파라오나 중국의 군주들의 죽음처럼 적당히 장막에 가려지고, 죽음의 시간이나 산문적인 병상 진행의 보도도 허락되지 않는 상태에서 거의 종교적으로 처리되었다.

*

  국가의 수장의 죽음은 공산권이 아니라도 어디서나, 지금도 여전히 많든 적든 원시종교에서의 수장의 죽음에 대한 닮은꼴로서 기능한다. 국민은 그 순간 속화될 대로 속화된 납세자納稅者로서의 인격에서 마치 특정 교단의 신도 대중의 인격으로 순간적인 이행을 경험한다. 장례의식도 종교의 얼굴을 모방하도록 장엄하고 정서적이다. 그러나 2~3백 년 이래 유럽 정치 문화는 정치가 보존하고 싶어 하는 이 모의 종교적 측면을 기회 있을 적마다 박탈하고 해독하는 방향으로 흘러왔다. 종교적 신비화에 대해서 얼마나 면역력이 있느냐 하는 것이 유럽의 근대 이후의 사회에서는 현명한 태도의 기준으로 작용하였고, 특이하게 평가될 만한 문명사적 창조라 부를 만하다. 정치가는 그저 전문 직업인일 뿐, 그의 전인격이 종합적으로 완전할 것이 요구되지는 않는다. 그런 모양새는 편의상의 '연기'이며 '예의상의 화장'임을 투표자들은 무의식적으로 알고 있다. 그래서 정치 지도자들 가운데는 수없는 악당들이 끼어 있음을 속화俗化된 문명사회의 투표자들은 알고 있다. 그러나 악당들에게는 족쇄가 물려 있으므로 인격 높은 지도자를 만들어내기보다, 이 족쇄를 우수한 품질로 개량해나가는 것이 이 땅 위에서 제일 생산적인 정치 발전의 길이라고 믿고 있는 사회가 적어도 유럽 자본주의였다. 물론 이 원칙의 내수용과 수출용 사이에는 차별성이 가해진다.

*

어떤 권위에 대해서도 원칙적으로 불경스런 입장을 내세우고, 어떤 종류의 문화적 지방주의와도 맺어지지 않고, 어떤 특수한 것도 보편적인 것의 변형이라고 생각하는 합리주의의 적자임을 스스로 밝힌 공산주의는 이상하게도 집권 후에 그들의 정치제도를 이 합리주의에 정반대의 원리를 몸에 담는 쪽으로 형성하였다. 그들은 정치행동을 신앙활동처럼 인식하고, 한 개인의 육신에 그들의 이념이 육화되고, 그 육화된 개인의 매개를 통해서 소속원들은 쉽게, 자신들은 그리 지혜롭지 않아도, 그리 착하지 않아도 정치적 구원이 약속된 것처럼 믿을 수밖에 없는 그런 정치 문화를 성립시켰다.

이런 정치 문화에서 정치 지도자의 위치는 절대적이고, 그의 죽음은 대혼란을 일으킨다. 역사에서의 '개인'의 역할은 추상적으로 토론해봐야 순환론밖에 안 되고, 구체적인 역사적 단계에서, 어떤 정치적 관행 속에 놓인 '어느 위치의 개인'인가에 따라 그 무게가 비로소 계산될 수 있다.

차우세스크는 그런 정치제도 속의 그런 위치에 있는 개인이었다. 인민의 아버지, 인민의 지도자, 인민의 영웅, 진리의 담보자였다. 모든 가치는 그에게 일괄 보관되어 있었고, 인민은 빈손으로 그를 믿기만 하면 되었다. 그런 개인이 길거리에서 그의 아내와 함께 미친개들처럼 총살된 것이다.

그것이 차우세스크의 죽음이었다.

*

소련에서는 훨씬 이전에 지도자에 대한 공식적인 개인숭배 문화는 실질적으로 무력화되어 있었던 듯하다. 스탈린 사후의 정치 문화에서의 그만한 변화였다. 그러나 소련 공산당 서기장의 권한은 법률적으로는 스탈린 체제 그대로였고, 위성국가에서는 사정이 또 달랐던 듯싶다. 루마니아는 훨씬 스탈린 문화에 가까웠던 듯싶다. 서방의 눈에는 차우세스크도 공산당원이며, 아직은 루마니아 공산당은 바르샤바 조약 제국의 형제나라였다. 한 핏줄이므로 형과 아우는 한 뱃속에서도 다르게 나왔을망정 여전히 남이 아닌 것도 사실이다. 형제 공산국가에 대해서 서방 손님에게 흉을 보는 소련 지식인들의 당시 습관은 인간적으로는 추한 것이었다. 그 사람들이 누구 때문에 그렇게 됐는지 자각이 없는 속물들의 태도이기 때문이다.

*

종정宗政 일치형 문화가 합리주의와 어떤 의미에서도 화해할 수 없으며, 문명의 진화라는 개념과는 모순된다는 형이상학적인, 선험적인 단정은 반드시는 성립하지 않는다. 인간 중에는 비범한 인간이란 개인이 있는 법이며, 다만 아주 귀하기 때문에 그런 적은 확률에 기대서는 안 된다는 것을 강조해서 말하는 어법이, 제정祭政 일치는 적절히 분화돼야 한다,는 명제일 뿐이다. 모든 단정적인 명제는(명제는 모두 단정적이지만) 만일 ……라면, 하는 '조건'을 표현의 경제상 생략한 형식이다.

*

1990년 초에 들어서서 소련 공산당 중앙위원회에서 행한 고르바초프라는 동무의 연설은 놀랄 만하다. 그는 "우리는 사회주의 국가들을 세계문명의 주류로부터 고립시켜온 모든 것을 버려야 한다"라고 말한다. '세계문명의 주류?' 이 연설로, 이 연설의 특히 이 한마디로, 이 시점에서 사실상 소련의 신념체계는 자기부정을 선언하고 있다. 고르바초프라는 동무는 자기가 하고 있는 말의 뜻을 얼마나 알고 있었을까? 어떤 '주류'를 그는 말하는가? 그의 선배들이 서유럽, 서방을 '문명'이라는 단어와 관련시켰을 때는 그 단어를 인용 부호로 묶든지, 아니면 명백히 그 의미를 한정해서 사용하는 것이 보통이었다. 그 '문명'의 성격에 오해 없기를 주의한다는 자각은 말하면 잔소리였다. 그것이 노예 소유자들의 문명이라는 것, 자본주의는 현대의 노예제도라는 뜻이 생략된 계수係數로 연결되어 있었음은 그만두고라도, 그 세계문명의 주류라는 개념 속에는 그 문명이 노예 주인들의 문명이자, 그 문명의 잘못을 고칠 힘을 가진 노예 자신들의 역사적 사명과 역량이라는 구성 요소를 함께 지녔음을 머릿속에 두고 있다. 그랬기에 혁명 직후에서 이후의 상당 기간까지 지도자들과 혁명세력은 '서방'으로부터의 지원, 즉 그 '문명의 주류' 속에 있는 우군 부분의 조속한 지원(즉 그들도 빨리 혁명을 일으켜줄 것)을 기대하였다. 초기의 혁명세력에게 '서방'은 적이자, 그 속의 우군도 지칭하는 말이었다. 고르바초프라는 동무의 1990년 2월 연설에는 '문명의 주류'에 대한 이 같은 복합적 이해의 흔적은 보이지 않는다. 이 서기장 동무는 문명의 주류를 레이건 숙부와 대처 숙모의 영지로만 알고 있다. 서방 우군의 비겁에 대하여 점잖게 나무랄 수도 있지 않은가. 소련이 당면한 현실에 대한 책임을 적의 교살작전은 당연하다 치고, 우군의 지역 이기주의에 대해서 분담할 것을 지적하는 것은 소련 체제 성립의 역사적 이해에 필수의 사항이 아닌가.

초기 지도세력들은 자신들이나, 자신들이 지배하게 된 국가에 대한 쇼비니즘은 전혀 가지지 않았던 듯하다. 따라서 어떤 의미의 메시아니즘도 없었던 듯하다. 가능한 한 빨리 그 과분한 짐, 지구를 두 손으로 받치고 있어야 하는 듯한 그 역할이 정당하게 그 '문명의 주류' 속의 진보적 부분에 의해서 대체되거나, 분담되기를 희망한 듯하다. 거기에는 위신이라든지 우월감 같은 것과는 인연이 없는 지극히 상식적이고 합리적인 계산만이 있었던 듯하다. 아직 혁명의 포화 속에 있으면서 '서방'에서의 혁명이 없으면 결국 자신들의 혁명은 지탱하지 못할 것이라는, 얼핏 속물적인 귀에는 자기부정이나 패배주의로 들리는 언설은 혁명을 기분이라 생각하지 않고 현실적 힘의 운동이라 보고, 서쪽의 그 '문명의 주류' 속에는 자신들을 구해줄 '힘'이 실지로 있고, 그 힘이 '주류' 속의 적대적 부분과 연결된 사슬을 떼어버리고 자신들에게로 달려올 것을 믿었기 때문이라고 해야 할 것이다. '문명의 주류'에 대한 소련 체제의 창시자들의 전통적 인식을 포기하는 것은 체제의 정통성을 스스로 버림을 뜻한다.

더욱 놀라운 것은 이러한 포기를 표현하는 그의 문체의 천진난만함에 있다. 그는 이 말을 외교적인 수사로 사용한 것일까? 그렇다면 그는 책임 있는 정치가가 아니다. 그의 발언은 자신들의 입지를 스스로 허무는 정도의 무게를 지녔으므로 조약의 하찮은 듯싶은 구절을 가지고 승강이를 하는 하급 실무 외교관보다도 경박한 행동이다. 그는 일반적으로 다수자의 이익을 대변하는 자리에 있는 사람이면 으레 지킬 만한 직책 감각에도 소홀하였다.

*

이 연설이 있었던 공산당 중앙위원회에서 채택된, 공산당의 '지도적 지위'의 포기라는 결정은 고르바초프라는 동무의 자기인식의 성격이 결코 우발적인 것이 아니고 일관성 있는 것이었음을 알 수 있다. 공산당의 '지도적 지위' ─ 즉 공산당 일당독재이다. 이 문제는 두 가지 측면으로 살펴볼 만하다. 먼저 독재라는 것의 정치적 의미다. 소련의 창시자들은 '독재'라는 개념을 '계급독재'의 의미로 파악하였다. 즉, '부르주아 독재'에 대한 '프롤레타리아 독재'이며, 독재라고 부르건 말건, 역사상의 모든 사회는 그 시대의 주도계급의 독재라는 뜻으로 이해하였다. 그러나 정치적으로 파악한 이러한 독재 개념을 시인한 다음에도 문제는 남는다. 한 계급이 반드시 하나의 정당으로 자신을 표현할 필요는 없다. 정치공학적 의미에서 얼마든지 현실의 필요를 기준으로 분화할수도 있고 통합될 수도 있고, 위기의 순간에는 당이 없을 수도 있고, 만사는 편의와 효율의 문제 ─ 즉 공학적 실용성의 영역에서 '독재' 문제에 접근할 수도 있다. 부르주아 정당들의 복수 존재가 그것이다. 여전한 부르주아 독재의 틀 안에서 정책의 차별성의 활용, 타성에 대한 경고, 부패의 최소화, 위기 국면에서 정권교체에 의한 안전밸브 구실을 하기 위한 정치적 병법兵法이었다.

*

이 문제는 볼셰비키들에게 '분파分派'의 문제로 자각되었다. 혁명기에 존재했던 특이한 입법 ─ 행정기관이었던 '소비에트' 안에는 볼셰비키의 우당이었던 멘셰비키도 의석을 가졌을 뿐만 아니라, 그 밖의 비사회주의 정당들도 참여하고 있었지만, 내전과 외국군의 침공 기간에 먼저 비사회주의 당들이 그리고 멘셰비키가, 마침내는 볼셰비키 당 안에서의 분파적 행동의 자유까지 금지되었다. 위기상황에서 허虛를 버리고 실實을 취한다는 비상조치의 성격을 띤 결정이었다. 전쟁을 하면서 정쟁政爭을 병행할 수 없다는 실제적 의미를 중시한 잠정 행동으로 이

278

해한 결정이었으나, 이후에 이 잠정 조치는 마치 절대적 교리처럼 굳어
지고 이에 대한 재고를 원하는 움직임은 반역행위로 추궁되었다. 그 도
달점이 개인숭배였다.

*

기왕에 볼셰비키(다수파), 멘셰비키(소수파)라는 역사적 뿌리와 관
용어가 있고 보면, 혁명의 위기가 사라진 적절한 시점에서 멘셰비키를
복권시키든지, 최소한 볼셰비키 단일당 안에서라도 '분파' 활동에 대한
제한을 해제했더라면, 그것은 이른바 복수정당제의 기능을 어느 정도까
지 수행함으로써, 소련 사회가 현 집권세력이 무너지면 국가 자체가 붕
괴하고, 사회 자체가 무정부의 상태로 해체된다는 인민대중의 고통을
덜고 그 시점까지의 긍정적·역사적 성과는 보존할 수 있었을 것이다.

*

그러나 소련은 그 어느 것도 시간이 있는 사이에 하지 못했다.

*

다만 다음 사실은 있었다. 국내신문 S일보(1990. 2. 8)의 소련 공
산당 중앙위 전체회의(1990. 2. 6) 보도 속에 다음 부분이 있다. "美式
兩黨制 제안 눈길O… … 이날 열띤 토론 과정에서 예브게니 벨리코프 중
앙위원은 소련의 새 정치구조에서 양당제가 바람직하다고 주장, 이채
를 띠었다. 벨리코프 의원은 美國의 양당제를 예로 들면서 共和 民主 양

당의 정강정책이 크게 차이 나지 않으면서도 양당으로 존립하고 있다고 부연."― 창조적인 발언이다. "종교개혁"의 배음倍音을 듣는 느낌이다. 헌법 제6조(볼셰비키당의 지도적 지위)를 유지하면서 폐기하는 양식(볼셰비키 공산당의 분당)＝지양(?). 그러나 이 발언을 그렇게 들었다는 현장 소식은 없다. 이 발언이 있던 시각에 붉은광장 레닌 묘 안 관이 있는 방에서 근무를 하고 있던 초병은 마치 안에서 나오는 소리를 들은 듯한 느낌을 가졌다. 그 환청은 이렇게 들렸다; "Да Да, Да Да." 초병은 이 사실을 조장에게 보고하지 않았다. 왜냐하면 환청은 러시아 사회주의적 사실주의 보초수칙에는 없기 때문이다.

*

소련 붕괴는 어느 한두 사람의 실책이 아니라 누적된 악정의 결과라는 말은 정당한 지적이다. 그러나 여기에도 당연한 조건이 있다. 망하는 나라가 어느 나라나 그런 것처럼, 소련의 모든 것이 다 나빴고, 개선될 가능성은 전혀 없었다는 말로 이해돼서는 안 된다,는 조건이 그것이다.

*

그런 (개혁의) 가능성은 물론 있었고 소련 인민의 고통의 최소화라는 의미에서는 그렇게 되는 것이 옳았다. 그 개혁은 중공과 북한의 민주화에도 도움이 되었을 것이고 결과적으로 남한 지역 거주자들에게도 전향적으로 이익이 되게 작용하였을 것이다. 북한이 민주화되었다면 남한의 정치체제의 민주화는 얼마나 긴박하고 심층적이어야 했겠는가, 하는 관점에서 그렇게 보는 것이다.

*

　고르바초프라는 동무가 만일 그의 노선의 결과를 미리 알았다면 그의 행보는 실지의 행보와 같았을까, 하는 연습 문제를 내보자.

*

　아마 그의 행보는 달랐을 것이다. 즉, 그는 자기 행동의 결과가 거기까지 — 즉 국가의 해체, 이념의 무산, 10월혁명 직전 상태로의 복귀, 즉 케렌스키 정권에의 자진 정권 반납 — 이라는 결과는 예측하지 못했을 것이라고 먼저 가정해보자. 이 경우라면 그는 그 자리에 있을 자격이 없었다. 한 제국의 개혁에 착수하는 사람이 자기 행동의 결과에 대한 본질적인 예측이 없다면 그는 미친 사람이다. 아니면 무능한 사람이다. 그는 그가 왔던 곳, 어느 시골 휴양지에서 모스끄바에서 내려온 당 간부들을 위한 휴양시설의 지배인으로 지내는 것이 그 자신을 위해 제일 행복하였으리라, 그런 생각이 든다.

*

　만일, 그가 결과에 대한 예측을 가지고 그의 행보를 실천해나왔다고 가정해보자. 그의 행동에 대한 두 번째 가정 시나리오다. 그는 처음에 레닌으로 돌아가자고 하면서 시작하였다. 레닌의 지도 노선에는 현실을 개혁할 가능성이 있다고 국민에게 천명한 것이다. 그는 마땅히 이 약속을 ― 레닌의 전통과 유산 속에서 국민을 영도하는 것이지, 그 밖의 것이 아니라는 이 공약을 지켰어야 했을 것이다. 레닌의 이름을 내세웠기 때문에 백가百家는 쟁명爭鳴을 시작할 수 있었기 때문이다. 즉 규칙과 틀이 '레닌'으로 선포되었고, 모든 사람은 그것을 믿었다. 서방 진영조차도 그에 대해서 의아해하지 않았다. 미국이 링컨의 정신으로 돌아가겠다고 해서 항의할 나라가 없을 것임과 마찬가지 이치다. 그러나 결과는 레닌 자체를 부인하는 곳에 이르렀다. 이 결과가 계산된 것이었다면 그는 속임수를 쓴 것이 된다. 그는 인민을 속인 것이다. 보통의 나라에서 새 집권자는 선거 때의 공약의 틀 안에서 임기 중의 행동을 실천한다. 이 틀에 변경이 있으면 그는 도중에 사임하거나, 국민의 뜻을 다시 물어야 하도록 관행이 이루어져 있다. 이것은 정치 제도의 차이에 관계없이 무릇 정치랄 것도 없이 계약 이행의 상식이다. 고르바초프라는 동무는 그렇게 하지 않았다. 그는 날마다 말을 바꾸고, 달마다 말을 바꿔 타고 해마다 열차를 갈아탔다. 그가 결과를 알고 한 일이라면, 그 계획과 결과 사이에 있는 언동의 불일치를 표현하는 말은 '속임수'라는 말이다.

*

실지로 소련이 망한 다음 어느 해설자는 고르바초프의 행보를 중세기 유럽의 전설에 나오는 '피리 부는 사나이'에 비유한 것이었다. 옛날 독일 어느 도시에 갑자기 쥐들이 들끓었다. 쥐들은 사람들이 먹을 것을 먹어치우고, 아이들을 먹어치우고, 사람들을 습격하고 병을 퍼뜨렸다. 그때 어디선가 떠돌이 사나이가 나타나서 보수를 약속받고 피리 소리로 쥐들을 유도하여 강물에 빠뜨려 죽였다는 이야기다.

*

　고르바초프라는 동무가 기폭한 운동의 과정에서 결국 관건이 되는 문제는 경제 문제로 압축되었고, '시장'이라는 것이 중심에 놓이게 되었다. '시장'에 대해서 소련 공산당보다 더 잘 아는 사람들은 그리 많지 않으리라고 세상 사람들은 막연히 알아왔다. '시장'이 어떻게 생겨났는가, 하는 것이 그들 이념의 창시자의 교설의 중심 주제였다. '시장'은 하늘에서 떨어진 것도 아니고, 연구실에서 조제한 처방도 아니고, 역사적 생성물이며, 그것이 형성된 초기 과정이 원시축적이라 불리며, 그것은 피와 고름의 바다에서 탄생한 비너스라고 그들은 말해왔다. '사회주의 원시축적'이라는 개념까지도 등장했다. 그런데 망하기까지 사이에 유통된 '시장'이라는 말에는 그 피와 고름의 냄새는커녕 그것들의 그림자도 어른거리지 않는 그런 깨끗한 말로 사용하고 있다. 마치 '시장'이라는 말만 채용하면 거기서 자동적으로 금은보화가 쏟아지기나 할 것 같은 식이다. 우리 같은 식민지 생활의 경험자들에게는 이런 모습은 착잡하고 뼈아픈 느낌을 준다. '시장'은 피와 고름 바다 속에서 탄생하였고, 그것이 우리 자신의 피와 고름이었음을 우리는 알고 있기 때문이다.

*

　그러니까 고르바초프라는 동무와 그의 주변의 동무들의 문체는 새삼 볼만한 구경거리였다. 그들은 마치 케임브리지나 하버드의 졸업생처럼 말하고, 서방의 공산권 전문 삼류 기자들의 용어와 수사법 그대로 자신을 묘사한다.

*

　언젠가 미국 대통령 부시는 휴양지에서 골프만 치는데, 고르바초
프라는 동무는 책을 한 보따리 싸가지고 휴가를 떠났다는 신문 보도가
있었다. 아직 소련이라는 나라는 앞으로도 (물론 영원히는 아니겠지만) 으
레 있겠거니 모두 알고 있던 무렵이다. 지금 생각해보면, 무슨 책이었
을지 궁금해진다.

*

　상대방의 수사법을 채택하면, 상대방의 의지를 채택하는 것이 된다.

*

　'위로부터의 혁명'이라고들 한다. 그러고 보면 망하고 난 다음의
현 러시아의 정객들은 모두 구체제에서의 기득권자들이다. 구체제가 그
모양이 되게 한 최고위의 책임자들이 구체제를 입에 침을 튀기며 욕하
고 어제까지 원수처럼 이야기하던 제도에 대해 사이비 종교의 전도사
처럼 열렬히 찬양한다.

*

　인간의 의식의 이런 전환은 대개 거짓말임을 역사는 증명하고 있
다. 만일 참으로 인간의 의식에 혁명이 일어난다면 그것은 먼저 참회로
나타나고, 개인적으로 자기처벌로 나타난다. 즉 공적인 장면에서 사라

져야 한다.

*

'체제'라는 말의 조홧속이 여기에 있을 듯싶다. '체제' 탓이었다는
것이다. '체제'가 나빴기 때문이지 자기한테는, 매개의 한 사람 한 사람
에게는 죄가 없다는 듯이 전제한 말이다. 본인 당자들은 어디 가 있었
는가. '체제'라는 유령이 소련 영토와 동유럽에 신기루처럼, 무인 로봇
처럼 작동하고 있었고 살아 있는 인간대중은 그동안 우주여행을 하고
돌아와 봤더니 그동안에 집구석이 그 꼴이 되었더라는 말인가.

*

사태에 대한 다른 접근방식이 여기서 문득 떠오른다. 악정과 폭정,
그리고 실정과 졸정拙政을 거듭한 끝에, 더 이상 통치할 수 없게 된 통
치계층이, 밑으로부터 오는 심판인 혁명을 두려워한 나머지, 본인들의
파멸을 면하기 위해서 차라리 국가를 파멸시켜버린다는 시나리오다. 이
것이 실현된 것이 대한제국 멸망의 시나리오였다. 이 시나리오를 적용
하는 데 망설일 만한 애정을 구소련 지배층은 사람들에게 요구할 수 있
을까?

*

적어도 나에게는 없다. '시장'을 위한 '원시축적'은 어디 있는가?
현 러시아 자체가 그 축적물이다. 구소련 인민의 피와 고름 그리고 백

골의 객관화가 현 러시아다. 이 유산을 구소련의 기득권층이 이번에는 공공연한 사유재산으로 횡령하는 과정이 앞으로의 러시아에서 '경제 발전'이라는 이름으로 진행될 것이다.

*

미쳐도 곱게 미치라는 탐미주의자들의 취미가 있다. 망하는 경우에도 이 취미는 준용될 수 있으리라.

*

구소련의 멸망 과정의 어디에도 탐미주의적 취미를 다소간에 만족시킬 만한 구석이 없는 점이 어쩌면 제일 아쉬운 점인지도 모르겠다.

*

그런데 곱게 미치는 이미지는 어느 정도 떠올림이 가능하거니와, 곱게 망하는 이미지는 어떤 것일까? 그것까지는 말하지 말자.

*

자기 손으로 자기 당에 대해서 활동 금지령을 내린 다음에 인민 대표자 회의에서 고르바초프라는 동무가 연설하면서 '동무들,' 하고 시작하였더니, 장내에 폭소가 터지고, 연설자가 황급히 '여러분,' 하고 고쳐 부르는 장면이 보도된 적이 있었다. 이쯤 되면 노생露生이 가외可畏라고

나 할지. 고골리는 과연 상상으로만 묘사한 것이 아니라고나 할지, 도 스또예브스끼의 소설의 어떤 측면이 주는 초超보통 사이즈의 어떤 느낌 에 대한 계시적 이해를 위한 너무나 정직한 실물 교육이라고 해야 할지.

*

탐미적 취미의 측면 운운하는 것은 이런 측면을 말하는 것이다.

*

그렇지 않을지도 모른다. 역사를 바로 아는 데 가장 걸림돌이 되 는 것은 역사를 너무 진지하게 생각하는 버릇이다,라는 폭론이 머릿속 어딘가를 잡놈처럼 스치고 도망간다.

*

권위와 명령 계통이 일원화一元化된 사회가 그 외양의 질서정연함 에도 불구하고 권위와 명령의 수장이 극히 희극적인 소수의 침입자들 에게 인질로 잡히자 거대한 왕국이 지리멸렬한 오합지중으로 화해서 그 저 그만한 숫자의 인종집단으로 전락한 예이다. 그나마 후진사회였던 그들의 종교는 습관상으로라도 남았지만 구소련 사회에서 종교적 상투 성 이상의 이론적 수준에 도달하지 못했던, 사상으로서의 사회주의는 당분간 완전히 무력할 것이다. 왜냐하면 합리주의의 한 분파인 사회주 의는 미개민족의 토착종교와 같은 파지력把持力으로는 유지될 수 없기 때문이다. 그것은 이해하는 사람의 머릿속에 있으면 있고, 그 밖의 존재형식으로 존재할 수는 없기 때문이다. 수학은 이해한 사람에게는 실재하는 실체지만, 그것을 공부하지 않은 사람에게는 없는 것과 같은 이치다.

*

고르바초프라는 동무의 머릿속에도 그러한 의미의 사회주의(이해된 수학 같은)는 없었던 듯싶다. 그런 공부를 할 시간이 없었을 듯하다. 게다가 국가 수장의 연설문을 전문 필진이 대필한다는 정치적 관행은 이번 같은(이념적 혼란이 국가 장래를 망친) 사태에서는 치명적이다. 소련 혁명에 의해 조성된 정치 현실은 '자연스런' 발전이기 때문이기보다, 우수한 정보와 결단력에 의한 의도적 현상이었기 때문에, 그만한 판단력과 의지가 없으면 지탱하기 어렵다. 거의 유기적인 누대의 정치적 지혜의 본능적 계승자들인 서방 정치가 집단과 달리 구소련의 지배집단은 타인에게 맡길 수 없는 정신적 능력을 스스로 유지할 때만 제일 확실하게 안전한 항상적 위기권력이었다.

*

스탈린의 난폭한 권력 독점은 혁명의 인적자원을 문자 그대로 일소해버린 듯하다. 물리적으로 대청소해버려서 이론적으로 10월혁명과 다소간에 내적으로 연결된 인간집단은 완전히 소멸해버렸던 것이 멸망해보고서야 결국 확실히 드러났다. 멀리 갈 것 없이 포석 조명희의 예가 그것이며 그들의 내국 조명희들의 대집단을 그렇게 청소한 것이었다.

*

〈카레이츠의 딸〉 방영에서 안내하는 비밀경찰 요원의 지나가는 한 마디에도 그 사정의 일단은 아무렇지 않게 드러나고 있다. 1930년대의 대숙청에서 숙청된 그 지역 비밀경찰이 '3~4만'이라고 말하고 있다. 모름지기 그런 규모였다는 것이다. 아낌없이 치워버렸다는 말이 된다.

*

혁명의 나라에서 어떻게 한 사람의 전횡이 그렇게 통할 수 있었을까.

*

문명복합체의 두 부분 — 생물로서의 인간 단위와, 그 인간 단위에 사후에 첨가되는 부분 — 의 결합 성격의 비유기성, 불완전성이라는 형식의 모순이 근본적 원인이었다.

*

처음부터 구소련의 혁명 지도자들 자신이 이 점에 대해 약간은 낙관적이 아니었나 싶다. 그들은 문명복합체에서의 물질적 부분을 과신하거나, 물신화物神化한 흔적도 없지 않아 보인다.

*

공장을 국유화하고, 공산당원이 지배인이 되면 사회주의 경제가 수립되었다고 안이하게 생각한 홈은 없는가.

*

그러나 기계는 사회주의자도 자본주의자도 아니며, 당원증 소지자가 자동적으로 사회주의자인 것도 아니다.

*

사회주의는 지배인의 머릿속에 있거나 없거나 하는 물질적 힘이다.

*

그의 머릿속에 문명의 두 부분이 수준급으로 결합되어 있지 않을 때는 그는 당원증을 소지한 파라오의 서기일 수도 있다.

*

그는 희귀 배급품을 우선 자기 집에부터 공급하는 사람일 수도 있다.

*

'평등'이라는 '말'만으로도, 그토록 방대한 노예 대중을 분기시켰다.

*

능력조차도, 사회주의 국가에서는 그 육성비(생활비, 교육비)를 사회가 무료 공급하므로 인간 개인의 능력별 차등 임금은 원칙적으로 부당하다,고 이념의 창시자들은 명언했다. 지키기 어렵지만 형식적으로는 과학적인 진실이고, 짐승에서 진화한 존재에게는 과분한 느낌은 들지만 사회적으로 정당한 기준이다.

*

이 기준이 어디까지 지켜졌는가? 구소련의 임금제도를 연구하지 못해 구체적인 현실은 모르지만, 아마 지키려는 노력이 부족했던 듯싶다.

*

포위된 성에서 장수와 병사가 똑같이 주먹밥 한 덩이로 끼니를 때운다면, 그 성을 뺏기는 매우 어려우리라. 졸병들은 소금 찍은 주먹밥인데, 장수들은 소금에 절인 돼지고기와 '수탈자들에게서 수탈'한 백 년 묵은 포도주를 곁들인다면 그 성은 이미 볼장 다 봤다.

*

언젠가 고르바초프라는 동무 부부가 파리에 갔을 때 그 부인이 쇼

핑을 많이 했다든가 어쨌다든가 그런 가십 기사가 난 적도 있었다. 소련도 좀 살 만해진 모양이군. 기사를 읽은 사람은 무심히 애교쯤으로 받아들였을 것이다. 자기 나라 인민이 블루진에 환장하고 있는 실정이었다면(그것이 실정이었다), 이 장면도 순식간에 달리 보인다. 그것은 '애교'일 수 없고 다른 무엇이다.

*

그 경우에 고르바초프라는 동무의 부인에게 필요한 것은, 하다못해 미국 시골 교회의 자선모임 부인들만 한 이웃에 대한 자선심이다.

*

걸 스카우트의 정신이래도 좋다.

*

사회구성체라는 것과, 그 속의 인간적 부분인 개인이라는 구성체가 어떤 단계의 사회적 규약의 처방비比에 맞게 구성된다는 것은 그토록 어렵다. 두 부분의 결합은 비유기적이기 때문이다. 인간의 내면 구성은 귀나 코처럼 자동발생하지도 않고 자동유지 되지도 않기 때문에 인간은 위기적 존재이고, 순식간에 짐승이 될 수도 있고, 다른 처방 구성으로 퇴행, 변화가 가능하다.

*

마음이 원해도 육체가 원수이거나, 육체는 원해도 마음이 원수이기도 하는 존재 — 네 이름은 문명인류.

*

소련공산당 서기장조차도, 자신의 인격을, 자신이 서약한 이념 체계의 표준에 가까운 상태로 구성하고 정합整合시키지 못하고 있었으니, 보통 일은 분명 아니다.

*

그 후에 올 결과에 대한 보완 대책도 없이 고르바초프라는 동무는 공산당의 '지도적 지위'를 당으로 하여금 포기시켰다. 송양宋襄의 인仁은 물론 훌륭한 일이다. 그러나 사전에 자기 당을 숙정하고, 선거에서 대패하지 않을 만큼은 당을 정비하고, 국민들에게 신임받을 만한 기간을 가진 다음에 자신의 특권을 포기하면 포기하는 것이 상식이 아닌가. 고르바초프라는 동무는 그렇게 하지 않고 사분오열되고 투항할 방식을 찾기만에 열심인 자기 당을 그 상태인 채로 무장해제부터 먼저 했다.

*

이미 당을 단념하고, 무장해제된 당은 제가 알아서(자기가 아직도 서기장인 당이) 갈 데로 가게 하고, 대통령 권한을 강화하는 길을 택했다. 당의 기반이 없는 대통령이 무슨 힘을 쓰리라고 어떻게 그는 기대하였을까? 그런 자신의 근거는 무엇이었을까?

*

아마 레이건 숙부와 대처 숙모가 보여준 의심할 수 없는 우정과 환대, 그리고 격려가 그것이었을 듯싶다.

*

부잣집 사람들이 보여준 몇 번의 방문에서의 그 환대는 불쌍한 러시아 시골구석에서 자라 비록 대국의 대통령까지 되었지만 심층 심리에 앙금처럼 남아 있는 열등의식의 찬 덩어리를 봄눈 녹이듯 녹였을까? 나도 저분들처럼 통이 크자면 크다구. 그분들처럼 나도 씩씩할 수 있다구. 이랬을까. 레이건 숙부와 대처 숙모의 착한 아이가 되고 싶어, 그렇게 울먹거리는 마음 저 깊은 데서 올라오는 소리에 따른 것일까?

*

동유럽의 붕괴는 고르바초프라는 동무의 부추김이 없었다면 일어나지 않았을 듯하다. 그는 폴란드의 비공산정권 수립에서나, 베를린 장벽 개방에서나, 체코의 반체제운동에 대해서나, 루마니아의 소요 때에나 한결같이 현지 공산당 지도부를 협박하면서 인민의 요구를 들어주라고 강경 전달했다. 이것까지도 소박한 관측자들은 소련이 통이 크긴 크구나, 동유럽이라는 군살을 빼겠다는 것이구나, 하고 보았을 것이다. 마치 2차대전 후에 영국이 식민지들을 '정리'했듯이. 그것도 소련 정치의 성숙의 증거요, 그만큼 자신이 생기고 국기가 튼튼해졌다는 증거겠지 하고 생각했기 쉽다.

　고르바초프라는 동무가 저 혼자 연방 대통령이 된 다음에 실시한 가맹 공화국들의 국회 선거와 공화국들의 대통령 선거에서 반사회주의 반고르바초프 진영 일색이 되자 고르바초프라는 동무의 대통령 자리는 끈 떨어진 갓이 되고 말았다. 공화국들이 주권선언을 하고 각기 독립국이 되는 바람에 고르바초프라는 동무는 영지 없는 왕이 되었고 연방정부의 살림살이는 러시아 공화국의 지급에 의존하는 신세로 급전직하 폭락하였다.

*

　종말까지는 아직도 막간극이 있었다. 1991년 초에 쿠웨이트에 대한 연합군의 공격이 있었다. 이것도 소련사태에 음산한 조명을 제공하는 광경이었다.

*

　전 세계의 TV 시청자들은 마치 기동연습을 방불케 하는 실전 중계 화면에 전개되는 모습에 그저 입만 딱 벌어졌다. 너무나 19세기적인 광경이었다. 19세기만 그랬다는 말이 아니라, 우리들 무력한 식민지 경험자들의 습관성 용어에 따라 표현한 말이다.

*

옛 식민지였던 비기독교 후진국 앞바다에 옛 종주국인 기독교 강대국의 크낙한 전함과 항공모함들이 몰려가서 사막에 전개했던 이교도의 전사들을 모래 밑에 파묻어버리고 이라크의 수도 바그다드, 옛 바빌론인 그 도시에 전자장치가 유도하는 고성능 폭탄의 불벼락을 내리니 바빌론 성내에 과부들의 울음소리 높았더라.

*

완전히 세계 역사가 몇 세기 후퇴한 느낌을 주는 광경이었다. 영향력을 발휘해본답시고 중재를 시도한 고르바초프라는 동무가 연합국으로부터 보기 좋게 퇴짜를 맞고 옛 우호국가가 연합군에 의해 일방적으로 짓이겨지는 모양을 손가락 입에 물고 보고만 있어야 하는 모습은 대세의 격변을 섬뜩하도록 느끼게 했다.

*

베트남 전쟁 때 미국은 소련을 의식해서 신성구역이라 부른 지역을 설정하고 선별 폭격하였으며, 한국전쟁에서는 만주 폭격을 주장한 2차 대전의 영웅인 현지 사령관을 즉각 해임하였다. 모두 소련을 의식한 행동이었다. 그런데 지금 서방 연합함대는 소련의 우방국을 소련의 만류에 아랑곳없이 짓이기고 있다. 그사이에 소련의 전력이 변한 것일까. 아니다. 소련의 의지력이 변한 것이다.

*

소련 멸망까지는 또 한 번 막간극이 있었다. 1991년 8월의 불발탄 쿠데타다. 탱크들이 줄줄이 시내로 들어오는데 구경 나온 시민들이 욕설을 퍼붓고, 돌연 구경꾼 가운데 한 사람이 탱크 위로 뛰어 올라가서 마침 덮개를 열어놓고 반신을 드러내고 있던 탱크병의 덜미를 잡아 끌어내려 한다. 탱크병은 기절초풍하듯 버둥거리다가 겨우 시민을 떼어내고 탱크 안으로 기어 들어가고 덮개가 닫힌다.

*

그런 쿠데타였다. 시내에 들어온 군대는 아무 조치도 취하지 않고 있다가 사흘 만에 시내에서 빠져나가는 모습이 전 세계 TV에 방영되었다.

*

군대가 진주한 동안 쿠데타 지도부는 아무런 방침도 천명하는 일 없이, 한 일이라고는 얄타라는 휴양지에 가 있던 고르바초프라는 동무에게 대표를 보내 쿠데타를 추인해달라고 부탁했다던가 말았다던가, 그 일 한 가지로 시간을 보냈다.

*

대표들이 가서 무슨 이유로 쿠데타를 했다고 설명한 것인지. 아마 고르바초프가 좀더 강경해달라는 공산당 보수파의 의견을 전했다는 것인지 어쩐지.

*

　고르바초프라는 동무와 옐친이라는 동무는 각기 미국 대통령에게 어쨌으면 좋겠냐고 전화통에 불이 나게 문의를 하고 있다는 보도가 강조되고.

*

　그쯤 된 마당인 줄은, 전화한 당사자들 말고는 대부분의 사람들은 역시 그때까지는 몰랐다.

*

　무어니 무어니 해도 국가요, 정부요 하는 존재는, 국외자로서는 일이 끝나보지 않고는 마지막까지 알 도리가 없는 사항을 그들만이 관장하고 있으므로, 일이 될 대로 될 때까지는, 국외자는 마지막 판단을 할 수 없다. 정보 공개라는 것은 그런 정도다. 그래서 설마가 사람 잡는다는 말이 생겼나 보다.

*

　고르바초프라는 동무가 국회에서 청중들을 '동무들'이라 불렀다가 '여러분'이라 불렀다가 한 소극笑劇은 이 쿠데타 직후의 일이다.

*

그 자리에서 옐친이라는 얼마 전까지 공산당 모스끄바 시 당 서기
장이었던 옛 동무가 고르바초프라는 옛 동무(아직 상위자인)에게 종이쪽
지에 무슨 지시를 적어주면서 그대로 읽으라고 손가락 삿대질을 하는,
장바닥 똘마니 깡패들도 계면쩍어할 광경도 전 세계에 중계방송되었다.
그 나라 국민들은 그 모습을 어떻게 보았는지. 전생에 죄 많은 백성들
인가 보다, 우리처럼. 못 볼 꼴을 보고 사는 것을 보니.

*

쿠데타 직후에 고르바초프라는 현직 연방 대통령이자 공산당 서
기장인 동무는 자기 당인 공산당에 대하여 활동금지령을 포고하였다.
쿠데타 기간 중 자기 당의 간부들 중 일부가 쿠데타에 동조했기 때
문이라는 이유로. 무엇이 어떻게 되었다는 말인지 그저 전 세계 시청자
들은 어리둥절했을 것이다.

*

「소설가 구보씨의 일일」이라는 소설을 쓴 소설가인, 구보仇甫 박
태원朴泰遠은 1949년 『금은탑』이라는 소설을 펴낸 바 있다. 최근에 나
는 이 소설을 읽었다. 요즈음 쏟아져 나오는 북으로 간 작가들 작품의
출판의 한 시리즈로 나온 책이다. 처음 인상은 그저 통속소설로밖에는
읽히지 않았는데, 어딘가 마음에 걸리는 구석이 남았다. 나는 걸리는 구
석에 무엇이 숨어 있는가 생각해보다가 그 일을 잊어버리고 말았다. 박
태원의 「소설가 구보씨의 일일」이라는 단편집은 해방 전 작품에서 내가
즐겨 읽는 책의 하나가 된 지 오래다. 책 제목이 된 단편이 들어 있는 이

작품집은 박태원의 가장 문인다운 정신적 분위기가 담겨 있는 책이다. 실린 작품들은 그렇다고 해서 모두 「소설가 구보씨의 일일」처럼 문인 생활을 묘사한 소재를 다룬 것은 아니다. 자연스럽게 취재의 폭도 있으면서 그러나 모든 글에 박태원 그 사람의 문인적 눈길이 고루 퍼져 있는 그런 작품집이다. 그 눈길의 스펙트럼이야 의당 독특한 위치의 그것이지만, 상허 이태준, 단편작가로서의 상허와 매우 가까운 자리에 있는 정신적 분위기를 느끼게 한다. 소재는 반드시 문인 자신이 아니지만, 어느 소재에나 먼발치에 그 문인의 모습이 엿보이는 그런 글들이다.

그야 소재야 무엇이든 어떤 소설이든 소설을 쓴 사람이 있길래 소설이 된 것이고 보면 필자의 체취랄까 솜씨가 거기 있을 게 당연하지 않겠느냐 싶어지겠지만, 그 사정이 반드시 그리 명쾌하지 않다. 객관적인 시선이란 것이 마치 있는 것처럼 생각하는 이론에 대개는 세례를 받은 탓도 있겠지만, 적어도 생활감각으로는 자신과 관계없는 세계를 그리는 우리나라 현대소설을 보면 작품을 쓰는 입장과 그 사람의 개인적 취미 사이에 있을 법한 갈등의 흔적이 뜻밖에 잘 보이지 않는다. 마치 그 두 입장이 하나인 것처럼 느껴지는 경우가 많다. 마치 산문소설은 누가 쓰나 마찬가지가 되어도 좋다는 전제를 믿고 있는 것이 아닌가 짐작해 보게 할 때가 많다. 아마 개화기 이후의 과학주의, 합리주의, 객관주의가 부지불식간에 손쉽게 그리 이해되고, 게다가 정치주의 문학관이 들어오면서 그런 경향을 더욱 부추겨서, 묘사할 대상은 이미 명명백백하게, '밖'이든 어디든(가령 이미 확립된 미학이든 ― 이 경우는 '안'에 있는 것이 되겠는데) 정해져 있는 것처럼 양해하고 있는 분위기가 있었다.

만일 그렇다면 인쇄소에 납활자 한 벌씩만 있으면 그만이지 한석봉이 왜 따로 있어야 하겠으며, 누구 풍風, 누구 풍이 왜 들먹여지겠는가. 바람 풍 자는 '風'이라고 쓴다는, 그 글자의 획의 구성은 기본 약속이고, 그 글씨의 묘미를 쓴 사람 저마다의 '마음'의 소식과 연결하는 방법은 각각이자, 예측 불허, 즉흥 연주의 소식 같은 것이어서 서예書藝라는 예술은 이 언저리에 성립한다. 그것을 보편의 개성화라 하든, 역사의 인생화라 하든, 앞서 적어놓은 그림을 가지고 말하자면 왼쪽 항을 오른쪽 항과 연결할 때의 각자 바다거북이 그 숫자만 한 각인각색의 방식에 제약되는 어떤 배합의 자국이라 불러볼 그런 것이 소설이면 소설의 마지막 자아 동일성이다. 그러니까 그려내는 제목은 바다거북이 새끼든 파리 새끼든 호랑이 새끼든 아무 '지도적 지위'는 없다. 그런 지위는 '자연'에서처럼 낭비를 아랑곳하지 않고 대강대강 뭉뚱그려서 '큰일'만 그런대로 치러지면 그만인 세계(그러지 말자는 것이 역사지만)에서의 일이고, 그러지 말자는 장소인 '역사'라는 것도 그 '낭비'를 상대적으로 줄일 수 있을 뿐이지 '심판의 날' 그 하루만 말고는 역사 달력의 모든 요일은 찌뿌드드하고, 한스럽고, 할 수 없이 넘어가는 그런 매일일 수밖에 없다. 그 '바닷가의 낭비'의 법칙은 그 힘이 역사에도 미쳐 있다. 역사는 아무리 시간을 쌓아도 이 법칙에서 벗어날 수도 없고, 이 법칙에서 '희생자들'의 몫을 맡은 자들을 보상할 길도 없다. 그것이 가능한 듯이 생각할 때 그 사람은 과학의 입장에서 본다면 주물呪物숭배에 빠져 있는 사이비 종교의 신도가 된다.

예술만이 그 일을 할 수 있다. 다만 살아 있는 사람의 슬픔 속에서, 그것은 헛된 의식儀式이요, 또 하나의 주물呪物숭배지만, 이번에는 알면서 그렇게 한다. 사랑하는 사람들의 '기억' 속에서 죽은 이들은 영원히 살아 있다. 기억 속의 그리운 얼굴들은 영생불사한다. 나를 잊지 말아요. 슬픈 운명의 이별에서 우리들은 대개 이 대사를 들은 적이 있지 않은가. 누군가가 누군가에게 대해서 이 말을 한 적이 있다면, 대장부 소인생이 그만하면 족한 것이요, 여장부 대인생도 그만하면 족한 것이다.

이것은 그저 헛된 기억 속의 놀이이며, 그저 기억일 뿐이다. 그러나 실인즉 그뿐은 아니다. 거기에는 대수大數의 법칙과 소수小數의 법칙 사이의 삼투滲透 현상이 일어난다. '역사'와 '인생'의 상호작용이 일어난다. 그리운 이의 기억을 위해서 보상 없는 줄 알고 난 다음에도 '역사'를 '예술'처럼 살겠다는 마음과 실지로 그렇게 사는 '인생'이 발생할 수 있다. 그래서 '역사'와 '인생'이 하나가 된 생애를 우리는 목격하게 된다. 그것은 모든 사람의 경우는 되지 못하지만, 우리는 거기서 영향을 받지 않고는 견디지 못한다(견디는 사람도 많지만).

예술은 헛짓만이 아닌, 이렇게 실지짓에도 여간 얕보지 못할 실지의 힘이다. 다만 그리 생각하기 쉬운 것처럼 '역사'나 인생을 위해 즉효를 나타내는 것만이 최종 목표인 것은 아니다. 그런 것처럼 생각하고 문학예술을 지었을 때 그것들은 통속소설이 된다. 신문학 이래의 많은 장편소설들이 대개 결과로서는 그렇게 되었다. 아마 신시대의 지식이었던 대부분의 작가들이 신지식의 정신을 철저히 곱씹어볼 시간을 가지지 못했기 때문이다. 신지식은 그만두고 우리들의 개화기 이전의 정신적 전통에 의하면 이 이치는 이에 신물이 나게 확인된 지식인의 기본감각인 것이어서, 천하대사란 것이 기차표를 사들고 자리를 잡은 다음에 할 일이라곤 두 다리를 쭉 뻗으면서 기지개를 켜고 한숨 자고 나면 그리운 고향역에 닿는 귀성여행이 아니라, 되어도 필연이요 안 되어도 필연인 저 혼자 마음 수습을 해야 하는 이 땅 위의 일장춘몽인 줄 익히 아는 바였다. 그래서 장사壯士가 한 번 나선 길은 예술가, 마음 공부하는 도사들의 심정과 다름없는 공통 지점이 있음을 알고 있었다. 그래서 그들의 장거는 시의 소재가 되었다.

서양에서 들어온 적극적 정치 참여의 사상들의 그중에서도 극한 형식인 고르바초프라는 동무의 왕년의 집무실 집무 책상 뒤편에 걸려 있던 초상화의 주인공들이 설파한 교설의 정신도, 그 정신에 있어서 고래의 동양 의기남아와 도사 신선에 명문名文 대가들의 그것과 다르지 않았다. 다만 동양 지식인들이 일이 글렀을 때의 각오를 강조했다면, 초상화의 주인공들의 교설은 일 자체의 성격과 방책을 더 중시하긴 했지만, 당연하게도 그 방책에는 여러 가지 '조건' ― 우선 우주가 당분간 존속할 것, 지구도 당분간 존속할 것, 사람들이 대체로 이성적일 것, 점점 이성적일 것이라는 관측, 제일 중요한 것은 '희생자'가 착한 사람들 쪽이고 성공의 열매는 아쉽지만 '나쁜 사람들'과 이후에 가서는 나쁜 사람들의 자손들의 전과물로서 향유될 뿐만 아니라, 착한 사람들과 희생자들은 씨도 남기지 못할 수도 있고 그렇기 때문에 후대에 가서도 그들의 가족적 보상은 이루어질 공산이 없을 수도 있고, 그러나 진짜 제일 중요한 일은, 만일 우주와 지구의 자연조건이 대체로 동일하게 유지된다면 인류의 역사의 미래는 대체로 '착한' 사람들과 '희생자들'이 희망한 그런 상태를 향해 진행될 것은 '필연적'이며, 그리고 정말 마지막으로 가장 중요한 조건은 그때에 가서 그 약속된 땅에서 살 사람은 틀림없이 '인류'이지 새나, 물고기들일 염려는 전혀 없을 것 같은 것은 '필연적' ― 즉 이른바 '좋은 사람들'의 가문적 후손이 아니랄 뿐 생물학적 종으로서의 '인류'일 것임은 거의 '필연적'일 것이라는 것 ― 이처럼 '만일'투성이의 조건은 말해야 잔소리(적어도 그들의 상식으로는)이기 때문에 생략하고, 이런 의미에서 '인류'의 '역사'의 '필연적' '진행 방향'을 확인하였고, 그렇다면 그래야 할 길을 두고 다른 길을 갈 것도 없기 때문에 생각에서 잡힌 그 길대로 자기들 인생을 살았고 살다 보니 그들이 생략한 그 뭇 '만일'들이 여기저기 실현되어서 그들이 애초에 대강 그려보았던 일의 속도나 방향이 달라졌더라도 그것은 당연한 일이었고, 그 결과는 좋아서, 아니면 그렇게밖에는 할 수 없어서 그렇게 한 사람들이 알아서 새길 수밖에는 없는 일임은 너무나 당연한 일이었던 듯싶다. 그 결과란 것이 당자의 죽음이라 할지라도 그것이 이 세상 조홧속인 것은 다 아는 일 아닌가.

*

다 아는 일이라고 생각하던 일이 그렇지 않을 수도 있는 것같이 여기고 싶은 경향이 시대를 휘어잡을 때 통속소설 같은 현실이 벌어지고 그중의 한 갈래가 통속소설이지, 순서는 그 거꾸로는 아니다. 박태원의 소설 『금은탑』도 어느 편인가 하면 통속소설에 가깝다. 악은 멸망하고, 악의 자손조차 조상의 악업 때문에 죽고 말기 때문이다. 책의 편집자는 소개하는 글에서 '식민지 치하의 구조적 모순'을 탁월하게 묘사했다고 쓰고 있다. 동감이다. 그런 측면은 분명하고 그럼에도 불구하고 통속소설이지 말라는 법은 없다. 유사종교보다 더한 유사종교인 황국정신을 전도하면서 식민지 치하를 산 악의 세력의 그 시절 모습은 보이지 않는데 유사종교 때문에 그들의 모습이 가려질 염려는 없는가. 유사종교 집단 밖의 당시 세상이 마치 정상의 보통 세상이기나 한 것처럼 상대적으로 미화된 효과는 생기지 않았는가. 이런 아쉬움 때문에 나는 이 작품은 그의 「소설가 구보씨의 일일」이나, 『천변풍경』과 같은 수준에서 즐기기는 어렵다는 사정을 좀 강조해서 '통속소설'이란 말을 해보는 것이지 이 자체도 훌륭한 작품임에는 틀림없다.

*

그러던 어느 날 문득 이 소설 생각이 또 떠오른 것은 그러나 위에서 해온 말과는 직접 관련이 없다.

이 작품에서는 살인 장면이 여러 군데 나온다. 작중의 악인들이 자기들을 믿는 신도들을 으슥한 산속으로 유인하여 목 졸라 죽이기도 하고, 돌로 쳐 죽이기도 하고, 몽둥이로 패 죽이기도 한다. 그런데 이 교의 교주는 그런 살인 행동 전후에 자기 외아들을 만나는데 매우 자상한 아버지다. 자애로운 아버지에서 잔인무도한 살인자로 변하는 일을 그저 사무적으로 아무렇지 않게 실행하고 있다. 인격변이의 이 전후를 옮기는 박태원의 필치가 그런 이상인격의 형태에 매우 적절하게 간결하다. 효과는 사람 탈을 쓴 짐승, 인간이 짐승이 되는 순간의 요기가 잘 나타나고 요괴가 저런 것이겠구나 싶어진다. 요괴들의 특징은 합리적인 추적을 넘어서는, 그래서 요술이랄 수밖에 없는 그 변신 능력이다. 이것이었다.

그것이 『금은탑』을 처음 읽었을 때 미진하게 마음 한구석에 웅크리고 있던 느낌의 정체였다.

신문학 이후에는 이런 감각은 거의 자취를 찾아볼 수 없이 되었다. 이 감각은 고대소설들의 중심 테마였다. 대부분 작품이 이 변신變身의 테마를 다루고 있다. 가장 순수 내면적인 변신인 개과천선으로부터 권선징악은 그 객관형이고 그것은 어떤 괴이담怪異譚에 이르면 신선神仙소설 같은 고대적 세계관의 테두리를 넘어서, 변신을 위한 변신이라는 심미적 양식에까지 이르고 있다. 이것은 한마디로 종교적 감성이다. 합리적으로 추적은 못할망정, 이 세계의 실체는 '변화'이며 '운동'이다,라는 관찰의 감각적 표현이다. 그 극한형식이 요괴에 대한 기호嗜好로 나타난 것이 숱한 괴담류로 보인다.

신시대의 문학에서 이런 감각이 사라진 것은 계몽기를 지나면서부터는 유심히 살펴볼 만한 일이다. 겉보기에는 합리적인 것 같으면서도 자칫 세상 실상은 대개 이치에 어긋남이 없을 것 같은 착각을 받아들이고 있는 형국이 된다. 옛날 같으면 요괴의 징조라고 깊이 전율했을 일을 쉽게 받아들이는 길을 닦는 것이 섣부른 합리주의의 일면일 수도 있다는 말이다. 사람을 죽이는 장면이 옛날 소설에는 흔하다. 사람을 파리처럼 죽이는 것이 아무렇지도 않다는 생각에서가 아니라 그 이상 악이 없다는 신념에서 그렇게 한 것이다. 그런데 현대문학에서는 그런 장면이 좀처럼 나오지 않는다. 다루기 어려운 것이다. 사람의 죽음에 대한 옛날 같은 후일담의 신앙이 사라진 다음에는 사람의 죽음이야말로 대책 없는 일이다. 한 시대의 문명으로서 대책 없는 일에 작가인들 대책이 있을 리가 없다. 죽음에 대해서는 말려들면 들수록 공허해진다. 그렇게 해서 죽음이 현대문학에서 사라진다. 마치 인생은 생명으로 가득 차고 죽음은 무슨 상식 있는 사람은 흔한 말로 '극복'이라도 할 수 있는 물건처럼 취급될 염려가 있다. 옛사람들은 죽음에 대해서 더 솔직하고 진지하게 대면하였고 그래서 아무리 취급하여도 언제나 신기하였고 겁나는 것이었고, 그래서 종교는 늘 가까이 있었다. 종교에 대해서 지식인들이 진지하게 할 말을 잃어버린 다음에, 기성종교의 옷을 입은 '종교'는 그렇다 치고, 종교적인 것으로 표현되는 인간의 죽음이라는 사실에 대해서 씨름한 작가들이 없지는 않지만, 모두가 종교적 천재가 아닌 다음에야 고전종교의 창시자들 같은 신종종교의 창설에 성공할 수는 없는 일이었다.

혁명과 사회개혁의 이론이 신시대의 가슴에 파고든 내면적 경로에는 신이 죽은 이래의 빈자리가 있었던 듯하다.

*

그러나 박태원의 『금은탑』이 문득 떠오른 것은 이런 개화기 정신
사의 성격에 관련한 것도 아니었다.

*

쿠데타가 일어났다가 수습된 다음에 고르바초프라는 동무와 옐친
이라는 동무가 크렘린의 어느 방이라고 소개된 방에 나란히 앉아서 위
성중계로 미국 TV의 주부들의 토크쇼에 나와서 바다 건너에서 보내는
시답잖은 질문들에 응하는 장면이 있었다.

그 별난 쿠데타가 있은 다음에는 판국은 이미 파장 직전이었다. 쿠
데타 주모자들의 의도에 대한 설명도 제대로 하지 않은 채 러시아 국회
에서 하위자인 옐친이 고르바초프에게 삿대질하는 광경이 벌어지고 고
르바초프가 연방의회에서 청중에 대한 호칭으로 코미디를 연출하는 북
새통에서, 미국 TV에 출연하는 것이 그렇게 급한 볼일이었을까. 그것
도 TV 출연의 경우 흔히 그렇듯이 아마 화면 구성의 편의 때문이었던
듯, 두 사람이 어깨가 맞닿게 바짝 붙어 앉은 것까지는 그렇다 치더라
도 어디 변두리 목로술집의 나무 의자 같아 보이는 그런 의자에 달랑 올
라앉은 모습이 그들이 처한 그 시점의 상황과 관련하여 그렇게 괴이쩍
을 수 없었던 인상으로 남았었는데, 박태원의 『금은탑』이 문득 떠오르
면서 두 사람의 느낌을 표현할 만한 적절한 말이 떠올랐다.

그렇게 앉아 있는 그들은 두 마리의 요괴妖怪 같았다.

*

고르바초프라는 동무가 개혁을 선언하기 전 현재의 소련은 정말

절망적인 상태였을까?

*

　'정말'이라는 말의 기준을 어디에 잡는가가 문제의 관건이다. 나
는 그 기준을 어디 하늘나라에나 있는 형이상학적인 '이상'에가 아니고,
또 혁명 초창기에 염두에 둔 '혁명이념'에도 아니고 현실로 지구상에 존
재하는 그저 '보통 국가'에나 잡고 얘기해보고 싶다. 왜냐하면 소련은
벌써 오래전부터 '보통 국가'에 지나지 않았으므로. 조지 오웰은 1930
년대에 이 사정을 "나는 지난 10년 이래의 소련은 '악'이라고 생각한다"
고 말한 적이 있다. 이미 혁명이념은 버린 지 오래라고 이 구사회주의
자는 당시의 유럽 좌파의 일부의 기분을 대표하면서 말했다.
　먼저 군사력으로 말하면 소련 영토는 절대 무기인 핵의 우산과 성
벽으로 지켜져 있다. 그것은 서방의 무력과 균형하는 것이었다. 그런 실
체가 없었다면 서방은 무엇을 상대로 군축협상을 벌였겠는가. 충분한
국방력의 존재, 이것은 아마 모두가 동의하는 영역일 것 같다. 국방력
은 국가 존립의 토대다.
　이데올로기상의 심리전적 상황은 어떠하였는가. 대체로 수렴收斂
이론이 세계의 정치적 상식이었다. 좌와 우는 다른 출발점에서 시작했
지만, 현대산업의 성격상 결국 동질의 관리사회를 향해 진행되는 과정
에 있다는 말이, 양쪽의 골수 강경파 말고는 제일 유통력 있는 설명화
폐였다. 자본주의 세계는 20세기에 들어와서 프로테우스 같은 변신력
으로 자신의 체계에 그때마다 수정을 가해서 무정부 상태의 시장 타성
에 이미 제동을 가하는 안전장치를 마련하였고, 소련도 스탈린 비판 이
후 이윤동기니 자극요인의 도입이니 하는 이론이 공공연하게 논의되었

을 뿐만 아니라, 암시장 경제가 실질적인 자유시장의 역할을 수행한 듯한데, 문제는 이것을 제도권 경제에 긍정적으로 편입하고 폐해를 줄이는 방향으로 개혁을 수행하는 것은 불가능하지 않았다. 이데올로기의 혁명성이 준 대신, 스탈린 비판 이후 사회적 자유가 증대한 것은 세계가 인정하는 바였다.

＊

제2의 산업혁명이라고 하는 유통(교통·통신) 체계의 현대화에 뒤졌다는 것은 사실인 것 같지만, 그것이야말로 계획경제의 틀을 선용하여 중점 투자해서 따라가면 됐을 것이고, 미련한 군비경쟁을 경제적으로 재편하면 됐을 것이 아닌가. 실지로 망하기 직전에는 '방어적 전력'으로 충분하다느니 하는 소리도 그들 자신이 하고 있었다.

＊

생활수준의 격차라는 것도 당연한 것이지, 그들 국가의 생성에 대한 역사적 과정을 생각한다면 그럴 수밖에 없는 일이고 그렇다고 나라 살림을 걷어치운대서야 그것은 정치가 아니지 않은가. 영국 사람들은 2차 대전 후에 자신들은 위스키를 마시지 못했다고 하지 않는가. 그런 고비를 어떻게 넘기느냐가 국가의 이성의 시험대가 되어온 것이 세계 역사다. 어느 나라에도 지하경제는 '부패'라는 형식으로 상존한다. 그렇다면 '사회주의 경제' '지시경제' '명령경제' 같은 서방 삼류 기자들의 속류 경제학이 이름 붙여준 '체제' 모순이기보다 무릇 모든 인류 국가에 항존하는 '부패'가 문제였던 모양이다. '부패'에야 '사회주의 부패'와 '자본주의 부패'가 따로 있겠는가. 소련 지배층이 그렇다면 부패는 꽤 화끈하게 부패했던 모양이다. '부패'가 위기의 진정한 원인인 성싶다. 그러나 이상하게도 고르바초프라는 동무의 개혁 구호와 그 추진 과정에서는 이 문제가 한 번도 의미 있게 거론되었다는 보도는 없었다. 진정한 병은 덮어두고 '체제 타령'만 불렸다. 붓이 나빠서 명필이 못 된다는 소리만 요란했다. 실상은 그 '체제'가 '부패라는 이름의 체제'를 뜻한다면 몰라도 그들이 헌법에 표시한 '체제'는 벌써 아니고, 보통 국가의 체제, 99퍼센트가 1퍼센트 때문에 희생되는 것을 슬퍼하는 감각에는 눈을 감기로 하는 '보통 체제'였으므로 이 점에서도 서방에 대해서 '보통 국가'로서 열등감을 가질 필요도 없었고, 가져봤자 늦게 뛰어드는 경쟁에서 '부패' 기술에서도 따라잡기 힘들 것이다.

*

　서방세계 자체가 무서운 붕괴 요인을 안고 있으며, 그러나 이 땅 위의 국가가 언제나 그러했듯이 여기 다스리고 저기 다스리고, 여기 깁고 저기 때우고 그렇게 살아오다 보면, 파악했던 긴박한 문제도 까맣게 잊어버리면서 한세상 지나가는 것이, 새삼 얘기지만 '보통 국가'의 살림살이 내용이다.

*

　위대한 선배들의 인간적인 능력과 자기희생 자체가 구조적 구성 부분이었던 '제도'를 마치 최신 '기계'를 상속한 것처럼 그 위에 안주하여 선배들의 희생에서 이자만 취득하고 자기 자신들의 투자여야 할 창의적 노력과 도덕성에서의 솔선수범을 게을리 한 끝에 지배층인 자신들은 불로소득자가 되고 피지배층은 '제도'라는 신비한 요술기계의 기적에 기대를 거는 우매한 사이비 종교의 신도 같은 거지 근성의 소유자로 타락시켜오다가 마침내 '계급의 적'의 체제를 능가하기는커녕 보통 생활 체제의 수준도 유지할 수 없는 지경에 이르자, 자신들도 그 '기계'에 깜박 속았다고 먼저 호들갑을 떨면서 민중의 탄핵을 회피하는 한편으로, 어제까지의 '계급의 적'들과의 뒷거래로 민중들을 혼란 속에 밀어넣으면서 자신들의 기득권을 수호하였다.

*

그러니까 이야기는 썩어도 보통 썩은 것이 아니어서, 자기 국가의 성립과 존속 과정의 역사적 맥락에 대한 상기력을 아주 잊어버렸기 때문에, 자기 국가가 17세기의 어느쯤에서 진공 속에 있는 어느 운동장에서 '자본주의'와 '사회주의'라고 흰 줄을 그어놓은 육상경기를 시작한 끝에 오늘에 와서 보니, 저쪽은 콜라를 마시는데 이쪽에서는 ㄲ바스를 마시고 있다고 하는 단순 비교를 태연히 하도록 정신이 퇴행한 지배계층이, 이미 고갈된 사회학적 상상력을 더 발휘할 기력도 없고 점차 증대되는 인민의 욕구—풍요와 평등에 대한—의 기세에 겁을 집어먹고 그간의 폭정과 악정, 실정과 졸정拙政에 대한 징벌이 닥쳐와서 그들 계층의 사회적 몰락—제2의 10월혁명에 직면하기보다는 모든 죄를 '체제'에 돌리고 그 분위기 조성과 민중 설득에는 서방 언론의 국내 통용이라는 지원군을 동원하면서 그들에게 내려져야 마땅하고 그들이 져야 할 고난과 징벌을 국민에게 전가시키는 길을 택한 것—이것이 소련 사태의, 그 외양은 비록 어떤 옷을 입었건, 그 진행은 비록 어떤 우여곡절을 겪었건 그 사태의 진정한 모습으로만 보인다.

*

만일 그렇다면, 결과적으로 스탈린이란 개인이 범한 죄악의 요괴 같은 파멸성이 다시 되새겨진다. 그는 혁명의 진행을 이보다는 사려 깊게, 자신들 인생과 보다 더 내면적으로 연결된 것으로 인식하면서 지도하고 참여할 수 있는 실로 방대한 인간 자원을 역사상 그 유례를 찾아보기 어려울 만큼(대개 그런 규모의 인간 절멸에는 기술적 한계가 있으므로) 철저하게 소탕해버렸기 때문에 자기들의 이름으로 세워지고 유지되어 온 나라가 망하는 마당의 어느 구석에서도 계급으로서의 노동자들의 목소리는 전혀 들리지 않았다.

*

여관 주인 고르비에는 자기 여관에 투숙했다가 급한 병으로 죽은 장발장으로부터 재산의 관리와 꼬제슈까의 장래를 부탁받지만, 재산만 횡령하고 꼬제슈까를 찾지 않는다. 동업자의 횡재를 눈치 챈 옐치에 여관 주인 옐치에 부부는 고르비에를 협박하여 장발장의 유산을 빼앗고 고르비에 여관까지 빼앗는다. 가혹한 노동에 시달린 끝에 중병이 들어 있던 꼬제슈까는 옐치에 부부의 손으로 국제 마피아에게 인도되어 인육시장의 바다 속에 행방불명된다.
　　—「어떤 레미제라블」에서.

*

312

1991년 12월 25일 오후 끄렘린 궁에서 붉은 기 내려지다.

감정이 흐르는 하상

* 언어는 그 위로 감정이 흘러가는 하상河床이다. 그것은 잔잔히 때로 급하게 또는 넘치고 혹은 메말라서 냇바닥만 드러내기도 한다.

* 강물은 여러 가지를 실어 나른다. 배와 사람과 아이들과 짐승들을.

* 메마른 하상에는 자갈과 잡초가 우거진다. 메뚜기와 뱀들이 다니고, 지네들이 쑤시고 드나들어 보기 흉한 하상을 흔히 본다.

* 탁류에도 볼만 한 데가 있다. 그것은 삶을 파괴하고 익사자들을 싣고 자기도 모르는 심연을 향해 소리쳐 흐른다.

* 투명하게 하늘의 그림자를 안고 흘러가는 물에 대해서는 더 할 말이 없다. 그러나 맑은 것만이 물이 아니다.

* 하상은 때로 넓어지고 때로 좁아진다. 그것은 자기 탓이 아니다.
어느 먼 곳에서의 숱한 우뢰가, 사람들의 땀이, 또는 눈물이 또는 피가 그것을 결정한다.

* 물은 움직인다. 썩지 않는 것, 그것이 물의 목숨이다. 물은 결코 수동형으로만 흐르는 것이 아니다. 그것은 역류하기도 한다. 역류를 설명

하는 법칙은 없다. 그것을 설명하자면 우주를 모두 설명해야 한다.

＊가난한 강도 있고 살찐 강도 있다. 물은 그 속에 들어오는 자에 따라서 위대하게도 비천하게도, 그 밖에 어떤 모습도 다 지닐 수 있다.

＊버드나무 기슭에 늘어지고 복사꽃 잎이 흘러가는 도화유수桃花流水만이 물이 아니다. 기선汽船이 오르내리고 기름이 배어든 물의 모습도 있다.

＊고집하는 것은 강물이 아니고 사람들이다. 사람들의 감정이다.

＊현실이란 말은 실체가 아니라 그릇이다. 그 속에 사람들은 자기가 필요한 것을 아무것이나 담는다. 꿈까지도.

＊삶·신神·진眞·선善·미美 ― 현실은 이런 말들과 친척이다. 그것은 무엇인가고 질문 받으면 우리는 당황해지는 그런 말이다.

＊그것은 말의 광장이다. 모든 사람이 이용하지만 사유는 금지돼 있다.

＊독재자란 이런 말의 광장에 자기 동상을 세우고자 하는 자다. 그는 결코 성공 못 한다. 그것은 광장이기 때문이다.

＊어떤 밀실도 광장의 함성이 들리지 않을 만큼 떨어져 있지 못하고 어떤 광장도 밀실의 평화가 그리워지지 않을 만큼 오붓하지는 못하다.

＊만일 당신이 밀실의 완전을 기하려 하면 당신의 귓속에서 함성이 터져 나올 것이다. 만일 당신이 광장의 완전을 기하려 하면 반란을 당하거나 반란을 해야 하게 된다.

＊광장을 가지지 못한 국민은 국민이 아니다.

＊밀실을 참지 못하는 개인은 개인이 아니다.

＊쇼맨과 매춘부와 밀수업자만이 있는 광장.

＊돈 가방과 매음과 음모만이 있는 밀실.

＊폭우가 내리는 밤에 광장에 서보라.

＊광장의 청소는 시청이 하는 것이 아니다. 기旗가, 함성이, 피가, 땀

이 그것을 청정케 한다. 광장은 축제 드리는 곳이다. 그것은 제례의 장소이다.

* 용기 없는 이기주의자 ― 그것이 노예다.
* 용기 있는 이기주의자들의 동맹 그것이 사회계약설이다.
* 이 설의 주장의 역사적 사실 여부가 중요한 것이 아니라 그 발상의 윤리가 중요하다.
* 노예의 군단이 아테네와 로마 공화국을 유지했다. 용기 있는 이기주의자들은 그렇게 강하다.
* 미국 흑인들의 영원한 콤플렉스는 링컨이 백인이었다는 사실이다.
* 노예 제도가 나쁘다는 아무런 윤리적 선험 원칙도 없다. 노예들이 싫다고 할 때 비로소 원칙이 생기는 것이다.
* 노예가 되느냐 자유민이 되느냐, 그것은 취미의 문제다. 적어도 형이상학적인 아무런 근거도 없다. 어느 쪽이 '옳다'는. 다만 노예든 자유민이든 그 속에 있는 자는 계속 그렇게 있고 싶은 타성을 지닌다. 그것을 바꾸려는 시도가 오히려 귀찮음으로 대해지는 경우가 흔히 있다.
* '자유는 이 국토에 영원한 우수憂愁를 더하였다.' 이 시구는 나에게 우수를 더해준다.
* 자유여. 자유는 말이 아니라 힘이다. 시詩가 된 행동이다.
* 낙랑성을 지킨 자명고. 모든 사회는 그런 북을 가져야 한다. 그것이 시인이다.
* 자유를 위해 울지 않는 새. 적의 함성을 듣고 울지 않는 북을 가진 성은 불행하여라.
* 전에는 나는 낙랑공주의 편이었으나 지금은 나는 그녀의 적이다.
* 자유는 인류의 꽃이다.

＊사람이 사는 데는 많은 앎이 필요 없다.

＊다만 그것을 깨닫기 위해서는 많은 앎이 필요한 시대나 사회가 있다.

＊말은 행동의 기억이다.

＊행동의 기억 없는 말은 무정란과 같다. 행동이라는 병아리는 그 속에서 나오지 않는다.

＊기억 속에 없는 것을 우리는 표현도 제작도 못 한다. 창조란 회상의 능력일 뿐이다.

＊어떤 가난한 국민사도 회상의 자료에 모자란 법은 없다. 모자란 것은 늘 회상의 능력이며 기억의 상실 그것이 죄이다.

＊위대한 시인이란 회상의 능력이다. 그는 미래까지도 회상한다.

＊모든 국민은 그 국민만 한 키의 시인을 가진다.

＊말이 모자라서 비겁해지는 법은 없다.

＊풍문 속에 사는 사람은 사는 것이 아니라 꿈을 꾸는 것이다.

＊안다는 것은 추리의 능력이 아니라 염치를 아는 능력이다.

＊말은 행동의 퇴화이다.

＊말은 행동을 통제하기 위해 있는 것이 아니라 행동을 상기하기 위해 있다.

＊습관은 행동의 비사변적 전달 양식이다.

＊그러므로 습관은 사변보다 강하다.

＊문제는 습관을 바꿔야 할 때에 온다.

＊습관은 습관만이 극복한다. 이 간극을 비약하는 힘은 어디서 오는가.

＊계몽이란, 습관을 설득하는 것이 아니라 미래를 소개하는 일이다.

＊어떤 습관도 설득당한 일이 없다. 설득당했다면 그것은 습관이 아니었다.

＊행복, 그것은 현실이란 말처럼 환상적이다. 그러므로 우리는 그것에 미친다. 환상적이 아닌 어떤 것도 우리를 미치게 하지 못한다.

＊환상을 싫어하는 사람은 아무도 없다. 다만 나이가 들면서 모든 사람들이 다 그것을 좋아한다는 것을 알게 되자 사람들은 자기는 그 속에서 빠지자고 하는 것뿐이다.

＊그렇게 해서 제일 염치없고 탐욕한 자만이 남는다. 환상은 그의 소유가 된다.

＊환상을 공유하는 것, 그것이 가장 바람직하다. 구더기 무서워서 장 담그지 말 것인가.

＊환상 없는 곳에는 행동도 없다.

＊대부분의 경우 환상을 극복하는 것이 아니라 환상을 유지할 능력이 없는 것이다.

＊현실적인 것은 환상적이고, 환상적인 것은 현실적이다.

＊가장 놀라운 환상, 그것은 현실이라는 환상이다.

＊기득권을 가진 자가 늘 현실을 역설한다.

＊그 기득권 속에는 단순히 나이를 먹었다는 것까지도 들어간다.

＊환상의 바다 속처럼 현실적 보화가 들어차 있는 데가 없다.

＊생명은 환상의 아들이다.

＊사람은 실수로 악을 행하는 일도 있는 것처럼 실수로 선을 행하는 수도 있다. 어느 쪽이든 책임을 면할 수 없다.

＊악이란 남의 환상을 뺏는 것이다. 그러므로 악은 보상할 수 없다. 환상은 생명이므로.

＊선은 자기가 남의 환상이 되는 일이다. 그러므로 선은 보상을 원치 않는다. 환상은 생명이므로.

＊신은 생명이다. 신은 환상이므로.

＊증거가 없는 악은 악이 아니다. 가장 큰 증거는 물론 자기다.

＊증거가 있는 선은 선이 아니다. 가장 큰 증거는 물론 남이다.

＊대부분의 경우 선이란 능력이 아니라 은총이다. 이것이 슬프다.

＊대부분의 경우 악이란 운명이 아니라 범죄다. 이것도 슬프다.

＊자기는 살겠다면서 남은 죽으라는 것, 그것이 악이다. 간단한 진리다.

＊약한 자도 악을 행할 수는 있으나 선을 행하지는 못한다.

＊약한 자여 네 이름은 악인이다.

＊노래하듯 선을 행하는 자, 그것이 천사다.

＊'엘리 엘리 라마 사박다니'라고 말한 사람, 그 사람은 천사가 아니다. 신이다.

＊역사란, '현실'이란 말의 동태적 동의어이다.

＊현실이란, '역사'란 말의 정태적 동의어이다.

＊보수주의자란 현실을 실체라고 생각하는 사람들이고 상대주의자란, 역사를 허무라고 생각하는 사람들이다. 전자는 기득권을 주장하고 있는 것이며 후자는 비겁을 합리화하고 있다. 전자는 가지고 있는 순간을 영원이라 주장하며 후자는 가지고 있지도 않은 영원을 순간이라 주장한다.

＊역사란 상기하는 것이지 소유하는 것이 아니다.

＊당신이 당신의 역사를 욕하면 당신의 현실이 나빠진다.

＊나쁜 과거를 숨기려는 자는 미래를 숨기려는 의도에서다. 그는 반드시 재범再犯한다.

＊역사란 미래에의 희망이다.

＊바쁜 사람은 역사를 읽을 틈이 없다. 역사를 만들고 있기 때문에. 다만 그가 나쁜 역사를 만들고 있을 때가 문제다.

그런 경우에는 그가 죽든지 그를 죽이든지 하는 것이 바람직하다.

＊ 우주란 자연의 역사다.

＊ 우주는 관측 수단의 한계 내에서만 인식된다. 역사도 마찬가지다.

＊ 망원경의 한계가 우주의 한계는 아니다. 사관의 한계가 역사의 한계는 아니다.

＊ 인간을 위해 사관이 있는 것이지 사관을 위해 인간이 있는 것은 아니다.

＊ 사관을 숭배하는 것은 우습다. 망원경을 숭배하는 것처럼. 망원경은 사용하는 것이다.

＊ 현재 보유하고 있는 망원경에서 들어오는 임대료 수입을 위해 더 높은 성능의 망원경의 제작을 반대하는 사람들. 그것은 요지경 조합의 보스와 물신숭배당의 무당이다.

＊ 행복이 주어지는 것이 아니라 만드는 것이라고 한다. 만드는 방법을 만드는 것이 문제다.

＊ 고양이 목에 방울을 달아야 한다는 것은 일치된 의견이다. 어떻게 다느냐 그것이 문제다.

＊ 달지도 않고 달았다고 하는 것은 죽는 길이다. 달지 못하는 팔자라고 하는 것은 동족을 죽이는 길이다. 맨손으로 달려드는 것은 자살이다. 현명한 쥐는 당연히 방법을 연구할 것이다.

＊ 행복의 방법을 찾다 일생을 허비하는 사람도 있을 수 있다.

＊ 어떤 쥐들에게는 방법은 정해져 있다. 동족을 방패로 삼는 길이다.

＊ 어떤 쥐들은 취미가 이상해서 그 길을 택하지 않고는 길이 없는가 생각하게 된다. 이런 쥐들이 괴로운 것이다.

＊ 인간 사회에 우화寓話를 적용하는 것은 정확하지는 않다.

＊고양이는 늘 고양이이고 쥐는 늘 쥐인 것이 짐승이지만, 인간 세상에서는 조건이 이렇게 절대적인 것은 아니다.

＊인간 사회의 조건은 가변적이고 유동적이다. 고양이가 쥐 되는 경우가 있고 쥐가 고양이 되는 경우가 있다. 이것이 인간이 문명 속에서 산다는 의미이다.

＊볕 들 날이 있는 것은 그러므로 쥐구멍이 아니라 사람 구멍이다.

＊볕 안 드는 구멍은 그러므로 사람 구멍이 아니라 쥐구멍이다.

＊쥐구멍이 많은 사회는 그러므로 인간 사회가 아니라 짐승 사회다.

＊쥐구멍이 많은 사회의 인간은 그러므로 인간이 아니라 고양이 아니면 쥐다.

＊고양이보다 못한 인간이 나쁜 것은 말할 것도 없지만 쥐보다 못한 인간은 쥐보다 못하다.

＊과도기를 사는 시대처럼 불행한 것은 없다. 그들은 많은 핸디캡을 받아야 한다. 누가 주는가. 스스로가.

＊그런데 스스로에게 관용을 베푸는 사회는 과도기가 아니다.

＊인생 그것이 과도기라 한다. 그것도 나름이다.

＊내일 태양이 뜨지 않는다면 그래도 사과나무를 심을 사람이 있을까. 있다. 그것은 나다. 왜냐하면 내일 태양이 안 뜰 리가 없으므로. 그야말로 떼놓은 태양이다.

＊내일이 없다고 정말 믿는다면 그 순간에 사는 사람은 죽을 것이다. 그러므로 생명은 내일에서 오는 것이다.

＊모든 사람이 바라는 내일은 모두 같고 모든 사람에게 배당되는 내일은 모두 다르다.

＊사람은 같은 환상에서 시작해서 다른 현실로 삶을 맺는다. 이것이 슬프다. 환상의 실현의 차를 줄이자는 것, 그것이 정의이다.

* 행복이여. 불행한 사람의 환상이여.

* 우리들은 많은 것을 원하는가. 아니다. 그 적은 바람이 얼마나 많은 조건을 필요로 하는가.

* 그래서 행복은 과정에 있다는 상소리가 생겼나 보다.

* 그것은 먼 길을 가봐야 끝에는 낭떠러지라는 소리다.

* 아마도 그럴 것이다. 그렇다는 인식에서 모든 일은 세워지지 않으면 안 된다.

* 인간은 상소리의 공간에 드리운 한 가닥 거미줄에 매달린 존재이다. 그것이 우리들의 환상적 상황이다.

* 노예의 달력에는 늘 여름만 있고 자유민의 달력에는 겨울도 있다.

* 겨울과 폭풍을 두려워하는 자 ― 그것이 노예이다.

* 역사를 만드는 것은 지성이 아니라 용기이다.

* 모든 국민사는 그 국민의 용기의 표현이다.

* 나쁜 용기라는 것도 있다.

* 참다운 용기는 극기라는 말은 옳다.

* 극기해서 생명력이 약해지는 법은 없다. 극기는 생명의 절제 있는 운용이며, 소심은 게으른 생명이다.

* 암탉이 알을 낳듯이 제도가 행동을 낳아주는 것은 아니다.

* 제도는 매일 창조하는 것이다.

* 제도는 요술 방망이가 아니다.

* 나쁜 제도를 가진 용기는 좋은 제도를 가진 비겁보다 윤리적이다.

* 노예는 요술 방망이를 좋아한다.

* 용자는 명예를 좋아한다.

* 용자는 마술자를 식탁의 여흥에 부르고 노예는 식탁을 모두 바친다.

* 옛날에는 노동도 모두 마술이었다.

* 제도를 믿는 자는 그 제도를 위해 한 일이 가장 적은 자이다. 뱃삯 없는 놈이 배에 먼저 오른다.

* 제도를 보장하는 것은 용기이다.

* 그것은 매일 방어되어야 한다.

* 대부분의 사람은 좋은 제도를 원하는 것이 아니라 마술을 원하고 있다.

* 용기 없는 자의 환상 ― 그것이 마술이다.

* 원래 마술은 행동이었다.

* 국민이란 말을 경로당의 피초대자쯤으로 생각하는 사람이 많다. 권력에게서 효도를 받자는 사람들.

* 용기 있는 곳에 슬기도 있다.

* 의식衣食이 족하고 예절을 안다. 옳다. 의식이 부족한데 예절을 아는 것 그것이 예절이다.

* 많이 일하고 적게 먹는 자 ― 그것이 성자다.

* 사회에 성자만 있다면 곡식 값이 하락할 것이다. 그러므로 많은 사람이 배불리 먹을 수 있으리라.

* 자녀에게 부끄럽지 않은 부모가 되는 것은 매우 어렵다.

* 자녀에게 효도할 것.

* 나쁜 사회란 파수대에서 노름판이 벌어지고 있는 사회다. 전의가 충분했는데도 함락된 성은 대개 파수병의 잘못이다.

* 어느 시대에나 민중은 충분한 전의를 가지고 있다. 평화를 원하는 것은 늘 사령관들이다.

* 전쟁을 원하는 사령관은 반드시 승산만 있는 것은 아니다.

* 고대의 군기는 지휘관도 직접 위험에 노출되고 있던 데서 유지되었

다. 그때에는 전쟁은 도덕적이었다고 말해도 좋다.

　＊전쟁을 주장하는 사람의 진실은 그가 병졸로 참전할 뜻이 있느냐 없느냐에 달렸다.

　＊전쟁 — 거기서 상처받지 않는 사람은 전후방을 통해 한 사람도 없다.

　＊문학은 인류의 꽃이다.

　＊꽃을 위해서 죽는 수도 있으며 꽃으로 죽일 수도 있다.

　＊문학은 정신의 교회이다. 그 속에서는 인간은 다소간 경건해지지만 밖에 나와서까지 그러리라는 보장은 없다. 종교가 마술이 아닌 것처럼 문학도 마술이 아니다.

　＊나쁜 종교와 나쁜 문학은 마술을 행하는 것이다. 그것들은 대개 눈속임이다.

　＊나쁜 종교와 나쁜 문학을 깨뜨리는 길은 종교와 문학을 갖지 않는 일이 아니고 좋은 문학을 가지는 일이다.

　＊모든 사람이 종교와 문학을 가지고 있다. 모든 인간이 폐와 심장을 가졌듯이.

　＊문학이란 것이 있는 것이 아니라 문학은 만들어지는 것이다.

　문학을 만들기 위해서는 문학을 매개로 하는 길밖에는 없다.

　＊문학은 가르쳐주지 못한다는 말은 옳지 않다.

　＊문학에 있어서 작가의 몫이라는 것은 지극히 작은 부분이다.

　＊도시에 길이 있듯이 문학에도 길이 있다.

　＊소설만 읽고도 좋은 소설을 쓸 수 있는 시대도 있고 소설만 읽고는 신통한 소설이 씌어질 리 없는 시대도 있다.

　＊그것도 소설을 읽어야 알 수 있다.

제3부

한국 역사의 길

_문명 DNA의 앎과 꿈

상황의 원점

지금 돌이켜보면 조선 왕조가 압록강, 두만강으로 국경을 확정 지은 업적은 굉장한 사업으로 보입니다. 이 국경선이 조선 말까지 유지되고 일본의 점령 기간에도 유지되었던 것입니다. 비록 민족의 감정 속에서는 이것이 우리나라의 국경임에 틀림없으나 현실적으로 이 선을 지배하고 있는 것은 옛 영토의 북쪽 절반을 차지한 권력입니다. 그리고 허심탄회하게 생각할 때 이 국경이 실질적으로 조선조의 그것과 같은 뜻을 지니게 될 날에 대한 전망은 매우 순탄치 못하다고 할 수밖에 없습니다. 지금 사정이 이렇고 보면 우리가 한때 압록 – 두만강 선을 국경으로 굳혔던 일이 얼마나 어렵고 큰 역사적 사업이었던가는 피부에 사무치게 느껴진다는 말입니다. 역사의 눈으로 보면, 우리는 우리 선조들이 애써 얻어냈던 지표상에서의 기득권을 날려버린 불초의 후손들입니다. 이것이 가장 간단한 색깔로 그려본 우리의 지금 초상입니다. 우리의 초상을 여러 색깔을 가지고 그릴 수 있을 것입니다. 자유 – 공산이라든가 민주 – 독재라든가 자본주의 – 사회주의라든가 하는 여러 지표를 골라서 우리 민족의 오늘을 설명할 수 있을 것입니다. 그러나 민족을 단위로 하고, 그 민족이 차지한 영토를 기준으로 삼아 볼 때, 우리는 '그 민족이 실질적으로 차지하고 있는 영토 위에 전 민족을 실질적으로 대표하는 단일 정부를 세우지 못하고 있는 민족'이라는 초상을 그릴 수밖에 없는 것입니다. 왜 이렇게 되었는가에 관련한 모든 변수들은 여하간에 이것이 오늘의 현실입니다. 민족의 입장에서 보면 우리의 모든 행동은 이러한 부자연한 상태를 끝내는 데로 방향이 주어져야 할 것입니다. 한 민족이면 반드시 단일 정부를 가져야 한다는 것도 반드시 자명한 법칙은 아닙니다. 이것은 아마 얼핏 생각에 한심한 말 같지만 사실입니다. 왜냐하면 그렇게 말한다면 미국과 영국도 통일되어야 한다는 이야기가 될 것이기 때문입니다. 또 오스트레일리아와 미국·영국 사이에도 통합이 이루어져야 할 것입니다. 그러나 그렇게 될 것 같지는 않습니다. 왜냐하면 그들 세 생활권을 이루고 있는 사람들의 현실적 이익이 너무 특수해져버렸기 때문에 인종이 같다는 사실로써도 메워질 수 없는 것이기 때문입니다. 다시 말하면 그들은 합치기보다 갈라져 있는 것이 살기에 유리하기 때문에 합칠 수 없는 것입니다. 우리나라의 통일 문제도 이와 같습니다. 우리나라 인종이 지금 차지하고 있는 영토는 비록 한때 하나였지만, 지금 그 영토는 둘로 갈라져서 각기 포기할 수 없는 기득권을 굳혀버린 정치적 세력에 의해서 삶을 꾸려나가고 있습니다. 이 두 부분이 합치자면, 그렇게 하는 것이 나눠져 있는 것보다 유리하다고 모든 한 민족이 생각하게 될 때입니다. 그런데 이것은 간단한 일이 아닙니다. 구체적으로 유리하다는 것은 누가 유리하다는 것인가의 문제가 곧 뒤따릅니다. 5천만 민족의 이익이 모두 일치한다는 것은 있을 수 없습니다. 누군가에게는 통일이 분할보다 못할 수도 있습니다. 그러나 보다 많은 사람들에게 유익하다면 이 문제는 역시 다수의 행복을 따르는 것이 옳습니다. 이 다수 가운데에는 앞으로 태어날 무한한 사람들까지도 넣어야 할 것입니다. 현재의 다수와 미래의 다수까지도 대표하는 그러한 현재의 다수파가 소수파를 누르고, 소수의 저항을 물리치면서 통일을 이루어내야 할 것입니다. 이것은 어떤 뜻에서건, 넓은 뜻의 싸움이라고 할 수 있을 것입니다. 넓은 뜻이란 말은 이 싸움은 폭력을 한 극으로 하고 비폭력을 다른 극으로 하는 다양한 싸움이라는 뜻입니다. 아무튼 저항이 있게 마련이고 이 저항을 극복하는 일을 그것이 평화적이건, 폭력적이건 우리는 싸움이라고 부를 수 있을 것입니다. 이 싸움의 모습 또한 간단하지 않습니다. 비록 통일을 바라는 사람들이 다수파라고 해서 반드시 이기리라는 법은 없습니다. 싸움의 역사를 보면 다수파가 지는 수가 번번이 있는 것이기 때문입니다. 어떤 나라의 통일이 학교에서 치는 공정한 시험도 아니고, 누가 맡아주는 공명선거도 아닌 바에는 이 다수라는 것은 그것만으로는 아무 믿을 것이 못 되고 다수가 이길 수 있는 방법을 만들어내야 할 것입니다. 말하자면 민주적 다수결의 방법이 큰 힘을 가지게 하는 여러 가지 사회적 마련, 정치적 제도 같은 것을 굳혀나가는 일입니다. 평소에 이런 원칙을 차곡차곡 쌓아두어야만 그것이 통일 문제 같은 큰 정치적 싸움에서 힘이 될 수 있는 것입니다. 이 반도의 남북에 그러한 민주적 다수결의 원칙이 양쪽 사회의 모든 부분에서 쉽사리 움직일 수 없는 원칙이 되었을 때, 그때가 바로 통일이라는 현상이 일어날 수 있는 비등점, 전환점 ― 혹은 역사적 성숙기라고 보아도 좋을 것입니다. 이것이 가장 이상적으로 가정해본 통일 문제의 원칙입니다. 그러나 역사는 한 가지 문제에 한 가지 답이 있는 기계 같은 것이 아니기 때문에 우리의 통일 문제는 이 같은 정궤도가 아닌 변측의 길을 밟을 가능성이나 위험성도 생각할 수 있습니다. 그중에 가장 큰 것이 전쟁에 의한 통일입니다. 무릇 민족의 통합에는 전쟁이 가장 큰 몫을 차지한 것이 역사의 실적입니다. 이것은 예를 들 것까지도 없이 널려 있는 역사적 사실입니다. 이렇게 보면 우리 통일도 결국 언젠가 전쟁에 의해 해결될 수밖에 없지 않은가 하는 생각을 갖게 합니다. 그리고 많은 사람들이 은연중 속으로 생각하고 — 걱정하면서도 — 있는 통일의 실현 방법은 이것이 아닌가 합니다. 또 이 방법은 지난 6·25에 시작된 전쟁으로 한 번 실험된 바일 뿐더러, 지금 상황은 그 실험이 아직도 계속되고 있는 것이라고 봐도 옳을 것입니다. 그런데 논의의 필요에 따라, 이 전쟁에서 누가 옳고 그르고를 따지기를 일단 제쳐놓고서라도 이 실험은 실패였다고 할밖에 없고, 이 실험에 대한 미련은 빨리 끝내는 것이 좋을 것이라는 것이 뚜렷합니다. 그 까닭은 이렇습니다. 그 전쟁에서 숱한 사람이 죽었습니다. 우선 이것이 안 될 일입니다. 우리는 오늘날, 옛날 사람과 달리, 죽음을 보상할 증권을 갖고 있지 않습니다. 이것이 우리 시대의 문명의 역사적 특성입니다. 우리는 기껏 유족에 대한 연금밖에는 갖고 있지 않습니다. 옛날처럼 천국이니 극락이니 하는, 이승을 넘어서서 보장되는 삶의 보장을 가지지 못한 것이 우리 시대의 문명입니다. 우리 시대의 문명은 잔인하고 비감상적입니다만, 정직한 사람이라면 이 가혹함을 누그러뜨릴 손쉬운 사탕발림 약을 선뜻 내놓을 수 없는 것이 사실입니다. 그렇기 때문에, '죽음을 무릅쓰고' '죽어도' '목숨을 내놓고' 하는 등등의 말은 옛날처럼 함부로 쓸 수 없어야 하고, 그런 말이 손쉽게 나오는 언저리는 무언가 경계해야 될 것입니다. 그런데 전쟁은 이 죽음이 무더기로 쌓여야만 해낼 수 있는 판입니다. 전쟁은 인류와 더불어 비롯해서 지금도 있는 인류의 가장 큰 적입니다. 통일 문제를 해결하기 위해 전쟁을 택한다는 것은 그러므로 받아들여서는 안 될 길입니다. 더 분명히 말하면 통일이 못 되더라도 전쟁은 해서는 안 되는 것입니다. 민족의 막대한 성원의 죽음과 바꿔야 할 통일의 길을 강요할 권리는 아무에게도 없으며, 그 싸움에서 누가 죽어야 할 것인지가 미지수라 해서 그 길에 거는 것은 가장 위험한 비도덕적 도박이라고 할 수밖에 없습니다. 통일을 위해 전쟁을 택해서는 안 된다는 것이 남북이 합의한 7·4성명의 대원칙입니다. 평화적 통일 — 이것이 통일의 대원칙입니다. 이 원칙을 위반하려는 경향은 우리 상황에 아직도 존재하고 있습니다. 그러나 우리는 이 유혹에서 벗어나야 할 것입니다. 많은 사람이 말합니다. 그러나 일찍이 전쟁을 위해 준비한 무기가 사용되지 않고 만 예가 있었더냐고. 물론 그런 일도 있었습니다. 그러나 준비한 무기가 사용되고 만 예가 더 잘 눈에 띄는 것은 사실입니다. 전쟁은 기록되지만, 전쟁하려다 만 전쟁 준비는 기록되지 않습니다. 이것은 어쩔 수 없는 역사 기록 방법의 센세이셔널리즘이라 하겠습니다. 그러나 우리처럼 죽음에 대한 종교적 보상이 없는 문명 단계에 사는 시대인들로서는, 하려다 만 전쟁, 있을 법한 전쟁, 사실은 일어나지 않은 전쟁이야말로 가장 불명예스러운 승리라고 알아야 할 것입니다.

바로 이 전쟁이라는 문제와 관련해서, 전쟁이라는 재앙을 줄 수도 있고, 전쟁 없는 통일이라는 복을 줄 수도 있는 일이 우리가 살고 있는 시대에 존재합니다. 그것은 이데올로기에 의해 갈라져 있는 동서 대립이라는 상황입니다. 지난번의 전쟁도 바로 이 이데올로기라는 명분 아래에서 일어났었습니다. 중국의 내전이나, 베트남의 내전도 모두 이 이름 밑에 행해졌습니다. 이들 나라들은 그러한 이름 밑에 이루어진 전쟁으로 그들의 통일 문제를 해결했습니다. 그러나 이 해결이 그 전쟁들을 백 퍼센트 정당화하는 것은 아닙니다. 그들은 그들의 통일 문제를 해결하면서 비싼 값을 치렀습니다. 그들이 흘린 그 많은 피 — 목숨입니다. 값은 그뿐이 아닙니다. 그들은 대단히 의문과 논의의 여지가 있는 그들이 내세운 이데올로기를 위해 앞으로도 많은 값을 치러야 할 것 같기 때문입니다. 종교라는 것을 갖지 못한 시대에서 그들의 이데올로기는 거의 종교적인, 그것도 전근대적인 종교적 권위가 주어져서, 마치 르네상스 시대에 종교가 휴머니즘에 대해서 가했던 바와 같은 부정적 폭력을 가하고 있어서, 이러한 경향이 이들 사회의 오랜 역사적 고질에 접붙어서 인간의 해방을 가로막고 있는 것이 실정인 것으로 보입니다. 말하자면 이들 사회에서의 이데올로기는 '정치적 이념＋종교적 이념＋종교적 이기주의＋집권층의 사적 이익'이라는 야릇한 뒤범벅이 되어 있는 것이 사실인데 이런 것들이 마치 어느 한 가지 원리에 의해 움직이거나 하는 것처럼 보이기도 하고, 또 일부러 보이게 하기 때문에 사람들은 무어가 무언지 몰라서 마침내 얼이 빠지고 정치에 대해서 손을 놓아버리는 결과가 되고 있습니다. 이렇게 해서 인간의 해방을 향해 내디딘 역사의 힘은 너무나 비싼 값을 치르고 있고 앞으로 치러야 할 것입니다. 왜냐하면 병은 한번 들면 낫는 데도 시간이 걸리기 때문입니다. 우리 땅에서 일어난 전쟁에서 이 이데올로기는 전쟁의 방법으로 승리하는 길이 봉쇄당했습니다. 그리고 지금은 이 봉쇄를 뚫을 길을 찾고 있으며 그 방법에 대한 미련을 버리지 못하고 있습니다. 7·4성명이 그대로 실현되자면 이러한 미련을 빨리 극복해야 할 것입니다. 그러나 이것은 쉬운 일이 아닙니다. 우리 땅의 북쪽을 지배하는 사람들의 이러한 미련에 대한 가장 큰 저항은 두 가지가 있습니다. 하나는 남쪽에 있는 사람들이 평화에 대한 확고한 신념을 가지고 전쟁을 막기 위한 전쟁 준비라는 이 모순을 끝까지 견디는 길입니다. 전쟁이란 것은 한쪽이 얕보일 때에 일어나는 것이기 때문에 얕보여서는 안 될 것입니다. 이 땅 안에 이루어진 두 개의 세력이 서로 싸워서 모두 힘이 빠지는 길과 공존하면서 그 힘을 하나로 만드는 길 중에서 하나를 골라야 할 자리에 우리는 놓여 있습니다. 여기서 우리들의 민족적 불화의 원인이 된 이 이데올로기라는 사실이 또 다른 해결의 실마리도 보여주고 있다는 사실에 눈을 돌리는 것이 필요합니다. 유감스럽게도 이 이데올로기는 우리 민족의 발명품이 아닙니다. 이 이데올로기들이 주장하는 사실은 비록 인간 사회에 공통한 것이라 하더라도 그 사실들을 지침으로 삼고, 사회적 인간의 근본적 의지로 굳힌 것은 우리 민족의 발명이 아닙니다. 이 발명은 물론 한두 나라가 그렇게 한 것은 아니라 할지라도 지금 그것을 대표하고 있는 것은 미국과 소련입니다. 그런데 이 두 나라는 1960년대 초부터 이른바 화해라는 역사적 과정 속에 들어가 있습니다. 그들은 거의 확실하게 이제는 전쟁으로 결판을 내는 단계는 지난 것으로 보입니다. 이데올로기의 문제를 평화적으로 해결하겠다는 길이 이렇게 그 발명자들에 의해 이미 제시되고 있습니다. 그렇다면 같은 민족끼리 왜 이 문제를 평화적으로 풀지 못할 까닭이 있겠습니까? 이것은 남이 이미 본을 보여준 바와 같이 그렇게 해결할 수도 있고, 그렇게 하는 것이 이익이기도 합니다. 그러나 한 시대를 지배한 신념은 넘어서기가 어렵고, 그 신념 쪽에 기대는 것이 유리한 사회적 세력이 그 사회를 지배하고 있는 동안에는 인공적으로 더 어려워집니다. 역사란 수학 문제가 아닙니다. 머리만 좋아서 풀리는 문제가 아니라, 풀리면 밑지는 사람들이 방해하기도 하는 ─ 그것이 보통인 그런 현상입니다. 통일을 위해서는 이런 세력에 대해서 보다 이성적인 세력이 지배력을 미쳐가는 과정이 꾸준히 이루어져야 합니다. 이 과정 자체도 이미 본보기가 우리 눈앞에 있습니다. 이 이데올로기의 발명자들 자신이 자신들의 판단의 잘못을 고쳐나간 과정과, 잘못인 줄 알면서도 자파의 이익을 위해서 그 잘못을 밀고 나가려는 사람들에 대한 싸움이라는 과정이 그것입니다. 그러나 이러한 과정을 우리가 따르는 것 역시 쉽지 않습니다. 강대국의 정치 세력은 그들의 편의에 따라 우리들이 자기들의 길을 밟는 것을 때로는 누르고, 때로는 부추기게 마련이기 때문입니다. 우리가 강대국의 이 같은 생리를 알게 된 것도 그동안의 귀중한 정치 교육이었다고 할 것입니다. 형제끼리도 싸우고, 같은 신앙자끼리도 싸우고 동맹국끼리도 싸운다는 평범한 진리를 깨닫는 데 우리는 해방 후 30년의 세월을 들였습니다. 이것은 그리 어려운 진리도 아니고, 이 지구 위에 지금 현재까지 살아남은 종족이면 다 알 법한 일이지만 인간 사회의 특수성은 이 진리의 터득을 가끔 어렵게 합니다. 특수성이란 다름이 아닙니다. 한 개인의 기억과 인류의 역사가 기록한 집단적 기억은 언제나 일치할 수 없다는 것이 그 특수성입니다. 대개 인간의 상황은 과거를 가지고 미래를 계산할 수 있지만 그것은 아주 어려운 계산을 거쳐야 하고, 그 계산은 늘 필요한 때에 맞춰 떨어질 수가 없습니다. 그래서 엉터리까지는 아니라도, 상당한 부분은 옳으나 결코 흘려버려서는 안 될 오류까지 껴묻은 계산을, 즉 조건부의 계산을 무조건의 완전한 답이라고 생각하면 큰 손해를 보게 됩니다. 이 손해라는 것도 한 집단 속에서는 그 집단으로서의 그 손해 자체가 이익이 되는 보다 작은 집단에 의해서 완전한 것으로 주장될 염려가 많습니다. 만일 이러한 역사적 경험을 한 개인이 수백 년에 걸쳐 하게 된다면 그는 훨씬 정확한 판단을 할 수 있겠지만 어떤 개인이든, 자기 당대에 얻은 '구체적 경험,' 그가 교육을 통해 얻은 간접 경험인 '지식'이라는 두 가지를 가지고 행동해야 하기 때문에 그의 판단의 정확성에는 원리적인 한계가 있을 수밖에 없고, 게다가 이러한 한계를 일부러 나쁘게 이용하는 세력이 반드시 있게 된다는 것이 어디서나 부딪치게 되는 문제입니다. 이 땅에 사는 모든 사람들은, 개화라는 시기를 시점으로 해서 그 전에 보지 못한 세계와 마주친 다음에, 모든 문명과 역사에 따르게 마련인 보편적인 현상과 그에 대처할 태도를 배워온 셈인데, 거기서 잠정적으로 요약할 수 있는 교훈은 조건이 붙지 않는 무조건의 진리를 사람이 지닐 수 있다고 생각해서는 안 된다는 사실이 아닐까 합니다. 이 것을 우리 현실에 맞춰보면, 우리가 목숨이라는 절대 가치를 치러도 좋을 만한 절대적 진리는 없다는 것, 그러므로 통일 문제를 전쟁으로 해결해서는 안 된다는 말은 우리 시대의 문명과 본질적으로 관련된 판단이지, 편의상 이루어진 타협만이 아니라는 것입니다. 우리 상황의 목표는 이 '통일'이라는 큰 테두리 속에 그것을 가능케 하기 위해 관련된 여러 목표가 배열된 유기적 전체일 것이지만, '통일'이라는 이 목표가 그 중심 지표인 것만은 사실입니다. 왜냐하면 통일 문제는 전쟁과 관련되고, 전쟁은 죽음과 관련돼 있으며 죽음은 인간이 아직도 정복할 수 없는 절대의 불행이기 때문입니다. 세계의 많은 부분이 오늘날 이 집단적 죽음 — 전쟁이란 공포로부터 해방되려 하고 있습니다. 우리에게 주어진 가장 큰 민족적 문제를 우리 인류가 이른 가장 문명한 방법, 즉 분쟁의 평화적 해결이라는 방법으로 해결한다는 이 사업에 우리가 성공한다면, 우리가 개화기에 겪은 좌절, 외국에 점령당했던 손실, 동족이 피 흘리며 서로 불확실한 진리를 폭력으로 다른 쪽에 강요하려던 성급함 — 이 모든 실패를 능히 갚고도 남을 것이며, 우리가 세계 역사에 기여한다는 구체적인 길이 바로 여기에 있다 할 것입니다. 이러한 대목표를 한갓 꿈이 아니라 현실이 되게 하기 위해서는, 그동안에 겪은 온갖 분야에서의 시행착오의 보편적 결론을 잊지 말아야 할 것입니다. 즉 '절대'라는 우상을 섬기지 말아야 하는 일입니다. 이 절대라는 우상에는 '평화'의 절대성까지 물론 들어가야 합니다. 그렇지 않다면 그것은, 즉 평화에의 꿈은 '항복'이 되고 말 것입니다. 우리가 불행하게도 인류의 어리석은 원죄인 전쟁의 불구덩이 속에 걸어가야 할 운명을 다시 맞게 된다 할지라도, 그때 우리는 평화의 꿈을 위해 할 만한 일은 성의껏 했다고 돌이켜볼 수 있다면 우리는 그때 운명을 장난이 아니라 필연으로 받아들일 수는 있을 것입니다. 빛이 있는 동안에 빛 속에서 할 수 있는 모든 일을 해야 할 것입니다.

다행스럽게도 할 수 있는 일이 무엇이며 그것이 얼마나 긴요한 일인가에 대해서 좀더 구체적으로 말할 수 있는 국면이 최근에 열린 것은 정말 다행스러운 일이 아닐 수 없습니다. 사실 지난해에 그러한 국면이 전개되었을 때 많은 사람들이 이루 말할 수 없는 착잡한 느낌을 받았고 이 느낌을 평생 잊을 수 없을 것입니다. 무릇 사람이 어떤 집단에 소속되어 있다는 것은 그 집단이 밝힌 공동의 명분 속에서 납득할 만한 권리와 의무를 가졌다는 뜻이 됩니다. 그런데 의무라는 것만 너무 강조되고 권리에 대한 제한이 과도하다 보면 마지막에는 의무조차 수행할 수 없게 되는 것입니다. 지난해에 많은 사람들이 느낀 것은 나라와 살림이 이렇게까지 되었는데 대부분의 국민으로서는 어찌할 수 없는 일이 되어 있었구나 하는 무력감이 아니었던가 싶습니다. 대부분의 국민은 우선 먹고살아야 하기 때문에, 정치가들처럼 스물네 시간 정치를 생각할 수도 없고 경제 전문가들처럼 시시각각의 나라 살림을 판단할 수도 없고 그런 것들을 배울 수도 없습니다. 먹고살아야 하기 때문입니다. 우선 먹고살려면 먼저 시간이 있어야 하고, 조금 더 대국적인 판단이나 행동을 하자면 먹고사는 일에서 손을 놓아야 하는데 대부분의 사람은 손을 놓고 딴짓이나 딴생각을 한다면 먹고사는 일이 불가능합니다. 이렇게 되어 악순환—국민의 대부분이 국가의 운영에 창조적으로 참여하는 일이 불가능하게 됩니다. 이것은 사실상 국민자치의 원리가 이미 위험선을 넘어선 것을 말합니다. 위기에서 한 나라가 힘을 유지하려면 국민의 대부분이 그 위기 속에는 자신의 책임이 들어 있음을 실감하고 자기의 의무를 수행할 자연스러운 느낌이 있어야 합니다. 만일 그렇지 못하면 그것이야말로 위기입니다. 지금 우리가 해야 할 일이란 우리 국가가 내세우고 있는 정치적 자기동일성의 형식적 조건을 회복하는 일입니다. 지난 전쟁 때에 우리 국민은 우리 국가가 민족적 정통성과 제도적 합리성에 있어서 침략 집단들의 그것보다 우수하다고 판단한 것입니다. 외국 군대들이 아무리 우리를 도와주었다 할지라도 국민들에게 이 같은 소박한 정당감이 없었다면 우리는 나라를 지킬 수 없었을 것입니다. 즉 그 당시 우리는 우리 민족의 역사에서 가장 국민에게 가깝게 있었던 정치적 유산들을 비록 완전하지는 못하지만 상대적으로 정당하게 소유하고 있었던 것입니다. 민족주의, 정치적 자유가 그것입니다. 작금에 이르러 우리는 이들 정치적 유산을 거의 탕진하지 않았는가 우려되었던 것입니다. 그러므로 지금 이 유산은 다시 보충되고 회복되고 살아 움직이게 되어야 할 것입니다. 그렇게 해서 국민의 손에 다시 정치가 가깝게 자리 잡아야 할 것입니다. 우리가 우리 자신의 가계를 자치하는 것처럼 우리 국가도 우리 자신이 자치해야 할 것은 당연합니다. 그런데 국가는 가정보다 크기 때문에 여러 단계의 위임 영역을 만들어서 비록 정치에 전념할 수 없는 대부분의 국민이라 할지라도 효과적으로 국정 전반과 유기적으로 연결되도록 하는 것이 민주 정치의 여러 제도, 장치라는 것이 아니겠습니까. 이러한 장치들을 제자리에 다시 놓는 일에 대해서 혹시 다른 의견을 말하고 싶어 하는 경향도 보이기는 합니다. 그러나 주인이라는 것은 자기 살림을 함부로 결딴내는 일이란 없는 것입니다. 그렇게 말하기보다는 국민의 자치라는 것이야말로 가장 중한 책임과 의무와의 균형 위에 있기 때문에 남에게서 바라는, 무턱대고 내놓으라는 행동 양식일 수 없는 것입니다. 이러한 본말 전도된 표현을 새삼스레 해야 된다는 것부터가 바로 사태의 면목을 보여 주는 것에 다름 아니라 믿습니다. 국민 자치는 그것 자체가 독립적인 의미에서 추구될 가치임은 말할 것도 없습니다만, 우리 상황에서는 그것은 또 다른 가치를 가집니다. 그것은 남북의 체제 경쟁에서 가지는 가치입니다. 상처 입은 형태에서일망정, 우리가 북한에 대해서 내밀 수 있는 생활상의 장점은 정치적 결정이 국민에게 열려 있음으로써 당연히 나타나는 여러 효과들입니다. 이것을 국민은 정치의식의 심층에서 긍정하고 있으리라 믿습니다. 실제의 우리 사회의 여러 부정적인 면을 다 알면서도 그럼에도 불구하고 정치 형태의 개방성이 상대적으로 아직도 우리 쪽에 여유가 있음을 국민은 알고 있으리라 생각합니다. 뿐만 아니라 북한 측 역시 이것을 알고 있으리라 믿습니다. 이러한 정치적 인식은 일종의 전쟁억지력으로 작용할 것입니다. 첫째로 우리 국민에게 대해서 체제 방어의 정당감을 줄 것입니다. 싸움이란 결국 사기가 결정하는 것이며 사기란 것은 자기 정당감에서 우러나는 것입니다. 둘째로 북한 측도 이것은 전략적인 측면에서 평가하지 않을 수 없을 것입니다. 지난 전쟁 때에 그들이 남쪽의 영토를 점령했을 때 남쪽 국민에 의한 호응은 적어도 그들의 기대를 가지고 평가한다면 부정적인 것이었습니다. 그들은 이러한 과거를 거울로 삼지 않을 수 없을 것입니다. 민주적 제도의 정상적인 작용은 이처럼 남과 북에서 모두 전쟁의 재발에 억지력의 구실을 할 것입니다. 민주 장치의 또 다른 파급 효과 — 라느니보다 함수적 가치는 미국과의 관계, 협력에 대한 긍정적 작용력입니다. 이미 다 알고 있는 바이지만 그동안 한국 외교는 체제의 성격 문제로 큰 낭비를 한 것입니다. 한국의 국방을 위해 미국을 필요로 하는 문제에 대해 우리는 쓸데없는 감상주의와 결벽감을 가지지 않아도 되리라 믿습니다. 최근에만 해도 우리나라를 방문한 미국 대통령은 미국이 다른 나라를 돕는 것은 자기들 자신을 위한 것이라고 말한 바 있습니다. 우리가 지금 집단 안보의 틀로 미국을 동맹 무력으로 묶어두려면 한국을 지키는 것이 그들 자신을 지키는 것이 될 수 있는 상황을 만들어주어야 할 것입니다. 그리고 그 상황이 바로 우리 자신에게도 이로운 상황이기 때문에, 우리가 민주적 제도를 부활시킨다는 것은 모두에게 좋은 일이 되지 않을 수 없습니다. 더구나 미국의 여론이 이 문제를 가지고 철군 문제와 연결시키려는 경향이 있고 보면 국가의 이익을 위해서 이보다 급한 일이 없을 것입니다. 역시 잘 알려진 바와 같이 대한제국을 일본이 합병한 것은 결코 일본 혼자의 힘으로 그렇게 한 것이 아니라 당시의 유럽의 여러 나라와 미국에 의한 양해 아래에 그렇게 한 것입니다. 즉 일본은 국제적으로 동맹국을 겹겹이 가졌고, 한국은 외교적으로 고립된 가운데 그렇게 된 것입니다. 이러한 고립이 결코 재연되어서는 안 될 것이며 그때나 지금이나 고립의 원인은 결국 국내 정치의 현상 속에 있는 것입니다. 국내 정치에서 국민적 합의 위에 굳게 단결된 국민이라는 것은 주변 국가들의 담합에 의해 존재가 부정되기는 어려운 일입니다. 많은 사람들이 어려운 시기라고 말합니다. 어떤 일이든 일다운 일이 쉬울 수 없다는 보편적 진리에 비춰서도 그렇고, 우리가 잘 아는 여러 조건에 비춰서도 우리가 처한 상황이 어려운 것은 사실입니다. 그러나 어려운 상황이 국민의 손에서 더욱 멀어지고 국민이 그 상황을 해결하려는 참여 행동에서 멀어지는 것이 해결의 열쇠가 될 리 없습니다. 제대로 말하면 상황은 어려울 게 하나도 없습니다. 대부분의 국민 입장에서 보면 그렇습니다. 적어도 민주 제도의 발전에 관해서는 더욱 그렇습니다. 되풀이하자면 민주화라는 것을 지나치게 혼란과 연결시키려는 논의는 어떤 한계를 넘어서 주장되어서는 안 될 것입니다. 그것이야말로 정치적 무력감의 표현이거나 비정상적인 것에 습관이 된 안이한 통치 의식의 표현이기 쉬우며 민주 제도라는 것에 대한 주체적 입장의 결여를 나타내는 것입니다. 정치 제도의 선택은 자동적으로 권리와 함께 의무를 수반합니다. 그리고 우리 국민은 의무라는 것에는, 자신이 있을 수밖에 없이 잘 단련된 바 있기 때문에 제도가 권리를 약속하기만 한다면야 아무도 두려워할 사람이 없을 것입니다. 너무 오래 놀리지 않으면 기능이란 퇴화하게 마련입니다. 우리 사회의 여러 수준에 만연된 자기 상실과 기계주의는 더 이상 방치되어서는 우리 자신과 다음 세대의 국민들에게 큰 해를 끼치게 될 것은 누구의 눈에나 이미 뚜렷한 바 있습니다. 우리가 일본 점령에서 풀려난 지가 34년이 되며 이른바 일제 36년에 맞먹는 세월이 흘렀습니다. 문득 무서워지는 숫잡니다. 일제 36년. 이 36년이란 세월을 어느덧 우리는 굉장히 신비화해오지 않았나 하는 생각이 듭니다. 그 세월의 운명적인 중요성 때문에 실지보다 훨씬 긴 세월로 마음속에서 부풀리지 않았나 하는 생각입니다. 이것은 아마 감각적으로는 세대마다 다를 것입니다. 그러나 감각이 아니라 정치의식상으로, 즉 그동안 36년이란 세월에 대해서 통용된 공식적 통념을 살펴보면 실제보다 과장되게 과거지사로 돌린 데서 오는 현상이 아닌가 합니다. 사실은 그것이 바로 어제의 일입니다. 그리고 지금 우리는 그 세월과 맞먹는 시간을 독립 국가로 보내면서 오늘에 이르렀고 지금 이런 문제를 가지고 논의하고 있는 형편입니다. 근대화라는 말을 많이 씁니다만, 유럽의 경우에는 근대화에서 가장 중요한 조건은 한 민족 속에 단일한 정치 질서를 세우는 일이었습니다. 이 관점에서 본다면 우리 민족은 유럽의 근세사의 문제를 아직 풀지 못하고 있는 셈이지만, 이 문제는 기계적으로 그렇게만 대비할 성질은 아닙니다. 왜냐하면 비록 통일이 되지 않은 상태일망정 남북은 각각 분단의 세월을 충분히 창조적이고 명예스럽게 보낼 역사적 의미를 찾을 수 있지 않을까 생각합니다. 남북의 대립이 통일보다 못한 것은 말할 것도 없지만, 이 분단이 강대국들의 이해관계와 얽혀 있어서 지금 당장 어찌할 수 없다는 것이 현상이라면, 이 현상을 무엇인가 창조적인 것으로 이용하는 길을 생각할 수밖에 없습니다. 가령 이렇게 볼 수는 없을지 모르겠습니다. 현재 남과 북은 각기 외국과 국교를 가지고 있는데 남북을 합치면 결국 세계 모든 나라가 한반도와 관련을 가지고 있는 것이 됩니다. 민족의 입장에서 보면 그렇습니다. 이 상태를 민족의 입장에서의 정치적 분업이라고 생각하면 어떤가 하는 것입니다. 물론 이것은 차선의 사고방식입니다. 그러나 당장 최선이 불가능하고 보면 차선에 대해서 긍정적인 의미를 찾아보는 것이 옳고 차선은 최선 다음이라는 파악을 너무 30년 하루같이 되풀이하면 마침내 차선이 아니라 위선밖에는 결실이 돌아오지 않을지도 모릅니다. 남과 북은 각자가 연결된 세계의 부분에서 가장 좋은 것을 배워서 그 좋은 것을 자기가 속한 그룹에서는 가장 훌륭한 형태로 발전시켜가지고 우리가 통합될 때는 이 세계의 가장 아름다운 부분이 결혼하는 것이 되게 한다는 파악 방법은 우리들의 정치의식에 어떤 효과를 가져올 것인지를 검토해보기를 제의하는 바입니다. 논리적으로는 이 발상은 완벽합니다. 왜냐하면 어디서 출발하건 자기가 출발한 조건을 완전하게 만든다면 결과적으로 이 두 체제는 같아지고 말 것입니다. 이것은 공상만이 아닙니다. 분단 속에서는 파괴의 위험이 들어 있었고 실지로 파괴가 이루어졌고 현재도 파괴의 요소는 잠재되어 있습니다만, 분단 속에서도 사람은 사는 것이며 건설도 하여야 하고 또 한 것입니다. 분단은 비능률이기도 합니다. 국토의 개발과 생활의 운용을 통합할 수 없기 때문입니다. 그러나 한편 분단은 분업이라는 요소도 가지고 있습니다. 우리 국민이 장차 통합되었을 때 가치 있게 포섭할 수 있는 경험들이 분단에 의해 강요된 각자의 서로 다른 발전과 생활 속에 포함될 수 있는 것입니다. 실질적으로 분업의 효과를 내는 셈입니다. 물론 이런 관점이 단독으로 주장되어서는 문제가 있을 것입니다. 그러나 현재까지 분단이라는 상황에 대해서 공식적으로 주어지는 파악의 문맥 속에서 부차적으로 고려되고 점차 비중이 높아져야 할 측면임은 부인되고 어려우리라 믿습니다. 실지로 7·4성명의 정당성을 설명하자면 이렇게 파악하는 것에 대한 민족적 합의가 기반으로 존재한다고 봐야 할 것입니다. 7·4성명에는 남북이 서로 체제를 개선한다는 말은 없지만, 다른 체제끼리 평화적으로 통합된다는 말이 빈말이 아니자면, 그것들이 현 상태로 유지될 뿐만 아니라 각자의 체제의 기성의 방법 속에서 창조적으로 자신을 개선하여 논리적으로는 어느 한쪽도 다른 쪽을 마다할 조건이 없도록까지 자신을 완성하거나 완성할 수 있는 제도적 정비와 현실적 성장의 상당한 축적을 이루어나가자는 합의가 전제되어 있을 수밖에는 없는 것입니다. 이러한 의미에서 7·4성명 자체에 비추어 보아도 우리가 지금 이 시점에서 논의하고 있는 정치 발전의 문제는 역사적 과업입니다. 우리가 이 문제에 성공한다면 해방된 지 34년이 벌써 되었다는 이 숫자가 주는 엄숙함을 어느 정도 희망을 가지고 받아들일 수 있을 것입니다. 상황의 가혹함에도 불구하고 그 상황 속에 여전히 담겨 있는 바 우리들의 활용 여하에 따라서는 긍정적으로 작용할 수 있는 요소들을 활성화시키기 위해서 체제의 민주화는 우리 사회의 역사를 좌우할 의미를 가집니다. 우리 사회는 어제오늘의 국민이나, 어제오늘의 집권 세력이나, 어제오늘의 비판 세력이 어제오늘에 만들어낸 현상이나 물건이 아닙니다. 한국 역사 전체를 통하여 현재의 남쪽의 우리에게 계승될 만한 합리성이 있는 한국 역사 전체의 그만한 움직임과 부분들의 총체적 도달점으로 이렇게 있는 것입니다. 그리고 그 총체는 계승할 만한 값어치가 있고 우리가 그 힘을 타고 삶을 헤쳐나갈 만한 힘이 있는 업적들입니다. 세세대대로 축적된 한국인들의 역사적 축적이 어느 누구나 어느 계층의 독점물일 수는 과학적으로도 성립할 수 없는 인식이고 윤리적으로 그릇된 교만인 것입니다. 모든 사람의 운명이 모든 사람의 손에 돌아와야 할 것입니다. 사회를 풍요하게 만들 역할을 맡은 사람들이 사회를 가난하게 만들고, 정의를 실현시킬 기능을 맡은 사람들이 그 기능을 악용하여 부정의를 만들어내고, 진실을 드러낼 책임을 진 사람들이 그 기능을 그릇 사용하여 진실을 가리는 데 기여할 때 그 사회에 무진장으로 존재하는 온갖 아름다운 에너지는 그 무한한 가능성에도 불구하고 그 무조직의 성격 때문에 결국 헛되이 낭비되고 가치 없는 사람들의 별것도 아닌 삶을 위한 너무 억울한 소모품이 되고 마는 것입니다. 그것이 고난이든 영광이든 우리 삶이 우리 손에 돌아와야 할 것입니다. 역사의 큰 움직임이 그렇게 되는 법인 것은 누구나 아는 일이지만, 그 움직임에 낭비가 없어야 하고 능장을 부릴 까닭이 없다는 것도 진실입니다. 목숨은 저마다 하나밖에 없기 때문에 낭비할 수 없고 사람은 백 년이나 사는 것이 아니기에 능장 부릴 도리가 없는 것입니다. 이 모든 일을 우리는 알고 있고 모든 일에 대한 큰 변화가 지금 일어나고 있습니다. 이 변화가 가장 값진 것이 되도록 모든 자리에서 모든 사람들이 정당하게 참여할 수 있는 길부터 열려야 할 것입니다. 모든 사람들에 의해 위대한 사랑과 힘이 발휘되어야 할 때입니다. 진실이 궁극적으로는 실현되리라는 점에 대해 믿지 못해서가 아니라 진실이 실현되는 과정에서의 낭비와 능장을 두려워하기 때문입니다. 왜냐하면 삶의 낭비와 능장은 회복이 불가능하기 때문입니다. 그 저마다의 삶의 주인인 구체적인 이름을 가진 개인에게는 말입니다. 회복이 불가능한 피해를 입은 구체적인 이름을 가진 개인들의 하나하나의 목숨, 이것이 역사라고 불리는 인간 행동의 총체가 최종적으로 그 앞에서 책임이 물어지는 최대의 가치이기 때문입니다.

한말의 상황과 오늘

　몇 해 전부터 한반도의 상황이 한말韓末의 그것을 닮아오고 있다는 말이 자주 들리게 되었다. 이런 말의 주장은 대체로 이렇다. 한말에 이 반도는 열강의 세력이 서로 부딪치는 중심이 되었고, 그 열강들 사이의 싸움의 함수로서 이 반도의 운명이 정해졌는데, 오늘날에도 거의 그때와 마찬가지 얼굴들이 또다시 마찬가지 극을 연출하려 하고 있다는 것이다. 이런 관찰은 반드시 비관론을 위한 전제로 주장되는 것은 아니고, 국면의 어떤 중대한, 적어도 전 단계와는 달라진 성격을 나타내는 위기의식과 이어지고 있는 것 같다. 현상적으로 이런 관찰은 매우 새겨들을 만한 값이 있다. 그런데 필자는 이러한 위기의식에 공감하면서도 그 위기의식의 원인이 되는 우리 반도에서의 보다 주체적인 측면에 눈길을 돌리고 싶어진다.

　앞서 말한 논자들은 주로 상황의 요인으로서 주변 강대국을 주역으로 보고 막상 반도의 남북 당사자들의 비중을 은연중 종속 변수쯤으로 보는 느낌이 있음을 막을 수 없다.

그런데 한말이란 어떤 시기인가? 그 결론을 알고 있다는 입장을 버리고 당대의 현실에 우리 몸을 옮겨본다면, 그 시점, 즉 한말이란 우리가 '아직' 패배하지 않은 시점, 미래가 '미지수'인 시점 — 좀더 적극적으로 말하면 원칙적으로 '희망'이 가능했던 시점을 말한다.

　　이것은 우리가 역사를 결과론으로만 접근할 때 놓치기 쉬운 상황의 더도 덜도 없는 반면半面이다. 많은 사람이 한말의 상황은 어차피 누군가가 반도의 강점자가 되었을 것은 불가피했다고 보는 것 같다. 필자는 이런 생각에 반대이다.

　　한말이란, 이 반도에 있는 모든 계층의 원주민들이 아직 역사적 전력을 다 소모하지 않은 시점이었다. 패배라는 것은 전력이 모두 소모되었다는 식의 산술이 아니다. 전력의 전략적·전술적 투입이 졸렬했기 때문에 핵심적 전력 요점이 격파당해서 아직 접적하지도 못한 여타의 전력이 마비되고 해체되고 결국 적에게 무장 해제됨을 말한다. 우리가 원시 부락의 섬멸전을 머리에 두고 실수하지 않는 한 문명 시기 이후의 각 시대의 전쟁이란 바로 그런 것이다. 그러니까 한말이란, 이를테면 역사 자신의 눈으로 본다면 승리와 패배의 두 가능성이 공존하는 시점에 다름 아니다. 모든 시점이 그렇듯이, 역사책을 통해서 역사의 결론에서부터 거슬러 바라보는 비통한 패배의 시대라는 얼굴과는 다른 한말의 얼굴이 거기 있다. 민족 정부는 아무튼 아직 존재하고, 유휴遊休 상태에 있던 통치 계층 중의 여지 부분이 자발적으로 현실에 복귀하고 민중은 적절한 전투 지시를 갈망하고 있다. 그리고 이러한 상황은 위기에 처한 모든 존재가 그런 것처럼 증폭된 폭발적인 에너지를 지니고 있다.

　　그런데 그 한말에 우리는 패배했다. 왜냐하면 가장 졸렬한 전투 편성에 따랐기 때문에. 가능했던 승리의 시나리오들은 이렇게 해서 역사라는 카메라에 담겨보지 못하고 말았다.

처음 이야기로 돌아가자. 많은 사람이 우리 상황이 한말과 닮았다고 했다. 그리고 적어도 주변 관계국의 얼굴이며, 태도에 관한 한 우리는 이 말을 수긍해도 좋으리라고 본다. 그렇다면 우리는 같은 시험 문제를 두 번 치르는 것이 된다. 사실 약분約分해 받아들인다면 역사는 늘 같은 시험 아닌 어떤 출제 방법을 알고 있다는 말인가. 이번에는 이 문제를 어떻게 푸는가에 시험의 결과가 달려 있다. 한말에는 결국 어떤 해답 방식을 우리는 취했던가. 많은 사람이 그것을 사대·내분·독선 ― 이라고 부르고 있다. 즉 대외적으로 자기 자신의 역사 실수歷史實數를 영零으로 놓고 외국의 힘으로 독립을 유지하고, 대내적으로는 민족의 모든 역량을 위기 해결에 동원하기보다 내부에서의 패권 다툼을 앞세우고, 그 패권 다툼에서 독선을 휘둘러서 대의에 참여하려는 전의에서 결코 자신보다 못지않은 동지들을 가로막고, 민중으로부터 고립되었던 것이 한말의 파국까지에 보여준 우리 민족의 정치적 흐름의 제 특징이라고 말하는 사람들이 많다. 요약해서 말해본 이 같은 평가에 필자는 동의한다.

지금 우리가 처한 시점의 성격과 한말의 그것과의 유사성은 주로 주변 강대국의 태도 때문에 이루어지고 있는 것은 사실이지만, 거기에는 그만한 차이(한말과의)도 있다. 한말에 외국 세력은 주로 통치 계급의 좁은 회로 안에서 민중들을 들러리로 세워놓고 한제국韓帝國을 교살했다. 그러나 오늘날에는 우리 반도는 정견을 달리하는 원주민이 반도를 양분하여 국가의 형태로 대립되어 있고 그들은 한말처럼 자신들의 전쟁에 의해서가 아니라 대리전쟁의 형태로 자신들의 이익을 관철하려 한다. 월남전 이후 이 원칙은 그들 사이에 이루어진 어느 정도 확실한 합의인 모양이다. 즉 어느 편도 과당 지원을 않고, 즉 지원 균형 속에서 남북 자체의 각 역량에 의한 자결自決에서 문제를 매듭짓기로 한다는 합의이다. 이것은 미국이 마지막 단계에 와서 월남전을 그렇게 매듭짓고 싶어 한 원칙이었지만 거기서는 한쪽이 너무 점수를 많이 따고 있었기 때문에 이 해결은 불가능했다. 한반도에서는 베트남과 달라 아직 그런 의미의 압도적으로 유리한 입장에는 어느 쪽도 서지 못하고 있다. 여기서 만일 자측自側을 그렇게 생각한다면 그것은 독선이 될 것이다. 외국이 이런 입장을 취하는 동기가 어디 있든 우리에게는, 그것을 '자주'라는 조건이 강화되었다는 가능성으로 전용轉用할 이점을 준다. 우리 반도의 문제의 해결에서 사대 대신에 자주성의 폭을 차츰 넓혀가고, 이런 자주성을 행사함에 있어서 자멸의 길인 내분 대신에(즉 우리 경우에는 남북 전쟁 대신에) 평화의 장치를 더 개선시켜가며, 이와 같은 대외, 민족의 남북 상호간의 문제를 합리적으로 해결하고 민족 성원의 어느 층의 이익도 희생되지 않기 위해서 보다 넓게 운명 결정에 참여하는 길인 민주적 절차를 생활의 모든 차원의 상호 원리로 채택할 것을 역사는 우리에게 눈이 있으면 보라고, 그리고 그대로 답안을 쓰라고 청천 하늘 높이 가르쳐주고 있다고 필자는 믿는다. 그리고 우리는 이런 역사의 충고를 이미 수신하여 문서로 적어놓았다. 7·4남북공동성명이 그것이다.

7·4공동성명에 담긴 희망·슬기·결의 — 이것이 이번 8·15를 맞으면서 우리 상황의 하늘에 뚜렷이 휘날리는 승리의 깃발이다.

문학사에 대한 질문이 된 생애

1920년대 일본 제국주의는 국내의 경제적 어려움에 부딪치고, 국제적으로는 미국을 비롯한 서유럽 열강의 압력에 직면하고 있었다. 이런 어려움을 해결하기 위해서 중국을 침략하려는 길에 들어서려 하고 있었다. 대외적인 침략을 위해서 일제는 국내에서의 모든 비판 세력을 탄압하고 전쟁 수행을 위해 편리한 체제를 만들어야 했다. 1928년 봄에 일제는 국내의 반대 세력에 대한 대량 검거를 실행하였다.

식민지 조선에서 일제의 탄압은 더욱 가혹하였다. 중국 침략의 관문은 만주였으며 조선은 그 만주 침략을 위한 제일선 지역이었기 때문이다.

1919년 3·1운동 이후의 10년 기간인 1920년대에 식민지 조선에서는 일제의 내부 모순은 증폭되어 진행되었다. 경제적 약탈과 정치적 탄압은 식민지 본국에서의 형식적 겉치레도 내던지고 진행되었기 때문에 식민지 사회의 모든 계층은 생활의 모든 측면에서 최악의 상태에서 허덕이고 있었다. 농민은 고향에서 견디다 못하여 도시와 국외로 유랑해 나오는 형편이 되었고(당시 기록으로 만주에 80만, 일본에 20만), 도시의 노동자들은 산업사회의 혼란과 식민지적 차별의 이중고 속에서 시달리는 과정에서 노동운동이 발생하고 그것은 정치적 투쟁으로 나가고 있었다(1929, 원산 부두 노동자 대파업). 조선의 지식인들은 조국의 운명을 바로잡기 위해서 더 단호하게 싸워야 함을 자각해가고 있었다(1927, 신간회 결성). 3·1운동 이후 식민지 통치 권력이 선전하는 '문화정책'의 기만은 이미 그 효력을 잃고 말았다.

식민지 권력의 감시와 탄압 아래에서 모국어를 지키면서 국민 생활을 묘사해온 문학 사회에도 역사의 기상은 정직하게 반영될 수밖에 없었다.

포석砲石 조명희는 그런 중에서도 가장 치열하게 현실을 직시하는 문화적 유파에 속해 있었다.

당시의 현실과 그에 대한 문학적 반응 태도를 뚜렷이 나타내주는 것이 그의 작품 「낙동강」이다.

「낙동강」에서 그는 조국의 운명과 자신의 태도를 종합해서 보여줄 뿐 아니라, 그 자신의 문학 자체를 종합하고 있다.

이 해, 즉 1928년에 이 작품의 주인공의 한 사람이 택한 길을 그 자신도 실행하였다.

국내에서의 생활을 단념하고 국경을 넘어 소련으로 망명한 그의 소식은 해방이 되기까지는 알려지지 않았다.

해방된 후에 그는 1942년에 망명지에서 사망했다고 알려졌으나, 실지로는 1938년에 스탈린 정권에 의해서 학살된 사실이 알려진 것은 그의 사망 후 무려 반세기가 지난 1990년대 초의 일이다.

그의 생애가 우리나라의 현대사만큼이나 비극적인 것에 못지않게, 작가로서의 그의 위치도 우리 현대문학에서 특이한 것이 되었다.

포석이 망명지에서 집필했다고 전해지는 장편소설이 전해지지 못하고 있는 현실에서는 그의 문학적 질량은 국내에서 발표된 「낙동강」이 여전히 절정이라고 보아야 할 것이다. 소련에서 집필된 시들은 그 자체로 고유한 가치가 있지만 예술적으로는 「낙동강」을 넘어서는 위치를 차지할 만하다고 볼 수는 없을 것 같다. 작가의 주체적 자기 심화와는 관계없이, 객관적으로는 변화된 환경 속에서의 새 출발이라는 의미가 두드러지는 표현들이다.

　　망명 후의 포석의 의미는 망명지에서의 그의 작가적 업적과는 상관없이, 그의 망명 자체가 가지는 상징적 의미가 우리 문학사에서 중대한 의미를 지녀 보이는 데서 찾아야 할 것 같다는 것이 필자의 생각이다.

　　식민지 시대에 우리 작가들의 대부분은 국내에 머물렀다. 따라서 20세기 전반부의 우리 문학은 물리적으로는 식민지 권력의 울타리 안에서 생산되었다. 그것들은 헌병과 고등계 형사들의 감시와 탄압이라는 일반적 조건을 전제로 생산되었다.

　　작품의 생산은 원하건 말건 이 조건에 의해서 심층적으로 구속되면서 이루어졌다. 이 구속이 의미하는 것은 무엇인가. 이 구속은 현실의 한국 문학사의 모든 작품들에 어떻게 영향을 주었는가 하는 문제는 한국 문학의 연구자들이 깊이 생각해봐야 할 문제다. 이 문제는 우리 문학사에 대한 접근 방법에서 현재까지는 대부분의 연구자들에게 떠오르지 않은 시각인 듯하다. 망명자문학이라고 부를 만한 분량의 작품 집단이 실지로 없었기 때문에 생긴 사정이다.

　　일제 점령 전 기간을 통하여 국외에서 전개된 항일 독립 투쟁의 전 질량에 비하면 그에 상응할 만한 성격의 국외 문학 활동은 존재하지 않았다. 이것은 충분히 이해할 만한 사정이었지만, 그 결과 국내에서의 문학 활동에 대한 평가에서 미묘한 문제가 생긴다. 검열 제도 아래에서 생산된 문학 활동은 국외의 독립운동과 같은, 일제에 대한 전면적 부인의 태도를 명시적으로 취할 수 없었다.

암시적으로 그 원칙은 전제되었다고 할 수는 있지만, 형식은 내용을 규제한 것도 사실이었다. 그 결과 일제 점령 기간 중에 조선인의 정치 의식을 정당하게 반영하는 표현에는 한계가 생길 수밖에 없었다. 결국 점령 아래에서 가능한 정도의 문학이었고, 그 강요된 한계가 자칫 문학 자체의 성격적 한계인 듯이 이후의 문학 의식에 수용될 위험이 있었다.

조명희는 이런 위험에서 가장 멀리 떨어져 있는 입장을 취한 문학적 유파에 속해 있었으나, 그도 결국 국외로 탈출할 수밖에 없었다. 그 입장은 국내에 머무는 한 끝까지 유지하기 힘든 태도였기 때문이다. 「낙동강」에서도 국외에서 활동하다가 국내로 돌아온 주인공은 일제에 의해 학살되고 말며, 그의 뜻을 이은 로사는 망명길에 오르는 것이다. 독립군 군가라든가, 기록적 성격의 저술이라든가를 포함한다면 앞에서 말한 규정은 조금 달라질 수 있다. 필자는 지금 좁은 의미에서 '문학'을 말하는 것이다. 내용과 형식에서 '문학'이 전제하고 있어야 할 어떤 본질이 식민 통치하에서 가능한 한계를 몸으로 보여줌으로써, 문학이란 과연 무엇이고, 인간 사회의 본질은 과연 무엇인가, 하는 근본적 생애가, 특히 망명 후의 그의 존재가 우리 문학사에 대해서 지니는 최대의 의미라고 필자는 생각한다.

이런 탐구는 포석의 생애의 비극적 경위 때문에 지금 막 출발하였다. 조명희라는 이름에서 금제의 봉인이 떨어진 것은 바로 어제의 일이다.

문명의 보통 상식이 통하게 되는 일이 20세기의 우리 생활의 어디에서나 그랬던 것처럼, 포석이라는 한 사람의 망명 작가에게 연구적으로 접근하는 일도 이렇게 지연되었다. 그러나 금제는 이미 과거의 일이 되었다. 인간의 위엄을 지키기 위한 탐구에서 얻어진 이성적인 판단에 생애 자체를 일치시키려고 한 치열한 의식의 의미는 지금부터 많은 사람들에게 생활과 예술에서의 영감의 원천이 될 것이다.

식민지 지식인의 자화상*

__ 이광수의 독백

"거기 젊은이, 내 말을 들어보시오. 이 헌병이 한 말을 행여 믿어
서는 안 되오. 내게 몇 가지 잘못이 있는데 그걸 말하기 전에 당시의 내
심정을 말하리다. 내가 일본에 협력한 것은 내 몸의 안락을 위해서만은
아니었소. 지금은 입 싹 씻고 있지만 당시에 아시아 사람을 누르고 앉
아서 착취를 하고 있던 것은 바로 서양 사람들이었소. 인도는 영국이 차
지하고, 버마도 영국이 차지하고, 베트남은 프랑스가 차지하고, 필리핀
은 미국이 차지하고, 인도네시아는 네덜란드가 차지하고 있었소. 성한
나라라고는 일본과 중국뿐이오. 중국도 홍콩이다, 마카오다 해서 만신
창이요. 이것이 사람을 노엽게 하지 않을 수 있는 광경이오? 자기 나라
에 민주주의와 기독교를 가진 나라들이 어쩌면 이런 짓을 할 수 있었느
냔 말이오. 이 사람들의 민주주의는 노예 위에 올라앉은 자유 시민을 말
하는 것이오. 그리스나 로마의 정치 체제요. 이들은 오랜 역사와 문화

* 『서유기』, 문학과지성사, 2008. 196~203쪽.

를 가진 아시아에 난데없이 달려들어서는 속이고 어르고 해서 나라를
빼앗고 노예를 삼았단 말이오. 빼앗긴 자가 바보라고 천인공노할 소리
를 하는 자들이 있는데, 나쁜 놈을 두둔해도 분수가 있지 문명인의 감
각을 가진 자로서 어디 할 소린가 말이오. 도둑 하나를 순경 열이 당하
지 못한다 하지 않았소. 아시아는 오랜 동안 민족 국가의 분립이 안정
돼 있던 지역이오. 제 땅에 제 사람이 살거니 하고 살아왔단 말이오. 그
렇게 수천수백여 년을 살았다고 하면 남의 땅에 가서 제 땅 만든다는 것
이 엄두도 안 나는 자연스런 이치라는 것쯤 당연한 일이 아니오. 두 눈
가진 사람들이 사는 나라에 애꾸눈이 쳐들어온 것이오. 여기서부터 아
시아의 치욕이 시작됐단 말이오. 입속으로 가만히 중얼거려보시오. 식
민지, 원주민. 원주민은 다 무어야. 어디에 비겨서 어떻게 원주민이란
말이오. 침략자들이 우리를 부른 명칭이란 말이오. 아시아 전체가 노예
가 되었단 말이오. 그들은 언필칭 아시아를 개화시켰다는 거요. 근대화
시켰다는 거요. 이런 가증스러운 이론이 어디 있소? 아시아의 개화는
그들 침략의 결과지, 목적은 아니었단 말이오. 그들은 병원을 세우고 학
교를 세웠다고 하는구료. 사람의 행복은 상대적인 거요. 중세사회는 중
세사회의 논리가 있고 유기적인 사회보장 방법이 있었소. 교육이나 의
료는 공동체가 책임지는 일이었소. 그들이 가져온 사회제도 때문에 개
인은 고립되고 제 힘으로 교육하고 제 병은 제가 고치기로 사회가 변해
버렸기 때문에 학교나 병원을 세우지 않고는 안 되도록 되어 있단 말이
오. 왜 이런 말 같지도 않은 소리를 하는지 알 수 없구료. 그들은 짐승
들이었소. 그들이 우리를 짐승으로 다루었기 때문에 그들은 짐승이 된
것이오. 성경과 플라톤을 가진 자들이 이런 짓을 했기 때문에 그들은 아
무 핑계도 댈 수 없는 것이오. 그들은 모르고 한 것이 아니라 알고서 한
것이니까. 그들의 해독은 무서웠소. 그들은 과학에서 앞선 탓으로 우리

를 노예로 삼을 수 있었는데, 악한 자에게 힘 있으면 어떻게 되는가는 똑똑히 보여줬죠. 그들은 스스로가 짐승이 됨으로써 우리도 짐승으로 만들었소. 우리는 정신을 차리지 못했소. 여자 신세가 한번 삐그덕하면 걷잡을 수 없듯이 우리는 가속도적으로 자신을 잃어갔소. 그들은 우리를 사냥질할 것이오. 2차대전 후에는 미국과 소련의 대립으로 서양 제국주의에 대한 비난이 자리를 찾지 못했으나 모든 근본은 근세 이후의 서양 제국주의의 도덕적 악덕에서 비롯된 것이오. 그들 자신이 오늘날 세계의 어둠을 만들어낸 범죄자라는 것을 뉘우쳐야 될 거요. 그들의 역사적 원죄는 식민지를 정복했다는 바로 그 사실이오. 이 큰 피비린내 나는 범죄에 대한 깨달음과 회개 없이는 그들은 스스로도 구원을 받지 못할뿐더러 다른 나라에 계속해서 피해를 입힐 것임에 틀림없소. 또 해방된 아시아 국민도 자기들이 당한 일은 부당한 일이었다, 그들이 가한 일은 나쁜 일이었다는 걸 분명히 안 다음에 협조하면 할 일이지, 그래도 그들 덕분에 개화했지, 라든가, 우리 탓도 있었지, 하는 엉뚱한 생각을 하는 한 영혼의 독립을 영원히 찾지 못하고 말 것이오. 아무튼 아시아의 대부분이 서양 사람들에게 강점돼 있던 무렵에 그들 서양 사람들에게 싸움을 걸고 나선 일본의 모습이 그만 깜빡 나를 속인 거요. 나는 잊어버렸던 거요. 바로 그 일본이야말로 우리 조선에 대해서는 서양이었다는 사실을 말이오. 그렇게 쉬운 일을 잊을 수 있느냐 하겠지만 사실이니 어떻게 하겠소. 그때 내 눈에는 노예 소유자인 서양을 대적한 일본만 보였지 그 일본이 우리의 원수라는 사실은 보이지 않았소. 나 자신을 변명할 생각에서가 아니라 그때의 내 마음이 움직인 모양을 정확하게 따라가보고 싶은 것뿐이니 오해 마시오. 자, 그러면 그렇게 환한 이치가 왜 보이지 않았느냐 하면, 아마 그 까닭의 하나는 이것이 아닌가 하오. 즉, 조선과 일본은 본국과 식민지 사이가 아니고 합방하였으니 이론상으로는 대일본제국은 공동의 나라지 어느 한쪽의 나라가 아니다 하는 생각이 분명히 있었소. 물론 헌법이 다짐하는 혜택을 균등하게 받지 못하고 있었지만 법률상으로는 합방이니 장차 동등한 국민이 되리라 하는 것이 내 바람이었는데 거짓 허울에 마음을 붙였다는 것부터가 내 마음이 허했던 탓이었소. 또 이에 덧붙여서 내게는 보편 세계에 대한 희망이 있었소. 세계는 장차 하나가 될 것이다, 하나가 되어가는 과정에서 비슷한 문화를 가진 나라끼리가 먼저 합쳐진다는 것은 좋은 일이라고 생각되었소. 민족이란 것은 결국 '나'인데 이 나를 버린 세계가 진정한 문화적 세계가 아니겠는가 하는 것이오. 이왕 일이 이렇게 되었으니 이 운명을 어떻게 하면 최대한 이용할 수 있는가 하는 것이 내 괴로움이었소. 내가 발견한 해결은 비록 내 손으로 버린 '나'는 아닐망정 사후에라도 그것을 생각하고 마음먹기에 따라서는 스스로 버린 나, 민족적 해탈이라고 볼 수 있지 않겠는가, 나를 버리는 데 내 살 길이 있다, 이렇게 생각하고 나는 창씨개명했던 것이오. 버리려면 철저히 버려야 한다, 이게 내 생각이었소. 이렇게 더듬다 보니 이것 역시 내 마음이 허한 탓이었소. 만일 자기의 '나', 민족의 '나'에 대해 자신을 가진 사람이라면 그것을 버릴 수는 없을 것이니, 나는 결국 우리의 '나'를 업수이 보고 우리의 '나'가 세계에 내놔서 능히 통한다는 자신이 없었던 게 분명하오. 또 그때 내가 동조동근설을 진심으로 믿고 있어서 일본과 하나가 되는 것은 결코 나를 버리는 것은 아니라고 생각했다 치더라도 자신이 있었으면 대한제국 속에 일본이 들어와야 옳다고 생각해야 됐을 텐데 그렇게 못한 것은 역시 내 맘이 허했던 탓이오. 이제껏 말한 것은 당시의 내 마음속에 어지럽게 그러나 확실히 있었던 그림자들인데 그것이 지금에 와 헤아려보면 어느 것 하나 이치에 닿지 않은 것인 것만 보아도 내 마음이 허했던 것을 알겠소. 한마디로 내 마음이 허했고 허한 마음에 허깨비가 보였던 것이오. 그렇소, 요샛말로 나는 절망하고 있었소. 그때 나는 절망하고 있었소. 절망한 노예가 사슬에 묶인 자기 몸이 연화대蓮花臺 꽃자리 위에 올라앉아 염주를 손목에 걸고 있는 것이라고 환상한 것이오. 나는 시세가 이미 그른 줄 알았었소. 일본의 굴레에서 빠져나가기는 이미 그른 줄 알았었소. 내게 보였던 그 모든 허깨비들은 실상 시세가 다 그른 줄로 판단한 내 허한 마음에 들끓는 귀신들이었소. 나는 희망은 이미 사라졌고 운명의 고리는 닫힌 것으로 알았소. 조선 민족은 요동할 수 없는 굴레 속에 영원히 갇혀버린 줄 알았었소. 내 식견이 모자랐던 탓이오. 일본제 빅터 5구짜리 라디오 하나가 세계로 통한 나의 창문이었소. 그 창문에서는 부사산富士山과 조선총독부밖에는 보이지 않았소. 아아 단파短波 수신기 하나만 있었더라도(이광수는 가슴을 쥐어뜯었다), 그놈 하나만 있었더라도 이 천추에 씻지 못할 잘못을 저지르지 않았을 것을. 미친 시대 속에서 한 인간의 슬기는 보잘것이 없었소. 나는 지쳤던 것이오. 내 조국의 광복을 기다리다가 나는 지쳤던 것이오. 나는 상해와 만주·미주에서 싸우고 있는 사람들의 일도 알고 있었소. 그러나 만주는 끝내 일본이 삼키고 말았고 그래도 세계는 가만있었소. 중국 천지를 휩쓸어도 세계는 그냥 보고만 있었소. 그러면 그 고장에서 싸우던 사람들은 어디로 갈 것이오? 미국 사람들이 우리를 도와줄 것인가? 한일합방을 묵인한 나라가 우리를 도와줄 것인가? 바랄 수 없는 일이라고 나는 생각했던 것이오. 운명은 장난을 즐기기에 일본이 아시아를 정복하고, 세계는 그래도 가만히 있을 줄 알았소. 그 당시에 느꼈던 내 마음의 갈피를 어떻게 전달하면 좋을까? 아시아 여러 나라의 민족주의 지도자들이 일본에 희망을 걸고 있다는 소식도 들렸소. 나는 이것이 대세라고 생각했던 것이오. 그리 되면 이제 조선이 살 길은 아시아 민족을 해방하는 싸움에 협조한 대가로 하다못해 자치를,

다음에는 독립을 얻도록 하는 것이 현실적인 생각이라고 판단했던 것이오. 인도의 국민회의파가 영국에 협조해서 싸우는 대신 승전하면 자치를 얻기로 한 것과 형식으로는 아무 다름이 없소. 물론 그런 내락을 받은 적은 없소. 그러나 승전한 일본에게서 그런 양보를 얻을 수 있으리라는 게 나의 꿈이었소. 그렇다면 내 협조는 분명히 위장 전술이었어야만 말이 서는데 사실은 모두가 위장만은 아니었소. 내 미친 머리가 꿈꾼 헛된 희망 — 조선과 일본이 서로 나를 버리고 하나의 나라가 되는 것을 내 맘 한구석에서는 분명히 바라고 있었소. 내가 염치가 없었소. 원님 덕에 나팔은커녕 관기 수청까지 옆방에서 하자는 내 심사는 더러웠소. 이기면 일본이 이겼지 조선 사람이 이기는 것이 아닌 바에 제 나라의 운명을 남에게 맡기다니. 또 잘못이 있소. 두 나라가 한 나라가 되는 것이 역사의 길이라는 생각은 민족이라는 것을, 과거라는 것을 너무나 얕본 탓이었소. 개인에게서 해탈이 어려운 것이 속세와의 인연 때문이 아니겠소?"

"육신으로 속세에 얽혀 있고, 육친으로 얽히고, 욕심으로 얽혀 있소. 민족도 마찬가지요. 국토로, 인종으로, 언어로, 이미 가진 이득으로 그들은 얽혀 있소. 이것을 나는 얕본 것이오. 나는 결국 정치가가 못 되었소. 못 되었으면 예술가답게 입을 다물었다면 좋았을 것을. 아니, 그것도 말이 안 되는군. 예술가가 현실을 똑바로 보지 말란 법이 없소. 그렇군요. 나는『흙』의 속편을 쓰는 것이 옳았소. 허숭이 왜경의 등쌀에 배겨나지 못하고 결국 상해로 가는 이야기를 썼어야 옳았소. 그곳에서 새로운 운명과 싸우는 모습을 그려야 했소. 그런 사람들이 실지로 있었으니. 그런 속편을 썼으면 나는 감옥에 들어갔을 것이오. 나는 죽었을지도 모르오. 놈들의 고문 때문에. 아아, 이제야 알겠소. 나는 마땅히 죽어야 할 자리에서 죽을 용기가 없었던 것이오. 그러나 국내에 있었던 사람으로서는, 일본의 천하가 되어가는 줄로만 안 사람으로서는 그 길 밖에 없지 않았을까? 그렇소, 내가 국내에 있었다는 것부터가 나빴소. 나는 3·1만세 당시에 망명했어야 옳았을 것이오. 그것을 나는 하지 못했소. 그 사정은 묻지 말아주시오. 아무튼 나는 못했소. 그 단 하나밖에 없는 논리적 해결을 나는 실천하지 못했소. 그렇지만 국내에 있었더라도 죽은 듯이 있었으면 나는 명예는 건졌을 것이오. 민중에게 아편은 주지 않아도 되었을 테지. 가만히 있기는커녕 나는 설교하고 예언하고 가르치려고 했소. 왜 그랬을까? 그렇소, 망명하지 못했다는 실점失點, 출발점에서 그르친 이 실점을 만회하려는 안간힘, 민족을 자기 허영심의 대상으로 삼은 사심私心이 있었던 것이오. 상해나 만주에 간 사람들이 이루지 못한 일을 나는 앉아서 일거에 이루어버리자는 생각이었소. 허한 마음에 피어난 꽃은 허한 꽃, 아아 허영이었구료. 이 마음 악함이여, 오, 벌하소서, 악함을 벌하소서. 영겁의 지옥 속에서 이 몸은 헤매어지이다."

총독의 소리*

—제국의 반도 만세.
여기는 조선총독부지하부가 보내드리는 총독의 소리입니다.
총독 각하의 특별 말씀을 보내드리겠습니다.

    충용한 제국 신민 여러분. 오늘 31년 전, 제국이 피눈물을 삼키고, 개화 이래 겨레의 슬기와 힘을 모아 가꾸어오던 대제국 건설의 빛나는 걸음을 멈추고, 영용한 신민 장병의 거룩한 피와 꿈도 땅 밑에서 흐느끼는 모든 구령과 싸움터에서 성전의 칼을 놓았던 그때를 생각하면 이 노병의 가슴은 폐하에 대한 죄스러움이 어제같이 되살아납니다. 그날의 종전終戰은 우리 민족에게 끝없을 상처를 입혔습니다. 인류사상에 다시없는 무기인 원자탄을 우리 겨레에 대하여 마침내 썼다는 것은 귀축들이 그들의 세계 지배의 야욕이 얼마나 끔찍한 것인가를 말해줍니다. 그때에 귀축들은 아 제국의 남은 힘에 대한 넉넉한 정보를 가지고 있었습니다. 우리 함대의 주력은 이미 없고, 공군은 기지에서 떠나지 못하고, 넓은 전구戰區에 벌여놓은 지상군은 끈 떨어진 구슬 목걸이와 같았습니다. 본토의 도시들은 적기敵機의 마음 놓은 공격으로 불타고 있었

*「총독의 소리」, 『총독의 소리』, 문학과지성사, 2008. 142~196쪽.

습니다. 신풍神風은 끝내 불지 않고, 적의 함대는 우리 앞바다에까지 기어들고 있었습니다. 한마디로 제국은 통상전쟁通常戰爭의 방식으로도 이미 대세의 골짜기에 있던 것은 누구의 눈에나 뚜렷하였습니다. 그럼에도 귀축들은 아 제국에 대하여 원자 무기를 썼습니다. 광도廣島와 장기長崎는 악마의 불속에서 지옥을 이루었습니다. 어쩌면 인간의 역사에서 다시는 쓰어지지 않을지도 모르는 이 무기로 공격 받았다는 일은, 우리 겨레의 집단의식에 대하여 씻지 못할 한을 안겨주었습니다. 오늘날 번영하는 제국의 마음 깊은 저 밑에는, 그러나 그날의 지옥의 불이 더 황황 소리 내고 타고 있습니다. 기억의 골짜기에서 타는 이 불은, 이 누리에서 타는 모든 불 가운데서 가장 세찬 불 — 굴욕의 원한이라는 불입니다. 이스라엘족이 신을 죽였다는 죄 때문에 짊어진 굴욕과, 자기들을 그와 같은 하수인으로 골라놓은 신에 대한 원한을 지고 살 듯이, 아 제국도, 인류의 문명사상에서 가장 잔인한 도살시험의 도마에 오른 굴욕과, 우리를 감으로 고른 자들에 대한 원한을 다시 지울 수 없는 집단의식의 비의秘儀로 간직하게 되고만 것입니다.

제국이 다시 군국軍國으로 일어나, 대륙에 대하여 안팎이 모두 갖추어진 영광을 누릴 그날을 위하여, 참지 못할 것을 참고, 눈 뜨고 못 볼 것을 보아가며, 귀신도 울고 갈 서슬찬 공작을 이어나가고 있는 모든 제국 군인과 경찰과 밀정과 낭인 여러분. 흘러간 영화의 터에서 다시 밝아올 그 언젠가 기쁨의 날을 위해 청사靑史만이 알아줄 싸움의 세월을 보내고 있는 총독부 예하의 모든 군관민 여러분.

종전終戰의 그날을 생각하면, 마음의 저 밑바닥에서 타는 굴욕의 불을 보면서도, 본인은 그에 못지않은 또 하나의 너무나 운명적인 사실에 대하여 역시 눈길을 돌리지 않을 수 없는 것입니다. 그것은 다름이 아닙니다. 만일 운명의 가장 정직한 걸음걸이대로 일이 되어나갔더라면, 오늘날 반도와 아 열도는 그 형국을 그대로 바꿔 가질 뻔했다는, 바로 그 사실입니다. 천우신조인저. 신풍神風은 분 것입니다. 우리는 이번의 신풍도 저 몽고군 때와 같은 모양으로 불리라고 짐작했으나, 그렇지 않았던 것입니다. 황조皇祖의 조화도 좋으시고, 신풍은 바로 악마의 불을 던진 그 손바람에 곁들어 있었던 것입니다. 귀축들은 난데없이 반도를 동강내고 아 열도를 통합 점령한 것입니다. 귀축들이 반도를 통합 점령하고, 아 열도를 적마 러시아와 분할 점령하였더라면, 오늘날 제국이 반도의 신세를 울고, 반도가 제국의 행운을 노래 부를 뻔한 것입니다. 두려운지고. 몸서리치는지고. 사위스러운지고. 그려보기만 해도 이 가슴 떨리는지고. 반도는 축복 속에 번영하고, 아 제국은 적마와 귀축 사이에서 실속 없는 이데올로기 싸움에 한 피가 한 피를 마시고, 그 뼈가 그 뼈를 짓부술 뻔한 것입니다. 그리고 31년이 지난 이날 이때까지, 군비에 허덕이면서 오른손과 왼손이 싸울 뻔한 것입니다. 이렇게 되었더라면, 아 제국의 국체는 넘어지고, 가꾸고 길러온 슬기는 흙 속에 묻히며, 스스로 저주하면서 꿈 없는 내일을 울 뻔한 것입니다. 그러나 그렇게는 되지 않았습니다. 분단은 반도에, 통일은 제국에. 반도는 제국의 운명과 마지막 고비에서 또 한 번 제국의 복된 땅이며, 제국을 위한 순하디순한 속죄양임을 밝힌 것입니다. 이 아니 신풍입니까. 그렇습니다. 황조의 무궁한 성총聖寵은 버림 없이 이 적자赤子들의 땅을 건져낸 것입니다. 이 사실을 생각할 때, 본인은 비로소, 저 지옥의 불, 기억의 골짜기를 태우는 불에 맞불을 지른 한 가닥 균형의 느낌을 갖는 것입니다.

8월 15일, 이날을 맞이하면서 본인의 마음은 자못 어지럽습니다. 아 제국의 발전을 새 국면에서 생각하고, 반도 경영의 비책을 헤아려보는 본인의 전의는 다름없이 높은 바 있으나, 본인이 가장 걱정하는 일들이 눈에 띄는 것도 사실입니다. 그것은 다름 아닌, 세대의 문젭니다.

본 총독부 예하 군관민의 세대 구성을 보면, 싸움이 끝나던 그때, 귀여운 코흘리개들이 장년의 마루턱에 들어서 있습니다. 옛터를 지키면서, 흔들림 없는 국체 교육에도 불구하고 이들의 의식에는 아 제국의 둘도 없는 비의체험秘儀體驗 — 아 제국의 신국神國임과, 아 민족의 신민神民임에 대한 종족적 환상이 때에 따라 모자라 보일 때가 문득문득 느껴지는 일입니다. 본인은 결코 일이 중대한 지경에 이르렀다고 보지 않습니다. 그러나 이곳에 있는 우리 군관민의 임무의 크고 깊음에 비추어, 비록 적은 싹이나마, 본인으로서는 크게 보고 싶어진다는 말입니다.

오늘 본인은, 이른바 데탕트라고 불리는 귀축미영과 적마 러시아 사이의 더러운 야합 놀음에 대하여, 본 총독부의 공식 견해를 밝히고자 합니다. 본인이 이때에 세계정세에 대한 이 같은 인식을 밝히는 것은, 데탕트의 알속을 밝히는 것이 곧 전후 30년의 뼈대를 찾는 길이며 군관민의 앞으로 할 일에 대한 등불이 되겠기 때문입니다.

1960년대에 접어들면서 귀축미영과 적마 러시아는, 세계 정책에서 눈에 띄는 움직임을 나타내기 시작했습니다. 그들은 서로의 힘이 미치는 테두리에 멈춰 서서, 서로의 울타리를 서로 눈감아주면서, 전쟁 없이 20세기의 남은 날을 넘기기로 뜻을 모았다는 것입니다. 이것이 평화 공존이라는 이름으로 불리고 있습니다. 본인의 견해는, 이러한 움직임을 현상적 차원에서는 아니라는 것이 아닙니다. 그런 것이 아니라, 오늘날 귀축미영과 적마 러시아를 비롯하여, 세계의 주요 나라들의 우두머리 자리를 맡고 있는 자들이 모두, 성전이 끝나던 1945년 무렵에는, 이 또한 코흘리개들이었던지라, 오늘 일을 풀이함에 있어서, 싸움이 끝나던 그때 진짜 느낌에서 멀리 벗어난 표현들을 철없이 뇌까리고 있기 때문에, 특히 본 총독부처럼, 외교사령의 허울에 속지 말고, 일의 벌거숭이의 본질에 바짝 다가서 있음으로써만 흔들림 없는 전의를 지켜나

갈 수 있는 무리에게, 자칫 정세를 잘못 짚어 권토중래의 날이 어려워지기나 한 듯이 아는 환상을 가지게 하기 때문입니다. 정무총감과 학무국장이 말하는 바를 듣건대, 군관민 일부에서, 반도와 나아가서 대륙 수복의 앞길에 대하여 지극히 비관적인 헛말이 돌고 있다고 합니다. 이것은 잘못입니다. 그들의 마음눈에는 안 보일지 모르나, 본인은 잘라 말합니다. 30년의 때는 줄곧 제국에 대해 유리하게 흘렀습니다. 반도 경영을 두고 말하더라도 마찬가집니다. 왜 그런가?

본 총독이 보는 바에 의하면, 데탕트는 포츠담 선언 체제에로의 돌아감입니다. 이것이 본인의 인식의 출발점이며, 귀착점이자, 모든 현상에 대한 분석 기준입니다. 포츠담 선언은 유럽에서의 전쟁이 끝남과 전후 질서와 아울러 아 제국에게 강복降服을 권유하고 조건을 내놓은 의사 표시였습니다. 이 선언에는 먼저 가진 얄타 회담의 내용이 겹쳐 있습니다. 그러므로, 본인이 포츠담 체제라고 하는 것은 실은 포츠담·얄타 체제를 뜻하는 것이지만, 말한 바와 같이 앞선 얄타 합의는 포츠담 선언의 밑바탕으로써 놓이고, 포츠담 회담은 싸움이 실속으로 끝난 자리에서 이루어진 만큼, 포괄적이고 결정적이라는 데서, 귀축 적마의 전후 처리 원칙을 포츠담 체제라고 부르는 것입니다.

1945년 7월에 맹방 독일이 마침내 영웅적 저항을 끝마치고 히틀러 총통이 땅속으로 들어간 다음에, 아직도 피비린내 가시지 않은 베를린 교외 포츠담에서 스탈린, 처칠, 트루먼의 세 귀축들이 모여 눈앞에 다가선 2차대전의 끝남을 맞아 그들 사이에서 세계 분할에 대한 흥정을 만들어냈습니다. 이것이 포츠담 선언입니다. 여기서 그들은 ①동유럽은 러시아가 차지하기로 했습니다. 물론 이 '차지'한다는 결정에는 '민주적 절차'에 따른다느니 '국민적 희망에 충실'하게 정체를 만든다느니 하는 겉치레가 붙어 있습니다만, 그러한 과정을 러시아의 책임 밑에 한다는 것이고, 러시아가 그 책임을 다하지 못했을 때는 어떻게 한다는 마련이 없고 보면, 러시아가 하고 싶은 대로 주물러서 차지한다는 말에 다름이 아니며, 그 후에 일어난 일에 비추어 보더라도, 동유럽을 적마의 전리품으로 내어준 것은 뚜렷한 일입니다. 그리고 이것은 풀이하는 것부터가 새삼스럽고 우스운 일입니다. 싸움에 이겼으면 전리품을 얻는 것이지, 싸움은 무엇 하러 하는 것이겠습니까? ②동유럽을 차지하는 값으로 러시아는 짐을 떠맡았습니다. 전후에 일어날 서유럽에서의 공산 세력의 공세를 누그러뜨리고 그릇 끌고 가는 책임을 진 것입니다. 공산 국가로서 러시아가 처음으로 자기 나라 밖에서 얻은 큰 승리에 부추김을 받아 권력 탈취를 위한 과정이 크게 유리해졌다고 판단한 서유럽의 공산 계열이 전쟁을 통해 물리적으로 약해지고 정신적인 권위에 금이 간 지배 세력을 몰아붙이리라는 전망은 서방의 부르주아들에게는 1930년대의 악몽을 다시 겪어야 한다는 공포였던 것입니다. 동유럽을 밥으로 내주는 값으로 서방측은 러시아에 대하여 이 악몽의 재판再版을 막아줄 것을 내놓았습니다. 스탈린은 받아들였습니다. 스탈린으로 말하면 이것은 식은 죽 먹기보다 쉬운 일이었습니다. 1930년대에 한 번 한 일을, 또 한 번 하면 되는 것이기 때문입니다. 1930년대에 숱한 순진한 동조자들을 바지저고리로 만든 러시아의 대스페인 내란 정책, 대파시즘 정책 말입니다. 러시아의 국경을 지키기 위해서 외국의 친구들을 적의 제물로 바치고, 그러면서도 친구들 당자에게는 감쪽같이 '위대한 벗'으로 남아 있다는 요술 말입니다. 이때에 당한 많은 친구들은, 나머지 생애를, 신학적 비의보다도 어질머리 나는 '위대한 벗'의 신비한 처사를 곰곰이 생각해보는 것으로 거의 소모해버렸던 것입니다만, 아무튼 이번에도 스탈린은 또 한 번 그렇게 하기로 약속했습니다. ③은 아제국 일본은 일청 전쟁 전의 영토로 돌아간다는 것입니다. 이것이 포츠담 체제가 아 제국에 대해서 기본적으로 설정한 울타립니다. 그리고 이 것은, 개화 이래 아 제국이 쌓아온 대동아공영권을 헐어버리는 것을 말합니다. 이 선언이 나온 다음에 제국은 종전 조건을 유리하게 하기 위하여, 이 선언을 무시하기로 하고 적마 러시아를 통하여 교섭을 바랐습니다만, 적마는 대일선전對日宣戰으로 대답하고, 귀축미영은 원자탄 공격으로 이에 대답했습니다. ④는 독일과 제국이 물러난 자리는 옛 식민지 소유국으로 돌아가며, 그 밖의 지역은 대일독전對日獨戰의 전리품으로서, 아메리카와 러시아 사이에서 분할한다 — 이런 합의에 이르렀습니다.

　　이것이 포츠담 체제입니다. 포츠담 체제는 전리품 분할을 위한 모임이었고, 그에 대한 합의였습니다. 클라우제비츠는 말하기를, 전쟁은, 다른 수단을 가지고 하는 정치의 연장이라고 했습니다만, 이것은 아직도 소승적小乘的인, 덜 떨어진 말이고, 정치는, 다른 수단을 가지고 하는 전쟁의 연장이라 함이 논리 일관한 것입니다. 왜냐하면, 논리는 간단한 것을 가지고 복잡한 것을 설명해야 하기 때문입니다. 전쟁 – 전리품의 향락 – 전쟁 – 전리품의 향락, 이것이 삶의 가락입니다. 그 밖의 온갖 것은 이 근본 현상을 둘러싼 허울이요, 군더더깁니다. 본인은 항재전장恒在戰場의 마음으로 구령舊領에서 지난 30년을 바라보면서 한때나마 이 감각을 잊은 적이 없습니다. 1945년에서 오늘까지의 세계사는 귀축미영과 적마 러시아 사이의 전리품의 소화 과정이다, 하는 것이 본인의 전후사 인식입니다. 이 전리품의 생김새는 여러분이 지도를 보면 잘 알 수 있듯이, 발틱해로부터, 독일을 가로질러, 유고슬라비아로, 터키를 에돌아서 인도로, 노중국경露中國境을 지나, 38도선에서 끝나 경치도 좋을시고 해금강 물속에서 끝납니다. 이 북쪽이 적마의 전리품이며, 이 남쪽이 귀축의 전리품입니다.

이렇게 마련된 전리품 식상食床의 소화 과정에서 탈이 나기 시작했습니다. 2차대전에서의 아메리카와 러시아의 동맹은 오월동주吳越同舟에 동상이몽同床異夢, 호랑마귀虎狼魔鬼가 어울린 것이므로 풍파가 없을 수 없었습니다. 그들은 합의 사항을 더 유리하게 실천하기 위해서 모든 힘을 다한 것입니다. 먼저 귀축미영은 이런 움직임을 시작하기 위해서, 늦게나마, 강력한 새 수단을 가지게 되었습니다. 그들은 원자 무기를 가지게 된 것입니다. 이 무기의 제작에서 맹방 독일에서 망명한 과학자들이 큰 힘을 보탰다는 것은, 독일의 전쟁 수행 정책상에서 크게 뉘우쳐야 할 일로 보입니다. 그들이 모두 국내에 있었더라면 운명은 다른 노래를 불렀을지도 모르는 일이 아닙니까? 아 제국의 신민 가운데서 망명 독일인 과학자와 같은 예를 볼 수 없었던 일은, 국체의 뛰어남을 밝혀주는 좋은 본보기라고 하겠습니다. 이 점에서 아 제국의 지식측은 신자臣子로서 더없는 거울이었음은 알아줘야 할 일입니다. 전쟁이 일기 전까지는, 개화 과정에서 전염된 귀축미영식의 망집에 사로잡혔던 자들조차도, 한번 싸움이 나자 개화 풍조를 헌신짝처럼 내던지고 폐하의 적자로서 오직 성전聖戰의 도구로 산화하기를 바랐으며, 미영식 합리사상의 극약 형태인 공산주의조차도, 아 일본의 경우에는 당수가 솔선하여 전비前非를 뉘우치고 황국 정신 체현의 대열에 백의종군한 것입니다. 그뿐 아니라 반도에서도 그에 못지않은 국민정신의 꽃을 피웠음은, 현지를 맡고 있는 본인으로서는 참으로 흔쾌한 일이었습니다. 반도인 작가 가야마 미쓰로香山光郎는 내지에 보낸 편지에서 쓰기를, "나는 지금 경성 대화숙大和塾의 한 방에서 이 글을 씁니다. 대화숙이란 것은, 조선인에게 일본 정신의 훈련을 주기 위해 생긴 법무국 관계의 기관으로, 사상보국연맹을 개칭한 것입니다. 사상보국연맹은 아시겠지만, 민족주의자나 공산주의자들로서 출옥자라든지, 기소유예된 자들에게 일본 정신을 주입하는 곳입니다. 수행이란 일본 정신의 수행입니다. 그저 일본 정신의 수행이라 해서는 처음부터 일본인인 당신에게는 잘 깨달아지지 않을지 모릅니다. 그러나 구한국인舊韓國人이었던 조선인이, 일본인이 되기 위해서는 커다란 수행이 필요함을 통감하였습니다. 그저 법적인 일본 신민일 뿐 아니라, 혼의 밑바닥으로부터 일본인이 되기에는 웬간한 수행가지고는 안 됩니다. 자, 나가자, 자발적으로 모든 조선적인 것을 벗어던지고 일본인이 되자, 이렇게 말하는 사람이 있습니다. 저의 젊은 친구들 가운데는 점점 이렇게 생각하는 사람들이 불어갑니다. 그들의 이러한 일본인 수행 운동은 결코 정치적인, 써먹자는 소행이 아닙니다. 그들은 첫째, 일본의 크낙한 아름다움과, 그리고 고마움을 인식한 것입니다. 그리고 둘째로 조선인을 일본인에까지 끌어올리는 길 말고는, 조선인이 살 길이 없음을 간파한 것입니다. 그리고 셋째로, 조선인은 일본인이 될 수 있다고 믿게 된 것입니다. 그래서 그들은 먼저 자기부터 일본인이 되는 수행을 하기로 결심한 것입니다. 이들 젊은이들 가운데 한 사람은 이런 말을 합니다. '내지인 어린이만 해도 우리 조선인의 선생이다. 왜냐하면, 이 어린아이들조차 우리들보다 일본인이기 때문이다.' 그리고 이런 말도 합니다. '우리는 구한인舊韓人으로서의, 우리 선조한테서 물려받은 모든 것은 잊자, 그리해서 일본인으로서 다시 나자.' 얼마나 하면 완전한 일본인이 된 것일까요? 주관적으로는 '나는 일본인이다. 천황 폐하를 위해 살고 죽으리라' 하는 감정을 이뤘을 때 나는 일본인이 될 것입니다. 2천3백만 조선인이 한결같이 이런 마음을 지니게 되면 이른바 내선일체는 완성될 것입니다. 그들은 지금 이 수행을 하고 있는 것입니다. 그야말로 정신 차리고 필사적으로 밤낮으로 이 수행을 하고 있는 것입니다. 우리는 조소나 박해 속에서도 꿋꿋하게 나아갈 것입니다. 우리는 폐하의 마음을 믿고 있기 때문입니다. 그렇습니다. 폐하의 마음입니다. 그들이 매달릴 수 있는 것은, 오직 폐하의 마음뿐입니다. 그들이 일본인이 되자, 일본인이 되자고 줄기차게 나아갈 때 그들의 보람인즉 폐하의 마음의 따뜻한 어광御光을 몸에 느끼는 일입니다."—어떻습니까? 이만해야만 대제국의 건설을 위한 정신적 기반이 다져졌다 할 것입니다. 불행하게도 맹방 독일은 이러한 점에서 원리상 미흡할 수밖에 없었습니다. 히틀러 총통은 불세출의 영웅이었으나, 초야에서 일어선 몸이었습니다. 비교함도 두려우나, 우리 폐하께서 천손天孫이심과는 사정이 다른 것입니다. 히틀러 총통의 가르침은 사람의 말이었으나, 제국의 가르침은 가르침이 아니라 사실인 것입니다. 황국皇國은 신국神國이라는 사실에의 개안, 체득—이러한 종교적 비의입니다. 어진 신민에게는 비의도 아무것도 아닌 그저 사실이요, 생활이지만, 한번 미망의 길에 들어선 자나, 외지인에게는, 필사적으로 수행해서 자기화해야 하는 비의라는 것뿐입니다. 이러한 국체상의 약점 때문에 맹방 독일은 그들이 이용할 수 있었던 기술 자원을 해외에 흘려버린 것입니다. 그 기술이 귀축들에게 강력 무기를 안겨주고, 그 무기가 제국의 패퇴를 재촉하고, 같은 흉기가 제국의 분단을 막아준 것을 생각하면, 현실이란, 감자 덩굴처럼 야릇한 괴물입니다. 이런 절대 무기를 손에 넣은 귀축들은 러시아에게 겁을 주기 위해서 이미 종전을 결심하고 화평교섭和平交涉을 진행시키고 있는 아국에게 이 무기를 시범한 것입니다. 2차대전이 끝나고 나면, 포츠담 회담에서의 약속을 헌신짝처럼 집어던지고 서유럽에 대하여, 옛날에 동지들을 숙청해가면서 보류한 혁명 내란 공세를 부활하여 청사에 이름을 남기려던 스탈린은, 식음을 잊고 한때 자리에 드러누운 것으로 첩보 기록은 말하고 있습니다. 그럴 수밖에 없는 것이, 1천만의 목숨과 바꾼 전리품을 지켜내기가 미상불 어려워졌기 때문입니다. 부르주아 국가들을 위해서 그들의 다른 부르주아 경쟁자를 몰아내는 데 동원된 것뿐 아니라, 잘못하면 러시아 국경 안에서 영미 체제의 부활을 위한 움직임이 일어나고 혁명 당시의 내란이 재연되지 말라는 법이 없었기 때문입니다. 이 시기는 스탈린의 생애에서 가장 어려운 고비였을 것입니다. 적들과 결탁해서 동지들을 숙청하기는 승리가 떼어놓은 일이지만, 그 적들과 약해진 국력과, 오래 눌러온 국민을 이끌고 싸우기는 무서운 모험이기 때문입니다. 스탈린은, 나중에 미주리 함상에서의 아국과의 강복문서조인降伏文書調印이 끝난 다음 포고문에서 러시아의 대일 참전은 제정 러시아가 노일 전쟁에서 겪은 패배에 대한 보복이라고 하면서, "이때의 패배는 국민의 의식 속에 비통한 기억을 남겼다. 그것은 우리나라에 오염을 남겼다. 우리 국민은 일본이 격파되어 오점이 씻길 날이 오기를 기다렸다. 40년 동안, 우리 구세대는 그날을 기다렸다. 마침내 그날이 왔다"고 한 스탈린이고 보면, 원자 무기가 무엇을 뜻하는가를 잘 알았을 것입니다. 승리는 40년은커녕 하루 사이에 패배의 문을 열어놓은 것입니다. 그러나 악운은 다하지 않았던지, 스탈린은 마침내 그 자신도 원자 무기를 가지기에 이르렀습니다. 사실, 적마가 이 절대 무기를 그렇게 빨리 가지게 되리라고는 본 총독은 짐작지 못했습니다. 우리가 가진 러시아에 대한 군사 정보에 의하면, 러시아는 로켓 무기의 발전을 진행시키고 있고, 그 방면이 가장 큰 관심사였던 것으로 알고 있었습니다만, 모든 예상을 뒤엎고 러시아는 뒤를 밟듯 원자핵의 분열에 성공했습니다. 이렇게 해서 노력 균형은 다시 포츠담의 그 저녁, 술잔을 기울이면서 세계 지도에 개칠을 하던 그 자리로 돌아가고 말았습니다. 이때에 숨을 내쉰 스탈린의 얼굴이 보이는 듯합니다. 귀축과 적마는 서로 절대적 우위의 자리에 서지 못하고, 포츠담 체제에 대한 상대방의 배짱을 한 걸음 한 걸음 눈여겨봐가면서, 금밖으로 저쪽 발톱이 나오는가 싶으면 으르렁거리고 이빨을 갈아 보이면서, 저쪽에게, 나는 알고 있다, 그런 수작은 가만두지 않겠다는 것을 알리게 된 것입니다. 이때의 그들의 의식은 많이 연구해볼 만합니다. 귀 축들로 말하면 근대 과학의 축적 위에 피어난 마화魔花 같은 무기를 손에 쥐고, 바야흐로 사상 일찍이 보지 못한 우세한 힘으로 세계를 지배하려던 그 꿈은, 비록 적마도 똑같은 것을 가지게 된 것을 알았다고 해서 그 순간에 마음이 기계처럼 돌아서지는 못하는 것입니다. 그것이 걸었던 꿈이 현실에서 물거품이 된 다음에도 꿈은 여전히 어떤 타성을 멈추지 못하고 얼마 동안 미끄러져가는 시공이 필요합니다. 그래서 이런 상황은 그 힘을 처음 생각처럼 마구 휘두르지는 못해도, 그 비슷한 움직임을 하자는 성질을 가집니다. 적마 쪽에도 같은 원리가 미칩니다. 절대 무기 때문에 새 대전이 이미 불가능해진 것을 비록 이성으로 깨달았다 치더라도, 전후에 벌어지리라고 믿었던 좌파 세력의 대공세라는 꿈은 쉽사리 가시지 않습니다. 스탈린으로서는, 그것이 정적이 옛날에 인기를 모은 그 정책임을 생각하면 더욱 그렇습니다. 그래서 적마의 세계 정책도 포츠담 체제를 소학생처럼 지키는 길을 걷지 못하게 됩니다. 이른바, 베를린 위기, 서유럽에서의 좌파 공세, 그리스의 내란, 반도의 6·25 사변은 모두 포츠담 체제의 변화 — 합의 사항보다 더 많은 전리품을 얻기 위한 탐색, 모험, 음모, 기득권을 지키기 위한 양동 작전들입니다. 합의 사항의 ①과 ② — 즉 동서 유럽의 분할을 위해서 맺은 합의를 어긴 것은 바로 이런 역학적인 필연성이 작용한 것입니다. 적마는 서유럽의 좌파에게 막대한 자금을 보냈습니다. 혁명이 눈앞에 다가섰다는 인식을 좌파 제 조직의 공식 견해로 채택하고, 양식에 바탕한 모든 합리적인 전술을 주장하는 분자를 자파自派에서 몰아냈습니다. 언제나 그렇지만 이렇게 몰려난 자들이 늘 제일 불쌍한 자들입니다. 하나만 알고 둘은 모르는 자들이므로, 필연의 법칙에 의해서 복수를 당합니다. 그러나 조직은 아랑곳없이 비리의 현실을 쌓고 맙니다. 그렇게 해서 서유럽에서 숱한 신구 좌파 세력이, 정작 끝까지 싸울 뜻은 없는 모스크바의 조종자의 지령에 따라, 이쪽은 끝까지 싸웠습니다. 한편 귀축미영은 미영대로, 동유럽에 내란을 조직하기에 미쳐 날뛰었습니다. 세계에서 처음 공산제를 창업한 러시아와 달리, 동유럽에서의 전후 공산제는 환상의 여지도 없었으며, 점령군에 의해서 조직된 현지 정권이 어디서나, 언제나 그러했던 바와 마찬가지 모든 흠점과 위선을 드러냈습니다. 참으로 제국이 개항하던 무렵을 생각하고, 동유럽의 모습을 비겨보면 모골이 스산해집니다. 모름지기 민족의 자주 세력이 무너지고, 갖은 이름으로 군림하는 외세의 주구走狗들이 정치를 맡는 고장이란 것은 어디나 마찬가지여서 뚫고 들어갈 틈은 얼마든지 있는 것입니다. 이렇게 해서 이른바, 냉전이라는 것이 발전해나갔습니다. 냉전이란, 귀축들의 코흘리개 평론가들이 말하듯, 열전 아닌 차가운 전쟁도 아니요, 이름만 들어도 정 떨어지는 술주정뱅이 처칠이 말한 것처럼 무슨 무쇠의 장막이 이쪽저쪽에서 벌인 독재와 자유라든가 하는 사이에서 일어난 이데올로기 싸움도 아닙니다. 역사란 말싸움 때문에 피가 흐른 적은 없습니다. 언제나 재물을 다툴 뿐입니다. 말이라 생각하는 것은 허울을 몸뚱어리로 생각하는 데서 오는 헛갈림이올시다. 냉전은 포츠담 체제를 말 그대로 지킬 생각이 없었던 귀축과 적마에 의한 전리품의 재분배를 위한 싸움으로서, 포츠담 체제와 관련시켜서 논할 때에만, 그 뚜렷한 모습이 드러나는 것입니다. 베를린 위기는 그 당시에는 심각한 위기감을 자아냈던 사태였습니다. 그러나 결국 베를린에서 전쟁은 일으키지 않았습니다. 동유럽에서 일어난 내란들은 어느 하나도 주어진 체제를 바꾸지 못했을 뿐 아니라 그 이상의 영향을 미치지 못하는, 컵 속의 풍랑으로 그쳤습니다. 그리스는 끝내 공산화되지 않았고, 터키, 이란 모두 낡은 체제의 모순을 지닌 채 근본적인 변화가 없었습니다. 이처럼 냉전의 결과는 우리가 보았듯이, 이기고 짐이 없이, 가라앉았습니다. 이러한 사태 발전의 근본 요인은, 무엇보다도 먼저, 귀축과 적마 사이의 군사력의 균형의 반영입니다. 귀축들이 아국의 평화스런 도시에 악마의 불 ― 원자탄을 떨어뜨리던 순간에 지니는가 싶던, 세계 정책을 위한 절대 무기가 적마의 손에도 들리고 보면, 귀축미영이 몇 세기에 걸쳐 그들의 좋은 세월에 비축했던 통상 전력 면에서의 우위는 상대적으로 그 위력이 줄어든 것입니다. 귀축미영의 잠재 전력은 지난 태평양 전쟁을 통해서 전술적인 수준을 넘어서 문명론의 견지에서 본 총독부의 심심한 관심을 끌었습니다. 속견으로 어떤 나라의 힘을 그 나라 자체의 민족성이라든가 내셔널리즘의 견지에서 본질을 찾으려 합니다. 지난날 제국의 개화 과정을 통해 코흘리개 미영 숭배자들에 의해 떠들어진 '영국 신사'니, '개척 정신'이니 하는 따위 논들이 설정한 바, 영제국, 미제국의 힘을 앵글로 색슨의 민족성에 돌리려는 형이상학적 사고입니다. 본인은 이와 관찰을 달리합니다. 아 제국을 제외한 그 어느 국가도, 종족 자체의 우월성에 의한 힘이라는 것을 가지고 있지 않으며, 어떤 국가의 제국적 역량은 그 민족 자체에 찾을 것이 아니라 역사적 문맥에서 보아야 할 것입니다. 역사적 문맥이란 다름이 아닙니다. 제국의 창업자가 된 어떤 민족이 그 제국 창건에 성공한 다음에 나타내는 힘은, 그 민족 자신의 힘에다가 어떤 x를 더한 것이지, 전량이 그 민족 스스로에게서 실체적으로 나오는 것은 아니라는 말입니다. 이 x가 무엇인가 하면, 그 당시까지의 전 문명의 축적입니다. 전 문명의 축적을 자국에 우선적으로 유리하게 사용할 수 있는 관리권이 힘에 의해서 그 민족에게 넘어갑니다. 이 구조를 깨닫지 못하면, 제국 창업국의 힘은 초수준의 신비한 실체적 힘, 민족성의 우수함 따위 말이 나오게 됩니다. 그렇지 않습니다. 어떤 제국이 자기 지배권을 확립하면 그는 전 문명의 축적을 손아귀에 쥐게 됩니다. 그것은 그 제국이 만들어낸 것이 아닙니다. 계승한 것입니다. 전前 제국으로부터 직접 뺏을 수도 있고, 난세기를 거쳐 격세계승隔世繼承할 수도 있습니다만, 아무튼 그것은, 당자가 창조한 것이 아니라 '제국'이라는 자리에 취임함으로써 그의 손에 쥐어진 직분상의 권한 ― 즉 직권, 이 경우에는 '제국이라는 직분에서 얻어진 직권'인 것입니다. 이 직권은 그가 자기 경쟁자를 물리치기 위해 증명한 능력에 비해 엄청나게 큰 힘입니다. 제국 창업자는, 한 적을 넘어뜨리기에 성공만 하면 그 적까지 포함한 열 적을 다스리는 힘을 가지게 되는 것입니다. 이러한 법칙은 그들 자신도 반드시 자각하지 못하기 때문에 자기 환상의 유인이 되는 것이며, 약자에 의한 신비화의 함정이 됩니다. 이것이 이른바 '제국'의 본질입니다. 역사가 위대한 개인을 만드느냐 위대한 개인이 역사를 만드느냐는 질문의 방법이 잘못된 것이고, 여기서 문제의 본질은 위대한 개인이 행사하는 힘은 직권으로서의 힘이며 그에게서 발출론적發出論的으로 나오는 것으로 보이는 힘은, 사실은 조직의 힘인 것처럼, 이 원리는 '제국'과, '제국'을 경영하는 민족의 관계에도 그대로 적용되는 것입니다. 지난 세월에 귀축들이 누린 힘은 이러한 문명적 축적의 빙의력憑依力이었던 것입니다. 그러나 원자 무기는 지중해 문명의 계승자로서의 영미 세력의 힘의, 이러한 이점을 무력화시켰습니다. 국력의 비군사적 분야에서 크게 떨어지는 러시아는 1천만의 목숨을 잃고, 잿더미가 된 국토를 가지고 냉전을 겪었으나, 이 절대 무기를 함께 가짐으로써, 동계문명同系文明의 정통 계승자와의 배짱놀음에서 끝까지 버틸 수 있었던 것이 그것을 증명합니다. 냉전의 전 과정을 통해서, 어디까지가 전리품의 재분배 ― 즉 포츠담 체제를 바꾸기 위한 움직임이고, 어디까지가 전리품의 유지를 위한 양동 작전 ― 즉 포츠담 체제를 지키기 위한 움직임이냐를 밝히기는 어렵거니와, 허허실실, 서로 안팎을 이루는 것으로써, 갈라놓기 어려운 것입니다. 전쟁에서는 거짓이 진실이 되고 진실이 거짓이 되기도 하는 것입니다. 그 본보기가 바로 반도에서 일어난 전란입니다. 이 전란은 분명히 전란이었음에도 불구하고, 맥아더의 해임이 나타내듯이, 즉, 전쟁인 줄 알고 이기자고 나선 직업 군인이 바지저고리가 된 데서 뚜렷해진 바와 같이, 전쟁이 아니었던 것입니다. 얄타와 포츠담에서 귀축과 적마赤魔가 자로 대고 그었던 38도선이 휴전이 되면서 비딱하게 틀어졌다고 해서, 그 선의 본질이 바뀌어진 것이 아닙니다. 귀축과 적마의 눈에는, 휴전선이란 것은 없고, 복원된 38도선인 것입니다. 그들은 반도에서, 서로 저쪽이 포츠담 체제를 바꾸고자 하는 뜻을 과연 어디까지 밀고 갈 속셈인가를 짚어본 것입니다. 국운을 걸고 싸울 뜻은 없었고, 싸울 수도 없었습니다. 이것이 고비였습니다. 평화공존이란 말은 스탈린의 입에서 처음 나온 말이었습니다. 그는 포츠담 체제를 재확인한다는 뜻을 다른 쪽에 알린 것입니다. 지금까지 말한 지역들은, 지난 전쟁의, 말 그대로의 전리품에 드는 곳입니다. 이 지역은 직접 작전 지역들로서, 귀축미영군과 아방我邦과 독이獨伊가 피 흘려 다툰 땅입니다. 전리품임이 뚜렷하고, 따라서 포츠담에서도 쉽게 주고받고 한 곳입니다. 그러나, 이들 지역의 뒤에는, 전리품이라는 성격으로써 다룰 수 없는 곳들이 펼쳐져 있습니다. 서유럽의 스페인·아프리카·중동·인도·중국·베트남이 그러한 지역입니다. 이러한 지역이 전리품이 아니라는 것은 미국과 러시아에 대해서 그렇다는 것입니다. 그렇다고 해서, 미국의 등에 업혀서 싸운 영국이나 프랑스의 전리품이라기에는, 그들의 전후에 여기서 행사한 힘의 약체성에 비추어 전리품이라는 말이 어울리지 않는 것입니다. 소화력이 없는 밥주머니에게 음식이 무슨 소용이겠습니까? 먼저 스페인은 지난 대전에서 중립이었습니다. 어떤 뜻으로도 형식적으로는 어느 쪽의 전리품이 될 수 없습니다. 그러나 귀축미영은 스페인을 봉쇄해야 합니다. 스페인이 대서양의 강국이 되는 것을 막는 것 — 이것이, 트라팔가 해전에서 넬슨 함대가 스페인 함대를 바닷속에 묻은 다음에 영국의 대스페인 정책이었고, 나중에는 미영의 공동 정책이 되었습니다. 전쟁은 불장난이 아닙니다. 스페인 본국과 남아메리카의 스페인계 제국의 연합에 의한 the Spanish Commonwealth of Nations이라는 것이 이루어지는 것은, 대서양 국가로서의 귀축미영이 온갖 힘을 다해서 막아야 할 일입니다. 스페인이 트라팔가에서 바다 속에 묻은 것은 목조 군함과, 구식 대포와, 숱한 칼멘과 이사벨라들의 서방님들만이 아니라, 스페인의 미래였던 것입니다. 스페인은 영원히 앵글로 색슨의 수인囚人이 되어야 했던 것입니다. 피레네 산맥과 대서양이라는 벽에 싸인, 스페인이라는 감방에 갇힌, 말입니다. 이런 스페인. 한번 운명의 걸음을 헛디디면 한 종족이 어떻게 되는가를 보여주는 나라가 스페인입니다. 근대에서의 해외 식민 싸움에서 프랑스 또한 머저리 놀음을 한 나랍니다. 그리고 그 주역은 나폴레옹이라고 하는 머저립니다. 이자는 북미에 있는 프랑스 식민지 루이지애나를 미국에 팔아준 돈으로 손바닥만 한 유럽 대륙에서 쓸데없는 전쟁 놀음을 벌인 머저립니다. 그렇게 해서 프랑스는 삼류 식민국이 되었지요. 나폴레옹은 낡은 '제국'주의자였습니다. 사람은 태어난 곳을 떠나지 못하는지 그에게는 '제국'의 현실적 공간은 지중해 연안이었습니다. 같은 식민지 경영의 낙제꾼이라도, 스페인 사람들은 대단한 일을 했습니다. 그들은 남미 땅에만 식민한 것이 아니라, 현지의 원주민 계집들의 자궁 속에다 식민한 것입니다. 제일 확실한 식민법입니다. 스페인 사람다운 방법입니다. 그러나 이렇게 생물학적으로 뛰어난 식민법도 본국의 군사적 보호를 벗어나고 보면 대양 너머 버려진 고아일 뿐입니다. 남미의 스페인

식민지는 스페인의 고아원이요, 본토 스페인은 스페인의 감옥입니다. 스페인 노랫가락마따나, '나의 조국은/나의 감옥'이지요. 이 고아원과 감옥의 관리인이 귀축미영입니다. 이런 스페인에 대하여, 스탈린은, 포츠담 회담에서 시비를 걸었다고 기록은 말하고 있군요. 스탈린이 스페인에 대한 귀축미영의 기득권 — 트라팔가 해전의 전리품으로서의 스페인을 건드릴 생각이 정말 있었는지, 이 피레네 산맥 저쪽의 유럽의 수인에 대해 기사 노릇을 할 마음이 진짜였는지는 의심스럽습니다. 그는 스페인 내란 때, 좌파군左派軍을 귀축들에게 팔아먹은 자이기 때문입니다. 스페인 내란은 좌우군左右軍의 혁명, 반혁명 싸움이 아닙니다. 트라팔가에서 묻힌 '제국'의 꿈이, 때마침 좌파 이데올로기에 집단빙의集團憑依되어 민중을 반체제의 광기에 몰아넣은 것입니다. '제국'이라는 것은, 늘 문명의 전 축적의 육화라는 구조를 가지기 때문에 본질적으로 종교적 권위와 같은 기능을 가집니다. 그래서 옛날 '제국'의 의식적 무당의 후예인 시인들은 '제국'적인 것에는 근원적 기억을 환기당하는 것이며 스페인 내란에 외국에서 글쟁이 노래꾼들이 달려간 것은 그 때문입니다. 이런 '제국' 부흥 광신 운동이었던 스페인 내란을 팔아먹은 스탈린이, 이번에는 좌파를 부추기겠다는 듯한 뜻을 비칠 형식상의 권리는 있었던 것입니다. 왜냐하면 트라팔가의 전리품이지, 2차대전의 전리품은 아니었고, 스페인이 말이지요, 포츠담 체제에서는 배타적인 귀속을 주장할 수 없는 곳이었습니다. 그 후의 일을 보건대, 스탈린은 스페인에 대해서 살뜰한 관심이 없었고, 있었다 해도 그 관심을 나타내고 밀고 갈 만한 시간을 못 가지고 말았습니다.

　　그러면 아프리카는 어떤가? 아프리카와 중근동中近東은 귀축미영의 역사 감각으로서는, 그들이 로마 제국으로부터 격세상속隔世相續한 유산입니다. 2차대전 후, 귀축미영의 근친상간적 모순이 이 지역에 대한 처리를 둘러싸고 일어났습니다. 포츠담에서의 처칠의 온갖 노력은 이 지역에 가지고 있는 영국의 기득권을 지키는 데 쏠렸습니다. 미국은 이 지역에서 먼저 영국의 지배력을 해체시키기로 했습니다. 전쟁 기간, 물론 2차대전입니다. 이 전쟁 기간에 영국은 이 지역의 독립 운동 세력에게 자치를 약속함으로써, 대독작전對獨作戰에서의 현지민의 협력을 얻어냈습니다. 대동아 전구戰區에서의 수법과 마찬가지지요. 이것은 물론 발등에 떨어진 불을 끄자는 속임수였지요. 귀축미국은 이 약속을 지키라고 미친 척하고 졸라댔습니다. 참 야속한 맹방盟邦이지요. 적마의 침투를 막으려면 그 길밖에 없다는 대의명분은 귀축영국으로서는 물리칠 힘이, 말주변이 아니라, 군사력이 없었지요. 무력화해가는 독립운동 세력과, 그들에게 자금을 주는 미국에 대해서 말입니다. 이렇게 해서 이 지역에 구더기처럼 숱한 독립국 — 즉 자치국이 생긴 것입니다. 케임브리지와 옥스퍼드에서 남의 말로 마음의 잔뼈가 굵은 한 줌쯤 되는 사람들이, 옛 상전의 걸음걸이며 기침걸이며, 어깨를 으쓱하는 법이며를 떠올려가면서 빈 의자들을 차지한 것입니다. 이 지역에서 영국은 저 트로이 전쟁에서 그리스 사람들이 목마 속에 군병軍兵을 감춰놓고 짐짓 물러난 고지故智를 따랐습니다. 이스라엘이라는 나라를 심어놓고 떠난 것입니다. 1~2백 년 '제국' 직에 있다 보면, 이런 수법은 우체국 직원이 도장 찍는 솜씨처럼 절로 익혀지게 마련입니다. 이 목마가 오늘날, 그야말로 옛날의 그 목마 못지않은 효험을 내고 있지요. 이 사정은 인도에서도 마찬가지였습니다. 아 제국은 대동아전쟁에서 이 지역 사람들에게 복음을 퍼뜨렸습니다. 제국은 백색제국을 무너뜨리고 아 국체의 빛을 이 지역 사람들에게 누리게 하기 위해서 그들의 상전인 미영과 싸웠고, 인도에서도 그러했습니다. 그러나 귀축들은 아국의 동지였던 '찬드라 보스' 대신에 간디파에게 자치권을 넘겨주었고, 여기서도 목마를 남겨놓고 갔습니다. 파키스탄의 분리입니다. 이 목마가 얼마나 피비린 내 나는 흉물이었던가는 그 후의 역사가 잘 말해주고 있습니다. 방글라데시에서 흐른 피는 누가 그렇게 만들었는가를 역사는 잘 알고 있습니다. 이렇게 해서 영국은 인도라는 코끼리 등에서 내려왔습니다. 그러기에, 인도를 잃을망정 셰익스피어는 어쩌느니, 하는 그런 방정맞은 소리는 안 하는 법입니다. 셰익스피어야 잃으려야 잃을 수 없는 이친즉, 셰익스피어는 잃을망정 인도는 어림없다쯤 돼야지, 그따위 사위스런 소리를 무슨 멋인 줄 알고 뇌까리면, 역사의 터줏대감이 화내는 것입니다. 본 총독부를 보십시오. 일부단견자一部短見者들이 뭐라 하건, 길 없는 데서 길을 보고 빛 없는 데서 빛을 만들어왔고, 만들어가고 있지 않습니까? 이쯤은 돼야 하는 것입니다. 그러기에, 아시아에서의 신생국들의 개화 과정에서 중공과 인도는 두 개의 좋은 대조라느니, 전체주의적 방법과 자유식 방법을 대표하는 것이라느니, 보기에는 중공이 시원스럽게 근대화되는 것 같지만, 영국이라는 좋은 상류 가정에서 자유 예절을 익힌 인도가 결국 천천히겠지만 팔자가 좋을 것이라는 등 아전인수의 헛소리를 하더니 적마의 본을 따라, 태고연한 이 고장 법대로 모후母后와 옥자玉子가 정치하기로 되지 않았습니까? 조선인들 말마따나 구관이 명관이에요. 이제 보니 알겠어요. 우리처럼 불교가 들어온 지 오랜 나라는 인도에 대해 알지 못하는 사이에 높이 본뜰까 하는 심정이 있어요. 인정 아닙니까. 내려오면서 실체는 저 멀리 가보지도 못할 나라고, 거기서 머리 좋은 사람들이 지어낸 말씀만 건너와 놓고 보니, 마치 그 나라도 그 말씀 같은 줄만 알기 쉽지요. 아무튼 그래서 우리도 인도라는 나라를 그렇게 무지개로 감싸기 쉬운데, 본인이 불경을 가끔 뒤적이다가 문득문득 심두에 스치는 게 있어요. 무엇인고 하니, 붓다라는 사람의 가르침인즉, 삶이란 게 괴롭다, 삼계三界가 불붙는 집이다, 하는데 그 까닭은 사람의 욕심이다, 이렇지 않습니까. 붓다의 고향 사람들이 얼마나 욕심이 많으면, 세계 종교가 될 만한 종교를 만들었겠는가. 다시 말하면, 붓다의 고향 사람들의 욕심이란 게 그야말로 세계급이었다는 말이 아닌가? 이런 생각이 드는 적이 있었다는 말입니다만, 지난 대동아전쟁에서 그들이 해묵은 상전에게 매달리면서 아 제국의 광명정대한 성전聖戰을 끝내 깨닫지 못하고 자파自派의 당리를 위해서 국가 대사를 그르치던 것을 아울러 생각하면 무언가 짚이는 구석이 없지도 않습니다.

러시아는 이 모든 영령해체英領解體 움직임을 환영하고, 귀축미국과 더불어 영국이 내놓고 물러간 옛 전리품을 다투었습니다. 이 다툼은 포츠담에서의 합의 사항에는, 적어도 형식상으로는 어느 편도 어긋나지 않는 일이었습니다. 지금까지의 되어온 모양은, 영국이 아메리카의 편을 들어, 배 주고 속 빌어먹는 정책을 택한 탓으로, 적마는 이 지역에서 큰 재미를 못 보고 있습니다. 얼마 전에, 러시아가 인도를 세력권에 넣음으로써, 이 지역에서의 세력 분배는 한 고비가 끝난 것으로 보입니다. 포츠담 체제에서 명시적으로 분할된 지역 — 서유럽·동유럽·조선반도·아 열도와, 제2의 지역 — 스페인·아프리카·중도·인도 사이의 차이 — 즉 종전 후 정세의 차이는 명백합니다. 전리품 지역에서는 최초 분할 상황이 요지부동으로 30년간 하루같이 바뀌지 않은 데 비하여, 제2지역에서는, 엎치락뒤치락이 있었는데, 이집트·콩고·알제리아·인도네시아·인도가 적마의 손에 붙었다, 귀축의 손에 붙었다, 한 것입니다. 이것이 뜻하는 바는, 그 자체가 뜻하는 대롭니다. 포츠담 체제는 절대로 움직일 수 없고, 그 밖의 지역에서는 융통성을 가지고 평화적인 쟁탈 경쟁을 한다, 하는 것입니다. 이 제2지역은 영국과 프랑스가 내던진 곳이기 때문에 포츠담에서는 점잖게 주인에게로 돌아간다고만 했지, 주인들이 내놓은 다음에 미로 사이에서 어떻게 한다는 약정은 할 수 없었습니다.

그렇기 때문에, 이 지역에 대한 그러한 행동 방식의 정립이라는 것도, 포츠담 체제에 대해서는 부정도 긍정도 아닌 사항인 셈이어서, 등식의 양변에서 약분해도 좋은 부분입니다. 이렇게 해서 여전히 제1지역에 대한 합의가 흔들리지 않는 한, 포츠담 체제는 귀축, 적마 관계의 기본 골격으로 남습니다.

아마, 유고슬라비아의 예를 들어, 이런 정식화에 이론異論코자 하는 사람이 있겠지요. 좋은 착안입니다. 그러나, 유고슬라비아는 외려 이 공식을 뒷받쳐줍니다.

제1지역의 다른 나라들과 달리, 유고슬라비아는 점령국의, 이 경우는 러시아의 완전한 전리품일 수 없었습니다. 티토가 이끈 현지인 군사력이 상대적으로 우수하게 조직되고, 독일군에 준정규적 타격을 주는 상태에서 종전이 된 데다가, 이러한 무력 저항이 영국에 의한 군사적 지원 아래 이루어졌기 때문에, 동유럽에서 티토는 유일하게 자기가 거느린 군대를 가지고 정권을 맡았었지요. 동유럽의 모든 공산소두령共産小豆領들이, 오랫동안 제 몸 하나 겨우 적도赤都로 피해 가서, 찬 밥술이나 얻어먹다가, 진주하는 적마군赤魔軍을 따라 고향에 돌아온 사정과는 다른 것입니다. 이 경우에 티토 세력이 공산당이라는 간판을 달고 있었다는 것은, 군사적으로는 아무래도 좋은 우연적 요소에 지나지 않습니다. 그 간판 때문에 도매금으로 포츠담에서 동유럽권에 넘겨졌지만, 끝내 오리는 제 물로, 전리품이 아닌 유고슬라비아는 동유럽권에서 벗어난 것입니다. 이것은 마치, 중동과 아프리카의 식민지들이 옛 주인인 프랑스, 영국에 명목상 전리품으로 돌아갔지만, 지킬 힘이 없었기 때문에 지키지 못한 것과 같은 사정입니다. 프랑스나 영국이 옛 식민지들을 자기 손으로 되찾은 것이 아니기 때문에, 전후에 현지에다가 자기들 마음대로의 현지 정권을 세울 수가 없었던 것입니다.

중국에 대해서 이야기할 차례가 되었습니다. 중국 대륙에서의 모비毛匪의 승리와 장蔣의 패퇴는, 전후에 일어난, 포츠담 체제에 대한 최대의 복병이었습니다. 중국은 물론 제1지역도, 제2지역도 아닙니다. 형식상으로 카이로 선언의 서명자이며, 전승국이었습니다. 종전 당시, 귀축과 적마는 중국의 장래에 대해서, 대체로 일정 기간에 걸쳐서는 같은 견해를 가지고 있었습니다. 모비의 세력이 점점 커지고, 큰 위협이 될 수는 있겠지만, 그것이 오늘내일은 아니고, 승전함으로써 장蔣의 정치적 지위는 강화될 것이며, 대일 전쟁에서 훈련되고, 귀축미국의 장비를 풍부하게 갖춘 중경군重慶軍은 모비에 대해 치안유지력을 가지고 있다고 본 것입니다. 총독부 당국이 가지고 있던 정보도 그와 다름이 없는 것이었습니다. 총독부는 아시다시피 대륙 정책의 실질적 본부였으며, 이런저런 제약이 많은 동경보다도, 과감하게 행동하려는 제국 육군의 혁신파들에게는 더 홀가분하게 움직일 수 있는 본부였고, 만주 사변 때만 해도 직접 야전판단野戰判斷으로 압록강을 넘어 조선 주둔병을 출병시킨 일까지 있는 만큼 대륙 내에서의 전전전후戰前戰後 사태는 관할의 문제를 떠난 원칙적 관심사였고, 관동군 사령부라는 객원기구까지도 거느리게 된 8·15 후에는 더욱 그러한 탓으로, 대륙에 대한 정보 활동은 계속하고 있었던 것입니다. 그러나 뜻밖에도 모비는 실성한 놈들처럼 지나 대륙을 쓸어 삼키고 말았습니다. 포츠담 체제에 대한 전리품이기는커녕, 형식상으로는 공동 전승국인 중국이 이 같은 내란에 대하여 귀축들과 적마는 모두 손을 쓸 수가 없었습니다. 모비는 러시아가 관동군에게서 뺏어서 넘겨준 무기를 가지고 어부지리를 거두었습니다. 귀축과 적마는 2차대전이 끝난 다음, 저마다, 장개석蔣介石과 모비를 빨대 삼아, 중국의 부를 빨아들일 셈이었습니다. 장비蔣匪와 모비는 어느 한쪽도 다른 쪽을 위해서는 없어서는 안 되었습니다. 미로米露는 지나 대륙

이 통일된 강력한 국가이기를 바라지 않습니다. 서로 외국 상전을 섬기는 매판세력들이 분열하는 가운데 그 상전 노릇을 하면서 상해나 대운의 조계租界에서 소강주蘇江酒에 대취하면서 지나 미인을 끼고 앉아서 아편장수를 하기를 바란 것입니다. 이것이 임칙서林則徐와 싸운 후부터의 변함없는 그들의 방법입니다. 모비의 실성한 자 같은 대륙 석권은 이들에게 큰 실망을 안겨주었습니다. 누구보다도, 스탈린이 가장 많이 놀란 것으로 보입니다. 공산 이론의 원전에도 없는 방법으로 승리했다는 방식도 그를 불쾌하게 만들었습니다. 사람이란 우스운 것이어서, 자기는 콩팥칠팔 아무렇게나 뇌까리고 얼렁뚱땅 지내면서도, 남이 조금만 그러는 시늉을 보이면 거슬리는 것입니다. 이때까지 스탈린은 모비를 진짜로 이데올로기적 동류라든가, 그것은 어쨌건 지나 대륙의 주인이 되리라든가 하는 생각은 전혀 가지지 않았습니다. 러시아 말고는 유럽의 모든 공산당이 주저앉아버린 것을 본 스탈린은, 지나 같은 후진 지역에서 지금 그 시대에 공산주의의 자생적 승리가 이루어지리라고는 믿지 않았습니다. 그러나 이런 현학적인 허울이야 어찌 됐든, 눈앞에 벌어진 사실이 더 큰일이었습니다. 늘 사실이 무서운 법이지요. 일청 전쟁에서 아 제국이 지나를 망신시키기까지만 해도 귀축들과 적마赤魔(─그때는 백마白魔올시다만)는, 지나의 전력戰力과 지난날의 영광을 분간하지 못하고, 긴가민가하는 형편이다가, 아국의 승리를 보고서야 마음 놓고 지나를 깔보기 시작했는데, 이제 모비에 의해서 통일이 되고 보면 누구보다도 러시아에게는 큰 위협이었습니다. 모비가 본토를 차지하자 스탈린은, 모비를 구슬려서 수하로 삼아보려고 하였으나, 아마 그것이 오래가지 못할 것을 재빨리 판단한 것으로 보입니다. 조선 반도에서 전쟁을 일으키기로 한 스탈린의 목표는 장개석군의 개입을 유발하여, 장군을 본토에 상륙시키고, 상당한 지역을 되찾게 한 다음 휴전을 성립시킨다는 것이었음을 본 총독부가 모은 정보는 뚜렷이 하고 있습니다. 모비의 불필요한 승리를 원상原狀으로 되돌려놓은 일이었습니다. 전쟁이 일어나자 재빨리 열린 UN 안보이사회에서 러시아 대표는 일부러 흠석欠席함으로써 사보타주를 하여, 귀축미국이 반도에 파병할 수 있는 길을 비켜주었습니다. 불가사의한 러시아 대표의 행동의 비밀은 이것이었습니다. 총독부는 당시에 이 사실을 알아내고 본국에 알려주었습니다. 총독부는 이 사태가 제국군의 재편성과 지나 본토 개입에까지 나아가도록 모든 힘을 기울였습니다. 그렇게 되었더라면, 반도를 다시 찾는 가장 빠른 길이 되었을 테지요. 그러나 그렇게는 되지 않았습니다. 반도에서의 싸움 동안에 모비는 두 가지 일을 한 것으로 보입니다. 첫째는, 스탈린의 반도 개입 권고를 받아들여 힘껏 싸움으로써 모비가 중국 본토를 조직하고 동원할 능력을 증명하는 일이었습니다. 다른 하나는, 스탈린에 대해서 행한 일인데, 만일 스탈린이 계속해서 모비 일당의 출혈을 강요한다면, 귀축미국과 단독 강화할 뜻을 강력히 비쳤습니다. 이 같은 조치는 모두 들어맞았습니다. 귀축미국은 장에 의한 대륙반공大陸反攻이 불가능함을 판단하였고, 스탈린 역시 모비의 동원력을 알아보고 제2의 티토화를 재촉하게 될 것을 걱정했습니다. 이렇게 하여 반도에서 전화戰火는 멎었습니다. 그리고 맥아더의 해임에서 보이듯이 38도선은 존중될 것이, 즉 포츠담 체제는 다시 확인된 것입니다. 전리품으로서의 반도의 본질은 더욱 굳어졌습니다. 그런데 이런 분석에서 한 군데 흐릿한 데가 남습니다. 반도전란半島戰亂의 시작에 앞서서 귀축들은 과연 스탈린으로부터 아무런 통보도 받지 않았는가 하는 점입니다. 중국 대륙을 분할하여 경영하는 대사업에서 이들 양자의 합작 여부는 충분히 두고두고 밝혀볼 만한 여러 가지 흔적들을 남기고 있기는 합니다. 말하자면 전쟁 직전의 애치슨 선언 같은 것입니다. 러시아 대표의 안보리흠석

건安保理欠席件과 더불어 이 역시 불가사의한 일입니다. 그러나 총독부는 지금 시점에서는 이 문제에 이렇다고 잘라 말할 만한 정보는 아직 가지고 있지 못합니다.

　러시아의 모비출혈정책의 가장 큰 출혈자는 그러나, 북조선 공비일당입니다. 이 싸움에서, 북조선 일당은, 혁명 세력이란 이름으로 남부 민중에 대하여 누릴 수 있었던 신비의 가리개를 잃어버리고 말았습니다. 뿐만 아니라 전전戰前까지 남선南鮮에 대하여 본 총독부의 정책에 의하여 우위에 놓여 있던 총독부 치적인 공업자산工業資産을 잃어버림으로써 남선적화南鮮赤化를 위한 유리한 조건을 모두 놓치고 말았습니다. 이것은 자기들이 만든 것이 아니었으니 억울할 것도 없기는 하지만, 그것의 정치적 의미는 큰 것입니다. 그리고 북조선처럼 업혀 들어온 공산 체제에게 대해서 치명적이었던 것은, 그들의 체제에 대한 유토피아적 환상을 해독시켜준 꼴이 되었으며, 점령 기간이라는 가장 바람직하지 못한 생활을 통해서 민중에게 채점할 기회를 주었다는 것입니다. 혁명 세력은 이기기 위해서는 이런 기회를 민중에게 주지 말아야 합니다. 환상적 얼굴만을 먼빛으로 보여주고 실무적 비속성은 내놓지 말아야 하는 것입니다. 강요된 전쟁을, 자기들이 선택하지 않는 시점에서 일으킨 북조선 일당은 어쩔 수 없이, 혁명이 일상의 차원에 내려왔을 때의 모습과 함께, 대국大國의 앞잡이 노릇을 해야 하는 소국小國의 초라함까지를 내보이고 만 것입니다.

　다음은 베트남입니다. 지난해에 베트남이 적화되었을 때 여러 말이 많았습니다. 그러나 총독부의 관찰에 의하면 이것은 놀라울 것이 하나도 없습니다. 베트남은 포츠담 체제에서는 일지역一地域이었습니다. 그러나 영국이 아프리카와 중동에서 그러했던 것처럼, 프랑스는 이 지역의 치안을 다룰 힘이 2차대전 전후에는 없었습니다. 프랑스는 냉전에 의한 본국에서의 좌파 공세를 맞아 부르주아 체제를 살려내는 데 모든 힘을 기울여야 했습니다. 디엔 비엔 푸에서 패하자 프랑스는 호군胡軍과 휴전하고 이 지역에서 손을 뗐습니다. 이때부터 이 지역은, 포츠담 체제의 기준에서 본다면 제2지역 — 즉 러시아와 미국의 기준으로 보면 어느 쪽의 전리품도 아닌 지역이 된 것입니다,라고 하는 것은 이 지역에 개입할 때는 어느 편이나 상대방에게 합의에 의한 합법성의 주장을 할 수 없다는 말이 됩니다. 이것이 러시아나, 미국의 조선 반도 개입과 본질적으로 다른 조건입니다. 내 땅에 왜 손대느냐는 소리를 못하는 것입니다. 이 지역을 다툰 싸움에서 결정적인 힘은, 현지 세력의 실력과, 프랑스의 향배向背였습니다. 호비胡匪는, 한마디로 줄여서 말하자면 티토 모비형毛匪型의 토착실력집단이었기 때문에, 내부의 권력 구조도 비교적 외부 간섭이 없는 순수한 경쟁과 합리적 개인 역량의 상호평가에 의해 정착되었고, 점령자인 프랑스에 대한 반란사에 있어서 전력이 분명하고, 구체적인 국민적 기반 위에서 공작하였고, 반란두령反亂頭領에 대한 신뢰가 섞인 심리적 위광을 쌓아왔습니다. 하루아침에 나타난 '장군'이나 '위대한 동지'가 아니었던 것입니다. 그리고 무엇보다 중요한 것은 점령자인 프랑스와 정규전의 규모에까지 이른 전투를 했다는 사실입니다. 조선 반도의 어느 반일 세력도 이것을 하지 못했습니다. 그들의 저항은 소규모로 곧 끝난 소저항이었습니다. 베트남의 호비는 운이 좋았습니다. 그들은 약해진 적에게 점점 큰 규모의 저항을 조직하였고 마침내 적으로 하여금 전의를 잃게 하는 데 성공한 것입니다. 이 모든 것을 그들은 혼자 힘으로 하였습니다. 호비는 종족이 받은 굴욕을, 종족의 적이 물러가기 전에 갚을 수 있었던 것입니다. 이것은 큽니다. 만사는 정신이 결판냅니다. 식민지 통치를 받은 것이 굴욕이라면 그것을 씻는 길은 적에게 굴욕을 주는 것뿐입니다. 디엔 비엔 푸에서 호비는 적에게 굴욕을 주고, 그것을 국민에게 선물로 바친다고 하면서 협력을 구한 것입니다. 이것은 큽니다. 본인의 철학으로는, 이것이면 다라고 하고 싶은 것입니다. 이와 같은 정신을 불어넣는 것이야말로 대동아전쟁에서 아군이 힘쓴 선무공작宣撫工作의 원칙이었습니다. 말하자면 아 제국의 개항 시기에 느낀 위기의식을 불어넣은 것이었습니다. 2차대전의 전리품 아닌 땅에서 현지의 내란에 개입한 미국으로서는, 호비의 이 같은 토착 기반은, 그들의 물량을 가지고도 뒤바꿔놓을 수 없는 우세한 전력으로 작용하였으며, 그렇다고 핵무기를 쓸 수 없다는 제한이 있고 보면 상황은 몹시 어려운 것이었습니다. 이와 같은 사태의 반면을 이루는 것입니다만 사이공 정부의 부패는 사태의 악화를 재촉하였습니다. 국가를 사유물로 생각한 이들은 사회의 모든 공공 재산을 가산家産으로서 다루었으며, 가산으로 보고 처리하였습니다. 대개 정권의 청렴은 어느 정권에게나 사활 문젭니다만, 모든 일이 그런 것처럼, 그 현상現象하는 유형은 다양합니다. 사회 전체로 보아 모든 구성원이 청렴하면 제일 좋은 일입니다. 지배자가 피지배자에게 책임을 지는 형식입니다. 차선은 지배자 내부에 어느 정도의 기강이 서 있는 경웁니다. 먹어도 알아서 먹는다는 것입니다. 부패에 있어서의 양식이랄까요. 지배자 집단이 아직 미래 의식과 자신이 있어서 공사公私의 균형의 어떤 위험 수위를 넘지 않을 만큼 내부 질서가 있을 땝니다. 그런데 이런 모든 구별과 유형은 동적인 상황과 연결시켜서야만 평가할 수 있습니다. 이만하면 그래도 되지 않았는가고 위선과 자기합리화를 해보아도, 적의 도덕적 수준이 이쪽보다 높으면 대결에서 지는 것입니다. 1점 차로 져도 지기는 마찬가지며, 전쟁이란, 그 1점이 사활에 직결된다는 데에 본질이 있습니다. 사이공 정권은 이런 조건에서 모두 뒤져 있었습니다. 그들은 부패의 조직이었지, 공공의 책임을 다하는 지도 집단이 아니었던 것으로 보입니다. 이런 세력을 가지고는 어느 누구들 해보는 도리가 없습니다. 이 같은 현지 지배층의 부패는 그들을 국민으로부터 고립시키고, 전쟁 수행을 위해서 국민의 전 역량을 동원할 수 없이 만듭니다. 충용한 신민 여러분. 지난 대동아전쟁에서의 아 제국에 있어서의 전쟁 수행 태세를 돌이켜보십시오. 우리가 보인 거국일치舉國一致의 자세는 그렇게 아무 데서나 찾아볼 수 있는 것은 아닙니다. 이것은 사회 성원이 지금 벌어지고 있는 일이 어느 누구를 위한 것도 아니고, 그럴 수밖에 없는 타당한 행동이라는 것. 즉 전쟁 목적에 대한 마음속에 짚이는 공감이 있어야만 나오는 행동입니다. 프랑스 또한 미국의 다리를 잡아당겼습니다. 자기가 못 먹은 감을 남이 차지하는 것을 보고 있을 수가 없었던 것입니다. 그보다는 적화된 베트남에서 연고권緣故權을 내세워 전후복구를 위한 입찰에서 좋은 자리를 얻기를 바란 것입니다. 이것은 어느 모로나 프랑스로서는 합리적인 정책이었습니다. 반도인들처럼 오랫동안 정치 감각이 망가져온 자들에게는 얼른 곧이들리지 않겠지만, 근세 이후의 식민지 쟁탈전에서 연이어 패해온 프랑스로서는, 자기가 못나게도 내놓은 지역까지를 앵글로 색슨이 집어삼키는 것은, 정말 새벽에 삼대독자 죽는 꼴을 보아도, 그것만은 눈뜨고 볼 수 없었습니다. 귀축영국 역시 중동에서와는 달리 미국의 베트남 개입을 좋아하지 않았습니다. 향항香港에 대한 권리를 지키기 위해서 영국은 모비의 비위를 맞춰야 했고, 모비의 코앞에서 벌어지는 불장난을 막아주는 데 공을 세워야 했던 것입니다. 그야말로 사면초가 속에서 귀축미국은 베트남에서 허우적거린 것입니다. 적마赤魔 러시아는, 포츠담 체제의 합의를 내세워, 이 지역에 대한 미국의 군사 행동에 대해서는 동등한 자격으로 대응 행동을 폈습니다. 그들은 호비에게 군사 원조를 주었습니다. 아군의 중국 작전 때, 싸움에서는 이기면서도, '버마 루트'를 통한 귀축들의 군사 원조 때문에 작전을 종결할 수 없었던 바와 똑같은 국면이 인도차이나 반도에서 벌어진 것입니다. 참으로 운명이란 야릇한 것이어서, 남을 괴롭힌 무기가 자기를 괴롭히게 되는 일이 흔합니다. 적마의 전리품이 아닌 곳에서 귀축이 용병해도 포츠담 체제에 대한 어긋남이 아닌 것처럼, 귀축의 2차전 전리품이 아닌 곳에다 적마가 군사 원조를 해도 포츠담 선언에 어긋나지는 않는 것입니다. 귀축은 조선 반도에서처럼 UN기를 빌려오지도 못했을뿐더러, 선전포고라는 헌법 절차에 의한 승인도 없는 전쟁을 해야 했던 것입니다. 이 같은 국제법, 국내법상에서의 약한 처지는 그들이 베트남에서 움직인 용병 자체를 약하게 만들었습니다. 이 싸움에 나가지 않겠다고 징병을 기피한 젊은 놈들이 큰소리치고 그들을 잡아내는 쪽이 떳떳치 못해하는 판이 된 것입니다. 한때 베트남 싸움이 한창일 때, 이런 기피자를 도와 국외로 보내는 조직이 전국에 걸쳐 있었고, 이 조직은 광범한 헌금에 의해 운용되고, 이에 종사하는 사람들은 양심적 애국 행위를 한다는 심리적 우위에서 행동하였습니다. 마치 대동아전쟁에서 애국부인회가 응소자應召者들을 빼돌려 국외 탈출을 도와줬다고 상상해보면 사태의 기괴함을 알 것입니다. 귀축 사회에는 기독교네, 청교도 찌꺼기네, 하는 것이 아직 남아 있어서 다른 때는 남보다 악착스레 돈벌이를 하다가도 그들 생각에 무슨 혼이 씌웠다 싶으면 이런 엉뚱한 짓을 하는 것입니다. 이런 사회에서는 일이 이쯤 되면 적은 일이 아닙니다. 국방상 유리한 땅에서 본토 안에 적병을 보지 못하고 2백 년이나 살다 보면, 좀 사치해져서 세상에 자기들만 잘나고 비리는 있어서는 안 되기나 한 것처럼 생각하는 버릇이 붙게 됩니다. 이런 사람들의 세금과 피를 거둬서 속여먹자면 여간 꾀가 있지 않고는 시끄러워서 못 배기는 것입니다. 베트남 문제 때문에 시어미 역정에 개 옆구리라고 갖은 투정을 여기다 얽어 넣어서, 사회가 크게 분열되었습니다. 이런 싸움에서 이기기란 어렵습니다. 베트남에서 귀축들이 이기지 말란 법은 없습니다. 만일에, 그들이 전력全力을 들였더라면, 그들은 더 버틸 수도 있었을 것입니다. 그러나 그들은 전력을 기울일 수가 없었습니다. 싸우고 싶어 하지 않는 병사를 가지고는 해보는 길이 없었던 것입니다. 한때 그 좁은 반도에 50만의 병력이 우글댔습니다만, 말을 물가까지 끌고는 가도 억지로 물을 마시게는 못 합니다. 안 될 일은 뻔한 것이어서, 싸움이란 것도 싸우는 군대 안에서의 사기라고 하는 것은 근본적으로는 자율적인 것이지, 사령관이나 장교의 힘으로 유지되는 것이 아닙니다. 그 자율성이란, 전쟁 목적에 대한 국민적 합의에서 나오는 것입니다. 지난 싸움에서 젊디젊은 꽃다운 나이에, 정종 한 잔 깨끗하게 비우고는 빵긋 웃고 비행기에 오른 '특공대'원들을 어떻게 그렇게 시킬 수 있었겠습니까. 자율성이 우러나오는 합의란, 무슨 유식한 판단을 말하는 것이 아닙니다. 한 사회에 그런 판단을 할 수 있는 사람이 몇이나 됩니까. 그저 주먹구구의, 막 잡은 짐작 말입니다. 그 짐작에 맞으면 사기는 저절로 이루어집니다. 노동자들은 받는 돈만큼 힘을 냅니다. 병사들도 마찬가집니다. 그럴 만한 자리면 죽을 줄 알면서도 갑니다. 가지 않으면 안 됩니다. 전우들이 보고 있기 때문입니다. 향리鄕里의 부모 형제 처자식이 보고 있기 때문입니다. 그래서 한 번밖에 없는 목숨을 술 한잔에 빵긋 웃고 버리러 가는 것입니다. 제국이 용병한 개화 이래의 모든 싸움에서 병사들은 기꺼이 죽었습니다. 그들은 성전聖戰의 대의를 옳게 여겼기 때문입니다. 전후에 와서 이러쿵저러쿵하는 전쟁 비판을 본인은 믿지 않습니다. 진주만의 승복에 목 메인 국민감정을 본인은 믿습니다. 싸워서 이기자는 뜻이었습니다. 이것을 믿지 않는 자들이야말로 제국의 패전의 책임자들입니다. 그러한 비국민 때문에 제국은 웅도雄圖를 못다 편 것입니다. 일부의, 미영의 아편에 취한 자들의 잘난 척하는 전쟁 비판 증언은, 그들의 민족에 대한 죄를 자백하는 것밖에 뜻이 없습니다. 이렇게 해서 프랑스령 인도차이나 반도는 공비들의 손에 넘어갔습니다. 인도차이나 반도와 조선 반도는 그러나 그 성격이 다릅니다. 38도선은 포츠담 체제에 의한 분할선인 데 대하여, 17도선은, 호비와 프랑스 간의 휴전선입니다. 프랑스가 인도차이나 반도에서 물러남으로써 17도선은 포츠담 체제와 간접으로도 끊어졌습니다. 포츠담 체제의 수익자인 프랑스가 스스로 전리품을 내놓았기 때문에, 그것을 실력으로 차지하려고 하는 자에게 대해서, 아무도 포츠담 체제의 이름으로 비난할 수가 없는 것입니다. 즉, 17도선 이남은 우리가 피 흘려 얻은 땅이라는 소리를 할 수 없는 것이, 귀축미영의 입장이었습니다. 남이 내던진 전리품을 주워담으려고 슬몃슬몃 대어들었다가, 깊이 빠져든 싸움이 베트남 전쟁이었습니다. 그것도, 귀축들은, 직접 귀여운 새끼들을 보내 싸우는 데 대하여, 적마, 모비는 저희들 피는 한 방울도 흘리지 않고, 호비 혼자서 당해냈습니다. 38도선과 17도선은, 포츠담에서 제네바까지 가는 교통비가 싸다고 해서 가까울 수는 없습니다. 38도선은 귀축들이 아 제국으로부터 강탈한 전리품의 분할선이며, 적마 러시아가 아 제국에게서 강탈한 전리품의 분할선입니다. 총독부 예하의 일부 군관민 가운데는 이 점을 알지 못하고 본 총독부가 베트남에서의 프랑스 총독부가 취한 정책이나 알제리아에서 '프랑스의 알제리아 전선'이 취한 정책으로 옮겨가는 문제를 생각할 때가 되지 않았는가 하는 이야기가 나도는 모양이지만, 이것이 잘못인 것은 뚜렷합니다. 총독부는 귀축과 적마들의 손으로부터 조선 반도를 다시 뺏어내기 위해서는 환상은 금물임을 뚜렷이 하고자 합니다. 본인은 현재의 반도의 휴전선을 38도선의 복원으로 인식하며, 1950년에 일어난 반도 사변은 반도에서의 포츠담 체제의 변혁을 위해 일어난 것이 아니라, 지나 본토에서의 모비의 일방

적 패권을 후퇴시키기 위해서 꾸며진 국제 음모로서 보고 있으며, 만일
에 그 음모가 이루어졌더라면, 귀축들은 장개석 군의 본토 상륙의 대가
로 남조선을 적마에게 내주었을지 모르나, 귀축들이 그 길을 택하지 않
고 모비의 티토화 쪽에 걸기로 하고, 장개석 군을 움직이지 않은 이상,
귀축미국은 조선 반도에서는 소심하게 포츠담 체제의 테두리에서 벗어
나지 않은 결과가 되는 것입니다. 반도의 전란에서 제일 많은 피를 흘
린 것은 반도인이었으나, 그것은 그들의 전쟁이 아니었던 것입니다. 그
들의 피를 가지고 남이 일으켜서, 남이 마무리한, 남의 전쟁이었던 것
입니다. 남의 전쟁이란 것은 그들이 전쟁으로 말미암아 그들의 팔자를
고치지도 못했고, 앞으로도 고칠 수 있는 길도 못 열고, 남의 장단에 춤
이라면 몰라도 피를 흘린 것이기 때문입니다. 길을 열지 못했다는 말은,
비록 남의 전쟁으로 일어났을망정 하다못해, 김일성 일당이 제 힘만으
로도 38선 이북으로 복귀하기만 했더라도, 적마 러시아에게 전리품으
로서의 값을 치르고 북조선의 주인이 될 수 있었겠으나, 그들은 그럴 힘
도 없었고, 모비의 힘을 빌렸기 때문에 또 다른 나라의 전리품이 된 것
입니다. 그렇다고 해서 적마의 전리품으로서의 본질이 없어진 것이 아
니고 보면, 반도는 포츠담의 전리품임과 동시에 모비의 전리품이라는
이중의 전리품이 된 것입니다. 김일성은 호지명胡志明처럼 식민지 총독
부 당국으로부터 실력으로써 현 북조선 지역을 인수한 것이 아닙니다.
총독부는, 그러므로 현존하는 반도의 토착 세력에 대해서 아무런 법적
의무가 없을 뿐만 아니라, 그 실력도 인정하지 않습니다. 총독부는 또
한 모비에 대해서도 반도에서의 기득권을 인정하지 않습니다. 포츠담
체제의 당사자인 귀축과 적마에 대해서만 교섭의 상대로서 나가고 있
습니다. 이것이 반도 정세의 본질입니다. 인도차이나 반도에 대한 현상
론적 인식은 포츠담 체제라고 하는 현 정세의 출발점을 논의에서 잊어

버린 데서 오는 삼류 정치인들과 사류 평론가들의 잘못이겠으나, 귀축과 적마의 세계 정책의 담당자들은 물론 포츠담 원본을 가지고 있을 것이므로, 본 총독부의 인식과 일치할 것으로 믿습니다.

데탕트란, 그렇기 때문에, '포츠담 체제', '포츠담 체제에 대한 변혁의 시도(냉전)', '포츠담 체제에로의 복귀'라는 전후사의 운동에서의 제3단계에서 붙여진 이름입니다. 발틱해에서 일본해에 이르는 이 체제에서의 귀축미영과 적마 러시아가 접경하는 어느 고리도 달라진 것이 없으며, 앞으로도 그럴 것입니다. 지난번 귀축들은 존넨펠트 발언을 통해서 이 사실을 확인했습니다. 유럽에서의 포츠담 체제의 확인 신호입니다. 아시아에서의 존넨펠트 선언은 베트남에서의 철수가 바로 그것에 해당합니다. 인도네시아와 인도에서의 세력 교체가 그것에 해당합니다. 즉, 조선 반도에서의 38도선에서의 분할 상황은 줄곧 움직이지 않았으나, 영국·프랑스·폴란드 등, 이류, 삼류 식민지 소유국들의 구 점령지역인 인도·인도차이나·인도네시아에서는 융통성 있는 게임이 벌어져왔으며 앞으로도 그러리라는 것입니다.

특히 주목할 일은, 귀축미국과 적마 러시아가 포츠담 체제의 제1지역에서의 원칙을 그 밖의 지역에 대해서도 확대하려는 경향입니다. 모비의 패권이 이루어지는가 싶던 인도네시아에서 귀축미국과 적마 러시아는 연합하여 모비를 몰아내고 난 후에, 인도와 인도네시아를 사이좋게 나누어 가졌습니다. 아프리카와 중동에서의 그들의 협력도 이와 같은 방식입니다. 이렇게 해서 그들은 냉전이라는 이름으로 시작된 포츠담 체제에 대한 변화를 시험해본 기간을 지나 대체로 지난 10년 동안에 데탕트라는 이름 아래 포츠담 체제로 돌아왔습니다.

이 같은 정세 위에서 총독부는 다음과 같이 두 가지 시안을 마련하고 있습니다. 첫째는 반도에서 전쟁이 일어나도록 유도하는 것입니다. 여러분이 아시다시피 가로 갔던 모로 갔던, 지난 30년 동안 반도는 평화를 누렸습니다. 남북을 통하여 이 기간에 과중한 군비 부담에도 불구하고 생산력은 이미, 총독부 통치시대의 수준을 마침내 넘어서고 말았습니다. 본인은 눈 뜨고는 이런 꼴을 보지 못합니다. 본인은 요즈음 소화가 나빠졌습니다. 평화라고 하는 것은 어떤 기간에 걸쳐서 계속될 때에는 반드시 살림을 살찌웁니다. 반도의 경우에도 마찬가지였습니다. 지금쯤 다시 이 반도에 전쟁이 일어나게 해서, 지난 30년의 성과를 깨끗이 잿더미로 만들고, 굶주림을 불러들이는 것, 이것이 가장 좋은 길입니다. 이 같은 전쟁을 통해서 아 제국은 1950년대와 같은 전쟁 경기를 다시 한 번 맛볼 수 있을 것이며 국수 세력의 힘을 강하게 할 수 있고, 잘하면, 군사적 개입의 길을 열어놓을 수 있을 것입니다. 총독부 당국은 온 힘을 기울여, 이 정책이 실현되도록 애써오고 있습니다. 그러나 이것은, 우리로서는 으뜸가는 정책임에도 불구하고, 귀축과 적마 사이의 포츠담 체제 복귀의 정책과는 정면으로 마주치는 것임이 사실입니다. 그런 까닭에, 총독부 당국은 차선의 길로서 비전비화非戰非和의 방략方略을 아울러 펴나가고 있습니다. 이 길은, 처음 것보다는 못하지만, 반도인의 힘을 지치게 하고 자립할 수 있는 틈을 주지 않는 효력은 넉넉합니다. 이 일을 위해서는 총독부는, 남북의 어느 한 쪽에도 사랑이 치우치지 않도록 하고 있습니다. 더욱, 김일성 체제는 아 제국의 국체를 작은 규모에서 본뜨고 있는 상징적 천황제로서의 내실을 더욱 굳혀가고 있으므로, 제국으로서는 행여 김 체제에 변화가 오는 일이 없도록 깊은 배려가 있어야 할 것입니다. 만일에 필요하다면, 김의 위신을 높여주기 위해서, 제국은 거짓 양보조차도 해 보여야 할 것입니다. 김 체제가 건재하는 동안은, 그것이 아 제국의 국체 이데올로기의 반도에서의 건재임을 믿어도 좋을 것입니다. 김일성 체제가 뒤집어쓰고 있는 이데올로기적 허울에 대해서 걱정할 것은 없습니다. 그는 반도인들이 가지고 있던 유럽 추종에 대해서, 그 유럽에서 건너온 이데올로기를 남김없이 희화화해 보임으로써, 개화 이래의 커다란 환상을 밝혀 보였으며, 천황제만이 반도인이 따라야 할 통치 구조임을 뚜렷하게 나타내 보인 것입니다. 반도인들의 마음을 이처럼 굳혀놓은 공로는 무엇으로도 갚을 수 없는 큰 것입니다. 반도인들이, 인간으로서 머리를 쓰고, 꿈을 꾸어보는 버릇을 가지게 하는 것은, 있어서는 안 될 일입니다. 김일성은 반도인들에게 오직 천황 폐하의 뜻을 받들어, 천황을 위해 살고, 천황을 위해 죽고, 천황을 위해 거듭나서 '봉공奉公'할 참다운 반도적 심성을 만들어냈습니다. 이러한 심성의 상징구조만 있으면 언제든지 그 허울은 갈아넣을 수 있습니다. 권력이 부지깽이를 들고 하느님이라고 부르면 그것을 하느님이라고 믿게 하는 것, 이것이 중요합니다. 이런 심성을 만들어냄에 있어서 김일성은, 더할 수 없이 충실한 아 일본제국의 국체의 선양자였습니다. 이 같은 공로에 비추어볼 때 상황 탓으로 그가 보위寶位를 모독하고 있는 듯이 생각하는 것은 소승적인 생각입니다. 김일성 체제는 반도인의 개화놀음의 우매성과 절망을 끊임없이 온존시키고 있기 때문입니다. 그들은 제국의 국체 개념 밖으로 오늘, 지금까지는 벗어나가지 못하고 있습니다. 반도인들이 만일에 꿈과 현실의 분리라는, 의식에 있어서의 방법적 조작 기술을 깨우치고, 꿈을 도구 삼아, 현실을 개선하는 요령을 터득한다면, 이것이 가장 불령不逞한 일이 될 것입니다. 꿈과 현실의 분리나 추출을 허락하지 않고, 토속적 실감의 지면에서 일어서지 못하는 파충류에 머무르게 하는 것이 무엇보다 힘을 들여야 할 방향입니다. 왜냐하면 '꿈'을 가진다는 것은 '꿈의 육화로서의 제국'이라는 아 국체로부터의 절도 행위이기 때문입니다. 제국의 행동은 그대로 꿈이며, 꿈이 즉 행위입니다. 반도는 제국의 꿈입니다. 반도인들이 꿈을 가진다는 것은 그러므로 제국의 영토를 절도하는 일이 됩니다. 총독부는 이런 선인鮮人을 모두 불령선인으로 봅니다. 김일성이 하고 있는 일은 이러한 아 국책의 원칙에 더할 수 없이 충실합니다. 적은 일을 가지고 시끄럽게 해서는 안 될 것입니다. 믿고 맡겼으면, 맡은 일을 마음껏 하게 놓아 주어야 할 것입니다. 도리어 본국의 정치 정세를 본인은 걱정하고 있습니다. 마치 1930년대의 정객政客들의 탈선을 떠올리게 하는 일들이 일어나고 있습니다. 이것은 분명히 국체의 원리에 어긋나는 정치가 어떻게 되는가를 보여주는 좋은 본보기입니다. 어떤 사람들은 지금이야말로 총독부의 주도로 군이 지하에서 나와 정권을 잡아야 한다고 말합니다. 총독부는, 이 같은 말을 여러 모로 생각한 끝에 지금은 그때가 아닌 것으로 믿고 있습니다. 대세가 데탕트로 기울어지고 있는 지금으로서는, 제국은, 귀축과 적마에게 지레 겁을 줘서는 안 됩니다. 쉬지 않고 기다리면서 힘을 기르는 자에게는 역사는 반드시 자리를 만들어줄 것입니다. 반도를 지하에서 경영하는 일은 지금 조건에서 제국이 할 수 있는, 가장 큰, 국체의 전면 부활을 위한 준비입니다. 더욱, 반도는 지난날과 달라 적들이 전리품으로서 분할 지배하는 형편이기 때문에 이 조건 아래에서 총독부의 공작을 펴나가는 일은 몇 배나 어려워졌습니다. 이와 같은 사정에서, 반도의 경영의 두 번째 목표는, 남북 사이에 데탕트의 여택余澤이 긍정적으로 미치는 것을, 적극 가로막아야 할 것입니다. 반도에서의 데탕트는 총독부의 입장에서는 두 가지 면에서 다루어져야 합니다. 첫째는 포츠담 체제의 확인으로서의 데탕트입니다. 이것은 반도의 영구 분단을 뜻합니다. 우리는 이 면을 환영합니다. 왜냐하면 그것은 반도가 강력한 국가로 통일되는 것을, 막아 주기 때문입니다. 다른 면이란, 이 같은 데탕트가, 반도가 비록 분단된 채로나마, 양쪽에 군비 축소를 가져오는 방향으로 나아가는 가능성입니다. 미국과 러시아는 38도선의 상호 존중의 약속 아래 원조 부담을 벗고자 움직여왔습니다. 반도의 남북의 현지치안피임당국現地治安被任當局에 대한 원조를 귀축과 적마의 양쪽이 모두 끊어버리기 위한 방향으로 공동보조를 취하고, 치안을 전면으로 현지병에게 담당케 하려는 것입니다. 남북의 현지 치안 당사자들이 취할 길은 두 가집니다. 하나는 앞으로도 군비 겨룸을 혀가 빠지게 이어가는 길입니다. 다른 하나는 귀축과 적마가 약게 구는 것처럼, 자기들도 약게 굴어서 군비를 줄이는 길입니다. 총독부는 앞의 것이 실현되도록 움직이고 있습니다. 이른바 남북회담은 지금 같아서는 잘될 것 같지 않습니다. 이것은 좋은 일입니다. 통일의 가장 쉬운 길은 남북이 군비 경쟁을 버리고 각기의 체제의 합리성을 높여가는 일입니다. 통일＝체제의 합리화／전쟁×민족력입니다. 이 공식은, 통일은 민족의 힘의 합리화에 비례하고, 전쟁은 반비례한다, 혹은 민족의 힘을 합리적으로 쓰면 통일에 가까워지고, 그것을 전쟁에 쓰면 통일은 멀어진다, 하는 것입니다. 혹 반대하는 사람이 있을 것입니다. 모든 국민사에서 무력에 의하지 않은 통일이 어디 있었는가 할 것입니다. 일반론으로서는 옳습니다. 그러나 반도에서의 이 법칙의 적용을 한번 살펴봅시다. 남북이 무력을 사용한다는 것은 동족만을 상대한다는 말이 아닙니다. 어느 쪽이든 일방이 단독 승리하자면 반도를 전리품으로 알고 있는 귀축 혹은 적마를 상대로 해야 합니다. 그런데 그 귀축과 적마는 포츠담 체제의 영속을 바랍니다. 통일＝체제의 합리화／전쟁×민족력의 공식에서 전쟁은 민족력을 파괴할 뿐 외력外力을 파괴할 수 없다는 말입니다. 이것이 반도인들에게 데탕트가 뜻하는 바입니다. 통일에 대한 이 같은 불모의 길을 버리고, 만일에 민족력을 합리화하는 길을 택한다면, 그것은 먼 것처럼 보이되 가까운 길이 될 것입니다. 아국체 이외의 이데올로기가 모두 관념적 허구라고 믿고 있는 본인으로서는, 통일＝체제의 합리화/전쟁×민족력의 공식에서의 '체제의 합리화'라는 항은 간단한 것입니다. 어느 체제든 합리성을 극대화하면 그것들은 같아집니다. 이것은 데카르트의 '코기토 에르고 숨'처럼 순수 공식입니다. 요순지치堯舜之治＝합리성이 극대화된 탕걸지치湯傑之治─입니다. 즉, 성정聖政＝극대極大로 합리화된 악정惡政입니다. 반도의 남북이 그들의 내정을 성정까지 밀어 올리면 통일은 그것으로 된 것입니다. 왜냐하면 성정聖政＝악정惡政이기 때문입니다. S＝무한대로 적분된 무한소입니다. 이것이 라이프니츠의 뜻입니다. 데카르트와 라이프니츠는 모두 신을 잃어버리고 만, 따라서 신과의 관계에서만 좌표치를 받았던 전근대前近代가 무너진 자리에서, '나'가 누구인가를 정립해야 할 사명을 느낀 사람들입니다. 'Cogito ergo sum'은 신의 아들로서의 '나'가 불가능한 자리에서 '나'에게 현실성을 주기 위한 천재적 설정입니다. 이것은 천문학에서의 코페르니쿠스의 지동설에 맞먹습니다. 근대인에게는 사실로서의 성성聖性은 불가능하며, 그것은 무한대로 개선된 비성성非聖性 ─ 이라는 방법으로써만 가능한 것입니다. 반도인들이 왕조의 사직에서 풀려난 다음의 의식은, 오늘까지 비참하리만큼 방향을 찾지 못하고 있습니다. 그들은 아직, 데카르트와 라이프니츠와 코페르니쿠스와 마키아벨리가 겪은 저 무한심無限心의 심연을 뛰어넘지 못했습니다. 겁쟁이이기도 하거니와 뛰어넘든 뭐든, 그 심연이 어디 있는지도 모릅니다. 어느 체제든 합리성을 극대화하면 같아진다 ─ 이것이 오늘의 반도인들이, 귀축미영과 적마 러시아라는 그들의 스핑크스들이 던져놓은 피 묻은 수수께끼에 대한 대답입니다. 이것은 순수 명제이기 때문에 증명을 필요로 하지 않습니다. 총독부는 반도인들이 이 같은 해답에 다가서는 길을 막아야 합니다. 통일＝체제의 합리화/전쟁×민족력에서, 분자를 극소화시키고 분모를 극대화시키는 것, 이것이 총독부의 꾸준한 정책입니다. 이 정책이 성공할 많은 조건이 있습니다. 무엇보다 데탕트입니다. 데탕트를 위의 공식에 넣어봅시다. 데탕트는 평화/분단이므로, 대입하면, 통일＝체제의 합리화/전쟁×민족력×평화/분단입니다. 즉 총독부가 택할 길은 역시 분모계를 크게 하고 분자계를 줄이는 일입니다.

충용한 국관민 여러분, 무릇 모든 제국은 영토를, 그에 어울리는 영토를 가져야 합니다. 반도는 제국이 결코 내놓을 수 없는 영토입니다. 제국이 대륙의 구령舊領을 다시 찾기 위한 발판으로서도 반도는 결코 놓을 수 없는 땅입니다. 귀축미국의 반도 정책은 앞에서 분석한 바와 같이, ①돈 안 들이고, ②피 안 흘리고, ③포츠담의 전리품을 유지하는 길입니다. 군사 원조를 줄이고, 지상 병력을 감축하고, 그러나 반도의 절반 부분에 대한 권리는 결코 버리지 않는다는 것입니다. 이것은 당연합니다. 피 흘려 얻은 땅을 뺏기지는 않겠다는 것입니다. 이것은 적마호비赤魔胡匪의 입장에서도 마찬가지입니다. 총독부의 관찰에 의하면 미국은 이 같은 정책의 실현을 위해서는 반도에서의 제국의 발언권을 더욱 높이고 따라서 안보 책임을 분담케 하려고 할 것입니다. 제국의 권익은, 이 같은 미국의 사정을 이용하면서 추구되어야 할 것입니다. 그 어느 때보다도 총독부의 입장은 강화되었고, 전망은 밝습니다.

31년 전 오늘을 돌이켜보고 본인의 마음은 천 갈래 만 갈래 흩어집니다. 오늘 반도의 상황을 이와 같이 분석해볼 때 이것은 잘못했으면 그대로 아 열도列島의 이야기일 뻔했기 때문입니다. 한쪽에 동경이, 그 이북의 어느 도시가 분단 일본의 북쪽 수도가 되고, 1950년쯤 열도에서 동족 사이에 전쟁이 나고, 한쪽은 귀축미국, 다른 쪽은 적마의 장비를 가지고 3년 동안 싸우다가 겨우 휴전이 이루어지고, 한편 반도에서는 미소공위美蘇共委가 순조롭게 진행되어 남북 각파各派가 참여한 통일정부가 서고, 독립운동 각파各派는 동일 헌법 아래에서의 정견을 달리하는 정당으로 탈바꿈하고, 바꿔가면서 정권을 맡는 가운데, 일본 열도에서의 내란통에 크게 돈벌이를 하고, 그것을 발판으로 비약적인 경제 성장을 이룩하고, 미소와의 협의로 비무장 중립국이 되어 남아돌아가는 자금을 아 열도의 전후 복구에 꾸어준다 — 한번 이렇게 생각해보십시오. 참으로 소름 끼치는 악몽입니다. 그러나 이것은 천우신조로 현실이 되지 않았습니다. 현실은 그와 거꾸로 된 길을 걸어왔습니다. 맹방盟邦 독일의 오늘을 생각해볼 때 이 느낌은 더욱 사무치는 바 있습니다. 독일은 같은 패전이면서도 1차대전 때만 해도 분할을 당하지 않았습니다. 세계 질서의 책임자가 단일하고 보면, 한 민족 속에 두 개의 지배 구조를 만드는 것은 불가능했기 때문입니다. 이번 전쟁에서 분단된 독일은 아마 가까운 장래에 통일되기는 바랄 수 없게 되었습니다. 오래갈 것입니다. 모든 형편은 유럽의 중심에 또 하나의 제국 후보자를 만드는 데 반대하는 쪽으로 흘러가고 있었습니다. 이 같은 힘을 거스를 힘을 독일이 만들어내는 것은 불가능합니다. 제국들의 행동은 잔인합니다. 미영이 스페인을 수인으로 매어두는, 그 일관성과 잔인함을 보십시오. 그들은 독일 또한 사슬에 묶어두게 된 것입니다. 이번에는 적마라는 새 간수를 얻기까지 했습니다. 주변의 모든 나라가 독일의 분단 영구화에 찬성입니다. 역발산力拔山하는 독일 민족도 이 사슬을 벗어나기는 힘듭니다. 지그프리트. 사슬에 묶인 지그프리트입니다. 사슬이란 분단입니다. 만일 이 운명이 아 제국에도 닥쳤더라면, 하고 생각하면, 러시아는 일주일의 대일참전으로 차마 균등 분단까지 요구할 수 없었다 치고라도, 부분 점령은 가능했을지도 몰랐던 것입니다. 실지로 스탈린은 8월 16일 미국에 대하여 북해도의 북반의 점령을 요구하였습니다. 스탈린은 '북해도 점령은 소련의 역사의식에 대해서 특별한 뜻이 있다. 잘 알려진 바와 같이, 일본은 1919년부터 1921년에 걸쳐 소련의 극동 지역을 점령했다. 소련이 일본 본토에 얼마쯤의 점령 지역을 갖지 않는다면 우리나라 여론은 들끓을 것'이라 통고했습니다. 이 요구는 미국에 의해서 거부되었습니다. 그것은 얄타에서도, 포츠담에서도 합의된 바 없기 때문입니다. 러시아는 그 짧은 작전 기간 때문에 더 우길 입장이 못 되었다 하더라도, 중국이야말로 그것을 요구할 수 있었을 것입니다. '구주九州'라든지, '사국四國'이라든지 어느 한 섬을 중국이 분할 점령한다는 것은 당연한 일이었을 것입니다. 그러나 장蔣은 이 일을 이루지 못했습니다. 이 순간에, 장의 정치적 장래는 결정된 것입니다. 패전국의 본토에 그 주요 교전국의 하나가 발도 들여놓지 못한다면, 그 정부는 자기들 국민에 대해 무슨 위신으로 군림할 것이며, 그들에게 동원되어 죽어간 사자들에게 무슨 낯으로 지하에서 상면하겠다는 것입니까? 장개석이 중국 방면의 아 제국군 사령관을 문책 없이 돌려보낸 처사는, 참으로 경멸에 값하는 것입니다. 그는 민중의 소박한 정의감을 외면한 것입니다. 국부 측이 아 본토의 '사국四國' 섬이나 '구주九州' 섬에, 주일駐日 중국군 총사령부를 가질 수 있었더라면, 장개석의 정치적 운명은 달라졌을 것임을 본인은 의심하지 않습니다. 미국이 방해했을 것입니다. 그것을 해결하는 것이 정치력일 것입니다. 뗏목에다 실어서라도, 중국군 제복을 입은 인원을 아 본토에 올려놓았어야 할 것입니다. 장蔣은 그것을 하지 못했습니다. 자기 민족이 적에게서 받은 굴욕을 갚기 위해서 국민을 조직할 힘이 없는 정부는, 정부가 아닙니다. 오랜 전란 끝에 그 난의 책임을 적에게 물을 힘이 없는 정부에 대한 불신과, 허공에 명분 없는 망령으로 방황하게 된 전사자들의 원한이, 장蔣을 본토에서 몰아낸 것입니다. 이 또한 아 제국에게는 천우신조였습니다. 여기도 신풍神風은 불었던 것입니다. 이렇게 해서 우리는 맹방盟邦 독일의 운명에서 벗어난 것입니다. 이 끔찍한 분할 점령의 악몽을 반도가 현실로 짊어지게 된 것입니다. 반도는 제국의 비운의 순간에도 제국을 위한 살길을, 몸으로 마련한 것입니다. 참으로 제국의 복지福地가 아니고 무엇입니까. 참으로 제국을 위한 속죄양이 아니고 무엇입니까? 그러나 본인도 사람입니다. 더구나 폐하를 위해 반도의 경영을 맡은 몸으로서, 반도 신민에 대한 한 가닥 측은한 마음을 느끼지 않는 것은 아닙니다. 그러나 이것은 어디까지나 한 가닥 느낌에 지나지 않습니다. 내지와 반도의 운명을 그렇다고 바꿔줄 수는 없는 것입니다. 더욱 조심할 것은 정세는 비상한 주의를 가지고 지켜봐야 할 위험한 요소를 가지고 있다는 것입니다. 그 요소란 다름이 아닙니다.

맹방 독일은 분단되었으나, 오스트리아의 처리 방식은 이와 완전히 상반된 것이었다는 점입니다. 대국의 분단은 영구화시키지만, 소국의 분단은 각 점령 당사국의 기득권이 보장된다면 해소시켜도 좋다는 것입니다. 제국의 내셔널리즘과 소국의 내셔널리즘의 조화가 실현된 것입니다. 조선 반도에서 총독부가 가장 걱정하는 것이 이 오스트리아식 해결입니다. 체제의 합리화/전쟁×민족력×평화/분단,이라는 공식이, 오스트리아에서는 분자계를 극대화시키는 방향에서 마침내 현실화된 것입니다. 이것이야말로 반도 문제의 핵심입니다. 현상적 유사성 때문에 베트남과 반도를 대비시키는 론이 많습니다만, 이것은 법적으로 아무 관련이 없으며, 현실의 본질, 즉 힘의 관계에서도 아무 닮은 데가 없습니다. 반도가 닮은 형은 바로 오스트리아입니다. ①법적으로 독일 영토였으나 실질적으로는 강제 합방이었고, 따라서 ②엄연한 타국이며, ③분단된 오스트리아는 아무에게도 위험한 존재가 아니며, ④독일의 전쟁 책임도 나누어 질 것을 추구하는 채권자가 아무도 없으며, ⑤그 자체로서는 대단치 않으나 주변국의 어느 하나에 또 합병되는 경우에는 세력 균형에 큰 혼란을 준다는 점, 그리고 ⑥분할 점령되었다는 점, ⑦ 따라서 민족 안에 국가 장래에 대해 이질적인 전망을 가진 복수의 정치 집단이 조직되었다는 것입니다. 조선 반도는 구프랑스령 인도차이나가 아니고 구조적으로 구독령舊獨領 오스트리아인 것입니다. 따라서 반도 의 통일은 베트남 방식으로는 불가능하고, 오스트리아의 건국을 이룬 조건들이 이루어진다면, 반도 또한 통일될 수 있는 것입니다. 그러면 그 조건이란 무엇인가. 오스트리아는 적마와 귀축들의 점령을 통하여, 독 일이나 반도에서와 같이 좌우 정치 세력이 각기 보호자의 그늘에서 조 직되었습니다. 이 조직 세력을 한 민족 속의 두 개의 권력으로 기능시 키지 않고, 한 국가 속의 두 개의 정치 당파로 기능시킨다는 조건입니 다. 이 조건에 점령자들이 합의하고 현지 정치 당파들이 또한 합의한 것 입니다. 일방적 패권의 추구 대신에 합법적인 이해 경쟁을 택한 것입니 다. 오스트리아는 지금은 소국小國입니다마는, 역사의 어떤 기간에는, 유럽의 문명 중심의 하나였고, 무엇보다 권모의 대가 메테르니히의 나 랍니다. 권모란 문명계산文明計算입니다. 힘의 합리적 운용입니다. 그들 은 좌우 이데올로기에 대한 관념적 환상을 가질 만큼 야만지도 않았 고, 주변 여러 나라를 동맹국으로서 과신할 만큼 어리석지도 않았습니 다. 그래서 그들은 자기 밖의 이리와 안의 이리, 즉 타국과 타당他黨을 모두 무해화시키는 길을 가기로 뜻을 모은 것입니다. 이 뜻은 합리적인 것이었으므로, 통한 것입니다. 반도의 여러 정파들의 경우에도 이 법칙 은 그대롭니다. 그들이 오스트리아의 길을 가면, 즉 체제의 합리화/전 쟁×민족력×평화/분단에서 분자계의 수치를 증대시키는 길을 간다면, 어느 지점에서 통일이라는 현상을 얻는다는 점은 자명한 일입니다.

그러므로 총독부는 반도의 정치력이 이 곬으로 흐르는 것을 막아 야 합니다. 다행히, 반도의 공론이, 그들에게는 타산지석도 아닌 구프랑스령 인도차이나에 눈이 팔려 있거나, 팔려 있는 체하는 동안은, 의식의 면에서도 오스트리아의 모습은 떠오르지 않을 것입니다. 그들은 늘 현상에 끌려 본질에 색맹입니다. 눈에 잘 보이는 것이 제일 그럴듯하다는 것입니다. 총독부의 학무국은 이러한 경향을 더욱 심화하기에 게을리함이 없어야 하겠습니다. 당장 입에 단 것이 좋고 혓바닥에 쓴 것은 몸에도 해롭다고 그들은 생각하고 있습니다. 이 또한 좋은 길입니다. 풍속과 이념을 분리할 줄 아는 길만이, 겉보기에 속지 않는 길만이, 제국처럼 신국神國 아닌 모든 국가나 집단이 따라야 할 슬기인데도, 이들은 완강하게 현상에 눌어붙습니다. 이것은 아마 누대에 걸친 무사주의 無事主義에다가, 제국이 통합 기간 중에 베푼 국체 사상의 교육에 의한 효과인 것으로 보입니다. 반도인들은 자신들을 분단 독일에 비유하면서 통일을 논하고, 구프랑스령 인도차이나에 비겨 내란의 전국戰局을 말하려 합니다. 염치없고도 눈 없는 자들입니다. 반도는 강국이 아니었고, 반도는 아 제국의 점령군과 교전한 적이 없습니다. 반도는 독일도, 베트남도 아니며, 가능적可能的 오스트리아입니다.

데탕트는 포츠담 체제의 재확인이기 때문에 포츠담 체제에 의해 이루어졌고, 유지되고 있는 반도 문제 해결의 열쇠 또한 포츠담 체제에, 즉 데탕트 속에 있습니다. 이와 똑같은 구조를 가지는 오스트리아식 해결 방식이, 그 열쇠의 구체적 모습조차도 밝혀놓았습니다. 현지에 형성된 복수의 권력 추구 집단의 절대성의 추구를 상대화시키고, 절대적 관념 밑에서 통제되는 상대적 경쟁 집단으로 전환시키는 것이 그것입니다. 총독부는 이러한 방향으로 사태가 움직이는 것을 전력을 다해서 막아야 합니다. 본인이 위험한 요소라 함은 이런 방향으로 흐르고자 하는 힘입니다. 본인은 이 힘을 불령한 힘이라 부르며, 그렇게 움직이는 선인鮮人을 불령선인不逞鮮人이라 부릅니다. 이러한 움직임은 사실상 중요한 고비를 넘겼습니다. 지난 1972년의 남북이 합의한 7·4성명이 그것입니다. 7·4성명은 반도인들의 자주적 건국을 위한 초석을 놓은 것입니다. 이것은 데탕트에서 얻을 수 있었던 최대의 과실입니다. 여기에는 오스트리아식 해결로 갈 수 있는 모든 포석이 마련돼 있습니다. 이 길로 가는 데서 제일 큰 장애물은, 정통성의 주장입니다. 혁명적 정통성, 민족적 정통성 따위입니다. 아 제국의 국체 말고는 어떤 사회에도 정통성이라는 것은 없습니다. 그러나 7·4성명의 이념이 현실화되는 것을 막기 위해서는 반도 안에 이러한 정통성을 고집하는 세력이 필요합니다. 김일성 일당의 혁명적 정통성 주장은 우리에게 크게 도움 되는 것임을 알아야 합니다. 물론 그에게는 아무 정통성도 없습니다만, 그가 그렇게 주장하면 할수록 기존 권력의 상대화는 어려워지며, 따라서 반도의 남북이 평화 공존하기는 어려워지고 분단이 경화되게 됩니다. 문화민족이란 것은, 금속활자를 만들었다거나, 불경을 나무토막에 파가지고 축수했다거나, 항아리를 구워낸다는 말이 아닙니다. 문화민족이란 누가 나의 적이며, 그 적을 몰아내자면 어떤 방책을 어떻게 힘을 모아서 실현시킬 것이냐를 아는 집단 슬기라고나 할까요, 그런 재주를 부릴 줄 아는 민족을 말합니다. 이런 슬기는 사회의 어떤 일각에서 일어나더라도 그것이 공용으로 유통되고 성원 모두의 상식이 되어 권력에 대한 압력으로 작용하여야 합니다. 반도에서 7·4성명이 이런 넓은 저변에까지 스며들고 구체적인 상식이 되기는 매우 어렵습니다. 그러나 대세라고 하는 것은 막기 어려운 것도 사실입니다. 대세란 사실은 여러 갈래 흐름이 어우러진 움직임입니다. 7·4성명에서 빛을 찾고, 그것을 국민 자신의 기득권으로 삼으려는 움직임은 이르는 곳마다에 있다고 봐야 하며, 한 개인 속에도 저도 모르게 숨어 있는 요소라고 보아야 합니다. 그러나 총독부의 방침에 대한 호응자를 우리는 많이 가지고 있습니다. 제국의 유덕遺德과 치적은 맥맥히 이 산하와 인심 속에 살아 있어서 이 노병의 지난한 임무를 가능하게 하고 있습니다. 반도의 전운戰雲이여. 때맞춰 일어나고, 때맞춰 스러지라. 나는 너희에게 이르노니, 이 산하山河 생영生靈을 맡고 있는 본인의 뜻을 어기지 말라. 나의 마하장병摩下將兵이여. 관민 여러분. 식민지의 모든 밀정, 낭인 여러분. 불발不拔의 이름으로 매진하라. 제국의 반도 만세.

　　　　— 총독 각하의 말씀을 마칩니다. 제국의 반도 만세.
여기는 조선총독부지하부가 보내드리는 총독의 소리 방송입니다.

『광장』의 이명준, 좌절과 고뇌의 회고

1950년 ― 공산군의 공격으로 시작된 전쟁은 남북의 생활을 잿더미로 만들어놓고 3년 만에 멎었다. 그로부터 30년의 세월이 흘렀다. 30년, 1950년이라는 시점은 지금 돌이켜보면 여러 가지 가능성이 유동적으로 보이는 시절이었다. 먼저 1950년은 이 세기 ― 20세기라 불리는 이 세기의 중간 지점이었다.

세계 역사의 입장에서 보더라도, 이 지구 위의 모든 지역이 비로소 일원적인 교섭의 테두리에 들어선 것은 2차 세계대전 이후의 일이다. 유엔의 성립은 그러한 지구 통합의 정치적 상징 사건이고, 항공기의 본격적 발전은 기술 측면에서 이 통합을 가능하게 한 현대 문명을 상징한다. 유럽의 식민지였던 나라들이 정치적 독립의 길에 들어서고 있었다. 일본 점령군의 패전에 의한 철수로 이 세기 초엽 이래의 질곡에서 해방된 우리 민족이 처한 상황은 이런 외부 세계의 변화와 관련된 사건이었다.

당시 소박한 감각적 해방감의 차원을 넘어서 사태의 진상을 오늘의 눈으로 바라보면 해방의 그날에 이미 비극의 모습은 뚜렷하였다. 우리 국토는 두 연합국에 의하여 '분할' '점령'되었다. 국제적 승인을 가진 정통적 망명 정부가 없는 상태에서 우리 국토에 진주한 미·소 양측 군대는 자신들의 군사행동을 적지敵地에 대한 '점령'으로 인식하고 그렇게 행동하였다. '점령군' 밑에서의 정치질서는 군정이며, 우리 민족이 '일제군정' → '미군정' '소군정'이라는 질서에 넘겨진 것이 상황의 본질이었다.

2차대전에서의 프랑스의 '해방'의 의미와 근본적으로 다르다. 해방에 미친 프랑스 망명정부의 군사적 실력이 비록 미미한 것이었을망정, 망령 정부는 공동의 승리자로서 조국의 해방에 참여했다는 국제법적 지위를 가지고 조국에 돌아온 것이다.

1945년 미·소 양군이 우리 국토에 진주하였을 때, 그 어느 쪽도 드골 정부와 같은 성격의 동반자를 가지고 있지 않았다. 중국에 있던 '대한민국 임시정부'가 적어도 남한에 대하여 그러한 자격이 허용될 법한 일이었으나, 그것은 이루어지지 않았다. 독립투쟁의 경과에 비추어 '임시정부'는 그러한 위치를 주장할 수 있는 유일한 존재였다. '임시정부'의 독립 전선에 대한 통합력이 아무리 제한된 것이었다 할지라도 '임시정부'는 여전히 가장 강력한 분파였다.

어떤 정치적 권위도 완전할 수는 없으며, '임시정부'는 그 조건 아래에서 충분한 실적과 맥락을 가진 정치 단체였다. 그러나 '임시정부'는 그러한 지위를 1945년 8월 15일에 획득하지 못하고 말았다. 중국군이 한국에 진주하지 않았다는 조건이 아마 결정적으로 불리하였을 것이다. 그렇다고 미국이 '임시정부'를 한국 민족의 정치적 대표자로 인정하지도 않았다.

미국의 대對임정 정책이 구체적으로 어떻게 결정되었는지는 알 수 없으나, 적어도 이승만이 어떤 긍정적인(임정을 위한) 정치적 조언을 미국 측에 제공했다는 사실은 알려진 바 없다. 만일 그런 기회를 그가 가졌다면, 추측건대 그 반대였을 것이다. 미국의 이러한 결정은 분명히 당시의 한국민의 정치적 현실 정세에 대하여 잘못 판단하고, 불리하게 작용한 결정이었다.

해방 직후의 '임시정부'의 환국을 맞은 국내의 반응을 보면 알 수 있는 일이다. 그 시점에 한국 안의 여러 세력은 임정을 가장 자연스럽게 자신들의 정치적 대표자로 맞을 태세를 가지고 있었다. 왜냐하면 주권 상실 이후, 우여곡절의 독립 투쟁의 아무튼 최종 형태가 '임시정부'였기 때문이며, '정부'라는 것은 그만하면 족하고도 남기 때문이었고, 국민도 그렇게 알고 있었다.

'임정'의 '정부'로서의 환국을 거부하고 '개인' 자격으로서의 환국만을 인정했을 때 비로소 이른바 해방 직후의 정치적 '혼란'이 만들어졌던 것이다. 필자는 이 점이 해방 후 정치 정세의 인식에 대한 핵심이라고 생각한다. 막연히 해방 후에 자동적으로 자연히 혼란이 존재한 것처럼 생각하기 쉬우나, 만일 '임시정부'가 정부의 자격으로 환국하고 혁명정부로 집권하였더라면, 어떠한 '혼란'도 전혀 존재하지 않았을 것이다.

이승만의 권위도 그가 임시정부에 몸담았던 사람이라는 경력이 없었다면 보잘것없었을 것이다. 요컨대 '임시정부'는 몇 사람의 노인들이 아니라, 독립 투쟁의 모든 업적의 집결이며 계승자요, 나라를 잃은 다음의 우리 민족이 인간으로서의 권리와 품위를 충분히 증명한 수십 년의 업적, 그 자체였던 것이다.

따라서 미군정이 '임시정부'의 '정부' 자격을 부인한 것은, 우리 민족의 독립 투쟁을 통해 우리가 정당하게 주장할 수 있는 정치적 인격의 연속성을 부인한 것이 된다.

개인의 경우에서와 마찬가지로 그것을 여태껏 자기라고 동일시했던 인격을 어떤 이유에서건 상실하면, 집단 인격에서도 마찬가지 현상이 일어난다. 즉 방향 상실, '혼란'이 일어난다. 해방 직후 대한민국 수립까지 남한에서 일어난 정치 현상은 이러한 혼란의 수습 과정이었다. 그것은 일어나지 않을 수도 있었고, 일어나지 않았더라면 가장 좋았고, 미국이 뜻이라는 타인의 뜻에 의해 창조된 혼란이었다.

집권에 대한 경쟁자가 사실상 존재할 수 없었던 강력한 정파가 갑자기 군소 집단의 하나로 격하됨으로 말미암아 그것이 차지했던 진공 속으로 온갖 이해 집단이 밀고 들어왔다. 이렇게 해서 '혼란'이 조성되었다.

비록 미군에 의해서 자동 집권이 거부되었다 하더라도, 대한민국 성립 과정에서 취한 임정 세력의 행동 방향은 그들 자신이 책임져야 할 정치적 실책이었다고 보일지도 모른다.

그들은 주어진 조건하에서 정권 투쟁을 택해야 했을 것이다. 그 당시에도 강력했던 영향력과 정치적 재산을 총가동시켜 '대한민국'이라는 정치 구조 속에 정치적으로 살아남았어야 했을 것이다. 그들이 독립된 집단으로서는 참여하지 않았는데도, 헌법 전문에 뚜렷이 그들의 법통法統이 명시될 만큼 이의가 없고, 최대 최강의 것이었던 '임시정부'라는 정치 자산을 일본 점령군이 물러난 조국의 정치 구조 속에 실질적으로 접맥시켰어야 그들은 차선의 정치 행동을 취한 것이 되었을 것이다.

그들은 정치 대신에 정치 '의식'을 택한 것이 아닐까. '단정' 반대다. 그런데 그들은 이 정책의 결과는 무엇이라고 예견했을까? 어떤 효과를 위한 정치 행동이었을까?

이 행동이 '의식' 아닌 어떤 정치적 효과를 주장하자면 한 가지 논리밖에 없다.

　　논리라기보다 판단이라고 하는 것이 더 어울릴지 모르겠다. '분단'이라는 상황에 대한 판단이다. 그들은 분단 상태는 잠정적인 것, 따라서 분단 아래서의 정권은 지금 기회를 포기해도 치명적이 아닌 기회로 보았다는 것이다. 그래야 '남북 협상'이라는 행동이 비로소 합리적으로 해석이 된다. 그러고 보면 그들은 정치를 포기한 것이 아니었던 것이다. 적들의 점령하에서 온갖 형태의 '자치'론에 대해 흔들림이 없었던 그들은 분단하의 '단정'에 대해서도 마찬가지 논리를 관철시켰다.

　　조국의 '정부'란 남북을 향한 '통일 정권'만이 정권이라고 믿은 것이다. 만일 우리나라가 남북으로 분단되지 않고 동서로 분할되었다고 상상하고 동한東韓, 서한西韓이라고 불린다고 상상해보자. 얼마나 장난스럽고, 얼마나 조작적이고, 얼마나 신성 모독적인 어감을 풍기는가. 아마 임정 주류의 분단 상황, 거기서의 '단정'에 대한 정치 감각은 이와 비슷이 선명하게 부정적이었을 것이다. 그렇다면 그런 상황을 거부한 행동을 '의식儀式'적이었다고 표현하는 감각은 벌써 얼마나 병든 감각인가. 여기에 모든 문제의 매듭이 있다.

　　가장 정확한 정치 감각이 '의식'이라고 비칠 만큼 쇠약해진 의식이 만들어지기까지는 30년만 지나면 족한 것이다. 그러나 임시정부 주류의 판단은 그 시점에서도 아직도 실제 정치적으로 유효한 열린 감각이기도 하였다. 임시정부라는 테두리 안에서 그들은 각파의 좌익들과도 같이 일한 적도 있었고, 독립과 민족이라는 상위 명분 아래에서 대화할 수 있었던 세력이라는 것이 남북 협상 길에 오른 임정 인사들의 머리에 있는 '좌익'이었다. 이것은 참으로 이상한 정치적 환상이다.

남한에서 그들 '임시정부'가 '점령군' 당국에 의해서 거부된 입장이, 북한 점령군에 의해서는 그곳의 '좌익'에 대해 인정되어 있으리라고 부지중에 생각한 것이 되기 때문이다. 물론 그러한 '좌익'은 북한에 존재하지 않았다. 해방 전까지 좌익 세력은 망명 정부 형태의 조직을 가지고 있지 않았다. 중공 지역에 근거를 둔 좌파 반일 세력이든, 소련 영내의 좌파 반일 세력이든, 그들 사이에 정부 형태는 그만두고, 혁명 세력으로서의 통합적 질서도 존재하지 않았다. 따라서 북한 점령자인 소련은 남한의 미군 점령군보다 더 자유스럽고 일방적인 정치적 결정권을 가지고 있었다.

　　한마디로 소련 점령군은 어느 한 파의 좌익 세력의 정치적 정통성을 부인한다는 조처를 취하지 않아도 되었다. 그런 세력이 없었고, 주장하는 세력도 없었기 때문이다. 물론 '임시정부'나 북한 안의 우익 세력의 정치적 권위는 문제 밖이었다. 사정이 이러했으므로 임시정부 인사들이 북한에서 발견한 것은, '민족주의적 좌익' 같은 것이 아니라, 단순한 점령 당국의 대변자였다.

　　'통일정부' 수립을 위한 고도의 개방성이나 재량권을 행사할 위치에 있지 않는 ─ 다른 좌익 세력 속에서 뛰어나게 무거운 경력을 가졌달 것도 없는, 그래서 점령군의 의사에 솔선해서 자신을 일치시키는 것이 가장 유리한 입장에 있는 세력이 좌파 독립 투쟁 세력을 대변하고 있는 상황이었다.

　　이 상황의 본질은, 그 이후 이 분파 이외의 모든 세력이 북한의 정치적 동일성에서 제거된 결과가 소급해서 증명해주고 있다.

　　아마 그나마 남북 협상에 참가한 임시정부 인사들이 대화하고 싶어 한 좌익 인사들은, 만나서도 침묵하였거나, 실속 없는 공식적 언사로 회피하였거나 하였을 것이다. 임시정부 주류의 절망은 아마 이때에 비로소, 처음으로 뚜렷해졌을 것이다. 김구의 암살은 그 절망이 기우나 환상이 아니라 현실임을 밝혀준 셈이다.

절망이란 무엇인가. 복잡한 분파가 다 그럴 만한 현실적 원인에 따라 전개하였던 독립 투쟁의 현실이, 권력의 최종 획득 분파의 이익에 따라서 평가되고 정리된다는 비극의 인식을 우리는 정치적 절망이라고 표현해도 좋을 것이다. 풍부한 현실을 가난하게 만드는 것이기 때문에 국민의 정치적 힘을 낭비하게 만든다.

김구의 암살에 의해 매듭지어진 임정의 정치적 몰락은, 해방 후에 전개된 이후, 오늘에 이르는 정치적 연속 운동이 지닌 정치적 원죄라고 불러야 할 것이다. 그리고 이에 대응되는 것이 북한에 있어서의 좌파 세력의 단순 계열화이다. 여기서는 '의식'적 기록이나 기억도 허용되지 않고 기억의 창조까지 이루어지고 있는 모양이어서 더욱 철저하다. 의견을 달리했던 동지들은 모두 소급해서 스파이며 반역자며, 매국노가 되고 만 모양이다. 김구가 찾아갔을 때만 해도 비록 거북한 듯, 침울한 '좌익 동지'들이나마 있었을 때였다. 이러한 동지들이 모두 힘을 잃었을 때 6·25의 공격은 가능해진 것이다.

해방에서 남북전쟁의 시작까지에 이르는 이 같은 분석은 지금에 와서는 누구에게나 비로소 가능한 일이지만, 그리고 비록 한계는 있을 수밖에 없으면서도 그 상황의 역사적 주역이었던 사람들에게는 상당히 분명한 일이었겠지만, 그 당시 대부분의 국민에게는 그야말로 '혼란'이었을 뿐이다.

역사는 객관적인 것도 주관적인 것도 아니다. 객관적이면서 주관적인 것이다. 그러나 사람에 따라서 그의 주관이 가지는 객관적 비중은 다르다. 그 비중이란, 인식의 정확성과 인식의 적극성을 말한다. 불행하게도 어떤 집단에서도 그러한 것처럼 대부분의 사람들은 인식의 이 두 측면이 모두 불완전한 대로 생활한다.

가장 바람직한 것은 비록 모든 성원에게 이상적인 인식과 의지가 결여되었더라도, 말의 가장 옳은 뜻에서 직업적인 정치 집단에게 그러한 인식과 의지가 살아 있다면 보통 그것으로 큰 잘못 없는 정치 생활은 유지된다. 그러나 그런 바람직한 상태가 존재하지 못하게 되었을 때, 국민의 정치적 욕망은 곬을 찾지 못하고 범람하게 된다.

커다란 변혁기에 나타나는 집단적 정치 과열 현상이라는 것은, 그 집단의 성원들이 그 시점에서 위기의식을 느끼고 그 극복에 참여하려는 현상이다. 해방에서 6·25에 이르는 정치 현실 속에서 남북을 통하고 국민의 대부분이 가지고 있었던 정치적 감각은 '임시정부' 주류가 가졌던 그것에 가장 가까웠다고 봐도 틀림없을 것이다. '좌' '우'에 대한 정치적 타협의 감각을 아직 지니고 있는 유연성(즉 30년 후 오늘 우리가 미국과 소련, 미국과 중공 사이에 벌어지고 있는 타협의 논리에서 경이의 눈으로 바라보고 있는 그 태도), 해방된 상태를 또 다른 '점령'으로는 도저히 받아들이지 않는 감각(2차대전 후 드골이라는 외국 정치가의 모습에서 우리가 경이의 눈으로 바라본 바 있는 감각) ─ 이 두 가지 감각을 국민은 본능적으로, 다시 말하면 정당하게 가지고 있었다. 이런 감각 위에서 움직인 국민의 정치적 표현이 '혼란'이 된 것은, 그들의 의사와는 달리 마련된 정치적 회로와의 충돌 사이에서만 가능한 표현이며, 사실로도 그러했다.

이러한 모순을 우리는 해방이 우리 힘으로 이루어지지 못하고 외세의 힘으로 이루어졌다는 말로 설명해온다. 물론 그것이 사실이지만, 이 설명은 많은 단서를 붙이지 않으면 진실에서 먼 것이 되고 만다. 어떤 나라가 나라를 도로 찾는 데 꼭 혼자 힘으로 하지 않았대서 어떻다는 것은 현실의 역사에서는 쓸데없다기보다도, 불가능한 일을 요구하는 것이 된다.

다른 예를 구할 것 없이, 일본이 우리를 점령할 수 있었던 것은 일본만의 힘에 의해서였던 것은 아니다. 일본의 당시의 맹방인 미국·영국·프랑스의 묵인하에서만 그렇게 할 수 있었다. 그들이 일청전쟁에서 빼앗은 요동반도를 제3국의 간섭에 의해서 내놓지 않을 수 없었던 때에 작용한 세력 관계가 우리나라의 점령에 대해서도 작용했음을(다만 반대 방향으로) 간과해서는 안 된다.

이 세기에서 이루어진 식민주의의 마지막 분할 행동의 공동의 정책이라는 문맥 아래에서만 1910년의 비극은 비로소 완전히 조명될 수 있는 사건인 것이다. 그렇다면 그렇게 잃은 나라를 이번에는 우리가 옛날의 맹방들을 다시 정말 맹방으로 삼아서 이번에는 일본을 공동으로 폐퇴시켰대서 유독 정치적으로 발언권이 없으랄 법도 없는 것이다.

1910년에서 1945년까지의 상태를 우리는 막연히 '일제 36년' '식민지하' 등으로 표기한다. 위에서 말한 문맥을 응용한다면 이 기간은 분명 '36년 전쟁 중' 혹은 적점하敵占下 등으로 옳게 불러야 할 것이다. 어떠한 의미에서나 그 36년이라는 기간에 대해서 최소한의 합법적 위장을 허용하는 명명은 있어서는 안 될 것이다. 명분을 위해서가 아니라 사실이 그렇기 때문이다.

적의 점령하에서 많은 사람이 학교에도 다니고, 농사도 짓고, 음악도 공부했다고 해서 우리가 전쟁을 하지 않은 것이 되지는 않는다. 어떤 전쟁도(적어도 몇 천만의 인구 집단) 전투원과 비전투원은 나누어지고, 비전투원의 수가 더 많다. 독립운동자라는 이름의 전투 부분이 1910년 이래 단절 없이 적과 현실로 교전을 했고, 마침내 적의 예전의 동맹국들도 적의 적들이 된 끝에 적은 격퇴된 것이다.

'우리 힘'으로 해방되지 않았다는 것은 이런 사정을 충분히 알고서 하는 말이면 몰라도 그 밖에는 누가 사용하든 그만한 의미밖에는 없는 말이다. 이런 사정의 인식의 확립이라는 관점에서도 '임시정부' 세력의 무력화는 치명적이다. 만일 임시정부가 그 당시의 구성대로 정치적 신임만 묻는 국민투표로 집권했더라면, 우리가 대일전쟁에서 치른 업적과 전과는 우리가 지금은 상상할 수 없을 만큼 실증적으로 풍부하게 공지公知되었을 것이다. 이것은 좌익의 독립 투쟁 기록에 대해서도 마찬가지로 해당된다.

북한에서 집권한 세력은 적어도 김구가 그의 정치적 비전 속에 지니고 있던 좌익의 일부분이었을 것이다. '외세에 의해'라는 말에 이만한 단서를 붙이고 난 다음이라면, 우리는 모든 사태가 '외세에 의해' 결정적으로 방향 지어졌음을 시인해도 좋을 것이다. 그러나 1950년의 시점에서는 남북을 통하여 아직도 여러 정치 세력은 유동적으로 공존하고 있었으며, 그것은 정치 세력의 각기의 핵심 세력뿐만 아니라, 그에 상응하는 국민적 지반도 가지고 있었다. 이른바 '무소속'이라고 하는 정치인들의 정치 무대에서의 건재함은 바로 이러한 정치 기류의 지표로 보인다.

여러 정치 세력들이 집권 여부와는 관계없이 국가의 정치 생활에 긍정적으로 참여하려는 직선적 열기에 가득 차 있었다. 북한에서도 오늘날 우리가 듣는 바와 같은 정치권력의 단일 집단에의 수렴은 존재하지 않았다. 전쟁이 일어나지 않았다면 남북한은 서로 각기의 테두리 안에서 그나마 보다 넓은 이견異見의 자유가 허용되는 체제를 모색하지 않을 수 없었을 것이다. 이것은 그런대로 상대적으로 좀더 나은 상태였음에 틀림없다. 남북의 긴장을 극단화하지 않고 각기의 체제 안에서 보다 타당한 합의(내정에서건, 남북문제에서건)를 이룰 수 있었겠기 때문이다.

정권의 문제와 민족 통일의 문제가 같은 차원에서 연동連動된다는 구조적 비극의 미연 방지를 위해서 적어도 동서독의 전후사戰後史와 같은 형태의 모색이 바람직한 것이었으나 그렇게도 되지 않았다. 집권한 북한 당국은 남한에 대한 무력 통일의 길을 택하였다.

필자의 소설 『광장』은 해방에서부터 이 시점까지의 정세 속에서의 한 청년의 행동을 다루고 있다. 그는 이 시대 정치 세력의 주요인물도 아니고, 따라서 어느 분파의 입장의 대변자도 아니다. 형식적으로는 국내파 좌익의 계열이지만, 일차적으로는 정치적 선택이라기보다는 가족 관계에 의한 결과적 소속이다. 무엇보다 그는 20대 초반의 청년이다. 정치적 인격도 그 속에 포함되는 인간으로서의(라기보다 성인으로서의) 인격 형성을 전후한 인생의 시점에 있는 사람이다.

그에게 닥친 과제로서의 현실은 아마도 한국 역사상 인간에게 주어진 가장 어려운 문제다. 그것을 그는 1950년이라는 시점에서 해결하려고 한다. 어떤 인간이 자기 인생 문제를 가장 철저하게 해결하려 하면 할수록 그는 관념적이 된다.

관념적이란, 그가 직접 경험으로서 겪지 않은 일에 대해서까지도 정확하려고 할 때, 인간에게만 가능한 고유한 능력인 사고를 통하여 직접 견문으로 경험하지 않은, 앞서 생존한 사람들의 행동에 대해서 판단을 거듭하여, 현실이라는 이름으로 현재 눈앞에 구체적으로 존재하는 결과에 대하여 무엇이라고 응답하는 행동을 관념적이라고 필자는 부른다.

인간이 자기 당대의 경험만으로 존재하지 않는다는 객관적 사실 때문에 인간은 필연적으로 관념적이다. 요컨대 관념적이란, 인간이 로봇처럼 기계적 에너지에 의해 움직이지 않고, 타인들의 업적까지 자기 것으로 지닐 수 있는 의식의 힘을 말한다.

우리가 교육·과학·예술·전통 등의 이름으로 부르는 것은 인간이 관념의 생산자·보유자·학습자라는 전제 위에서 하는 말들이다. 편의상 우리는 어떤 행동이 자동적인 것처럼 기술할 수는 있다. 관습적 행동, 생리적 행동, 혹은 안정된 시대에서의 정치적 행동까지도 그렇게 기술할 수 있다. 그러나 이것들까지도 물론 편의상 그렇게 부를 수 있을 뿐이요, 이들도 관념적 성찰과 판단을 거치는 것이며, 비교적 쉽게 판단할 수 있다는 것뿐이다. 그러나 정치적 변동기에서의 행동에서는 인간 행동의 관념성은 분명히 드러난다. 변동기라는 것은 그때까지 존재하던 편의상의 질서인 권력의 통제가 약화되고, 편의상의 질서가 아니라 바람직한 질서가 모색되고 토론되는 시점이기 때문이다.

그리고 인간의 질서란, 발생적으로 제일 먼저 인간 개인의 뇌 속에서 질서 의지란 형태로 시작된다. 이때에 그 의지가 남의 의지와의 관계 속에 있는 의지란 말은 굳이 할 필요가 없다. 의지에 대해서 말하는 것이지, 공상에 대해 말하는 것이 아닌 바에는.

그러나 이렇게까지 철저하게 의식적인 행동은 현실에서는 존재하지 않는다. 보통 사람뿐만 아니라 성자나 혁명가들조차도 그들이 철저하게 인간 행동의 의식적 구조에 따랐다면 그들은 성자나 혁명가가 못 되었을 것이다.

현실의 행동은 어느 선에서건 이 의식적 성찰을 정지할 때에만 가능하다. 성찰이 충분해서가 아니라 생활 과제에 대응하기 위해서 무한정의 연구나 성찰이 불가능하다는 사정 때문이다. 그렇더라도 그처럼 실현된 행동이 이상적으로 설정된 기준과의 사이에 편차를 가질 것은 자명하다. 이 편차를 사후에나마 교정하는 방법을 모든 문명사회는 가져왔다. 반대 당파의 허용, 과학적 연구, 예술, 종교 같은 제도이다. 현실과 이념 사이의 편차를 현실적으로, 또는 상징적으로 보완하는 행동이다.

문학이라는 것도 이 편차의 존재 위에 성립하는 예술이다. 정치적 주제를 다루는 소설은 말할 것도 없이 현실 정치에 대해 내면적으로 이해하는 것이 당연히 요청된다. 그러나 그것이 집권 권력의 당원용 교육 문서가 아니고 예술이고자 한다면, 그 소설은 한편으로는 가장 비정치적이어야만 한다. 이것이 정치소설의 구조를 이루는 두 극이다. 이 두 극은 정치소설의 내부에서 자기 자신의 역할에 충실함으로써 상승相乘하여 소설을 풍부하게 만든다. 국민적 규모의 소설이면서 정치적 유토피아에의 개방성과 공상을 잃지 않는 소설의 공간 — 이런 성격이 아마 좋은 정치소설의 요건일 것이다.

필자의 소설 『광장』에서 이런 조건이 얼마나 충족되었는가는 여기서 꼭 중요한 일은 아니다. 다만 이런 문제에 대한 문제의 제기가 필자의 창작 동기였고, 1950년 전후라는 작중의 시점에서는 주인공이 어떤 결정적 선택을 하는 데 좌절하고 절망하였다는 설정은 그 시점의 한계 안에서는 이유가 있었다는 것이 지금도 변함없는 필자의 생각이다.

이 소설의 작중 상황에서는 30여 년이 흐르고 이 소설의 발표로부터는 20년이 지난 오늘, 필자는 한 시민으로서, 한 작가로서 이 작품의 발표 당시보다 훨씬 비극적 감화를 누를 길이 없다. 무엇보다 먼저 그런 감화를 자아내는 원인은 그만한 연륜이 두터워진 분단의 상황이다. 이 상황은 우리들의 건강한 정치적 자산을 잠식하고 변형시키고 정치적 건강을 병들게 하였다.

이 소설의 결말은 반드시 정당하지 않고 반드시 낙관적이지도 않았지만(적어도 가장 좁은 정치적 의미에서), 그러나 이 소설의 발표 당시에 필자는 적어도 소설 속의 분위기보다는 훨씬 현실적으로 낙관적인 전망 속에서 이 소설을 썼다. 적어도 필자 자신의 그때까지의 정치적 전망을 극복하고 청산하려는 자세에서 이 소설을 썼다.

주인공의 좌절은 필자에게는 그리 큰 문제가 아니었다. 좌절을 그리는 예술가는 그 자신까지 반드시 좌절하고 있는 것은 아니다.

인간은 온갖 종류의 좌절에서 해방될 수 없다. 다만, 목숨이 있는 한 다시 시작할 수 있다. 예술도 이러한 다시 시작하기의 한 방식이며, 훨씬(현실 행동보다) 철저하게 좌절하면서 그 좌절을 동시에 자기 성찰의 거울로 삼을 수 있다. 그러나 정치소설, 그것도 사실주의적 방법으로 묘사되는 정치소설에서는 이 좌절과 희망의 철저함을 추구한다는 데는 한계가 있다.

그 소설이 다루는 현실이 아무리 이념 자체에 대해서 원칙적으로 편차를 지닐 수밖에 없다 하더라도, 이념과 너무 멀다고 느껴질 때에는 적어도 사실적 방법으로 소설 공간을 조형하기가 지극히 어려워진다.

우주 만물 사이에 인력이 작용하는 것이 비록 진실이기는 하지만, 일상 감각의 범위 안에 들어오는 인력은 적당한 거리에 두 물체(현실과 이상)가 있는 경우다. 우리 상황의 경우로 말하면 우리 민족의 분단과 통일 사이에 현재 작용하고 있는 인력은 아주 약하게밖에는 느껴지지 않는다.

분단 문제는 세 가지 측면에서 정리해볼 수 있다. 첫째는 남북의 각각이 통일에 도움 되는 현실적 조처들을 취하는 일이다. 둘째는 각기의 국내 정치 구조를 보다 개방적인 쪽으로 개선함으로써 통일 문제와 정권 문제의 분리가 가능한 상황을 조성하는 일이다. 셋째 측면은 학문과 예술 및 언론에서 통일과 관련된 여러 문제를 보다 자유스럽고 폭넓게 토론하는 환경을 만드는 일이다. 이 세 가지 측면은 모두 관련되어 있으며, 1970년대의 남북 교섭의 움직임조차도 단절되어 있는 상태에서는 어느 한 측면도 쉽게 진전될 기미가 보이지 않는다.

20세기의 마지막 20년을 맞은 우리 민족의 정치적 현실은 이 세기의 첫 20년의 그것 못지않게 가혹하고 비극적이다.

인간이 괴로워하는 것은 자기 삶을 높은 이상 밑에서 살려고 하는 데서 비롯된다. 그 이상을 낮추거나 버리면 괴로움은 없다. 자기 상실에 떨어지지 않으려면 그는 자기가 지녔던 이상을 기억 속에서 늘 생생하게 유지하여야 한다. 집단적 차원에서도 이치는 마찬가지다. 분단 문제와 관련해서 한국 문학이 지닌 기능은 우리 민족이 통일된 공동체에 대해 지녀온 희망의 기억을 온갖 마취와 마멸로부터 지키는 일일 것이다.

현재의 이 시점에서 벌써 이 작업은 굉장히 어려워져 있다. 그 어려움의 정도는 현상에 대한 절망조차도 그 기억의 환기와 유지를 위한 역설적인 방법일 수도 있으리만큼 그렇게 비극적으로 보인다. 만일에 상황의 현재가 그렇다면 한국 문학은 절망의 표현조차도 두려워하지 말아야 할 것이다.

역사와 상상력

어떤 사상과 그것을 원리로 삼아 움직이는 주체와의 관계는 어떤 분야의 인식에서든 제일 중요한 문제다. 이 두 가지는 편의상으로는 나눌 수 있지만, 실지로 그것들이 행동이라는 모습을 지녔을 때는, 떼어놓을 수 없이 행동 속에 결합돼 있다. 그래서 사상은 좋으나 주체가 글렀다든가 주체는 바람직하나 사상이 나쁘다거나 하는 말은 실지로는 뜻이 없는 사고思考의 잘못에 지나지 않는다. 사상이 좋으면 그것을 지닌 주체는 좋고, 옳은 주체가 나쁜 사상을 지닐 수 없는 것이다. 이 같은 착각이 끊이지 않는 것은 어떤 사상, 어떤 주체에 대한 선입견을 각각 가진 다음, 이것들을 나중에 서로 결합하는 데서 생긴다. 말의 발굽과 돼지 다리는 아무리 해도 결합되지 않는 것이 확실한데, 사고라는 비구상의 세계에서는 늘 이런 현상이 일어난다. 이런 잘못을 명백하게 드러내서 동시대인들의 방향 상실증을 고치는 데 큰 몫을 한 책들을 '위대한'이란 이름으로 불러서 마땅하다. 랑케의 『강국론』은 그런 책 가운데 하나다. 이 책은 프랑스 혁명 전 1백 년경의 유럽의 모습에서 시작하여 나폴레옹의 몰락까지의 기간을 다루고 있다. 근대사학이 이야기체를 벗어나서 과학화된 이래로, 역사 기술은 큰 함정을 지니고 있다. 여러 민족의 역사에서 보편적 현상이 유출되면서 역사가 맹목적인 우발사의 연속이 아니라, 어떤 법칙을 따른 운동이라는 인식이 성립되면서, 역사적 진화론이 성립한 것이다. 그런데 이 진화론은 기정사실을 법칙화한다는 함정을 지니고 있다. 그렇게 되면 역사는 마치 자동운동을 하는 것 같은 착각을 준다. 그런데 실지로 역사의 공간은 이 같은 진공 속에서의 자유낙하와 같은 것이 아니다. 역사는 저항을 극복하면서 운동하는 공간이다. 그런 까닭에 인력이 여전히 작용하더라도 저지沮止·우회·소멸과 같은 현상이 생기고, 그 어느 형태가 될 것인가는 예측할 수가 없다. 역사에서 이런 저항은 풍토, 타민족 같은 것이 될 것이다. 이러한 요소들을 고려하지 않고 역사에 대한 어떤 이론을 현실에 적용하면 그곳에 나타나는 현상이, 주체를 잊어버린 객관주의가 되고 만다. 이 객관주의도 실은 주체가 없는 것이 아니라 있다. 다만 '자기'가 아닌 '남'이다. 남의 모습을 자기와 동일시하는 데서 오는 착각이다. 이렇게 되면 '자기'한테는 자기 상실이 되고 남에게는 지배의 도구를 만들어주게 된다. 랑케가 『강국론』에서 말하는 바는 이런 내용이다.

고립한 사고의 장場

랑케는 프랑스 혁명 전 1세기 동안의 프랑스의 우위優位와 그 붕괴를 묘사하면서, 프랑스 혁명이 그러한 우위를 회복하기 위한 운동이었다고 말한다. 제도적 변혁은 그 수단이었고, 그것이 과격했던 것은 열세劣勢를 한꺼번에 돌이키려는 격정이었다는 것이다. 나는 이 책을 읽고 몹시 놀랐다. 그때까지 나는 프랑스는 그 혁명 전까지, 귀족들은 게

으르고, 포악하고, 산업은 피폐하고, 국민은 굶주림에 허덕이고, 그대로 있으면 식민지가 될 지경이었기 때문에 국민이 들고일어난 줄로 알았기 때문이다.

그러나 실지로는 인구가 점차 불어나고 있었고, 루이 14세 시절보다는 못하지만 강력한 대국大國이며, 상공업이 발전하고 있었고 문화는 왕성했던 것이다.

프랑스 자체의 사회적 현실만을 생각한다면 혁명은 일어나지 않을 수도 있었다. 혁명 없이 연속적인 발전이 가능했을지도 모른다. 당시의 프랑스를 고립한 사고의 장에서 다룰 때는 이러한 정태론적靜態論的 결론도 끌어낼 수 있다. 그러나 프랑스는 유럽 안에 있었다. 프랑스는 루이 14세 시절에 가졌던 지배적 위치가 점차 허물어지는 것을 안타깝게 견뎌왔던 것이다. 오스트리아의 강화, 프러시아의 진출, 러시아의 등장, 그리고 무엇보다도 영국의 추월 — 이런 사정들이 프랑스로 하여금 무엇인가 결정적인 행동을 함으로써 지난날의 자리를 되찾으려는 격정 속에 몰아넣었다는 것이다.

역사가 복수 주체複數主體 사이의 극劇이며, 역사적 행동의 기폭력이 타자와의 투쟁, 경쟁에 있다는 사실을 오늘의 사람들은 흔히 잊어버리는 수가 있다. 같은 이념을 믿어도 주체가 다르면 서로 싸울 수가 있다는 것을 잊어버리는 쪽이 역사에서는 늘 지는 쪽이다. 랑케는 같은 이념을 가지면서도 주체가 다를 수밖에 없는 역사의 세계에서, 주체 서로 간의 교섭이 투쟁 아니고 조화가 되어야 한다는 것까지 결론에서 강조한다. 이 같은 조화의 방법으로서 랑케는 '국민정신' '개성' '도덕적 힘' '순수하게 형성된 다양한 개성으로 각 국민은 세계사에 참여해야 한다'고 말한다. 이 같은 표현들은 다소 위험할 수도 있다. 이런 표현은 쉽사리 실체화될 수 있기 때문이다. 가령 다른 국민에게는 없고 그 국민에게만 있는 어떤 '국민정신'은 어떤 것일까? 그런 것은 없다. 어떤 국민이 상황의 어떤 국면에서 취하는 어떤 '태도'만이 실지로는 있는 것이다. 어떤 국민에게 '속성'이라는 의미에서 귀속되는 '국민정신'이란 형이상학이다. 형이상학이란 인식의 어떤 수준에서 성립하는 현상을 모든 수준에 적용하는 잘못이다. 뿔은 소의 '속성'이지만, '군국주의'는 어떤 '국민의 속성'이 아니라 어떤 국민의 어떤 시점에서의 태도다. 생물학과 정치학의 혼동이 있을 때 인간성과 제도의 동일시가 일어나는 것뿐이다. 『강국론』의 필자의 이런 표현은 과히 허물할 것이 못 된다. 왜냐하면 그의 뛰어난 역동적 사고로 미루어본다면, 우리 자신이 이 표현에서 옳은 뜻을 찾아내는 것이 마땅한 의무이기 때문이다. 아마 창조적 응전이라고나 하면 무난하지 않을까, 사실 『강국론』에서 느끼는 것은 이 저자와 슈펭글러를 종합하면 토인비 사학의 상이 이루어지는 것이 아닐까 하는 생각이다.

우리의 냉전 체제

1970년대에 들어오면서 우리는 가지가지로 놀라운 일들을 겪고 있다. 냉전 체제의 해체가 우리에게까지 미쳐온 것이다. 그러나 실지로 이 냉전이란 말처럼 슬픈 말이 없다. 냉전은 열전과 같은 목적이면서 열전의 형식을 피한 20세기 강국들의 탄복할 행동 방식이었지만, 우리는 이 문명의 형식의 혜택을 입지 못했다. 우리들 사학 이래의 최대 열전과 강국들의 냉전 기간이 겹쳐 있었던 것이다. 강국들의 냉전 체제가 해소되었다면 우리에게는 열전 체제가 해소되고 냉전 체제가 지금부터 시작되었다는 것을 말한다. 완전한 주기의 차가 있다. 이런 현실을 대하고 우리는 물론 기뻐한다. 그만큼 전쟁의 위험이 물러난 것을 불만스럽게 알 사람이 있을 리 없다. 그러나 한편 이처럼 용렬한 정신도 없다고 해야 옳지 않겠는가. 이렇다면 그것은 어떤 집단의 역사적 태도라느니 보다 물리적 운동이라 하는 편이 맞지 않겠는가. 이 지구 위에 우리와 같이 살고 특별한 권리를 가졌을 리가 없는 강국들이 정해주는 범위 안에서만 움직인다면, 이것은 랑케가 바랐던 역사의 모습이 아니다.

한 나라의 국민으로서 국사國史를 읽는 태도는 객관적 방법을 수단으로 삼으면서도 마지막 입장은 국사를 자기 개인의 운명으로 공감하는 태도여야 할 것이다. 자기 나라 역사를 인식하는 과정에서의 냉정함과, 생활인으로서의 정서적 반응은 모순되는 것이 아니라 순위의 선후일 뿐이다. 도리어 그 어느 한쪽밖에 지니지 못했을 때는 그 정신은 병들었음이 분명하다. 국사에 대한 비웃음이나 광신은 모두 그 사람이 인간으로서 건강하게 살지 못하고 있다는 증거가 될 수 있다. 조소하는 사람은 자기를 외국인의 위치에 놓고 있는 것이고, 광신하는 사람은 자기를 환상의 자리에 놓고 있다.

우리가 오늘날 처한 운명을 따지게 되면 자꾸 역사를 거슬러 올라가게 된다. 우선 개화기쯤에서 멈추어보자. 이러저러한 까닭으로, 우리는 자주 개화에 실패했다. 까닭은 얼마든지 있고 앞으로도 얼마든지 밝혀지겠지만, 한 가지 분명하고 영원히 딴소리가 있을 수 없는 사실은, 우리가 실패했다는 사실이다. 일본 친구들이 망종이었다. 물론 그렇다. 그러나 망종인 것은 일본 친구들이고, 부끄러운 것은 우리임에는 변함이 없다. 우리는 가만있지 않았다. 그런 경우에 어느 민족이든 비교해서 떨어지지 않을 만한 저항을 했고 싸웠다. 물론 그렇다. 싸웠다. 그리고 졌다. 진 것이 자랑스러울 리야 없지 않은가. 그러면 여전히 부끄럽다. 부끄럽다는 것은 창조적 응전을 하지 못한 것을 인식했다는 정서적 표현이다. 남의 역사를 살아주는 머슴이라면 우리는 말할 수 있다. 나는 그 당시 이러이러하게 애를 썼고, 피 흘렸고, 죽었고 했으니 난 할 일을 했소, 이렇게 말할 수 있다. 그러나 역사의 주인으로 역사를 사는 사람에게는 일체의 변명이 용서되지 않는다. 자기의 가해자에 대한 변명이나 규탄이 아니라 자신에 대한 변명이나 규탄 말이다.

8·15는 귀중한 시간의 낭비를 거쳤을망정, 우리가 근대의 초입에서 실패했던 일을 자유롭게 돌이킬 수 있는 기회로 모든 사람이 알았었다. 독립이라든지 개화라든지 하는 것들을 다시 하게 된 기회로 알고, 모든 사람이 이날을 맞았다. 그렇게 되지 않고, 국토가 두 조각으로 갈리고 냉전이라는 편리한 방편이 생긴 세상에서 우리는 동족이 상잔相殘했다. 여기에도 물론 이러저러한 까닭이 있다. 물론 그렇다. 그러나 민족이 서로 죽이고, 아직도 통일을 이룩하지 못했다는 것도 사실이다. 그리고 이 '통일'이 '민족'은 다른 나라의 것이 아니고 우리 것이다. 27년 동안 우리는 '창조적 응전'을 하지 못하고 지냈다는 사실만이 확실하다. 랑케의 말을 믿는다면 프랑스 사람들은 강국 서열상의 약간의 하락에 그토록 창피함과 노여움을 느꼈다면, 27년간이나 멀쩡하게 눈을 뜨고 앉아서, 자기 영토의 분단을 끝내지 못한 일에는 어떻게 해야 할 것인가.

그동안 우리는 분단에 대처하는 데에 모든 정력을 쏟으면서 살아왔다. 알다시피 유럽의 근대는 민족의 통일에서 시작하였다. 문자 그대로 국토의 통일인 경우도 허다하고, 지방주의를 청산했다는 경우에도 오늘날의 중앙 집권 국가의 '지방'을 연상해서는 이해할 수 없을 만큼 어려운 일이었다. 그들은 그런 통일을 끝낸 후에야 근대를 향한 이륙離陸을 할 수 있었는데, 이 점만 가지고 따진다면, 우리는 현재 근대 이전에 있다는 것이 된다. 일본 친구들의 점령하에서도 개화는 진행되었다. 그럼에도 그것이 주권을 상실한 개화였다는 점에서 우리는 그것을 근대화의 바른 모습이라고 부를 수 없다. 우리 강토에서, 우리 국민이 개화했음에도 불구하고 그것은 일본 영토에서 식민지 신민이 근대 기술의 혜택을 받고 있었다는 것이 실지로 일어난 일이었다. 근대라는 좋은 '사상'이 식민지 신민이라는 불행한 '주체'성 때문에 근대화가 되지 못했던 것이 아니다. 유럽적 근대 '사상'에는, 무엇보다 먼저, 그 '사상'의 주체는 독립된 국민이라는 전제가 들어 있는 것이다. 오늘날 우리는 분단된 두 개의 주체가 각기 근대화를 위해 각기의 길을 가고 있다. 모든 한국 사람들은 또다시 분열증에 걸려 있다. 분단된 상태에서 근대화라는 것이 과연 가능한가, 하는 문제다. 일본 점령하에서 많은 사람들이 비슷한 문제 때문에 걸려서 넘어졌다. 그때의 문제는 주권이 없어도 개화는 가능한가 하는 문제였다. 지금으로서는 그 문제는 양자택일의 문제가 아니라 변질된 개화였다고 대답할 수 있을 것이다. 그러므로 일본 점령하에서 살았던 사람으로서는 당시에 진행된 개화의 어떤 경향은 개화의 이름으로 불러도 좋고, 어떤 추세는 그렇지 않다든가, 한 가지 일에서 그런 양의적兩義的인 파악을 해야 한다는 그야말로 분열증적인 의식을 지니고 살았어야 했다 하는 것이 아마 지금 생각으로 맞는 이야기일 것이다.

분단의 상황하에서 진행되고 있는 오늘의 우리 역사도 역시 마찬가지 원리로 분석되어야 옳지 않을까. 분단이 현실인 이상 그래도 근대화는 행해져야 한다. 그러나 분단이라는 저해 요인이 작용하고 있는 이상, 그러한 근대화는 필연코 변질될 수밖에 없다는 사실만은 분명히 알고 있어야 할 것이다. 할 수 없어서 그런 궤적을 따르고 있는 '풍속'을 원칙론대로의 '이념'이라고 우긴다면 바로잡을 길이 어려워지기 때문이다.

국토의 통일 문제에도 우리는 창조적 응전을 하지 못하고 있다고 시인하고, 아마 부끄러워하는 것이 마땅하지 않을까 한다. 우리 자신의

창조적 응전이 아니라 강국들의 사정에 따라서 형편이 조금씩 나아지
는 것을 기계적으로 따라만 간다면, 랑케가 살아서 한국의 20세기사를
기술한다면 그는 무엇이라고 할 것인가. 그가 살아올 리 만무지만, 그
의 목소리는 살아 있다. 그는 이렇게 말하고 있다.

　'바야흐로 우리들이 어떤 정신적 폭력에 의해서 침해되고 있는 것
이 사실이라면, 우리는 이에 대해서 마찬가지로 정신적인 힘을 맞서게
하지 않으면 안 된다. 다른 국민이 우리 국민에 대하여 우월을 차지하
려는 위험이 다가왔을 때, 우리는 오직 우리나라 독자적인 국민정신의
발전에 의해서만이 위험을 막을 수 있다.'

통일, 그리고 파라다이스

　원래 종교에 관련된 말로 그 뜻을 넓혀서 쓰이는 말이 많은데 '파라다이스'도 그런 말이다. '세례' '희생' 같은 것도 마찬가지다. '하늘나라' '하늘의 낙원'이라고 사전에 나와 있는 이 말은 '좋은 장소' '좋은 사회' '좋은 일'이라는 뜻으로 애용되는 말이 되고 있다. '낙원' '천국' '지상 낙원'으로도 번역된다.

　원래의 뜻은 이처럼 집단, 사회 등에 대한 말이지만, '음악은 나의 천국이다'라는 말도 할 수 있는 것처럼, 개인에 관한 상황 역시 비유할 수 있게 사용된다. 집단이든 개인이든, 가장 좋은 것에는 모두 들어맞는 말이 된 것이다. 말에도 값을 매긴다면 이보다 더 비싼 말은 없을 것이다. 모든 말을 잊어버리고 단 한 개만 남겨놓아야 한다면 아마도 이 말이 되지 않을까 싶다. 그토록 인간의 소망이 담겨 있는 말이기 때문이다.

　그러니까 모든 종교인들은 저마다 종파대로의 파라다이스가 있을 것이고, 사람들은 저마다 종교와 관련 없이 그 혼자만의 파라다이스를 각각 가질 것이고, 또 생활의 여러 방면마다 또 가장 좋아하는 무엇인가를 가지고 있을 것이다. 이 경우에 파라다이스는 '꿈' '희망' '취미'를 뜻하게 된다. 우리는 온통 파라다이스 속에서 사는 것이 된다.

'파라다이스'는 이 지상에, 혹은 하늘에 있는 하나밖에 없는 어떤 곳이 아니라, 우리 자신의 생활 속에 있는 구체적인 어떤 곳, 어떤 일, 어떤 사람 등등 이렇게 매우 개인적이고 주관적인 것이 되고 만 것이다. 만일 그 희망이 소박한 것이라면 그 복을 누리는 것이 반드시 어렵다고만 할 수 없고, 혼자서만 차지해야 한다는 것도 아니다. 원래 '이상적인 집단생활의 장소'의 뜻이니까 더욱 그렇다.

지금 우리 경우에는 많은 사람들에게 나라의 '통일'이라는 상태도 아마 이런 파라다이스의 한 종류가 아닐까 싶다. 원래부터 그런 문제가 없는 나라에 태어난 사람들에게 문제가 안 되는 일이지만, 현재의 우리들에게 '통일'은 분명히 큰 소망이고, 그것이 이루어진 상태는 정치적 파라다이스임이 분명하다. 파라다이스란 말이 이미 느슨해져서 생활의 온갖 측면에서 최선의 상태를 의미하는 것이라면 현재 우리나라 사람들의 정치적 상황에서 가장 값있는 상태는 민족의 생활이 '통일'된 상태일 것이다.

그 '통일'에는 온갖 것이 당연히 포함되어 있다. 전쟁 대신에 평화, 가난 대신에 풍요, 미움 대신에 사랑, 이런 식으로 우리가 오늘의 사회생활에서 부정적인 문제로 보고 싸우고 있는 것들이 해결된 상태를 '통일' 속에서 희망하고 있는 것이다.

수천만 명의 사람들의 생활을 바꾸어놓을 일이기 때문에 '통일'은 이 시점에서 생활하고 있는 사람들에게는 분명히 가장 집단적인 규모의 희망이며 파라다이스라는 말의 원래 뜻에 가장 가깝기도 한 것이다. 그리고 이 말의 변천 과정에도 어울리게, 우리 민족에게만 고유한 '구체적'인 사실이기도 하다. 지구상의 다른 곳에 사는 사람들에게는 관계 없는 일이지만 우리에게는 가장 값있는 그런 장소, 그것이 '통일'이기 때문이다.

우리를 슬프게 하는 것들

한 독재자의 죽음이 우리를 슬프게 한다. 한 정치가의 죽음이 거리를 비우게 하고, 백화점의 여직원과 호텔의 소녀들을 울게 하는 도시에 살고 있는 우리 형제들의 모습이 우리를 슬프게 한다. 울먹이는 소리로 독재자의 죽음을 알리는 북쪽 아나운서의 문화 양식이 우리를 슬프게 한다. 20세기의 이 막바지에서 우리의 가장 심대한 집단적 의미를 지닌 사건의 이 전개 형식이 우리를 슬프게 한다. 이 20세기에 가장 열악한 형식으로 역사에 동원된 우리들의 운명이 우리를 슬프게 한다.

한 시대가 끝났다.

그 시대는 프라하에서도, 부카레스트에서도, 베를린에서도, 고르바초프의 1991년 12월 25일의 모스크바에서도 끝나지 않았다. 그것은 '그들의 끝'이었으나 우리의 끝은 아니었다. 20세기의 괴기하고 슬픈 운명은 우리가 거주하는 이 반도에서는 끝나지 않았었다. 지금, 그 시대는 끝났다.

생활이라는 것은 자기가 '창조'하고 자기가 '참여'한다는 것이 적어도 불로장생할 수 없는 인간 생물의 최대의 복지인 그 상태를 마침내 이 20세기에 실현하지 못한 채 살아온 우리의 20세기가 우리를 슬프게 한다. 이유는 어쨌든 인민은 동원의 '대상'이고 '참여'의 '대상'이었던 괴상한 문화의 '상징'이며 실체였던 인물의 죽음을 온 주민이 울면서 맞이하는 우리 형제들의 상황이 우리를 슬프게 한다.

한 시대가 끝났다.

지금부터 전개되는 현실적 사건은 현실의 논리에 따라 전개될 것이다. 나는 이 독재자의 죽음이 지니는 정신적 의미에 대해서만 말하고 싶다. 그것은 2세기 늦어서 찾아온 정치적 종교개혁의 새벽이다. 인간은 정신을 가진 탓으로 희망이 있고, 정신을 가진 탓으로 동물이 모르는 미망과 악에 노출된 존재임을 우리는 역사를 통해 배우지 않았는가. 비록 그것이 의미 있는 일일지라도 인민의 정신을 '동원'하는 통치자는 최악의 통치자이며, 역사에 관련되는 방식이 '동원'당하는 것일 때 거기서 온갖 좋은 것이 그릇된 것이 되며, 인간의 순정이 미망으로 탈바꿈한다는 역설을 고달픈 생애를 통해 이 땅의 거주자들은 배웠기 때문이다. 그러면서도 이 반도의 남북에 사는 우리는 다소간에 이 굴욕적인 형식에서 벗어나지 못하고 있으며, 북쪽의 형제들은 어쨌든 형식적으로는 그 가장 열악한 형식의 인생살이를 반세기 동안 '동원'되어온 일이 우리를 슬프게 한다. 그러나 한 시대는 끝났다. 앞으로 그 형식이 비록 외형상 어느 과도 기간에 걸쳐 유지되더라도 그것은 이미 이 순간 이전의 위력과 내면적 강제력에 있어서 비할 수 없이 약하고 비할 수 없이 무리한 것이 될 것이며, 마침내 어떤 형식으로든 질적인 변화를 강요당할 것이다. 그리고 그 같은 변화는 남쪽의 생활을 심대하게 충격할 것이다. 역사란 그만큼은 그런 대로의 법칙이 있는 세계이기 때문이다.

그러나 이 지체! 이 지각! 이악스러운 이웃들이 전세기에, 전전세기에 깨우치고 생활의 제도적 일상장치로 만들어오고 있는 사회적 진화 단계를 현실화하는 과정에서 우리가 처해 있는 이 지체! 이 지각!

50년 전, 우리를 점령하고 있던 이웃이 망할 때, 우리는 이런 광경을 목격했었다. 폭격으로 폐허가 된 도시의 왕궁 앞에서 꿇어앉은 수많은 일본 백성들이 전쟁에 진 것은 저희들 충성이 모자란 탓이었노라고 패전을 '사죄'하는 일본 백성들의 모습을 우리는 보았다. 그 마조히즘의 풍경, 그 노예의 정서! 그러나, 우리를 슬프게 하는 것은 일본 백성들의 그 모습이 아니었다. 그런 인간군이 구성한 제국의 노예였던 사실이 그때나 지금이나 우리를 슬프게 한다. 우리는 노예들의 노예들이었다. 이 지체! 이 지각! 20세기를 절반이나 허비한 1945년 현재에서의 그 지각! 그 지체! 인간적 비참의 그럴 수 없이 간단한 척도인 역사 단계에서의 그 지각, 그리고 1994년 현재에서의 이 지체!

북의 형제들이여, 내 이 말에 당신들 가슴이 아픈가? 고까운가? 모욕적인가?

그러나 믿어다오. 이 글을 쓰는 나는 당신들이 지금 겪고 있는 정신적 착란과 고뇌에서 그렇게 많이는 다르지 않은 처지에 있음을 잊지 말자고 노력하면서 이 글을 쓰고 있음을.

긴말 접고, 이 남쪽 땅에서 단 한 사람의 초등학교 동기생도 없이 한 생애를 보내버린 한 피란민의 입장에서 이 글을 쓴다.

아직도 생존해 계실 내 일가 어른들, 내 사촌들, 내 코흘리개 때 그 동기들, 지난 전쟁에서 그대들, 목숨이나 부지했는가?

현실이 소설보다 기구하고, 역사가 연극보다 극적이고, 그런데도 누군가가 왼쪽으로 뛰라면 왼쪽으로 뛰고, 오른쪽으로 뛰라면 오른쪽으로 뛰고, 바로 내일 전쟁이 날 테니 방독면을 사라면 방독면을 사고, 하루가 지나면 이번에는 남북 책임자가 화해하기로 했는데 만나서 악수로 할 것인지 포용으로 할 것인지 연구 중이라면 또 그런가, 하고 이런 처지에 살고 있는 사람으로서 이 글을 쓴다.

　무서운 정치심리학적 고뇌와 정신적 고문과 정신적 착란을 겪어야 할 북의 형제들이여, 그러므로 이 글은 속 편한 자의 '관찰'이 아니다.

　나는 그대들 곁에 있다. 나는 그대들이다. 고뇌와 착란 속의 형제들이여, 힘내자.

　역사에 동원되는 인간 생물의 무리에서 역사를 만들어가는 문명 인류의 무리 쪽으로 다만 한 치라도 다가서는 시대의 시작의 시작이 시작되었다고 이 시간을 응시하면서. 그러나 이렇게, 20세기의 막바지에서, 한껏 목소리를 낮춰야 하는 우리 상황이, 역시 우리를 슬프게 한다. 민족 내부의 문제를 민족 내부 각 정파의 평화적인 경쟁으로 해결하는 생활 형식 — 우리들의 가해자인 옛 식민지 상전들조차 재빨리 채택하고 번영을 누리는 모습을 바라보면서 아직도 가장 야만한 20세기의 골짜기를 헤매는 우리 모습이 우리를 슬프게 한다.

우리가 바라는 삶

1978년 오늘 현재의 우리 삶을 돌아보고 우리의 삶이 이렇게 되었으면 하는 모습을 그려보기로 한다.

첫째는 평화이다. 1945년 이후 우리 땅에 이루어지고 있는 무력적 대립은 본질적으로는 아무 변화 없이 그대로 지속되고 있다. 사실 우리가 무슨 일을 계획하건, 이러한 계획을 제약하는 가장 큰 테두리는 남북의 무력 대립이라는 이 상황이다. 우리처럼 보다 나은 생활을 위한 개발을 위해서 큰 과제를 안고 있는 가난한 나라가 이토록 막대한 힘을 국방에 쏟아야 한다는 것은 너무나 아까운 낭비임에 틀림없다. 다행히 평화를 위해서 희망을 가져볼 수 있는 몇 가지 조건이 있기는 하다. 국제적으로 이데올로기 대립을 평화적으로 해결하려는 태도가 널리 받아들여지고, 이러한 태도를 영구한 것으로 만들려는 노력이 미국과 소련 사이에도 해가 갈수록 열매를 맺어가고 있다. 그러나 이 노력 자체도 중동이나 아프리카의 정세가 보여주듯이 절대적인 보장은 안 된다. 현실적으로 이데올로기 대립을 평화적으로 해결할 수 있을 것 같은 지역과,

무력 형태를 여전히 취하고 있는 지역으로 나누어서 생각하는 것이 옳은 분석일 것이다. 우리 목표는 독일과 더불어 이데올로기의 무력적 강요에서 벗어나는 지역권 속에다 자신을 위치시키는 방향으로 외교가 전개되어야 할 것이다. 강대국의 세계 전략에서 가장 혹독한 국면에서 이용당하지 않기 위한 노력이다. 평화에 대한 또 하나의 가능성은 7·4남북공동성명의 성과를 굳게 지키고 발전시키는 길이다. 이 성명이 나왔을 때 이 땅에 사는 사람들이 받은 감명이야말로 우리 시대의 핵심을 이루는 정치적 공약수라 할 수 있다. 정치는 반드시 다수결이 승리하지는 않지만 장기적으로 역시 다수의 이익이 목적을 관철하는 것은 역사가 모두 보여주는 바와 같다. 냉전의 완화와 남북이 대화를 시작했다는 이 두 가지 조건은 이 땅에 살고 있는 모든 사람들의 생명을 위한 평화로운 환경을 만듦에 있어서 좋게 쓰일 수 있는 두 개의 지렛대다. 우리가 아프리카에서 일어나고 있는 동서 대립에서 배워야 할 것은 거기서 우리의 모습을 보고 그 같은 형태로 우리 역사가 다시 뒷걸음치는 것을 막는 일이다. 독일과 일본이 패전국이었음에도 불구하고 오늘의 번영을 가져온 것은 군비 부담에서 벗어나 있었기 때문임은 모두가 아는 사실이다. 평화의 문제는 청년 문제와 깊이 관련돼 있다. 전쟁에서는 청년층이 가장 큰 희생자의 자리에 서게 된다. 평화의 문제는 경제·문화·정치 제도 전반에 대해서 절대적인 힘을 미치고 있다. 모든 부조리가 이 인간의 가장 비인간적 행위의 위협에서 나오고 있다. 원자탄 공격을 받은 일본이 평화 운동으로 세계의 인도주의적 여론의 확립에 기여한 것처럼 우리나라와 같이 이데올로기의 야만적 투쟁 때문에 화를 입고 있는 나라에서 세계적 공감을 얻을 수 있는 민간 운동으로서 평화 운동을 생각해봄 직한 일이 아닐까 한다. 우리에게 지워진 운명을 이기기 위해서는 훌륭한 계획이 안출되어야 하고 그것이 추진되도록 노력하는 일이 필요하다. 이러한 운동에는 어려운 점이 많겠지만 우리 사회가 생존하기 위해서는 국민의 정치적 힘을 여러 단계에서 조직하고 큰 목적을 위해 참여시키는 것이 필요하다. 국민의 가장 큰 이익이 달려 있는 남북문제를 여러 가지 수준으로 나누어 생각하고 적절한 접근의 형식을 만들어내는 노력이 연구되어야 할 것이다. 평화의 지속 — 이것이 우리가 바라는 가장 큰 정치적 희망이라는 것, 이 희망이 더 확실한 것이 되기를 바라는 것, 우리 삶의 앞날을 위해서 필자가 생각하는 가장 큰 희망은 이것이다.

두 번째는 복지의 문제라 부를 수 있겠다. 산업화의 급격한 진행은 여러 가지 문제를 만들어내고 있는데 가장 핵심이 되는 부분은 소득의 분배 문제임은 널리 지적되고 있는 바와 같다. 전쟁의 위협과 막대한 외국 자본의 수입이라는 조건 아래서 이루어지고 있는 우리들의 경제생활은 어떤 상황보다도 가혹한 조건에서 이루어지고 있는 삶이라 불러도 좋을 것이다. 민족 자본의 축적과 국민 통합의 유지라는 두 가지목표를 다 같이 만족시켜야 할 것이기 때문이다. 이상론은 어떻든 이 문제에서 여러 사람이 만족할 수 있는 현실적 폭은 아주 좁다고 필자는 말한다. 국민 소득이 절대적으로 낮은 것이다. 그러니까 이 문제는 현재의 경제적 조건을 국민적 입장에서 보아서 낭비를 줄이는 방향에서 운영되어야 할 것이다. 이러한 낭비는 부정부패에서 오는 것들이 그 대부분이 아닐까 한다. 산업 운영의 과학성, 근무에 대한 정당한 평가 기회의 개방 — 이런 것들을 이루어나가자면 모든 과정에서 부패가 없어야만 이루어질 수 있다. 이러한 부패가 될수록 억제되고 소득이 합리적으로 분배될 때만이 국민의 건전한 산업 활동이 자극되고 발전이 지속될것이다. 나폴레옹에 대한 웰링턴의 승리는 결국 영국 농민이 프랑스 농민보다 더 합리적인 소득 구조의 혜택을 받고 있었기 때문이라는 말을 하는 사람이 있듯이 이 문제는 국방력과 직결된다.

  정책 집행자들이 어느 정도 심각하게 생각하고 있는지 모르지만, 공해 문제는 오늘날 국민 생활에 대한 또 하나의 위협이 되고 있다. 현대 산업의 성격 때문에 무공해 환경을 기대하기는 어렵지만, 이 역시 정도의 문제다. 현재의 조건 아래서도 얼마든지 개선의 여지가 있다. 가령 공해 교육이라 이름 붙일 과목을 광범하게 배당해야 할 것이다. 인권의 첫째 본질이 생명의 존속에 있는 것처럼 도덕의 첫째 본질은 공해라는 이름으로 오고 있는 생명 모독에 대한 날카로운 감각의 유지에 있다. 각급 학교 학생들에게 공해의 실태와 그로부터의 가장 적절하고 현실적인 대처법을 가르치는 것은 산업 사회의 도의 교육이라 불러서 마땅할 것이다. 관계자 모두의 노력에 의해서 공해를 예방하고, 그 해독을 줄이고, 사후 조처를 해나가는 문제를 심각하게 연구해야 할 것이다. 공해라는 문제는 농업 경제에서는 일어나지 않던 문제이다. 대부분이 자연을 분해 결합하는 처리 과정인 현대 산업에서 일어나는 공해 문제는 우리 국민이 처음 겪는 문제이다. 생명을 유지하기 위해서 일하는 과정이 생명의 독을 만들어내는 과정과 하나가 되어 있다는 사실은 상징적이기까지 하다. 인간이 도덕적 노력을 게을리 하면 문명은 곧 죽음임을 뜻하는 것이기 때문이다. 자기 나라의 공해를 외국에 떠맡기고, 자기 사회의 공해를 다른 사회 계층에게 떠맡기는 식으로 약육강식의 행동 양식에 따른다면 마침내는 모든 관계자가 모두 파멸할 것이다. 이 문제 역시 이상론보다도 현실적으로 가능한 일조차도 하지 않게 되는 데 문제가 있고 이 문제 역시 부패의 문제와 관련된다. 필요한 감시를 해야 할 자리에 있는 사람들이 맡겨진 감시를 소홀히 하는 데서 오는 폐해가 문제의 중심이다. 이것은 적극적으로 공해를 없애는 힘은 제한되어 있지만, 간접적으로는 그러한 노력에 대한 조건까지도 된다. 왜냐하면 필요는 문제 해결의 첫째 추진력이 되기 때문이다. 엄격한 행정력과 사회적 감시가 이루어진다면 공해의 해소를 위한 연구나 발명이 촉진될 것이기 때문이다. 절대적으로 낮은 국민 총소득을 합리적으로 분배하는 데에는 금액상의 소득 증가 이상으로 공해 해소에 대한 노력이 필요하다. 왜냐하면 낮은 소득을 견디기 위해서도 개인적으로 어찌할 수 없는 공해로부터 국민을 보호하는 것은 넓은 의미의 국민 개인 소득의 향상이나 다름없기 때문이다. 공해 문제는 소득의 분배 문제의 한 측면에 지나지 않는다. 소득이라는 개념을 어떻게 정의하든 그것은 개인이 기여한 노동에 대한 적절한 대가여야 하고, 현실적으로 적절할 때 사람들은 덮어놓고 환상적 기대를 내세우지는 않는다. 우리 사회의 현실은 이 현실적으로 적절한 수준까지도 이루지 못하고 있기 때문에 우리의 미래를 생각할 때 이 문제는 가장 중요하게 거론되어야 할 과제이다.

정치학에서의 권력 이론은 사람과 사람 사이의 지배·피지배 관계에 초점을 두고 있다. 그러나 이러한 이론은 그것만으로는 때로 좁은 생각밖에 제공하지 못하는 흠도 있다. 왜냐하면 노예도 지배하는 대상이 있다. 그것은 자연이다. 인간의 가장 밑바닥인 노예도 자연에 대해서는 지배자이다. 이 지배권 없이는 노예는 노예로서의 피지배의 자리를 해낼 수 없다. 그리고 주인은 결국 노예를 통해서 자연을 지배하고 있는 것이다. 주인이 식인종이어서 노예의 육체 자체를 의식주의 대상으로 삼지 않는 한 주인이 노예를 지배한다는 것은 노예를 통하여 자연을 지배한다는 말에 다름이 아니다. 그런데 노예는 최소한 자연의 주인이어야 하기 때문에 아무리 극한의 상태라 할지라도 그는 자연 자체에까지는 내려갈 수 없다. 자연 자체에 내려간다는 것은 인간의 문명의 성격상 불가능한 일이다. 즉 노예의 육체가 어떤 다른 인간, 즉 지배자의 의식주의 대상이 된다는 것은 문명의 이전인 동물의 상태로 간다는 것을 말한다. 그렇기 때문에 문명한 사회일수록 이 노예 속에 있는 인간적 부분 — 즉 자연의 지배자로서의 자격과 실력이 증대할 수밖에 없다. 그렇지 않으면 그 문명 자신이 가동하지 않기 때문이다. 현대 산업은 자연에 대한 지배력을 나날이 증대시키고 있다. 그렇다면 길게 보아서 인간은 자신 속에 있는 주인 됨의 부분을 더욱 증대시켜야만 이 문명 수준을 유지할 수 있을 것은 자명한 일이다. 아마 가장 바람직한 사회의 모습이란 '권력'이란 개념이 인간 전체와 자연 사이의 관계에만 쓰이고 인간 사이에서는 쓰이지 않는 경우일 것이다. 인간은 자연에 대한 지배력을 끊임없이 증대시켜왔다. 인간의 역사란, 자연에 대한 인간의 지배력의 증대의 과정이다. 이것이 역사의 본질임에는 틀림없다. 그런데 이때 이 명제에서 사용된 '인간'이란, 시간과 공간에서 논리적으로 추상된 개념이다. '인간'이란 인간의 탄생에서 오늘에 이르는 사이에 산 모든 인간을 하나로 생각했을 때의 개념이다. 그러나 '인간'이라는 이름의 50만 년 나이 먹은 한 사람의 거인이 살고 있는 것은 아니다. 살았고 살고 있는 것은 몇 십 년 생활하는 구체적 개인들이다. 이 구체적 '개인'들에게 분배되는 '자연에 대한 지배력'은 모두 다르다. 모든 사회는 그 전대에서 물려받은 '자연에 대한 지배력'을 가지고 출발하는데 이 지배력은 그 사회 속에 살고 있는 개인마다에 따라서 배당량이 다르다. 인간 사회가 이미 축적된 자연 지배력 — 그러니까 동물 수준에서 벗어난 자연 지배력의 유산 위에서 산다는 것은 인간 사이의 불평등의 기초가 된다. 이 배당량의 차이 때문에 인간 사이의 권력 관계가 생겨난다. 그런데 이 분배는 언제나 공정하지 못하게 마련이다. 인간이 이 세상에 태어날 때는 벌거숭이의 생물로 태어난다. 그는 사회 속에서 자라면서 '자연에 대한 지배력'의 배당을 받는다. 그러나 그 배당이 공평하기는 언제나 어렵다. 인간 사회의 가장 큰 문제는 이 배당을 어떻게 하면 공정하게 하느냐에 있는데 여기에는 언제나 억제력이 작용한다. 그것은 이미 좋은 배당을 받은 사람들 쪽에서 오는 것이 하나이며, 다른 하나는 사실 자체의 본질적 제약에서 온다. 배당이 다르다는 것은 한편으로 그 배당에 어울리는 생활 형태나 노동 형태를 말하는 것인데 이러한 형태의 변화를 위해서는 물질적으로 시간이 필요한 것을 말한다. 아마 관념적으로 어떤 사회적 프로그램을 만드는 것은 즉시라고 표현할 만큼 시간적 경과를 무시할 수 있다. 그러나 이 프로그램이 현실화하기 위해서는 아무튼 그 프로그램의 작성과는 견줄 수 없이 큰 양의 시간이 필요하다. 그 결과 계획된 변화와 현실적 변화 사이에 놓이는 단계는 불가피하게 불평등한 상태의 존속일 수밖에 없다. 그리고 이것은 변화의 단계를 기계적으로 잘랐을 때의 이야기지만, 실은 모든 순간이 이러한 변화를 포함하고 있기 때문에 불공정한 상태는 항시 존재하게 된다. 이것이 사실 자체의 본질적 제약이라는 말의 뜻이다. 이런 상태를 한쪽으로만 치우쳐 말하면, 사회는 늘 공정성의 쪽으로 개선되고 있다고 말할 수도 있고, 사회는 늘 불공평하다고 말할 수도 있을 것이다. 진보와 보수의 대립은 이 같은 사회적 본질에 바탕을 두고 있는 두 가지 태도다. 이 두 가지 태도는 그것들을 서로 무한히 멀어지게 끌고 갈 수도 있고, 무한히 가깝게 다가설 수도 있다.

개화 이래 우리 사회 움직임에서도 이 두 가지 태도가 있어왔고 지금도 있다. 우리 사회가 그 자신이 움직여온 사회적 진화의 속도를 가지고는 대처할 수 없는 위기를 맞았던 시기 — 우리는 그렇게 개항 전후한 우리 사회를 정의할 수 있을 것이다. 그 이후의 역사를 통하여 이 두 태도가 보여주는 바를 관찰하면 각기 잘못된 데를 알아볼 수 있다. 보수적인 사람들은 대체로 그들이 물려받은 배당이 사회 전체에 속하는 것으로부터의 배당이라는 ― 배당 개념 자체에 대한 성찰을 가지지 못한다는 것이다. 이것은 가장 나쁜 의미의 보수의 본질이다. 그리고 이것은 앞에서 말한 배당의 공정성을 막는 전자의 조건에서 나오는 일반적 경향이다.

한편 진보적인 사람들에게도 모자라는 것이 있다. 그것은 시간에 대한 물리적·사회적 성찰의 미흡함이다. 모든 진보주의의 일반적 성격이지만 우리나라의 경우는 특히 이 결함이 크지 않았나 싶다. 이것은 우리보다 앞선 사회의 사회적 변화를 관념적으로 인식한다는 문제와 그의 실현을 혼동한 데서 일어날 수 있었던 일이다. 관념적 시간과 현실적 시간의 다음에 대한 성찰의 문제다. 사회적 변화를 위해 필요한 시간이란 다른 말로 하면 행동하는 시간을 말한다. 행동에는 시간이 필요한 것이다. 왜냐하면 행동이란, 인간의 육체가 움직이는 것을 말하는데 움직이는 데는 물리적으로 시간이 필요하기 때문이다. 우리보다 앞선 사람들의 사회적 표본은 다름 아닌 그들의 시간, 그들의 노동, 그들의 행동의 결과물이다. 그 표본이 높은 것이면 높을수록 그것은 보다 많은 노동의 결정에 다름이 아니다. 그것을 본받으려 하는 경우에 세 가지 진행 형태가 있을 수 있다. ①그것들이 이루어진 것과 같은 속도를 취하는 것, ②그것보다 못한 속도를 취하는 것, ③그보다 빠른 속도를 취하는 것이다. 개화 이래의 진보주의자들은 ③의 입장을 취했다. 그런데 같은 목표에 이르는 빠른 속도라는 것은 어떤 것일까? 그것은 단위 시간당 노동량이 많다는 것이다. 단위 시간당 노동량이 많은 행동이란 어떤 것인가? 그것은 보다 우수한 '방법'을 말한다. 우리들의 경우 많은 개혁자들이 그들의 시범자들보다 어떤 나은 방법을 개발했는가에 문제는 귀착된다. 그들의 관념적 좌절, 현실적 실패는 그러한 '방법'의 개발에 실패했음을 말해준다.

　1978년이라는 이 시점에서 우리나라의 남과 북에는 우리 민족이 개항 이후 추구해온 과제를 각기 다른 방법으로 해결하려는 사람들을 중심으로 민족의 세력이 양분되어 있다. 그 과제란 세계의 다른 부분과의 역사적인 발전의 격차를 줄이는 일이다. 그들은 갑자기 솟아난 세력이 아니다. 개화 백 년의 오늘의 모습으로, 유기적 사회적 변화의 계승자로서 존재한다. 그것은 우리들의 실패에 대한 공동의 유산까지도 계승하고 있다. 개화기의 선각자들에 의해서 유토피아처럼 인식되었던 것들이 오늘날 우리들의 손으로 이상한 형태로 소유되고 있다. 이것들이 원래 모습이 이런 것일까? 아니면 우리가 잘못 다룬 것인가? 원래 모습이 그렇다면 어떤 삶을 설계해야 하는가? 잘못 다루었다면 까닭은? 이러한 문제를 안은 채 우리는 휴전선을 사이에 두고 무력만 증강시키고 있다. 잘못된 길이라도 이기면 그만인가? 잘못된 길이라도 현상만 유지되면 그만인가? 그럴 수는 없다. 무엇보다 먼저 전쟁은 회피되어야 하고, 잘못된 것은 고쳐져야 한다. 평화의 유지와 체제의 개선 ─ 이것이 모든 사람이 바라는 방향이다. 평화의 유지를 통하여 얻어지는 시간에 사회적 정의를 실현하는 것 ─ 이것이 남북을 통해 사람들이 원하는 바다. 이 일에 있어서 가장 중요한 일은, 이 일이 어느 한두 사람이 혼자 떠맡을 일이 아니라 이 땅에 사는 모든 사람들에게 널리 개방되어야 할 공동의 의무요 권리임을 확인하는 일일 것이다. 이러한 뜻에서 7·4공동성명은 글의 진정한 뜻에서 공동의 헌장이다. 남북문제를 평화적 방법으로 해결한다는 도달점을 정한 이상 이 선에서 물러서서는 안 될 것이다. 이 성명은 우리 땅에서 일어나는 역사적 사건과 사회적 변화의 주인공이 우리 국민 자신임을 확인한 문서이다. 역사의 주인이 모든 국민이라면 국민은 주인임을 역할할 수 있는 방법이 주어져야 하고 국민들은 그것을 찾으려 해야 하고, 지키고 키우려 해야 한다. 자기 운명의 주인은 자기이며, 어느 한 정파나 조직에다 그 운명의 관리를 송두리째 맡길 수는 없다는 것을 밝힌 뜻을 지니는 7·4성명은 개화 이래의 오랜 진통을 겪고 나온 민족적 자각의 결론이라고 말해도 좋을 것이다. 우리들의 미래의 사회의 이상을 지금 아무도 구체적으로 말할 수는 없다. 그러나 그 방향은 7·4성명에서 이미 뚜렷이 밝혀진 것만은 틀림없는 일일 것이다. 거기에는 우리 현실의 가장 큰 위험이 명시되어 있고, 이 위험을 회피하면서 민족의 미래의 이익을 전망하고 있다. 그리고 민족의 가장 큰 이익으로서 통일을 들고 있다. 평화 속에서 통일을 이룩하는 방법으로는 양측의 교류를 차츰 넓혀갈 것을 말하고 있다. 이 문서에서는 어떤 이념보다 앞서 현실 정치가 추구해야 할 건강한 상식이 밝혀져 있다. 현실 정치가 반드시 한쪽이 다른 쪽을 파괴하는 방법으로만 이루어질 필연성은 없다.

우리나라가 1945년에 해방되었을 때 국민들은 우리 자신의 미래에 대해서 일정한 희망을 가지고 있었다. 희망의 종류는 각기 다르겠지만, 그것의 공통성은 대단한 낙관론의 방향에서 이루어졌다는 점이다. 그러나 다음에 온 역사는 그것이 지나친 낙관이었다는 것을 보여주는 방향으로 전개되었다. 절대적 희망의 좌절에서 쉽사리 절대적 비관론이 나올 바탕이 있고, 우리 사회가 안고 있는 정신적 황폐는 이러한 역사적 반동의 측면에서 이해할 수 있다. 그러나 문제는 역사라는 것이 낙관론이나 비관론이라는 일방적 논리에 따라 움직이는 것이 아님을 생각하는 것이 중요하다. 역사는 우리가 생각하기보다 훨씬 복잡하다는 것을 해방 후의 역사는 우리에게 가르치고 있다. 이 시대를 사는 사람들에게는 역사에 대한 낙관론이라는 환상과 비관론이라는 환상을 모두 비켜가면서 낙관과 비관의 보다 깊은 의미를 직시하고, 환상 없는 삶을 견뎌야 할 과제가 주어져 있다. 이러한 현상은 우리들의 경우 주로 정치적 유토피아에 대한 환상에서 오며, 7·4성명이 우리 삶의 지침이 될 수 있는 까닭은 어떠한 환상도 제시하지 않고 현상을 직시한 그 정치적 성숙성에 있다.

경건한 상상력의 의식을

　　로마 군대가 시라큐스 섬에 쳐들어갔을 때의 일이다. 상륙에 성공해서 시가전이 벌어졌다. 한 로마 병사가 어느 건물에 뛰어들어가 보니 백발이 성성한 노인 한 사람이 마룻바닥에다 낙서를 하고 앉아 있었다. 병사가 칼을 뽑아 든 채 다가서자 노인은 황급히 손을 흔들며 말했다. "비켜주게, 그림이 지워지지 않는가?" 병사는 칼을 들어 노인을 내리쳤다. 이 병사의 이름은 전해지지 않는다. 노인의 이름만이 전해진다. 아르키메데스. 과학의 아버지의 한 사람으로 아르키메데스의 원리의 발견자다.

　　이 이야기는 필자가 좋아하는 이야기 가운데 하나다. 철학자 디오게네스의 이야기하고 비슷한데 형식이 퍽 대조적이다. 그러나 자신들이 택한 삶에 대한 철저한 신념에는 다름이 없다. 신념이 거의 생리화돼 있어서 신념이라는 표현보다는 기벽氣癖이라든지 기벽奇癖이라고 부르는 것이 어울려 보이고 그 당자들에게는 기인奇人이라는 말이 맞아 보인다. 아르키메데스는 기하학 문제를 풀고 있었다.

그가 풀고 있던 문제가 시라큐스의 무역선의 건조를 위한 설계도였든지, 시라큐스 항구의 항만 시설을 위한 설계였든지, 아니면 해안 방위를 위한 포대 건설 모형이었든지는 우리로서는 그리 중요하지 않다. 칼을 든 적병이 코앞에 다가섰을 때 본능적으로 그가 걱정한 일이 마룻바닥에 그려가고 있던 계산이었다는 점이 감동의 중심이 된다.

　　이것은 사람만이 할 수 있는 일이다. 더 생각할 일은 이런 기질의 사람이 태어나자면 그가 살고 있는 사회가 그만하게 발달한 사회일 것이 짐작이 간다. 과학이라는 것은 피도 없고 눈물도 없는 것인 양 알기 쉽지만, 과학은 피도 있고 눈물도 있고 게다가 선미仙味마저 있는 인간들의 인생에 대한 사랑의 표현이 쌓이고 자란 것이다.

　　다른 이야기 한 가지. 성경에 있는 비유다. 날이 저물었는데 양 한 마리가 보이지 않는다. 양치기는 없어진 양을 찾아 땅거미가 뉘엿거리는 골짜기로 찾아 나섰다. 아흔아홉 마리의 양을 벌판에 남겨놓고. 이 비유는 양치기가 양을 얼마나 지극히 사랑했는가의 비유로 쓰이고 있다. 성경에서는 하느님이 인간에 대해 베푸는 사랑을 나타내기 위한 말로 쓰인다.

　　나아가서 이 이야기는 설교자에 따라 모든 책임 있는 자리에 있는 사람들이 자기 보호와 지도 아래 있는 사람에 대해서 어떤 마음가짐으로 대해야 하는가를 말해준다. 한 마리를 찾아다니는 사이에 늑대가 나타나서 남은 양들을 다 잡아가면 어떻게 하는가 하는 물음도 있을 법하다. 우리 같으면 대를 위해 소를 희생한다는 말이 더 그럴듯해 보일지 모르긴 하다.

　　그러나 이 비유의 뜻을 옳게 알자면 '한 마리'라는 숫자를 그렇게 상대적인, 비교적인 수준에서 읽어서는 안 될 것이다. 그야 하나보다 둘이 많고 둘보다는 셋이, 무릇 x보다는 $x+1$이 많을 것은 뻔한 일이다.

양치기가 그런 셈을 몰랐을 리가 없다. 여기서 '한 마리'는 '한 마리뿐'인 그 양이라는 뜻이다. 다른 어떤 것도 아닌 그 양이라는 것을 강조한 단위 생명의 절대성을 말한다. 이러저러한 이유 — 날이 저물었으니 찾기는 틀렸다, 이리들이 아흔아홉 마리를 노리고 모여든다. 아흔아홉 마리 양들이 감기 들겠다 — 그 밖의 뭇 이유를 들어서 한 마리 양을 버릴 것을 주장하게 된다. 아마 많은 경우에서 이 말은 옳다. 그러나 이 결단은 편의에 따른 것일 뿐, 그 한 마리의 희생이 절대적으로 옳다는 까닭은 되지 못한다. 도리어 성경에 따르면 한 마리를 찾아 헤매는 것을 하느님은 옳게 여긴다고 되어 있다. 그것이 신의神意인 것이다. 정치가 종교와 하나였다는 것은 우리가 잘 아는 인류학의 상식이다. 정치의 뿌리에는 산술이 아니라 종교가 있는 것이다. 정치뿐이 아니라 경제 역시 '경제라는 수단으로 행하는 신神에의 귀의'라는 뿌리가 있음도 또한 경제 사상가가 말하는 바와 같다.

과학 기술이나 종교 및 윤리가 그리스나 이스라엘의 발명물도 아니요, 우리 민족 자신이 그러한 것 없이 살아온 것도 아니다. 어떤 민족이나 마찬가지로 우리도 창조와 섭취를 통해 높은 문화생활을 역사적으로 하여왔고, 어떤 시기에는 고전적 세련과 활력의 상태에까지도 여러 번 도달한 바 있다.

문제는 개화 이래 오늘까지 계속되고 있는 기간이다. 과학 기술과 사회 경영술이 세계의 다른 지역과의 사이에 압도적으로 격차가 있는 상태에서 그 격차를 줄여가고 있는 것이 우리들의 현대사의 성격인데 거기서 일어나는 역기능들이 이 시대의 생활자들에게 큰 짐이 되어오고 있다. 이것은 당연한 일이다. 운동에는 반작용이 있다는 의미에서 당연하다.

그러나 이 물리적 당연함에 대해서 사회적인 보완과 완화 장치를

450

마련하는 일은, 비록 우리가 현대 문명의 창조자가 이미 못 되었을망정, 그 계승자, 수익자가 되려 할 때 인간적인 품위를 주장할 수 있는 자격 조건이 된다. 이것을 게을리 하면 품위는 그렇다 치고라도, 현대 문명의 높은 수준이 거꾸로 고통이 되는 방대한 인간들이 발생한다. 공해라든지, 기대 가능성만 높고 성취도가 낮은 데서 오는 심리적 좌절감이라든지 하는 현상들이다.

이런 일들은 모두 구체적인 차원에서 해결되어야 할 것은 말할 것도 없겠으나, 우리가 특별한 계제 — 말하자면 문화의 달이라든가 하는 — 를 마련해서 우리 생활 전체를 좀더 근본적으로 반성하려고 할 때에는 좀더 그야말로 근본적으로 생각해보는 일이 있음직하다.

우리가 수익受益하고자 하는 문명의 뿌리에 있는 종교적·윤리적, 그리고 미적 노력의 방대한 축적에 대해 상상하고 그러한 인간적 노력 앞에 경건해지는 시간을 가지는 것이 모든 문화 행사의 근원적 효용일 것이다. 말하자면 상상력의 의식으로서.

현대인이 잃어버린 것

__「달아 달아 밝은 달아」

    유한有限이란 것은 아무리 더해보아도 무한無限은 되지 못한다. 유한에는 언젠가 끝이 있다.

    어림잡아 말한다면 옛사람들에게는 이 감각이 지나치리만큼 깊게 스며 있었다. 무상無常 — 영원한 것은 없다는 앎이다. 이런 앎 때문에 일어나는 폐단이 많았던 것은 사실이다. 그러나 가시가 있다고 해서 장미꽃의 아름다움이 없어지는 것은 아니다. 이런 앎이 옛사람들에게는 모든 행위의 바탕이 되었다. 절제라든지 사랑이라든지 하는, 사회를 사회로서 있게 하는 규범들은 이 같은 존재의 유한에 대한 인식이 없이는 이루어질 수 없다. 이런 시대에는 사람들이 자연과 매우 가깝게 지내고 있었다. 사람도 자연의 한 부분이라는 것이 눈에 보였고, 그래서 그들은 자연을 의인화하는 데에 아무 거침이 없었던 것이다. 자연을 연구해서, 그 법칙을 알고 응용하는 일이 많아짐에 따라 사람들은 차츰 자연과 멀어진다. 멀어진다는 것은, 자연과 인간의 동질성을 잊어버린다는 말이다.

유한한 앎이 우리 마음을 속이게 된다. 속인다는 것은 우리 존재가 유한하다는 것을 잊어버린다는 말이다. 그러면 어떻게 되는가. 우리는 교만해진다. 그리고 자기가 가진 것이 영원토록 없어지지 않을 것처럼 살아간다. 그러나 그렇게는 되지 않는다. 언젠가 있었던 것은 없어지고, 나하고는 상관없을 것 같던 일이 문득 나타난다. 그때 사람들은 놀란다. 그는 아무 준비 없이 이런 일을 겪게 되었기 때문이다. 개화 이후의 우리는 백인들이 만들어낸 것들 — 과학·정치제도, 그들의 종교 같은 것들이, 마치 그것들을 알기 전의 우리 삶에는 끄트머리도 없던 것이거나, 그렇지 않더라도, 우리 조상들의 삶과는 차원이 다른 무엇을 가져다줄 것처럼 생각해왔다. 마치 유한을 넘어선 무한과 같은 것을.

그러나 섭섭한 일이지만 세월이 흐른 지금, 우리는 백인들의 그 학문·예술·종교 들도 모두 우리의 옛 삶과 다름없는 유한 속의 제상諸相이었던 것을 깨닫기에 이르렀다. 이것은 유럽의 문명과 만난 모든 비유럽권이 고통을 겪으면서 배운 진상이다.

우리가 잃어버린 것은, 서양에 대한 동양이라든가, 중국에 대한 우리 역사라든가 그런 것이 아니다. 그런 것을 다 알고 나서 우리가 역사의 어떤 시기에 얻었던 문명 감각 — 인간의 삶에는 절대적 차이는 없다는 것, 나아가서 인간과 자연 사이에도 그런 차별은 없다는 점 — 이것을 우리는 오랫동안 잊어왔다. 이것을 다른 말로 종교 감각이라 불러도 좋을 것이다. 굳어버린 교조주의와, 용기 없는 신물 숭배神物崇拜는 모두 참다운 종교 감각을 잃게 하는 것들이다. 이 감각이 없는 삶도 삶이긴 하지만, 그것은 인간의 본질인 평화에 어긋나는 삶이다. 이 감각은 우리에게 어떤 이익을 가져올까? 세상을 과학적으로 볼 수 있는 부드러운 마음을 지닐 수 있게 한다. 제행諸行이 무상無常한 이 삶에서 제일 슬기롭고 강한 것은 부드러운 움직임이다. 이 삶에서 서로 사랑하던 사람과 갈라지는 슬픔을 견디기 위해서도 부드러운 마음이 있어야 한다. 모진 마음은 받아야 할 것을 안 받으려고 애쓸 것이고, 그것은 새로운 슬픔을 만들어낼 것이다. 바람직하지 못한 업業의 순환을 끊어버릴 수 있는 부드러운 마음을 되찾는 것이 현대인의 행복의 첫 조건이다.

돈과 행복

없으면 불편한 것

돈 ─ 가치의 수량화

사람의 행복을 만들어내고 지탱해주는 것에는 여러 가지가 있고 돈도 그 가운데 하나다. 행복을 어떻게 규정하는가에 따라서 돈의 비중도 결정되는 것이지만 그러한 개인차를 엄밀히 밝혀내는 것은 어려운 일이고 대체로 통할 만한 이야기를 하는 수밖에는 없다. 돈의 역사는 아마도 사람의 역사만큼이나 오래다. 그러나 서양에서 근대라고 불리는 때가 시작되기까지는 돈이 인생에 미치는 힘에 저항하는 몫을 하는 또다른 힘이 있어서 돈의 위력은 파괴적이라고까지는 할 수 없었다. 이 경우 돈이라고 하는 말은 넓은 뜻에서의 물질적 조건, 경제적 조건 일반을 말하는 것이 아니고, 자본주의 경제 구조의 상징으로서의 돈이라는 뜻으로 쓰고 있는 것이다.

그 앞 사회에서 돈에 저항하는 힘이란 것은 신분·토지·세습제·종교 같은 것을 말한다. 이런 것들에 대해서는 돈은 반드시 만능은 아니었다. 썩은 정치에서 신분이 매매된 것은 고금동서에 있는 일이지만 폐쇄된 전근대 사회에서는 그런 현상에 한계가 있었다. 양반 귀족들은 장사치들에게서 돈을 꾸면서도 불호령질을 했던 것이다. 「베니스의 상인」의 샤일록을 생각하면 선명하게 상상이 되는 일이다. 근대라는 커다란 역사의 변혁기를 거쳐서 돈은 그가 짊어지고 있는 터부의 멍에를 팽개쳐버렸다. '사람의 역사는 돈에 대한 터부의 의식 속에서의 해방의 역사'라고 해도 무방하다. 이런 과정을 서양 사람들이 먼저 겪고 우리도 그 뒤를 따르게 되었다. 이런 현상이 어제오늘에 시작된 것은 아니지만, 천황제 국가의 식민지였던 시절은 봉건적인 틀이 그대로 남아서 돈에 대한 우리들의 감각이 제대로 발육하는 것을 막아왔다.

당하면서도 당하고 있는 것의 뜻을 몰랐고, 그래서 좀더 낫게 당할 수 있는 것을 소득 없이 당하였던 것이다. 사람의 만사가 그렇겠지만 당한 일은 할 수 없는 것이다. 다만 당한 결과를 어떻게 처리하는가만이 사람이 할 수 있는 일이고 처리하기에 따라서는 사람은 또다시 행복할 수도 있는 것이다. 각설, 우리 사회는 지금 그런 시기를 지나서 모든 사람이 돈을 곧바로 인정하면서 살지 않으면 안 될 시대를 살고 있다. 필요할 때 호주머니에 손을 넣으면 닿는 것이 돈이려니 하는 평생을 살고 있는 필자 같은 경우에도 가끔 느끼는 바가 있는 것을 보면 그렇지 못한 사람들은 어떨까 짐작이 가고도 또 가는 일이다. 필자의 애인이 늘 하는 말로 돈 없는 것은 괜찮지만 없으면 불편하다는 것이다. 옳은 말이다. 정녕 불편하면 사람이 죽게 되니 불편한 것은 틀림없는 일이다. 소설을 업으로 하는 필자의 경우도 주위 사람들의 풍속이 많이 달라졌다. 좋은 소설을 써서 책을 낸 사람에게 으레 돈 많이 벌었겠다고 인사들을 한다.

우리가 풋내기였을 때 이런 말을 들었다면 몹시 괴로워했을 것이나 지금은 안 그렇다. 사람이 죽으면 볼 장 다 보는 것이기에 사람의 죽고 살고가 돈을 그 장소 그 시각에 가졌는가 못 가졌는가로 결정되는 지랄 같은 시대에 살면서 돈을 비웃는다면 그야말로 지랄 같은 소리일 것이다.

돈의 양과 노력의 배정

돈이 곧 사람이요, 돈이 곧 사회는 물론 아니지만 돈은 사람이 노는 물이요, 숨 쉬는 공기 같은 것이다. 물이 마르면 고기는 죽고 공기가 막히면 짐승은 넘어간다. 한 가지 주의할 점은 모든 고기나 짐승의 필요로 하는 물이나 공기의 양은 다르다는 점이다. 사는 사회에서 돈이 얼마나 요긴한가 하는 이야기만이라면 하나 마나 한 소리가 되고 말 것이고 이런 글을 읽는 사람들에게도 도움될 것이 없다. 그런 일반론은 우리가 모두 아는 일이기에 더 중요한 일은 독자가 스스로 자문하기를, 그렇다면 '나'라는 사람은 어느 만큼한 물, 어느 만큼한 공기면, 즉 어느 만 한 돈이면 만족하는 부류의 사람일까를 빨리 결정하는 일이다. 사람이 살면 백 년을 살 것도 이백 년을 살 것도 아니요, 줄잡아 수십 년인데 산다는 일은 돈의 양을 증대시키는 일에 한하지 않으므로 그 밖의 활동과 돈 벌기와의 사이에 적당한 노력의 배정이, 얼마만 한 시간을 돈에 충당하고 얼마만 한 시간을 그 밖의 일에 보내느냐를 정하는 일이다. 이것은 빨리 정할수록 좋다. 적어도 스무 살을 넘어서면 빠를수록 좋다. '입지立志'라는 것은 이 스태미나의 배정 시기를 말하는 것이다. 자기 환경이나 자기 성품으로 봐서 제일 그럴 만한 선에서 자기 자신과 타협을 보고 이후는 그것을 실천하면 된다. 돈만 가지면 행복한 것은 확실히 아니다. 돈보다 명예가 더 소중한 사람도 있다. 명예보다 풍류가 더 귀한 사람도 있다.

소질의 조기 발견

　　자기가 타고난 혹은 길러진 욕망의 가장 큰 부분을 무시하고 인생을 설계하면 그 사람은 반드시 인생을 망치게 되고 한을 남기게 된다. 그것은 스태미나 배정을 잘못한 선수가 라운드를 채우지 못하는 사정과 전혀 다를 바 없다. 자신이 있으면 돈을 무시해도 좋다. 돈도 공기 같아서 무시한다고 함부로 없어지는 것은 아니다. 우리 개개인에게 있어서 돈이 차지하는 비중이 다르듯이 이 사회의 여러 계층도 돈에 대한 거리라는 점에서 각각 다른 자리를 차지하고 있다. 돈은 천하의 돈이요, 돌고 돌아야 하는 돈이요, 사사로움 없이 돌아야 하는 돈이다. 돌아가는 과정에서 막히고 잘리고 숨겨지고 하면 그때 병통이 생긴다. 돈이 사는 것이 아니요 사람이 사는 것이 사회인데 그 돈이 너무 문제가 된다면 그것은 사회가 심상치 않다는 징조이다. 돈을 돌리는 것은 사람이다.

　　돈이 잘 돌아가게 하자면 이 사회에 사는 사람 모두가 그렇게 되도록 힘쓰는 길밖에 없다. 그렇게 하자면 사람들이 자기 삶을 소중하게 알고, 삶다운 삶을 살고 싶어 하는 힘이 있는 것이 필요하다. 대단히 막연한 말 같지만 살고 싶어 하는 사람은 살고, 잘살고 싶어 하는 사람은 잘살고, 죽고 싶어 하는 사람은 죽고, 시시하게 살고 싶어 하는 사람은 죽는다. 악착스레, 열심히, 아름답게 살기를 원하는 사람이 많은 사회는 돈도 비교적 잘 돌고, 삶도 그런대로 살 만하게 되어가지만 게으르게 남을 속이며 추하게 사는 버릇이 붙은 사람들이 많은 사회의 삶은 늘어지고 혐오스럽게 어둡다.

문학을 사랑하도록

우리가 사는 이 시대에는 어느 남편에게, 하느님이나 왕이나 대통령에게 우리 삶에 대한 책임을 돌리는 길이 막혀버리고 있다. 이것은 좋은 현상도 나쁜 현상도 아니고 할 수 없는 일이다. 할 수 없는 일은 이 차디찬 사실에서 따뜻한 삶의 불을 피울 수 있는 얼마만 한 생명의 체온을 그 사회, 그 사람이 가졌는가에 달려 있다. 당연히 이야기는 그런 체온을 어떻게 하면 가질 수 있는가에까지 나가게 된다. 그 방법은 한 가지뿐이니 사람들이 문학을 즐기는 버릇을 기르는 데 있다. 그중에서도 소설이다. 우리는 많은 좋은 소설가들을 가지고 있다. 필자가 그 말석을 더럽히고 있는 것이 무시로 낯 뜨거워지리만큼 질이 좋은 작가들이 우리가 살고 있는 우리 시대에 대하여 충고를 하고 있다. 이 사람들의 말을 듣고 이 사람들의 기도에 귀를 기울이면 모든 문제는, 따라서 돈의 문제도 해결된다.

돈의 좋은 면을 활용하는 지혜와 돈의 나쁜 면에 저항하는 힘도 다 문학 속에 있다. 정말 그런가고 독자는 말할는지 모르겠다. 정말 그렇다. 사회의 모든 악은 사람들이 어른이 되면서 문학을 접하지 않는 데서 시작한다. 문학의 기쁨을 모르면 사회는 썩고 사람은 간사스러워진다. 문학을 통하여 사람은 사람이 되는 것이다. 자기 손톱눈의 백白 속에 심연의 어지러움을 보는 감각을 문학은 길러준다. 그런 감각을 가진 사람들이 시를 만들었고 우주의 공간 속으로 폭탄을 쏘아 보내는 생명의 꿈틀거림을 보여주었다. 또 그런 것을 아는 사람은 남을 속이거나 치사스러운 짓을 하지 않는다. 작가나 시인 가운데 어느 한 사람 돼먹지 않은 인격의 소유자가 있다는 말 들은 적이 없다. 이것 이상의 증거가 또 어디 있겠는가.

문학은 그런 힘을 가지고 있다. 생명에 취하게 하는 힘이 있다. 그런 힘을 가진 사람들이 사는 사회는 어쩔 수 없이 아름다운 목숨들의 아름다운 잔치일 수밖에 없다. 아름다운 잔치다. 기름진 잔치가 아니다. 기름진 잔치는 돼지와 개들이 저만치 발치에서 벌이고 사람은 마땅히 아름다운 잔치여야 할 것이다. 문학을 사랑해보기를 권한다. 그러면 안다.

사랑하면서 경멸하는 지혜

다음에 여성과 관련해서 돈을 살펴보자. 여성이래야 결국 사람이다. 사람 다른 데가 있을 리 없다. 사람이 다른 것이 아니고 돈이 돌아가는 과정이 남녀 사이에 다르다는 데에 문제를 정해볼 수는 있다. 사회가 많이 달라졌지만 아직도 여자가 돈을 벌 기회라는 것은 많지도 못하고 순탄하지도 못한 것이 우리의 실정이다. 돈 때문에 영혼을 망친다는 말은 여자가 돈을 벌려고 하는 경우에 이중의 멍에를 짊어지게 된다.

남자보다 뛰어난 능력을 가지게 된 다행한 경우를 뺀다면 여자와 돈의 관계는 돈을 가운데 둔 남자와 여자의 관계로 바꿔놓을 수 있다는 데에 우리 사회의 이른바 후진성이 있다고 할 것이지만 이것은 아마도 완전히 없애기는 불가능한 관계일 것이다. 필자로서는 그런 미래를 가상해보는 상상력은 가지고 있지만 지금 이 자리에서의 우리들의 삶에 대하여 그런 상상력이 별 소용이 없다는 신념도 밝히지 않을 수 없다. 이 점에 대해서도 여성 여러분이 문학을 이해하고 사랑하는 힘을 가져보라고 권고할 수밖에 없다. 대부분의 여성들의 경우 사치니 허영이니 할 여지가 없는 것으로 알고 있다. 철마다 나들이옷 한 벌을 가지기가 어려운 처지에 물질주의 운운은 웃기는 이야기다. 남자가 돈을 벌어야 하는 세상에서 한국 여자들은 불쌍하다. 남자들이 시답지 못해서 고생만 하고 일생을 통틀어야 한 줌도 못 될 돈을 쪼개 쓰면서 문학이고 뭣이고 눈코 뜰 새 없이 고생이 낙이려니 사는 생활을 시키는 한국 남자들은 얼마나 못났는가. 여자들이 할 일이란 그러므로 여자가 먼저 문학을 사랑하는 인간이 되어서 남자들을 교화하는 길일 것이다.

여자는 남자를 통해 세계를 움직인다는 말도 있다. 움직이자면 스스로 힘이 있어야 한다. 한국 남자들이 돈을 못 버는 것은 그렇다면 여자들에게도 책임이 있는 것이다. 돈이라는 것이 기본적으로 중요하다는 전제, 그렇다고 돈이 다가 아니라는 하나 마나 하지만 안 할 수 없는 충고 다음에 오는 문제는 돈에 대한 자기의 욕망을 어느 선에서 조절하느냐 하는 방법론, 여자들의 경우, 우리 사회의 후진성 때문에 돈의 문제는 여자의 인간적 품위에 항상 위기가 된다는 점(말이 그렇지 남자도 다를 것 없겠지만) 이 같은 이야기를 해온 셈인데 이야기 속에는 해결이란 것이 없는 법이다. 말은 그저 말이다.

말과 행동

말을 듣고 자기가 어떻게 처신하는가 하는 것이 각자의 삶이다. 최고의 말을 하기는 비교적 쉬워도 최고의 삶을 가지기는 쉽지 않다. 사회악이 없어지고 합리적 조직이 이루어진 사회에도 여전히 비렁뱅이와 창부는 있을 것이다. 노동을 기피한 남성의 쓰레기로서의 비렁뱅이 노동을 자기 육체의 수동적 개방이라는 선까지 축소한 여성의 시체로서의 창부, 미래 사회에서는(오랜 미래이겠지만) 그것은 체제의 악이 아닌 개인의 책임에 속한 악덕일 것이다. 지금 이 자리에서도 그것은 근본적으로는 개인의 책임이다. 생명을 유지한다는 최소한의 조건에서 우리가 연대해서 피하게 해줘야 한다는 점에는 변함없지만 그런 사태가 있게 한 사회는 결국 우리의 사회이고 나 자신의 악덕에서 나온 것이다—

하는 인식을 주는 것이 문학이다.

그리고 문학만큼 개인의 영혼의 문안에까지 들어와서 그의 삶의 어두우면서도 빛나는 본모습을 알려주는 전도자들은 없다는 것이 사실이다. 돈을 사랑하면서 돈을 경멸할 것, 경멸할 수 있는 힘은 여러분이 모두 이름 없는 시인이 되는 것, 이런 얘기가 되는데 이것도 별 신기한 이야기가 못 될 것 같다. 왜냐하면 여러분은 이미 시인임에 틀림없으므로, 왜냐하면 여러분은 살고 있으므로.

사회적 유전인자

　　외국에서 오래 산 한국 사람은 얼굴 모습에 어딘가 티가 난다. 언젠가 필립 안安이라고 안도산安島山의 아들 되는 그 사람이 미군 티브이에 나온 적이 있었다. 그는 분명히 필립 안이었다. 골격이 틀림없는 한국 사람인데도, 틀림없는 미국인이라고 보이던 것이다. 나는 그때 약간의 놀라움과 형언키 어려운 느낌을 가진 것을 지금도 떠올릴 수 있다. 도산이라면 한국 사람 중의 한국 사람이요, 어떤 사람들 생각으로는 그 사람을 본받아야 한국 사람이 될 수 있는 본보기 같은 인물이다. 그런데도 그 도산이 자기 아들에게 몸을 물려줬을망정 한국을 물려주지는 못했음을 뜻한다. 일본에서 오래 산 한국 사람도 어딘지 일본 사람 비슷이 보인다. 혼혈을 하지 않았는데도 이방인에게 그 나라의 얼굴을 닮게 하는 것은 어떤 조화일까. 불란서 소설가 발자크는 사람에게는 자연적自然的 종種과 사회적社會的 종種이 있다고 말한 일이 있다. 그의 생각에 따르면, 자연계에 사자니 코끼리니 하는 종이 있듯이 사람들에게도 사자급級 사람, 코끼리형型 사람…… 이런 식으로 자연계에 견줄 수 있

는 종이 있다는 의견이다. 이것을 좀 넓혀서 생각한다면 '국민성'이라
는 개념을 얻을 수 있게 된다. 국민성을 구별할 수 있다면 그 까닭은 무
엇일까. 아마 '문화'라는 것이 될 것이다. 생물학적으로는 변하지 않았
는데도 어떤 사람이 외국인처럼 느껴진다면 그 까닭은 여기서 찾을 수
밖에 없다. 다른 문화가 그들의 얼굴 위에 무엇인가를 보태어 변화시킨
것이다. 굳이 외국에 나가 산 예가 아니고도 또 있다. 개화 이전의 우리
선인들 사진이 많이 있다. 그런데 그들의 얼굴이 풍기는 느낌이 오늘의
한국인과 전혀 다르다는 것을 나는 발견하였다. 누구라도 좀 주의해보
면 아마 같은 관찰을 하리라 믿는다. 이 역시 마찬가지 현상이다. 수십
년 사이에 생물적인 진화가 있은 것이 아닌 것이 확실한데도 그들은 다
른 세상 사람들처럼 보이는 것이다. 그사이에 우리네 문화가 얼마나 심
하게 바뀌었는가를 말해주는 것이리라.

　　한국 사람은 오랫동안 한 핏줄, 한 문화로 살아왔고, 외국에 많이
이민한 경험도 없기 때문에 문화에 의한 이런 변용을 심각하게 새겨볼
기회가 없었다. 역대로 모습이 다른 외래문화가 들어왔다 해도 그로 말
미암은 '변용'은 동포 모두가 한꺼번에 겪는 일이었기 때문에 그 '변용'
을 거울에 비춰볼 수는 없었을 것이다. 다만 저도 모르는 사이에 변용
'당'하고 말았을 것이다. 그러나 오늘에는 일본·미국·연해주·간도 등
지에 상당한 겨레가 이민해서 살고 있다. 이들을 거울 삼아 우리는 스
스로를 비춰볼 수 있게 되었다. 그 결과 사람이란 것은 두 개의 얼굴을
가지고 있다는 사실을 알게 된 것이다. '자연의 얼굴'과 '사회적 얼굴'
이다. 앞의 것은 한 틀이지만, 뒤의 것은 얼마든지 바뀐다. 문화란 생활
의 꾸밈새다. 생활의 꾸밈새가 바뀌면 생물적 얼굴은 그때마다 느낌이
달라진다. 어떤 근육의 굴신屈伸, 살갗의 어떤 변화, 혈액 순환의 어떤
미묘한 바뀜이 이런 변용을 가져오는지를 밝히는 것은 아마 고도의 자

연과학과 인문과학을 종합한 고도의 한 신과학新科學을 필요로 할 것이다. 그런 과학이 생길지 어떨지는 여하튼 현재 우리는 직관적으로 이 '변용'을 확인할 수 있다. 그것이 바뀔 때마다 확인할 수 있다. 이런 것을 현재로서 하고 있는 것이 소설에서의 묘사의 큰 부분을 차지하고 있는 인물 묘사이다. 사람의 얼굴에서 일어나는 이 변용의 내용은 '가면' 같은 것이다. 문화라는 탈을 썼다 벗었다 하는 것이다. 가면 안 쓴 맨 얼굴이란 것은 그러므로 가면자假面者들의 눈으로 보면 공포요, 괴기다. 한국인은 오랫동안 한 가지 가면만 쓰고 살아왔다. 그래서 가면과 맨 얼굴이 유착된 상태를 자연스러운 것으로 여겨왔다. 그런데 사회 변혁기라는 것은 가면 변혁기를 말하는데, 이 변혁기에는 당연히 새 가면을 쓰게 되는데, 사람들은 이 탈은 임시 쓴 것이고 뒤에 있는 맨 얼굴은 여전한 한국 사람의 얼굴이니까, 비록 다른 탈을 썼더라도 다 같은 한국 사람이다, 하고 생각한다. 이것은 착각이다. 어떤 특정한 탈과 분리된 '한국 사람'이란 것은 아무 사회적 내용 없는 '말'뿐인 것이어서 그럴 때는 더 적절하게는 다 같은 인간이다, 하고 말해야 옳을 것이다. 이런 깨달음이 없으면 정치적인 색맹이 되고 만다. 가면은 보이지 않고 생면生面만 보이는 것이다. 동포라는 것은 같은 가면을 썼기 때문에 동포인 것이지, 우리가 정한 사회적 약속 — 우리가 쓰기로 한 탈과 다른 탈을 쓰고 있는 사람은 이미 동포가 아닌 것이다. 국민 일체감이라는 것이 생물적 근거에 서 있는 것이 아니라 사회 계약된 근거 위에 서 있는 것이라는 인식이 아쉬워진다. 너무 오랫동안 이 두 차원이 유착돼 있었기 때문에 우리는 사회적 색맹이 되어 있다. 우리가 단일 민족으로 같은 지역에 오랫동안 정착해 살아온 데서 이런 결과가 온 것이다. 만일 지금 우리 사회에 우리가 '말'로만 묘사하고 있는 그러한 약속의 가면은 아무도 사용하는 사람이 없고, 실지로는 엉뚱한 다른 가면을 쓰고 살고 있다면, 그곳에는 사회도, 민족도, 동포도 없는 것이다. 있다고 생각하는 것은 환상이다. 생물학적 존재의 착각일 뿐이다. 국파산하재國破山河在라고 옛 시인은 노래했는데 그는 산하는 국가가 아님을 이토록 똑똑히 말한 것이다. 이런 것이 문화인이요, 사회적 종種이며 가면 사용 인종假面使用人種이다. '조국' '동포' '한국인' 같은 존재는 시간마다, 날마다, 세대마다 구성하고 획득한 존재이지, 천부의 소유물이나 귀속이 아니다,라는 것이 '사회적 종으로서의 인간'의 정상 감각이다.

따라서 그것은 자동적으로 상속시키거나 유전시킬 도리도 없는 '사회적 유전 정보' '사회적 DNA'이다. 그런 까닭에 한국 사람 가운데 한국 사람인 도산조차도 그의 아들에게 이것을 상속시킬 수도 유전시킬 수도 없었던 것이다.

조국의 재획득 ─ 이것이 오늘 우리가 치러야 할 국민적 목표다. 조국이란 우리가 만들면 있고, 만들지 않으면 없고, 저절로는 절대로 없는 인공적 종이기 때문이다.

세계인

1

계절이 바뀔 때 우리는 무엇인가를 느낀다. 옮아가는 것들은 소리 없이 가지는 않으며 오는 자들도 또한 예고가 있다. 역사가 새롭게 시작되는 마디는 돌연히 이루어지는 법이지만 거기에도 연속은 볼 수 있는 것이다. 역사적 전체상이 새로운 자세를 갖출 때, 그 속에 살고 있는 개인의 대부분은 이것을 눈치 채지 못할는지 모르나, 다음 시대를 짊어질 층은 기상을 감득하게 되는 법이다.

그러한 의미에서의 무언가 얼핏 형언키 벅차기조차 한 저류를 지금 우리는 느끼고 있다. 이러한 흐름을 나는 우선 '회향回鄕'이라는 개념으로 정립해본다. 그렇다. 우리는 적어도 돌아오고 있다. 아니 좀더 겸손히 말하면 우리는 아무튼 발길을 돌렸다.

이것은 무엇을 뜻하는가? 어떤 징후를 가지고 나는 그런 단적인 정립을 하는가? '회향'이란 구체적으로 무슨 말인가? 당연히 문제는 이런 방향으로 전개되어야 한다. 그러기 위해서는 이제껏 우리가 걸어온 노정을 간단히 돌이켜보는 것이 필요하다.

8·15, 그것은 물론 1차적으로 정치적 심벌이다. 그러나 우리가 이 글에서 돌이켜보려는 입장은 8·15를 단순한 정치 현상으로서가 아니라 보다 깊은 조명 속에서 보자는 것이다. 1945년의 그날 우리는 '해방된' 것이다. 이 위대한 날은 우리들에게 모든 것을 허락했으나, 동시에 아무것도 할 수 없게 만들었다. 해외에서 돌아온 '지사'들은 변하지 않은 조국에의 향수는 두둑이 가지고 왔으나, 한 가지 커다란 오해를 하고 있었다. 그들은 사실 해방된 조국에 돌아온 것이었는데도 불구하고 해방시킨 조국에나 돌아온 듯이 잘못 알았다. 그들은 개선한 것이 아니요, 다만 귀국했을 뿐이었다. 이 오해가 낳은 혼란은 컸다. 민국 수립까지의 남한의 카오스가 바로 거기에 까닭이 있었던 것이다.

미군정 당국이 애초에 어느 정도의 플랜을 가지고 있었는지는 나로서 이렇다고 확언할 만한 자료도 본 적이 없고 아직 너무 가까운 일이어서 그 진상을 알 수 없지만, 미군정이 현실로 취한 여러 행동으로 미루어볼 때 거의 아무 준비도 없었던 것이 아닌가 추측된다. '민주주의 정권을 만든다'는 방향만은 가졌을 것이다. 그러나 그 말이 무엇을 의미하는가? 아무 뜻도 없다. 한국의 어느 층과 손을 잡을 것이며 어떤 속도로, 어떤 입장에서 한다는 계획 없이 그저 '민주주의적 정권을 세운다'는 것은 '인간은 행복해야 한다'는 말 이상으로 무의미한 말이기 때문이다.

미국의 대한 정책은 전후 뚜렷한 대결의 형태로 나타난 대소 관계의 양상이 이루어짐에 따라서 비로소 구체화되었다. '민주화'란 의미는 '반공'과 같은 말이 되었다. 이렇게 해서 이승만의 시대가 시작되었다. 그는 한국의 민주주의는 반공을 뜻한다는 사실을 가장 잘 안 사람이기 때문에 정권을 얻었다. 역사는 역사의 뜻을 아는 사람에게 자리를 준다. 이승만 정권은 민주주의를 위한 정권이기에 앞서 반공을 위한 정권이었으며, 그러므로 빨갱이를 잡기 위해 고등계 형사를 등용하는 모순을 피할 수 없었다.

6·25가 왔다. 공산주의는 신화로서가 아니라 엄연한 역사로서 처음 우리 앞에 그 모습을 나타냈다. 희생은 컸으나 교훈은 절대적이었다. 우리는 공산주의가 무엇을 뜻하는가가 아니라, 공산주의가 무엇인가를 보았다. 우리는 처음으로 뚜렷한 적을 가졌다. 누가 무어라건 인제 공산주의는 남한 국민의 마음을 얻을 수 없게 되었다. 대중은 늘 위인보다 한 발씩 처지는 법이다. 경험에 의해서 배우는 것은 민중의 가장 확실한 자기 형성의 길이며 역사는 그렇게 걸음을 뗀다. 그러나 이때는 이승만의 정부는 그 이상 지탱할 수 없이 만신창이가 돼 있었다. 식민지 관료와 고등계 형사와 왕조적 노인의 트리오가 튕겨내는 이상한 불협화음은 악의 포화점에 이르고 말았다.

그리하여 저 4월의 그날이 왔다. 그날 한국의 '민주주의'가 시작되었다. 그날 한국의 자유가 탄생하였다. 그날 한국의 전통이 탄생! 하였다. 그날 모든 것이 비롯하였다. 그날의 주인공이 완전히 젊은 세대였다는 사실은 그 얼마나 상징적인가. 그날 우리는 우리가 된 것이다.

해방 이후 줄곧 역사에서 소외당했던 우리가 비로소 '자기'를 찾은 것이다. 해방은 마땅히 애국자들이 거느리는 독립군의 힘에 의해서 이루어졌어야 했으나, 사실은 그렇지 않았다. 그 사실이 모든 일을 망쳐버렸다. 역사를 상징적으로 보는 사람의 입장에서는 이러한 일이 우연이 아니며 반드시 뜻 깊은 섭리에 의한다고 말할 수도 있으리라. 다만 우리로서도 말할 수 있는 것은 섭리라느니보다도 그것은 당연한 결과였다는 것뿐이다. 3천만 명의 인간들이 36년간 매일같이 반란을 했어야 옳았다고 주장하는 것이 아니다. 과거에 대한 고찰은 항상 사실을 검증하는 것으로 족하며, 그 이외의 회한이나 원망으로 착색하는 것은 어리석은 일이다. FLN의 깃발이 우리에게는 없었다는 사실을 말하면 족하다.

15년간의 방황 끝에 우리는 슬픈 역정歷程에 종지부를 찍었다. 4월은 우리들의 '바스티유의 공격'이 되었다. 그들은 한국 역사상 처음으로 역사의 주인이 되었다.

우리는 지난날을 간단히 회고하였다. 그렇다면 한 걸음 더 나아가서 그들이 돌아온 곳은 과연 어디일까? 인간이 되었다는 것은 무슨 말인가?라고 우리는 질문하지 않으면 안 된다.

이스라엘의 독립은 '출애굽'이며 '가나안에의 복귀'였다. 인도의 독립은 브라만의 나라로 돌아오는 것이었다.

중공조차도 그들의 전 중국 공산화를 '대중화의 중흥'이라고 강변하려 한다.

이 모든 나라들의 경우는 그들의 정치적 각성을 밑받침해줄 정신적 고향을 가지고 있다. 그것이 종교든 종족적 정치 이념이든.

그렇다면 우리들에게 있어서 그러한 정신적 고향은 어디일까?

나는 여기서 눈앞이 캄캄해진다고 고백하지 않을 수 없다.

일제 통치의 최대의 죄악은 민족의 기억을 말살해버린 데 있다. 전통은 연속적인 것이어서 그것이 중허리를 잘리면 다시 잇기가 그처럼 어려운 것이 없다. 생각건대 한국인은 종교적인 국민이 아니다. 혹은 역설 같지만 너무나너무나 종교적인지도 모른다. 유대 민족과 같은 신앙을 못 가졌다는 의미에서 그렇고, 국회의원이 무당을 찾아갔다는 의미에서 그렇다. 전통을 유지하면서 서구를 배울 수 있는 일본의 행운과는 달리 우리는 정치적인 패배와 더불어 정신적 유산마저 잃어버리고 말 았다. 우리가 지금 해야 할 일은 우리 유산의 재고 조사를 실시하는 일 이다. 우선 있는 대로의 파편을 주워 모아라. 다음에 그것들을 주워 맞 춰서 원형을 추정하는 몽타주 작업을 실시하라. 그렇게 하여 우리가 망 각한 우리들의 정신적 원형을 재구성하라. 이렇게 하여 만들어진 '한국 형'을 세계의 다른 문화 유형과 비교해보라. 무엇이 공통이고 무엇이 특 수한가를 밝혀내라. 다음에 쓸모 있는 것은 남기고, 썩어 문드러진 데 를 잘라버리자. 중요한 일은 우리가 전통을 검토하는 것은 그곳에 머무 르려는 것이 아니라 거기서 빨리 떠나기 위해서다.

불교로 돌아가자고 말하기는 쉽다. 실학 정신으로 돌아가자고 말 하기는 쉽다.

그러나 세계는 지금 아주 달라졌다. 문화권들이 서로 자기 완결적 으로 폐쇄된 상태에 있던 옛 시대에는 정신적 자각은 논리적으로 전통 에의 회귀를 의미했으나, 지금 20세기에 사는 우리의 경우, 문제는 그 렇게 간단치 않다. 가령 우리들의 정신적 원형이 불교에 가깝다는 것이 증명된다 할지라도 그렇다고 해서 우리의 과제가 곧 불교에의 회귀로 결론지어지는 것은 아니다.

『팔만대장경』 전권보다는 한 마리의 개를 태운 우주 차량이 더 심 오한 것일지도 모른다고 말하면 당신은 나를 비웃겠는가? 신구약의 모 든 페이지보다도 달로 쏘아 보낸 1발의 포탄이 더 계시적이라고 말하면 당신은 점잖게 미소함으로써 나를 무시하겠는가?

당신이 옳을는지도 모른다. 그러나 묻건대 당신은 달을 포격한다 는 것이 무엇인지를 아는가?

2

어수선한 이야기였지만 우리들이 지금 놓여 있는 상황을 대강 파악한 것으로 생각하고 다음에 기독교에 대해서 잠깐 생각해보자. 서양 문명에서 기독교가 차지하는 의의에 대해서 계몽적인 설명을 가할 생각은 없다. 다만 기독교가 그들에게는 알파와 오메가라는 것만 말하면 그만이다. 서양 문명은 기독교 신학의 다양한 변주곡에 다름 아니다,라고 나는 생각한다. 절박한 위기의식 속에 방황하는 그들이 기독교로 돌아가려는 움직임을 보인다면 그것은 너무도 당연한 일이다. 더욱이 내가 감탄하는 것은 바티칸 당국이 취하고 있는 존경할 만한 역사 참여이다. 그들은 하늘의 정의가 땅 위에서도 에누리 없이 실현되어야 하며, 이웃에 대한 사랑은 사회적 진보와 정치적 자유의 확대에 의해서 현실화해야 한다는 결심을 한 것처럼 보인다. 과거에 지구상의 어떤 종교가 이처럼 꿋꿋하고 관대한 지혜를 가지고 인간의 역사에 참여했단 말인가?

내가 서양인이라면 가장 간단하게 내 문제를 해결할 것이다. 즉 나는 가톨릭이 될 것이다. 물론 당신은 말하리라. '최 선생, 그건 오햅니다. 기독교는 서양의 종교가 아닙니다. 예수 그리스도는 오히려 동양인이며 적어도 서구인은 아닙니다. 그리고 기독교는 풍토성으로 제약될 수 없는 세계성을 가졌습니다'라고.

당신은 옳다. 그리고 옳지 않다.

나는 그리스도의 출생지를 문제 삼고 있는 것이 아니라 그의 현주소를 문제 삼았던 것이다.

다음에 세계성을 띠었다는 의미에서 기독교를 믿고자 한다면 우리는 콩고인이나 뉴기니인이나 혹은 아메리카 인디언이 아니라고 말하

면 족하다. 쉽게 말하자. 우리는 불교를 가진 문화권에 속하는 주민이
란 말이다.

　　서양 사람이 쓴 글에서 어쩔 수 없는 단절감을 느끼는 경우는 '종
교, 즉 기독교'라는 고정관념을 감득할 때다.

　　개인적인 경험을 말한다면 이런 일이 있다. 중학교 초학년 때 어
떻게 해서 『죄와 벌』을 읽게 됐다. 물론 이해하지 못했다. 고등학교에서
다시 읽었다. 이번에는 이해했다. 단 그때 나는 『죄와 벌』을 이해하지
못한 것이 아니라 '기독교'를 몰랐다는 것을 이해했단 말이다.

　　한국인 최인훈 선생에게 있어서 기독교는 생득 관념이 아니라 학
습의 결과였다는 것이다.

　　이 문제에서 오히려 중대한 것은 서양 사람들의 앞에서 말한 독선
보다도 열등감에 사로잡힌 동양인의 심리라 하겠다.

　　그들은 다른 학문 분야에서나 마찬가지로 서양 사람의 시점에서
있다. 이른바 '저쪽'의 시점에서 '여기'를 보고 있다는, 말할 수 없이 슬
픈 인식의 우로迂路를 걸어왔다.

　　동양이 세계사에 등장한 것은 개척민으로서가 아니라 인디언으로
서였다. 다만 다른 것은 인디언은 멸종했으나(천연기념물로 잔존해 있는
것은 고려에 넣지 말기로 하자) 동양인은 살아남았다는 것뿐이다. 그리고
그러므로 근본적으로 문제는 다른 것이다. 아무튼 정복자로서 나타난
사람들의 가호신加護神이 더 우수해 보인 것은 그들의 대포가 가전家傳
의 명궁보다 좋아 보였기 때문이라는 소박한 관찰을 나는 고집한다. 이
런 패배 의식이 우리를 아직도 누르고 있다.

　　나는 확신한다. 서양 사람들이 무당 신앙으로 개종했다는 보도가
AP를 통해 들어오면 한국인이 그날로 전통으로 돌아가리라는 것을. 한
국인(혹은 동양인)이 스스로의 정신적 주체성을 굳히는 작업에서 최대의

장애물은 기독교 그것이다.

만일 기독교를 우리들 회향回鄕의 자리로 선택한다면 그것을 배우기 위해서 우리는 꼭 2천 년을 소비해야 할 것이다.

이런 일이 있어서는 안 된다.

회의주의자 도마, 그리스도의 옷자락을 만져보고야 믿은 도마와 우리를 비교하는 것도 이치에 맞지 않는다. 왜냐하면 우리는 도마들이 아니기 때문이다.

3

우리가 이처럼 생각하지 않을 수 없는 까닭은 세계가 지금 새로운 문화를 분만할 단계에 있다는 관찰에서다. 다른 말로 하면 이제부터의 인간의 목표는 크리스천이 되는 것도 아니며, 불교도가 되는 것도 아니며 마르크시스트가 되는 것도 아니고 '세계인'이 되는 일이다.

오늘날 확실히 '세계'는 실재한다. 서양 중세기나 근대 이전의 동양처럼 한 가지 이념에서 묶인 세계가 아니라 통신과 교통에 의해서 지탱되는 그러한 세계가 존재한다.

매스 커뮤니케이션이 다루는 정보량의 대부분은 여전히 서양에 관한 뉴스다. 잠자던 대륙들이 눈을 뜬 것은 사실이지만 눈뜬 사자가 반드시 일어나라는 법은 없다. 노예의 신분에서 해방된 노예가 다시 주인의 소유물이 되기를 간청한 로마 시대의 이야기를 우리는 알고 있다. 모든 신생국에서 벌어지는 사태는 절망적인 것도 아니며, 그렇다고 희망적인 것도 아니다. 왜냐하면 도무지 스스로 걸음마를 시작한 세월이 너무 짧기 때문이다.

우리는 교만할 이유가 없으며 소박하게 낙관할 만큼 미련하지도 않다. 우리가 가진 것이 있다면 이런 정신 — 솔직하게 사태를 직면하고, 상황의 뜻을 자각하여 그 개선을 향해서 노력하자는 각오일 것이다.

4·19는 우리들의 이와 같은 부활의 신념과 투지를 표시한 상징이라는 것에 그 의미가 있다. 그날 경무대로 달려가던 아이들에게서 나는 1789년 여름 바스티유로 달려가던 인민들의 메타모르포세스를 본다. 우리들이 앞으로 의지할 정신적 지주는 석굴암 속이 아니라 저 4월의 함성 속에 있다. 우리의 노래를 울려 보낼 하늘은 저 서라벌의 태고연太古然한 하늘이 아니라 초연硝煙이 매캐하게 스며든 저 4월의 하늘이다.

4월을 말할 때 공리론은 무의미하다. 그것은 신화였던 것이다. 그날의 대열에 참가한 아이들을 우상으로 섬기지 말라. 그날의 당신과 지금의 자기를 동일시하지 마라. 그날의 당신은 당신이 아니었다. 신화는 한번 표현되면 다시 지우지 못한다. 4월은 인간이기를 원하는 한국인의 고향이 되었다. 그것은 신라보다 오래고 고구려보다 강하다. 인간의 고향이기 때문에 오래고 오래며 자유의 대열이기 때문에 강하다. 결국 인생을 살고 싶지 않은 사람들이 있는 것이다. 4월의 아이들은 인생을 살기를 원한 최초의 한국인이었다. 그들과 더불어 새 시대가 시작되었다. '자기'가 되고자 결심한 인간, 정치로부터의 소외를 행동으로 극복한 인간만이 살 자격이 있으며 저 위대한 서양인들과 어깨를 겨누고 '세계인'이 될 힘을 가졌다.

4월의 아이들은 달려간 아이들이다. 그들은 생각하면서 달려간 것이 아니요, 달리면서 생각한 새로운 종자였다. 우리는 현대가 정치의 계절임을 안다. 식민지 인텔리의 불행한 의식은 정치를 곧 악으로 동일시하는 슬픈 타성을 길러왔다. 정치는 악도 아니요 선도 아니다. 그것은 태양이 현실인 것처럼 인간의 현실이다. 눈을 감으면 태양은 보이지 않을지 모르나 정치는 그 사이에 당신의 목에 올가미를 씌운다. 정치적 권리를 방어하려는 자각을 갖지 못한 인간에게는 미래가 없다. 정치적 차원에서 표현되지 못한 휴머니즘이 얼마나 무력한 것인가를 우리는 잘 알고 있다. 휴머니즘은 언어의 미학이 아니라 행동의 강령이다. 그것을 지키려는 결의가 없는 데서 휴머니즘은 휴지보다도 못하다.

아직도 우리의 과제는 '인간'이 되는 일이다. 그런 까닭에 석굴암이나 백마강으로 가고 싶어 하는 사람들을 나는 두려워한다. 우리가 겨우 빠져나온 인간 소외의 심연 속으로 발목을 끌어당기는 듯한 공포를 느끼기 때문이다.

아니다. 그렇게 하면 우리는 또 한 번 헛다리를 짚을 것이다.

4

계절은 바뀌고 있다.

아직도 우리의 운명의 사슬은 튼튼하다. 이 사슬을 끊어버리고 그것을 무기로 주먹에 거머쥐고 인간을 반대하는 모든 악령을 후려칠 때를 기다리자.

우리가 이런 결심을 어렴풋이 느끼고 있다는 의미에서 계절은 바뀌고 있다. 그래서 회향이지만 그 돌아갈 고향의 이름을 우리는 모른다. 그것을 호오好惡를 기준 삼아 얘기하자면 불교라고 말하겠으나 거기에는 불타佛陀의 키보다 큰 조건부로서만 그렇다. 그 조건들이 낱낱이 허락될 것인지를 나는 의심한다.

그러므로 차라리 지금 당장에 때 묻지 않은 피부로 우리를 안아 주는 저 4월의 가슴을 나는 택하는 것이다. 그것은 세계로 향한 폭파구였

476

다. 4월의 아이들의 그 상긋한 겨드랑 냄새를 나는 좋아한다. 그 핏발 서지 않은, 그러면서 흑보석처럼 타던 눈동자를 사랑한다. 그들이 보여준 보편성을 나는 사랑한다. 가장 특수한 것이 가장 보편적이다 어쩌구 하지 말라. 두 사람의 인간이 최초로 월세계에 착륙했을 때 그들이 국적을 따질 것인가? 그들은 포옹할 것이다. 그들이 남녀라면 '육체의 회화'를 교환할 것이다. 다음에 소리 높이 웃을 것이다.

인간에게는 인간이라는 특수성보다 더 특수한 것은 없다. 서양 나라들 가운데서 가장 솔직하고 비교적 거짓말이 적은 나라에서 아직도 검둥이 아이들은 다른 학교에서 공부해야 된다고 생각하는 사람들이 있는 현 세계에서 나의 생각은 아마 귀여운 종류에 속한다고 당신이 말한다면, 나는 입을 다물 수밖에 없다. 당신이 아무것도 모르고 있다는 것이 분명하기 때문이다.

세계인이란 아직껏 있어본 적이 없다. 그것은 미래의 인종이며 새 시대의 신화족이다. 미래의 역사에서 낙오되는 국민은 경제력이 약한 국민이나 군사력이 약한 국민보다도 이 새 타입의 인간에 스스로를 맞추는 데 인색하거나 자각이 없는 국민일 것이다.

서양인은 전자가 되기 쉽고 동양인은 후자가 되기 쉽다. 많이 가진 자는 훌훌 떨쳐버리기가 어려울 터이고, 아무것도 갖지 못한 사람들이 남의 퇴물도 아쉬운 것은 있음직한 일이다.

오늘날 지성인이란, 신분으로 고정된 계급은 아니라 할지라도 사회의 운명을 예민하게 붙잡아서 그것을 표현하고 사회 행동에 방향을 주는 구체적인 세력이 되고 있다.

지적 호기심에 불타고 자중할 줄 알고 자기가 속한 사회에 선을 행하려는 정열을 간직하고 시야가 넓으며, 전통을 탐욕스럽게 반추하고 그것을 미련 없이 뱉어버릴 탄력성을 가진 지적 엘리트가 한국 사회에 형성돼가고 있다. 구태여 나이를 기준한 세대론을 말할 생각은 없다. 늙은 아이들도 있으며 젊은 노인들도 있다. 영혼의 자유는 호르몬의 분비량과 반드시 일치하는 것은 아니기 때문이다.

내가 말하고 싶은 것은 스스로 지성인이라고 생각하는 사람들 가운데 어떤 사람들은 분명히 우리가 뜻하는 바 지성인이 아닌 것 같다는 사실이다.

그야 지성인의 정의를 내리는 것도 쉬운 일은 아니겠지만, 적어도 일정량의 지식을 두개골 속에 저장했다는 의미의 정물적 인간상처럼 우리의 입장에서 먼 것은 없다.

우리가 뜻하는 지적 엘리트란, 선택하고 싸우고 모험하고, 겸허하게 그러나 집요하게 인간의 자유를 위해 싸우는 그러한 사람들이다. 그러면 우리에게 희망이 있는가? 그렇게 묻는다면 그것은 당신이 내가 한 말을 전혀 이해하지 못한 것이다. 희망은 역사 속에도 인간에게도 조국에도 물론 신에게도 없다. 당신이 만일 희망이 있기를 원한다면 거기 희망이 있다. 당신이 만일 빛이 있기를 원한다면 거기 빛이 있다. 소망과 빛은 구약과 신약에 있는 것이 아니라 당신의 에고(자아) 속에 있다. 당신은 새로운 신화족이 될 수 있는 시대에 살고 있으며, 계승이 아니라 창조의 계절에 살고 있다.

4월의 아이들은 열등감의 검은 벽을 폭파하였다. 이 구멍으로 나가라. 당신의 눈앞에 전개되는 운명의 지평에 맞서라. 그때 당신은 인간이 된다. 인간이 되기는 고달프고 벅찬 작업이다. 전통이라는 이름 밑에서 비겁한 후퇴를 말자. 문화유산의 정리, 진지한 검토와는 별개의 문제다. 현재로서는 토인들이 부메랑처럼 자동적으로 돌아갈 전통이라는 것이 우리에게는 없다,고 나는 생각한다. 우리의 전통은 미래의 저 어둡고 그러나 화려한 지평의 저편에 있다. 우리는 미래를 선취한다. '세계인'이란 바로 그런 것이다. 당신은 당신의 심정을 향하여 말하라. '오라 그대, 나의 잔인한 연인 나의 미래여'라고.

사고와 시간

[1] '신은 죽었다'(니체), '신분에서 계약으로'(메인), '공동 사회에서 이익 사회로'(퇴니스), '마술로부터의 해방'(베버), 이것은 유럽 근대의 성격을 설명하는 것을 그들의 학문과 사상의 주제로 삼은 유럽의 두뇌들이 근대를 규정한 말이거나, 자신들의 책의 이름들이다. 이것을 훑어보기만 해도 그들이 말하고자 하는 바를 어렴풋이 짐작할 것 같은 생각이 든다.

인류는 오랫동안 주술의 멍에 아래 살아왔다. 세계 어디서나 사람들은 먹을 것과 안전한 출산과 전쟁의 승리, 일상생활에서의 안락과 같은 것을 얻기 위해서 저들마다의 주술에 의지해왔는데 인류가 태어나서 최근 3, 4백 년 전까지 인간은 주술과 갈라서지 못했다. 물론 그동안 끊임없이 과학적 지식이 발전해온 것은 사실이지만, 과학만으로는 인간은 안전의 느낌을 가질 수가 없었던 것이다. 차츰 사람들은 주술에 대한 믿음을 약화시켰지만, 다른 도리가 없을 때는 주술이라도 해보았고, 마음속에서 아주 주술을 몰아내지는 못했다. 주술은 우리가 오늘날 미신이라는 이름으로 부를 때 생각하는 것처럼 어처구니없는 것만은 아니다. 영국의 인류학자 프레이저는 주술을 동기에 있어서 현실적이지만, 잘못 선택된 수단이라고 말하고 있다. 잘못 선택되었다고 하는 뜻은, 그것이 목표의 성취에 효력이 없다는 것을 말한다. 주술이라는 원인과 목표라는 '결과' 사이에는 과학적 인과 관계가 없다는 말이다. 원시 사람들은 사냥을 떠날 때 그 짐승 흉내를 내는 춤을 춘다든지, 잡고자 하는 짐승의 모습을 만들어 그것을 칼로 찌른다든지 하는 일이 많았다. 목적하는 짐승과 닮은 물건에 대해 행한 행동은 목표물에 영향을 미친다고 생각한 것이다. 또 갖가지 금기라는 것에 묶여서 산 것이 옛날의 생활이었다. 어느 특별한 날에는 길을 떠나지 않는다든가, 울안에는 무슨 나무를 심지 않는다든가, 애기 낳은 집에는 가지 못하는 사람이 있다든지 하는 것들이다. 풍수지리를 본다고 해서 묏자리·집자리가 인간의 운명과 연결된다. 천재지변에 인신 공양을 하는 일 등등, 온통 주술로 얽혀 있는 것이 인류사의 대부분의 기간에 행하여진 실정이었다. 그런데 프레이저가 이들의 동기가 현실적이라고 했듯이 사람들은 주술을 심심풀이로 한 것이 아니었다. 인간의 욕망을 성취할 방법이 너무 가난한 수준밖에는 이르지 못했기 때문에 그들은 잘못된 방법에 매달렸던 것이다. 몸이 아파도 쓸 약이 없었기 때문에 그들은 병 치성에 희망을 걸었고 약이 있어도 가난해서 약 쓸 형편이 되지 못하면 또 푸닥거리에 기댈 수밖에 없었다.

이러한 사정이 크게 바뀌기 시작한 것이 근대라는 이름으로 불리는 유럽사의 한 시기였다. 꽃이 열리기까지 꽃나무 속에서는 움직임이 쌓여가지만 꽃이 열리는 것을 눈으로 볼 수 없듯이, 이런 시기가 어느 한 시대에 난데없이 이루어진 것은 아니다. 인간의 경험이 쌓이고 합친 끝에 마침내 그 뭇 세대의 뭇 개인들의 경험이 한 가닥의 실로 꿰어진 것이다. 앞에서 적은 사상가들은 이 현상을 저마다 특이한 개념을 가지고 설명하려고 하였다. 거기서 공통한 것은 잘못된 사고방식에서의 해방이라는 주제이다.

그들은 주술에서 해방되면서 가속적으로 자연에 대한 지배력을 불려왔다. 지구 아닌 다른 별에 사람이 가게 되었다든가, 물질의 단위를 찾아내어 거기서 힘을 얻게 되었다든가, 인간의 씨앗을 다룰 수 있게 되었다든가 하는 데까지에 이르렀다.

사람은 동물과 달라서 무한히 발전할 수 있는 것은 경험을 그저 기억할 뿐만 아니라 정리해서 기억한다. 정리한다는 것은 같은 것을 같은 것끼리 묶어서 그것들에게 간단한 이름을 주는 것을 말한다. 필요할 때면 끄집어내서 낱낱의 사실을 알아볼 수 있는 힘을 가지고 인간은 수학을 비롯한 과학이란 이름의, 체계화된 방법으로 정리된 정보의 축적을 가지게 된 것이다.

2 전 같으면 가물 적에 온 나라가 기우제를 지내느라 법석이었을 것이다. 요즘엔 곳에 따라서는 그런 데도 있었는지는 몰라도 있었더라도 아마 많지는 않았을 것이다. 비가 오지 않으면 양수기를 써서 지하수를 이용한다든지, 그 밖의 대처법이 장려되고, 또 받아들여졌을 것이다. 농민들도 그만큼 생각이 합리화되어가고 있다. 하늘에 빌어도 비는 오지 않기 때문이다.

어떻게 돼서 비가 오는지를 몰랐던 때는 농민들은 기우제라도 지내볼 수밖에 없었다. 비뿐이 아니라 옛날에는 병이 난다든지, 출산이라든지, 물건을 잃었다든지, 길을 떠난다든지, 온갖 일에 사람들은 귀신에게 빈다든지 비방을 실천한다든지 하였다. 그런 일을 하면 소원이 이루어지리라고 생각한 것이다. 이런 것들을 우리는 굿이나 치성이라고 불렀는데 이 주술 행위가 사람이 바라는 결과와 관계가 있다고 믿었다. 세계의 다른 부분의 사람들과 마찬가지였다. 오늘날 우리 사회에서도 그런 행위들이 그런 결과(비, 건강한 출산, 잃어버린 물건이 되돌아오는 일)와 아무 상관이 없는 것을 알게 되었기 때문에 주술은 힘을 잃어버리고 말았다. 주술을 합리적인 행위가 대신하게 된 것이다. 근래에 자주 듣는 '근대'라는 것은 주술에서 합리성에로의 발전 단계라고 표현하는 사람도 있다. 근대화라는 말은 합리화라는 말과 같은 것이다.

③ 행동은 '목표→수단→결과'라는 일련의 과정으로 이루어지는데 목표라는 것은 우리가 결과를 미리 의식 속에서 그려보고 그에 맞는 '수단'을 역시 의식 속에서 만드는 것을 말한다. '수단'은 이 '목표'가 밖에서 이루어진 상태 ─ 즉 행동이나, 도구·기계를 통틀어 말한다. 이렇게 보면 사고의 합리화라는 것은 행동의 출발점에서 늘 '목표'와 '결과'를 이어주는 바른 '수단'을 알아낸다는 뜻이 된다. 주술은 이 '수단'이 잘못된 경우의 행동이다. 주술에서 벗어난다는 것은 그러나 쉬운 일이 아닐뿐더러 금을 그은 듯이 어느 때 이후와 이전으로 갈라설 수 있는 일은 아니다. 언제나 부딪쳐야 하는 위험이다.

사회적인 변화가 심할 때는 더욱 그런 위험은 크다. 기우제 같은 것은 아무나 알아볼 수 있는 비합리적인 행동이지만 대부분의 비합리성이란 이렇게 쉽지는 않은 모습을 지니기 때문이다. 가령 기술적인 발전의 가속성이 현대의 특징인데, 최신 기술의 습득을 게을리 하고 낡은 기술에 머물러 있을 때는 그런 태도를 비합리적이라고 부른다. 낡은 기술이 주술이라는 말이 아니라 비능률적이라는 말이다. 이럴 때도 우리는 비합리적이라는 말을 쓰는데, 더 능률적인 기술을 쓰려고 하지 않는 태도를 말하는 것이다. 경영의 합리화라는 말 역시 그렇다. 인사나 기술에서 능률적이 아닐 때 우리는 그렇게 표현한다. 사회적인 변화라는 것은 인간관계와 기술의 분야에서의 행동 양식의 변화를 말하는 것인데, 이러한 변화는 필연적으로 신구新舊의 갈등을 가져온다. 또 사회적 변화는 사회의 여러 분야가 통일이 없이 일어나는 것이 보통이기 때문에 여기서도 혼란과 갈등이 온다. 그뿐 아니라, 지금까지는 비합리적인 것과 합리적인 것의 바꿈은 다만 기술적인 문제인 것처럼 말해왔지만 이 과정에는 사회적인 힘도 미친다. 즉 사회 전체로 봐서는 비합리적이지만 사회의 일부 층을 위해서는 합리적일 수도 있다는 관계가 끼어들게 되기 때문이다. 근래에 문제되고 있는 토지 투기가 좋은 예가 된다. 투기로 돈을 버는 사람들에게는 지금의 토지 정책이 합리적인 것이지만, 사회 전체로 봐서는 비합리적이 된다. 합리, 비합리는 이런 면에서 사고의 문제가 아니라 사회적 이해관계 대립이라는 면을 가지게 된다. 경제 발전에서 고도성장이냐 안정이냐 하는 문제도 다른 요인(예컨대, 국제 경제의 현황)과 더불어 사회 전체의 이해와 일부의 이해라는 문제를 그 속에 지니고 있다. 사고의 합리화란 결국 비와 기우제 같은 단순한 데서부터 사회적 복지와 경제에서의 맹목적 방임주의 같은 데까지에 이르는 광범하게 관련된 종합적 판단을 요구하게 된다.

④ 우리는 무엇 때문에 사고를 합리화해야 하는가? 목표에 바르게 이르기 위해서다. 목표는 개인의 경우에는 개인의 행복, 사회일 때는 사회적 복지다. 여기에 이르는 데는 두 가지 문제를 풀어야 한다. 첫째는 인간과 자연 사이의 갈등을 풀어야 한다. 이것이 첫째의 관문이다. 이 해결의 방법을 우리는 과학이라고 부를 수 있을 것이다. 인류는 이 길을 꾸준히 걸어온 결과 오늘과 같은 높은 기술 수준에 와 있다. 우리 처지는 개화기까지 세계의 최신 기술 수준에서 가로막혀 있기 때문에

그것이 망국의 원인을 마련하였다. 개화 이후에 비로소 우리는 발전된 기술―즉 자연을 정복하는 합리적인 방법을 받아들여 자연과의 싸움에 이용하고 있다. 그러나 우리 기술은 아직 세계의 다른 지역에서 도달한 수준에 미치지 못한 채로 있는데 근본적으로는 이 틈을 줄이고 늘 제1급의 수준을 지키는 것이 합리적 사고의 확립이라는 과업의 기본적 내용이 될 것이다.

둘째 번 문제는 인간과 인간 사이의 갈등을 해결해야 한다. 근래에 역시 문제되고 있는 노동 문제는 이러한 인간 사이의 갈등의 한 양상이다. 자본주의 초기에는 기업가의 이윤이나, 근로자의 임금 문제는 자유방임하면 스스로 조절되는 것으로 알았지만 점차 나타난 갈등은 오랜 곡절을 겪어서 현재에 이르러서는 그 당시의 경제철학은 비합리적인 사고에서 채 벗어나지 못했던 것으로 알게 되었다. 기업이 개인의 것이라는 개념에 대한 수정이라든지, 자유 계약이라 해서 모두 합법적일수 없다는 판단이 보편적인 것이 되고 있다. 우리도 급속한 경제 성장의 과정에서 남들이 다 겪었던 이런 문제들과 만나고 있는데 우리는 후진국으로서의 이점을 잘 이용할 수 있는 입장에 있다. 이것은 결국 사회적 도덕의 문제다. 사회 안에서 일어나는 일은 최종적으로는 사회 전체의 이익이라는 관점에서 조절되어야 한다는 합리적 사고를 정립하고 실천하는 길로 나아가는 것이 시대적 과제가 되고 있다. 사실 추상적으로 말하면 이 원칙은 인간 사회가 있는 곳에는 어디에나 있어온 원칙인데 사회가 변화할 때는 모든 분야가 한꺼번에 변화하는 것이 아니라 이미 있던 생활의 일부가 변하기 시작하기 때문에 이 원칙에 혼란이 오는 모양이다. 자본주의 초기에 근대 산업과 상업이 일어났을 때, 아직도 사회의 대부분의 인구는 농촌에서 농사를 지었고, 농업은 기간산업이었다. 신흥 산업이란 것은 적은 인구가 적은 생산에 종사하는 분야였다.

그들은 기성 질서의 간섭을 뿌리치기에 큰 힘을 기울여야 했고 사실 기업의 자유라는 것은 필수적이었다. 예를 들면 이동의 자유조차 없었던 시기에 무엇보다 필요한 것은 개인의 자유방임이었다. 자유는 무제한일수록 좋은 것처럼 보였다. 그만큼 구속이 많았던 것이다. 그러나 신흥 산업이 국민 경제 속에서 큰 비중을 차지해가면서 이런 요구나 주장은 의미가 달라지기 시작한다. 신흥 산업이 이미 사회적 합법성과 국민 생산에서의 주도권을 차지하고 이미 경쟁에서의 격차가 생긴 상황에서의 계약의 자유라는 것은 강자의 자유와 약자의 손해를 의미하게 된다. 근래의 우리 사회의 여러 갈등에도 이런 문맥에서의 갈등이 점차 깊어지고 있다. 이 매듭을 잘 푸는 것이 사고의 합리화의 또 다른 측면이 된다. 이 문제는 우리 민족의 분단 상황과도 관련이 있다. 우리는 동족이면서 북한과 갈등 관계에 놓여 있다. 그리고 이 갈등은 인간의 행복에 대한 합리적인 해결 방법을 서로 달리한다는 형식을 취하고 있다. 이 형식이 강요된 것이라든가 또는 강요되고 있는 것이라든가 하는 논의는 물론 할 수 있는 것이지만 어쨌든 형식상 그렇고 본질적으로도 이 합리성에 대한 견해의 차이가 중요한 갈등인 것은 사실이다. 그렇기 때문에 우리는 우리 내부의 인간적 갈등을 가장 합리적으로 해결한다는 업적을 성취한다는 것은 북한과의 사이에 놓여 있는 갈등을 합리적으로 해결하는 방법이 될 수 있다. 전쟁이라는 방법에 의한 남북 갈등의 해결이 비합리적인 것이 되면 될수록 더욱 그렇게 된다. 즉 체제의 우수성의 경쟁이 되는 것이다. 이것은 전쟁이라는 야만한 방법에 대체할 수 있는 가장 바람직한 경쟁 방법이다.

1+1＝2라는 사실에는 사람들은 쉽사리 동의한다. 그러나 내가 하루 일하고 너도 하루 일한다는 결정에 도달하는 것은 언제나 어렵기 쉽다. 사고의 합리화에도 이 두 가지 형태가 있다. 첫째 것만을 우리는 사

고의 합리화라 생각하기가 쉽다. 둘째 번 것 역시 말로만이라면 쉬울는지도 모른다. 그러나 그것을 실천하기는 말처럼 쉽지는 않다. 그런 데서 생기는 필연성이 합리적 사고의 결론을 제도화한다는 일이다. 합리적 사고의 확립이라는 것은 머릿속의 합리화만으로도 모자라고, 일이닥쳤을 때마다 합리적으로 행동한다는 뜻으로 해석해도 모자라고, 합리적인 생각에서 나온 행동의 양식을 제도화한다는 데까지에 이르러야할 것이다. 결국 사회 전체의 합리화이며, 체제의 합리화이다. 자연을가장 능률 있게 개발하고 인간 사이의 갈등을 가장 공평하게 조절하는것이 습관이 될 수 있게 사회를 조직하는 일이다. 그리고 이런 일은 이성의 문제이면서 동시에 의지의 문제다. 밝은 생각으로 잘 생각한 끝에우리 사회에 사는 모든 사람들이 그 생각의 결과를 현실화하자는 의지를 가지고 행동하는 일이다.

5 위에서 말한 모든 이야기는 요컨대 '말' 이상도 이하도 아니다. 이러저러하게 하는 것이 좋다는 '말'이다. 그러나 이 말이 '의지'가 되고, '과학'이 되고 '제도'가 되고 행동이 되자면 '말'하는 것보다 엄청나게 많은 절차가 필요하다. 그 절차를 특징짓는 것은 '시간'이다. 어떤 말도 그 말이 이루어지자면 '시간'이 걸려야 한다. '말'도 시간이 걸려야한다. 사고의 합리화라는 말이 미치는 뜻과 대상은 한마디로 해서 생활그 자체의 합리화에 이르는데 이 생활의 여러 분야는 각기 성격을 달리하기 때문에 말이 현실화되기 위한 시간도 저마다 다르다. 어떤 것은 빠르게 어떤 것은 늦게 하는 식으로 차이가 있다. 사고의 합리화는 '말'에서 '실현'에 이르는 절차가 분야마다 다르다는 것을 인식하고 되도록 대상의 성격에 어울리는 시간 계획을 가질 줄 아는 데에까지 이르러야 진정한 합리성에 이르렀다고 할 수 있을 것이다. 요리를 만들 때 여러 가

지 재료를 넣는 데는 순서를 지켜야 한다. 순서라는 것은 재료가 그 요리에서 가지는 시간적 위치다. 이것이 잘못되면 모든 재료가 들어가고서도 바라는 결과는 나오지 않고, 낭비가 생기게 된다. 시간 계획이 잘못되었기 때문이다. 생활의 합리화에는 경험에 따른다면 우리가 생각하기보다는 더 많은 시간이 들어야 한다. 겉보기에 다 조건이 갖추어진 것 같으면서도 결과가 좋지 않을 때는 시간 계획에 잘못이 있는 경우가 많다. 이것을 무시하면 우리는 어느덧 새 주술을 믿는 것이 된다. 주술을 다른 말로 나타내면 행위와 결과 사이에 필요한 시간을 계산하지 않는 행동이라고 말할 수 있다. 금이 나오너라! 하고 주문을 외우면 대뜸 금이 나온다는 것이 주술이다. 그러나 현실에서는 금이 나오자면 금을 캘 시간이 필요한 것이다. 시간을 무시하거나 단축시킨다는 것은 필요한 공정을 빼먹지 않고서는 되지 않는다. 그렇게 하면 나오는 것은 금은 금이되 잡물이 섞인 것이 될 수밖에 없다. 우리처럼 생활의 후발 합리화 과정에 있는 처지에서는 '합리주의'라는 것까지도 주술이 될 위험이 있고 사실 있어왔다. 그렇게 되면 '합리주의라는 이름의 비합리주의'를 섬기는 것이 된다.

사고의 합리화의 마지막 시금석으로서 이 시간관념의 도입을 강조하고 싶다. '말'에 대해서 그 원래 뜻의 이상도 이하도 아닌 무게를 줄 때 비로소 '말'은 제값을 지니게 된다. 그렇지 못할 때 '말'은 '허풍' '거짓말' '주문'이 되고 만다. 개화기 이래의 우리나라의 정신 풍토의 가장 큰 허점은 시간에 대한 성찰의 부족이다. '말'을 하는 데 드는 시간과, 그것을 자연과 사회 속에서 실현하는 데 드는 시간을 구별하고, 그들 속에서도 자리마다 그 시간이 다르다는 것을 인식하는 일이 구체적으로 계산되어야 할 것이다. 주술의 지배를 벗어난 옛날 사람들의 기술 수준은 낮았지만, 그 수준에서는 그들은 바른 시간관념을 가지고 있었다. 공

든 탑이 무너지랴고 그들은 믿었다. 시간이 많이 걸려야 진짜가 나온다
는 경험을 말한 것이다. 이 말은 진리이다.

코끼리와 시인

장님들이 코끼리를 만져보았다.

한 장님은 코끼리는 기둥같이 생겼다고 말했다.

다른 장님은 코끼리는 큰 배처럼 생겼다고 말했다.

나머지 장님은 코끼리는 가는 뱀처럼 생겼다고 말했다.

이 장님들은 저마다 코끼리의 다리·배·꼬리를 만져보고 그렇게 말한 것이다.

우리가 잘 아는 이야기다.

만일, 이 코끼리를 '삶'이라 부르기로 하자.

개별 과학이란 것은 저마다 자기가 택한 테두리 안에서 삶을 본다.

모든 것을 보지 않는다는 것이 개별 과학의 본질이다.

아무리 정밀할망정, 과학은 전체적인 접근을 스스로 삼간 데서 오는 부분성을 벗어나지 못한다. 만일 과학이 이 사실을 잊어버리고 그것 자체가 전체적인 인식인 것처럼 생각한다면 그 과학은 이 이야기의 장님들과 마찬가지로 지나친 것을 주장하는 것이 된다.

철학자라고 하는 사람을 코끼리 앞에 데려왔다고 하자.

그는 뜬눈으로 코끼리를 보는 사람에다 비유할 수 있다.

그는 덩치 큰 짐승이라고 볼 것이다.

철학자는 '삶'을 전체적으로 관련시켜서 본다.

그런데 또 한 사람이 와서 코끼리를 보았다고 하자.

그는 코끼리가 먼 나라에서 와서 먹이를 먹지 못하여 병들어 있고 눈물을 흘리고 있는 것을 보고 자기도 눈물을 흘렸다고 하자.

이 사람을 우리는 시인이라 부른다.

그는 코끼리를 관찰하거나 생각한 것이 아니고 느낀 것이다.

그는 코끼리가 되었던 것이다.

이것이 이 세상에서 시인이라 불리는 사람들이 하는 일이다.

공명

　한밤중 잠에서 깬다. 방금 꿈속에 공명孔明을 보았다. 장수들이 앞
뒤로 지킨 속에 수레를 타고 그는 들판을 가고 있었고 나는 어느 발치
에서 그의 행렬을 본 것이다. 공명이 내게로 왔다거나 혹은 꿈에서 그
를 만났다고 말하는 것도 합당하지는 않다. 꿈의 들판은 누구나가 다니
는 길이기에 나도 그 길을 가다가 지나치는 길에 스쳤을 뿐이다.

　잠은 달아나고 간밤에 시작한 비는 연해 오는 기척인데 멀리서 봄
우렛소리. 나는 그것이 과연 저 바깥 하늘에서 나는 소린지 꿈속에서 공
명이 타고 가던 수레 소린지 분간할 길이 없다. 멀리 우람하게 부드럽
게 우르륵 덜거덩 하는 소리. 나는 몸을 돌려 배를 깔고 누워서 그의 이
야기를 쓰기로 한다. 공명은 어떤 사람이던가.『삼국지』에는 여러 사람
이 나온다. 공명 편으로는 그의 임금인 유비劉備를 비롯 관우關羽·장비
張飛·조운趙雲·마초馬超 등과 그(공명)가 지휘한 촉蜀의 전 장병이고, 적
편으로는 조조曹操·손권孫權 휘하의 전 인원이다. 공명은『삼국지』의 처
음부터 나오는 인물도 아니다. 유비가 그를 찾아가기는 대강『삼국지』

의 중간쯤 되는 대목으로 그때까지 그는 초려草廬에서 글을 읽고 있었다. 글이라고 하는 것은 무슨 소설책이나 시집 같은 것을 읽었다는 것이 아니고(그런 것도 읽었음에는 틀림없다), 주로 병서兵書를 보았을 것이다. 거기에 유비가 찾아간다. 이 유비란 사람은 한漢나라의 왕손으로 『삼국지』의 세 기둥 가운데 하나인데 소설에 나타난 한에서는 큰 귀를 가지고 있다는 것과 성격이 우유부단하다는 것 말고는 별로 신통한 것이 없는 사람이다. 아무튼 그 유비가 찾아가서 공명에게 세상에 나오기를 권하는 것이다.

그런데 이 유비가 갈 때까지의 공명의 생활이 내게는 퍽 흥미가 있어 보인다. 앞서 말한 대로 그는 병서를 주로 읽은 것이라고 보아야겠는데 그 경우에 병서라는 것은 그에게 있어서 무엇이었을까, 하는 점이다. 요컨대 그것은 책이다. 그는 책을 읽은 것이다. 당시에는 이미 중국은 풍부한 생활의 경험이 고도의 반성과 사색을 통해서 저술이라는 형태로 저장되어 있었을 것이다. 공명은 그것을 읽은 것이다. 읽어서 때만 되면, 하는 생각은 없었다고 본다. 그것은 공명이라는 사람의 사람됨으로 미루어 그렇게 짐작하는 것이 아니라 당시 지식인의 정신 구조가 반드시 그런 공리적 동기와 직결해서 움직이고 있었을까, 하는 점에 나는 의문을 가지고 있기 때문이다. 중국과 같이 그 국민사國民史를 전개함에 있어서 광대한 지역에서 풍부한 인구를 가지고 할 수 있었던 종족의 경우에는 쉽사리 보편주의가 생리화될 수 있었을 것이다. 천하라고 하는 표현이 구체적으로는 중국이라는 특정의 지역을 뜻하는 동시에 보편 개념으로서의 세계를 뜻하고 있음은 천하라는 말이 쓰이고 있는 모든 경우에 비추어 분명하다. 이런 대국주의가 우리 같은 주변 약소민족에게 얼마나 치명적인 작용 — 주체성의 관념적 상실이라는 작용을 하였는가를 말하려는 것이 여기서는 나의 목적이 아니다. 그 당시 중국 속에 있었던 한 개인으로서는 그것은 넘어설 수 없는 벽이고 그렇기 때문에 당시의 지식인에게는 보편과 특수 사이의 조화 감각이 있었으리라는 것을 가정하자는 것이다. 특수가 하나 밖에 없는 섬에서는 세계 지도가 섬의 지도요, 섬이 곧 세계다.

당시 중국의 지식인의 머리에는 중국이 그런 모습으로 있었을 것이라는 것이 나의 생각이다. 이것은 현실로 중국의 변방에 이夷가 있었고, 중국 사람들이 그것을 모르지 않았다는 사정에 의해서도 영향을 받지 않는다. 어느 시대나 자기 시대를 소유하는 것은 그 시대가 가능했던 관념적 정리력整理力의 범위 안에서이지 물리적인 의미에서가 아니었다. 물론 정도의 문제이다. 당시의 중국은 그 정도가 알맞게 이루어져 있었다. 이런 경우에는 관념은 밖에 대한 걱정을 버리고 안에서 세련과 체계화를 서둘고 거기에 전념한다. 이런 현상은 국토가 너무 작거나, 그 시대에서 이루어지는 지리적 발견이 너무 심하거나 하면 불가능하다. 이런 조건이 모두 적절하게 제외될 때 거기에 고도의 체계가 이루어지며 현실은 정신에 의해서 샅샅이 다듬어지고 정리되고 번호가 붙여진다. 현실은 바둑판처럼 한눈에 볼 수 있는 것이 되고, 어느 말을 움직이면 어디가 어떻게 된다는 것이 기술적으로 보이게 되는 것이다. 공명에게도 그것이 보였던 것이다. 유비가 찾아올 때까지 공명의 정신적 시력은 아마 완성돼 있었을 것이다. 그때 유비가 찾아왔다. 나는 유비의 청을 받은 공명의 당혹을 짐작할 수 있을 것 같다.

이 귀가 큰 장군은 대체 무슨 말을 하는 것인가. 이 귀가 큰 남자는 제갈공명이 그 나이에 이르러 비로소 얻은 평화를 깨뜨리기 위하여 그의 앞에 앉아서 그에게 결단을 요구했던 것이다. 유비는 세 번 공명을 찾았다. 공명은 정말 괴로웠을 것이다. 삼고초려三顧草廬는 그 이후에는 야현野賢이 출사出仕할 때의 의례적 절차가 되었고 문학적 수식이 되었지만 공명의 경우에는 닥쳐든 현실이었다. 삼고초려는 문학이 아니라 현실이었던 것이다. 여기서도 우리는 모든 위대한 사람들의 경우처럼 그 행동 자체가 상징이 되는 그런 고압高壓의 긴장으로 유지되는 행위를 해야 하는 사람을 만나게 된다. 공명의 정신적 완성이 낮은 것이라면, 또 간청하고 있는 사람이 보잘것없는 경우라면 감동은 훨씬 줄어든다. 그런데 최고의 정신에게 최고의 현실이 질문하고 있었던 것이 공명에서의 사정이었다. 그는 두 번 거절하였다. 두 번만 거절한 것도 아니고 세 번째를 위하여 거절한 것도 아니다. 그때마다 한사코 거절하기를 두 번씩 했던 것이다. 그와 같은 난세에 깊은 산속에서 책을 읽고 지내는 인간의 삶이 허락되었다는 것은 나에게는 놀라움이다. 더 문명이 발전했다고 하는 시절에 권력이 개인의 능력의 마지막 방울까지도 동원하고 싶어 하는 사정을 알고 있는 우리로서는 더욱 그렇다. 한 사람의 공명을 키우기 위해서 천하는 그렇게 어지러웠을 것은 아니겠지만 변화하는 자기 속에 변화의 원리를 자각하고 있는 한 개인을 가진 사회는 자랑스럽게 여겨도 좋을 것이다. 그것은 그 사회의 힘과 여유를 말해주고, 그 사회가 결코 삶을 헛되게 낭비만 하지 않고 삶의 본질을 정리하고 축적했다는 것을 말해주기 때문이다. 이것은 단순한 비유에서가 아니다.

만일 군왕의 부름에 응하지 않을 수도 있었다는 관례가 허락되지 않았다면 그런 개인의 생존 방식은 불가능했을 테고 따라서 행복이 무너지면 그만이고 그 자리에는 관례 하나도 남지 못했을 것이다. 현실의 삶의 소용돌이를 자기 정신 속에서 진실하게 반영하면서도 그 소용돌이에서 직접적으로는 비켜선 자리나 개인을 허락하는 것, 그것이 문화다. 권력의 편에서나 지식인의 편에서나 그것은 자기희생을 요구한다. 삶의 모순과 인간의 불완전에 대한 겸손한 인식을 실천하는 힘, 도덕적 힘을 전제로 하는 현상이다. 이런 현상이 제갈공명의 시대에는 존재하였다. 유비는 세 번이나 공명을 찾았던 것이다. 물론 유비에게서 선거 브로커를 찾아가는 입후보자의 이미지나, 소문난 점쟁이를 찾아가는 사업가의 이미지를 눈치 채기는 어렵지 않다. 그것이 쓸모없는 것은 다름이 아니다. 그렇게 말한다면 삼라만상은 높고 낮음 없이 물리학의 운동으로 설명하는 편이 더욱 간편하다. 간편한 것이 제일 옳은 길이 아닌 것처럼, 공명의 괴로움도 그런 메타포에 관계없이 그 자신의 전 운명을 걸고 해결해야 할 일이었다.

공명의 문제를 나는 이렇게 요약하고 싶다. 그가 유비의 방문을 받는 순간까지의 그의 삶처럼 순수하고 완전한 삶이, 유비가 권하는 삶 속에서 이루어질 수 있을 것인가? 하는 것이다. 그것은 다른 말로 하면 현실을 시처럼 살 수 있을 것인가 하는 것이다. 하물며 그가 권고받고 있는 현실은 가짜 현실로서의 문학 생활도 아니요, 어중간한 현실인 피치자의 삶도 아니요, 현실의 에센스로서의 현실인 정치였던 것이다. 수락하든지 혹은 않든지, 수락하면 그 후의 삶을 어떤 원리로 이끌어갈 것인지, 공명은 이 갈림길에서 괴로웠기 때문에 귀가 큰 남자는 세 번이나 이 사람을 찾아야 했던 것이다. 마침내 그는 수락한다. 제갈공명은 동양화의 산수 속에서 걸어 나와 화려하고도 장엄한 군담의 주인공이 된다. 그의 순수 행위의 첫째 형태, 책읽기는 끝났다. 그는 제2의 삶을 어떤 원리로 이끌어나갔는가.

제갈공명은 싸웠다. 그리고 이겼다. 언제나 이겼고 가장 유려하게 이겼다. 패전도 없지 않지만 언제나 그의 부하들이 그의 작전 지시를 어긴 데서 오는 패전이었고 그 자신의 위신에 직접적으로 타격을 주고 그의 머리에 둘러 있는 원광圓光을 흐리게 할 만한 패전의 장면을 우리는 『삼국지』에서 찾아볼 수 없다. 『삼국지』의 그가 등장하기 이전까지의 부분에는 어느 인물도 그만큼 압도적 무게로 사건을 지배하는 인물은 없다. 『삼국지』 전권을 통해 가장 뛰어난 전사인 여포呂布도 그 초인적 힘에도 불구하고 우리를 압도하지 못한다. 여포 한 사람을 상대로 유비 삼형제가 싸우는 장면은 여포라는 사람의 힘을 가장 단적으로 독자에게 알려준다. 그런데도 그에게서는 용렬하다는 인상을 받는다. 사람으로서 보잘 것이 없고 바보인 것이다.

그 밖의 여러 인물들도 모두 상황에 대한 그들의 미치는 힘에 있어 부분적이며 약하다. 인생은 사실 그런 것이다. 자기 상황을 뚫어볼 수가 있을 리 없고 힘만 장사였다고, 또 꾀만 있다고 그들이 사건의 움직임에서 항상 이길 수도 없고 살아남을 수도 없다. 그들 등장인물들은 모두 단편적이고 우발적이고 역사의 큰 물결에 뜨고 가라앉는 다소간에 크고 작은 군상들이다. 그런 점에서 공명이 등장하기까지의 『삼국지』의 부분은 보다 사실주의적이고 서사적인 냉혹함을 지니고 있다. 그러나 공명이 등장하고부터는 그렇지 않다. 먼저, 판도가 삼분되어 게임은 훨씬 뚜렷해진다. 마치 그 이전의 사건들은 이런 역동적인 국면으로 오기 위한 준비였던 것처럼, 그리고 공명 그 사람이 비교를 넘어선 슈퍼맨이다. 나는 그것이 근대 소설에 젖은 우리가 얼핏 떠올리기 쉬운 뜻에서의 허구라고 생각할 수가 없다. 제갈공명의 출사 전의 연구와 완성을 우리는 깔보고 얕잡아볼 아무 근거를 가지고 있지 않기 때문이다.

그는 천문·지리·용병·목민·둔전·공학·화기학 등 군사령관으로서 또 군정관으로서 정치가로서 필요한 해박한 지식을 종횡으로 부리고 있다. 그렇기 때문에 그가 등장하면서부터는 『삼국지』는 소설로서의 불투명의 매력을, 물物 자체나 사건 자체의 예측불능한 면모를 반영하는 매력은 잃는다. 공명이 이기는 것은 정한 이치고 문제는 어떻게 이기는가만이 남는 것이다. 천재에게 방대한 현실적 동원력을 주어서 그의 행동의 장려함을 감상하는 입장에 서게 되는 것이다. 공명의 능력은 아무런 신비나 허황한 모습도 띠고 있지 않다. 분석적 머리를 가졌고, 검박한 생활에서 축적된 정력이 넘치는 천재라면 그리 되지 못할 리가 하나도 없는 그런 솜씨와 힘이다. 인간의 역사에는 인간의 꽃이라고 할 만한 인물이 얼마든지 있고 공명도 그런 사람 가운데 하나일 뿐이다. 그래서 공명의 등장 이후의 『삼국지』는 훨씬 로마네스크하고 심리소설적인 모습을 띤다. 이 비범한 인간을 매개로 하여 현실은 마침내 심리화되고 관념화되고 상징화된다. 공명이 세계이며 그의 일거수일투족은 별과 바람의 움직임과 하나가 된다. 공명이 자주 천문을 말하는 것은 『삼국지』 전권을 통해 가장 아름답고 인상적이며 위기의 시간에 항상 그의 말은 자연을 매개로 하고 있다.

기계적 메커니즘이 아닌 정신적 정보 조직의 틀이 그의 머릿속에 있어서 우주의 한쪽에서 일어난 일이 다른 한쪽인 공명의 그 틀에 진동을 줌으로써 사건을 전달했다는 것을 왜 믿지 말아야 할 것인가. 그것도 공명의 경우에는 신비한 수속에 의해서가 아니었다. 공명은 모든 정보를 손에 쥘 권한과 편리를 가진 자리에 있었다. 자기가 임명한 장수의 기질, 자기가 점검한 요새의 조건, 자기가 적대한 국가의 장수, 그가 끊임없이 밀정을 통해 동태를 파악하고 있던 상대국의 고관들의 움직임에 대하여, 건강 상태에 관하여 그가 예견을 표시했다고 해서 과연 믿지 못할 일이라 해야 할 것인가. 그렇지 않다. 우리가 보고 있는 인물은 자질에 있어서 뛰어나고 국가의 최고의 공직을 차지하고 있는 인물로서 신문지 한 장으로 국내외 정세를 더듬어야 하는 현대 소설의 주인공이 아니기 때문이다. 이런 모든 조건은 합쳐져서 더욱더 공명이라는 인간으로 하여금 뛰어난 행위를 가능케 한다. 그의 행위, 그것은 전쟁이다. 그의 초인적 능력 때문에 전쟁의 기술과 과정은 합리화되고 투명해지고 상징화된다. 적벽赤壁의 싸움이 시를 위한 끊임없는 모티프가 되고 있는 것은 그 싸움이 시였기 때문이다. 그 싸움에서 전사한, 익사한 수많은 왕 서방·이 서방들이 시였다는 것이 아니다. 공명이라는 실존한 허구의 프리즘의 매개 때문에 그 프리즘의 이쪽에 있는 독자인 우리에게는 왕 서방·이 서방들은 시로서 보이는 것이며 그들은 낭자하게 떨어지는 꽃 이파리들로 보인다는 것이다. 좀 자장면 냄새는 나는 꽃 이파리들이지만. 그러나 우리와 왕 서방들 사이에 위치한 프리즘인 공명 그 사람은 현실의 인간이면서 동시에 시이다. 그 자신이 시인 것은 우리의 힘도 그의 부하들의 힘도 아닌 공명 자신의 현실적 능력 때문이다. 자기 자신의 현실적 능력으로, 시인의 문장의 힘으로서가 아닌 스스로의 능력으로 시가 되고 있는 인간, 소설 미학의 육화로서의 인간, 그것이 제갈공명이다.

이제야 나는 알 수 있다. 어느 눈 내리는 겨울 저녁에 그의 오막살이를 찾은 큰 귀를 가진 남자의 청을 받고 몇 날 며칠을 잠 못 이룬 끝에 마침내 그의 삶의 새 국면을 맞기로 했을 때 공명이 어떤 결심을 하였는가를. 그는 놀랍게도 현실을 시처럼 살리라는 결심을 유보 조건으로 그 길을 택했던 것이다. 현실을 ─ 정치와 전쟁을 순수하게, 완전하게, 투명하게, 추상적으로, 상징적으로 살리라, 하는 이 놀라운 결심. 그 결심을 가능하게 한 맨 첫째 이유는 아마 자기 자신에 대한 믿음이었을 것이다. 자기 능력에 대한 믿음이라는 원시적 명쾌함의 감정을 그는 가지고 있었다고 봐야 하며, 회의하면서 미지의 운명에 도전한다는 생각은 없었다고 나는 생각한다. 자신이 없는데도 한다는 것은 원시적 고전적 인간인 공명에게는 악덕 이외의 아무것도 아니었겠기가 쉬우며 우리들의 약점을 그에게 돌려야 할 만큼 우리가 위선적일 필요는 없기 때문이다.

자기 한 몸에서 현실과 상징이 하나가 되었던 인간. 공명은 그런 사람이었다. 공명 이외의 어떤 인간도 이 이원을 그에게서처럼 허심탄회하게 조화한 경우를 발견할 수 있는 예는 없다. 대부분의 권력자는 그가 가진 권력이 아무리 강대했더라도 그들은 불안했으며 자신이 없었다. 왜냐하면 그들은 공명만큼 명석한 정신을 갖지 못했기 때문이다. 대부분의 문학자는 그의 문학적 재능이 아무리 뛰어났어도 그들은 불안했으며 자신이 없었다. 왜냐하면 그들은 공명만큼 강대한 권력을 갖지 못했기 때문이다. 공명은 그 두 가지를 다 가지고 있었다. 그가 가진 교양이 세계 최고의 것이었고, 그가 가진 권력이 인신人臣으로 최고의 것이었고, 그가 기동機動한 공간이 가장 넓은 것이었으므로 존재의 모든 음계는 공명을 동심원의 중심으로 하여 완전히 겹쳐 있었다. 그는 역사상 가장 행복한 지식인이었다. 물론 공명이 지식인이라는 것은 우리들의 척도에서다. 그에게 있어서 경국經國은 일종의 순수 행위였으며 우리말로 하면 앙가주망 — 그것도 회의 없는 앙가주망이었다고 나는 생각한다. 한 걸음마다 건다〔賭〕, 그런 심리는 공명이 모르는 단 한 가지 일이었다. 출사의 순간을 사이한 그 순간에만 망설임이 있었다. 그것도 망설임이다. 그러나 꽃망울 하나가 자기를 열 때에도 망설임은 있는 것이다.

　　조조가 생전에 공명과 싸운 마지막 싸움에서 조조는 크게 졌다. 그의 군대는 흩어지고 그는 참모 몇 사람과 소대 정도의 병력을 데리고 달아났다. 늘 하듯 공명은 퇴로에 복병을 두었다. 조조는 복병에서 간신히 빠져나오자 껄껄 웃으면서 지금 이 자리에 복병 한 부대만 더 두었더라면 나는 골로 갈 것인데 공명도 거기까지는 생각 못했다고 한다. 그 말이 떨어지기가 무섭게 복병 한 부대가 더 나타난다. 조조는 질겁해서 달아난다. 그러고는 또 공명을 비웃는다. 그때마다 또 복병이 나오고, 이러기를 몇 차례 끝에 부하는 정말 측근 두세 사람만 남는데 조조는 또 웃는다. 이때 측근자들은 조조가 죽이고 싶도록 미웠을 것이다. 그 방정맞은 웃음마다 복병을 불러냈으니 환장할 것이 아니겠는가. 진짜로 복병은 나타났다. 관운장이 그의 앞을 가로막고 조조를 잡으려 한다. 조조는 옛날에 자기가 관운장에게 베푼 호의를 들추면서 눈감아주기를 빌붙는다. 옛날에 운운은 관운장의 단기천리單騎千里를 말하는 것으로 그때 조조는 그를 쫓지 않았던 것이다. 말인즉 틀리지 않기 때문에 관운장은 우물쭈물한다. 그 사이에 조조는 달아나버린다. 공명은 관운장을 직무 유기로 목을 베려 하나 유비의 간청으로 살려준다. 그런데 실은 관운장이 조조를 살려줄 것을 알고 그를 거기에 배치한 공명이었던 것이다.

조조는 운이 다하지 않았으므로 관운장에게 신세 갚음이나 시키자는 것이다. 이쯤 되면 신선놀음이지 전쟁이 아니다. 여기서 공명의 전쟁관은 뚜렷하게 나타난다. 그런 중요한 목이면 막무가내인 꽉 막힌 장수를 두어, 조조를 잡고 볼 일이지 관운장 같은 휴머니스트, 대중 소설적 인물을 둘 것이 무엇이란 말인가. 오히려 직무 유기를 따짐 받을 사람은 공명이다. 공명의 말은 천문을 보니 조조의 운이 다하지 않았으므로 잡으려야 잡히지 않으리라는 것이다. 아마 그랬을 것이다. 그의 천문은 곧 인문을 곁들인 것이었을 테니 물러가는 길의 조건과 쫓는 부하들의 능력을 살핀 종합 판단이니 천문에 나타나지 않았을 리가 없는 것이다. 우리 같으면 그렇더라도 그런 마음은 못 냈으리라. 공명은 냈다. 공명은 천문을 알고 있었기 때문이다. 그래본 다음의 괘卦까지도 알고 있었기 때문이다. 그에게는 전쟁도 순수 행위였던 것이다.

그는 멀리 남만 지방을 쳤을 때도 매우 야릇한 싸움을 하고 있다.

그는 토후들의 왕을 여러 번 사로잡는데 그때마다 놓아주는 것이다. 적으로 하여금 충분한 리턴 매치의 기회를 주는 선수권자의 모습이다. 이것도 고등 전략이라면 그만이지만 실지로 그렇게 하기는 매우 어려운 일이다. 공명은 그렇게 하고 있다. 그에게는 충분한 정보와 힘이 있었을 것이고 싸움은 도박이 아니므로 몇 번을 하나 이길 건 틀림없었기 때문일 것이다. 그렇게 하고 있는 그에게 있어서의 전쟁이란 무엇을 뜻하는 것이었을까. 만일 저를 못 믿는 사람이라면 감히 그렇게 하지는 못했을 것이다. 비록 믿음이 있더라도 적을 부수는 것만이 속셈이라면 이런 번거로운 수속은 필요 없었을 것이다.

정치에는 깊은 수가 있어야 하는 것이지만 이것도 정도의 문제다. 공명은 결과와 과정은 똑같이 중요한 것으로 보고 우러나지 않은 충성이 무슨 충성이며, 기득권의 불양보에 입각한 겨룸이 무슨 평등인가고 그는 생각한다. 이것은 마키아벨리스트의 생각이 아니라 시인의 생각이다. 그런 생각이 시인으로 하여금 현실에서 지는 쪽에 서게 한다. 공명은 시인으로 행동하면서 이긴 오직 한 사람이다. 현실에서 지고 정신에서 이겼다느니 하는 궤변이 아니라 명실 더불어 이긴 것이다. 토인의 왕이라고 깔보아서 그렇게 한 것일까. 조조는 토인의 왕이 아니었다.

시인으로서 공명의 면목은 출사표에서 전모를 드러낸다. 출사표를 읽고 울지 않으면 충신이 아니라 한다. 출사표를 충성 테스트를 위한 거짓기 탐지기처럼 여기는 것 같아 썩 좋은 말이라고는 못하겠지만 분명히 이것은 좋은 글이다. 그런데 이것은 '글'일까? 아니다. 그것은 '행동'이다. 공명은 '출사'라는 시제로 글을 지어 바친 것이 아니라 군사 행동을 원하는 공문을 제출한 것이다. 행동을 요청하는 행동 ─ 그것이 출사표라는 행동이었던 것이다. 그것은 의사 표시였던 것이다. 의사 표시가 멋지다고 해서 그것이 의사 표시임을 그치는 것일까.

그럴 리는 없다. 그의 출사표가 지금도 우리를 움직인다면 그것은 명문이어서가 아니라 그것이 '글'과 '행위'를 넘어선 현실 자체, 순수 행위이기 때문이다. 그 시점에서 촉蜀이라는 나라가 그 생명력의 모두를 들여서 움직여야 할 일이 무엇인가를 뚜뚜하고 강력하게 발성한 인간의 육성이기 때문이다. 『삼국지』 전권은 출사표 한 장으로 흘러들어가서 이 글을 사물로 높여놓는다. 『삼국지』라는 문맥 속에서 출사표는 빼도 박도 못 하는 흔들림 없는 주춧돌이다. 그것은 종이 한 장이 아니라 중국의 비바람이 거기에 뭉친 순수 결정이다. 현실이 된 언어이며, 언어가 현실이다. 이것은 유비類比나 변증법적 반성으로 그렇게 풀이된다는 것이 아니고 사실이 그렇다는 것이다. 사실처럼 우리를 놀라게 하는 것은 없다. 행동이 시가 된 경우 — 출사표는 그래서 놀라운 '사실'이다. 그것은 문학과 현실의 동떨어짐을 모르는 드물디드문 사람, 공명의 순수 행위이다. 그만큼 권력을 갖지 못했던 사람들은 그것을 명문이라 불렀고, 그만큼 글재주를 갖지 못했던 사람들은 그것을 충성이라고 불렀다. 그러나 공명에게는 그것은 행동이었다. 마치 그가 진중에서 부대를 향해 지휘봉인 백우선白羽扇을 올리는 것이 에누리 없는 행동인 것처럼, 그것은 공명에게는 가장 평범한 행동이었으나 우리에게는 철학과 문학의 기교를 다해도 늘 손가락 새로 빠져나가는, 자기 그림자를 밟는 것 같은 못 이룰 술래잡기였으므로 선禪을 만들고 생볼리즘을 만들었으나 끝내 객관적으로 정착시키지 못하는 요술에 속한다. 까닭은 쉽다. 우리가 공명이 아니기 때문이다.

　오장원五丈原에서의 공명처럼 장엄한 인간이 또 있을까. 그는 늘 하듯 천문天文을 보고 자기 명운命運이 다하였음을 안다. 그는 제단을 쌓고 명命을 연장하려 한다. 여기서 우리는 공명의 어쩔 수 없는 인간의 한계를 본다고 나는 해석하고 싶지 않다. 왜냐하면 공명에게 있어서 기도라는 것, 그 자신이 집전하는 그 기도라는 것은 그의 힘 밖에 있는 요행이 아니라 그의 능력 안에 있는 능력으로 천지를 향한 용병이기 때문이다. 그의 생애에서 그는 항상 대인對人 로켓, 대지對地 로켓만을 사용했으나 지금 처음으로 대천對天 로켓을, 그의 비밀 무기를 쓰고자 한 것이다. 오늘날 원자 무기를 가지고 있으면서도 함부로 쓰지 않는 것이나 다를 바가 없는 것이다. 어떤 바보 같은 그의 부하 장수가 보고하러 황급히 들어왔다가 그 제단의 불을 차 넘어뜨렸을 때 우리 가슴에서도 분명히 불이 꺼진다. 그 어둠. 그 슬픔. 아니 우리 가슴에서가 아니다. 거기에, 암흑의 장중帳中에서 우리는 한충무후漢忠武侯 제갈공명의 비통한 탄식을, 그 신음을 우리 귀로 듣는다. '대사大事는 끝났다.' 사실로 끝난 것이다. 연극이 끝난 것이 아니라 사실이 사실로 끝난 것이다. 그의 순수 행위의 둘째 형태, 행동은 끝났다.

제갈공명의 싸움은 그러나 다 끝난 것은 아니다. 그는 자기 군대가 흩어지지 말고 다치지도 말고 물러가기를 바랐다. 그의 적수였던 중달仲達이 물러가는 촉군蜀軍을 쫓아갔을 때 길가의 산비탈에서 그는 이상한 축조를 보게 된다. 그것은 돌을 벌려놓아 병兵이 진陣을 치고 있는 형국을 만들어놓은 것이었다. 중달은 만류를 물리치고 그 위진僞陣 속으로 말을 몬다. 갑자기 먼지바람이 일며 한 떼의 군마軍馬가 그를 에워싸고 달려든다. 그는 이 진중에서 신병神兵들에게 이리저리 쫓기다가 겨우 어떤 노인의 안내로 그 속에서 빠져나온다. 노인의 말인즉 몇 해 전 공명이 이 진을 쳐놓으면서 뒷날 위나라 장수가 여기서 목숨을 잃을 테니 살려주지 말라 했다는 것이다. 공명은 이 노인이 자기 말대로 중달을 살리지 않으리라고 생각했을까. 관운장을 조조의 길목에 배치했던 공명이, 그때도 관운장더러 조조를 살려주지 말라고 각서까지 받았던 공명이. 중달은 더 쫓지 않았다. 우리라도 더 쫓을 수 있겠는가. 사마중달에 대한 이 마지막 엄포가 공명의 마지막 행위였다. 이 마지막 행위는 마지막이라서가 아니라 아주 중요한 뜻을 지닌다. 이미 죽은 공명으로서 현실의 인간을 움직이는 행위를 한 것인데 그는 어떻게 하였는가.

몸을 잃어버린 마음은 어떻게 '행동'을 만들어냈는가. 유치한 유령들처럼 남의 꿈속에서나, 정신이 흐린 비몽사몽간에 산발하고 혀나 빼물고 놀래주는 그런 잡스러운 짓을 한충무후가 할 수 있었겠는가. 없다. 대신에 공명은 돌들을 행동시켰다. 돌들에게 미리 뜻을 주어 숨겨두었다가 그들의 디데이에 그대로 행동하도록 돌들을 정확히 짜놓은 것이다. 육체를 잃었을 때 공명의 순수 행동은 더욱 뚜렷하게 완성된 것이다. 현실의 군병을 부릴 능력과 권리를 잃었을 때 그는 돌이라는 매재媒材에 의한 허구의 이미지를 지휘하여 행동한 것이다. 이것이 그의 전 생애의 맺음이자 그의 미학의 육화이며 불멸의 행동이었다.

행위의 셋째 형태, 허구도 끝났다. 원환圓環은 닫혔다. 행위와 시의 구별을 몰랐던 사람, 이 사람과 비슷한 유일한 국사상의 인물은 충무공 이순신뿐이다. 초인적인 능력, 인품의 공명정대함, 그리고 백의종군에서 나타난 그 비마키아벨리스트로서의 면목이 두 사람의 친근성을 비쳐준다. 그러나 다르다. 이순신은 공명만 한 권력과 병력을 갖고 있지 않았다.

공명은 문자 그대로 출장입상出將入相했다. 촉 전군全軍의 최고사령관이었다. 군기의 처음에서 끝까지 그의 한 손에 가지고 있었다. 이에 비해서 이순신은 수군 사령관에 지나지 않았다. 다만 수군 사령관, 야전의 지휘관이었다. 군략에 대해 쇠통 무식한 조정의 문관들의 말 한마디로 간단히 자리에서 물러나야 하는 문관 정부 아래의 한낱 장수였다. 그의 위로 층층 어른을 모신 몸이었다. 공명 위에는 한 사람밖에 없었다. 일인지하만인지상이다. 문무 관리의 목을 붙이고 떼는 것은 그의 손이었다. 공명의, 신하로서의 이 같은 강대한 자리는 또 특별한 사정이 있다. 그는 창업지신創業之臣이다. 맨주먹으로 나서서 천하를 세 토막으로 갈라 하나를 차지하고 있는 지금의 나라는 누구에게서 물려받은 나라도 아니요, 태평세월에 그저 얻은 땅도 아니다. 비마키아벨리스트일 뿐 강력한 인간이랄 수는 없는 유비에게 힘이 된 것이 공명이었다. 힘없는 정치가는 정치가가 아니다. 그 힘을 유비에게 준 것이 공명이었다. 공명의 강력한 인간적 힘이 적에게서 땅과 하늘과 사람을 뺏을 수 있었고 그 땅과 하늘과 사람이 촉이었다. 조강지처는 괄시 못하는 법이며 창업지신은 막보지 못한다. 세속의 탈을 쓰기 전에 맨 몸뚱이와 몸뚱이를 서로 보인 사이, 인간의 비력非力의 심연을 나란히 서서 겪은 사이, 그것은 일종의 공범이다. 그들은 비단옷과 휘날리는 군기와 어마어마한 벼슬의 이름이 어디서 왔는가를 서로 알고 있다. 그것들이 태어날 수 있었던 피와 부끄러움과 허구虛構함을 알고 있다. 서로가 알리라는 것을 서로가 알고 있다. 죽음에서 살아난 삶, 패전에서 이끌어낸 승리, 모든 있는 것은 없는 것에서부터 홀연히 나오더라는 그 실감. 심연의 그 어찔한 다산의 태 같은 신비를 안 사람은 이 세상은 두렵고 아득한 것에 말미암는다는 사정을 알게 된다.

이런 경험을 더불어 겪은 사이 그것이 공범이다. 삶을 죽이는 공범만이 공범이 아니다. 삶을 살리는 짝패 그것도 공범이다. 범한다는 것은 누군가를 밀어낸다는 것이며 그것이 삶이다. 공명과 유비는 그런 사이였다. 이런 사람들은 막보지 못한다. 동지이며, 군사軍師이며, 재상이며 했던 군신지간이란 신분 사회에서 실존의 숨결이 살아 있을 수 있는 드문 경우 가운데 하나였을 것이다. 봉건 사회의 저 번지르르한 대의명분의 실체를 이루고 있는 저 거짓에서 해방될 수 있는 행복을 공명은 가졌다. 그의 충절에는 구김살이 없다. 그에게 있어 그것은 관료의 자기기만적 환상의 이데올로기가 아니고 스스로 넘치고 솟구치는 목숨의 한 이름이었기 때문이다. 그 흔한 술수의 세계에서 단 한 번 모함에 든 적도 없다. 그것은 공명의 인간이 그의 능력이, 그의 성품의 절대함이 모든 약함에 뻗쳐 와서 그 약한 삶조차 눌러 죽여 버리는 음모를 튕겨버린 것이다. 이순신은 이 모든 행복한 조건들을 가지지 못 했다. 이순신은 물론 비극의 사람이었다. 그의 비극은 사람이 만든 것이었다. 공명도 비극의 사람이었으나 그것은 하늘의 뜻이었다. 무슨 한을 말하겠는가.

그래서 그의 페어플레이는 적에게 베푸는 갤런트리로 나타나지 않고 적에게 당하는 순교로 나타났다. 공명의 생애의 어느 구석에도 순교자의 냄새는 없다. 그렇다면 이순신은 공명보다 우리들, 이 불초不肖의 우울한 근대적 지식인에 가깝다(충무공이여 실례를 용서하소서. 다만 '문학적' 비유에 '지나지 않습니다')고 할 것이다. 그것은 선조宣祖는 유현덕劉玄德이 아니었다는 말도 된다. 알겠다. 귀만 커서 왕이 됐을 리야 없다는 것을. 언젠가 커다란 귀를 가진 선조 왕에게 이순신이 출사표를 바치는 꿈을 꾸어보는 하룻밤을 가져보고 싶은데 그것은 공명에게는 관계없는 일이고 그것보다 이 글을 맺으면서 무슨 결론 비슷한 말을 해야겠는데 무슨 말을 할까. 별로 신통한 말이 없다. 신통한 행동 하나 없는 삶이니 당연하다. 그러면 그 대신 인사나 하자. 한충무후漢忠武侯 제갈량 공명諸葛亮 孔明이여, 만수무강萬壽無疆 하시라.

쓰기를 마치고 나는 바로 눕는다. 고단하다. 아주 고단하다. 그렇다. 이 길로 그가 지나간 수레 자국이 남아 있을 그 들판으로 가서, 그 길목의 풀숲에 편히 앉아 내 글을 한번 읽어보기로 하자. 그런데. 나는 문득 놀란다. 아니다. 중달이 아니다. 위진 대목은 중달에 관한 게 아니

었다는 것이 생각난다. 그것은 오나라 대장 육손陸遜에 대해서 어복포魚
腹脯에서 쓴 계략이다. 분명히 그렇다. 그러나 인제야 졸음이 참을 수 없
이 밀려온다. 생각을 지탱할 수 없이. 옳다. 거기서. 거기 가서 생각해
보자. 그 들판에서. 좀 전의. 수레 자국이. 남아 있을. 그.

제 4 부

바다의 편지

_사고실험으로서의 문학

바다의 편지

  어머니, 오래지 않아 이렇게 부를 수도 생각할 수도 없게 될 것입니다. 마지막 인사를 드립니다. 요즈음 자주 보는 물고기 떼가 여기저기서 나를 건드리면서 지나간다. 물고기 떼의 한 부분은 내 눈 속을 빠져나간다. 아마 그들에게는 기차굴 놀이 같은 동작일 테지. 그들이 지나간다기보다도 내가 내 눈 속을 지나가는 것이기도 하다는 느낌이 들 때가 가끔 있다. 물고기들이 여기저기서 나를 건드려주지 않으면 여기저기 있는 나는 마침내는 서로 하나임을 느끼지 못하고 말 때가 오래지 않아 오게 될 것이다. 여기저기 누워 있는 나. 여기저기 흩어진 나. 역시 여기저기 누워 있는 나라고 하는 것이 좋겠다. 살이 모두 없어지고 뼈만 남은 다음에 머리와 가슴뼈, 팔, 다리는 물살에 밀려 원래 간격이 벌어졌다. 물살이라고 할 만한 움직임도 사실은 거의 없기 때문에 왜 내 몸의 각 부분이 이렇게 움직였는지는 잘 모르겠다. 마치 실지의 나보다는 세 배쯤 한 크기의 거인 백골이 누워 있는 형국이다. 그래서, 두개골은 내 가슴뼈를 그리워한다. 내 가슴뼈는 정위치보다 세 배쯤 떨어져 놓인 팔다리뼈를 그리워한다. 이렇게 거리를 노래할 수 있겠군. 그러나 얼마 전까지만 해도 그렇다고 해서 우리가 한 몸뚱이의 저마다인 줄을 아는 데 큰 탈은 없었는데 얼마 전부터 조금 달라졌다. 물고기들이 나를, 즉 우리를 건드리고 지나갈 때마다 우리는 나를 느낀다. 그런데 나는 으레 두개골뼈 근처에 있거니 했던 시절은 벌써 오래 전 일이다. 나는 여전히 두개골 안팎을 휩싸는 무슨 느낌인 것은 사실이지만 꼭 같은 순간에 내 가슴뼈 안팎에 내가, 즉 나라는 느낌이 있기도 하고, 마찬가지로 내 팔다리뼈들이 나의 주소이기도 하다는 말이다. 이렇게 해서 보통 사람의 세 배쯤인 크기로 흩어져 누워 있는 백골의 머리와 가슴뼈와 팔다리는 보통 인체의 세 배의 영토 확장을 한 전前 나, 말하자면 느슨한 나 연합 같은 것이라고 부르는 것이 좋겠다. 물고기들이 이런 나를 건드리면서 지나가는 것을 그래서 그들이 여기저기 누워 있는 나를 건드린다고 말했던 것이다. 그래도 각 부분의 나는 동시에 한 나로 의식되는 데 큰 지장이 없었는데, 언제부턴가 이 통일에 시차가 생겼다. 물고기들과의 접촉은 여전히 한 몸이 겪는 공동경험이면서 서로 떨어진 각자의 각각의 느낌이라는 정도가 점점 짙어져 오는 것이다. 이러다가는 마침내 내 백골의 각 부분은 마치 서로 다른 독립된 존재가 돼버리고 나는 자기들 주변을 휩싸고 도는 무슨 슬픔의 기운 같은 것이 되고 말 것이 분명하다. 뭐 그렇다고 해서 꼭 안 될 것은 없지만 여태껏 내가 알지 못한 새 존재형식 속으로 내가 들어가게 될 것이 분명할 뿐 아니라 아직까지는 가지고 있는 나의 기억, 나의 추억의 단일성이 더는 지켜지기 어렵게 될 모양이다. 두개골과 가슴뼈와 팔과 다리뼈가 그들의 살과 핏줄과 심줄로 연대되어 있었던 동안에 가졌던 기억이 지금 이 시간 현재 이미 조금씩 달라지고 있다. 우리가 기지를 떠날 때 잠수 직전의 기지의 모습에 대한 기억을 내 두개골 뼈는 기지의 육지 쪽 저 멀리 보이는 산봉

우리의 모습으로 알고 있는 데 비해서 내 다리뼈는 자기가 밟고 섰던 갑판 높이에서 연장한 저쪽의 선창 부근으로 새겨 가지고 있다. 내가 타고 온 일인승 잠수정이 문이 열린 채 저만치에 있다. 접근해야 할 해안까지는 아직도 먼 위치에서 나는 공격당하였다. 잠수정을 발견한 것인지 모선을 탐지한 것인지는 알 수 없다. 모선으로 돌아가려고 뱃머리를 돌렸을 때 큰 타격이 있었다. 멎어버린 배에서 빠져나왔을 때 다시 큰 폭발이 있었고 나는 정신을 잃었다. 내가 의식을 되찾았을 때 내 눈자위를 넘어 물고기들이 드나들고 있었고 내 몸통과 팔다리도 백골이 되어 있었다. 그 폭발의 순간에서 얼마나 지난 다음이었을까. 알 수 없다. 사람이 물속에서 이만 한 백골이 되자면 얼마나 걸리는지 짐작할 수 없다. 백골이 이렇게 만들어지는 동안 정신은 어디 갔다가 그때 되살아난 것일까. 두개골 속의 골도 깨끗이 없어지고 거기는 그저 두개골의 빈 안쪽일 뿐이다. 가슴뼈와 팔다리뼈는 더 말할 것도 없다. 나라고 하는 의식이 붙어 있을 만한 구조가 가슴뼈와 팔다리뼈의 어디에 있겠는가. 그래도 두개골 안팎, 가슴뼈 안팎, 팔다리뼈들의 둘레를 휩싸고 도는 전류처럼, 어쩌면 그 뼈들 자신까지도 포함한 어떤 기운처럼 나의 추억이 모여 있고 그 추억이 나라는 것을 나는 알고 있었다. 그 추억이 이제는 각 부분(머리뼈, 가슴뼈, 팔다리뼈)마다 조금씩 어긋나기 시작하고 있다. 아까 간단히 말해본 내 머리뼈와 발뼈의 기억의 다르기처럼 말이다. 그렇다고는 해도 아직도 그들은 여러 전선에서 올라온 정찰보고들처럼 통일성이 있다. 의식이 돌아와서 내가 이미 백골이 되어 있는 모양을 봤을 때가 제일 견디기 힘들었다. 이것이 나란 말인가. 그런 모습이 되어 있는 자신을 받아들이는 것이 끔찍하였다. 그런 시기는 지나갔다. 그러고 보면 희한한 것처럼, 예전에 백골 아닌 모양을 하고 있던 것도 사실 그러니까 그랬달 뿐이지 내가 정한 일도 아니지 않았는가. 백골이 되고 보니 그런대로 또 백골은 나다. 정말 걱정은 다른 데 있다. 물고기들이 여기저기의 나를 건드리고 지나가는 어떤 순간 나는 백골 쪽이 아니고 물고기들 쪽으로 옮아가서 내 백골을 건드리면서 헤엄쳐가는 느낌이 내 것이 되어 있음을 깨닫고 놀란다. 내가 조금씩 물고기 쪽으로 옮아가고 있는가. 어떤 때는 있을락 말락 한 바다의 움직임이 내 몸짓이라는 환각에 문득 사로잡힌다. 그러면 나는 바다가 되어가기도 한단 말인가. 또 어떤 때는 이 깊은 바다 밑바닥까지 겨우 와 닿는 햇빛, 어쩌면 그것은 순전히 나의 착각일 수도 있지만 저 위에서 바다 바깥에서 온 어떤 기운이 되어 있는 나를 느낀다. 나는 빛이 된 것인가. 빛이 되려고 이 백골이라는 알 속에서 나는 깨어나고 있는 것인가. 그러면 어떤가. 지금보다 더 불행할 것도 아니잖은가. 다만 그때는 나는 이 지금의 기억을 지니지 못할 것이다. 내가 물고기도 아니었고 바다도 아니었고 하물며 빛도 아니었던 때의 기억을 물고기가 된 내가, 바닷물이 된 내가, 빛이 된 내가 지니지 못할 것은 당연한 일이다. 이렇게 백골이 되어 있는 상태에서도 아직 나의 추억이 이 유해 언저리에 남아 있을 수 있다니 신기한 일이다. 아마 우리를 추적하고 있던 적의 배에서 투하된 폭뢰가 나의 죽음의 원인일 것이다. 모선은 격침되지 않고 빠져나간 모양이다. 이렇게 해서 나는 쓸데없는 바닷속 초소에서 쓸데없는 고정 초소 근무를 하면서 백골이 되다 못해 마침내 백골도 아닌 것 — 물고기일까, 바닷물일까, 어쩌면 햇빛일까 그런 것이 될 것 같은 앞날을 기다리고 있다. 그런 것이 되었을 때 이미 나의 의식은 없을 것이다. 지금이 아직 내 추억이 생생한 마지막 고비인 것 같다. 어머니. 그래서 이렇게 부릅니다. 이 백골은 오래지 않아 이 말을 부를래야 부를 수 없는 것이 되겠기 때문입니다. 어렵지만 영광스런 이 임무에서 희생된 자식을 가진 어머니에게 응분의 보상이 돌아가겠지요. 더 살아서 어머니를 기쁘게 해드리지도 못한 이 백골을 대신해서 사람들은 할 일을 해주겠지요. 어머니 이렇게 불러도 이 목소리는 결코 어머니에게 들리지 않겠기에 이렇게 부릅니다. 부를 수 있는 동안에 부릅니다. 바다 밑에서 중얼거리는 이 자식의 무서운 중얼거림을 어머님은 결코 듣지 못하겠기에 제가 부를 수 있는 이 시간에 어머니를 불러봅니다. 이 꼴을 어머님은 보실 수 없으니 얼마나 다행입니까. 어머님의 슬픔에 대하여 적어도 여기 벌어진 이 끔찍한 광경만은 감추어져 있다고 생각하니 그나마 다행이라 해야지요. 정작 이렇게 되고 보니 어머니, 저는 더 이상 저를 위해서 슬프지는 않습니다. 어쨌든 일은 끝났습니다. 이 백골이 저 배를 타고 햇빛 속을 항해하지는 못하는 것이 이 우주의 법칙이 아닙니까. 저한테 끝내 말씀해주시지는 않았지만 저는 짐작하고 있었습니다. 제가 태어났을 때 이미 이 세상에 있지 않았던 아버지에 대해서 어머니는 말씀하시기를 피하셨습니다. 말하기에 무서운 어떤 일이 있었던 모양이지요. 아버지와 나라와의 사이에. 어머니 나는 이 특별한 임무, 잠수정을 타고 최전방의 바다에서 정찰을 수행하는 특별히 위험한 임무를 지원했습니다. 어머니와 제가 떳떳하게 나라 속에 있기 위해서 그렇게 해야 한다고 생각했기 때문입니다. 비록 저는 돌아가지 못하지만, 이미 제 몸으로 빚을 갚았으니 어머니는 저 없이도 나라가 보살펴주겠지요. 어쩔 수 없는 일입니다. 나를 위해서는 더 이상 슬프지는 않지만 그저 아쉬움은 있습니다 (이 말도 어머니는 듣지 못하시겠기에 말하는 것입니다). 잘난 사람들은 우주의 바다를 막강한 무쇠배를 타고 사람이 그리로 옮아가서 살 수도 있을지 모르는 별을 찾아서, 백주에 드러내놓고 온 세상에 알리면서 탐험의 뱃길을 열어놓고 있는 이 희한한 세월에, 왜 우리는 이 조그만 우리나라의 연해를 그나마 휴전선으로 꼴사납게 잘라놓고는 보잘것없는 잠수정을 타고 검디검은 그믐밤을 골라 가자미 새끼처럼 기어 다녀야 하는지 그 까닭을 알아보고 싶었습니다. 존경하는 지도자들이 틀림없이 책임 있는 판단을 하고 병사들은 따르기만 하면 될 것은 틀림없는 일이지요. 틀림이 있대서가 아니라 인민의 나라는 우리들 저마다가 모두 그 판단의 자리에 마음속에서는 언제나 누구나 설 수 있고, 그러자면 이 바다 밑을 기어가는 기계를 움직이는 노동과는 다른 노동을, 그런 판단에 이를 수 있는 정신의 노동을 해야 하고 그러자면 더 살아서 배워야 했지요. 그리고 어머니가 저에게 말씀해주지 못하셨던 일, 아버지와 나라 사이에 있었던 모양인 불화가 어떤 성격의 것이었던가를 연구해보고 싶었습니다. 밀림에서 나왔을망정 다시는 밀림의 법칙으로 돌아가지 않겠다는 성깔이 있는 사람들에게서만 문제가 되는 그런 문제 때문이었을 거라는 상상이 왜 그런지 므는군요. 밀림은커녕, 네, 그렇군요, 생명은 바다에서 생겼다니까, 비록 바다 태생일망정, 거기를 한 번 벗어난 바에는 이제는, 무슨 플랑크톤의 무리가 따라야 하는 그런 눈먼 법칙의 노예의 상태로 돌아가지는 않겠다는 결심을 한 그런 사람들이 만나는 문제 말입니다. 그러자면 더 살아서 배워야 했지요. 그 배움이야말로 저 별들보다도 더 찬란한 인간의 보람이었을 텐데. 그런데 이렇게 백골이 되었으니 다 틀렸지요. 백골은 사랑도 못하고 진학도 못하고 취직도 못하고 도서관에도 가지 못하고 책도 읽지 못하고 음악도 듣지 못하지요. 알고 싶고 하고 싶은 일이 그토록 많았는데. 내가 하고 싶었던 일은 살아 있는 사람들이 해나가겠지요. 언젠가는 이 바다는 내가 수행했던 임무를 위한 배들이 숨어 다니는 바다가 아니고 햇빛 아래에서 흰 돛을 달고 달리는 아름다운 돛배들의 놀이마당이 되겠지요. 그 자리에 나는 없게 되었지만. 그러나 어쩌겠는가. 백골이 아니었을 때 걸어갈 그 길은 끊어졌지만 나에게는 희망이 있다. 우리 모두의 나는 유한하지만 이 우주는 무한하다. 그러니 언젠가 무한한 우주의 운동은 지금의 이 바로 나를, 똑같은 모습으로 우주 속에 재현할 뿐만 아니라, 무한한 시간 저쪽의 자기의 전생의 기억을 떠올릴 수 있는 능력을 가진 상태로 우리를 또한 번 등장시키리라고 말할 시인이 있습니다. 나는 이 말을 믿는다. 무한한 시간 속에는 같은 시나리오가 몇 번씩 되풀이되는 것은 뻔하지 않은가. 그리고 그 되풀이에는 과거의 기억도 껴묻혀 되살려내는 어느 고비가 나올 것도 뻔하지 않은가. 이 우주가 끝이 없다는 조건이 사실이라면, 그리고, 우주는 제가 끝이 없지 않고 달리 어쩔 것인가. 그러나 이것은 먼 먼 미래의 이야기다. 당장 오래지 않아 나의 의식은, 즉 이 나는 해체될 모양이다. 나는 가자미가 되고 바닷물이 되고 미역이 되고 그리고 언젠가 햇빛이 되어 바다를 벗어날 것이다. 빛이 된 나는 부메랑이 제자리로 돌아가듯 먼 먼 시간과 공간의 저쪽 내가 모르는 내가 있던 자리로 돌아가겠지. 그랬다가 이 우주가 다시 지구를 만들고 바다를 만들고, 생명을 만들고 그 생명은 인간을 만들고 인간은 이번에는 지금 우리보다 엄청나게 강한 앎을 가지게 되고, 그 속에서 내가 또다시 나타나고. 그때까지는 세어도 쓸데없는 시간이 지나가야 할 것을 나는 안다. 그러나 해체의 과정은 벌써 시작되었다. 가끔 나는 물고기가 되어 있고 가끔 바닷물이 되어 나의 백골들을 스쳐 본다. 나의 의식은 나의 두개골이 가진 추억이 가슴뼈가 자기 언저리에 유지하고 있는 기억과 달라져가고, 다리뼈들의 추억과도 조금씩 어긋나고 있다. 다리가 알고 있는 자기를 나의 머리는 모르고 있었다니. 그보다 더 심각한 일이 생기기 시작하고 있다.

며칠 새 이상한 일이 일어나고 있다. 머리뼈와 가슴뼈와 다리뼈들이 각기 다른 추억의 말을 중얼거리는 일이 점점 심해지는 것까지는 또 그렇다고 치고 소속을 알 수 없는 기억들이 나의 의식 속에 혼선이 된 전화선 속의 말소리들처럼 섞이기 시작하고 있다. 이것은 누구의 의식일까. 잠수함이 가라앉으면서 붕어들은 태어난 것이다. 바닷풀 사이사이를 지나 그 무쇠배들조차 숨 막혀 죽은 수압 해구海溝를 헤엄쳐 어항 속으로 찾아온 것이다/한밤중에 잠에서 깬다. 할 일 없이 누리에서 서성거리던 고요함이 일시에 귀로 몰려든다. 작은 구멍으로 쏠리는 홍수처럼 크낙한 홍수의 밑바닥에 누워서 아우성치는 홍수소리를 듣는다. 너무 큰 아우성은 소리도 없다. 바다 밑에 누운 익사자 같은 기분이다/바다는 그리워서 흔들리는 새파란 가슴 너를 용서하지. 묶여 있는 너를 한 줄기 소낙비를 기폭처럼 날리며 도시를 폭격하는 너를 달려오렴 달려오렴 그렇지/고요함은 물처럼 무겁다. 무쇠의 배들을 가볍게 얹어두는 바다의 무게가 귓구멍 한 곬으로 송곳처럼 누른다. 날카롭고 둔한 아우성의 무게. 아우성의 무게. 고래가 몸을 튼다. 송곳니로 물을 씹으면서, 사방으로 물을 밀어낸다/금붕어는 도시에 보낸 너의 잠수함 그 힘찬 원양 항로 그 장대한 뱃길에서 과연 단 한 번도 사랑이 없었다고 할 수 있겠는가 수병들은 그리웠던 것이다/작은 고기들은 밀린 물결 속에서 저마다 작은 물결을 만들며 헤엄친다. 상자 속의 상자처럼. 작은 고기들의 아가리로 바닷물이 드나든다. 고래의 밥주머니 냄새가 나는. 상어는 부러진 이빨을 앓으면서 지느러미질을 한다/태양도 얼굴을 찌푸렸다 산호가지를 날리고 진주를 부순 폭뢰/적혈구가 없는 고기들을 먹는 날에는 상어의 이빨은 비구니처럼 깨끗하다. 고사리 냄새가 나는. 밤바다의 깊이의 사방에서 부르는 소리. 주름살처럼 기억을 부른다. 뱃고동 같은 밤기차 소리. 기계가 왜 저다지도 한스러운 목청을 뽑는가. 사람들의 눈을 속이면서 그들은 비밀한 영혼을 훔쳐서 잠깐의 괴물들이 된다. 디젤 냄새나는 피톨이 헤엄치는 속의 호수를 가진다. 호수는 끓는다. 폭발한다. 피스톤을 들이받으면서/금붕어는 오지 않고는 배기지

못했다 원무곡이 파도치는 찻집 어항 속의 금붕어는 눈알까지 발그스레하다/짜증스러운 잠을 싣고 기차는 철로를 미끄러져 간다. 창가에 기댄 고달픈 얼굴보다 더 고달픈 몸을 이끌고, 밤의 시골 정거장의 코스모스와 이십 년 동안 변하지 않은 철도관사를 짜증스럽게 곁눈으로 사열하면서. 잠든 황토 언덕의 쌓인 눈을 바라보면서. 익사자처럼 밤의 한가운데 평안히 누워 도시의 숨결을 듣는다/*들어라 큰 바다의 울부짖음을 보라 거포의 발작을*/고요함에까지 막다른 천만 가지 소음을. 물속에 저절로 피어난 물감 줄기처럼 소름이 풀려난다. 기침 소리가 들린다. 때묻은 베개 위에서. 신문지로 바른 벽이 한숨을 되밀어낸다. 한숨은 자귀 틀린 문틈 사이로 밀려 나간다. 주먹을 쥐고 자는 소년은 꿈속에서 강아지와 싸운다. 섣달 그믐날 저녁부터 숫돌에 칼을 갈 듯이 멍든 가슴이 뉘우침을 간다. 지난날의 비스듬하게 닳은 기억의 허리에 대고. 잿빛으로 퍼져 나가는 피를 보면서. 불모不毛의 조류처럼 길 잃은 정충들의 소용돌이는 하수구를 흘러간다. 죽은 쥐들의 자궁을 엿보면서. 아홉 구멍 속에 죽은 시간을 가득 채우고 구공탄은 헛된 성곽의 꿈을 꾼다. 이 시대보다는 약간 덜한 지린내를 풍기면서. 고단한 카운터 위에서 달러를 만지던 손의 그림자가 몽유병자처럼 아른거린다/*산기를 느낀 암고래들이 크낙한 산실을 찾아 헤맸다*/ 알아듣지 못하는 말에 지친 창녀의 자궁 속에 흥건한 정액 속에서 붉은 벼포기가 자란다. 닭볏 같은. 봉황처럼 날아갈 날개를 발효시키면서. 막걸리처럼 후더분한 조국의 하늘로 날아갈. 도둑놈들은 간사스런 말과 피 묻은 칼이 망보아주는 검은 침대에서 살찐 잠을 잔다. 자기들도 믿지 못하는 잡귀들을 섬기는 양복 입은 무당들도 거짓말의 당집을 나와 정직한 육체의 집에서 단잠을 잔다/*잠수함이 침몰했을 때 이등수병은 어머니의 사진에 입을 맞췄다 그 입술에서는 장수연 냄새가 났다 자식은 열아홉 살이나 먹었는데 애인*

이 없었다 게다가 담배질도 배우기 전/내일의 거짓말을 위해서. 높은 담 안에서 이국종 맹견은 정치 깡패처럼 충실하게 순라를 돈다. 정신병자들의 오르가슴의 침대를 위하여. 아무도 모른다. 역사는 억 년. 내 인생은 육십 년. 이 세상이 내가 쓴 소설이 아닌 바에 내 뷜까 보냐고 실성한 고단한 대뇌피질들의 피라미드 위에서 검은 사보텐은 일식日蝕처럼 웃는다. 지쳐라 지쳐라. 삶은 지치는 것. 지쳐서 싸워라. 오른손이 왼손을 할퀴고 왼손이 오른손을 비틀게 하라. 숱한 오리발을 만리장성처럼 둘러놓고 푸짐하게 장닭을 잡는다. 민들레 씨앗처럼 흩어지는 깃털 속에서 낮닭의 울음도 없는 한낮의 멍함 속에서. 정의를 위해서도 시샘하는 사람들도 꿈길에서 미인 콘테스트의 계단을 올라간다/*한때 그 수역水域은 물이랑을 파헤치면서 저 숫고래들이 암컷을 따라가던 곳/*수영복을 입고서. 휴머니즘의 아이새도를 짙게 칠하고 리얼리즘의 살찐 유방을 내밀면서. 내가 제일 이쁘죠. 겨울의 계단의 시멘트 틈바구니에 말라붙은 지난해의 잡풀은 봄을 단념하였다. 십자가에 못박힌 사람처럼 모퉁이들은 움직이지 않는다. 가시방석 위에서 연꽃방석의 꿈을 꾸면서 짐짓 어린 아기의 잠깸처럼 목숨들이 새로웠을 때 보았던/*기관들이 부서지고 산소 탱크가 터져 바다 밑에 내려앉은 잠수함은 가재미 늦새끼만도 못한 것/*기약 없는 싸움터로 내보내기 위해서 중얼거리는 헛소리의 전술을 가르치는 학교들에는 빈 교실에 그나마 위엄이 있다. 순수한 공허보다 거짓의 말장난이 건강하다는 뜻인지. 욕됨. 돈 없고 무식하다고 덮어 누르는 거짓말의 덩어리. 거짓말의 꽃동산. 썩은 거름보다도 추한 독초를 키우기 위해서 세상은 미쳐야 한다. 슬픔의 무게 때문에 밑빠지지도 않는 지구를 위하여. 냄비보다도 못한. 참으라고 하는가. 밑빠짐의 종말의 날을 위하여. 그러나 육십 년. 그대의 시계는 너무 크다. 우리는 밑천이 짧은 사람. 검은 관청과 계약을 맺은 사람들은 시간

을 탓하지 않는다. 암시장에서 산 시계를 차고 다니면서 시간은 충분하다고 한다/이제 만 톤급 순양함 바다의 이리는 파이프를 닦아 넣는 끽연 클럽의 신사처럼 산뜻이 포신을 거두면서 기지로 돌아가는 것이다/게임 종료 일초 전에 이기라고 눈짓하는 야바우 감독처럼 인제 태양도 지쳤다. 오랜 홍역을 앓으면서 신열을 뿌려온 투명의 창가에서 기침을 한다. 아무도 무서운 말을 하지 않는다. 인자한 의사처럼. 임종의 시간까지. 가짜 약품을 주사질하면서 병자더러 용기를 내라고 한다. 칼보다 더 무서운 사랑의 냉혹함을 제 몸에게만은 대지 않는다. 고래고래 고함질을 한 약장수처럼 잠든 전도사들은 꿈속에서 주택 부금에 붓는 돈을 계산한다. 밤을 질주하는 자동차 소리. 어둠을 금 그으면서 검은 상어의 귓속으로 들어간다. 피 흐르는 속삭임을 위해서. 먼 곳의 총소리를 위해서. 팔 떨어지고 코 비뚤어진 귀신들이 물결 속으로 걸어간다/어머니 사진이 물밑에 깔렸다 해서 바다는 장수연을 피웠다고 할 수 있겠는가/밤의 거리의 꿈의 지붕 밑을 뒤지기 위해서. 인간은 고매해야 하는가. 핌프들은 폼을 잡으면서 절망의 유행가를 부른다. 기도하는 천사들을 비웃으면서. 소금에 절인 조기처럼 귀청에 비웃 두름처럼 열린 절망의 포도상구균. 절망은 절망을 낳는다. 시간은 다하지 않았는가. 이국의 신의 수상한 생일을 위해서만 열리는 통행금지의 창살이 영원히 열리는 새벽을 위한 슬픔과 땀은 아직도 더 부어야만 하는가. 무당들과 간신들과 종돼지처럼 살찐 왕과 왕비들을 위해서만 있었던 순라꾼들의 밤은 질기기도 하여라. 인경은 겉멋으로 치는 것이 아닌 것/싱그런 미역풀이 함기艦旗만 못하다는 건 아니지만 81명의 수병을 그 물밑에 영주시켰다고 해서 우리는 위대한 이민移民국가라고 할 수 있겠는가/꿈속의 대뇌피질의 꿈의 자리에서도 뚜렷한 슬기 속에서 치는 터질 듯한 종소리가 있어야 하는 것. 밤이여 깊어라. 밤이여 익어라. 땅이 썩고 눈이 먹물처럼 흐리도록 밤아 익어라. 최후의 한마디를 어느 시인이 쓰는 순간에도 지구는 가라앉지 않는다. 밤은 더 익기를 원한다. 봄잠을 즐기는 새아씨처럼. 도둑놈의 팔베개 위에서. 명령받은 단두대처럼 밟히는 작두처럼 지구는 시간의 활차를 끼고 시간을 여물썬다. 독버섯과 민들레를 가림 없이. 내일의 출근을 위해서 모두 잠든 밤. 눈뜨고 있는 눈은 단두대에 가장 가까운 눈. 아무도 변호하지 못할 시간을 위해서 재심 청구서를 끄적이며 망명 보따리를 되만져보며 어둠속에서 담배를 피우면서 어두운 전화 연락을 한다. 밤의 전화기에 매달리는 손들은 얌체스러운 흥정을 주고받는다. 하수도가 하수도를 구하기 위해서는 어찌하면 되는가. 도장 찍힌 달은 순결을 잃은 처녀처럼 다리를 벌리고 허공 속에 누워 있다. *도시의 하늘 위에/하늘에 치뿜는 물기둥이 쏟아져 밀린 해일 다만 금붕어는 온 것이다 철함을 질식시킨 해구의 수압을 뚫고/*모두 자기만은 죽지 않으리라고 생각하는 꿈속에서 검은 쥐들이 낟알섬 헐 듯 희망을 헐어낸다. 까먹은 조개 무덤처럼 집들은 웅크리고 거미줄처럼 다만 실성한 말만을 위해 있는 전깃줄에 결박당한 채 도시는 잠잔다. 병원의 시체실에서 시체가 일어난다. 서무과에 가서 계산을 맞춰보기 위해서. 그러나 다시 눕는다. 그만한 일은 산 사람들이 해주리라고 믿으면서. 적십자의 모양을 한 피묻은 거즈를 배에 두른 채. 거짓말 찬송가도 없이 죽은 자기의 죽음을 서운해하면서. 간호부들은 내일의 데이트를 위해 콜드크림을 바르고 꼬부라진 당직의 밤을 밝힌다/*그리고 내 사람이여 산호보다 고운 이여 나 그대를 사랑하노라/*레지던트는 논문을 준비하면서 하품을 한다. 크낙한 물결과 폭풍. 균들과 홍수. 어긋남과 게으름. 절망과 환상. 어리석음과 악함. 균은 균을 낳고 홍수는 홍수를 낳는다. 어긋남은 어긋남을 낳고 게으름은 게으름을 낳는다. 절망은 절망을 낳고 환상은 환상을 낳는다. 어리석음은 어리석음을 낳고 악함을 낳는다. 몸을 사릴 사이 없이 물결은 밀어 붙인다. 오 한 줄의 시를. 참다운 한 줄의 시를 아무도 쓰지 않기 때문에. 감투가 탐나는 시인들은 호기 있게 거짓말을 한다. 죽어라. 단 한 사람도 글 위에서 죽으려 하지 않으니 보리는 땅 속에서 썩지 못한다. 누구도 소금이 되기를 원치 않고 추잉껌과 캐라멜이 되기를 원한다. 더 많은 재앙을. 풍성한 재앙을. 햇빛처럼 우박처럼 원자의 재처럼 푸짐한 재앙의 시간 속에서 아이들은 잉태되고 죄의 첫공기를 숨쉰다. 죄악의 목마 위에서 착함을 배운다. 밤의 바다 물결에 헤엄치는 것들. 집과 길과 다방과 호텔과 시험공부와 얼어터진 손과 실성한 머리와. 초상난 집에서도 밥은 짓듯이 빼앗긴 들에도 봄은 온다. 거짓말을 지키기 위한 전차들이 장갑을 끼고 밤 속에 웅크리고 있다. 깡패처럼 카포네의 기관총수들처럼. 포탄의 시가를 물고. 민중을 깔보는 자들이 민중을 대변하고 자기를 멸시하는 자들이 자기를 아끼고 집안에서 학대하는 아이들에게 밖에서 출세하라고 권하면서 부모님들은 지친 잠에 빠진다. 아무도 대철인이나 대사상가가 아니라는 이유로 죄가 될 수는 없다는 생각에 안심하면서. 눈이 있다면 달에서 지구를 본 육체의 눈만 한 정신의 눈이 있다면, 지구는 한 줄의 시가 되리라. 지구는 말이 되리라. 지구의 말을 알아들을 수 있으리라. 눈이 있다면, 둥근 슬픔의 그림자의 메시지를 읽을 수 있으리라. 말을 건설하기 위해서. 지구만 한 말을 건설하기 위해서 시인은 불면제를 마신다. 콤파스와 세모자와 함께 말을 존경하는 마음을 아직도 잃지 않은 사람들의 지붕 밑에서도 아내들은 고단한 잠을 잔다. 아내라는 이름의 적. 사랑스러운 밀고자. 밤 속에서 들려오는 소리의 홍수들. 크낙한 홍수의 밑바닥에 누워서 아우성치는 홍수 소리를 듣는다. 너무 큰 아우성치는 홍수 소리를 듣는다. 너무 큰 아우성은 소리도 없다. 이제 나는 내 의식 속에 내 추억만을 가두어놓는 힘을 잃고 있는 모양이다. 마치 외계를 막아서는 힘을 잃어버린 세포막처럼. 밖에서 벽을 적시며 스며드는 세포 밖 물질을 막아낼 힘을 잃어가는 세포막처럼. 영원한 미래의 그날의 부활을 위한 장정長征이 이렇게 시작되었다는 것이겠지. 누구의 의식인지도 알 수 없는 이 넋두리들이 ─ 내가 접근하려던 저 도시의 사람들이 ─ 마치 강물이 육지의 유기물을 바다에 흘려 보내듯 ─ 그들의 가위 눌린 잠 속에서 잃어버린 꿈넋두리가 흘러들어온 것이겠지 ─ 밀어낼 수 없이 내 속에 이렇게 넘어들어 온다는 것은. 이렇게 해서 나는 나 아닌 것이 되겠지. 나는 없어지겠지, 어쨌든 한번은. 그리고 머나먼 미래의 어느 날 나는 나이면서 이 우주가 그때까지 마련하고 있을 놀라운 기억 재생장치 ─ 몇 천억 광년光年의 과거의 기억을 재생시키는 녹음재생장치 ─ 를 갖추기도 한 또 다른 나를 발견하겠지. 그때 이 바다의 지금의 이 무섭고 슬픈 기억도 물론 재생되어 그때 내가 들을 수 있고 어머니도 들으실 수 있겠지. 그러나 이 무서운 이야기도 우주의 힘을 제압한 진화한 인류가 되어 있을 우리, 그때의 어머니와 나를 절망시킬 힘은 이미 가지지 못할 것이다. 우리 자신의 무서운 과거를 우리는 무서운 남의 이야기처럼 감상하고 난 다음에 그 슬픔이 다만 과거의 슬픔의 기록에 지나지 않음을 다짐하는 의식儀式처럼 어머니와 나는 아주 질 좋은 차를 마실 것이다. 먼 먼 미래의 어느 날. 그러나 지금은 아니다. 시간이 아직 있을 때. 말할 수 있을 때. 어머니라고 부를 수 있는 기억이 아직 있는 지금. 이렇게 부르면서 이 스산한 이야기를 하지만 어머니가 현실로 들으실 걱정은 하지 않아도 되고, 들으실 때는 우리가 이미 몇 십 광년의 저쪽 자기 전생의 육체와 정신을 되받아가지고 그 옛날 슬픈 이야기에 조금 슬퍼하면서도 이미 우리는 그 슬픔 따위가 어쩌지 못하는 힘있는 종족이 되어 있을 때이겠으므로 어느 쪽으로든 어머니를 실지로 더 슬프게 할 염려는 없고, 그러나 아마 얼마 남지 않은 이 해체의 시간을 지나가면, 어머니, 우리가 다시 만날 때까지는 너무나 오래 기다려야 할 지금, 그리고 그동안에는 제 이 부르짖음이 비록 바다며 별이며 바람이며 나뭇잎이며 어쩌면 지금 내 의식에 끼어드는 저 넋두리처럼 나와 알지도 못하는 다른 어떤 남의 말에까지 변신해서 옮아다닐 수는 있어도, 그것은 여전히 이 지금 생생한 내가 부를 수 있는 이름, '어머니'가 아니겠기에 나는 지금 어머니를 불러봅니다. 어머니, 들리지 않으시지요. 그래서 마음놓고 부릅니다. 어머니, 부디 안녕히 계세요. 다시 만날 그때까지.

최인훈의 사유에서 역사의 길을 만나다

__ 문명적 〈DNA〉'의 힘, 빛, 꿈

오인영[1]

1. '작가 최인훈'에서 '지성 최인훈'으로

최인훈은 소설가다. 그러나 이렇게만 말하면 썩 부족하다. 그는 한국 현대문학을 대표하는 뛰어난 소설가이기 때문이다. 국문학 전공자들의 석·박사 학위논문에서 가장 많이 다루어진 작가가 최인훈이라는 사실은 그의 문학사적 위상의 높이를 단적으로 보여준다. 소설가로서의 그의 명성은 비단 대학의 울타리 안에만 국한되지 않는다. 그의 저 유명한 소설 『광장』은 현행 18종 고등학교 문학 교과서에 가장 많이 수록된 작품이고, 몇 해 전에는(아마도 2004년) 국내 문인들이 뽑은 최고의 소설로 선정되기도 했다(논증이 아니라 세속적 틈임에 기대어 하는 말이

---

1 고려대학교에서 서양근현대사를 전공하여 박사학위를 취득했고, 현재는 고려대학교에서 〈유럽지성사〉, 〈과학혁명과 근대사회의 형성〉, 〈영국문화사〉 등을 강의하고 있다. 참고로, 이 글에서 큰따옴표는 최인훈이 쓴 표현에 국한해서 사용했고, 작은따옴표나 〈 〉'는 의미를 강조하거나 독자의 이해를 돕기 위해서 사용했다.

지만, 동종업계 종사자야말로 누가, 누구의 무엇이 자기 분야의 발전에 커다란 자취를 남겼는지를 제일 잘 안다). 뿐만 아니라 최인훈은 최근에 "문학 본연의 가치를 지키며 세속과 타협하지 않는, 이 시대의 가장 작가다운 작가"에게 수여하는 〈박경리 문학상〉의 초대 수상자로 선정되기도 했다. 전문연구자와 동료 문인들에게만이 아니라 일반인들에게도 '소설가로서의 최인훈'의 명성과 위상이 명약관화하고 확고부동하다.

그러나, 최인훈은 유명하고 훌륭한 소설가다,라고 말해도 부족하다는 느낌은 여전하다. 최인훈은 소설만 쓴 소설가가 아니기 때문이다. 그는 소설 이외에도, 여러 편의 뛰어난 희곡 작품과 문학비평을, 그것도 보기 드물게 '거시적이고 독창적인' 관점에서 문학과 예술의 시원과 전개 과정을 다루는 비평을 쓴 작가이다. 그럼에도, 문학의 울타리 바깥에 있는 사람들은 그를 『광장』의 저자로만, '60년대를 대표하는' 소설가로만 알기 쉽다. 물론, 이런 오해는 『광장』이 워낙 각광을 받은 데 따른 그림자라고 볼 수도 있다. 그렇지만 〈현역 작가로서의 최인훈〉을 놓치고 〈60년대 소설가로서의 최인훈〉만 보는 것은, 나무만 보고 숲은 보지 못하는 것과 같다. 4월 혁명을 뒤따라 처음 모습을 드러낸 『광장』은 그 후로도 최인훈의 손길이 닿을 때마다 다른 표현의 옷을 입고 변화된 생각의 결을 보여 왔다는 사실, 또한, "우리 시대에 우리 힘으로 가능한 자력 구원의 길"을 가장 소설적으로 그려냈다고 자평한 소설 『태풍』을 1973년에 썼다는 사실, 1980년대에 문학원론과 예술사론에 해당되는 비평에 몰두했다는 사실, 그리고 내용과 형식에서 『광장』못지않게(내 생각을 솔직히 표현하면, '보다도') 중요한 소설 『화두』를 1994년에 써냈다는 사실 등을 모두 보지 못하기 때문이다. 한마디로, 최인훈을 『광장』을 쓴 소설가로만 여긴다면, 그건 소설·희곡·비평 분야에서 두루 솟아오른 사유의 봉우리들을 품고 있는 최인훈 문학이라는 산맥의 전모를 보지 못한 채로, 산이 크네, 작네 하고 품평하는 셈이다.[2] 15권으로 이루어진 최인훈 전집이 실상을 웅변적으로 보여주듯이, 최인훈은 한국 문학의 높이까지도 대표하는 큰 작가이다.

그러나 최인훈을 소설가가 아니라 작가로 자리매김을 해도, 내 마음의 미진함은 완전히 사라지지 않는다. 마음을 들여다보니, 최인훈을 문인의 범주에서만 보는 타성이 보인다. 그것을 치운다. 미진함이 점차 옅어진다. 최인훈이, 한국 문학을 대표하는 대표작가로만 보이지 않는다. 사유의 힘으로 한국 문화의 지평을 넓힌 지성知性으로 보인다. 지성인으로서의 최인훈은 한국 문화의 지적 높이까지도 대표하고 있다. 원효는 한국 불교를 대표하는 승려일 뿐이지 한국 문화를 대표하는 사상가라고 볼 수는 없다? 아니다, 그렇지 않다! 원효는 승려이자 사상가였다. 괴테가 단지 독일 문단을 대표하는 (극)작가일 뿐이지 독일의 대표적 사상가는 아니라는 주장은 가당치도 않은 난센스일 뿐이다. 최인훈은 이 시대 한국 문학을 대표하는 작가이자 한국 문화를 대표할 수 있는 '독창적인' 사상가다. 그가 한국 문화에 이미 제공한 문학적 성과만으로도 능히 그러하다. 그러나 그의 지성적 사유가 자아내는 공명共鳴을, 굳이 문학이라는 울타리 안에다 가둬둘 이유도, 필요도 없다. 오히려 그의 사유는 역사·문명·세계·인간 그리고 자아에 대해 '따로 또 같이' 관심이 있는 사람이라면 누구에게라도 큰 울림을 준다. 문학의 경계

2　산의 입장에서 보면 그런 식의 품평에 대해 성을 내기보다는 아쉬움을 느낄 듯싶다. 사람이 자주 오르내리는 『광장』이란 봉우리를 자기가 품고 있다는 점에서야 당연히 뿌듯함을 느낄 수 있지만 자기 품에 있는 다른 봉우리들을 더 보거나 오르려고 하진 않으면서 한 번 가본 봉우리에 대한 기억만 갖고 자기를 품평하려는 사람들에게서 '크고 작은, 험하고 평탄한 여러 봉우리들이 두루 모여서 이루어진 게 자기의 진짜 모양과 지세地勢인데……' 하는 아쉬움을 느낄 것 같다. 물론, 이건 추정이다.

를 넘어서면, 그의 사유에서 역사라는 큰 길과 만날 수 있다.

최인훈의 사유는 논리적이고 지성적이다(이런 사유가 사상이다!). 최인훈은 적어도 "자신에게 확실치 않은 말"은 하지 않겠다는 지적 엄정함과, 생각의 창을 활짝 열어젖히게끔 하는 고밀도의 사유를 견지한다. 그렇기 때문에, 읽는 이의 공명을 자아내고, 읽은 이의 마음을 움직인다. 특히, 그의 사유는 한반도 안팎의 **역사**와 호모사피엔스인 **인간의 문명**에 대해 새롭게 생각할 수 있는 통찰을 제공한다. 최인훈의 역사와 문명에 대한 통찰은, 인류 문명의 진화 및 그에 따른 인간 의식의 진화는 물론이거니와 근현대의 세계사 및 한국사까지도 함께 '커버'할 정도로 종합적이다. 더욱이, 최인훈의 '인류의 문명사적 진화'에 대한 해석(혹은 설명모형)은, 한국 문화의 지적 높이와 역량이 인류 문명 일반의 보편적 진화 과정을 독창적이고 거시적 관점에서 조망할 수 있는 경지에 다가섰음을 보여주는 확실한 증거다. 그것은 이식된 수입품이거나 조립품이 아니라 토산土産의 수제품인 것이다. 서구의 지성이 알게 모르게 풍기는 '우월감'에 대해 어떤 식으로든 '투항－길항'해본 적이 있는 사람이라면, 한국의 지성이 발산하는 이런 독창적 사유의 향기에서 '자부심'을 느끼지 않을 도리가 없다. 예컨대, 대한제국 말기의 한국의 상황에 대한 최인훈의 다음과 같은 역사적 해석은 우리에게 신선한 충격이었다.

……한말韓末이란 우리가 '아직' 패배하지 않은 시점, 미래가 '미지수'인 시점 ― 좀더 적극적으로 말하면 원칙적으로 '희망'이 가능했던 시점을 말한다. …… 많은 사람이 한말의 상황은 어차피 누군가가 반도의 강점자가 되었을 것은 불가피했다고 보는 것 같다. 필자는 이런 생각에 반대이다.

한말이란. 이 반도에 있는 모든 계층의 원주민들이 아직 역사적 전력을 다 소모하지 않은 시점이었다. 패배라는 것은 전력이 모두 소모되었다는 식의 산술이 아니다. 전력의 전략적·전술적 투입이 졸렬했기 때문에 핵심적 전력 요점이 격파당해서 아직 접적지도 못한 여타의 전력이 마비되고 해체되고 결국 적에게 무장 해제됨을 말한다. …… 그러니까 한말이란, 이를테면 역사 자신의 눈으로 본다면 승리와 패배의 두 가능성이 공존하던 시점에 다름 아니다. …… 역사책을 통해서 역사의 결론에서부터 거슬러 바라보는 비통한 패배의 시대라는 얼굴과는 다른 한말의 얼굴이 거기 있다. 민족 정부는 아무튼 아직 존재하고, 유휴遊休 상태에 있던 통치 계층 중의 여지 부분이 자발적으로 현실에 복귀하고 민중은 적절한 전투 지시를 갈망하고 있다.[3]

최인훈은 한말을 패배가 확정된 시기로 보는 통설과는 다르게, 승패의 가능성이 공존했던 시기라고 해석한다. 놀라운 것은, 그의 참신한 해석이 많은 사료의 활용이나 새로운 자료의 발굴에서 비롯된 것이 아니라 "패배"라는 개념을 두텁게 정의함으로써 얻어진 것이라는 사실이다. '사유의 힘'으로도 역사적 사건이나 현상을 재해석해낼 수 있다! 이런 '사유의 힘'의 다른 이름이 역사적 통찰이라면, 최인훈의 역사적 통찰은 한말에 대한 안타까움과 비통함의 정서에 균열을 일으킨다. 충격으로 갈라진 마음의 틈새로 한말을 정면으로 직시해도 좋다는 자부심이 생겨난다. 그 자부심은, '한말'이란 상황만이 아니라 한국 근현대 자체를 당당하게 볼 수도 있지 않을까,라는 자각으로 이어진다. 자부심과 깨달음을 자아내는 역사적 통찰을, 최인훈은 한국인에게 제공하고 있다.

비록 역사 공부를 차지게 하지는 않았지만 그래도 '역사학의 서

3 「한말의 상황과 오늘」, 이 책 345쪽.

당'에서 30년 가까이 풍월을 들어본 처지에서 말하건대, 이 시대에 최인훈처럼(사람에 따라서는 '만큼') 〈인류의 문명사적 진화〉와 〈근대의 세계사적 전개〉 그리고 〈한국의 역사적 현실〉을, 때로는 하나씩 들여다보고 때로는 한데 묶어서 살펴보는 궁리窮理를 한 사람은 많지 않다. 더욱이 그런 분석과 해석 작업에다가 자기 존재의 탐구라는 문제까지도 겹대서 치열하게 **궁리**한 사람은 더욱 드물다. 그의 글쓰기는(그것이 소설, 희곡, 비평, 시론과 시평의 어떤 장르의 옷을 입고 있든지 간에), "자신이 살고 있는 사회의 의미와 그 속의 한 개인의 의미"를 깨치려는, 그것도 **온전히 자신의 힘으로** 그 의미를 자각自覺하려는 일관된 문제의식의 산물이다. 치열한 사유로 들어가는 입구에 놓인 그 문제의식만으로도 주목할 만한 일인데, 사유의 출구로 나가는 길까지도 드러내 보여준다는 점에서, 최인훈은 마땅히 한국 문화의 지적 높이를 격상시킨 지성이라 할 만하다.

이 글은 최인훈을 한국을 대표하는 '작가'로만이 아니라 '지성'으로서, 특히 역사에 대한 깊고 넓은 통찰을 제공하는 '사상가'로서 읽고 싶다는 욕망의 산물이다. 내가 주목한 최인훈의 텍스트는 주로 시론, 시평, 문학과 예술의 기원과 본질을 탐구한 예술사론 등과 같은 에세이나 비평이다. 이 글들은 〈인류 문명〉, 〈근대 세계〉, 〈한국 사회〉에 대하여, 소설에 비해 더 논리 정합적이고 간결하면서도 집중적으로 서술되어 있기 때문이다. 최인훈의 비평에서는, 역사를 직접적인 논의 대상으로 삼아서 쓴 글이 아닌 경우에도, 그 제목이 주는 '선입견'에 흔들리지 않고 내용을 읽어나가면 문명과 역사에 대한 독창적인, 그러나 힘 있는 해석들을 쉽게 만날 수 있다. 그만큼 그의 글에는 많은 역사적 통찰들이 담겨 있다. 또한 소설의 경우에도, 최인훈의 역사적 통찰을 확인할 수 있는 경우에는 고려의 대상으로 삼았다. 즉, 역사에 대한 최인훈의 평설評

說이 풍부하게 드러나 있거나(「주석의 소리」, 「총독의 소리」), 서술된 언술이 작가 자신의 내면적 의식의 흐름을 반영하거나(『서유기』), 소설의 화자와 소설 바깥의 작가가 다르지 않게 설정되어 있는 "1인칭 자전적 소설"(『화두』)은 고려의 대상으로 넣었다(이 책에 수록된 소설도 대략 그런 기준에서 선별된 것이다).

요컨대, 내가 이 글에서 다루고 싶은 내용은 최인훈의 문학 세계와 문학관이 아니라 최인훈의 사유의 그물에 포착된 역사 세계, 즉 그의 역사적 사유이다. 그러나 최인훈의 '역사론'을 충실하게 구성하고 싶다는 욕망이 큰 데 비해 내 능력은 너무 왜소한 탓에, 여기서는 인류의 진화 및 역사에 관한 최인훈의 사유 전체를, 재고 따지는 비평보다는 다소나마 헤아려보는 소개에 주안점을 둘 수밖에 없다. 이하에서는, 우선 최인훈의 자기-반영적(성찰적) 글쓰기와 관련지어 그의 역사적 사유가 어떤 점에서 독창적인지를 짚어보고, 이어서 인간(과 인간의 삶)에 대한 최인훈의 문명사적·세계사적·한국사적 차원의 접근과 사유를 차례차례 살펴보려고 한다. 이런 중층적인 역사적 해석과 관련해서도, 최인훈이 수시로 사용하는 개념〔생물적 DNA와 문명적 (DNA)'〕과 자주 언급하는 문제들(사고의 합리화, 남북 분단)을 중심으로 그의 역사적 사유의 특징을 소개하려고 한다. 소개에도 갈피와 요령이 있어야 마땅하나 그마저도 있다고 자신할 수 없기에, 독자 여러분께 책의 본문을 읽으면서 최인훈의 원형 그대로의 경이로운 사색의 요리에 빠져보시라는 당부를 꼭 드리고 싶다. 엉성하고 흐릿한 소개와는 색다른, 맛나고 영양이 풍부해서 정신의 키를 키우는 데 알맞은 진짜 '생각의 양식'은 거기에 있다.

2. 역사라는 프리즘으로 최인훈의 사유 세계를 굴절하기

　　최인훈의 사유와 비평들을 역사라는 프리즘으로 굴절해보고 싶다는 말은 무슨 뜻인가? 단순하고 거칠게 말하자면, 나의 경우에 그것은 역사를 공부하는 사람의 입장에서 최인훈의 글을 뒤집어 읽고 싶다는 말이다. 최인훈의 글을 '뒤집어' 읽는다는 것은, 최인훈의 글의 논지 전개의 '입구와 출구'를 바꾸어 읽는다는 뜻이다. 최인훈의 비평은 대개 문학(예술)이란 무엇이며, 무엇을 할 수 있는가라는 질문에 대한 대답을 이끌어낼 목적으로, 주로 역사와 문명, 인간의 존재조건 등을 분석하고 검토한 후에, 그것을 자기 대답의 전제와 논거로 활용하는 논지 전개를 구사한다. 그러나 이런 논의 과정에서 최인훈이 구사한 역사와 세계에 대한 분석과 해석은 그 자체로도 충분히 독립적인 가치를 지니고 있다. 그것은 비단 최인훈의 문학(원)론이나 예술(사)론의 결론을 위한 참고 자료로서만이 아니라 그 자체가 능히 역사에 대한 이론모형으로서 우리 문화를 두텁게 만드는 중요한 '사상의 문화재'가 될 수 있다. 더구나 그 이론모형은 한국 문화의 바깥에서 직수입되거나 이식된 것이 아니라 **자생적이고 독자적인** 모형이다. 뿐만 아니라 그것은 역사의 진화 과정을 문명사적 차원에서 바라보는 **거시적** 관점을 지니고 있으며, 그런 문명사적 진화 과정에 따라 인간의 의식과 심리에서 일어나게 된 변화, 즉 인류의 내면세계에 대한 정신사적 탐구까지도 동시에 아울러서 설명하는 **종합적인** 이론모형이다. 따라서 최인훈의 비평들은, 문학과 예술에 대한 최인훈의 견해를 단지 뒷받침해주는 전제나 논거만이 아니라 그것을 독립적으로 따로 떼어내 '인간의 역사문명'에 대한 일종의 문명사적·인류학적 보고서나 역사사상으로 읽을 수 있다. 아니, 어쩌면 그렇게도 읽는 게 마땅하다. 비평도 문학의 한 장르이므로 어휘뿐 아니라 논의 자체에서도 함축적 의미를 끌어내 읽는 게 독자의 몫일 테니까.

그럼에도 행여나 하는 '할머니마음'에서 적어두자면, '뒤집어' 읽는다고 해서 최인훈의 역사관이나 문명사론에 비해서 문학과 예술에 대한 그의 견해가 중요하지 않다고 말하려는 게 아니다. 오히려 최인훈의 문학론과 예술관은, 한국 문학도 실제 문학 현장에서 이루어지고 있는 구체적 작품 창작의 경험들을 성찰의 대상으로 삼아서 체계적으로 정리하여 문학이란 무엇인가, 예술이란 무엇인가에 대한 '독자적이면서도 보편적' 해석을 제시할 수 있는 수준에 도달했음을 보여주는 가장 중요한 증거 가운데 하나다. 바로 그렇기 때문에(!), 즉 최인훈이 문학과 예술에 대한 문명사적 접근과 근본적인 대답을 구축하는 과정에서 역사와 인간에 대한 문명사적 설명모형을 논증의 토대로 삼았기 때문에, 기존의 것들과는 확연히 구별되는 인문적 종합 정신을 구현하고 있는 최인훈만의 고유한 설명모형이 나올 수 있었다.

서양(/유럽) 중심주의적인 역사적 사고에서 벗어나기 위한 다양한 노력들이 서양사학계나 역사학계에서 꾸준히 시도되어왔고, 서구적 관점이 지닌 문제점들에 대한 지적과 비판이 거둔 성과도 적지 않다. 그럼에도 서구의 역사적 관점에 대한 '비판적 검토'를 넘어서 대안적 역사상을 구성하는 데 선행되어야 할 '보편적이면서도 독자적인' 역사적 관점들은 아직 많이 나오지 않았다. 얼핏 보면 문학에 대해서만 언급하는 듯이 보이는 최인훈의 비평과 에세이에는, 관례적·통념적 역사 해석을 넘어서 대안적 역사상을 구축하는 데 유익한 관점과 해석 사례들이 담겨 있다. 한마디로, 최인훈의 역사 해석은, 그 자신이 인간이란 종의 일원(문명인)이며 물리적 지구 전체가 역사적 세계로 연결된 근대를 사는 존재(근대인)임을 강하게 자각하고 있는 한국의 지식인(한국인)이 "독자적으로 익힌 실험 요령"을 통해서 빚어낸 역사적 사유라는 점에서, 바깥에서 주어진 이론과 사유에 대한 불만족의 토로나 비판의 수준을 넘어서 있다. 이 글을 통해서 그런 면모가 다소나마 드러나기를 바라지만 그렇지 못하더라도 썩 낙담하지는 않을 작정이다. 이 책을 통해서 독자들 스스로 그것을 충분히 발견할 수 있기 때문이다.

3. 소설 양식 실험은 역사적 사고실험의 일부분이다

．

최인훈은 그 어느 뛰어난 작가들 못지않게 문학에 대한 자의식에 민감한 작가이다. 최인훈은 언어예술의 창작 활동을 시작한 이래로, 문학이란 행위가 인간에게 도대체 무슨 의미가 있는가라는 물음을 지속적으로 제기하고 탐구해왔다. 그의 비평은, 이런 집중적인 탐구의 결과를 간결하면서도 논리적으로 서술하기에 적합한 형식이었다. 글쓰기 양식의 주 무대가 소설→희곡→시론(시평)→다시 소설로 이동하는 동안에도 최인훈은 자신이 수행하는 창작 활동의 **의미**를 **스스로 깨우쳐** 알고 싶다는 "마음의 길"에서 벗어난 적이 없다. 벗어나기는커녕, 언어로 창작 활동을 한다는 행위의 의미탐구 작업은, "개인으로서 나는 사회 속에서 어떻게 살아야 하는가"라는 실존적 고민과 결부되어서 더욱 치열하게 전개될 수밖에 없었다.

흔히 최인훈이 기존의 소설 형식을 '파괴'했다거나 '파격적인' 형식 실험을 했다는 평가를 한다.[4] 최인훈의 그런 시도는, 소설 쓰기라는

4 지나가면서 한마디만 적어두고 싶다. 파괴니 파격이니 하는 식의 평가는, 최인훈의 소설 양식이 자칫 '정통에 대한 이단적 도전'이라는 인상을 자아낼 수 있다. 소위 '기존의 소설 형식'이라는 것도 무슨 완성된 보편 형식이 아니라 그 이전의 소설 형식을 파격/파괴해서 '기존'으로 된 특수 양식일 뿐이다. 그러니까 최인훈의 소설 양

행위, 더 나아가서는 글을 쓴다는 일(문학 행위) 자체에 대한 최인훈의 의미탐구 작업의 일환으로써, 어떻게든 자기 사유를 가장 잘 실어 나를 수 있는 글쓰기 형식을 '찾아(어쩌면, 만들어)'내려는 마음의 움직임이 빚어낸 것이다. 최인훈의 표현과 비유로 말하자면, 형식 실험은 그의 사고실험의 일부분이다. 최인훈에게 글쓰기란, '소설, 희곡, 비평, 시론이라는 실험기구'를 활용하여 '세계와 자아에 대한 자신의 문명사적 사유'의 순수형태를 추출하려는 기초 과학자의 실험과 같다. 그것은, 실험을 위한 실험이 아니라 분명한 목적을 지닌 실험이며 실험기구가 주어졌기 때문에 실험을 한다기보다는 실험 목적을 달성하려면 실험기구를 만들어내기도 해야 하는 실험이다. 따라서 그는 문학(⊃소설)이란 양식을 일종의 관측 방법으로 활용하는 과정에서 필요에 따라 현미경이나 망원경의 배율을 조절한다든지(그래야, 정확히 볼 수 있을 테니!) 때로는 관측에 적합하게 스스로 렌즈를 제작하기도 한다(기존에는 없으니까!). 그럼으로써, '작가로서 나는 어떻게 문학을 해야 하는가?', '시민으로서 나는 어떻게 살아야 하는가?', 더 나아가서는 '인간으로서 나는 어떤 존재인가?'라는 문제를 하나로 꿰어낼 수 있는 종합적이고 정합적인 설명모형을 구성하려는 시도를 할 수 있었다.

이런 시도를 단지 최인훈 개인의 꿈이나 시도라고 보는 것은 짧은 생각이다. 그의 개인사적 이주는 말할 것도 없거니와 그의 정신의 편력은, 구한말 이래로 우리 민족의 이산과 정신적 방랑기의 축소판이기도 하다. 최인훈이 처했던 피란민 상태나 소외 상태란, 기실 최인훈의 개

식은 기존의 특수한 양식과 동등한, 등가의 또 하나의 어떤 특수한 양식이다. 문학의 문 바깥에 있는 자가 남들은 이미 다들 알고 있을 이야기를, 말이 나온 김에 치기로 써봤다.

인사적인 구체적 사건일 뿐만 아니라 한국인이라면 누구나 다 겪는 보다 보편적인 인간조건이다. 아니, 최인훈이 한 대담에서 쓴 표현대로, 인류 자체가 "무엇인가에서 소외된 존재고, 인류 자체가 말하자면 우주로 피란 온 존재"[5]라고까지 말할 수도 있다. 요컨대 문학 양식과 글쓰기 행위에 대한 최인훈의 천착은, 개인의 삶과 민족의 삶과 인간의 삶 사이에 본질적으로 '구조적 상동성'이 있다는 사실로 인해서, 개인의 자기탐구라는 개별적 의미 외에도 한국인의 자기정체성 탐구, 나아가 (인류로서의) 인간의 자기 본질에 대한 성찰이라는 일반적 의미를 지니고 있다. 그렇다고 해서, 한국인으로서의 자기탐구나 인간으로서의 자기탐구가, 역사적 문제나 인간조건에 대한 추상적이고 관념 – 유희적 탐구라고 예단하거나 '나'라는 한 개인의 실존(최인훈이 살아온 억압적 시대 상황을 고려하면, '생존')의 문제에서 비롯되었다는 사실을 간과해서는 곤란하다. 그의 탐구 작업은, 나는 〈왜, 지금 여기서, 이런 일을 하는가?〉라는 문제를 치열하게 탐구하는 과정에서 곰비임비 일어난 문제이기 때문에, 구체적이며 고뇌 어린(아마도, 때론 고통스러운) 절실한 작업일 수밖에 없기 때문이다.

최인훈의 작가로서의 자의식도 실존적 개인으로서의 자의식과 떼려야 뗄 수 없다. 풀어 말하면, 인간 최인훈의 사회적 얼굴은 (한국의) 작가이고, 작가 최인훈의 생물적 신체는 인간으로 실존한다. 사회적 자아와 생물적 자아 가운데 어느 쪽이 없으면 실존적 자아도 없다. 실존하지 않는 인간은 역사의 주체가 되기는커녕 자신의 삶 자체를 꾸려나갈 수 없다. 따라서 한국에서 작가로서 왜 글을 쓰는가, 글을 쓴다는 행위의 의미는 무엇인가에 대한 최인훈의 자기질문은 집요하리만큼 철저할

---

5 「「두만강」에서 「바다의 편지」까지」, 『길에 관한 명상』, 문학과지성사, 2010. 425쪽.

수밖에 없다. 자답自答을 만들어내지 못하면, 자신의 '개인의 실존'과 '역사 주체로서 인간'의 문제에 대한 해답도 없기 때문이다. 물론, 그런 문제에 대한 답변이 없었던 것은 아니다. 그러나 최인훈이 보기에, 남들이 제시한 답변은 자신이 살고 있는 사회(한국)의 의미와 그 속의 구체적 개인의 의미를 확실하게 밝혀주지 못한다. 그것은 미국과 소련 혹은 일본에서 이식된 답변이거나 "허공에서 말을 타고 미끄러지면서 읊어댄 이론"이기 때문이다. 또한 여전히 통찰력을 발휘하는 것일지라도 "통찰에 이르는 분석의 방법, 추론의 모형에 손때가 묻어서" "우리 머리에 들어오는 형식"으로서는 위력이 체감되었기 때문이다.[6] 그래서 그는 스스로 "자신의 공방에서의 육체적 경험에서 보편적인 법칙을 끌어내려고" 시도하지 않을 수 없었다. 그리고 마침내 그는 자신의 실제 글쓰기 경험에 의지해서 "기존의 설명 문구가 아니라 자신의 창안에 의한 설명모형을 써서" 인간의 존재조건으로서 역사와 문명에 대한 자기 해석을 구성해냈다.

6 「원시인이 되기 위한 문명한 의식」, 『길에 관한 명상』, 문학과지성사, 2010. 31쪽. 기존의 문학관이나 세계관의 한계에 대한 최인훈의 문제의식은 사관을 숭배하는 태도에 대한 비판과 맞닿아 있다. 최인훈은 천체망원경이 우주를 관측하는 수단이며 천체망원경의 한계가 우주의 한계가 아니듯이, 사관은 역사를 파악하는 수단이며 사관의 한계가 역사의 한계는 아니라면서 사관을 숭배하는 것은 천체망원경을 숭배하는 것과 마찬가지로 어리석은 일이라고 지적한다(「감정이 흐르는 하상」, 이 책 320쪽.). 우리는 자신이 바다같이 커다란 문학관(사관/이데올로기)을 갖고 있기 때문에 육지의 코끼리보다 크다고 여기는 멸치는 아닌지 늘 되돌아봐야 한다.

4. 존재(Being)보다는 생성(Becoming)의 관점에서

불교의 연기설을 떠올리지 않더라도 오늘날 사람은 누구라도 앞서 산 사람들이 만들어놓은 축적물 위에서 태어나고 살고 있다. 혈연으로 맺어진 조상의 핏줄만이 아니라 자기의 전임자前任者들이 남긴 사회, 문화, 역사, 기술이니 하는 문명의 젖줄을 이어받지 않고서는 사람으로 태어날 수도 없고, 사람이 될 수도 없다. 문명의 젖줄에는, 비단 자기의 혈연적 조상이 남겨놓은 흔적만 들어 있는 것은 아니다. 요즘 흔해진 자동차만 하더라도 그렇다. 이제는 우리나라 회사도 자동차를 제법 많이 만든다고 하지만 우리가 자동차를 처음으로 발명한 것은 아니다. 그것은 남의 머리, 남의 손에서 처음 만들어진 것이다. 대한민국 '국민'도 마찬가지다. 대한민국 국민이 존재하려면 대한민국이라는 국가가 있어야 하고, '민주공화국'으로서의 대한민국은 민주주의와 공화정을 출산한 근대라는 시대가 있어야 했다. 이런 '근대'도 문명의 발생이라는 역사가 없었다면 성립될 수 없는 일이었고, '문명의 역사'는 유인원에서 인류로의 진화가 없으면 불가능한 일이었다. 그리고 '인류'는 동물이(물론, 더 올라가면 생물-생명체-지구-우주가) 없었다면 생겨날 수 없었다. 생각의 사슬이 너무 느슨해지지 않도록 문명의 역사만을 대상으로 보아도, 사람은 "자기 조상과 남의 조상이 어울려서 만들어놓은 경험의 축적 위에서 자기 당대를 시작"[7]하고, 내가 사는 '지금 이 시대'라는 것도 인류문명이라는 탯줄에 얽매여 있다.

지금도 사람은 태어나면서부터 사람으로 존재하는 게 아니라 제법 긴 시간에 걸쳐 사람이 된다. 많은 나라들이 미성년자에게 보호와 혜

---

7 「로봇의 공포」, 『유토피아의 꿈』, 문학과지성사, 2010. 153~154쪽.

택을 베푸는 법을 시행하는 것도 어느 정도의 나이가 되지 않으면 사람 구실을 제대로 할 수 없다고 보기 때문이다. 사람이 되어서 태어나는 게 아니라 태어나서 사람이 된다고 보는 것이다. 사람이 모태로부터 분리되어 '출세간出世間'하는 일을, 최인훈은 "생물로서의 탄생"이라고 표현한다. 짐승에게는 이런 "제1의 탄생"만 있다. 그러나 사람에게는 "제2, 제3의 탄생"이 있다. 그런 "나중 탄생"이 없다면 사람구실을 하면서 사람답게 살 수가 없다. 그 "나중 탄생"이란 한마디로 교육이라 불리는 일이다. 교육을 통해서만 사람은 사람다운 사람이 될 수 있다. 교육에 의해서 인간으로서의 동일성(identity)을 습득해야만 짐승이 아니라 사람이 된다. 그렇다. 사람은 애당초 사람인 게 아니라 사람으로 길러진다. 지적 허세를 부려본다면, **사람은 존재(being)가 아니라 생성(becoming)이다.** 사람은 곧 '사람 되기'이다. 양육이나 사육에 의해서가 아니라 교육에 의해서 길러져야 사람은 문명인으로서 "제2의 탄생"을 할 수 있다. 사람은 모태母胎 속에서 열 달을 보내고 태어나서는 평생을 "문명의 태" 속에서 길러지고 산다.

"생물적 삶"의 세계에 얽매여 사는 짐승과 달리, 사람에게는 "문명적 삶"이라는 또 하나의 세계가 더 있다. 문명적 삶의 세계에서 살려면 우선 사람으로 길러져야 한다. 사람의 문명화의 핵심은 교육이다. 자신이 한낱 생물적 짐승에 그치는 게 아니라 문명적 존재이기도 하다는 교육과 그런 존재가 되는 데 필요한 지식을 습득해야만, 사람은 사람답게 살 수 있다. 짐승스럽게 굴거나 허투루 신神처럼 굴지 않고, 제대로 사람구실을 할 때, 사람은 행복할 수 있다. '나는 나답다'는 자기동일성이 모자라거나 없다면 사람은 행복할 수 없다. 내가 나답지 않다고 느낄 때, 사람은 나는 누구인가, 나는 왜 사는가, 심지어 왜 태어났나(라는 부모의 가슴에 대못 박는 말까지도) 하는 정체성의 위기, 존재의 위기에 흔들리게 된다. 바람 앞에 등불처럼 위태로운 처지에서 행복을 느끼기란 매우 어렵다. 사람이 사람답게, 내가 나답게 되는 길, 그래서 행복하게 살 수 있는 길을 깨우쳐주는 교육이야말로 문명의 교육이요, 좋은 교육이다. 최인훈은, 그래서 이렇게 말한다.

> "인생의 출발에서 좋은 교육으로 시작하고, 그 교육의 내용이 그 당자의 말년까지 권위를 잃지 않는다면, 그런 생애는 어쨌든 평안한 항해 같은 것일 것은 틀림이 없다. **우리 시대의 어느 세대에게도** 이런 행복은 주어지지 않았다."[8]

최인훈이 인류와 문명의 진화 전반에 대해 독자적인 '역사적 사고 실험'에 나서게 된 이유를 여기서도 엿볼 수 있다. 물론, 교육은 있었다. 그것도 방대한 양의 문화정보가 담겨진 교육이 있었다. 그러나 과연 그 교육이 사람을 문명적 삶의 길로 인도하는 효과를 낳았는가, 사람에게만 있는 여러 개의(예컨대, 생물적·사회적·예술적) 얼굴들을 식별하고 구성構成할 수 있는 힘을 주었는가? 그런 교육적 효과에 대해서 최인훈은 매우 회의적으로 생각한다. 자신이 살아온 시대를 돌아볼 때, 자기 세대만이 아니라 모든 세대가 권위 있는 공동 가치관이 흐트러져서 자기 정체성을 어렵고 힘들게 구성한다고 느끼기 때문이다. 일단 최인훈이 말한 "우리 시대"만 해도 그렇다.

1936년생인 최인훈이 겪어온 '시대'는 한마디로 난세亂世라고 할 수 있다. 그의 소년기는 "영토적 확장을 타민족에게 기도한다는 것은 일종의 패륜이라고 생각하고" "민족의 생명력이 다른 민족의 생명력의 희

---

8 앞의 책, 154쪽. 강조는 인용자.

생 위에서 이루어진다는 야만적인 양식을 끝내 배우지 못하였던"(「상해 임시정부의 소리」) 민족이, 이민족의 노예로 전락한 시기였다. 노예소년 도 노예이기에 앞서 소년이니까 "좋은 교육"이 주어져야 한다는 이야기 는, 책의 세계에서라면 몰라도 현실 세계에서는 절대로 통용될 수 없는 시기였다. 그런 "적 점령 하의 시기"가, 소년 최인훈이 인생을 출발한 시 대였다.

해방 이후에 일본의 점령이 미국과 소련의 군정軍政으로 바뀐 다 음에도 사정은 크게 달라지지 않았다. 최인훈 소설에 자주 나타나는 모 티프이지만, 한 학생의 똑같은 생각이 어떤 선생에게서는 감동적인 칭 찬을 받고 지도원 선생으로부터는 감내하기 힘든 비판을 받을 때, 학생 으로서는 과연 어떤 "교육의 내용"이 옳은 건지, 어떤 평가를 수용/거부 해야 할 것인지를 판단하기란 곤혹스러운 일일 수밖에 없다. 학생에게, 그것도 모범적인 학생이 되고픈 학생에게, 교육 내용의 정당성을 뒷받 침하는 "권위"란 일차적으로 학교의 교사다. 교육은 기본적으로 사람이 사람에게 행하는 것이다. 그런데 교사들이 완전히 상반된 평가를 한다. 학생은 속으로야 어느 평가가 더 좋다,라고 느낄 수 있지만 다른 평가 도 공적 권위를 지니고 있으니 자기 맘과 뜻을 그대로 다 드러낼 수는 없는 노릇이다. 자기 밖에서 강제된 자아비판은 마음 안팎의 세계를 가 르고 나눈다. 마음을 분열시켜서 '자기답게' 생각하고 말하는 일은 두 려운 일이라는 공포를 느끼게 하는 교육은 결코 좋은 교육일 수는 없다. 최인훈이 청소년기에 접한 교육은 그랬다.

그래서 청소년 최인훈은, 루소가 도제 교육의 괴로움에서 벗어나 는 방편으로 독서에 빠져들었듯이 책의 세계에 점점 더 빠져든다. 현실 의 학교 교육이 주는 혼란과 불안을 피해 '망명'한 책의 세계는 마음대 로 무엇을 상상하든 무탈한 세계다. 이 세계에 있는 생각이라는 학교는 눈비가 와도 허물어지지 않고 지진에도 영향을 받지 않는다. 최인훈은, 등하교 자유롭고 생각의 길을 강제하는 교사도 없는 생각의 학교에서 주로 '독학자습'한다. 그런데, '독학자습'이란 교육도 늘 좋은 것만은 아니다. 당시에는 미처 몰랐을지라도 나중에는 깨우치게 되는 일이지만, 생각의 구슬이 차고 넘쳐도 그것을 꿸 끈이 없다면 생각끼리의 좌충우돌을 피할 길이 없기 때문이다. 생각의 길을 강제하는 교육은 요령을 잡을 수 없게 하지만 생각을 꿰어낼 끈조차도 혼자 만들어내야 하는 교육도 요령부득이긴 마찬가지다. 한국전쟁이 일어나서 고향에서 남쪽으로 내려온 청년 최인훈의 상태가 바로 이러했다. 최인훈은 서울 법대 신입생으로 한 학기를 지내고서 "벌써 학교라는 것은 나에게 지루하고 괴로운 것"이라는 "주관적 진실"을 받아들인다. 그는 학교에 가기보다는 하숙방에 박혀서 닥치는 대로 책들을 읽었고, 그 결과로 "잡독雜讀에 의해서 온갖 관념이 상당한 부피로 쌓여 있는데, 아무 체계가 없는 상태"에 놓여 있었다고 말한다(「원시인이 되기 위한 문명한 의식」, 『길에 관한 명상』).

최인훈 자신은 **"자기의 감각으로** 더듬으면서 그리고 짧지 않은 기간에 걸쳐서" 고군분투해서 이런 상태를 넘어섰다.[9] 그는 스스로 끈을 만들어내고 구슬을 꿰어내는 요령을 터득한 것이다. 자기 자신의 힘으로 독자적인 사상 세계를 구축한 대표적인 서양 사상가로는 장 자크 루소(Jean-Jacques Rousseau, 1712~1778)를 꼽을 수 있다. 물론, 후대의 사상가에게는 앞 시대의 사상가보다 역사적 조망권이 넓다는 유리함이 있다. 그러나 '장강長江의 뒷물결이 앞물결을 밀며 나아간다'하더라도 그 뒷물결도 사실은 제각각이다. 탁하고 수질도 떨어지는 뒷물이 많고,

***

9 「21세기 독자에게」, 『길에 관한 명상』, 문학과지성사, 2010. 9쪽. 강조는 인용자.

맑고 수질도 나은 뒷물은 생각보다는 적을 수 있다. 뒤의 물이 맑고 좋
고 게다가 물맛까지 입에 맞는 경우는 더욱 드물다. 최인훈은 그런 드
문 경우에 해당되는 사람이지만, 모든 후대인이 다 그럴 수 있는 것은
아니다. 우리의 경우, 해방 이후 지금까지도 대부분의 사람들에게 "삶
을 전체적으로 조망할 수 있는 명료한 정신의 모형"은 제공되지 않았다.
이런 점에서 교육의 문제는 아직도 여전히 문제인 셈이다. 글쓰기라는
실전 경험에 대한 성찰적 검토를 통해서 빚어낸 최인훈의 설명모형에
자꾸만 눈길이 쏠리는 이유가 여기에 있다.

5. 인류의 진화 – 문명적 (DNA)'의 힘 : 짐승에서 인간으로

인간은 처음부터 인간(Homo Sapiens)이 아니다. 원시박테리아부
터 출발한 생명 발생의 사슬을 따라오다가 원인原人을 거쳐서 지금의 인
간으로 진화했다. 인간이 된 것이지 처음부터 인간인 것은 아니다. 오늘
우리가 누리는 문명도 짐승에서 인간이 되는 과정[人間化]을 겪어서 생
겨난 것이지, 처음부터 현재의 모습대로 된 것은 아니다. 인류학적 시계
로만 봐도, 인간의 진화 과정에 350만 년이라는 시간이 필요했다는 사
실은 "인간되기"가 그리 간단하고 쉬운 일이 아니었음을 알려준다. 최인
훈은 진화 과정에 담긴 의미를 두텁게 이해하기 위해서 여러 편의 글을
꾸준히 썼다. 내가 생각하기에 그의 에세이 가운데 사유의 지평과 밀도
라는 측면에서 가장 뛰어난(사람에 따라서는, 경이로운) 「길에 관한 명상」
은 인간의 진화 과정에 대한 최인훈의 역사적 해석이 도달한 경지를 간
명하게 보여준다. 문명적 진화를 가능케 한 힘에서부터 '인간의 의식과
그 외부의 현실 세계'가 어떻게 서로 삼투하고 길항하면서 오늘의 인간

과 문명적 삶의 양식을 빚어냈는지에 대한 설명이 거기에 집약되어 있다. 따라서 여기서는 인간의 진화 과정에 대한 최인훈의 해석을 이해하는 데 기본이 되는 '생물적 DNA와 문명적 (DNA)'라는 개념 위주로 요약하려고 한다.[10] 따라서 논의(정확히 말하면, 요약)의 대상은, '인간 존재의 이원성', 문명의 세계에 발을 들인 인간이 빠지기 쉬운 착각, 문명세계 일반이 당면한 문제의 특성 등에 대한 최인훈의 견해에 국한될 것이다.

　　사람은 누구나 물리적으로 자연 속에 산다. 인간 자체도 사실은 자연이다. 같은 자연일지라도, 물, 흙, 돌 같은 무생물은 생겨난 그 자체로 그냥 있다. 그러나 동물은 무생물과 "급"이 달라서 몸을 움직여야 먹고 살 수 있다. 동물이 먹고 자고를 해결하는 일을 관장하는 힘은 본능이다. 동물은 본능에 따라 산다. 즉, 동물은 DNA의 노예다. DNA는 모든 동물에게 신진대사를 통해서 자기 성분의 생체항상성(homeostasis)을 한결같이 지킬 것을 지시한다. 동물은 DNA가 지시한 욕망을 타고나서 죽을 때까지 거기에 매여 산다. 그래서 동물의 욕망은 내용이나 모양, 수가 변하지 않으며 같은 종류라면 그 짐승이 사는 모양은 몇 만 년 이전이나 지금이나 똑같다. "움직임이 곧 생각이요, 어제가 오늘"이다. 최인훈은 동물의 자연적 욕망인 본능을 "생물적 DNA"라고 부른다.

　　인간도 고등이란 말을 붙이든 않든 일차적으로 동물이다(그러니까 원래 인간은 '짐승 **같은** 놈'이 아니라 '짐승'이다). 인간도 **생물적 DNA**가 지시하는 대로 먹고 자고 사랑하지 않으면 살 수 없고, 인류라는 '집합명

10　최인훈의 사유에 공명할 수는 있어도 설명을 잘 못하는 것은 전적으로 내 깜냥이 모자란 탓이지 그의 사유 지평과 밀도가 좁거나 낮기 때문이 아니다. 이하의 요약 내용에 잘못된 게 있다면, 그것은 요약하는 내가 잘못 본 것이지 요약 대상의 탓은 아니다. 강조도 마찬가지다.

사가 나올 수도 없다. 하나의 종으로서 인간이 지닌 이런 생물적 본질은 변하지 않는다. 생물적 동물로서의 인간이 출현한 이래로 인간의 물리적·생물적 신체의 조건에는 더 이상의 변화가 없다. 이를테면, 사람에게 뇌가 하나 더 생겨난다든지 날개가 돋게 된다든지 하는 일은 일어나지 않을 것이라는 게 현대 생물학의 결론이다. 이런 점에서 최인훈은 호모 사피엔스의 출현을 **"인간 진화의 1단계 완성"**이라고 부른다. 인간은 "불변하는, 고정된, 이미 닫혀버린, 그리하여 완성되어버린, 진화가 끝난" 생물학적 자기동일성(즉, 생체항상성)을 이미 갖고 있고, 앞으로도 계속 가질 수밖에 없다. 물론, 이것은 다른 생물도 마찬가지이다. 즉, 호랑이가 담배를 피면서 4대강에서 삽질을 한다든지, 벼룩이가 제 낯짝이 두껍다는 것을 보여주기 위해 '친일' 청산의 노력을 조롱해가며 공공연히 세상을 돌아다니는 따위의 일은, 앞으로도 보기 힘들 것이라는 말이다. 이처럼 생물적 DNA라는 "자연이 만든 소프트웨어"는 인간과 생물들의 "몸"이라는 하드웨어에 입력되어 있다(「인간의 Metabolism의 3형식」).

그러나 인간이라는 동물은 태어난 대로 그냥 있는 게 아니라 어떤 식으로든 제 힘으로 자연에서 의식주를 해결해야 한다. 인간이 자연에서 제 힘으로 의식주를 얻기 위해서 자연을 "주무르는" 행위를 일(아담 스미스나 헤겔, 마르크스의 표현으로는 '노동')이라고 부른다면, 인간은 자연 속에서 살기 위해 **일을 하는** 동물이다. 그리고 자연을 "주무르는" 일을 하는 가운데 **더 쉽게, 더 많은 일을 할 수 있게, 일의 방법**을 고쳐왔다. 자연에 단지 순응(적응)한 것이 아니라 자연을 개조改造해왔다는 말이다. 인간이 생활을 위하여 자연을 다루는 **일의 방법**을 이렇게 고쳐나갈 수 있었던 힘이, "인간은 **생각**하는 갈대"라고 할 때의 바로 그 '생각'이며, 호모 사피엔스(homo sapiens)라고 부를 때의 그 '**슬기**'다. 그것을 기술, 지혜, 지식을 포괄한 일종의 의식이라고 부르면, 인간의 의식은 짐승의 "타고난 재주"와는 다르다. 인간의 의식은 더 보탤 수도 있고 때론 줄어들기도 하지만 짐승은 "타고난 재주"를 바꾸지 못한다. 최인훈의 비유대로 호랑이가 제아무리 빨리 달리려고 해도 제트기처럼 날 수는 없다, 호랑이가 "타고난 엔진"에는 더 이상은 낼 수 없는 힘의 한계가 있기 때문이다.

짐승들 가운데 인간만이 의식의 힘을 써서 '먹는 것'과 '먹는 것을 얻는 방법'을 자꾸 바꿔왔다.[11] 최인훈은 '바꿈'을 문명이라고 부른다. 따라서 문명은 "타고난 재주"인 생물적 DNA의 지시에 의해 생겨난 것이 아니다. 물론, 생물적 조건이라는 데서는 인간과 동물 사이에 차이는 없다. 인간의 몸놀림, 소리나 말과 같은 기호의 구성, 기계를 조작하는 행동 등도 물리적으로는 생물적 행동과 구별되지 않는다.[12] 그러나 그것은 자연을 변화시키는 의식적 행동이라는 점에서 확연히 구별된다. 그래서 최인훈은, 문명을 **"인간의 개체들이 무리 지어 살면서 그들 사이에서 진화시킨"** 일종의 "제2의 생체항상성", 또는 "인간 존재의 제2의 발전 단계"라고 부른다.[13] 그러니까 인간은 **의식의 축적과 그것의 계승을**

---

11 마르크스의 용어로 "생산수단"의 변화에 해당된다고 볼 수 있다.

12 예를 들면, 영화 〈타이타닉〉에 나오는, 레오나르도 디카프리오(잭 도슨 역)가 케이트 윈슬렛(로즈 역)을 살리기 위해 자신은 죽음을 선택하는 감동적인 장면도, 비둘기의 눈으로 보면 그저 다른 생물체의 물리적 움직임으로만 보일 것이다. 그러나 디카프리오의 그 행위는 단순히 생물적 DNA(본능)의 지시에 따른 행위가 아니라 문명적 (DNA)'에 의한 목적의식적 행위다.

13 최인훈은 이 단계에서도 진화의 개념을 사용하는 까닭을 다음과 같이 설명한다. 진화라는 말은 "원래는 생명이 하급 생명으로부터 고급 생명으로 발전하는 것을 표시하는 과학 용어지만, 우리가 **비유적인 용법으로서 인간이 도구를 사용해서 환경을 극복하는 어떤 능력을 가지게 된, 인간 존재의 제2의 발전 단계를 또 하나의**

통해서 동물적 삶("인간의 생물적 자기동일성")이라는 원 밖에 문명적 삶 ("인간의 문명적 자기동일성")이라는 바깥의 원을 붙여왔다. 그리고 외원 外圓의 두께가 자꾸 두꺼워지면서 부피를 지닌 원주圓周는 어떤 주기를 가지고 부득불 그 앞뒤의 원주하고는 서로 갈라져서 나뉘게 되었는데,[14] 이런 문명적 삶의 진화가 바로 인간의 역사다. 생물적 DNA는 이런 진화 와는 무관하다. 생물적 DNA가 인간에게 채집, 경작, 혹은 전쟁을 해서 생체항상성을 유지하라고 지시하는 게 아니다. **인간의 문명적 진화는 "생물적인 종으로서는 진화를 완결시킨 인간이 스스로 발명한 방법으로 진행하는 비유기적인, 인공의 진화"[15]**이다. 최인훈은 문명적 진화를 가능케 한 인간적 힘인 **의식**을, 생물적 DNA와 대비해서 문명적 (DNA)′ 라고 명명한다. 문명적 (DNA)′는 인간이 "오늘이 어제와 다르고, 내일 이 오늘과 다르게" 살 수 있도록 하는 원동력이다.

최인훈은 문명적 (DNA)′가 생물적 DNA와 어떻게 다른지를 분석하 면서 인간의 문명 진화의 의미에 대한 두터운 해석을 끌어낸다. 첫째, 생 물적 DNA는 "생물체 속에 심어진 타고난 시간표"로 불변하지만, 문명적 (DNA)′는 기호와 상징체계를 통해 "인간 개체의 살갗 밖의 매체에 기록 된 형태"로 가변적이다. 따라서 생물적 DNA가 정보이면서 실재實在로서 자동적으로 자기를 완성시키는 반면에, 문명적 (DNA)′는 '자동 저장'기

진화라고 부르기로 하자."(「예술이란 무엇인가」, 이 책 66쪽. 강조는 인용자.)

14 '갈라져 나뉘게 된 부분'이 어디냐를 따지는 일이, 역사학에서는 시대 구분에 해 당된다. 그러나 '시대 구분' 자체도 인간의 역사관의 산물이다. '갈리는 부분'을 어디라고 보느냐는 보는 사람의 주관적 해석이다. 따라서 널리 통용되는 시대 구 분이라고 해서 객관적인 결정판은 아니다. 역사를 〈고대 - 중세 - 근대〉로 나누는 3분법도 편의상 가장 흔히 사용하는 시대 구분일 뿐이지 꼭 옳은 것은 아니다.

15 「길에 관한 명상」, 이 책 37쪽. 강조는 인용자.

능이 없다는 차이가 있다. 한마디로, 문명적 (DNA)'는 배우면 있고 배우지 않으면 없다. 자동차를 운전하는 법을 배우지 않은 사람에게 자동차는 무용지물과 같고, 역사 지식을 습득하지 못한 사람에게 역사란 없는 것이나 마찬가지로 습득의 수고가 없다면 문명적 (DNA)'도 없다.

(이 문단이 중요하다!) 따라서 그것을 자기 것으로 만들자면 먼저 해독방법解讀方法을 익혀야 한다. 흔히 교육이라고 말하는 학습과 습득을 해야 한다. 최인훈은 자국自國 문화의 경우에도 사정은 마찬가지라고 강조한다. 자국 문화라고 해서 저절로 그것을 자기 것으로 만드는 길은 없다. 다만 접근의 유불리有不利라는 상대적 다름이 있을 뿐이다. 조국, 동포, 한국인이란 것은 날마다, 세대마다 **구성하고 획득하여 축적된** 것이다. 천부天賦의 소유물이나 귀속이 아니기 때문에, 그것도 자동적으로 상속시키거나 유전시킬 도리가 없는 문명적 (DNA)'이다. 그런 까닭에, "한국 사람 가운데 한국 사람인" 도산 안창호도 자기 아들인 필립 안에게 이것을 상속(유전)시킬 수 없었다는 것이다. 조국, 동포, 한국인은 (나아가, 자아도) 주체적으로 받아들여 만들면 있고, 만들지 않으면 절대로 생겨날 수 없는 **"인공적 정체성"**이다. 민족성이나 국민정신이니 하는 것도 사정은 마찬가지다.[16]

문명적 (DNA)'가 생물적 DNA와 또 다른 점은, 문명적 (DNA)'는 생

16　최인훈은 다른 민족이나 국민에게는 없고 그 민족이나 국민에게만 있는 민족성이나 국민정신이란 것은 없다고 역설한다. 어떤 국민/민족에게 **속성**이라는 의미에서 귀속되는 민족성/국민정신은 일종의 형이상학이며, 형이상학이라는 인식의 **어떤 수준**에서만 성립되는 현상을, **모든** 수준에 적용하는 것은 오해를 낳을 수 있다는 것이다. 예컨대, 뿔은 소의 '속성'이지만 "엽전 근성"이니 군국주의니 하는 것은 어떤 민족/국민의 **어떤 시점에서의 태도**라는 것이다. 생물적 DNA와 문명적 (DNA')의 혼동은 이렇게 "사고(의) 음치", "사상(의) 색맹"이라는 심각한 현실적 문제를 초래하게 된다. 「역사와 상상력」, 이 책 424~425쪽. 강조는 인용자.

물의 개체 발생에서는 도저히 있을 수 없는, **당대 문명의 성체 형태로, 즉 최종 형태로 이식 – 전달이 가능하다**는 특성이다. 봉건제도를 거치지 않고서도 근대적 공화제를 이룩한 미국처럼, 문명적 진화에서는 계통발생을 되풀이함이 없이도 개체가 발생할 수 있다. 이런 방식으로 문명의 개체발생이 가능하듯이, 인류의 역사에서는 문명의 주역들이 어느 시기 동안에 뛰어난 문명 정보를 보태고는 역사의 뒤안길로 빠지기도 하고(예컨대, 우뚝한 고대문명을 건설했던 이집트의 현재), 자기들이 만들어놓은 문명의 높이에서 굴러 떨어지는 일(예컨대, 세종조의 조선과 한말-개화기의 조선)이 일어날 수도 있다. 이런 일이 일어나게 되는 까닭은, 생물적 DNA와 문명적 (DNA)'가 분리될 수 있기 때문이다. 둘은 분리 가능한 비유기적 관계에 있기 때문에, 자동차를 발명하지 않은 사람도 자동차를 운전할 수 있듯이, **문명적 (DNA)'는 그것에 이르는 이전 단계를 넉넉하게 거치지 않은 인간 집단에게도 습득될 수 있다.** 따라서 사람이라면 누구나, 계통발생의 사다리의 최종 모습을 누리고, 부리고, 흉내 내는 일이 가능하다. 이런 특성으로 인해서, 인간은 문명적 진화의 과정을 단축하여 습득할 가능성과, 내실을 놓치고 외양만 흉내 내거나 습득한 것의 전수에 실패하여 나락으로 떨어질 위험을 둘 다 갖게 되었다.

최인훈이 생물적 DNA와 문명적 (DNA)'의 차이를 따져보는 이유는 그 둘의 차이를 간과하거나 둘을 혼동하면 심각한 문제가 일어나기 때문이다. 즉, 인간에게는 "일단 더 이상의 계통발생상의 진화가 끝난 것"과 "원칙적으로 진화의 길이 끝없이 열려 있는 것"을 제대로 구별하는 깨달음이 없으면 개인사와 인류사에 큰 탈이 난다. 자신이 자연적인 생물적 DNA를 지니고 있다고 해서 저절로(자동적으로) 문명적 존재로서의 인간이 되는 게 아님에도, 인간의 생물적 특성은 인간의 '존재증명'의 필요충분조건이 아닌데도 우리는 그 점을 종종 잊는다. 그래서 만인이 만인에 대해 이리처럼 구는 게 당연하다고 착각한다. 또한, 인간의 생물적 DNA는 이미 진화가 끝나서 더 이상 변하지 않는 것인데도 자기네 인종, 자기 민족에게만은 선민의 피가 또 생겨났다거나 우월한 뇌하수체가 더 생겨났다고 주장하는 어리석음을 범하거나 '조센징'은 어떻다거나 어찌해야만 한다는 어처구니없는 망발을 부리는 것도 죄다 인간의 생물적 DNA는 이미 진화가 완성되었다는 사실을 망각한 탓에 생기는 일이다(이런 어리석음, 망발, 망각으로 인해서 얼마나 많은 인생들이 고달프게 살거나 죽었던가!).

그런가 하면, 문명적 (DNA)'의 진화가 열려 있다고 해서, 그것이 저절로 유전되는 걸로 착각하여 해독 방법을 배우지 않으면, 달리 말해서, 이제는 진화가 멈춰진 것으로 실제와 다르게 생각하면, 개인이든 인류든 현재의 문명적 진화의 수준에서 떨어지기 십상이다. 그래서 최인훈은 인간이란 자연적 생물인 동시에 문명적 존재라는 사실을, 그런 '인간 존재의 이원성'의 의미를 바르게 깨우쳐야 한다고 공들여 강조한다. 문명의 세계에 들어간 인간에게는, 생물적 DNA와 문명적 (DNA)'의 분리 가능성, 즉 비유기성에서 비롯되는 존재의 불안정성을 완전히 벗어날 방도는 아직 없다. 따라서 인류의 차원에서도, 개인의 차원에서도 짐승스러운 생존이 아니라 사람다운 생활을 누리려면 문명적 (DNA)'를 습득하고 체화하려고 노력해야 한다. 끊임없이, 끊김도 없이!

최인훈은 생물적 DNA와 문명적 (DNA)'라는 개념을 사용해서 인류 문명의 근본적 문제까지도 짚어낸다. 인간의 문명은, 후後생물 단계의 의식과 그것의 교습敎習에 의존하여 유지되어 왔지만, 〈인류라는 테두리에서의 현재의 문명적 (DNA)'〉와 〈어떤 사람 한 생애에서의 문명적 (DNA)'의 진화〉 사이에는 편차가 생겨난다. 하나의 종으로서 인간이 출현한 게 대략 350만 년 전이라고 하면, 현대인이라고 해서 누구나 350

만 년 동안에 인간이 습득하고 체화한 문명적 (DNA)´ 전부全部를 자기 몸에 지니고 있는 것은 아니다.[17] 뿐만 아니라, 350만 년 동안의 문명적 (DNA)´의 진화에 따른 산물과 혜택을, 지금 여기의 동시대, 동세대 사람이라면 누구라도 똑같이 누리고 있는 것도 아니다. 요컨대, 최인훈은 〈종(=계통)으로서의 인류 전체의 문명적 (DNA)´의 진화와 개체로서의 한 사람의 문명적 (DNA)´의 진화〉 사이의 **편차**, 〈동시대를 사는 사람들 사이에서 문명적 (DNA)´의 혜택을 누리는 힘〉의 **차이** 때문에[18] 온갖 다툼과 비극이 생겨나고 요술과 문학이 생겨나며 또한 교육이 필요하다고 말한다.

(아참, 빠트릴 뻔했다.) 인간의 문명 진화의 과정에 대한 최인훈의 글(이 책의 1부에 실린 글)을 읽을 때, 그가 누차에 걸쳐 직접 언급한 바이지만, 헤켈(Ernst Heinrich Haeckel, 1834~1919)이 1866년에 제창한 '생물의 개체발생은 그 계통발생을 되풀이한다'는 명제가 최인훈 사유에서 일종의 촉매제 역할을 한다는 사실을 알면 도움이 될 것이다. 어

---

17 최인훈의 설명을 살짝 변주해서 덧붙여 말하자면, 350만 살 먹은 인류라는 이름의 인간이 그동안 살아온 것이 아니라 기껏해야 100년 남짓 사는 숱한 인간들이 350만 년을 이어온 것이다. 최인훈의 글에서는 인류의 출현을 50만 년으로 잡고 있으나, 여기서는 유인원에서 분리된 하나의 종으로서의 인간의 출현을 오스트랄로피테쿠스의 등장으로부터 계산하여 350만 년으로 서술했다. 신시아 브라운(Cynthia Stokes Brown)의 『빅 히스토리Big History』(프레시안 북. 2009.)는 이에 관련된 유용한 정보를 제공한다.

18 최인훈이 「하늘의 뜻 인간의 뜻」(『문학과 이데올로기』, 문학과지성사, 2009. 493쪽)에서 언급한 내용을 각색해서 말하자면, 인류가 달에 가고, 우주를 관측하는 허블망원경까지 발명했으니까 위대한 것은 사실이다. 그것은 인류의 수십만 년에 걸친 노동의 결과이다. 그런데 그것을 향유하고 있는 현대의 **한 사람 한 사람이** 그에 걸맞게 모두 위대하다고 말할 수는 없지 않을까? 인류의 위대함의 높이에 순간적으로나마 자아를 견주어 보는 시간을 가져봐야 한다. 그러지 못하면, 위대한 문명의 축적 위에 앉은 파리나 모기 같은, 개별적으로는 하잘것없는 존재가 될 수도 있다.

떤 생물적 개체의 발생은 그 개체가 속한 (자기) 종의 계통발생 과정을 축약해서 반복해서 이루어진다는 '생물발생법칙'은, 태아(개체)가 아기 집에서 열 달을 보내는 동안에 각 단계마다 인간의 종(=계통)이 걸어온 수십억 년의 과거의 진화 단계를 태 속에서 반복해야만 성체로 태어난다는 사실에서도 증명된다. 이런 발상을 연장하면, 21세기에 태어난 아기(개체)도 인간의 종(=인류)이란 계통과 연결되어 있다고 연상할 수 있다. 즉 21세기를 사는 한 개인도, 현생인류 – 유인원 – 포유류 – 동물 – 진핵세포 – 원시박테리아라는 최초의 생명체까지로 거슬러 올라가는 생명 발생의 시원과 연결된 '존재의 연쇄'의 한 고리를 이루고 있다.[19]

최인훈은 한 개체와 시원의 생명 형식이 연결되어 있다는 점에 착안하여 종으로서의 인간은 누구나 "피란민" 신세라는 보편적 인간 조건에 놓여 있다고 말한다. "인간은 근원적으로 낯선 타향에 와 있는 피란민과 같다. 어디서 왔는지는 모르겠지만 어디선가 우주라는 타향에 와 있다"는 것이다.[20] 따라서 "피란"이란 자신을 포함한 특정 사람들에게만 발생하는 개별적인, 특수한 사건이 아니라 인간이라면 누구나 겪는 보편적 인간 조건이라는 인식에 도달한다. 아니, "피란민"이라는 점에서, 개체로서의 나는 계통으로서의 인간만이 아니라 계통으로서의 생명체 모두와 연속되어 있다. 생명의 시원과 연속되어서 내가 있다! 이런 생각은 우리에게 위로를 준다. 물론, 나를 낳기 위해 우주가 출산의 '빅뱅'을 겪은 것은 아닐지라도, 무수하다고 할 만한 생명 발생의 계통 사다리 가운데 어느 하나만 빠졌더라도 나는 존재하지 않을 게 아닌가! 자

19 물론, 존재의 연쇄를 더 찾아가면 지구의 형성, 물질의 탄생, 우주의 출현까지로 더 거슬러 올라갈 수도 있다. 존재의 연쇄는 나라는 개체를 보편적 존재 일반으로 확장(특수한 개체=보편적 존재)하는 '의식의 고리'이기도 하다.

20 「두만강」에서 「바다의 편지」까지」, 『길에 관한 명상』, 문학과지성사, 2010. 429쪽.

기 존재에서 신비감과 경이를 느낄 때, 마음은 어두워지지 않는다. 최인훈도 마찬가지였을 것이다. 생각이라는 빛을 들고 인간의 길과 생명의 뜻을 조망하는 지식인에게, "45억 년 동안의 인류의 기억"이 "내 안에 있는 또 다른 나"가 되어서 "나 안의 나"에게 말을 걸어오는 대화(물론 머릿속에서만 실재하는 상상의 대화)야말로 생각의 밝기와 높이를 키워주는 에너지다.[21]

6. 근대 세계 – 문명적 (DNA)'의 빛 : 주술에서 합리로

　　최인훈은 「주석의 소리」에서 우리가 발 딛고 있는 근대를 "보편이라는 말이 논리학적 류개념에 그치지 않고 구체적이고 싱싱한 삶의 실감을 지니게 된" 시대로 규정한다.[22] 최인훈은 유럽이 근대로의 이행에서 "폭발적인 힘"을 가지게 됐던 조건을 분석하면서 단지 "과학과 산업과 정치의 개혁"에, 이를테면 이른바 '과학혁명'의 발생, 자본주의의 발현, 민주주의의 성장이라는 현상에 파묻히지 않고, 더욱 근원적 요인을 찾아들어간다. 그리고 "가설"이라는 겸손한 표현을 써서, "유럽 문화의

21　앞의 책, 438~439쪽. 이와 관련하여 최인훈은 "수십 억 개의 자아와 지금 현재의 자아가 광속도의 광속 배만 한 순간의 엄청난 시간으로 45억 년의 나와 지금의 내가 쌍방향 이너모노로그"하는 상상을 형상화한 「바다의 편지」를 2003년에 발표했다. 최인훈의 〈개체와 보편의 대화〉가, 『광장』에서는 세계사를 무대로 진행되었고 '필생의 대작(lifework)'인 『화두』에서는 인류사의 지평에서 이루어졌다면, 「바다의 편지」에서는 지구사적 차원에서 시도되고 있다. 개체인 '나'가 의식의 시원(상상)에서 존재의 근원과 환위사고換位思考해가며 대화한 순간의 심인心印의 기억을 썼다.(!)

22　「주석의 소리」, 이 책 182쪽.

혼합성"이야말로 유럽이 지닌 힘의 본질이라는 해석을 제시한다. 그의 놀라운 가설에 의하면, 유럽은 지중해 연안을 무대로 끊임없이 통상함으로써 생활하는 "상업형 문화"를 유지해왔고, 그런 역사적 과정에서 외부 문화의 유입과 잡종을 두려워하지 않고 수용하는 개방성과 탄력성을 지니게 되었다. 따라서 유럽 문화는, 역사적으로 그리스와 이스라엘과 아랍과 로마 그리고 이집트의 문화가 지중해를 매개로 하여 유럽 지역에 혼혈하여 형성된 "잡종 문화"이며 이것이 "유럽이 지중해 연안을 넘어 세계로 범람"할 수 있는 힘이라는 것이다.[23] 〔나로서는 에드워드 사이드에 의해서 1970년대 후반부터 알려졌고 오늘날 탈식민주의 담론에서 주요 주제로 거론되는 '혼합' 혹은 '잡종성'이라는 개념을, 1960년대에(!), 한국에서 (!) 이미 제시하고 활용한 사람(!)이 있다는 사실이 더 놀랍다. 물론, 더욱 놀라운 것은 그런 사실이 아직도 제대로 드러나지 않고 있다는 사실이다. 애재哀哉!〕

다시, 근대 세계의 역사적 전개에 대한 그의 분석으로 눈을 돌리자. 최인훈은 르네상스를 기점으로 유럽사회에 일어난 근대로의 변화 과정을 상세히 추적한 후, 서양의 근대(사회)가 "지구사의 보편"(사회)으로 자리 잡을 수 없는 두 가지 제약 요건을 찾아낸다. 하나는 "막강할 수 없는 도덕적 자세의 주체"(=민족국가)가 "막강한 무기"를 소유하게 되었다는 것이고, 다른 하나는 근대를 개척한 주체인 도시 상공업자 계

---

23 최인훈은 이 글(「상해임시정부의 소리」, 이 책 207~208쪽.)에서 유럽이 폐쇄적 민족주의에 젖어들면서 이 본질적 힘을 잃었고, 나치스 독일이 내건 순수주의는 "낡은 유럽의 사망선고"였다고 해석한다. 그리고 "유럽 본래의 정신으로 세워진 나라"인 미국이 "인종의 용광로"라는 평가를 들을 정도로 개방성을 유지하는 동안에는 유럽의 문화가 지녔던 이런 생명력을 발휘할 여지가 있다고 평가한다(물론, 지금은 여지가 없다).

층(=부르주아지)이 "불합리한 기득권에 얽매인 계층으로 굳어져"버렸다는 것이다. 근대를 연 서양이 개방성이 아니라 이런 폐쇄성의 방향으로 나아가면서 생기는 평등의 불균형을 유럽은 "식민지라는 후진 지역의 희생으로 교정"하려고 했다. 이 과정에서 영국과 프랑스는 일찌감치 세계의 분할에 나설 수 있었지만 근대화의 후발 후진 국가였던 독일과 오스트리아 등은 "시장의 확대를 무력으로 추진하려고" 전쟁(제1차 세계대전)을 일으키게 되었다. 제1차 세계대전은 독일과 오스트리아의 욕망이 "무력"으로 "보류"되고, 러시아에서 공산 정권이 성립되는 결과를 낳았다. 그리고 제2차 세계대전은, 욕망의 달성이 보류되었던 독일, 이탈리아와, "비유럽 세계에서 오직 하나의 경우로 민족 국가의 정치적 독립을 유지한 채" 근대 유럽의 체제를 성립시킨 일본이 연합해서 영국·미국·프랑스와 싸운 전쟁으로 규정하고, 전쟁의 결과로 자유와 평등이라는 근대적 이념이 지구 규모로 확산되고, 과거에 유럽의 식민 국가들이 각기 "자유, 공산 두 진영에 분할 편입"되는 국면이 조성되었다고 파악한다.

2차대전 이후의 근대 세계에 대한 분석에서 최인훈이 주목하고 있는 문제는 서양의 근대에 내재된 사회적 불평등의 문제와 관련된 공산주의와 자본주의의 현실적 변모다. 최인훈의 표현을 빌리자면, "근대 유럽의 숙제였던 사회적 긴장의 해소"를 공산주의 "국가라는 형태의 정치적 강제"를 통해서 달성하려는 시도와, 내적으로는 "국민들의 권리 투쟁"과 "생산성의 향상"에 힘입어서 외적으로는 "국제 정책에서 수탈에서 공영으로의 변화"를 통해서 "계층 간의 긴장을 완화하는 조치"를 자본주의 국가가 취하게 되었다는 변화된 현상을 말한다. 여기서 최인훈은 특히 공산주의의 '변질'을 예리하게 추적한다.[24] 공산주의 '이념'이 인간의 문명적 진화에서 긍정적으로 이바지할 수 있고, 1917년 혁명에서 참여한 사람들의 열정의 순수함에도 불구하고, 전후의 공산권 현실 정치는 "공산주의의 보편 이념인 국가의 부정과 계급의 국제적 연대성이라는 막강한 관념적 무기"가, 소국小國을 희생시키며 전개된 소련의 "세계 정책의 도구"로 전락했다는 사실을 간파한다. 더욱이 소련 내부에서 관료계급이 지배계급으로 고정화─비대화되면서 생겨난 "관료주의적 해독"으로 인해서 민주주의의 내용인 자유와 평등의 해결이라는 자체의 이념적 목표를 상실하게 되었다는 점도 짚어낸다.

비록 이 글에서는, 문명의 진화 과정에서 본 근대라는 시대와 세계에 대한 최인훈의 해석을 이처럼 딱딱하게 줄여 말하고 있지만, 정작 최인훈은 근대 세계를 살았던 문제적 개인과 집단의 심성(mentalité)을 두텁게 묘사함으로써 근대의 구조나 특징을 독자들이 이해하기 쉽게 전달한다. 최인훈이 '마음 읽기의 달인'이 된 데에는 물론 타고난 재주나 소설가로서 다져온 '솜씨'라는 요인도 간과할 수 없지만, 문제적 개인이나 집단의 내면심리와 의식에 대한 생생한 묘사가 수사(rhetoric)만으로 되는 일은 아닐 것이다. 그들이 그렇게 행동하고 말할 수밖에 없었던 **시대적·사회적 상황**과 그것이 만들어지게 된 **역사적 조건**에 대한 **깊은 이해**가 수반되지 않으면, 표현력만으로는 읽는 이의 마음에 부드럽게 다가와서 고개를 끄덕이게 할 수 없다. 개인이나 집단이 살았던 시대·사회·역사를 깊이 이해하려면, 그것들에 대한 지식이 많아야 하겠

---

24 공산주의에 대한 최인훈의 관심은 예리할 뿐만 아니라 지속적이었다. 소련에서의 '혁명의 변질'과 소련이란 '제국의 몰락'에 대한 최인훈의 분석과 해석은, 이산문학상 수상 작품인 소설 『화두』에 잘 드러나 있다. 물론, 이 책에도 해당 부분이 발췌되어 수록되어 있다. 이런 그의 각별한 관심은 개인사적 역정, 민족사적 상황에 따른 한국인으로서의 존재구속성, 인류의 문명사적 진화에 대한 지식인으로서 탐구심 등의 복합작용의 산물로 보인다.

지만 양적으로 많이 알고 있다고 해서 저절로 깊이가 생기는 것은 아니다. 해당 시대와 사회에서 일어난 사건과 현상들을 연대기적으로 나열한다고 이해력이 생길 리 없다. '깊이'는 사건과 현상들의 연쇄 가운데 핵심이 무엇인지를 간파했을 때 생긴다. 즉, 문제의 본질을 꿰뚫어야만 이해의 깊이가 생긴다. 이런 의미에서 **최인훈의 근대에 대한 이해는 본질적이고 근본적(radical)**이다. 각주가 많다고 실증성이 담보되는 게 아니듯이, 이해와 통찰에 근거한 해석이 반실증적 – 현학적인 사변은 아니다. 따라서 최인훈이 근대인(들)의 심성을 잘 읽어내고 그것을 적절히 활용해서 근대의 특징과 구조를 독자들에게 설득력 있게 보여준다는 것은, 그가 근대인(들)의 내면심리를 잘 파악한다는 뜻만이 아니라 그(들)의 정신세계를 조건 짓고 있는 사회 – 역사적 상황의 본질까지도 철저하게 근본적으로 파악하고 있다는 뜻이다.[25]

근대의 형성과 전개 과정에 대한 최인훈의 독창적 이해는, 흔히 서양 근대의 특징으로 이야기되는 합리성에 대한 통찰로 이어진다. 특히 근대에 와서 두드러진 "사고의 합리화"에 대한 최인훈의 해석은, 합리성에 대한 옹색한 이해에서 벗어날 수 있는 안목뿐만 아니라 사회의 문제를 문명적으로 해결할 수 있는 원칙까지도 보여준다(합리성에 대한 최인

---

25 이해〔문명적 (DNA)'〕의 깊이를 따라 손끝(생물적 DNA)이 움직이면서 독자들의 사유를 자극하는 최인훈의 솜씨는, 춘원 이광수의 심정(「식민지 지식인의 자화상」)이나 『낙동강』을 쓴 조명희가 소련으로 망명했을 당시의 심정(「혁명의 변질」), 그리고 "모스꼬바 재판"에 회부된 소련의 혁명가들의 심정(「혁명의 변질」)을 묘사한 대목에서 쉬 확인할 수 있다. 최인훈의 이런 〈추이해〉 솜씨는 소련의 몰락을, 단지 소련이라는 **한 나라**의 몰락이나 사회주의라는 **근대적** 이념의 쇠퇴가 아니라, **문명의 진화 과정에서** 인간의 여러 정체성들의 관계가 비유기적이라는 사실을 망각한(즉 문명적 (DNA)'가 습득되는 것임을 망각한) 결과로 파악하는 독창적 해석(「제국의 몰락」)을 더욱 설득력 있게 만들어준다.

훈의 견해를 요약·소개하는 이유가 여기에 있다). 최인훈은 근대에 와서 두드러지게 나타난 사고의 합리화를 〈잘못된 사고방식으로부터의 해방〉이라는 테제의 형태로 제시하고[26], 흔히 잘못된 사고방식의 대명사로 불리는 주술呪術은 우리가 미신이라는 이름으로 부를 때, 생각하는 것처럼 어처구니없는 것만은 아니라는 점을 영국의 인류학자 프레이저의 "주술은 동기에 있어서는 현실적이지만 잘못 선택된 수단"이라는 말을 인용하여 지적한다. "잘못 선택된"이란, 그것이 목표의 성취에 효력이 없다는 것을 말하는데, 이것은 주술이라는 원인과, 목표라는 결과 사이에는 과학적 인과관계가 없다는 뜻이다. 그러나 "동기가 현실적"이라는 말이 뜻하듯이, 사람들이 심심풀이로 주술(사냥 전의 춤, 갖가지 금기, 인신공양 등)을 한 것은 아니다. 그것은 인간이 욕망을 성취할 방법이 너무 빈약한 수준에 있었기 때문에 잘못된 방법에 매달린 것이다. 즉, 몸이 아파도 쓸 약이 없기 때문에 그들은 병치성에 희망을 걸었고, 약이 있어도 가난해서 약을 쓸 형편이 되지 못하면 또 푸닥거리에 기댈 수밖에 없었던 것이다. 그리고 이런 주술 행위가 사람이 바라는 결과와 관계가 있다고 믿었기 때문에, 만일 주술이나 부적이 결과(사냥의 성공, 안전, 건강한 출산, 비)와는 아무 상관이 없다는 것을 깨닫게 되면, 주술은 점차 힘을 잃을 수밖에 없다. 즉, 문명적 (DNA)'가 '합리성의 빛'을 발하면 주술은 점차 사라지게 된다. 최인훈은 "욕망의 현실적 성취 가능성이 커지면서 합

26 막스 베버(Max Weber)가 강조한 〈주술로부터의 해방〉이라는 유명한 테제는 말할 것도 없고, 헤겔(G. W. Hegel)의 "세계사는 자유의식의 진보 과정"이라는 역사철학적 해석이나 마르크스(K. Marx)의 "인간의 역사는 계급투쟁의 역사다"라는 선언도, 퇴니스(F. Tönnies)의 "공공사회에서 이익사회로"나 니체(F. W. Nietzsche)의 "신은 죽었다" 등의 언명도, 저마다의 개념으로, 근대라는 새로운 시대를 설명하려는 시도의 일환이었다. 최인훈은 이런 여러 시도들에서 〈잘못된 사고방식으로부터의 해방〉을 지향한다는 공통점을 끄집어낸다.

리적 사고와 행위가 주술과 부적을 대신하게 된 탈脫부적의 시대"가 근대인 까닭에 사고의 합리화를 근대의 주된 특징으로 간주한다.

　최인훈에 의하면, 사고의 합리화란, 행동의 출발점에서 (머리 안의) 목표와 (현실의) 결과를 이어주는 바른 수단을 알아낸다는 뜻이며 주술은 이 수단이 잘못된 경우의 행동이다. 그러나 주술에서 벗어난다는 게 그리 쉽지 않다. 이를테면 어느 때 이전/이후로 명백하게 주술/합리를 갈라내기는 간단치 않다. 기우제祈雨祭는 아무나 알아볼 수 있는 비합리적인 행위지만, 대부분의 비합리적인 행위는 이렇게 금방 알 수 있는 모습으로 나타나지 않는다는 것이다. 합리/비합리의 구분이 어려운 것은, 무엇보다도 그것이 단지 기술적인 문제만이 아니라 사회적 힘에 의해서도 큰 영향을 받기 때문이다. 따라서 **〈합리/비합리라는 문제〉는 단지 사고思考의 문제가 아니라 사회적 이해관계의 대립이라는 문제와도 연계**되어 있다. 부동산 투기처럼 사회 전체로 봐서는 비합리적이지만 일부 계층에게는 합리적일 수 있는 현실적 문제가 끼어들게 되면, '사고의 합리화'라는 것도 현실적으로 결코 녹록치 않은 문제가 된다. 소위 '자유계약'도 그렇다. 사회적 강자와 약자의 격차가 엄연한 현실에서 계약의 자유란 사실 강자의 자유와 군림, 약자의 예속과 손해가 될 수 있다. 자본주의 초기에는 기업가의 이윤이나 노동자의 임금 문제는 자유방임하면 스스로 조절되는 것으로 알았지만 (정치)경제학에 대한 여러 비판과 노동-자본의 갈등과 투쟁이라는 오랜 곡절을 겪고 난 현재에 이르러서는 그런 경제철학은 비합리적인 사고에서 채 벗어나지 못했던 것을 알게 되었다. 고故 정운영 선생이 어느 칼럼에서 쓴 촌철살인의 표현을 빌리면, "밥과 자유의 선택은 굶지 않는 사람들이 만들어낸 잔인한 퀴즈"임을 깨닫게 된 것이다. "도대체 밥이 없다면 자유가 무슨 소용이며 생존이 자유롭지 않은 데 계약이 자유로운들 그게 무슨 대수"

냐는(자유계약이라고 모두 정당하고 정의로울 수 없다는) **합리적 사고만으로는** '자유계약'의 비합리적 면모를 모두 털어내지 못한다.

　　그러므로 최인훈은 사고의 합리화를 단지 머릿속의 합리화로 해석해서는 썩 모자란 해석이 되며, 일이 닥쳤을 때마다 합리적으로 행동한다는 뜻으로 해석해도 모자라긴 마찬가지라고 지적한다. 사고의 합리화는 **합리적인 생각에서 나온 행동의 양식을 제도화한다**는 데까지 이르러야 그 말뜻이 제대로 드러나기 때문에, 결국 합리화의 긍정적 핵심은, 결국 **사회 체제의 합리화, 사회 전체의 합리화**라고 파악한다. 앞서 사고의 합리화가 목표에 '바르게 도달'하기 위해서 필요한 것이라고 했는데, 통상적인 현대 사회에서는 복지가, 우리 사회는 거기에 덧붙여 분단의 극복이 목표가 되고, 개인의 경우에는 행복이 그 목표가 될 것이다. 최인훈은 여기에 도달하려면, 문명사적 차원에서 볼 때, 〈인간과 자연 사이의 갈등〉과 〈인간과 인간 사이의 갈등〉이라는 두 문제를 해결해야 한다고 언술한다. 〈인간과 자연의 갈등〉을 해결하기 위해서 근대가 찾아낸 대표적인 수단은 '과학'이지만(최인훈은 1970년대에 이미 우리 사회의 목표로, 평화, 복지, 공해 문제의 해결, 세 가지를 제시함으로써, 과학도 '자연의 정복'이 아니라 '자연과의 공존'을 도모하는 방향으로 나아가야 한다는 것을 시사한 바 있다.) 〈인간과 인간 사이의 갈등〉의 문제는, 사람이 문명적 (DNA)'를 전승(≠유전)하여 사회적 얼굴을 하고 살 수밖에 없다는 점에서 '인간과 사회의 관계'까지도 고려해야만 풀 수 있기 때문에, 한결 복잡하고 난망難望한 문제다.[27] 최인훈은 이와 관련하여, "사회(체제)

27　도식적 정리라는 한계를 무릅쓰고 정리하자면, 이 문제의 해결과 관련해서 크게는, 인간의 품성을 먼저 개조해야 인간 사이의 갈등이 사라진다는 입장과 인간의 인간다움을 훼손하거나 소외시키는 사회를 먼저 개혁해야 인간과 인간 사이의 갈

안에서 일어나는 일은 최종적으로는 **사회 전체의 이익이라는 관점에서 조절되어야 한다는 합리적 사고를 확립하고 실천하는 길**"로 나아가는 것이 근대라는 시대의 핵심 과제라는 기본적인 해결 원칙과 방향을 제시한다(「사고와 시간」, 강조는 인용자).

최인훈은 이런 방향과 원칙을 갖고 문제를 해결하는 과정에서, 특히 사고의 합리화와 관련하여 시간을 변수가 아니라 상수로 고려해야 한다는 점을 공들여 강조한다. 겉보기에 조건이 다 갖추어진 것 같으면서도 결과가 좋지 않은 때는 시간관념(계획)에 잘못이 있는 경우가 많고, 시간을 무시하게 되면 어느새 주술을 믿는 게 되기 때문이다. 주술이란, 결국 행위와 결과에 필요한 시간을 계산하지 않은 행동으로, "금 나와라!" 하고 주문을 외우면 대뜸 금이 나온다는 게 주술이다. 그러나 현실에서는 금이 나오려면, 금을 캘 시간이 필요하다. 시간을 무시(단축)한다는 것은 필요한 공정을 빼먹지 않고서는 되지 않으며, 설사 그렇게 해서 뭔가가 나오더라도, 그때 나온 것은 금은 금이로되 잡물이 섞인, 순금이 아니라 가짜 금이 될 수밖에 없다. 이런 점을 감안하면, 우리의 처지에서는 근대 서양의 '합리성'이라는 것까지도 주술이 될 위험이 있다는 것이다.[28]

등을 없앨 수 있다는 입장, 둘로 구분할 수 있다. 전자는 예수 그리스도, 석가모니 등으로 상징되는 종교적 감화와 개인적 회생(부활)의 길이라면, 후자는 마르크스로 대변되는 혁명적 변혁과 제도적 '갱생'의 길이라고 칭할 수 있겠다. 물론, 두 가지 길 모두에는 다시 또, 〈인간의 보편적 본성이 있는가? 있다면 그것은 원래 선한가, 악한가? 있더라도 본성은 변할 수 있는가, 없는가? 변하는 것은 생물적 본능인가, 사회적 속성인가? 사회는 인간을 자유롭게 하(였)는가, 억압하(였)는가? 사회를 벗어난 인간의 삶은 가능한가, 불가능한가? 사회 속의 인간을 둘러싼 여러 가지 정체성, 예컨대 국민적/계급적/시민적/성적 정체성 들 간의 우열-길항-삼투관계는 어떠한가?〉 등과 같은 다양한 하위 문제들이 놓여 있다.

이제 한 가지만을 덧붙여 말하고, 최인훈의 사유에 포착된, 인간의 문명적 진화를 가능케 했던 문명적 (DNA)'인 의식이 합리성이란 이름으로 빛을 발하는 시대에 대한 소개를 마치려 한다. 물론, 합리적 사고라고 말할 때의 "합리적"이란 개념의 내포는 다양할 수 있다. 베버는 모든 사회와 시대에는, 서구 근대인의 눈에 비합리적으로 보일지라도, 그 나름대로 합리성이 있다고 지적했다. 즉 '합리성'(의 개념)도 하나가 아니라 여럿일 수밖에 없다는 것이다. 예컨대, 경제와 관련해서만도 꼭 차가운 계산 합리성만이 있는 게 아니다. 근대 부르주아의 눈에는 사치와 낭비로 보인 궁정 귀족들의 행태에도 '궁정적인 합리성'이 있었고, 노동 인구가 차고 넘치는 청淸이 기계 발명보다 노동력 동원에 의존한 경제를 구축한 것도 합리적 판단의 소산이다. 선물을 많이 한 사람이 추장이 되는 관습을 지닌 북아메리카의 한 원주민(콰키우틀) 부족의 행태도, 추장의 정치적 권위와 경제적 권력(재산)이 하나로 결합되는 것을 방지하려는, 합리적인 메커니즘의 구현이었다. 그러므로 실제로 합리성이 서구 근대에만 있는 서구의 고유한 것이 아니며, 최인훈이 「사고와 시간」에서 지적한 대로, 한 사회에서도 영역별로도 다양한 합리성이 존재한다는 점을 잊지 않는 게 중요하다. 경제적 관계에서의 '계산' 합리성도 있지만 인간적 관계에서의 '친교' 합리성도 있다. 인간이 돈을 넣은 만큼만 나오는 자동판매기가 아닐 진데, 사람의 친교에서 경제적

---

28 보충해서 말하자면, 시간에 대한 성찰이 부족하면, '근대 서양의 합리성'이라는 '개체발생'에 필요한 '계통발생의 고리들' 가운데 중요한 고리(예컨대, 일부의 이익이 아닌 사회 전체의 이익이라는 관점에서 갈등이 해결되어야 한다는 경험)를 지나치거나 빼놓을 수 있다. 이렇게 수용된 합리성이란 개체는, 종의 계통발생의 진화 단계에 도달한 성체(=완전한 합리성)가 아니라 모자란 '미숙아'나 잘못된 '기형아'가 될 수 있다.

효율성과 계산만을 따진다면 그게 합리적일 수는 없다. 경제 분야(시장)에서의 계산 합리성이 유일한 합리성인 양 행세하게 되면, 수량화와 계산이 불가능한 다른 종류의 합리성들을 모조리 '비합리적인' 것처럼, 또 시대에 뒤떨어진 것처럼 착각하게 할 수 있다. 교환가치가 모든 영역에서 지배적 힘을 발휘하는 상황은 문명세계의 일부 '현상'이지 문명 자체의 '본질'이 아니다. 인간 자체의 '본성'도 아니다. 앞서 최인훈이 역설한 생물적 DNA와 문명적 (DNA)'의 차이에 대한 가감 없는 이해만 있다면, 자본의 냉혹한 이윤 추구가 빚어낸 심각한 문제 상황을 더도 덜도 없이, 있는 그대로 직시할 수 있다.

7. 한국의 현대 - 문명적 (DNA)'의 꿈 : 전쟁에서 평화로

한국 사회와 역사에 대한 최인훈의 역사의식에서, 개인의 삶과 시대의 상황과 역사의 방향이 긴밀하게 결부되어 있다는 '의식의 결절점結節點'은 남북분단이다(라고 나는 생각한다). 남북분단은 〈한국전쟁 - 남북한의 독재체제의 성립 - 민주주의와 역사발전의 지체 - 사상색맹色盲과 인권유린 - 개인의 자유로운 삶과 생명의 절대성에 대한 경시와 훼손〉이라는 비비 꼬인 시대 상황의 매듭이다. 남북분단이란 매듭이 '전후좌우前後左右'로 꼬일 대로 꼬여 있기 때문에[29] 최인훈은 알렉산드로스가 단칼에 '고르디우스 매듭(Gordian Knot)'을 잘라내듯이 문제를 '칼'로 해결

---

29 일본은 분단 전前에 매듭이 묶일 빌미를 제공했고, 분단 후後에는 좌左로는 구소련과 중국이, 우右로는 미국과 또 다시 일본이 분단이란 매듭의 가닥을 제각기 잡아당기고 있는 형세다.

하려는 유혹을 가장 경계해야 한다고 말한다. 그는 전쟁이 아니라 평화의 원칙 위에서 합리적으로 매듭을 풀기 위해서 당대 현실에 대한 분석에서 더 나아가〈분단의 역사적 원인이 된 일본의 식민 지배 – 구한말 일본과 한국의 처지 – 북北을 점령한 소련의 이념과 사회주의 혁명 – 남南에 군정을 세운 미국의 체제와 사상 – 미국과 소련을 빚어낸 근대세계 – 미국과 소련의 대결과 소련의 몰락〉등의 역사적 상황도 검토한다(이렇게 분석하고 따지는 과정에서, 한국 사회의 역사적 현상과 근대 세계의 역사적 전개를 '하나의' 인식 지평에서 다룰 수 있는 설명모형이 필요하다는 최인훈의 생각은 더욱 확고해졌을 것이다).

사실, 최인훈에게 "개인으로서 나는 사회 속에서 어떻게 살아야 하는가"라는 문제는 '실존적 고뇌'의 문제라기보다는 '생존적 고투'의 문제였는데, 남북분단은 바로 이런 절박한 문제와 직결된 현실이었다. 최인훈은 해방공간과 한국전쟁의 시기에, 북에서 남으로 이주하면서 생활 자체가 완전히 뒤흔들린 데 따른 불안과 공포를 겪어야 했다. 한국전쟁 이후로도 최인훈의 생生의 불안과 공포(여러 문학 평론가들이 "피란민 의식"이라고 이름 붙인)는 거의 줄어들지 않았다. 1960년 '4월 혁명'과 1980년 '서울의 봄'의 짧은 시기를 제외하고는 거의 40여 년간 반민주적 – 비민주적 독재정권이 지속되면서 말 한마디, 글 한 줄로도 목숨 자체가 위태롭게 될 수 있었기 때문이다. 정권 유지를 위해 남북분단 상황을 악용하는 비인간적 수단으로써 밀실의 고문拷問이 흉흉한 '괴담'이 아니라 생생한 현실일 때, 말의 광장은 어쩔 수 없이 위축되고 만다. 자유가 사라진 광장의 고뇌苦惱까지도 담아내는 게 작가의 본업이라고 생각하는 최인훈으로서는 글을 쓸 때마다 목숨을 걸어야 한다는 압박을 느끼지 않을 수 없었다. '잘못' 쓰면 살기 힘든 난세亂世를 만난 작가는 글을 쓰더라도(안 쓸 수는 없다. 쓰지 않으면 살기 힘들어지니까!) '잘' 쓸

궁리를 해야만 한다. 인간의 자유로운 삶과 생각의 표현을 억압하는 분단 시대를 사는 탓에, 최인훈에게 글쓰기(행위)란, 작가적 명성만이 아니라 물리적 생명이 걸린 '생의 문제'가 되었던 것이다. 한마디로, 남북 분단 상황에 대한 분석과 검토는 '존재의 위기'와 바로 이어진 절박한 과제였다.

따라서 남북분단에 대한 최인훈의 분석과 고찰은 하나하나의 생명이 지닌 가치는 훼손되어서는 안 된다는 문명 감각에 기초한 '인권적' 시각에서 진행되었다. 즉, 최인훈은 분단을 한반도에 단일한 정치 체제를 구축해서 살아온 지 천 년이 넘는 우리에게 분단이란 부자연스러운 상태이지만 남과 북이 '한 민족'이기 때문에, 라는 소박한 민족의식에 기대어 분단 극복을 논하지 않는다. 오히려 그보다는 이 땅의 '한 사람 한 사람'의 인간다운 삶과 관련된 문제이기 때문에 분단 극복이 절실한 문제라고 본다. 한반도 거주민의 생명을 훼손하고 생각의 자유를 옥죄는 행위가 불가피하다거나 정당하다는 음험한 주장과 행위가 '지금은 남북이 대치하는 분단 상황이므로'라는 말로 허용되는 현실이 그가 생각하고 글 쓰고 사는 구체적 세계였기 때문이다. 그렇다면 그런 불의한 현실과 분단 자체를 극복하려면 어떻게 해야 하는가?[30]

최인훈은, 우선 같은 민족이기 때문에 반드시 단일 정부를 가져야 한다는 자명한 법칙은 역사에 없다는 점을 지적한다. 만일 그렇다면, 영국과 오스트레일리아도 통일되어야 하고, 또 미국과 영국도 통일되어야 하느냐는 것이다. 분단과 통일 가운데 살기에 유리한 것이 선택되는 것이라면, 남북의 '한 민족' 모두가 통일이 살기에 유리하다고 생각하

---

30 이하의 내용은 이 글의 3부에 수록된 최인훈의 논지를 요약한 것이다. 큰 따옴표를 친 부분은 별도의 언급이 없다면, 「상황의 원점」에서 인용한 것이다.

면 통일이 될 것이다. 그러나 최인훈은 7천만 민족의 이익이 모두 일치하는 경우는 생각할 수 있는 일이지만 있을 수는 없는 일이라고 본다. 하긴, 해방이 식민지 상태보다 못하다고 생각했던 사람들이 있었듯이, 누군가에게는 통일이 분단보다 못할 수도 있다. 그렇다면, 모두는 아니지만 보다 많은 사람들에게 통일이 유익하다면 '최대 다수의 최대 행복'을 따르는 것이 옳다고 말한다.[31] 그러나 정말 옳은 길이라고 할지라도 그게 저절로 역사의 길이 되는 건 아니다. 마르쿠제가 역사는 보험회사가 아니라고 말했듯이, 최인훈은 역사에서는 옳은 길이라고 해서 자동적으로 승리가 보장되지 않는다는 사실을 냉철하게 짚어낸다. 이것은 옳은 길을 가려는 사람이 소수가 아니라 다수파일 경우도 마찬가지다. 진실과 정의의 길이 승리를 거두는 경우는 적다[32]고 생각하는 게 차라리 냉철한 판단에 도움이 될 수 있다. 그래서 그는 "분단 극복의 문제를 포함하여 역사상의 많은 문제들이 학교에서 치는 공정한 시험이나 누가 맡아주는 공명선거도 아닌 바에, 단지 '의로운 다수'라는 것에 매달려서는 해결이 되지 않는"다고 언명한다.

최인훈이 보기에, 문제 해결의 관건은, 다수가 **이길 수 있는 방법을 만들어내는 것**이다. 슬기인간이 만들어낸 최상의 문명적 수단을 떠올린다면, **민주적** 다수결의 방법이 큰 힘을 가지게 하는 여러 가지 사회적·문화적 움직임, 정치적 제도 같은 것들을 굳혀나가는 일이 중요하

---

31 여기서 최인훈이 말하는 "다수"는, "앞으로 태어날 무한한 사람들까지도 넣은 현재의 다수 더하기(+) 미래의 다수"를 뜻한다.

32 밀도 『자유론』에서 이런 점을 통렬하게 지적한다. 밀에 의하면, 그리스도교가 로마의 박해를 이겨낼 수 있었던 것은 '진리는 언제나 승리한다'는 격언을 입증해주는 것이 아니다. 우리가 상상하는 식의 박해가 많지 않았기 때문에 그리스도교는 결국 살아남아 공인을 받을 수 있었다.

다. 민주적 다수결의 원칙이 남/북한 사회의 모든 부분에서 쉽사리 움직일 수 없는 원칙이 되었을 때, 그때가 바로 "통일이라는 현상이 일어날 수 있는 비등점, 전환점 혹은 역사적 성숙기"라고 볼 수 있다. 이런 원칙을 하루아침에 만들어낼 수 없기 때문에, **평소에** 이런 원칙들을 **차곡차곡 쌓아두어야만**, 그것이 통일과 같은 큰 정치적 싸움에서 힘이 될 수 있다는 것이 최인훈의 주요 전언이다. "역사는 머리가 좋으면 풀 수 있는 수학 문제가 결코 아니며 풀리면 밑지는 사람들이 방해하기도 하는" 일이 역사에는 비일비재하기 때문에, 옳은 길로 나아가는 것을 가로막는 세력에 맞서 보다 정의롭고 이성적인 세력이 힘을 키워나가는 과정이 **평소에 꾸준하게** 이루어져야 한다는 것이다. 그의 이런 역사적 통찰은, 역사를 해석할 때만이 아니라 작금의 현실세계와 관련해서도 깨우침을 준다. 기아 해방과 세계 평화에 전심전력을 기울이기보다는 생명을 파괴할 뿐인 전쟁에 전력투구하는 반문명적 작태들이 여전히 기승을 부리는 게 오늘의 현실이기 때문이다.

그런데, "역사는 한 가지 문제에 한 가지 답만 나오는 계산기가 아니기"에, 통일 문제도 정상궤도가 아니라 변칙의 길을 밟을 가능성(위험)이 늘 존재한다. 그 가운데 최인훈이 가장 우려하는 것은 전쟁에 의한 통일이다. 그가 보기에, 역사는 민족의 통합에서 전쟁이 가장 큰 몫을 차지한다는 사실을 보여주며, 우리의 경우에는 전쟁에 의한 통일이란 방법이 이미 한국전쟁에서 한 번 실험한 실패한 방법임에도 불구하고, 지금도 여전히 그런 방법을 채택하려는 시도가 자행되고 있다. 그래서 최인훈은 통일이 못 되더라도 전쟁을 해서는 안 된다는 점을 문명사적 관점에서 강조한다. "우리는 옛날 사람과 달리, 죽음을 보상할 증권을 갖고 있지 않다. 이것이 우리 시대의 역사적 특성이다. 우리는 기껏 유족에 대한 연금밖에는 갖고 있지 않다. 옛날처럼 천국이니 극락이니 하는 이승을 넘어서서 보장되는 삶의 보장을 지니지 못한 것이 우리 시대의 문명"이라고.[33] (그러니 최인훈의 사고를 확장해서 말하면 '죽어도', '목숨을 걸고', '결사적으로'하는 등의 말은 함부로 쓰지 말아야 한다!) 전쟁은 이 죽음이 무더기로 쌓여야만 할 수 있는 도박으로서 인간다운 삶을 추구하는 인류의 가장 큰 적이다. 같은 인간, 게다가 같은 민족의 막대한 성원들의 죽음과 바꿔야 할 전쟁의 길을 강요할 권리는 누구에게도 없다. 따라서 그 싸움에서 누가 죽어야 할 것인지가 미지수未知數라 해서 그 길에 '올인'하는 것은 위험할 뿐만 아니라 반인류적·반문명적이라고 보는 것이다.

이런 점에서 최인훈은 〈7·4 남북공동성명〉을, 전쟁을 분단 극복의 수단으로 사용해서 안 된다는 통일의 대원칙이자 전제를 천명한 기념비적인 사건으로 높이 평가한다. 이것은 최인훈이 〈7·4 남북공동성명〉을 단지 편의상의 합의가 아니라 현대까지 이어져온 문명적 진화 과정에 습득한 지혜를 남과 북이 발휘했다는 증거로 해석하기 때문이다.[34] 이처럼 최인훈은 한국의 역사적 사건을 평가할 때에도 문명사적 시각

---

33 「상황의 원점」, 이 책 330쪽.

34 최인훈은 1972년 7월 4일 〈남북공동성명〉은 한일 병합, 8·15해방, 한국전쟁에 견주어 무게가 결코 낮지 않으며, 유럽사에 비견하자면 "유럽 근대에서의 종교개혁에 견줄 만한 사건"이라고 평가하고, 다음과 같이 설명한다. "〈7·4 남북공동성명〉은 상대방을 존재하지 않는 것처럼 생각하던 행동 양식에서 상대방의 현실적 존재를 양성화시킨 것이다. 이것은 사실 무슨 희한한 독창도 아무것도 아니며 또는 1960년대에 미·소에 의해 처음 실현된 슬기도 아니다. 역사가 있는 이래로, 문명한 정치가 모두 실천한 고전적 지혜에 다름 아니다. 지혜란 이익을 문명한 방법으로 추구함을 말한다." 그리고 〈7·4 남북공동성명〉은 이런 지혜를 우리에게 되새겨준, 한마디로, 우리가 문명감각을 회복했다는 증거라고 평가한다. 「문명감각」, 『유토피아의 꿈』, 문학과지성사, 2010. 177~179쪽.

을 견지한다. 앞에서 살펴보았듯이, "인간은 태어나서 죽을 때까지 동일성을 유지할 수 있는 영혼의 평화가 선험적으로 보장된" 생물과는 달리, 자기동일성이 늘거나 바뀌는 과정에서 늘 불안정을 느끼는 문명적 개체이다. 이런 문명적 개체로서 인간이 습득한 지혜란, "인간에게는 목숨이라는 절대 가치를 희생의 대가로 치러도 좋을 만한 절대적 진리는 없다"는 깨달음이다. 아주 단순하게 말하면, 인간이 인간답게 살기 위해서는 무엇보다도 살아 있어야 한다는 것이다. 따라서 최인훈의 인식 관점에서 보면, 집단적 죽음=전쟁이라는 공포로부터 해방되려면 우리에게 주어진 가장 큰 민족적 과제인 분단을, "인류가 도달한 가장 문명한 방법인 분쟁의 평화적 해결"이라는 방법으로 해결해야 마땅하다. 현대 한국의 문명적 (DNA)'의 꿈이 현실이 되려면, 모든 사람이 정당하게 '꿈의 현실화'의 길에 참여할 수 있도록 체제의 지속적인 민주화가 무엇보다도 중요하다.

이처럼 국민적 합의를 도출해낼 수 있는 민주주의의 제도화를 강조하면서, 최인훈은 새로운 눈으로 분단 상태를 바라볼 것을 제안한다. 그것은 "분단 상태를 민족의 입장에서 일종의 정치적 분업"이라고 보는 새로운 발상이다. 즉 "남과 북은 각자가 연결된 세계의 부분에서 가장 좋은 것을 배워서 그 좋은 것을 자기가 속한 그룹에서는 가장 훌륭한 형태로 발전시켜가지고 우리가 통합될 때에는 이 세계의 가장 아름다운 부분이 결혼하는 것"이 되게 한다는 생각이다. 최선 다음이 차선이라는 타령만 하다가는 차선이 아니라 위선밖에 남지 않을 수도 있고, 남북이 "각자의 체제의 기성의 방법 속에서 창조적으로 자신을 개선하여 논리적으로는 어느 한쪽도 다른 쪽을 마다할 조건이 없도록"까지 자신을 완성하면 결과적으로 두 체제는 같아지고 말 것이라는 점에서, 최인훈은 이런 발상은 현실적이며 논리적으로 타당하다고 말한다. 평화의 유지를 통하여 얻어지는 시간에 남북한이 사회적 정의를 실현하기 위해서 최선을 다하는 방식으로 분단 상황을 창조적으로 활용(!)하자는 이 발상에는, 오늘의 시점에서도 '평화통일'이 한낱 구두선口頭禪이 되지 않도록 하려면 꼭 지녀야 할 문명감각이 담겨 있다.

8. 문명적 (DNA)'의 '관념적' 습득 : 계몽에서 '깨몽'(!)으로

〈작가가 글을 쓰는 일〉은 〈개인이 삶을 사는 일〉과 둘이 아니라 하나인 현실을 겪고, 그런 체험을 논리적으로 분석하면서 최인훈은 **'나'는 다른 어떤 누구도 아닌 바로 하나뿐인 나**라고 하는 "단위 생명의 절대성"(「경건한 상상력의 의식을」)을 절절히 자각한다. 그러나 저마다의 삶의 주인공으로서 실존적 개인의 생명과 가치의 절대성에 대한 그의 자각은, 개인은 사회 속의 개인이며 전체로서의 인류를 이루는 한 사람이라는 사회적·역사인류학적 지평에서의 인간 이해로 더욱 두터워진다. 이제 '나'는 〈시민으로 사회에 사는 일〉에 정직하지 못하거나 〈인간으로 문명적 (DNA)'를 습득하는 일〉에 게으르면 짐승 같은 대우를 받거나 짐승의 굴레를 벗어날 수 없다는 조건을 이해해야만 자기동일성의 위기에서 벗어나서 "문화적인 성체"[35]가 될 수 있다. '인간'과 '인간이 이

---

35 최인훈이 사용하는 "문화"라는 말은, 인간의 조건이 자아내는 괴로움도, 인간의 노동이 빚어내는 성과도 모두 고루 나누는 공정한 생활을 뜻한다. 이런 문화는 저절로 주어지거나 물려받을 수 있는 게 아니다. 그것은 내가 처해 있는 현재 상황에 대한 진실한 **앎**과 공정한 생활을 추구하려는 당대인의 **의지**가 있을 때만 유지된다(「문화와 의지」, 『유토피아의 꿈』, 문학과지성사, 2010. 253쪽. 강조는 인용자.). 따라서 "문화적인 성체"란 그런 앎과 의지를 지닌 담지자라고 할 수 있다. 문

룬 문명과 역사'에 대한 최인훈의 두터운 이해는, 앞서 말했듯이, 자기 삶의 방향감각 및 글쓰기(행위)의 사회적 의미에 대한 치열한 자기성찰의 산물이었다. 최인훈은 작가로서의 삶의 방향감각을 찾아나가는 **자기성찰**의 과정에서 개인으로서의 '나'의 정체성을 문명사적 지평에서 구성하는 길을 마침내 찾아냈다.

　　최인훈이 찾아낸 '인간의 길'에서 보면, 사람은 생물적 DNA×문명적 (DNA)'이다. 여기서 '생물적 동물로서의 인간'에게는 일단 더 이상의 계통발생 상의 진화가 없다. 이에 비해서 '문명적 존재로서의 인간'에게는 원칙적으로 진화에의 길이 끝없이 열려 있고, 열려 있어야 한다. 문제는 이런 사실에 대한 **깨달음이 없을 때** 생긴다. '문명적 진화의 길이 열려 있다'는 말은, 의식적인 노력을 통해서 자신의 정체성을 습득할 가능성이 열려 있다는 뜻인 동시에, 만일 습득하려는 노력을 하지 않거나 그럴 필요성을 망각하는 경우에 문명적 진화란 결코 저절로 생겨날 수 없다는 뜻이다. 그런데, 오늘날 문명적 존재로서의 '나'는 개인적 정체성×민족적(국민적) 정체성×보편적(인류적) 정체성에 둘러싸여 있으므로, 이 가운데 어느 것 하나만을 망각해도 문명적 존재로서의 '나'의 정체성은 위험해질 수밖에 없다. 개인으로서의 정체성이 위태로우면 폐인이 되기 쉽고, 민족으로서의 정체성을 잃으면 노예가 되기 십상이며 인류로서의 정체성을 망각하면 짐승의 굴레를 벗어날 수 없다. 최인훈이 우리에게 전언하는 깨달음의 중요성은, 단지 '의식 세계의 개명開明'과 관련된 문제일 뿐만 아니라 '현실 세계의 개혁改革'과도 직결된 과제

화에 대한 최인훈의 다른 비유를 소개하자면, 문화는 앎의 등불과 함(doing)의 의지를 지닌 인간이 자연 속에다 지어놓은 "부드럽고 따뜻한 인간의 집"이다. 「영혼의 지진」, 『유토피아의 꿈』, 문학과지성사, 2010. 231쪽.

라는 점에서 더욱 커진다. 실제로 우리네 삶은 아직도, 사람을 동원의 대상으로나 여겼던 독재정권, 민족에게 모멸과 굴욕감을 심어준 일제 강점의 역사, 만인이 만인에 대해 이리처럼 굴도록 강요했던 한국전쟁과 분단, 그리고 동물적인 경쟁으로 내모는 '시장 전체주의' 등이 빚어낸, 치유와 극복의 손길이 절실한 상처와 고통 속에서 이루어지고 있기 때문이다.

최인훈의 이런 통찰은, 루소가 자신의 내면을 들여다보면서(looking into) 자연 상태의 인간의 심성을 탐구하였듯이, 자기 삶의 역정을 반추하고 자신의 본업인 글쓰기 행위를 성찰하면서 '호모 사피엔스이자 사회(한국, 근대, 문명사회를 모두 포괄한 사회) 구성원으로서의 인간의 삶'의 궤적과 조건을 일종의 사고실험의 방식으로 검토함으로써 획득된 것이다.[36] '사고실험(thought experiment)'이란 말은 오스트리아의 물리학자이자 철학자인 에른스트 마흐(Ernst Mach)가 처음 사용한 용어로서 머릿속 생각으로 진행하는 실험이다. 그렇지만 단순히 이것저것 생각하는 것이 아니라 실제로 변화시키거나 만들어낼 수 없는 상황이나 장치를 '사고의 실험실'에서 자신의 의지대로 변화시켜서 상상적으로 사고하는 것을 말한다. 예컨대 우리는 현실에서는 중력을 없앨 수 없지만 사고 속에서는 중력을 없앨 수 있다. 이렇게 중력이 없는 상황을 가상하고 그런 상태에서 지적 실험(상상)을 하는 것이 사고실험이다.[37] 이런 사고실험의

---

36 최인훈 자신도 문학 창작을 정의해달라는 질문을 받고서 문학 창작을 일종의 사고실험으로 본다는 자신의 견해를 표명한 적이 있다. 「작가와의 대화」, 『길에 관한 명상』, 문학과지성사, 2010. 368쪽.

37 아인슈타인은 현대의 우주비행사들이 실제 우주 공간에서 무중력 상태를 경험하기 한참 전에, 이런 식의 사고실험을 통해서 아주 적은 질량이라도 에너지로 변화하면 빛의 속도의 제곱을 질량에 곱한 천문학적인 값이 생긴다는 유명한 $E=MC^2$

과정에서 '사고'(≒사유, 의식)가 중요한 역할을 하는 것은 당연하다. 이것은 최인훈의 '사고실험'의 경우도 마찬가지다.

그의 글들을 평하면서 흔히 부정적 뉘앙스로 '관념적'이라는 말을 갖다 붙이는데, 그것은 최인훈의 실험방식 자체가 "정신을 우대하는 경향"을 지닐 수밖에 없다는 사실을 간과하는 평가다. 스스로 "사고실험"으로 썼다는 『가면고』에 관한 최인훈의 설명에 의하면, 사고실험이란 "전통적인 윤리 질서와 정치적 합리성을 현실에서 발견하지 못한 **의식이 정신의 실험실에서 그것들을 탐구해보는 것**"이다.[38] 개인으로서의 인간의 삶에 요구되는 윤리적 덕목과 시민으로서의 인간의 생활에 적합한 합리적 정치제도가 부재하는 상황에서 그것이 무엇인지를 제대로 탐구하려면, 궁리(실험)하는 과정에서 의식이 주어가 되어서 "의식을 가장 높은 효율로 조작"할 수밖에 없다. 더욱이 "외부적인 역사적 현실도 그것이 자연이 아닌 이상 모두 **인간 의식과의 상관물**"이고, "이때 외부 현실이라는 것이 산천초목을 말하는 것이 아니라 인간사 그리고 사회를 말하는 것이라면, 그 내부 현실이라는 것도 **인간의 현실**"이 될 수밖에 없다. 이런 점을 고려하면, 최인훈에게 '관념'은 현실과 유리되어 있는 지적 제스처나 오로지 작위적作爲的으로 꾸며낸 논리가 아니라, 현실과 현실 경험을 이리저리 깊이 생각해서 체계적으로 정리하는 의식의 힘을 뜻한다는 것을 알 수 있다. 현생 인류를 지칭하는 호모사피엔스(슬기인간)라는 말의 뜻을 떠올린다면, 생각하는 일이야말로 인간으로서의

이란 식을 만들어냈다(문득 떠오른 생각 하나. 그가 사용한 재료라고는 종이와 연필, 그리고 생각이었을 테니까. 그의 상대성이론은 가장 저렴한 비용으로 만들어진 가장 우주적인 '과학' 이론이라고 할 수 있지 않을까).

38 「가면고」, 『크리스마스 캐럴, 가면고』, 문학과지성사, 2009. 364~367쪽. 이 문장 다음의 인용에 사용된 강조를 포함해서 강조는 인용자.

가장 확실한 존재 증명이다. 최인훈의 표현을 빌리면, "인간이 지닌 가장 강력한 무기"[39]가 관념이다. 기실, 문학 창작과 비평을 포함해서 인간의 지식과 사상은 관념의 움직임이 빚어낸 '사고실험'의 산물이다. "인간이 자기 당대의 경험만으로 존재하지 않는다는 객관적 사실 때문에라도 인간은 필연적으로 관념적이다."(『『광장』의 이명준, 좌절과 고뇌의 회고』) 따라서 많은 경우에 '관념적이다'란 표현은 '논리적이다'나 '슬기롭다', 혹은 '의식의 힘이 있다'라는 표현으로 바뀌어야 하고, 최인훈의 경우에는 더욱 그렇다. 생물이면서 문명적 존재인 인간으로서 전인적으로 되려는 노력이 절실할수록, 인간은 슬기를 더욱더 발휘하고 더욱더 의식적으로 성찰하려고 하기 때문이다.

앞서 교육이 "우리 시대의 모든 세대에게" 공동의 가치관을 충분히 공급하지 못했다는 최인훈의 문제의식을 소개한 바 있다. 여기서 교육이란 단지 학교에서의 지식교육만을 뜻하는 것이 아니라 '사람교육'을 뜻한다고 볼 수 있다. 즉, 자기의 개성을 자유롭게 표현하고 타자를 인정하고 존중하도록 가르치는 교육을 뜻한다. 나의 바깥에서 따로 노는 지식을 전달하는(그래서 성적을 올리는) 것이 아니라 세계를 보는 방법, 인간을 이해하는 길을 제시하여 최인훈 식으로 말하면 "참된 나는 무엇인가", 하는 인간의 고유한 질문에 답할 수 있는 힘을 키워주는 데 교육의 본래적 가치가 있다. 따라서 지식의 전수를 내걸고 누구를 계도하거나 계몽을 시키겠다는 말(발상)은 거북스러운, 사실은 좀 위험한, 말(발상)에 가깝다(정부-국민의 관계에서 이런 발상은 여전한 듯하다). 거기에는 위에서 내려다만 보는 자만自滿의 시선이 묻어 있기 때문이다. 춘원 이광수는 이런 계몽에 숨겨진 위험을 잘 보여준다. 조선의 민중을

---

39 「하늘의 뜻 인간의 뜻」, 『문학과 이데올로기』, 문학과지성사, 2009. 497쪽.

계몽의 대상인 객체로 규정하고, 자기같이 '잘난' 인물이 밑으로 내려가 무지몽매한 '너희'를 계몽하기 위해 헌신했음에도 그에 걸맞은 대우나 성과가 없으니 이제 나는 헌신(獻身)을 '헌 신짝'처럼 버리고 나를 알아주는 쪽(일제)에 투신하노라, 이렇게 되기 십상이다. 따라서 사람 교육에서는 누가 누구를 계몽할 것이 아니라 '스스로 **몽**매함을 **깨**우치려는 **깨몽**'이 중요하다(라고 나는 생각한다). **자각** 없이 이루어지는 행위는 동물적 행위이지 인간적 행위라고 할 수 없다. 이런 점에서, 사람이 생물적 동물이며 문명적 존재라는 이원성을 **자각**할 수 있는 힘을 길러주는 최인훈의 역사적 사유는 참된 의미의 교육적 가치를 지니고 있다.

9. 환상 없이는 통찰도, 역사도, 문명도 나올 수 없다

최인훈의 글을 '문학'이 아니라 '역사'의 지평에서 읽으면, 소설(문학)이라는 양식을 실험의 손으로, 역사(인류학)적 상상력을 해석의 눈으로 삼고서 '문명인으로서의 인간되기와 문명적 삶의 양식'을 오랫동안 탐구해온, 한국의 지성知性이 펼쳐 보이는 사유와 만날 수 있다. 최인훈이라는 고유명사가 없었다면 지성이라는 보통명사는 실체 없는 추상명사로 전락했을 것이라는 생각이 들 정도로, 그의 사유는 지성적이다. '감각을 통해 얻어진 소재를 정리 – 통일하여 새로운 인식을 형성하는 능력'이라는 '지성'의 사전적 의미는, 놀랍게도, 마치 최인훈의 사유가 인류의 역사에 대한 새로운 설명모형에 도달한 과정을 설명하기 위해서 예비해놓은 정의처럼 느껴진다. 다음을 보시라! 최인훈은 자기 성찰적 글쓰기라는 실전 감각을 통해 얻어낸 문학원론적인(예술사론적인) 탐구들을 때로는 부분 별로(소설 따로, 희곡 따로 식으로) 분해하고 때로는 전체적으로(예술이란, 인간이란 식으로) 조립하는 여러 사고실험을 통해 하나로 정리하여 마침내 인간의 삶과 (그것의 총체로서) 역사를 새롭게 조망할 수 있는 독창적 설명모형을 빚어냈다.

그의 설명모형은, 인간은 지구상에서 유일하게 〈생물적 탄생×문명적 탄생〉이라는 "이중발생"[40]이 있어야만 자기 정체성을 쌓고 다질 수 있는 존재라는 사실에 근거하고 있다. 수사적 강조의 표현이 아닌 다음에야, 육신의 생물적 수명이 다한 뒤에도 살아서 움직이는 정신이란 존재할 수 없고, '당신만을 영원히 사랑하겠노라'는 철석같은 맹세도, 연심이 아니라 연인이 영원히 살 수 없기 때문에 지켜질 수 없다. 제아무리 빼어난 인간도 먹고 자고 배설해야 한다는 생물적 조건에서 빠져나올 수는 없다. 그래서 최인훈은 자연의 변화, 도태와 돌연변이와 유전 등의 "복합적인 자연의 선별 과정"을 통해서 생명이 발생, 변화, 개선, 완성되는 생물적 인간의 탄생을 "제1기의 진화"라고 부른다. 이것이 없다면 인간의 역사는 애당초 성립될 수 없기 때문이다. 그런데 인간은 생물로서의 생명 정보인 생물적 DNA는 알지 못하고, 따라서 지시할 수도 없는 능력을 스스로 길러냈다. 그것은 "도구를 사용해서 환경을 극복하

---

40 "이중발생"이란 최인훈이 직접 언급한 표현이다. 얼마 전 국회에서는 한미 FTA가 '비공개, 날치기'로 처리된 탓인지, 만일 한국어에 능숙하고 약삭빠른 미국 변리사가 있다면 최인훈의 용어들을 '공개적으로 새치기'해서 특허를 신청할지 모른다는 생각이 든다. 지금 이 순간, 한국인으로서의 정체성이 나를 지배하고 있는 통에, 교양이 있고 영어에 밝은 번역자의 눈에 최인훈의 에세이들이 신속히 포착되기를, 그래서 한국에도 '사유의 마스터'가 있다는 게 만방에 알려지기를 바라는 마음이 제어되지 않는다. 예컨대, 리처드 도킨스(Richard Dowkins)가 1976년에 출간한 『이기적 유전자*The Selfish Gene*』를 통해 유명해진 '밈(Meme)'은 최인훈이 이미 그전부터 사용한 '문명적 (DNA)'와 유사한 뜻을 지닌 용어다. 용어의 내포와 외연의 경중輕重과 대소大小를 따져보기도 전에, 영어라는 이유로 '밈'이 '더 먼저, 더 널리' 사용되는 안타까움이라니!

는 능력"이다. 최인훈이 사용하는 "문명"은 바로 이 능력을 지칭하는 말이다(「예술이란 무엇인가」). 이것은 비유전적이기 때문에, 학습(모방도 학습의 일종이다)에 의해서만 다음 세대로 승계될 수 있다. 인간은 문명적(DNA)'라고 최인훈이 부른 이런 비유전적 문명 정보를 의식과 기호의 힘으로 습득(승계)한다는 특이한 개체발생의 형식을 가지고 있기 때문에, '동물'인 동시에 동물이 아닌 '존재'가 될 수 있었다. 이런 "특이한 개체발생의 형식"에 힘입어 인간은 이제껏 문명적 진화를 거듭해왔다(그리고 이 진화의 길은 끝이 없다). 최인훈은 이런 인류의 "제2기 진화" 과정 전체를 대상으로 한 '사고실험'을 통해서 인간의 문명적 진화에 대한 통합적인 역사적 사유를 구축했다. 그리하여, 앞서 요약 – 서술했듯이 〈문명적 존재로서의 인간이 지닌 힘과 흠, 문명적 의식의 빛과 어둠, 그리고 생명과 자유를 꿈꾸는 문명감각〉의 다양한 역사적 발현 과정을 하나의 설명모형 안에서 일원적一元的으로 파악하는 길을 제시하였다.

최인훈의 역사 설명모형은, 자연과 생물과 인간의 상호 연관성과 차이를 분명히 해둔 다음에, 종으로서의 인간인 인류를 역사의 중심 단위로 설정하고서 인간의 진화 과정을 전체를 고찰하는 매우 논리적이고도 거시적인 역사 해석이다. 따라서 이것은 소위 '유럽 중심주의' 역사 서술에서 벗어나 있다. 아니, 단지 '벗어나' 있는 게 아니라 '넘어서' 있다. '유럽 중심주의' 역사 서술이란, 유럽을 독립적이고 자기 충족적 실체로 간주하고 특히 유럽의 근대를 '근대의 완성형'으로 이해함으로써 유럽사의 전개 과정에 따라서 세계사를 해석하고 서술하는 것을 말한다.[41] 이것은 서구(유럽)는 하나의 실체이지만 비서구는 서구가 아니라는 사실 말고는 어떤 공통점도 없으므로 '서양과 동양'이 아니라 '서

---

41 유럽 중심주의에 관해서는 주 44에서 소개하는 책들을 참고.

양과 나머지'로 불러야 한다는 망발(?)까지도 정당화하는 폐단이 있다.[42] 최인훈의 역사에 대한 문명사적 설명모형은 이런 유럽 중심주의 역사 서술에 내재된 폐단과 오류를 극복하고, 진정한 의미의 보편적 세계사를 서술하는 데 요구되는 인식 관점과 접근법을 보여준다. 최인훈은 서구의 근대를 정의하면서 다음과 같은 통찰을 보여준다.

> "서구란 말로 우리가 연상하는 문화적 제 가치는 결코 **고정 특유하고 단일한 어떤 실체가 아니라 거의 이 지구상의 거의 모든 제력諸力이** 특정 시기에 지표상의 **서구라는 부분에서 행복하게 조합된 어떤 현상**이며 그것이 지구의 여타 지역에 퍼졌을 때의 **그들과 우리들의 환상까지도 곁들인** 매우 애매한 현상이라는 것입니다. 서구적 '기술'이라는 것만 보더라도 그것은 결코 석탄의 매장 모양으로 서구라는 지역의 '토산'이 아닌 것입니다."[43]

여기서 최인훈은, 서구의 근대는 세계 여러 지역의 역사적 힘들이 (이를테면, 금은, 과학, 사상, 문화, 항해술, 총포 제작술 등이) 서구라는 지역에서 혼합되어 나타난 현상임을 지적함으로써 서구만의 고유한 힘으로 근대가 형성된 것도 아니며, 서구의 근대 자체도 다양한 양태가 있는 것임을 분명하게 제시한다. 또한 서구의 근대가 어느 정도 진전된 이후에는 자신들의 근대에 대한 우월감과 다른 지역 사람들의 선망까지도 보

---

42 사무엘 헌팅턴(Samuel P. Huntington)의 『문명의 충돌*The Clash of Civilizations and the Reclaiming of World Order*』은 이런 '망발'을 웅변적으로 보여주는 사례다.

43 「일본인에게 보내는 편지」, 『유토피아의 꿈』, 문학과지성사, 2010. 107쪽. 강조는 인용자.

태져서 실체보다 과장되게 근사해 보이는 것이 되었다고 지적한다(사실, 유럽 중심주의 역사 해석도 유럽이 강제했다기보다는 다른 지역에서 기꺼이 그것을 내재화하려고 했기 때문에 더욱 영향력 있는 해석으로 군림했을 것이다. 내선일체를 자발적으로 받아들인 조선의 친일 지식인들이 있기 때문에 내선일체가 더욱 그럴듯하게 들렸듯이).

서구의 근대에 대한 최인훈의 통찰은 단지 특정 시대, 특정 현상에 대한 예리한 안목에서 나왔다기보다는 인간의 역사를 문명적 진화 과정으로 파악하는 그의 역사 설명모형 자체에서 비롯된 것이다. 즉, 그의 역사 설명모형은 유인원에서 인간이 출현하고, 다시 인간이 문명적 진화를 거쳐 온 장구한 시간대를 고찰의 대상으로 삼고 있기 때문에 유럽사 자체도 다른 지역사와 마찬가지로 그런 인류사의 한 부분으로 상대화할 수 있다. '세계체제론'을 제시하면서 역사를 일국사—國史나 지역사가 아니라 거시적 – 세계사적 차원에서 보아야 한다고 주장한 월러스틴(I. Wallerstein)의 해석과 견주어도, 최인훈의 역사 설명모형은 자본주의적 근대 이후에 '주변부'로 전락한 제3세계를 인류의 문명적 진화라는 시간에서 조망함으로써, 그 지역이 늘 변두리였던 것은 아니라는 사실을 보여주는 장점을 갖고 있다. 또한 인류사의 중심 단위를 전체로서의 인류로 삼고 있기 때문에, 유럽인을 중심 단위로 삼고 역사를 볼 때 생겨날 수밖에 없는 '유럽인＝인간의 전형'이란 식의 오만이나 유럽 바깥에는 '역사 없는 민족들'만이 있다는 헤겔식의 편견이 생겨날 여지가 아예 없다.

요컨대, 그의 역사 설명모형은, 인간의 문명적 진화의 과정은 역사에 출현했던 **"서로 다른 주역들에 의해 공동으로 이루어진 것"**이라거나(「문학과 이데올로기」, 강조는 인용자) 인간은 누구나 **자기 조상과 남의 조상이 어울려 만들어놓은** 경험의 축적 위에서 당대를 시작한다는 주장에서도 확인할 수 있듯이, 인간의 문명이 기본적으로 인류를 구성하는 타자들의 교류와 혼합을 통해서 앞으로 나아간다는 점을 강조한다. 역사를 여러 역사 주체들의 상호 접촉과 의존의 산물로 파악하면, 특정 시기의, 특정 지역에서 생겨난 역사적 독특성이란 다른 시기나 지역에서 발현된 역사적 독특성과 본질적으로 절대적 차이가 없는 것임을, 즉 상대적으로 독특한 것임을 깨달을 수 있다. 더불어 그의 역사 설명모형은 '지금 여기' 우리들의 삶과 역사의 초석을 놓은 것은 유럽인이나 유럽사가 아니라 문명의 진화 과정을 지속적으로 열어온 인류의 노력이며 거시사적 차원에서의 인류 역사 일반임을 깨우쳐준다.

이런 점들을 두루 고려해보면, 최인훈의 '인간의 문명적 진화에 대한 설명모형'은 근래에 역사학 분야에서 주목받고 있는 '지구사(global history)' 또는 '거대사(big history)'의 문제의식과 인식 관점을 일찍이(1960년대부터) 구체화한 선구적 전범典範으로 볼 수 있다. 지구사'와 '거대사'는 "유럽 중심주의에 경도된 역사의식과 세계의 현실"의 교정을 목표로 내세운, 비교적 최근에 출현한 새로운 세계사 서술이라고 할 수 있다. 여기서 "새로운 세계사 서술"이란, 인류를 하나의 역사 단위로 바라보면서 인류의 역사를 상호 교류와 의존의 역사로 파악하여 서술하는 것을 말한다.[44] 앞서 살펴보았듯이, 최인훈은 이런 움직임이 출현

---

44 지구사와 거대사의 정의, 출현 배경, 특징과 현황에 관련해서는 조지형, 김용우가 엮은 『지구사의 도전 — 어떻게 유럽 중심주의를 넘어설 것인가』(서해문집, 2010.)와 한국서양사학회, 『유럽 중심주의 세계사를 넘어 세계사들로』(푸른역사, 2009.), 강철구, 안병직 편, 『서양사학과 유럽중심주의』(용의 숲, 2011.) 등이 좋은 참고도서 역할을 한다. 구체적 역사 서술 사례로는 신시아 브라운(이근영 옮김)의 『빅히스토리』(프레시안북, 2009.)와 데이비드 크리스천(김용우, 김서형 옮김)의 『거대사-세계사의 새로운 대안』(서해문집, 2009.), A. G. 프랭크(이희재 옮김)의 『리오리엔트』(이산, 2003.) 등이 있다.

하기 이전에 이미 보다 풍부한 함의를 지니고 있는 역사 설명모형을 먼저 구성했고, 그런 설명모형을 활용하여 서양 근대나 한국의 역사적 상황을 설득력 있게 해석할 수 있음을 입증해 보였다. 이런 점에서 최인훈의 역사 설명모형은, 새로운 대안적 세계사를 구축하려는 선구적 시도로 평가되어 마땅하며, 내 뜰에 복숭아나무를 놔두고 밖에서 복숭아를 사들고 오는 우愚를 피하기 위해서라도 '새롭게 발견'되어야 한다. 그의 역사 설명모형은 한국 지성의 자기 성찰이 빚어낸 독창적 설명모형이라는 점에서, 상대적으로 우리에게 자부심을 느끼게 해준다. 그러나 자부심을 느끼기 위해서는 그의 설명모형을 해독하는 방법을 먼저 익혀야 한다. 그것도 문명적 (DNA)'이기 때문이다. 물론, 해독하는 방법이 '역사학적 코드'에 따른 방법만 있는 것은 결코 아니다. 최인훈이 이만큼 놀라운 문명 정보를 축적하기까지 60여 년 가까이 지적 고투와 성찰을 거듭했다는 사실을 상기한다면, 우리는 그의 역사적 사유를 〈한국의 지성이 쓴 문명적 존재로서의 자기탐구 보고서〉로 해독할 수도 있다. 문명 정보를 해독하는 유일한 코드가 있는지는 확실치 않다. 그러나 문명적 (DNA)'의 습득을 한사코 거부하는 사람에 그것을 기필코 전수할 방법은 없다는 사실과, 그것을 승계하려는 의식적 노력 없이는 문명적 존재로서의 자기 증명은 요원하다는 사실만큼은 확실하다.

그러나 자기의 자기증명, 인간의 존재증명에 필수적인 문명적 (DNA)'를 습득하려는 의식적 노력에 앞서 필요한 게, 사실은 하나 더 있다. 바로 "꿈"이다. 자기의 길, 인간의 길을 가기 위해서도, 우선 (계속) 가고 싶다는 꿈이 있어야 한다. 그 꿈이 없으면 자기 주체성이 없는, 자기 정체성을 가질 수 없는 로봇이 될 위험이 있기 때문이다.[45] 인간다움을 욕망하는 꿈이 없다면 나는 누구인지를 알 도리가 없는 비인非人이 될 수밖에 없다. 또한, 인간다움을 욕망하는 꿈이 없다면 인간은 공감共感의 힘을 느낄 수 없다.[46] 공감의 힘이 없는 인간은 행복도 느낄 수 없다. 이 세계에 대해 알아야 할 모든 것을 다 알았다고 한들, 이 세상에 나 혼자만 있다(고 느낀다)면 무슨 행복감을 느낄 수 있겠는가! 인간은 인간들 속에서만 인간이 된다. 인간다움을 느낄 수 있다. 그래서 최인훈은 말한다. 한 사람 한 사람의 생명에 깃든 절대적 가치를 인정하지 않으면 완전한 개인이 되는 문명은 없다고.

인간의 '존재조건'에 대해 공부하는 일은 물론 중요하다. 그렇지만 '존재 자체'에 공감하는 힘도 필요하다. 유한한 존재로서 인간의 체험은 부분적일 수밖에 없고, 제아무리 총체적이라고 내세워도 세계에 대한 인간의 의식도 불완전할 수밖에 없다. 세계와 자아에 대한 나의 경험적 지각과 합리적 인식도 부분적이고 불완전한 것이다. 그러나 찰나일지라도, 순간적으로(그래서 환상적으로) 우리는 나와 세계의 전면적 일치를 느낄 수 있다. 최인훈의 비유로 말하자면, 코끼리를 만져서 아는 경험적 지각보다 눈으로 코끼리를 보면 더 합리적으로 인식할 수 있다.

45 최인훈은 "역사란 자기 나름의 삶의 주인공인 구체적인 개인들의 행위의 총체"이므로, 자기만의 진정한 개성을 실현하려는 노력이 중요하다는 점을 강조한다. 물론, 그런 노력도 사회 속의 개인으로서 하는 노력이다. "개인이라는 것은 인간 개체이므로 동물하고는 달라서 개체 이상의 차원(사회)과 분리해서 개별성을 파악할 수 없다."(「원시인이 되기 위한 문명한 의식」, 『길에 관한 명상』, 문학과지성사, 2010, 23쪽.)

46 최인훈은 사회적 약자의 아픔에 대한 공감이 인류 문명의 발전에 절대적으로 중요하다는 점을 열렬히 강조한다. "어떤 국가·사회·제국도 그렇게 순수한 육체의 조화로운 통일과 같은 유기성은 없다는 데 문명의 모순이 있다. 가령 어떤 사회에도 '천국이 따로 없다'고 생활하는 사람들이 있는가 하면 **기본적인 물질적·정신적 보장조차 못 받는 사람들**이 공존한다. 그 사회에서 혜택을 받는 사람들은 염려하지 않아도 된다. 문제는 나머지 부분인데 그 부분을 **어떻게, 어느 정도 아파하느냐 하는 것이 인류 발전의 척도**라고 할 수 있다."(「완전한 개인이 되는 사회」, 이 책 176쪽. 강조는 인용자.)

그러나 코끼리를 덩치 큰 짐승이라고 인식하는 차원에서 더 나아갈 수 있다. 그것은 "코끼리가 먼 나라에 와서 먹이를 먹지 못하여 병들어 있고 눈물을 흘리고 있는 것을 보고" 자기도 눈물을 흘리는 경지다. 인간은 코끼리를 "관찰하거나 생각하는" 능력만 가진 게 아니라 코끼리의 마음을 느낄 수 있다. 인간은 순간적으로 코끼리가 될 수 있다. 여기서 코끼리를 타자(의 삶)의 비유라고 보면, 〈나=코끼리(타자)〉의 동시적 합일 상태에 이르게 하는 꿈(환상)의 힘이 없이는 가장 완전한 의미의 나, 인간이 될 수 없다.

유인원에서 인간이 되는 데, 원시인이 문명을 건설하는 데, 근대인이 역사 **안**에다 유토피아를 실현하려는 데, 내가 코끼리가 되고 꽃 자체가 되는 데 '공통 필수'가 환상적 상상력이다. 사람이 지금 서 있는 현실 '바깥'이나 '이후'나 '너머'를 상상하고, 마음속으로 그려본 다른 지역이나 미래나 천당의 모습을 상기하고, 다시 떠올려본 그 모습대로 현실을 바꾸고 싶다는 꿈의 본질은 환상성이다. 인간을 〈생물적 정체성×개인적 정체성×민족적 정체성×보편적 정체성〉의 복합생활체라고 할 때, 곱하기(×) 부호가 환상성이다. 환상적 상상력이야말로 인간의 문명감각을 이루는 밑바탕이고 "문명의식의 시원 형태"다. 따라서 환상적인 꿈꾸기가 무용하다거나 어리석다고 말하는 것(사람)은, 인간에게 잠재된 본원적인 힘을 무시하고 간과하는 것이자 나아가서는 문명감각 자체를 흩뜨림으로써 문명의식과 나아가 문명 자체를 위태롭게 하는 것(사람)이다. 그러므로 내가 보기에는(눈에 보이지 않는 것, 볼 수 없는 것을 볼 재주가 없는지라, 소개도 여기서 암전暗轉) '인류 문명의 역사'와 '세계'와 '자아'에 대한 최인훈의 통찰의 알맹이는 아래의 문장(「아메리카」)에 함축되어 있다.

환상 없는 삶은 인간의 삶이라 불릴 수 없다.
환상 있는 곳에 길이 있다.
현실이여 비켜서라, 환상이 지나간다.
너는 현실에 지나지 않는다.